Jahreszahlen haben
soll gewesen

→) wieso   Nach vorn ?

Franz Hohler
Der Geisterfahrer

Franz Hohler

Der Geisterfahrer

Die Erzählungen

Mit einem Nachwort
von Roger Willemsen

Luchterhand

Verlagsgruppe Random House FSC-DEU-0100
Das für dieses Buch verwendete
FSC®-zertifizierte Papier *Munken Premium*
liefert Arctic Paper Munkedals AB, Schweden.

1. Auflage
© 2013 Luchterhand Literaturverlag, München
in der Verlagsgruppe Random House GmbH.
Satz: Uhl + Massopust, Aalen
Druck und Bindung: GGP Media GmbH, Pößneck
Alle Rechte vorbehalten. Printed in Germany.
ISBN 978-3-630-87382-4

Inhalt

Der Rand von Ostermundigen

Der Rand von Ostermundigen

Am Rand von Ostermundigen steht ein Telefon. Daneben sitzt ein Mann, der jedes Mal, wenn es läutet, abnimmt und sagt: »Das ist der Rand von Ostermundigen.« Wenn die Leute fragen, ist dort nicht Rieser oder Maibach, dann sagt er: »Nein, das ist der Rand von Ostermundigen!«, und hängt wieder auf.

Das ist der Anfang der Geschichte ›Der Rand von Ostermundigen‹.

Diesen Mann, das muss ich gleich zu Beginn sagen, diesen Mann kennt niemand. Es gab eine Zeit, da hätte ich ihn gerne kennengelernt, und zwar vor allem, damit ich bei Gelegenheit in ein Gespräch hätte einflechten können, ich kenne einen Mann, der jedes Mal, wenn das Telefon läute, abnehme und sage: »Das ist der Rand von Ostermundigen.« Bis vor kurzem hätte das auch die Wirkung gehabt, an der mir gelegen wäre, die Leute hätten gedacht, das ist aber interessant, der kennt einen Mann, der jedes Mal, wenn das Telefon läutet, abnimmt und sagt: »Das ist der Rand von Ostermundigen.« Inzwischen ist aber mit diesem Mann soviel geschehen, dass ich nicht mehr sagen könnte, ich kenne einen Mann, der, sondern ich müsste sagen, ich kenne den Mann, der, und die Leute würden sich auf mich stürzen und fragen, was, den kennen Sie?

Das ist die Fortsetzung der Geschichte ›Der Rand von Ostermundigen‹.

Nehmen wir an, Sie telefonieren einem Bekannten in Bern, der Hofmann heißt. Sie stellen seine Nummer ein, 22 10 46, dann kann es sein, dass ein Mann abnimmt und sagt: »Das ist der Rand von Ostermundigen.« Wenn Sie nun fragen, ist dort nicht Hofmann, dann sagt er: »Nein, das ist der Rand von Ostermundigen!«, und hängt wieder auf. Sie hängen auch auf und stellen die Nummer nochmals ein, und dann meldet sich Ihr Bekannter namens Hofmann, und wenn Sie ihn fragen, ob er einen Witz gemacht habe, dann sagt er nein und weiß von nichts.

Ostermundigen liegt bei Bern, es hat dieselbe Vorkennzahl, 031, es ist also möglich, dass Sie falsch gewählt haben und zufällig die Nummer des Mannes eingestellt haben, der jedes Mal, wenn das Telefon läutet, abnimmt und sagt: »Das ist der Rand von Ostermundigen.«

Jetzt kann es aber auch sein, dass Sie einen Bekannten in Chur anrufen wollen, der unter der Nummer 22 28 26 erreichbar ist, und dass dann, wenn Sie diese Nummer eingestellt haben, wieder der Mann abnimmt und sagt: »Das ist der Rand von Ostermundigen« und dass er, wenn Sie fragen, ob Sie mit Herrn Caprez sprechen können, sagt: »Nein, das ist der Rand von Ostermundigen!« und wieder aufhängt. Chur hat die Vorkennzahl 081, Sie müssten sich also von 081 nach 031 verwählt haben, was Sie sich kaum vorstellen können.

Sie haben sich auch nicht verwählt, denn das, was Ihnen passiert, passiert andern auch, und zwar jeden Tag. Irgendwo sitzt ein Mann, der sich in Telefongespräche einschalten kann und hat kein anderes Interesse, als auf den Rand von Ostermundigen hinzuweisen. Ich muss sagen irgendwo, weil man inzwischen in Ostermundigen selbst sämtliche Anschlüsse überprüft hat, von Abbühl bis Zysset, und keine Unregelmäßigkeit feststellte. Hätte man allerdings so etwas wie eine Fehlschaltung gefunden, wäre man damit nicht viel weiter gekommen.

Es ist noch nicht lange her, da war er zum ersten Mal am Radio zu hören; als der König in einer Kinderstunde zum Schweinehirt sagen wollte, ich gebe dir also meine Tochter zur Frau, sagte er statt dessen: »Das ist der Rand von Ostermundigen.« Der Schauspieler, der die Rolle des Königs sprach, hatte diesen Satz nicht selbst gesagt, sondern es war die Stimme des Mannes, der diesen Satz auch am Telefon sagt, es war der Mann am Rand von Ostermundigen.

Die Hoffnung, dies würde ein Einzelfall bleiben, erfüllte sich nicht. Am nächsten Tag wurde eine Aktualitätensendung mit den Worten angesagt: »Sie hören nun unsere aktuelle Sendung: Das ist der Rand von Ostermundigen.« Die Sprecherin erklärte nachher, sie habe gesagt: »Sie hören nun unsere aktuelle Sendung: Die laufende Woche«, aber für den Hörer hatte sich nach dem Wort »Sendung« ein leichter Pfeifton bemerkbar gemacht, auf dem dann die Stimme des Mannes am Rand von Ostermundigen ertönte.

Seither ist kein Tag vergangen, an dem sich der Mann nicht in irgendeine Sendung eingeschaltet hat, öfters gibt er seinen Hinweis während der Nachrichten ab, und der

Satz hat dann auch die Eigenheit, dass er sich nicht mehr wegbringen lässt, also wenn sich der Sprecher am Schluss der Nachrichten korrigieren will, kann es sein, dass er sagt: »Wir bitten Sie um Entschuldigung für die kleine Störung, der Präsidentschaftskandidat hat in seiner heutigen Pressekonferenz nicht gesagt, das ist der Rand von Ostermundigen, sondern das ist der Rand von Ostermundigen.«

Natürlich tun die Behörden das möglichste, um diesem Mann auf die Spur zu kommen. So hat man die Bevölkerung gebeten, jedes Auftauchen des Satzes »Das ist der Rand von Ostermundigen« in einem Telefongespräch zu melden, und es hat sich herausgestellt, dass dieser Satz häufiger gesprochen wird, als es einem einzelnen möglich wäre. Gegenwärtig findet die größte Suche statt, an die man sich in diesem Land erinnern kann, Peilgeräte, mit denen man sonst Schwarzhörer ermittelt, werden zusammen mit Polizei und Militär zur Auffindung und Vernichtung dieses Satzes eingesetzt, der sich indessen immer mehr verbreitet.

Neuerdings hat er sich auch des Fernsehens bemächtigt. In einer Diskussion über Wohnbauprobleme wollte gerade ein Vertreter der Bauunternehmer auf die gestiegenen Produktionskosten hinweisen, als es auf dem Bildschirm dunkel wurde und man den Satz hörte: »Das ist der Rand von Ostermundigen.« Seither ist auch keine Fernsehsendung mehr gegen diesen Satz gesichert, nur sind die Aussagen darüber, was man während des Satzes sehe, sehr verschieden.

Einige Leute behaupten, sie sähen, wenn es dunkel

werde, ganz schwach das Gesicht eines alten Mannes mit einem Bart, andere glauben während dieser Zeit einen Raubvogel wahrzunehmen, der seinen Kopf ruckartig auf sie zudreht, die Mehrzahl der Leute aber, die den Einbruch des Satzes erleben, machen die Aussage, sie sähen während des Satzes auf dem Bildschirm sich selber.

Noch etwas muss gesagt werden, und zwar zu der angestrengten Suche nach dem Urheber des Satzes. Auch wenn diese Suche, woran ich übrigens zweifle, den Erfolg haben sollte, dass man eines Tages in einer Felshöhle oder einem Keller eine Sendeanlage entdeckt, dann wäre damit der Satz »Das ist der Rand von Ostermundigen« nicht mehr rückgängig zu machen.

Schlagen Sie eine beliebige Tageszeitung auf und lesen Sie sie von vorn bis hinten durch – irgendwo werden Sie den Satz lesen »Das ist der Rand von Ostermundigen«, kleingedruckt neben dem Kremationsdatum in einer Todesanzeige, oder als Legende zum Bild eines Rennfahrers, der eine Etappe gewonnen hat.

Jeder fürchtet sich heute davor, einen Brief zu schreiben, aus Angst, es könnte darin stehen »Das ist der Rand von Ostermundigen«, jeder fürchtet sich heute davor, eine Ansprache zu halten, aus Angst, er könnte sagen »Das ist der Rand von Ostermundigen«, anfangs haben viele diesen Satz zum Spaß gesagt, heute macht niemand mehr einen Witz damit, die Leute haben Angst bekommen zu sprechen, und zwar in jeder Situation, stellen Sie sich vor, ein Metzger zeigt einer Kundin ein Stück Rindfleisch und sagt dazu: »Das ist der Rand von Ostermundigen.«

Wohin das noch führen wird, ist schwer abzusehen. Im

Moment scheint sich eine Möglichkeit zu zeigen, wie man diesen Satz zwar nicht ausrotten, aber unter Kontrolle bringen könnte.

Ein Mann aus der Politik, welcher eine Rede halten musste und befürchtete, er könnte vom Satz überrascht werden, versuchte ihn dadurch zu überlisten, dass er die Rede mit den Worten anfing:»Meine Damen und Herren, das ist der Rand von Ostermundigen!« Man hätte nun denken können, dass auch dies nichts nützte, ja dass er dadurch erst recht den Satz nochmals heraufbeschworen hätte, aber dies war nicht der Fall, er konnte ungestört weiterfahren.

Das ist bekannt geworden, und wer sich jetzt gegen den Satz schützen will, kann ihn einfach freiwillig aussprechen und wird dann nicht mehr von ihm betroffen. In diesen Tagen gehen viele zu dieser Methode über, das Radio beginnt seit gestern seine Sendungen mit der Ansage, guten Tag, liebe Hörerinnen und Hörer, das ist der Rand von Ostermundigen, die Zeitungen haben beschlossen, den Satz als Untertitel zu drucken, Lehrer fangen ihre Schulstunden so an, Bekannte, die sich antreffen, begrüßen sich mit diesen Worten, und ich, der ich Geschichten schreibe, habe mir jetzt dadurch geholfen, dass ich eine Geschichte über diesen Satz geschrieben habe.

Ich finde aber, das ist auf die Dauer keine Lösung. Es geht doch nicht, dass wir uns mit diesem Satz abfinden, es geht doch nicht, dass wir diesem Satz nicht Meister werden, dass wir uns diesem Satz einfach unterziehen, diesem Satz, der sinnlos ist, diesem Satz, der nur dann angebracht ist, wenn man den Rand von Ostermundigen vor sich sieht, in Wirklichkeit oder auf einem Bild, und selbst wenn man in einer Situation ist, wo dieser Satz hinpasst, dann geht von diesem Rand von Ostermundigen, den ich nicht kenne, nichts aus, es werden ein paar Wohnblöcke sein, eine Wiese, ein Waldrand vielleicht, aber es ist nicht einzusehen, warum ausgerechnet das von Bedeutung sein soll, und jetzt, gerade jetzt, vernehme ich, dass heute zum ersten Mal die Stimme des Mannes nicht mehr gehört wurde, er braucht sich nicht mehr zu melden, er hat erreicht, was er wollte, jeder kennt den Satz, jeder spricht ihn aus, keiner kann mehr etwas sagen, ohne zugleich an den Rand von Ostermundigen zu denken, und keiner weiß, was damit gemeint ist.

Dieser Satz muss zum Schweigen gebracht werden. Das ist das Ende der Geschichte ›Der Rand von Ostermundigen‹.

Der Mann, der ein Kauz sein möchte

Es gibt einen Mann, und ich verbürge mich für seine Existenz, dessen größter Wunsch ist es, ein Kauz zu sein. Seine Erscheinung, seine Sprache, sein Benehmen sind einzig darauf ausgerichtet, den Eindruck von Kauzigkeit zu erwecken. Wenn Sie ihm begegnen, und das wäre, da es ihn wirklich gibt, nicht ausgeschlossen, könnte das auf die folgende Art verlaufen.

An einem Samstagnachmittag würden Sie, während Sie durch die Stadt gehen, plötzlich bemerken, wie einem Mann, der vor Ihnen geht, ein Frankenstück aus der Hand auf den Boden fällt, ohne dass er davon Notiz nimmt. Wenn Sie, was ich eigentlich voraussetze, nicht selbstsüchtig veranlagt sind, nehmen Sie das Geldstück auf, beschleunigen Ihren Gang, holen den Mann ein und halten es ihm hin, indem Sie ihm sagen, er hätte das vorhin verloren. Der Mann wird sich dann hocherfreut zeigen, und da Sie gerade an einem Café vorbeigehen, wird er sagen, wissen Sie was, mit diesem Franken lade ich Sie zu einem Umtrunk ein. Das Wort Umtrunk könnte Sie schon stutzig machen, aber da Sie gerade Zeit haben und nicht ungern einen Kaffee trinken würden, nehmen Sie die Einladung an.

Auf dem Weg zu seiner Wohnung – er führt Sie nämlich in seine Wohnung und nicht in das Café, weil er Cafés wegen ihres guten Kaffees hasse, wie er sagt, und Sie gehen mit, weil Sie den Moment verpasst haben, nein zu sagen – auf dem Weg zu seiner Wohnung fällt Ihnen auf, dass er das Frankenstück, mit dem er bisher gespielt hat, verschwinden lässt und aus der Busentasche seines Kittels einen schwarzen Handschuh zieht, den er sich über die rechte Hand streift. Vor seiner Tür angekommen – er wohnt im vierten Stock eines Altstadthauses – zertrümmert er mit einem Faustschlag ein Milchglasscheibenabteil, langt dann mit der Hand durchs Loch und öffnet die Tür von innen. Schon wieder den Schlüssel vergessen, sagt er, wissen Sie, ich bin sehr zerstreut, absolut zerstreut, hach. Er sagt nicht ach, sondern hach. Da ist er ja! ruft er und greift in seine andere Busentasche, je nun, quod scripsi scripsi. Sie sagen, das ist aber schade, dass Sie jetzt die Scheibe kaputtgemacht haben, und er sagt, halb so schlimm, und öffnet einen Kasten, in dessen Fuß sich zwei Reihen Ersatzscheiben befinden, er nimmt eine, hängt die zerstörte aus und setzt die neue ein, dazu sagt er, ich bin eben ein seltsamer Kauz.

Gerade jetzt würde Ihnen aber aufgehen, dass dieser Mann kein echter Kauz ist von der Art eines Gärtners oder Totengräbers oder Zeitungsverkäufers, sondern dass es sich um eine gewollte, gekünstelte Kauzhaftigkeit handelt, mit der er sich nur interessant machen will.

Seine Wohnung ist durch und durch originell eingerichtet, was für ihn zweifellos eine große Anstrengung bedeutete, aber wenn man ihn auf etwas hin anspricht, sagt er scheinbar zerstreut, das da? Ja, recht lustig, nicht. In der Küche zum Beispiel ist das große Ablaufrohr mit einem leichten Farbriss, von oben nach unten verlaufend, versehen, und er hat kleine Heftpflaster darübergeklebt, sodass der scherzhafte Eindruck entstehen soll, diese Pflaster halten die Röhre zusammen.

In der Toilette ist ein Bild von einer Toilettenschüssel aufgemacht, aus welcher zwei Hände greifen und sich an der Sitzbrille festhalten. Hinter der Schüssel ist eine Parkverbotstafel befestigt, und darunter ein Schild »Nur Ein- und Aussteigenlassen erlaubt«. Wenn Sie die Toilette verlassen, wird der Mann schon hinter dem Garderobenständer auf der Lauer stehen, um zu beobachten, ob Sie schmunzelnd herauskommen, und wenn Sie sagen, das finde ich aber sehr gut, wird er zuerst fragen, was denn, und wenn Sie sagen, dieses Schild auf der Toilette, dann wird er sagen, hach das?

Bestimmt wird er Ihnen außer einem Kaffee eine Kleinigkeit zum Essen auftischen, denn dann kommen Sie nicht darum herum festzustellen, dass er alle seine Teller mit »Teller« angeschrieben hat. Passen Sie auf, wenn er Ihnen nachher eine Zigarette anbietet, er tut es nur, damit Sie nach einem Aschenbecher fragen müssen. Sicherlich, wird er sagen, nehmen Sie ihn doch selbst, er befindet sich direkt hinter Ihnen, wenn Sie den Kasten öffnen. Sie drehen sich um, öffnen den Kasten, und darin steht ein Skelett. Wenn Sie erschrecken und wieder zumachen wollen, sagt der Mann, nein, nein, das ist er, nehmen Sie ihn heraus, oder warten Sie, ich helfe ihnen, komm Kuno, er heißt nämlich Kuno, wird er sagen, und nimmt ihn heraus, stellt ihn neben Sie, legt ihm die rechte Hand auf den Tisch und setzt ihm seine eigene Schädeldecke hinein, in die Sie nun Ihre Asche abklopfen können.

Das Gespräch mit ihm wird sehr stockend sein, weil er auf nichts eigentlich eingeht, was Sie sagen, er wartet nur auf Gelegenheiten, sein Kauztum unter Beweis stellen zu können, und dafür opfert er jeden realen Inhalt. Sie werden nicht herausfinden können, wovon er lebt, denn wenn Sie ihn fragen, was er von Beruf sei, dann überlegt er einen Augenblick, natürlich sichtbar, indem er die Stirn runzelt, seine Hand ins Kinn stützt, die Lippen leicht öffnet und intensiv nach oben blickt, und dann sagt er, ich habs vergessen, tatsächlich, ich habs vergessen, ich bin ja absolut zerstreut.

Versuchen Sie ihm die Frage zu stellen, ob er Junggeselle sei, dann wird er so lange drumherum reden, in der Art von wie meinen Sie das, oder was heißt das, Junggeselle, bis Sie das Wort Frau brauchen, und dann wird er etwas zerfahren fragen, Frauen, warten Sie, Frauen, was ist jetzt das schon wieder... Hach! Das sind diese Wesen mit den langen Haaren, die beim Tanzen rückwärts gehen! Dann sagt er nichts mehr und lässt diesen Satz wirken, den er sich einmal in einer Anekdotensammlung gemerkt hat.

Wenn es Ihnen gelingt, den Besuch zu beenden, dann leuchtet, kurz bevor Sie die Wohnung verlassen, über dem Türrahmen eine rosa Schrift auf mit den Worten AUF WIEDERSEH*N*. Sie können ja, wie das alle tun, fragen, wieso das N am Schluss schräg über der Zeile stehe, und ihm damit noch Gelegenheit geben zu sagen, das ist scheinbar hinunter-, eh hinaufgefallen.

Verabschieden Sie sich, verabschieden Sie sich, mit solchen Menschen kann man nicht lang zusammenbleiben, und schauen Sie, wenn Sie unten zur Tür hinausgehen, nicht nach oben, nein, wieso schauen Sie jetzt nach oben, wo ich gerade gesagt habe, Sie sollen es nicht tun – muss es denn sein, dass Sie auch noch sehen, wie er Ihnen in der Maske eines Hühnerkopfes zum Fenster hinaus nachblickt?

Bedingungen für die Nahrungsaufnahme

Mir ist der Fall eines Kindes bekannt, das, knapp nachdem es ein Jahr alt geworden war, nichts mehr essen wollte. Wenn man ihm seine Nahrung, die meistens aus einem Brei bestand, eingeben wollte, verwarf es die Hände vor dem Gesicht, schüttelte den Kopf und wand sich, sodass es unmöglich war, ihm auch nur einen Löffel davon in den Mund zu bringen. War man doch einmal so weit vorgedrungen, spuckte es sofort alles wieder aus und begann zu schreien. Das einzige, was es zu sich nahm, war etwas Wasser, aber schon wenn man ihm statt dessen Milch hinhielt, wollte es nichts mehr davon wissen.

Die Eltern waren beunruhigt und konnten sich diese plötzliche Änderung nicht erklären. Sie versuchten das Kind zuerst mit Zureden, dann mit Drohungen und Schlägen zur Annahme des Breis zu bewegen, aber es war vergebens; sie legten ihm eine Banane hin, die es sonst unter allen Umständen gegessen hätte, doch das Kind nahm sie nicht. Erst ein Zufall führte zu einer Lösung. Das Zimmer des Kindes war mit einem Gatter, das man in den Türrahmen einklemmte, abgesperrt, sodass das Kind bei offener Türe im Zimmer gelassen werden konnte und man hörte, was drinnen vorging, ohne dass es die Möglichkeit hatte hinauszurennen. Am dritten Tag der Nahrungsverweigerung wollte der Vater der Mutter, die sich schon im

Zimmer befand, um das Kind zu Bett zu bringen, den Brei hineinreichen, da kam das Kind an das Gatter gelaufen und schaute begierig zum Teller hinauf. Sogleich beugte sich der Vater hinunter und begann, ihm über das Gatter hinweg den Brei einzulöffeln, und das Kind, das sich mit den Händen an den Stäben hielt und mit dem Kopf gerade über den Gatterrand hinausreichte, schien sehr zufrieden und aß den ganzen Brei auf. Am nächsten Morgen fütterte der Vater, bevor er zur Arbeit ging, das Kind auf dieselbe Weise, und es zeigte nicht die geringsten Widerstände. Als aber die Mutter am Mittag dem Kind den Brei über das Gatter geben wollte, lief es weg und schlug den Deckel seiner Spieltruhe solange auf und zu, bis sich die Mutter aus dem Türrahmen entfernte. Vom Vater nahm es am Abend wieder ohne Umstände den Brei über das Gatter.

Nun aß das Kind zwar wieder, aber die Tatsache, dass es nur von seinem Vater gespeist werden wollte, machte den Eltern zu schaffen. Abgesehen davon, dass es so nur zwei Mahlzeiten am Tag bekam, war es für den Vater nicht einfach, jeden Abend pünktlich dazusein, um dem Kind sein Essen zu verabreichen, er musste sich von Berufs wegen öfters von seinem Wohnort wegbegeben. Einmal erschien er leicht verspätet und hörte das Kind schon schreien, warf den Mantel rasch über einen Stuhl, ging zum Kinderzimmer und gab dem Kind sein Essen. Erst nachher merkte er, dass er vergessen hatte, seinen Hut dazu abzunehmen. Als er am andern Morgen wieder zum Kind ging, wollte es nicht essen, zeigte ihm jedoch unablässig auf den Kopf. Da erinnerte sich der Vater an den vorigen Abend, holte seinen Hut und setzte ihn auf, und befriedigt ließ sich das Kind nun seinen Brei geben. Von nun an musste der Vater immer einen Hut anhaben, wenn er wollte, dass das Kind aß.

Bisher war die Mutter stets zugegen gewesen, wenn das Kind sein Essen erhielt, nun blieb sie einmal am Morgen, als sie schlecht geschlafen hatte, im Bett, da sich der Vater anerboten hatte, das Kind allein zu besorgen. Das Kind weigerte sich aber, den Brei ohne die Gegenwart der Mutter zu essen, und so blieb dem Vater nichts anderes übrig, als die Mutter herzuholen, welche sich im Nachthemd auf ein Kinderstühlchen setzte.

Am selben Abend wehrte sich das Kind schreiend gegen die Zumutung, seinen Brei zu essen, dabei war alles in Ordnung. Der Vater stand außerhalb des Gatters und hatte seinen Hut an, und die Mutter war auch dabei. Allerdings trug sie jetzt ihre Tageskleidung, und da das Kind immer wieder auf die Mutter zeigte, zog sie schließlich ihr Nachthemd an und kam wieder ins Zimmer. Das Kind war aber erst zufrieden, als sie sich wieder auf das Kinderstühlchen setzte und von dort aus zuschaute, wie es aß.

Von jetzt an musste sich die Mutter immer zur Essenszeit des Kindes das Nachthemd anziehen, sonst war an eine Nahrungsaufnahme gar nicht zu denken.

Bald ließ sich das Kind nicht mehr von zufällig eingetretenen Ereignissen leiten, die es wiederholt haben wollte, sondern begann, sich selbst neue Forderungen auszudenken. So deutete es als nächstes auf den Schrank, der im Zimmer stand, und schaute dazu seine Mutter an. Die Mutter ging auf den Schrank zu und wollte ihn öffnen, doch da heulte das Kind auf und zeigte auf die Decke des Schranks. Die Mutter sagte, nein, das mache sie nicht, da legte sich das Kind auf den Boden und strampelte mit Händen und Füßen in der Luft, indem es gellende Schreie von besonderer Widerlichkeit dazu ausstieß. Trotzdem beschlossen die Eltern, auf diesen Wunsch des Kindes nicht einzugehen, und so musste es ohne Essen ins Bett. Bis zum Morgen, so hofften sie, hätte es den Gedanken bestimmt wieder vergessen.

Als die Mutter am andern Morgen im Nachthemd auf dem Kinderstühlchen saß und der Vater im Hut vor dem Gatter stand und dem Kind das Essen eingeben wollte, lehnte es wieder ab und zeigte auf die Decke des Schranks. Die Eltern erfüllten ihm den Wunsch nicht, aber das Kind aß nichts.

Nach zwei Tagen, als es bereits Schwächeerscheinungen zeigte, weil es außer Wasser nichts zu sich genommen hatte, gaben die Eltern nach, die Mutter kletterte im Nachthemd auf den Schrank und legte sich flach hin, worauf das Kind sofort und mit großer Begeisterung seinen Brei aß, sich aber immer wieder mit Blicken versicherte, ob die Mutter ihm auch wirklich beim Essen zuschaue. Die Eltern waren nach dieser Niederlage sehr geschlagen und schauten geängstigt dem entgegen, was noch kommen würde. Man kann sich fragen, ob ihr Verhalten richtig war, aber sie sahen keinen andern Weg, um das Kind nicht verhungern zu lassen. Die Kinderärztin, die immer für die Kinder und gegen die Eltern entschied, empfahl dringend, den Wünschen des Kindes nachzugeben, da es wichtiger sei, dass das Kind esse, als dass die Eltern möglichst sorglos lebten, und ein Kinderpsychologe, mit dem der Vater bekannt war, konnte auch nicht helfen, sprach von einer etwas verfrühten Trotzphase und machte vage Hoffnungen, dass sie vorübergehend sei.

Dafür gab es aber noch keine Anzeichen, denn als das Kind das nächste Mal essen sollte, rannte es zum Fenster und war nicht mehr davon wegzubringen. Der Vater wies das Kind auf die Mutter hin, die ordnungsgemäß im Nachthemd auf dem Schrank lag, deutete auf seinen Hut und wollte ihm das Essen über das Gatter geben, aber das Kind schüttelte sich am ganzen Körper und griff mit beiden Händen nach dem Fenstersims. Der Vater wollte es zwar nicht wahrhaben, aber er wusste, was das bedeutete. Das Zimmer lag im ersten Stock, er holte also eine Leiter im Keller, stellte sie außen an das Haus, stieg darauf zum Kinderzimmer hoch und reichte dem Kind den Brei durch das offene Fenster. Das Kind strahlte und aß alles auf.

Am folgenden Tag regnete es, und der Vater erstieg die Leiter zum Kinderzimmer mit einem Regenschirm. Von nun an musste er immer mit dem Regenschirm ans Fenster kommen, unabhängig vom Wetter, sonst wurde der Brei nicht gegessen.

Inzwischen hatten die Eltern, um sich etwas zu entlasten, ein Dienstmädchen genommen. Das Kind jedoch lehnte dieses gänzlich ab und wollte sich nur von der Mutter betreuen lassen. Auch die Hoffnung, das Dienstmädchen könne sich im Nachthemd der Mutter auf den Schrank legen, erwies sich als falsch, das Kind verfiel fast in Tobsucht ob des plumpen Täuschungsversuches. Als aber das Dienstmädchen das Zimmer verlassen wollte, war es auch wieder nicht recht. Es musste am Gatter stehenbleiben und ebenfalls zusehen, wie das Kind aß, und auch das reichte noch nicht. Es aß erst, wenn das Dienstmädchen bei jedem Löffel, den es schluckte, einmal eine Rasselbüchse schüttelte.

Das, hätte man annehmen können, war nun fast das Äußerste, aber jetzt fing das Kind an, den Vater wegzustoßen, wenn er sich über den Sims lehnte, und auch den Teller mit dem Brei hinunterzuwerfen, den der Vater jeweils aufs Fensterbrett stellte. Dem Vater fiel nichts anderes mehr ein als sich eine sehr hohe Bockleiter zu kaufen. Die stellte er in einiger Entfernung von der Hausmauer auf, stieg dann hoch und verabreichte dem Kind den Brei mit einem Löffel, den er an einem Bambusrohr befestigt hatte. Um mit diesem Löffel in den Brei eintauchen zu können, musste er den linken Arm mit dem Teller ganz ausstrecken, konnte also den Brei nicht auf der Leiter abstellen. Da er aber nicht ohne Schirm auftreten durfte und ihn nicht wie bisher in der Hand halten konnte, hatte er sich ein Drahtgestell angefertigt, das er auf die Schultern nehmen konnte und in welches der Schirm eingesteckt wurde, sodass er ihn etwa in derselben Höhe über sich trug, wie wenn er ihn in der Hand gehabt hätte.

Ein Nachbar, der zu diesem Zeitpunkt seinen Feldstecher auf das Haus gerichtet hat, sieht also folgendes:

Der Vater reicht dem Kind den Brei in einem an einer Bambusstange befestigten Löffel von einer Bockleiter außerhalb des ersten Stockes durchs Fenster. Dazu trägt er einen Hut und einen Regenschirm, den er an einem Drahtgestell über den Schultern festgemacht hat. Die Mutter liegt im Nachthemd auf dem Schrank, und das Dienstmädchen steht vor dem Gatter, das im Türrahmen eingeklemmt ist. Beide schauen zu, wie das Kind isst, und das Dienstmädchen schüttelt zusätzlich bei jedem Löffel, den das Kind schluckt, eine Rasselbüchse.

Wenn diese Bedingungen erfüllt sind, und nur dann, dann isst das Kind.

Das Dach

Schon seit längerer Zeit beschäftigt mich die Vorstellung eines Daches.

Dieses Dach würde eine Villa bedecken, die gegen Ende des letzten Jahrhunderts erbaut worden wäre, im Stil eines schottischen Schlosses, mit granitenen Mauersteinen und gotischen Fenstern. Da das Dach ebenso alt wäre wie die Villa selbst, müsste es gelegentlich ausgebessert werden, und man müsste zu diesem Zweck einen Dachdecker hinaufschicken.

Dieser Dachdecker aber, und hier nähme die Geschichte eine Wendung ins Unheimliche, dieser Dachdecker käme nicht mehr zurück. Man würde ihn suchen, noch am selben Abend wahrscheinlich, aber ohne Erfolg. Es wäre sogar so, dass der zweite Dachdecker, der das Dach bestiege, ebenfalls nicht mehr zurückkäme, und wenn am Schluss der Meister selber hinaufstiege, bliebe auch er verschollen. Es würde sich nun niemand mehr hinaufwagen, man würde das Dach überfliegen, aber von oben wäre alles normal. Niemand könnte sich das Wegbleiben der drei Dachdecker erklären, bis in den Estrich würden sich die Mutigsten vorwagen und auch dort nichts finden, kein Versteck, keinen Unterschlupf, und auch rund um die Villa fände sich kein einziger Hinweis, dass etwa jemand hinuntergefallen wäre. Ein Teil des Materials, das der erste Dachdecker mit sich genommen hätte, läge noch im Estrich unter der Luke, aus der er ausgestiegen wäre, aber schon das Seil, mit dem er sich angebunden hätte, wäre auf dem Dach nirgends mehr zu sehen.

Würde ich von einem solchen Vorkommnis hören, dann könnte ich es sofort erklären, ich sehe ganz genau, was da vor sich gegangen ist.

Der Dachdecker, der durch die Luke aufs Dach gestiegen ist, sichert sich zuerst, indem er an der Innenseite der Luke ein Seil befestigt, welches er sich selbst um den Bauch bindet, da es ein sehr steiler Teil des Daches ist, den er ausbessern soll. Dann begibt er sich zu der schadhaften Stelle, die schräg unter ihm liegt, um sie genau anzuschauen, ehe er mit der Arbeit beginnt. Bevor er aber dort angelangt ist, spürt er einen Ruck und merkt, dass das Seil schon ganz angespannt ist. Das wundert ihn, weil er geglaubt hat, es sei lang genug, und er schaut sich um. Da bemerkt er, dass sich das Seil bloß eingehakt hat, und zwar an einem kleinen Türmchen, das aus dem Dach ragt. Er geht zwei Schritte zurück und macht das Seil vom Türmchen los. Dabei fällt ihm auf, dass er das Türmchen vorhin übersehen hat, es sieht aus wie ein Kamin, ist aber zu klein dafür, wahrscheinlich ist es also ein Zierkamin, wie er manchmal auf Dächern dieser Art anzutreffen ist. Seltsamerweise ist aber ein ovales, leicht nach außen gewölbtes Bild an der Dachseite des Türmchens angebracht, es zeigt auf bräunlichem Hintergrund einen bräunlichen Mann mit einem Schnauz und einem Stehkragen, und darunter in zusammenhängenden Buchstaben die Inschrift »Il Dottore«. Das hat der Dachdecker noch nie gesehen, und es ist nicht verwunderlich, dass er eine Weile stehenbleibt und dieses Bild betrachtet. Dann ist zu sehen, wie er den Kopf schüttelt, und man hört deutlich, wie er sich räuspert, bevor er wieder zur schadhaften Stelle absteigt. Jetzt ist er dort angelangt und überblickt sie, insgesamt fehlen acht Ziegel, wahrscheinlich sind sie herausgerutscht und über das Dach hinunter in den Garten gefallen, das kann es geben bei stürmischem Wetter. Aber da sieht er, dass von der oberen Reihe – es sind zwei Reihen zu vier Ziegeln – noch Stücke unter den nächstoberen Ziegeln stecken, dass also die oberen Ziegel abgebrochen sind, dass also offenbar ein Gegenstand auf diese Stelle des Daches gefallen sein muss. Er schaut nun in das Loch hinein, in der Erwartung, auf dem Estrich einen großen Stein oder sonst ein Geschoss zu sehen, das diesen Bruch verursacht hätte. Es geht eine Weile, bis sich seine Augen an das Dunkel im Estrich gewöhnt haben, dann sieht er einen Apfel am Boden liegen und darum herum einige Teile von Ziegeln. Er späht in alle Ecken des Dachbodens, aber er sieht nichts außer diesem Apfel. Dass ein Apfel eine derartige Wirkung haben sollte, kann er sich nicht vorstellen, auch dass jemand diesen Apfel so hoch werfen konnte, dünkt ihn unwahrscheinlich, zudem scheint der Apfel überhaupt nicht beschädigt zu sein. Wie er den Kopf wieder aus der Luke zieht, hört er über sich ein Rauschen, blickt hinauf und sieht, was ihm vorher nicht aufgefallen ist, auf dem Dachfirst einen Apfelbaum. Nun wird er stutzig. Dass er das übersehen haben soll? Er beschließt, zum Dachfirst hinaufzusteigen, sieht aber, dass das Seil nicht reichen wird, und bindet sich deshalb los. Dies ist allerdings schwieriger, als er erwartet hat, weil sich das Seil inzwischen mit einer schlüpfrigen schwarzen Schicht überzogen hat, von der ihm nicht klar ist, woher sie kommt und woraus sie besteht. Der Geruch zwar erinnert ihn an gekochte Schnecken. Nun hat er sich losgebunden und steigt vorsichtig zum Dachfirst hinauf, wo er, kaum angekommen, sogleich den Stamm des Apfelbaums betastet und feststellt, dass es ein richtiger Baum ist, er sieht auch, dass seine Wurzeln in den Ziegeln verschwinden, wie wenn es Erde wäre, und kein Ziegel ist zersplittert oder zeigt auch nur einen Spalt, wie man das etwa von Mauern kennt, in die sich ein Baum eingewurzelt hat. Der Dachdecker sieht auch, dass der Baum noch mehr Äpfel trägt, er greift nach einem, der etwas tiefer hängt, verfehlt ihn und rutscht aus, kann sich gerade noch am Stamm festhalten, der dadurch erschüttert wird, sodass von allen Zweigen die Äpfel fallen, und jeder Apfel, der auf das Dach schlägt, bricht ein Loch in die Ziegel und verschwindet im Estrich. Der Dachdecker ist erschrocken, er hat mit einem Arm den Baumstamm umschlungen, kauert auf dem Dachfirst und schaut um sich – das ganze Dach ist nun durchlöchert, und er ist schuld daran. Er überlegt sich, was zu tun sei, und kommt zur Ansicht, dass er den Vorfall dem Besitzer des Hauses melden müsse, dass er sich aber zuerst einen der Äpfel beschaffen wolle, um zu sehen, weshalb sie die Kraft hatten, Ziegel zu durchschlagen. Wie er aber zur Luke hinuntersteigen will, kommt ihm das Dach so steil vor, wie ihm noch nie ein Dach vorgekommen ist, er sieht sein Seil von der Luke an abwärts hängen und merkt, wie er am ganzen Leibe zittert. Er schlingt beide Arme um den Baum, schläft in dieser Stellung ein und träumt, er sei Dachdecker.

Am Abend streckt der zweite Dachdecker seinen Kopf durch dieselbe Luke, aus der der erste am Morgen ausgestiegen ist. Er findet das Seil des ersten Dachdeckers an der Innenseite der Luke befestigt, schaut dem Seil nach und sieht, dass das Ende davon lose in der Nähe der Dachrinne liegt. Er vergewissert sich, dass das Seil gut festgemacht ist, steigt dann aufs Dach und geht, sich am Seil haltend, bis zur Dachrinne hinunter, lehnt sich etwas darüber hinaus und schaut nach unten, aber er sieht nirgends einen zerschlagenen Körper am Boden liegen. Er entdeckt die schadhafte Stelle, zieht sich vorsichtig am Seil bis zu ihr hoch und schaut durch das Loch in den Estrich. Was er jetzt sieht, hat er noch nie gesehen. Sein Herz beginnt schneller zu schlagen, er verspürt einen Druck im Kopf, seine Wangen röten sich, und er merkt, wie sein Glied anschwillt. Er kann nicht wegschauen, ja er will sich selbst auch hinunterbegeben, aber wie er durch das Loch steigen will, merkt er, dass es gar kein Loch ist, sondern dass es genauso mit Ziegeln bedeckt ist wie das übrige Dach, mit dem Unterschied, dass in der Mitte eines Ziegels jeweils ein kleines Stück aus Glas ist, und in diesem Glas ist ein Auge eingelassen, das zu ihm hinaufschaut. Jetzt merkt er auch, dass er seine Hose verloren hat und nur im Hemd dasteht, nicht einmal Unterkleider hat er an. Er will sein Hemd zwischen den Beinen durchziehen, aber es ist zu kurz dazu, er bedeckt sein Glied, das sofort wieder schlaff wird, mit der linken Hand. So rasch wie möglich will er nun wieder zur Luke zurück, erst jetzt fällt ihm auf, dass fast in jedem Ziegel ein Auge eingelassen ist, er schaut sich dauernd um, ob er seine Hose irgendwo sieht, kann sie jedoch nicht ausfindig machen. Als er zurück zur Luke kommt, sieht er, dass das Seil, an dem er sich hielt, an einer Kerze befestigt war, die sehr schnell hinuntergebrannt ist und jetzt, wo er sich am Lukenrand hält, den Punkt erreicht hat, wo das Seil um sie geschlungen war, das Wachs schmilzt, und das Seil fällt in die Tiefe. Hinter der Kerze sind die fragenden Gesichter des Hausbesitzers und seiner Frau zu sehen, die bei seinem Erscheinen die Hände vors Gesicht schlagen. Ächzend vor Wut springt der Dachdecker in langen und gefährlichen Sätzen zum Hauptkamin hinüber, um sich den Blicken der beiden zu entziehen. Er ist nicht sonderlich überrascht, auf der Hinterseite des Kamins einen kleinen Teich zu finden, auf dem Mandarinenten lautlos herumschwimmen, und einen Fischer, der am andern Ufer steht und seine Angel nach koffergroßen Goldfischen ausgeworfen hat, die man in der Tiefe schimmern sieht. Er zieht sich sein Hemd aus und wickelt es sich als Lendenschurz um die Hüften, während ihm der Fischer freundlich zunickt und herüberruft: »Heute abend!« Dann schläft er ein, am Fuße einer Weide, und träumt, er sei ein Dachdecker, der einen andern Dachdecker suche.

Der Meister, dessen Kopf erst nach Einfall der Dämmerung aus der Luke auftaucht, ist überrascht von der Helligkeit, die hier oben noch herrscht, und löscht seine Taschenlampe wieder aus. Er sieht vor sich einen kleinen, ausgetretenen Weg, der zu einem Kiosk führt. Er zögert zunächst und denkt dann, warum soll sich hier kein Kiosk befinden, steigt auf das Dach und geht auf dem Weg, welcher mit feinen Glassplittern bedeckt ist, zum Kiosk. Im Kiosk sitzt eine Frau, deren Alter sehr schwer zu bestimmen ist, ihre Körperhaltung wirkt greisenhaft, ihr Gesicht jedoch hat keine Runzeln. Als sie der Meister anspricht, schaut sie nicht auf, sondern wirft ununterbrochen kleine Handschuhe aus einer Schachtel, die sie vor sich hat, in einen großen Topf, den sie neben sich hat. Als sie der Meister zum zweiten Mal anspricht, diesmal lauter und entschiedener, blickt sie auf und schaut ihn an.

»Sie möchten wohl Orschankeln?« fragt sie ihn. »Nein«, sagt der Meister und will weiterfahren, doch die Frau sagt: »Ich habe aber nur Orschankeln.« – »Was sind das, Orschankeln?«, fragt der Meister, neugierig geworden. »Das werden Sie schon noch merken«, sagt die Frau und beugt sich wieder zu ihren Handschuhen. Der Meister spricht sie wieder an, stellt die Frage nach seinen zwei Dachdeckern, aber die Frau blickt nicht mehr auf, auch als sie der Meister bei den Schultern packt. Der Meister sieht sich um und merkt, dass er hier in einer gebirgigen Landschaft ist, Felszacken ragen empor, die aber alle mit Ziegeln bedeckt sind, weiter hinten bemerkt er sogar einen Wasserfall. Aber der Weg hört hier beim Kiosk auf, die Zacken scheinen nicht begehbar, haben auch keine Widerhaken oder Schneehalter, und so versucht er, die Frau nochmals anzusprechen. Es gelingt ihm nicht, da greift er zu einer Illustrierten, die auf der Lade liegt, und blättert sie abwartend durch. Sie ist sehr alt, auf einer Seite ist Kaiser Wilhelm zu sehen, wie er Palästina besucht, und andere Bilder zeigen Goldsucherstädte in Amerika und einzelne Gestalten in großen Hüten, mit Werkzeug beladen. Auf einer der letzten Seiten sind zwei Männer abgebildet, die ein Verbrechen begangen haben und jetzt zum Tode verurteilt sind. Bevor der Meister weiterliest, welcher Art dieses Verbrechen war, erkennt er in den zwei Männern seine Dachdecker und blättert sofort die Seite um. Auf der nächsten Seite aber ist der Henker abgebildet, der die beiden hinrichten wird, und im Henker erkennt der Meister sich selber. Hastig schlägt er die Illustrierte zu und will sie zurückgeben, da sieht er, dass der Kiosk inzwischen geschlossen ist, die Bergzacken haben sich mit einer Eisschicht überzogen, und der Rückweg ist ihm von einem Wolfshund verstellt, der einen Eisenstab zwischen seinen Zähnen trägt.

Erzählung

Heute erzählte mir eine Bekannte in Bern beim Mittagessen von einem Bekannten in Deutschland
welcher
    durch Zufall
mit einem Unbekannten ins Gespräch gekommen sei
der ihm
nachdem sie vorerst über Dinge ohne Wichtigkeit geredet hätten
zu erzählen angefangen habe
wie er einmal
zwischen neun und zehn Uhr abends
    er sei Vertreter von Beruf
    und sei um diese Zeit noch öfters mit dem Wagen
    auf der Heimfahrt
wie er also
als er unterwegs gewesen sei
gesehen habe
dass
am Straßenrand
    auf freiem Feld
ein Mädchen
mit erhobner Hand gestanden sei
woraufhin er den Wagen angehalten habe
und es ihm auf seine Frage

wohin es wolle
entgegnet habe
es müsse in die Bäckerei des nächsten Dorfes und er dann
das Mädchen in den Wagen eingelassen habe
    es sei hinten eingestiegen
    und habe auf der Fahrt nicht mehr gesprochen
dass dann aber
als er im nächsten Dorf
die Bäckerei gefunden und davor gehalten habe
das Mädchen plötzlich nicht mehr dagewesen sei
was ihn bewogen habe
auszusteigen und zu läuten
um zu fragen
ob sie etwa schon im Haus sei
    was ihm allerdings auch seltsam vorgekommen wäre
    habe er doch nichts bemerkt
    das darauf hätte schließen lassen
dass
nach einer Weile
eine Frau
die Tür geöffnet habe
ihn
nach seiner Frage
gebeten habe
einzutreten
und ihm alsdann
    ihre schwarzen Kleider
    habe er erst jetzt bemerkt
eröffnet habe
das Mädchen

das er mitgenommen habe
müsse ihre Tochter sein
die vier Monate vorher
in einem Wagen
den sie angehalten habe
umgekommen sei
und er
er sei jetzt schon der dritte
der nach ihrem Tode komme
und erzähle
dass er   ein Mädchen mitge
das   hieher
        frage
ob sie   schon zu Hause

(Er sei dann ratlos weggefahren
und seit diesem Vorfall
fühle er sich sehr allein
und wisse nicht was machen
weil   )

Das Haustier

Ich habe – ich schreibe ich, nicht weil ich mich meine, sondern weil ich nicht schreiben will, es war einmal jemand, der war so und so alt und so und so groß und hatte die und die Eigenschaften – ich habe ein Haustier.

Ich verspürte eines Tages das Bedürfnis, da ich sehr allein bin, etwas um mich zu haben, das lebt, ein Wesen, das mir am Morgen nachschauen würde, wenn ich wegging, und auf und ab hüpfen würde, wenn ich am Abend nach Hause käme. Als dieses Bedürfnis mehrere Tage anhielt, beschloss ich, ihm nachzugeben, und suchte eine Tierhandlung auf.

Von Anfang an richtete ich mein Augenmerk auf etwas Pelziges, doch fand ich nicht leicht ein Tier, das meinen unbestimmten, aber doch genauen Vorstellungen entsprach. Die Schwierigkeit war, dass ich nicht sagen konnte, was ich eigentlich wollte, ich sah nur, dass ich die Tiere, die ausgestellt waren, nicht wollte. Ein Hamster zum Beispiel wäre zwar interessant gewesen, doch befürchtete ich, er würde kaum persönliche Notiz von mir nehmen, auch Meerschweinchen und weiße Mäuse waren mir aus diesem Grunde wenig sympathisch, bei den letzteren stieß mich auch die Geschäftigkeit ab, in der ich keinen Sinn sah. Ein Hund hingegen hätte mir zuviel abverlangt, und einer Katze hätte ich wieder jede Abwesenheit

41

übelgenommen. Das Zwergkaninchen, das in der Handlung angeboten wurde, wäre vielleicht so etwas gewesen, wie ich mir vorstellte, aber dann störte mich plötzlich das durch Zucht Herabgeminderte, hinter dem ich auch eine Verzwergung seiner Emotionen vermutete. Ein Äffchen schien mir so voller Bewegungsdrang, dass ich es nicht hätte einsperren mögen, und damit war die Auswahl an pelzigen Tieren erschöpft.

Ich fragte den Händler nochmals, und da holte er aus dem Hintergemach des Ladens einen Käfig, in dem ein kleiner Pelzklumpen neben einem Futternapf in einer Ecke lag. Sogleich wusste ich, dass ich dieses Tier haben wollte. Der Händler sagte, es sei eben erst aus Malaya eingetroffen, und da die Lieferpapiere unterwegs verlorengegangen seien, wisse er nicht einmal, wie es heiße, vermutlich etwas wie ein Faultier oder eine Beutelratte, es habe sich bisher nicht aufgerollt, auch möchte er es noch eine Weile bei sich behalten.

Der Preis, den ich ihm bot, war aber so hoch, dass er augenblicklich in den Verkauf einwilligte. Er gab mir einige Ratschläge bezüglich des Futters, es war etwa das, was man einem Affen geben würde, Früchte, spanische Nüsschen, jeden Tag frisches Wasser und eine Mischung aus vitaminisierten Körnern, von der ich einen Sack mitnahm. Ich kaufte noch eine Veilchenwurzel für die Zähne dazu, dann verließ ich den Laden und trug den Käfig, der ziemlich groß war, zu mir nach Hause, wo ich ihn auf eine Kommode stellte.

Ich setzte mich vor den Käfig und wartete eine Stunde oder zwei, aber der Pelzklumpen bewegte sich nicht, ich konnte nicht einmal sehen, ob er atmete. Als ich aber die Finger durch das Gitter streckte und sein Fell berührte, war es warm.

Ich legte ihm nun die Hälfte einer geschälten Banane hinein, dazu einen zerkleinerten Apfel und einige Vitaminkörner, füllte seinen Napf mit frischem Wasser und entfernte mich aus der Wohnung. Als ich am späten Abend zurückkam und Licht machte, sah ich, dass das Essen noch genauso dalag, wie ich es hingetan hatte, aber das Wasser war ausgetrunken.

Am andern Morgen lag das Tier immer noch in der Ecke des Käfigs und hatte nichts vom Futter genommen. Da die Banane und der Apfel braun geworden waren, nahm ich sie heraus, ersetzte sie durch neue und füllte den Wassertopf wieder auf.

Am Abend, als ich zurückkam, war die Nahrung unberührt, der Napf jedoch leer, und unter dem Pelz schaute jetzt eine Pfote hervor. Diese Pfote war zwar eher eine Hand, sie bestand aus fünf schwarzen, runzligen, leicht behaarten Fingern, die, soviel ich sah, außerordentlich scharfe Nägel hatten. Also doch ein Affe, dachte ich. Dann berührte ich die Hand mit der Fingerspitze, da zog sie sich sogleich unter den Pelz zurück.

Das Tier schien überhaupt kein Essen zu brauchen, es trank nur immer seinen Napf leer, zweimal am Tag, und es ging sehr lange, bis ich mehr als einzelne Teile von ihm zu sehen bekam. Das nächste nach der kleinen Hand war ein Schwanz, der plötzlich zum Käfig heraushing und über dessen Länge ich mich wunderte. Als ich ihn berührte, schien er mir schlaff und unmuskulös, jedenfalls war es kaum denkbar, dass sich das Tier damit an einem Ast festwickeln konnte. Auch erstaunte mich die Quaste des Schwanzes. Sobald ich jedoch ein bisschen daran zupfte, verschwand der Schwanz wieder unter dem Pelz.

Ich nahm nun an, dass es sich entweder um ein Faultier oder eine Meerkatzenart handelte, bis ich eines Morgens einen Fuß sah. Dieser Fuß, der da unter dem Pelz hervorschaute, da war gar kein Zweifel möglich, dieser Fuß war ein Huf, und der Huf war in der Mitte gespalten. Ich schaute im Lexikon nach und fand, dass das bei den sogenannten Paarhufern der Fall ist – mein Haustier musste demnach zur Familie der Kamele, Hirsche oder Giraffen gehören. Das einzige, was ich mir denken konnte, war, dass es vielleicht eine ganz kleine Zwergziege sein könnte, aber dann war mir die Hand nicht verständlich, die ich doch genau gesehen hatte. Im Lexikon stand weiter: mehrere ausgestorbene Gruppen. Vielleicht, dachte ich, vielleicht habe ich da zufällig ein Tier, das eigentlich ausgestorben ist. Der Gedanke freute mich, und ich hatte jetzt auch eine Erklärung für die Tatsache, dass das Tier ohne Essen leben konnte, das Lexikon gab nämlich an, dass Paarhufer Wiederkäuer sind. Offenbar handelte es sich also um eine ausgestorbene Art eines Paarhufers mit einer unheimlich langen Wiederkäuerzeit.

Diese Vermutungen waren alle falsch. Welcher Art mein Haustier war, erfuhr ich, als ich an einem Sonntagmorgen meinen Radio laufen ließ. Eine festtäglich wirkende Musik für Streicher war soeben zu Ende gegangen, und der Sprecher kündigte die Übertragung eines katholischen

Festgottesdienstes an. Bei dieser Ansage kam ein krächzender Schrei aus dem Käfig, ich drehte mich um, da sah ich, dass das Haustier aufgesprungen war und sich mit beiden Händen an das Gitter klammerte, und jetzt erkannte ich, dass es ein Teufel war.

Sofort stellte ich den Apparat ab und sprach dem Tier beruhigend zu. Ich bemerkte, dass jedes einzelne Haar steif aufgerichtet war und dass es am ganzen Körper zitterte. Seine Augen starrten verängstigt in die Richtung, aus der die Töne gekommen waren, und es schien mir sogar, als enthielte sein Blick nicht nur Furcht, sondern auch Hass. Gleichzeitig stellte ich fest, dass das Tier auf der Stirne zwei kleine Hörner hatte, dass es also ein richtiger Teufel war.

Im Verlaufe des Tages, während sich das Tier langsam wieder beruhigte und, den Kopf an die Veilchenwurzel geneigt, zum Käfig hinausschaute, überlegte ich mir, was ich tun sollte. Es kam mir nichts in den Sinn, keine Maßnahmen, und ich wollte auch nichts tun, ich hatte nichts dagegen, einen Teufel als Haustier zu haben, und ich nahm mir vor, genau so weiter zu leben wie bisher.

Die Veränderungen stellten sich erst allmählich ein. Als erstes fiel mir auf, dass der Teufel, wenn er nicht zusammengerollt dalag, keine Stellung finden konnte, in der es ihm behaglich war, seine Figur schien eher zum Aufrechtgehen gemacht, und es wirkte unnatürlich, wenn er sich wie ein Hund hinlegte, andererseits gelang es ihm auch nicht, richtig zu sitzen und die Hände um die Knie zu schlingen. Ich baute ihm einen kleinen Stuhl, auf den er sich nun häufig in einer Art Damenhaltung setzte, beide Beine auf derselben Seite.

Trotzdem schien er noch nicht ganz zufrieden, und so kam ich auf die Idee, ihm eine Hängematte zu machen, die ich zwischen den Stäben befestigte. Davon war er begeistert, oft lag er den ganzen Tag darin und schaukelte sich hin und her, bald kam er auch darauf, dass er mit dem Schwanz bis in den Futternapf reichte, so tauchte er, wenn er Durst hatte, die Quaste ins Wasser, schwang sie dann zu sich hinauf und schleckte sie ab.

Bisher hatte er außer dem Wasser nichts zu sich genommen, aber nun fing er an, mir auf eine Art beim Essen zuzuschauen, die mir unangenehm war. Er sprang von seiner Hängematte, stellte sich aufrecht ans Gitter und hielt sich mit seinen Händen daran – so schaute er unablässig auf meinen Teller. Ich spürte seine Blicke in meinem Rücken und versuchte zuerst, da ich mich belästigt fühlte, so zu essen, dass ich ihm zugewandt war, aber nun war mir sein Blick noch unerträglicher. Dann iss halt auch, sagte ich zu ihm und hielt ihm eine Nudel hin. Er drehte nur kurz den Kopf weg und schaute dann wieder zu mir. Da schnitt ich ihm ein Stück meines Koteletts ab und bot es ihm an. Sofort packte er es und schob es in seinen Mund. Er kaute es sehr schnell und schluckte es dann hinunter. Ich gab ihm noch ein Stück, mit dem er auf dieselbe Weise verfuhr. Zuletzt legte ich ihm durch das Türchen den übrig gebliebenen Knochen hinein, den er zu meiner Überraschung nicht abnagte, sondern in kurzer Zeit ganz auffraß. Als er sah, dass auch ich fertig gegessen hatte, legte er sich wieder in seine Hängematte und schaukelte sich hin und her.

Jetzt, da ich wusste, dass der Teufel auch aß, versuchte ich, ihm alle möglichen Speisen zu offerieren, aber er wollte nur Fleisch. Nicht einmal Fisch nahm er an, und wenn ich versuchte, ihm etwas Billiges zu füttern, Kutteln etwa oder ein Hühnerherz, dann drehte er bloß den Kopf auf die Seite, manchmal fauchte er auch dazu. Es musste gutes Fleisch sein, dasselbe, das auch ich aß, und er wollte es nicht roh, sondern gebraten. Bald wurde er so aufdringlich, dass ich ihm immer ein ganzes Stück geben musste, ich fing also an, für zwei einzukaufen, und der Metzger lächelte, wenn er mir die Stücke schnitt.

Nun muss ich etwas erwähnen, das nicht sehr appetitlich ist, aber es spielte für mich eine große Rolle. Solange der Teufel mit Wasser zufrieden gewesen war, hatte ich nie irgendwelche Exkremente gesehen, nicht einmal Urin, sein Körper hatte offenbar alles bis zum letzten Tropfen verarbeitet. Seit er aber aß, begann er kleine Haufen zu scheißen, die fast flüssig waren, wie von jemandem, der Durchfall hat. Wenn er seinen Kot herauspresste, rann ihm immer ein Teil davon den Beinen entlang hinunter und verkrustete. Dieser Kot verbreitete einen widerlichen Geruch, sodass ich jeden Abend den ganzen Käfig putzen musste und auch die Beine des Teufels mit einem Lappen reinigte, den ich zuvor in Spiritus tauchte. Besonders ekelte mich, dass er seinen Kot immer in den Wassernapf abgab, sodass ich jedes Mal auch den Napf von Grund auf reinigen musste. Öfters pisste er mit offensichtlichem Genuss zwischen den Stäben des Käfigs hinaus, wodurch ich gezwungen war, die ganze Kommode, auf der er stand, mit Plastik zu bedecken.

Dies alles gab sehr viel Arbeit, zudem begann sich der Gestank allmählich einzunisten und verflüchtigte sich auch nach der täglichen Reinigung nicht mehr ganz. Ich erwog, ob ich den Teufel etwa vor das Fenster hängen sollte, aber mir war aufgefallen, dass er schon mit den Zähnen zu klappern begann, wenn ich nur eine Viertelstunde lüftete, er schien also ausgesprochen wärmeliebend zu sein.

Wenn ich ihm jeweils seine Beine säuberte, eine Handlung, die er sehr gerne geschehen ließ, durfte er nachher noch etwas in der Wohnung herumlaufen. Er bewegte sich nicht sehr geschickt, ging aufrecht auf seinen zwei Beinen, und wenn er etwas betrachten wollte, das in der Höhe lag, musste ich ihn hinaufheben, er pflegte dann mit seinem Kopf nach oben zu deuten und dazu kurz zu husten. Das erstemal hob ich ihn vor meinem Büchergestell hoch, wo er das oberste Regal sehen wollte. Dort zerrte er sofort ein Buch heraus, warf es auf den Boden, sprang von oben hinunter und trampelte mit zornigem Geheul darauf herum, bis es zerfetzt war. Dieses Buch war die Bibel.

Seine Abneigung gegen alles, was mit Religion zusammenhing, wurde nun von Tag zu Tag deutlicher. So wollte er einmal ein Landschaftsbild ansehen, das bei mir im Korridor hing, und nachdem ich ihn hinaufgehoben hatte, zertrümmerte er mit einem scharfen Huftritt das Glas des Wechselrahmens und schränzte mit seinen Klauen einen Kirchturm heraus, der so weit hinten am Horizont gemalt war, dass er mir vorher noch gar nie aufgefallen war.

Am schwierigsten war er an Sonntagen zu haben. Jedes Mal, wenn die Glocken zum Kirchgang läuteten, begann der Teufel zu wimmern, hockte sich in eine Ecke des

Käfigs und schaute mich so traurig und verzweifelt an, dass ich mich mit seinem Schmerz beschäftigen musste. Anfangs wusste ich nicht, was tun. Ich schloss die Fensterläden und die Fenster, zog die Vorhänge, sodass man das Geläute nur noch gedämpft hörte, aber der Teufel schaute genau so erbärmlich drein. Ich zeigte ihm das Kalbfleisch, das ich ihm für den Mittag zugedacht hatte, aber er blickte mich fast beleidigt an. Ich begann so laut zu singen, dass man die Glocken nicht mehr hörte, aber es nützte nichts. Meistens gab ich dann meine Versuche wieder auf, nur war es mir nicht mehr möglich, mich auf etwas anderes zu konzentrieren. Einmal wurde ich so wütend, dass ich die Läden mit einem Fluch wieder aufriss und die Fenster offenstehen ließ. Da war der Teufel sofort ruhig und schaute mich mit einem dankbaren Blick an. Daraufhin verbrachte ich einen ungestörten Sonntag, und als ihn gegen Abend wieder die Glocken zu quälen begannen, fluchte ich noch einmal hörbar, und er beruhigte sich.

Nun wurde er aber immer anspruchsvoller, und bald konnte ich ihn nur noch trösten, indem ich ihm während des Läutens die Hand hielt, die er zum Käfig hinausstreckte, und leise, aber eindringlich vor mich her fluchte. Setzte ich einmal aus, wurde er sogleich wieder weinerlich, und ging ich gar vom Käfig weg, brach er in eine Art Schluchzen aus, das seinen ganzen Körper schüttelte. Obwohl ich nicht religiös bin, setzte mir das ständige Fluchen an den Sonntagen mit der Zeit zu. Dennoch habe ich es bis heute nicht fertiggebracht, den Teufel an einem Sonntag alleinzulassen, weil ich mir beim Gedanken, dass er dann den ganzen Tag heulend und elend in seinem Käfig verbringen müsste, als Unmensch vorkomme.

Aber das ist nicht mein größtes Problem. Am meisten beschäftigt mich gegenwärtig die Frage, wie ich den Geruch aus der Wohnung wegbringe. Nachdem es mir mit den gängigen Sprühmitteln nicht gelungen ist, bin ich Kunde von Homöopathen und Reformhäusern geworden, jetzt zum Beispiel hängen überall Säcklein mit ungedüngten getrockneten Jasminblüten, die ich jeden Tag mit einem anthroposophischen Lavendelöl überträufle. Mit Erschrecken habe ich aber bemerkt, dass der Geruch des Teufels seit kurzem an mir selbst haftet, wenn ich es auch erst bei besonderen Gelegenheiten feststelle, wie wenn mir Schweiß aus den Achselhöhlen tritt. Ich sehe jedoch voraus, dass es nicht mehr lange dauern kann, bis auch ich so riechen werde wie mein Teufel. Dieser Geruch ist nicht etwa ländlich, stallähnlich, sonst könnte ich, damit man ihn meinem Wohnort zuschriebe, in ein Bauernhaus umziehen, sondern er ist eine fast nicht zu beschreibende Mischung aus etwas Ätzendem wie von brennendem Kehricht, etwas Fauligem wie von abgestandenem Blumenwasser und etwas Atemverschlagendem wie von verwesenden Kadavern – wer so riecht, kann nicht mehr unter die Leute, er darf sich in keinen Laden wagen, keine Wirtschaft und kein Postbüro, von seinem Arbeitsplatz ganz zu schweigen.

Wer mir so weit gefolgt ist, wird mir nun den Rat geben, und das wäre auch nach allen Regeln der Vernunft das richtige, mich dieses Haustiers so rasch als möglich zu entledigen. Gerade das aber kann ich nicht. Mir ist der Teufel ans Herz gewachsen, sein Blick, wenn er etwas gerne hätte, rührt mich, ich habe das Gefühl, er brauche mich und würde kläglich eingehen, wenn ich nicht mit meiner ganzen Kraft für ihn sorgen würde. Außerdem, wie müsste ich das machen? In die Tierhandlung getraue ich mich nicht mehr zurück, ihn in einem Sack ins Wasser zu werfen wäre mir unmöglich, und um ihm von einem Tierarzt eine Spritze geben zu lassen, dazu ist er mir zu wenig Tier, ich weiß auch nicht, was ein Tierarzt sagen würde, wenn ich mit einem Teufel in die Sprechstunde käme. Überhaupt wage ich es kaum, mich jemandem anzuvertrauen. Ich habe eine Zeitlang daran gedacht, einen Pfarrer zu fragen, aber dann habe ich mich zuerst in der theologischen Literatur umgesehen und festgestellt, dass man heute sogar in konservativen Kreisen darüber hinaus ist, an die Existenz eines leibhaftigen Teufels zu glauben, sondern sich das Böse auch irgendwie als geistig vorstellt, und diese Erkenntnis, die ich begrüßenswert finde, wollte ich nicht mit meinem Fall trüben.

Es kommt noch etwas dazu. Ich habe das Gefühl, dass die Vernichtung des Teufels für mich sehr schwere Folgen hätte. Dieses Gefühl kann ich weder erklären noch präzisieren, ich glaube einfach, dass mir Unheimliches zustoßen würde, und ich habe Angst davor. Lieber behalte ich den Teufel und lebe auf dieselbe Art mit ihm zusammen wie bisher.

Oder was soll ich sonst tun?

Der Stich

Ein Asienreisender, der kurz vor seinem Rückflug aus Bombay von einem ihm unbekannten Insekt in den rechten Unterarm gestochen worden war, bemerkte am Morgen nach seiner Heimkehr, dass der Stich, der zuerst nur die Form einer kleinen roten Pustel gehabt hatte, über Nacht größer geworden war. Er sah jetzt aus wie ein Mitesser, ein Eindruck, der noch dadurch verstärkt wurde, dass der Einstichpunkt leicht vereitert war. Der Reisende, dessen Geschlechtsname mit B. begann, drückte, indem er den Gipfel des Mitessers mit dem Daumen und Zeigefinger seiner linken Hand zusammenpresste, den Eiter aus, desinfizierte die ganze Stelle mit Jod und klebte sie mit einem Heftpflaster zu. Am Nachmittag stellte er fest, dass sich die eine Seite des Pflasters gelöst hatte, und merkte beim Versuch, sie wieder zu befestigen, dass der Stich schon so stark gewachsen war, dass er sich nicht mehr mit einem Heftpflaster überdecken ließ. Jetzt suchte er einen Arzt auf.

Der nahm eine Blutprobe und empfahl ihm, bis zum Bekanntwerden des Ergebnisses den Stich mit essigsaurer Tonerde zu behandeln. Als Herr B. am nächsten Morgen den Arzt anrief, sagte dieser, er habe im Blut weder eine Vergiftung noch einen Virus entdeckt, man könne also damit rechnen, dass die Reizung in zwei, drei Tagen abgeklungen sei. Herrn B. war dieser Bescheid sehr recht, denn sein Stich hatte sich während der Nacht noch mehr vergrößert und sah jetzt bereits aus wie ein Furunkel, hatte sich auch am oberen Rand bläulich verfärbt. Herr B. war jedoch um so mehr bereit, der Prognose des Arztes zu glauben, als ihn der Stich, abgesehen von einem gelegentlichen Juckreiz, überhaupt nicht schmerzte. Er trug nun einen richtigen Verband, der sich aber schon nach einigen Stunden so verschob, dass die Wölbung des Stiches zwischen den Bandagen herausragte. Am Abend hatte der Furunkel die Größe einer Geschwulst erreicht, und Herr B. sprach nochmals beim Arzt vor. Dabei ergab sich aber nichts Neues, spätestens in drei Tagen sei die Sache in Ordnung, sagte der Arzt. Zur Beruhigung von Herrn B. wolle er aber noch im Tropeninstitut nachfragen, ob Fälle von derartigen Insektenstichen bekannt seien. Erschwerend war der Umstand, dass Herr B. nicht mehr genau wusste, was für ein Tier ihn gestochen hatte. Eine Mücke, sagte er, eine Mücke müsse es gewesen sein, etwas größer als die hiesigen, aber eine Mücke.

Der Stich war zu dieser Zeit etwa faustgroß und lief oben nicht kegelförmig aus, sondern bildete um den Einstich herum einen Krater, dessen Rand schwarzviolett war. Die bläuliche Verfärbung vom Morgen lief jetzt wie eine Höhenkurve um diesen vulkanartigen Hügel, in dessen Trichter ein Eiterpfropf wucherte. Herr B. konnte in dieser Nacht nur schlecht schlafen. Zwar hatte er immer noch keine Schmerzen, musste aber aufpassen, dass er sich nicht auf die Geschwulst legte, und glaubte auch die ganze Nacht einen weit entfernten Lärm zu hören, der gerade laut genug war, um ihn am wirklichen Einschlafen zu hindern.

Als Herr B. am andern Morgen aufstand, erschrak er. Seine Geschwulst hatte die Form eines Zuckerhutes angenommen und war von einer solchen Höhe, dass er sich damit am Kinn kratzen konnte, ohne die Hand zu heben. Die roten, bläulichen und schwarzvioletten Farbringe endeten nun in einer grünen Krone, und anscheinend war die Nacht über soviel Eiter und Wasser aus der Einstichfistel ausgeflossen, dass sich etwas wie eine klebrige Glasur über dem Ganzen gebildet hatte. Durch diese Glasur, und das erschreckte Herrn B. am meisten, sah man teilweise in die Geschwulst hinein, so wie man durch ein Fenster ins Innere eines Hauses blickt, und Herr B. nahm, wenn auch verschwommen, kleine krabblige Dinger wahr, die sich bewegten. Voll Ekel wandte er sich ab und wollte sich so weit wie möglich von diesem Anblick entfernen. Als er jedoch unter der Schlafzimmertür stand, wurde ihm klar, dass er die Geschwulst an seinem eigenen Arm trug, dass er sie also nicht in ein Zeitungspapier wickeln und wegwerfen konnte, dass sie einen Teil von ihm selbst bildete. Zugleich spürte er jetzt einen unbändigen Juckreiz, von dem er sofort wusste, dass er nicht zu befriedigen war, weil er tief unter seiner Haut lag, wo er sich niemals würde kratzen können. Er senkte sein Kinn auf die Brust und bewegte es heftig hin und her, er zog die Schultern hoch und krümmte den Oberkörper ein, er stellte sich mit dem Rücken an die Wand und rieb ihn daran, er hüpfte zuletzt mit gequälten Sätzen in die Küche, riss eine Gabel aus der Schublade und fuhr sich damit von oben bis unten über die Geschwulst. Das schaffte eine kleine Erleichterung, aber sobald sich die weißen Geleise wieder mit Farbe gefüllt hatten, musste er die Prozedur wiederholen.

Dies wäre noch lange so weitergegangen, wäre ihm nicht plötzlich klargeworden, was das für ein Reiz war, der durch seinen Körper rieselte.

Diese Mücke musste Eier in seinen Arm gelegt haben, aus denen nun Junge schlüpften – er war also inwendig voller Mücken! Bei diesem Gedanken wünschte er sich, aus seiner Haut fahren zu können. Das Gefühl, seinen Körper nicht mehr für sich zu haben, sondern mit andern teilen zu müssen, mehr noch, zusammen mit diesen Insekten darin eingesperrt zu sein, erfüllte ihn mit einer Angst, die seinen Reiz sofort abtötete. Nur mit äußerster Anstrengung konnte er um ein Taxi telefonieren und sich in die Praxis bringen lassen.

Auch der Arzt erschrak, als er Herrn B.s Stich in seinem jetzigen Zustand sah. Gerade hatte er vom Tropeninstitut den Bescheid erhalten, Insektenstiche von solcher Größe seien nicht bekannt, und nun hielt ihm sein Patient diesen Unterarm vor die Augen. Der Arzt suchte die ganze Geschwulst nach der durchsichtigsten Stelle ab, durch die er dann lange mit einem Vergrößerungsglas hineinschaute. Während dieser Zeit war es im Sprechzimmer ganz ruhig, sodass man von weit her ertönende Geräusche hörte, die festlich verworren klangen. Ist draußen irgendwo ein Umzug? fragte Herr B., aufmerksam geworden. Nein, sagte der Arzt, der Umzug ist bei Ihnen drinnen. Er drehte den Arm so, dass auch Herr B. die Stelle sehen konnte, und gab ihm das Vergrößerungsglas. Da sah Herr B., wie sich in seiner Geschwulst eine Menge Leute um eine Blasmusik versammelte, die gerade daran war, sich einzuspielen. Plakate, Fahnen und Transparente waren sichtbar, aber man konnte nicht lesen, was darauf geschrieben stand. Im Hintergrund waren einige Türme zu sehen, ohne dass man erkennen konnte, ob man sich inner- oder außerhalb einer Stadt befand. Manchmal hörte man durch einen Lautsprecher unverständliche Anweisungen, auf die hin aber nichts geschah.

Herr B. ließ das Vergrößerungsglas sinken und fragte leise, ob man diese Geschwulst nicht einfach abschneiden könne. Der Arzt sagte, doch, das werde man nun tun müssen. Er werde ihn morgen früh in seiner Praxis operieren, werde aber vorher noch einen Fotografen kommen lassen, um vom Stich einige Bilder aufzunehmen. Er machte ihm eine reizstillende Spritze und gab ihm die Anweisung, am Abend wenig, am nächsten Morgen gar nichts zu essen.

Als Herr B. wieder zu Hause war, hatte der Lärm in seiner Geschwulst derart zugenommen, dass er sich vor seinen Nachbarn zu genieren begann. Er wickelte ein großes Frottiertuch um seinen Arm, was die Geräusche etwas dämpfte, und stellte sein Radio an. Im Verlauf des Nachmittags musste er es jedoch immer lauter einstellen, und am Abend half auch das nichts mehr. Aus seiner Geschwulst kam nun ein Kreischen, das sich nicht mehr übertönen ließ. Da riss Herr B. das Frottiertuch weg, drehte sein Radio ab und schaute durch die klarste Stelle, um zu sehen, was da drinnen vor sich ging.

Im Innern war der Umzug in voller Bewegung. Die Leute marschierten in Reihen und riefen fremdartige Parolen. Es schien, als ob sie im Kreis um die Geschwulst herumliefen, jedenfalls konnte Herr B. oben und unten noch weitere Gänge erkennen, in denen sich ebenfalls dichte Massen bewegten. Plötzlich hörte man einen gewaltigen Schrei, worauf sofort alles stehenblieb und ruhig wurde. Darauf folgte ein hektisches Gezeter eines einzelnen, und dann drehten sich die Leute um und blickten nun ihn, B., an. Noch einmal vernahm man die Einzelstimme, und dann rannten alle gegen die Haut seiner Geschwulst an, trampelten sich gegenseitig nieder und pochten mit den Fäusten an die Eiterglasur, verwarfen die Hände, zeigten auf ihn und verursachten dazu ein Geheul, dass es Herrn B. bis ins Gehirn hinein fror.

Jetzt aber ging er in sein Badezimmer, nahm eine Rasierklinge und schnitt sich mit zusammengebissenen Zähnen ein Dreieck aus seiner Geschwulst heraus. Mit einem Aufschrei verschwanden die Massen in einem Gang, der ins Innere der Geschwulst führte, man hörte noch ein Krabbeln, das rasch leiser wurde, und dann war es still. Heraus jetzt! schrie Herr B. in den Tunnel, aber nichts geschah.

Als er sich am andern Morgen beim Arzt zur Operation einfand, war die Geschwulst nur noch eine kleine rundliche Schwellung. Der Fotograf musste nach Hause geschickt werden, der Eingriff war unnötig geworden, Herr B. konnte noch am selben Tag seine geregelte Arbeit wieder aufnehmen, und nach kurzer Zeit war vom Stich nicht mehr das geringste sichtbar.

Die ganze Geschichte kann man sich auch in ein helles, schimmerndes Licht getaucht denken.

Die beiden Männer

Wenn ich die Augen schließe, sehe ich zwei Männer, von denen der eine dem andern zu gefallen sucht.

Beide wohnen im selben Hochhaus, der eine, Rechsteiner, im fünfzehnten Stock, der andere, Starck, im zweiten. Rechsteiner ist schön angezogen, trägt modische Hosen, die sich unten ausweiten, geblümte Vestons und bauschige Krawatten, seine Haare sind wellig nach hinten gekämmt und fallen sehr dicht in seinen Nacken, so, dass er unter die Kurzhaarigen als Kurzhaariger und unter die Langhaarigen als Langhaariger gehen kann. Er hat einen federnden Gang und einen gebräunten Teint.

Starck ist bleich, hat etwa die Statur von Rechsteiner, aber einen größeren Kopf. Seine Haare sind wellenlos und seitlich gekämmt. Er trägt unauffällige Anzüge, mausgrau oder hellblau. Er ist nicht kräftig, fühlt aber in sich denselben körperlichen Schwung wie Rechsteiner. Er ist kaufmännischer Angestellter und besorgt in einer Teilzeitstelle die Schreib- und Buchhaltungsarbeit eines Zahnarztes. Daneben lässt er sich zum Privatdetektiv ausbilden.

Er grüßt Rechsteiner immer mit Namen, was diesem zuerst peinlich war, da er sich Starcks Namen nicht merken konnte, er nannte ihn jeweils Groß oder Lang. Jetzt hat er sich daran gewöhnt und grüßt mit Namen zurück.

Da Starck weiß, wann Rechsteiner zur Arbeit geht, richtet er es so ein, dass er sich um diese Zeit entweder im Hauseingang zu schaffen macht oder gerade vom Einkauf seines Frühstücks zurückkommt. Oft tut er so, als bemerke er Rechsteiner nur zufällig, im letzten Moment, und grüßt ihn dann, in Wahrheit wartet er bloß darauf, dass ihn Rechsteiner einmal zuerst grüßt. Aber Rechsteiner grüßt nie zuerst.

Rechsteiner versucht Starck zu meiden, wo es geht. Er merkt, dass Starck ihn für sich einnehmen möchte, aber er will mit ihm nicht näher bekannt werden. Einmal, nachdem Rechsteiner die Milch statt drunten im Kästchen auf der Schwelle seiner Wohnungstür gefunden hat, stellt er Starck am andern Morgen deswegen zur Rede. Starck sagt, er hätte ein Stockwerk höher zu tun gehabt und habe gedacht, es gehe gerade im gleichen zu, wenn er ihm, der ja auch Junggeselle sei, die Milch hinaufbringe. Die Anspielung auf sein Junggesellentum gefällt Rechsteiner nicht. Er wittert darin einen Annäherungsversuch Starcks, und Rechsteiner, der von Zeit zu Zeit eine gutriechende Freundin nach Hause bringt, kann Schwule nicht ausstehen.

Er ist aber etwas erstaunt, als er kurz danach beim morgendlichen Gang zur Arbeit Starck überholt, der, seinen Arm auf die Schulter eines dunkelhaarigen Mädchens gelegt, langsam denselben Weg geht und Rechsteiner nur ganz flüchtig grüßt, kaum hinschauend.

Später, als ihn Starck zu sich einlädt, zu einem Kaffee am Abend, nimmt Rechsteiner die Einladung an, obschon ihm dabei nicht wohl ist. Er ist nämlich trotz seines forschen Aussehens ängstlich, ja fast feige und liest vor allem

Sensationszeitungen, in denen Morde in Hochhäusern keine Seltenheit sind. Dennoch beschließt er, hinzugehen, weil er das Verhältnis zu Starck einmal klären will.

Rechsteiner versäumt es jedoch an dem Abend, die entscheidenden, deutlich formulierten Fragen zu stellen, also »Was wollen Sie eigentlich von mir?«, oder ähnlich. Statt dessen sprechen sie so lang wie möglich vom Hauswart und finden sich dann für eine Weile beim Segelsport, für den sich aber doch keiner von beiden richtig interessiert. Die Anregung Starcks, man könnte einmal zusammen etwas unternehmen, wendet Rechsteiner ins Allgemeine ab, auch als jener sagt, ob man sich vielleicht nächstens mit den Freundinnen treffen wolle, redet sich Rechsteiner auf die Schüchternheit seiner Bekannten heraus und sucht andere Themen. Diese sind nur schwer zu finden, und Rechsteiner verabschiedet sich bald, ohne eine Gegeneinladung auszusprechen, er nimmt an, Starck hätte nun eingesehen, dass sie nicht viel miteinander zu tun hätten.

Wie erschrickt jedoch Rechsteiner, als er bald darauf, im Restaurant sitzend, in dem er regelmäßig zu Mittag isst, und zufällig zum Eingang blickend, hinter der Glastüre das Gesicht von Starck erblickt! Da sein Tisch frei ist, setzt sich Starck sogar ihm gegenüber und sagt auf Rechsteiners Frage, wie er hierherkomme, er arbeite jetzt ganz in der Nähe, habe seine Stelle gewechselt. Rechsteiner wird es immer unbehaglicher, als Starck das gute und preiswerte Essen in diesem Restaurant zu rühmen beginnt und mit dem Ausspruch schließt, er werde sich das Lokal merken, oder was ihm Rechsteiner sonst in der Umgebung empfehlen könne. Rechsteiner kann ihm nichts empfehlen, weil er selber auch herausgefunden hat, dass man hier am günstigsten isst, nennt aber trotzdem einige Namen, in der geringen Hoffnung, Starck loszuwerden.

Eine Woche lang lässt sich Starck nicht mehr im Restaurant sehen, dann erscheint er wieder und sagt zu Rechsteiner, er habe jetzt der Reihe nach alle von ihm angegebenen Speisewirtschaften aufgesucht und habe keine so gut gefunden wie diese hier.

Von jetzt ab versucht Rechsteiner, immer schon zu zweit oder zu dritt an einem Tisch zu sitzen, bittet sogar lästige Arbeitskollegen, mit ihm essen zu gehen, nur damit sich Starck nicht zu ihm setzt. Findet Starck keinen Platz an seinem Tisch, setzt er sich möglichst in die Nähe, zum Beispiel an den Nebentisch, so, dass er Rücken an Rücken mit Rechsteiner sitzt, was dieser fast noch weniger erträgt.

Rechsteiner und Starck haben jetzt praktisch denselben Arbeitsweg und begegnen sich jeden Morgen auf der Traminsel. Wenn Rechsteiner zufällig vor Starck das Haus verlassen hat, kommt es oft vor, dass ihn Starck auf dem Weg zur Traminsel einholt und den Rest des Weges mit ihm zusammen zurücklegt. Langsam haben sich sogar gewisse Gesprächsthemen zwischen ihnen entwickelt, weil auch Rechsteiner den andern nicht nur immer anschweigen kann, so sind sie übereingekommen, den Tag mit einer Bemerkung über das Wetter zu beginnen, weiter gibt eine Baustelle, an der man vorbeikommt, durch ihre fortschreitende Veränderung sowie ihren Lärm Anlass zu gemeinsamen Betrachtungen. Rechsteiner hat auch begonnen, auf der Tramfahrt gewisse Stichworte aus seiner Zeitungslektüre Starck zuzurufen, der danach schnappt wie ein Hund

und immer derselben Meinung ist wie Rechsteiner. Dann haben sie die Möglichkeit herausgefunden, sich über Sendungen zu unterhalten, die am Vorabend im Fernsehen gezeigt wurden, oder erwartende Gespräche über Sendungen zu führen, die nächstens gezeigt werden. Hier nun beginnt Starck, nachdem er immer zuerst die Meinung von Rechsteiner erkundet hat, seine eigene Meinung etwas von derjenigen Rechsteiners abzubiegen, betont jedoch immer, dass er im großen ganzen derselben Meinung sei. Die Frisuren der Sprecherinnen bieten einen dünnen Ansatz zu gleichen Meinungen über Frauen, ein Thema, das Rechsteiner jedoch immer zurückweist, wenn es ihm unverstellt entgegentritt.

Über den Beruf fragen sie sich nicht in einer Weise aus, die über Allgemeinheiten hinausginge, also nur, haben Sie wieder streng, oder im Moment geht es bei uns auch sommerlich zu. Rechsteiner weiß nicht einmal genau, was Starck macht. Aber wenn sich die beiden zum Beispiel beim Eintritt ins Restaurant treffen und Rechsteiner noch am Kleiderhaken steht, nimmt er ihm bisweilen den Mantel ab, wobei er etwa mit einer Hand seinen Ellbogen streift, oder er hält ihm rasch die Hand auf die Schulter, zur Begrüßung. Rechsteiner hat allerdings das Gefühl, es sei einen Augenblick zu lang. Trotzdem hat er aufgehört, sich wirklich gegen die Zudringlichkeit von Starck zu wehren, und das ist wahrscheinlich sein Fehler.

Starck genügt es nämlich nicht, dass er im gleichen Haus wohnt und im gleichen Quartier arbeitet wie Rechsteiner. Er wird zuerst versuchen, im gleichen Haus wie Rechsteiner zu arbeiten, und dann wird er versuchen, in der gleichen Firma Arbeit zu bekommen. Er wird die erste Gelegenheit benützen, um im Hochhaus höher hinauf zu ziehen, er wird zu Rechsteiner sagen, hier oben sei die Aussicht viel schöner, wenn er in den vierzehnten Stock umgezogen ist, und wenn er einmal im fünfzehnten Stock wohnt, direkt gegenüber von Rechsteiner, wird er öfters herüberkommen und fragen, ob er sich etwas Salz ausleihen könne oder einen Würfelzucker oder ein Teesieb, und Rechsteiner, der den Moment verpasst hat, Starck eine deutliche Absage zu geben, wie das bei der Stelle mit der Milch noch möglich gewesen wäre, Rechsteiner wird sich nicht wehren können, wird nicht mehr sagen können, er gebe ihm kein Salz oder keinen Würfelzucker oder kein Teesieb, er wird immer ja sagen müssen, er wird immer einverstanden sein müssen, wenn sich der andere an seinen Tisch setzt, er wird immer sagen müssen, ja, heute ist es nicht mehr so warm, wenn der andere sagt, heute ist es nicht mehr so warm, er wird, wenn ihm der andere in den Mantel hilft, nicht mehr sagen können, fassen Sie mich nicht an, er wird, wenn ihm Starck eines Tages mit dem Vorschlag kommt, sie könnten sich eigentlich du sagen, nicht sagen können, nein, er möchte lieber beim Sie bleiben.

Oder dann müsste er ihn einmal zusammenschlagen.

Jetzt öffne ich die Augen wieder, und die beiden Männer sind verschwunden.

Das Strafporto

Eine Geschichte aus dem Wallis

Wäre es nicht möglich, dass der Postverwalter eines kleineren Ortes, z. B. von Grengiols, einmal ein Strafporto für eine Ansichtskarte aus der Mongolei einziehen müsste? Auf dieser Ansichtskarte, die an den Lehrer des Ortes gerichtet wäre und auf der herzliche Grüße von einem Fred stünden, wäre von der mongolischen Postbehörde ein Strafportovermerk in der Höhe von 40 Y. eingetragen. Der Postverwalter würde sich also, nachdem er die mongolische Währung im Devisenverzeichnis der Schweizer Post nicht vorfände, bei der Bank in Brig erkundigen und die Auskunft erhalten, das mongolische Zahlungsmittel sei der Yau, und 100 Yau entsprächen etwa 60 Rappen. Er würde sich dann ausrechnen, dass 40 Yau 24 Rappen ergäben, würde, wie das bei Strafporti üblich ist, auf die nächsthöhere Fünfereinheit, also auf 25 Rappen aufrunden und diesen Betrag beim Ausliefern der Ansichtskarte vom Lehrer erheben.

Der Lehrer würde das ohne weiteres bezahlen und würde, da Lehrer immer interessiert sind, zugleich fragen, wie nun diese 25 Rappen in die Mongolei kämen, und der Postverwalter würde es ihm, obwohl Postverwalter selten gesprächig sind, erklären. Er würde ihm sagen, dass er jedes Strafporto, das er für das Ausland einziehen müsse, auf einem dafür bestimmten Formular einzutragen habe, welches am Ende des sogenannten Strafportojahres, das nicht mit dem Kalenderjahr zusammenfalle, an die Zentralverwaltung geschickt werden müsse, der man auch den Totalbetrag überweise. Diese sende dann die Summen, die sich aus den Abrechnungen des ganzen Landes ergäben, an die Postverwaltungen der einzelnen Staaten, beziehungsweise sie würden mit den Summen verrechnet, die wir von diesen zugute hätten.

Hier bliebe dann die Geschichte eine Weile liegen, bis zu dem Moment, wo der Postverwalter von Grengiols sein Strafportoformular eingesandt hätte und einen guten Monat später den Bescheid bekäme, die Mongolei sei dem Strafportoabkommen von Dublin bis heute nicht beigetreten, sodass die Überweisung der 25 Rappen entfalle. Er erhalte sie hiermit wieder zur Rückerstattung an den Bezogenen.

Hier nun würde das Pflichtbewusstsein des Postverwalters von Grengiols, welches überhaupt die treibende Kraft dieser Geschichte wäre, in Erscheinung treten. Der Postverwalter würde nochmals mit der Zentralverwaltung Kontakt aufnehmen und sie anfragen, wieso denn der Strafportovermerk von der mongolischen Post auf dieser Ansichtskarte angebracht gewesen sei, wenn man dort von vornherein gewusst habe, dass das Porto nicht bezahlt würde. Die Hauptverwaltung, wie wir die Zentralverwaltung auch nennen können, damit das Wort Zentralverwaltung nicht dauernd wiederholt werden muss, würde dann zurückschreiben, es hätte keinen Zweck, über die Gründe zu mutmaßen, für sie sei einzig entscheidend, ob das betreffende Land das Dubliner Abkommen unterzeichnet habe, und wenn das nicht der Fall sei, dann könne ein mongolischer Postbeamter Strafportovermerke machen, soviel er wolle, die ausliefernde Post sei ihm keinen Rappen schuldig.

Nun hätte aber gerade der Postverwalter von Grengiols eine besondere Abneigung, ja einen Hass gegen unterfrankierte Sendungen, er würde sie als Betrugsversuche dem Adressaten gegenüber und auch als Beleidigung der Post und ihrer Tarife betrachten, die schließlich nicht etwas Zufälliges, Unverbindliches darstellten. Da in diesem Fall eindeutig die mongolische Post geprellt worden wäre, die die Karte im guten Glauben befördert hätte, dafür entschädigt zu werden, beschlösse der Postverwalter von Grengiols, ihr unter allen Umständen das Strafporto zurückzuerstatten.

Er würde in einem Brief an die Botschaft der Mongolei in Bern den Fall erläutern und sich erkundigen, wie er den Betrag der Postverwaltung zukommen lassen könne. Er erhielte dann in französischer Sprache die Antwort, dass dies, da es sich nur um 40 Yau handle, nicht nötig sei und man sich für seine Mühe bedanke. Der Postverwalter von Grengiols schriebe darauf, nicht zufrieden, zurück und bäte die Botschaft um die Adresse der mongolischen Posthauptverwaltung, wonach er aber die sehr knappe Antwort erhielte, die könne man ihm nicht mitteilen. Nachdem er sich hernach an den Weltpostverein gewendet hätte, hätte man ihm die gesuchte Anschrift tatsächlich geben können, worauf er der mongolischen

Hauptverwaltung in einem eingeschriebenen Brief, der mit »Messieurs!« begänne, den Fall mit der Postkarte erläutern würde und um Auskunft bäte, an welche Stelle er die 40 Yau überweisen solle. Dieser Brief käme jedoch nach einigen Wochen zurück, geöffnet und wieder zugeklebt, wie man leicht sähe, und mit einer Aufschrift in mongolischer Sprache versehen.

Man erwartet nun fast, dass der Postverwalter von Grengiols bei der mongolischen Botschaft zu erfahren sucht, was diese Aufschrift bedeute, wobei sich einzig fragt, ob er den ganzen Briefumschlag einschickt oder nur die Aufschrift ausschneidet, um kein Misstrauen zu erwecken. Es würde aber nicht erstaunen, wenn die Botschaft zurückschriebe, die Aufschrift bedeute soviel wie »Abgereist ohne Adressangabe«.

Der Postverwalter von Grengiols würde sich nun zuerst überlegen, ob er die 40 Yau einfach aufs Geratewohl als internationale Zahlungsanweisung an die ihm vom Weltpostverein bekannt gegebene Adresse schicken solle, doch da sich der Mindestbetrag, den man auf diese Art schicken dürfte, auf 2 Franken, also auf über 300 Yau beliefe, hätte die mongolische Postbehörde unverhältnismäßig viel mehr erhalten, als ihr zugekommen wäre. Jetzt würde der Postverwalter zum Lehrer gehen und ihn fragen, ob er die Ansichtskarte aus der Mongolei noch besitze, und dieser hätte sie wegen ihrer Seltenheit immer noch hinter dem Spiegel eingeklemmt. Wenn ihn der Postverwalter jedoch bäte, ihm die Karte zur Abklärung des Strafportos für einige Zeit zu überlassen, würde sie der Lehrer ohne Zögern herausgeben.

Der Fortgang der Geschichte stellt nun keine Überraschung mehr dar.

Der Postverwalter von Grengiols würde einen Teil seiner Ersparnisse abheben und sich bei einem Reisebüro für eine Fahrt in die Mongolei anmelden. Er müsste etwa ein halbes Jahr auf sein Visum warten, würde sich inzwischen von der Buchhandlung Pinkus in Zürich ein mongolisches Wörterbuch kommen lassen und könnte dann, wenn sein Visum da wäre und der Termin der Reisegesellschaft feststünde, seine Ferien nehmen und schließlich mit der Ansichtskarte in der Brieftasche abreisen.

Was aber würde in Ulan Bator geschehen, wenn er sich, den ersten freien Nachmittag des Reiseprogramms benützend, zu der vom Weltpostverein angegebenen Adresse des Hauptpostamtes, die natürlich richtig wäre, begäbe und dort mit der Ansichtskarte und 40 Yau in der Hand vorspräche? Würde man ihn verstehen? Würde man ihn wegweisen? Würde man ihn zum Direktor bringen? Würde man ihn der Polizei übergeben?

Ich sehe ihn bloß vor einem Spalier undurchdringlicher mongolischer Gesichter, wage aber nicht mit Bestimmtheit zu sagen, was ihm passieren würde. Sicher bin ich nur, dass es ihm nicht gelänge, den Strafportobetrag seiner wirklichen Bestimmung zuzuführen. Das beste, was ihm geschehen könnte, wäre wohl, dass ein kleiner Beamter strahlend nicken würde und die 40 Yau annähme, ihm sogar eine Bestätigung für den Empfang ausstellen würde, das Geld aber in Wahrheit für sich behielte.

Die innere Stimme

Ein Mann, dessen Name mit A. Erikson angegeben wird, hörte zu Beginn der sechziger Jahre eine innere Stimme. Diese Stimme vernahm er aber nicht in seinem Kopf oder in seiner Vorstellung oder wie man das Innere eines Menschen sonst bezeichnen soll, sondern sie drang in der Nähe des Nabels aus seinem Körper und war hoch, krächzend und sehr deutlich. Als er sie zum ersten Mal hörte, sagte sie: »Nichts leichter als das.« Erikson saß zu dieser Zeit frisch gewaschen auf dem Rand seiner Badewanne und war, wie versichert wird, bei klarstem Bewusstsein, war auch nicht irgendwie geistesabwesend oder traumverloren, sondern hatte darüber nachgedacht, ob er den Abend im Kino verbringen solle oder ob er sich besser ein Nachtessen zubereite und nachher noch einen Brief an seinen Vater schreibe. Nach seinen eigenen Angaben erschrak er außerordentlich über die Stimme und beschloss, zu Hause zu bleiben. Er machte sich zwei Spiegeleier und Nudeln, trank dazu Tee und schrieb nachher den Brief an seinen Vater, in welchem er aber die Stimme nicht erwähnte. Sein Vater war damals sehr krank und verschied drei Wochen später.

Erikson, der als ungesellig und scheu geschildert wird, hatte daraufhin längere Zeit keine Erscheinung dieser Art mehr, bis er eines Abends am Fernsehapparat die Übertragung eines Länderspiels verfolgte. Als die Mannschaft, die Eriksons Gunst besaß, das erste Tor geschossen hatte und man die Menge im Stadion jubeln hörte und Erikson zwar nicht jubelte, aber von seinem Sessel aufsprang, rief die Stimme aus seinem Innern sehr zornig und laut: »Ohne jede Regel!« Erikson wollte, wie er sagte, sofort »Ruhe!« schreien, hatte aber vor Schreck einen vollkommen speichellosen Mund. Er sei über eine Stunde am selben Ort stehen geblieben, dann habe er sich ins Bett gelegt und ein Heizkissen an den Bauch gedrückt. Schlaf habe er keinen gefunden.

Man weiß, dass Erikson am nächsten Tag zu einem Arzt in die Sprechstunde kam und seine Geschichte zögernd und undeutlich erzählte, wobei er sehr mitgenommen wirkte. Er sagte, dass er sich nichts anderes vorstellen könne, als dass er ein Männchen im Magen habe, und beschwor den Arzt, ihm dieses herauszunehmen. Als aber weder eine Röntgenaufnahme noch eine Untersuchung der Stimmbänder eine Unregelmäßigkeit an den Tag brachte, schickte ihn der Arzt zu einem Psychiater.

Dieser nahm auf Grund von Eriksons Darstellung an, dass es sich um eine Halluzination handle, und ergriff entsprechende therapeutische Maßnahmen, die aber keinen Erfolg hatten. Erikson wurde zwar mit der Zeit wieder ruhiger und hörte die Stimme nicht mehr, doch er war überzeugt, dass in seinem Innern etwas sitze, über das er keine Macht habe.

Von seiner Person ist übrigens bekannt, dass er das Kind eines Einwanderers war, der eine Inländerin geheiratet hatte. Diese hatte sich bald wieder scheiden lassen,

wonach Erikson zuerst bei seinem Vater, der stark trunk-
süchtig war, aufwuchs, dann aber bis zu seiner Volljährig-
keit den Eltern seiner Mutter in Obhut gegeben wurde.
Er hatte eine Lehre als Bauzeichner abgebrochen und bediente jetzt ein Vervielfältigungsgerät einer Reproduk-
tionsfirma. Er lebte allein.

Sein Arbeitsplatz befand sich im Keller eines mehr-
stöckigen Hauses, welches von der Firma gemietet war.
Einmal sollte er ein Paket aus dem Keller in den obersten Stock bringen, betrat den Fahrstuhl, der im Parterre
noch von zwei Sekretärinnen und einem Abteilungsvorsteher angehalten wurde, und als diese Leute eingestiegen
waren und sich der Lift wieder in Fahrt setzte, sagte die
Stimme aus dem Innern Eriksons: »Eine Luftleiter wäre
das beste.« Der Abteilungsvorsteher fragte, was er damit
meine, und bevor Erikson, der bleich geworden war und
mit beiden Händen das Paket umkrampfte, sich entschuldigen konnte, wiederholte die Stimme, diesmal etwas
nachdrücklicher: »Eine Luftleiter wäre das beste.« Als der
Abteilungsvorsteher, der die krächzende Stimme nicht mit
der Person Eriksons vereinen konnte, fragte, ob er Bauchredner sei, hatte dieser nicht den Mut, die Frage zu beja-
hen, sondern schüttelte bloß den Kopf. Befremdet verließ
der Abteilungsvorsteher den Fahrkorb, gefolgt von den
Sekretärinnen, deren eine sich die Hand vor den Mund
hielt, und Erikson, dem beinahe schwarz vor den Augen
war, fuhr noch mehrere Male mit dem Lift hinauf und
hinunter, bevor er fähig war, auszusteigen und sein Paket
zu überbringen.

Dieser Vorfall bewog ihn, seine Stelle aufzugeben und

sich in seine Wohnung zurückzuziehen. Jetzt, da er Zeugen gehabt hätte, dass seine innere Stimme zugleich eine äußere Stimme war, getraute er sich in keine Sprechstunde mehr, weil ihn der Gedanke, es könnte im Wartezimmer in ihm zu reden anfangen, unheimlich ängstigte.

Zudem machte er sich jetzt daran, seiner inneren Stimme mit eigenen Mitteln beizukommen. Er erinnerte sich, dass schwangeren Frauen geraten wird, salzarm zu essen und sich des Alkohols und des Nikotins zu enthalten, und versuchte nun, das Wesen in seinem Innern umzubringen, indem er vom frühen Morgen an schwere Zigarren rauchte, jeden Tag große Mengen Kirsch und Rotwein zu sich nahm und sich sein Essen mit exotischen Gewürzen so scharf wie möglich machte. Dies hielt er aber nicht lange aus, er musste fast täglich erbrechen, und als er sah, dass er sich nicht daran gewöhnen würde, gab er den Versuch auf. Am Tage dieses Entschlusses fastete er und unternahm einen langen Spaziergang, der ihn zu einer Anhöhe oberhalb der Stadt führte. Als er sich auf das Geländer lehnte, das den kleinen Aussichtsplatz abschloss, und in dieser Stellung auf die Stadt hinunterblickte, hörte er, wie die Stimme sehr leise, aber eindringlich etwas sagte, das klang wie: »Ihnschüber! Ihnschüber!«. Diesmal erschrak er nicht mehr, sondern fragte laut, was das heißen solle. Die Stimme sagte nochmals leise dasselbe und verstummte dann.

Erikson ging langsam nach Hause und dachte über dieses Wort nach, das ihm unverständlich blieb. Je länger er darüber nachdachte, desto mehr bekam er das Gefühl, gerade darin sei eine Nachricht für ihn enthalten, mehr noch, eine Botschaft, deren Entschlüsselung für ihn von großer Wichtigkeit sei, und plötzlich hoffte er, die Stimme käme nochmals und erkläre es ihm. Als dies aber ausblieb, tat Erikson etwas, was er seit seiner Jugendzeit nicht mehr getan hatte: Er ging zur Kirche. Die ganze Messe und sogar die Predigt hörte er sich im Knien an und spürte ein Gefühl der Erfüllung, wie er es bis jetzt nicht gekannt hatte. Bei der Stelle, wo sich der Pfarrer zu den Gläubigen wendet und mit ausgebreiteten Armen singt: Ite, missa est! ertönte aus Eriksons Unterleib ein hohes, durchdringendes Gelächter. Dieses Gelächter setzte nicht ab und ließ sich unmöglich überhören, mit Mühe wurde der Gottesdienst beendet, und die Kirchgänger, die mit den Augen den Urheber suchten, sahen, wie sich aus einer der hinteren Bänke ein bleicher, klein gewachsener Mann wand und mit zusammengepressten Lippen unablässig lachend durch das bereits offen stehende Hauptportal hinausrannte.

Am selben Tag, am 22. November 1963, schoss sich A. Erikson mit einer Pistole in den Bauch und starb wenige Stunden danach. Bei der Leichenöffnung wurde nach Aussage des Gerichtsarztes nichts gefunden, was das Vorhandensein einer inneren Stimme bestätigt oder erklärt hätte.

Die Fotografie

Als ich vor einiger Zeit beim Durchblättern eines Fotoalbums auf ein Bild von der Hochzeit meiner Eltern stieß, verweilte ich etwas länger dabei. Ich wollte wissen, wen ich alles kannte, auch interessierte mich, da ich inzwischen selbst geheiratet hatte und bereits älter war als das Paar auf der Hochzeitsfotografie, ob mir die Eltern nun jünger vorkämen als ich mir selbst. Es war mir aber nicht möglich, die beiden so anzusehen, als ob sie mit mir nichts zu tun hätten, als ob sie nicht gerade die wären, die immer älter waren als ich, und wäre es mir gelungen, wären sie mir wohl trotzdem nicht richtig jung erschienen, da man der Kleidung der Abgebildeten und ihrem Gehaben ansah, dass sie in eine frühere Zeit gehörten, und Leuten, die in einer früheren Zeit jung waren, glaubt man zwar, dass sie eine Jugend hatten, aber nicht, dass sie tatsächlich jung waren.

Das Bild war vor der Kapelle aufgenommen, in der die Trauung stattgefunden hatte, und außer meinem Vater und meiner Mutter waren darauf meine vier Großeltern zu sehen, von denen jetzt nur noch zwei am Leben sind, sodann ein Urgroßvater, den ich nicht mehr gekannt habe und der äußerst unnahbar wirkte, die Schwester meines Vaters, bereits mit ihrem heutigen Mann, aber etwas unverbrauchter aussehend, und die zwei Brüder meiner

Mutter, der eine noch im Bubenalter, der andere in Offiziersuniform. Um diesen familiären Kern des Bildes gruppierten sich die weniger engen Verwandten wie die Geschwister der Großeltern, die ich nicht alle kannte, und nebst dem Pfarrer einige Freunde des Paares, die mir zum größten Teil fremd waren. Unter diesen übrigen Leuten fiel mir vor allem ein Mann auf, der ganz am Rand des Bildes auf einem Steinbänklein unter einem Baum saß und die Szene betrachtete, als ob er nicht ganz dazugehöre. Seine Augen waren dunkel und blickten sehr ernst, auf seinem Kopf sah man kein einziges Haar, und seine Hände waren auf einen Stock gestützt, der mit einem silbernen Knauf versehen war. Was mir zusätzlich auffiel, war, dass der Mann weiße Handschuhe trug, was auch in jener Zeit, soviel mir bekannt ist, ungebräuchlich war. Da ich mich nicht erinnerte, diesen Mann je im Zusammenhang mit meinen Eltern gesehen zu haben, nahm ich mir vor, meinen Vater gelegentlich nach ihm zu fragen.

Als ich ihn das nächste Mal zu Hause besuchte, schauten wir sein Album mit den Hochzeitsfotografien durch, aber auf all den Bildern vor der Kapelle war kein solcher Mann zu sehen, und mein Vater konnte sich auch an niemanden erinnern, auf den meine Beschreibung zugetroffen hätte. Wahrscheinlich, meinte er, sei es ein Passant gewesen, der zufällig vorbeigekommen sei und sich auf das Bänklein gesetzt habe, die Kapelle liege ja an einem schönen Ort, werde oft aufgesucht und sei auch das Ziel eines Wanderweges.

Mit dieser Erklärung war ich nicht zufrieden. Irgendwie konnte ich mir nicht vorstellen, dass sich der Mann nur für die Dauer einer Aufnahme auf das Bänklein gesetzt hatte, zudem war er so festlich angezogen, dass er weder ein Wanderer noch ein Ausflügler sein konnte, und es schien mir auch, sein Blick enthalte mehr Teilnahme als der eines gänzlich Fremden.

Als ich dem Vater wenig später mein Bild zeigen konnte, war er sehr erstaunt, schüttelte den Kopf und sagte, nie, nie habe er diesen Mann gesehen und möge sich auch nicht erinnern, dass er ihn auf der Fotografie, die nun in meinem Album klebte, wahrgenommen habe. Es habe aber nachher, so sagte er, in der gleichen Kapelle eine weitere Hochzeit stattgefunden, zu welcher vereinzelte Gäste bereits am Schluss seiner eigenen Feier eingetroffen seien, und er könne sich denken, dass dies die letzte Aufnahme des Fotografen vor der Kapelle gewesen sei und es sich bei diesem Mann um einen der ersten Gäste der anderen Hochzeitsgesellschaft handle.

Mit dieser Darstellung begnügte ich mich vorderhand, wenn mir auch schwer erklärlich war, warum ein fremder Gast die Indiskretion begangen haben sollte, sich ins Schussfeld des Fotografen zu setzen. Auch bekam ich bei wiederholtem Betrachten des Bildes das Gefühl, der Mann habe etwas mit meiner Mutter zu tun, die kurz vor meiner Verheiratung gestorben war. Aus der starken Ablehnung meines Vaters schloss ich, dass auch er etwas ähnliches dachte, doch ich wollte nicht weiter in ihn dringen.

Meine Frau begann sich langsam zu beunruhigen, dass ich der Sache soviel Gewicht beimaß, und konnte nicht verstehen, weshalb ich die Erklärung meines Vaters nicht gelten lassen wollte. Ich gab dann, nachdem auch Erkundigungen bei Verwandten nichts eingebracht hatten, meine Nachforschungen auf, obwohl die Frage für mich nicht gelöst war.

Die Ruhe, die nun folgte, war aber nur oberflächlich und wurde bald darauf durch einen neuen Vorfall zerstört. Meine Schwester, die seit kurzem verheiratet war, hatte ein Kind zur Welt gebracht und hatte mich gebeten, Taufpate zu sein. Ich war einverstanden, und die Taufe fand in der Kirche des Dorfes statt, in dem meine Schwester wohnt. Es war eine Feier, an der nur die nächsten Angehörigen des Elternpaares teilnahmen. Eine Ausnahme bildete ein Freund meines Schwagers, der eingeladen worden war, weil er gut fotografierte.

Meine Schwester verschickte nachher an die Teilnehmer des Ereignisses ein Heft, in welchem die Fotos eingeklebt waren, die dieser Freund von der Taufe gemacht hatte. Sie waren numeriert, und wenn man eine haben wollte, konnte man am Schluss des Heftes die dazugehörige Zahl angeben. Mein Blick traf zuerst auf das Bild, das mit der Nummer 12 bezeichnet war. Es zeigte die Patin und mich vor der Kirche, ich trug den Täufling in den Armen, und zwei Schritte hinter mir stand der Mann mit der Glatze und den weißen Handschuhen und blickte mir über die Schulter. Er hatte die Arme verschränkt, aber so, dass man beide Handschuhe sah. Ein Stöckchen, wie es auf der Hochzeitsfotografie meiner Eltern sichtbar war, konnte ich diesmal nicht sehen.

Ich rief sofort meine Schwester an und fragte sie, ob sie den Mann auf diesem Bild kenne. Ihr war er jedoch nicht aufgefallen, und da sie die Fotos nicht zur Hand hatte, telefonierte ich dem, der sie gemacht hatte, nannte ihm die Nummer des Bildes und fragte ihn nach dem Mann im Hintergrund. Er gab mir zur Antwort, auf seinem Abzug sei kein solcher Mann im Hintergrund sichtbar, und auch auf dem Negativ, das er dann auf mein Drängen holte, seien, so sagte er, nur die Patin und ich und der Täufling. Ich schnitt das Bild aus und schickte das Heft wieder zurück.

Am selben Tag beschloss ich, an diesen Tatbestand nicht zu glauben. Trotzdem verschwand der Mann nicht, wie ich heimlich hoffte, von den beiden Bildern, und jeder, dem ich sie zeigte, sah ihn ebenfalls. Ich begann nun auch, was ich früher nie gemacht hatte, mich plötzlich umzudrehen, etwa, wenn ich auf einem Trottoir ging oder einen Platz überquerte, aber auch, wenn ich in einem Kino saß oder in einem Laden etwas einkaufte, und sogar, ja dann fast am meisten, wenn ich mich allein in einem Raum befand. Das Gefühl, jemand schaue mich an, ergriff mich immer mehr, es kam sogar vor, dass ich nachts im Bett aufschoss und Licht machte, weil ich glaubte, am Fußende sitze einer und blicke unverwandt auf mich. Öfters, wenn ich irgendwo ausstieg, auf einem Bahnhof oder einer Bushaltestelle, war mir, als ob jemand auf mich wartete, und ich musste mich zuerst lange vergewissern, ob wirklich niemand da war. Ich war in beständiger Erwartung, konnte aber trotzdem nicht daran glauben, dass sie sich in etwas Wirkliches verwandeln würde.

Das ist letzte Woche anders geworden. Als ich auf der hinteren Plattform eines Tramwagens mit dem Rücken an der Scheibe lehnte, hatte ich wieder das Gefühl, beobachtet zu werden, drehte mich um und sah im Anhängerwagen den Mann mit der Glatze und den weißen Handschuhen. Er stand mir gegenüber hinter der Scheibe, und als ich ihn ansah, hob er die rechte Hand und lächelte mir zu. Ich war unfähig, mich zu bewegen, und blieb bis zur Endstation im Wagen stehen. Dort stieg ich aus und ging zum Anhänger, aber es war niemand mehr darin.

Seither habe ich keine Angst mehr. Ich weiß, dass ich diesem Mann nicht entkommen werde, und ich weiß auch, dass mir die Begegnung mit ihm, die wirkliche Begegnung, nahe bevorsteht. Wie sie verlaufen wird, weiß ich nicht. Wo sie stattfinden wird, weiß ich nicht. Warum sie sein muss, weiß ich nicht. Was der Mann mit mir vorhat, weiß ich nicht, ich weiß nur, dass kein Zufall möglich ist, ich weiß nur, dass ich persönlich gemeint bin.

Die Rückeroberung

Die Rückeroberung

Eines Tages, als ich an meinem Schreibtisch saß und zum Fenster hinausschaute, sah ich, dass sich auf der Fernsehantenne des gegenüberliegenden Hauses ein Adler niedergelassen hatte. Ich muss dazu sagen, dass ich in Zürich wohne und dass Adler bei uns nur in den Alpen vorkommen, am nächsten von hier vielleicht in den Bergen von Glarus, etwa 50 Kilometer von der Stadt entfernt. Trotzdem war ich sicher, dass dies ein Adler war, seine erstaunliche Größe, die herausfordernde Haltung des Kopfes wiesen mich an jenen ausgestopften Vitrinenvogel im Schulhaus meiner Jugend zurück, an dem wir auf dem Weg zur Turnhalle immer vorbeigehen mussten und der auf einem Kartontäfelchen mit »Steinadler« angeschrieben war. Es war für mich ganz klar, dass da drüben auf der Antenne des Nachbarhauses ein Steinadler saß. Vielleicht, dachte ich, ist er aus dem Zoo entkommen oder aus einer Volière, aber dann fiel mir ein, dass ja diesen Tieren meist die Flügel gestutzt werden, sodass sie nur noch ein paar armselige Hüpfer machen können. Und wenn er sich verirrt hat, dachte ich weiter, das kann doch einem Tier auch einmal passieren, doch ich hatte sofort das Gefühl, dass das dem Tier dort drüben nicht passieren konnte. Auch dass es sich einfach auf eines der Häuser setzte, kam mir merkwürdig vor. Vorher lebten wir einige Jahre auf dem

Land, und da ärgerte ich mich immer, dass die Mäusebussarde, die ich hoch oben schweben sah, nie in unsern Garten kamen, um die Mäuse zu fressen, und ich hörte dann, dass Raubvögel die Nähe der Häuser scheuten; auch die Stange, die ich ihnen weit vom Haus weg hingestellt hatte, verschmähten sie, während Jahren hatte sich kein einziges Mal einer heruntergewagt, und nun saß auf dem gegenüberliegenden Dach, inmitten von andern Dächern, ein Steinadler und schaute, den Kopf leicht schräg, auf die Straße hinunter, wo ihn noch niemand bemerkt zu haben schien.

Ich beschloss, meine Frau zu rufen und ging einen Stock tiefer, in die Familienwohnung, aber als wir zurückkamen, war der Adler verschwunden. Hoch über dem Hotel International, das von meinem Fenster aus sichtbar ist, glaubte ich ihn kreisen zu sehen, aber meine Frau hatte recht, wenn sie sagte, das könne ebenso gut ein Bussard sein oder sogar eine Möwe.

Als er ein paar Wochen später zurückkam, war ein zweiter Adler mit ihm, und zusammen begannen sie nun auf dem Nachbarhaus ein Nest zu bauen, zwischen dem Antennensockel und dem Kamin, an welchen sich eine kleine Kuppel anschließt, an der geborgensten Stelle des Daches. Die Nachbarn, die nicht wussten, wie sie sich verhalten sollten, ließen sie vorerst gewähren, und innert kurzer Zeit war ein Horst entstanden, in dem nun dauernd einer der beiden Adler saß, während der andere Jagd auf Mäuse, Eichhörnchen und kleine Katzen machte.

Natürlich erregten die Vögel ziemliches Aufsehen, umso mehr als sie nicht die einzigen blieben. Aus der ganzen

Stadt trafen Meldungen von neu angelegten Adlernestern ein, der ornithologische Verein erstellte ein Verzeichnis, das er laufend nachführte, die Biologen beschäftigten sich mit der plötzlichen Veränderung in den Gewohnheiten dieser seltenen Tiere und fanden keine Erklärung dafür. So schnell, sagten sie, wechsle in der Tierwelt normalerweise kein Lebewesen seine angestammte Umgebung. Die Leute wurden ermahnt, zu ihren kleineren Haustieren gut Sorge zu tragen, Hunde wenn möglich an die Leine zu nehmen und Meerschweinchen und Kaninchen nicht in offenen Gehegen herumlaufen zu lassen. Im Übrigen beschloss man aber vonseiten der Stadtbehörden, die Adler zu tolerieren, da es sich zeigte, dass sie sich nicht zuletzt auch von Ratten ernährten, von denen es in unserer Stadt mehr als genug gibt.

Schon hatte man sich daran gewöhnt, dass auf der Straße plötzlich ein Adler neben einem zu Boden gehen konnte, um eine streunende Katze zu Tode zu beißen, als ein neuer Vorfall die Leute beunruhigte.

An einer Ampel am Bellevue, das ist einer der verkehrsreichsten Plätze Zürichs, wurde eines Morgens ein Hirschgeweih gefunden. Dieses Hirschgeweih, da war kaum ein Zweifel möglich, war in derselben Nacht abgestoßen worden, und es war nicht irgendein Hirschgeweih, sondern eines mit vierundzwanzig Enden. Eine Nachfrage bei den schweizerischen Wildhütern ergab, dass der größte bekannte Hirsch im Bann Beverin lebte und ein Zweiundzwanzigender war. Der Bann Beverin liegt im Kanton Graubünden, und die Hirsche gehören bei uns zu den Tieren, die sich im Lauf dieses Jahrhunderts fast gänzlich aus dem Mittelland zurückgezogen haben. Da aber niemand diesen Hirsch beim Abstoßen beobachtet hatte und er auch in den nächsten Tagen und Wochen nirgends gesehen wurde, weder in der Stadt noch in den paar Wäldern der Umgebung, nahm man zuletzt an, das Geweih sei von jemandem dort hingelegt worden, der es kurz zuvor irgendwo in den Bergen gefunden haben musste und offenbar nicht über dessen hohen Wert im Bilde war.

Deshalb rechnete auch niemand mit dem, was etwa drei Monate später, an einem der ersten Sommertage geschah. Ein Morgenspaziergänger rief um 4 Uhr früh bei der Polizei an, in der Parkanlage beim Bürkliplatz hielten sich eine Anzahl Hirsche auf und versperrten die Fußwege. Zwei ausrückende Polizisten fanden diese Angabe bestätigt und lösten einen Großalarm aus, denn sie sahen, dass sich nicht nur einzelne Hirsche zwischen den Büschen bewegten, sondern dass es sich um eine ganze Herde handeln musste, deren genaue Größe schwer auszumachen war, sie konnte aber ohne Weiteres in die Hunderte gehen. Die Parkanlage wird auf der einen Seite durch das Seeufer begrenzt, auf der andern durch zwei breite Straßen, und so entschloss sich die Polizei nach Rücksprache mit dem Zoodirektor, den Park abzusperren, um dann die Tiere einzeln einzufangen oder abzuschießen. In aller Eile wurden große Rollen elektrischer Drähte herbeigeschafft, wie man sie zum Einzäunen von Kuhweiden braucht, und als gegen 7 Uhr der Morgenverkehr anzurollen begann, war die gesamte Parkanlage mehrfach mit geladenen Drähten vor den Hirschen gesichert, welche in größter Ruhe, mit gleichmäßig mampfendem Geräusch Rasen, Blumenbeete und Bäume abfraßen. Während man sich das weitere Vorgehen überlegte, stieß gegenüber vom Kongresshaus ein riesiges Tier mit seinem Geweih die Drähte hoch und zerriss sie mit einem Ruck, ohne dabei den geringsten Schaden zu nehmen. Dieses Tier war der Vierundzwanzigender, der nun an der Spitze der ganzen Herde auf die Straße hinaustrabte, dem Bellevue entgegen.

Niemand wusste, wie man diesen Hirschen beikommen konnte. Scharfschützen waren aufgeboten, Wildhüter und Jagdaufseher kamen dazu, aber inmitten der dichtbelebten Straßen war an ein Abschießen gar nicht zu denken, und die Herde hielt sich nur an dicht belebte Straßen, sie überquerte, von Fahrzeugen der Polizei gefolgt, das Bellevue und ging nachher gemächlich den Limmatquai hinab.

Die Verwirrung war groß. Die Tramwagen stauten sich, ohne dass sich die Passagiere getrauten, auszusteigen, die Automobilisten versuchten ihre Wagen auf das Trottoir zu steuern, einige ließen angesichts der nahenden Herde ihr Auto mitten auf der Straße stehen und flüchteten in einen Hauseingang, andere kurbelten ihre Scheiben hoch und blieben sitzen, sie verschwanden in den Tieren wie ein Stein in den Fluten. Eine eigenartige Stille begleitete den ganzen Zug. Überall wurden die Motoren abgeschaltet, und man hörte nur das Schleifen und Scharren der vielen hundert Hufe auf dem Asphalt, ab und zu splitterte eine Scheibe, oder Autokarosserien wurden angekratzt, doch die Leute verhielten sich mucksmäuschenstill. Polizisten eilten zu Fuß der Herde voraus und versuchten die Leute vorzuwarnen, vom Einsatz von Lautsprechern sah man nach dem Rat des Zoodirektors ab, um durch den Lärm keine Panik unter den Hirschen zu verursachen, denn ein Durchbrechen der Herde war das, was man am meisten fürchtete. Die Erwartung, dass sich die Hirsche wieder einen Weg aus der Stadt heraus suchen würden, um in irgendeinen der umliegenden Wälder zu gelangen, erwies sich als falsch, die Route, welche die Tiere wählten, sah viel eher nach einer Stadtbesichtigung aus. Beim Central bogen sie abrupt nach rechts ins Niederdorf ein, welches sie beim Predigerplatz wieder verließen, um sich, nachdem sie das wenige Grün beim Pfauen abgefressen hatten, erneut nach rechts zu wenden, die Rämistraße hinunter, zum zweiten Mal das Bellevue überquerten und sich dann nicht dem Üetliberg zu bewegten, wie alle hofften, sondern bei den Stadthausanlagen nach rechts in die Bahnhofstraße einschwenkten. Am Paradeplatz verriegelten die Großbanken ihre Portale, die Bijoutiers und Pelzhändler ließen die Rollläden über ihre Türen rasseln und blickten angstvoll aus den Schaufenstern auf die braunen Leiber, die sich unaufhaltsam vorbeidrängten und die Straße in ihrer ganzen Breite ausfüllten. Bereits hatte man mit der Abschrankung der Bahnhofunterführungen begonnen und das große Sperrgitter des Hauptbahnhofs gezogen, als die Herde beim Modissa-Haus überraschend nach rechts abbog, der Rudolf-Brun-Brücke zu. Wenig später – die ersten Tiere waren gerade unter der Brücke bei der Hauptwache durch – setzte ein Platzregen von großer Stärke ein, der die Herde mit einem Mal zum Stehen brachte.

Der Vierundzwanzigender, welcher ständig die Spitze der Herde innehielt, hob den Kopf in die Höhe, schaute sich um und strebte dann in leichtem Trab dem Parkhaus

Urania zu, wohin ihm alle andern Tiere folgten. Das war eine unerwartet günstige Entwicklung. Sobald die Hirsche drinnen waren, wurden Ein- und Ausfahrt der Parkgarage mit Lastwagen verbarrikadiert, sodass die Herde gefangen war.

Der Entscheid, zu schießen, wurde sehr rasch getroffen. Über die Lautsprecheranlage wurden die gerade im Parkhaus befindlichen Leute aufgefordert, unbedingt in ihren Wagen zu bleiben und dem Ein- und Ausgangstor fernzubleiben, etwas, das übrigens, den gegen außen dringenden Schreien nach, nicht allen gelang, und nun postierte man schräg gegenüber der Ein- und Ausfahrt mehrere Polizeisoldaten mit Maschinengewehren, die durch die besten Scharfschützen des städtischen Korps verstärkt wurden. Man wartete das Ende des Regens ab, dann fuhren die Lastwagen von den Toren weg, und eine Knallbombe wurde ins Parkhaus hineingeworfen. Die Detonation tat ihre Wirkung. Mit einem mächtigen Sprung setzte der Vierundzwanzigender aus dem dritten Stock des offenen Rundaufgangs hinaus, und die ganze Herde folgte ihm in so kurzer Zeit, dass es den sofort ihren Standort wechselnden Scharfschützen nur gelang, den einen oder andern Hirsch abzuschießen, aber ein Maschinengewehreinsatz kam wegen der in die Schusslinie geratenden Häuser am Lindenhof nicht infrage. Eine einzige Hirschkuh verirrte sich in den unteren Ausgang und wurde von einer zornigen Garbe erfasst, zugleich mit der Tanksäule, sodass sich das Blut des erlegten Tieres mit dem auslaufenden Benzin zu einer rotbraunen Lache vereinigte.

Wie nach einem Plan löste sich nun aber die Herde auf

und zog in Grüppchen von drei oder zwei Hirschen durch die ganze Stadt, viele Hirsche waren auch allein unterwegs. Die Bilanz dieses Morgens war nicht gut. Erschossen worden waren nur elf Tiere, die Gesamtzahl schätzte man auf mindestens dreißigmal so viel; zudem waren vier Personen im Parkhaus verletzt worden, eine davon, eine Frau, welche von den Hirschen zertrampelt worden war, lebensgefährlich.

Da die Hirsche die Stadt nicht mehr verließen, oder wenn sie es einmal taten, nach kurzer Zeit wieder zurückkehrten, wurde nun eine Spezialeinheit der Polizei zur Hirschbekämpfung gebildet. Das war eine äußerst heikle Aufgabe, vor allem weil der Gebrauch der Schusswaffe selten ohne Gefährdung von Menschen möglich war. Man schickte deshalb einige Männer nach Amerika, wo sie von Cowboys im Lassowerfen ausgebildet wurden. Aber auch ihnen gelang es nicht, die Hirsche aus der Stadt zu vertreiben. Man gewöhnte sich einfach an das Bild eines durch eine Einbahnstraße preschenden Hirsches, der zu Pferd von einem lassoschwingenden Polizisten verfolgt wurde.

Das hat auch etwas Schönes, gewiss, und auf eine Art ist es eine Bereicherung des Stadtlebens, aber irgendwie ist mit diesen Tieren auch der Schrecken wieder eingezogen. Das Schreien einer Katze zum Beispiel, die sich gegen den tödlichen Zugriff eines Adlers wehrt, ist fast nicht auszuhalten. Wer an einem Herbstmorgen von den tiefen und unnachgiebigen Brunstrufen der Hirsche aus dem Schlaf gerissen wird, welche von den Häuserfronten wie von Felswänden widerhallen, der bleibt wach für diesen Tag, und wo immer in der Stadt zwei Hirsche aufeinander losstürzen und sich mit krachenden Geweihen ineinander verkeilen, ist die Straße augenblicklich leer.

Jedenfalls hielten sich Adler und Hirsche bis zum Herbst, und als der Winter kam, blieben sie erst recht, sie zogen sogar neue Gäste nach sich.

Beim Hirsch, der an einem nebligen Vormittag in der Mitte des Hardturmstadions gefunden wurde und von dem außer Haut und Knochen nur noch die blutigen Innereien dalagen und den Schnee ringsum rot färbten, dachte man zuerst, er sei von Hunden angefallen worden, aber als der Kantonstierarzt die Spuren sah, wurde er unsicher und ließ einige Biologen kommen. Gemeinsam studierten sie nun den Schauplatz und gaben dann ihren Bescheid bekannt. Diese Spur, sagte der Kantonstierarzt, während das Biologenteam hinter ihm düster zu Boden blickte, stammt vom Wolf, und wir haben es hier nicht mit einem einzelnen Wolf zu tun, sondern mit einem ganzen Rudel.

Es dauerte eine Weile, bis zum ersten Mal ein Wolf gesehen wurde, lange Zeit traf man immer nur ihre Spuren an. Offenbar hatten sie es auf die Hirsche abgesehen, denn der Hirsch vom Hardturmstadion blieb nicht der einzige, etwa alle zwei bis drei Tage fand man irgendwo in der Stadt ein ähnlich zugerichtetes Tier. Die Ersten, die dann die Wölfe zu Gesicht bekamen, waren die Kinder aus der Schulklasse meines achtjährigen Buben. Als sie an einem Morgen in der Turnstunde am Waldrand des Käferbergs schlittelten, waren die Wölfe plötzlich da und stürzten sich auf den hintersten der Gruppe, den Sohn eines Jugoslawen. Er habe nur einmal geschrien, sagte die Lehrerin, die vor Entsetzen außer sich war, anscheinend hatten ihm die Wölfe gleich die Halsschlagader durchgebissen. Als die Polizei eintraf, konnte sie nur noch der Blutspur folgen, die zur Nähe des Waldweihers führte. Dort lag das, was die Wölfe von Ilja übrig gelassen hatten, die Wölfe selbst aber waren verschwunden und konnten auch von den eingesetzten Hunden nicht aufgetrieben werden, ihre Fährte verlor sich beim Friedhof Nordheim.

Von nun an herrschte in Zürich der Ausnahmezustand. Nicht, dass er ausgerufen worden wäre, aber er war da. Die Schulen begannen zusammen mit den Eltern den Schulweg der Kinder so zu organisieren, dass immer gruppenweise in Begleitung von Erwachsenen gegangen wurde, den wehrpflichtigen Männern wurde auch gestattet, mit entsichertem Sturmgewehr die Kindergruppen zu begleiten. Mein Sohn war zutiefst verstört durch das Ereignis, das seine Klasse getroffen hatte, er beruhigte sich erst etwas, als ich ihm ein großes Pfadfindermesser kaufte, das ich ihm bislang verweigert hatte, weil es mir zu gefährlich schien. Dieses Messer gürtete er sich nun immer um, wenn er mit den andern Kindern zur Schule ging, wo übrigens eine Stellvertreterin unterrichtete, denn die Lehrerin hatte einen solchen Schock erlitten, dass sie wochenlang vor keine Klasse mehr treten konnte.

Die Behörden unternahmen jetzt große Anstrengungen, um dieses sonderbare Geschehen in den Griff zu bekommen. Dass jedes Jahr ein paar Kinder unter den Autos starben, daran hatte man sich gewöhnt, das war eben ein möglicher Tod in der Stadt, aber dass Kinder von Wölfen zerrissen werden, das sollte nicht vorkommen, nicht in einer Stadt wie Zürich. Die Bevölkerung wurde aufgefordert, Vorschläge zu machen, die von einem Krisenstab geprüft wurden, man gab für Inhaber eines Jagdpatentes sämtliche Wölfe zum Abschuss frei, und auch die Adler und Hirsche, denn man hatte eingesehen, dass diese Erscheinungen alle zusammenhingen, man appellierte zugleich an die Schützen, nur dann zu schießen, wenn mit Sicherheit kein Menschenleben gefährdet wurde. Daraufhin besserte sich die Situation etwas. In kurzer Zeit wurden mehr Tiere erlegt, als die Spezialeinheiten bisher zur Strecke gebracht hatten, und auch was man nicht zu hoffen gewagt hatte, trat ziemlich rasch ein. Es gelang nämlich, das Wolfsrudel in eine Falle zu locken. Man hatte einen verwundeten Hirsch in eine Sackgasse im Friesenbergquartier gestellt, wo man ihn mit genügend Futter zurückhalten konnte, und tatsächlich erschien gegen Morgen das ganze Rudel Wölfe und machte sich über ihn her, sodass die Maschinengewehrschützen, die der Straße entlang in den oberen Stockwerken der Reihenhäuser Stellung bezogen hatten, die Tiere ohne Mühe erschießen konnten, 33 Wölfe waren es, die innerhalb einer knappen Minute mit aufgerissenen Schnauzen am Boden lagen. Zürich atmete auf, der Forstbeamte, der diese Idee gehabt hatte, erhielt Hunderte von Telegrammen und Anrufen mit Gratulationen, am Abend war die Stadt in festlicher Stimmung, es gab Freinacht, und in vielen Restaurants wurde gratis Bier ausgeschenkt.

Am andern Morgen musste der Flughafen gesperrt werden, weil auf der Kreuzung zwischen der Start- und der Landepiste ein halb aufgefressener Hirsch lag. Die Untersuchung ergab: es waren Wölfe.

Von da an begann man sich langsam darauf einzurichten, dass man diese Tiere möglicherweise nicht loswerden konnte, sondern irgendwie mit ihnen leben musste. Wo sie herkamen, wusste man nicht, sie wurden nirgends vermisst, und es wurde auch keine andere Stadt von ihnen heimgesucht, weder in der Schweiz noch sonstwo in Europa, Zürich war ganz allein betroffen, und niemand wusste warum.

Der erste Bär tauchte gegen das Frühjahr auf. Er lief durch die Bahnhofunterführung, welcher man den Namen Shopville gegeben hat, kippte alle Abfallkübel mit einem Prankenschlag um und durchschnupperte sie nach Essbarem. Die Leute flohen die Rolltreppen hoch oder drückten sich in die Eingänge der Geschäfte, und der Bär bediente sich ausgiebig an den Auslagen eines großen Comestiblesladens. Ein Angehöriger des Bahnhofbetriebsschutzes erschoss ihn von hinten, während er nach einer Melone griff, fast erstaunt sackte das Tier zu Boden und überrollte sich einmal, bevor es auf dem Bauch liegen blieb wie ein Bettvorleger.

Kurz danach hörte man, dass ein Bär im Engetunnel den Verkehr zum Stehen gebracht hatte und sich nachher sihlaufwärts davongemacht habe. So mussten wir uns, nachdem der letzte Bär vor mindestens 70 Jahren im Engadin gejagt wurde, wieder mit dem Leben der Bären beschäftigen und uns darauf gefasst machen, mitten in der Stadt einen anzutreffen. Sie waren weniger gefährlich als die Wölfe, traten auch nie in Rudeln auf, sondern trotteten meist als Einzelgänger durch die Straßen. Trotzdem war Vorsicht geboten, vor allem mit kleinen Kindern, und auch die Bären wurden sofort zum Abschuss freigegeben. Auszurotten waren sie aber ebenfalls nicht.

Ihr Erscheinen wurde im Ganzen recht gelassen hingenommen, eine eigentliche Panik ging erst durch die Stadtbevölkerung, als auf dem Stauffacher ein älterer Mann beim Griff in einen Zeitungsständer von einer Kreuzotter in die Hand gebissen wurde und trotz sofortiger Behandlung am gleichen Tag starb. In derselben Woche kam es mehrmals vor, dass aus den Schließfächern am Bahnhof Giftschlangen hervor schossen und Leute zu beißen versuchten, die ihr Gepäck herausnehmen wollten. Aus dem Industriequartier hörte man von einer Italienerin, welche beim Öffnen des Brotbehälters eine Viper vorgefunden habe und beim Versuch, diese mit der Bratenschaufel zu töten, von ihr gebissen worden sei. Fast jedermann begann nun, unters Bett zu schauen, bevor er schlafen ging, wir schlugen auch immer zuerst die Bettdecke ganz auf, weil wir die Warnung gehört hatten, dass Schlangen warme Plätzchen bevorzugten. Im Kindergarten meines fünfjährigen Buben wurde eine Würfelnatter in der Spieltruhe gefunden, die vom Abwart sofort totgeschlagen wurde. Es stellte sich zwar nachher heraus, dass sie nicht giftig gewesen wäre, aber wir überlegten uns nun doch zum ersten Mal, ob wir die Kinder nicht zu meinem Bruder nach Olten bringen sollten. Viele Eltern nahmen ihre Kinder aus der Schule und brachten sie woanders hin, es zogen auch etliche Familien ganz weg, die Wohnungen in den umliegenden Städten wurden knapper als sie schon waren, und außerordentlich belegt waren bereits im April die Zeltplätze des ganzen Mittellandes.

Wir entschlossen uns dennoch zu bleiben, ich hörte zu dieser Zeit, dass der in der Schweiz bisher noch nie gesichtete Schlangenadler aufgetaucht sei, ein Raubvogel, der sich ausschließlich von Schlangen ernährt, und hoffte, dass er für einen Rückgang dieser neuen Bedrohung sorgen würde. Davon war aber nichts zu spüren, und es zeigte sich, dass bereits eine weitere Bedrohung über der Stadt lag, gegen die man noch machtloser war. Sie sah zuerst harmlos, fast erfreulich aus, aber bald wurde klar, dass gerade sie das eigentliche Ende bedeuten konnte.

Diese Bedrohung ging von den Pflanzen aus, und zwar vor allem von zwei Arten. Die erste Art war das Efeu, das plötzlich unheimlich schnell zu wachsen anfing. In einer einzigen Nacht konnte es aus einem Garten bis in die Straßenmitte vordringen, und wenn es am Morgen geschnitten wurde, war es am Abend schon wieder an den Trottoirrändern. Mit äußerster Mühe konnte zunächst durch tägliche Pflege verhindert werden, dass es sich auch an Glas- und Betonbauten festkrallte, die Verwaltungsgebäude der großen Firmen, die Hotels, die Banken, die Warenhäuser, alle mussten Leute einstellen, die nichts anderes zu tun hatten, als den ganzen Tag Efeu zu schneiden, und im Gefolge des Efeus vermehrten sich auch die andern schlingenden Pflanzen, weißer Knöterich, Clematis, Glyzinien und andere Zierparasiten begannen sich mit dem Efeu zu vermischen und nahmen gemeinsam den Kampf gegen Straßen, Häuser und Unterführungen auf.

Gleichzeitig entwickelte sich eine zweite Art von Pflanzen zu nie gesehener Größe, und zwar war das alles, was sonst im Sumpf gedeiht, ich weiß nicht, ob Sie Eselshuf kennen, man sagt auch Pestwurz, diese etwas fleischige Pflanze mit den riesigen Blättern, die sonst in den Bergen entlang von Bächen oder in feuchten Runsen anzutreffen ist, diese Eselshufe sprossen plötzlich aus jedem Rasen, und die Blätter wurden so groß, dass sie ein parkiertes Auto zuzudecken vermochten, Schachtelhalme erreichten Höhen von Birken, und Farne beugten sich von einer Straßenseite auf die andere, aber so, dass man ohne Weiteres noch unten durchgehen konnte. Diese Pflanzen waren bei all ihrer Biegsamkeit so stark, dass sie den andern Pflanzen die Substanz wegzehrten, und in kurzer Zeit verdorrten standhafte Bäume und fingen an, bei Windstößen umzuknicken, sodass heute die Einwohner bei jedem Wetterwechsel in den Häusern bleiben. Wir gehen überhaupt nur noch hinaus, wenn es sein muss, denn man kann sich denken, dass diese Vegetation für Wölfe, Schlangen, Bären und Hirsche förderlicher ist als für den Menschen, und jetzt, da schon viele Straßen stillgelegt sind, weil sie vollständig überwachsen sind und sich die Leute mit Brotmessern und Gerteln einen Pfad heraussäbeln müssen, kann man sich auch viel weniger darauf verlassen, noch gerettet zu werden, wenn man von einem wilden Tier angefallen wird. Deshalb beginnen wir immer mehr, uns selbst zu helfen und auf eigene Faust zu leben, es dauert oft tagelang, bis man wieder etwas von den Behörden vernimmt oder auf eine Polizeistreife trifft. Gleichzeitig mit einem neuen Gefühl für Nachbarschaft, das entsteht, weil alle dringend aufeinander angewiesen sind, entsteht eine neue Form von Räuberei und Freibeutertum, weil kaum noch eine übergeordnete Organisation für ein zuverlässiges Lebensgefüge sorgen kann, die Leute beginnen sich zu misstrauen, und es kommt vor, dass Menschen, die sich in einem fremden Quartier durch einen Efeupfad kämpfen, von Begleitern eines Kinderzuges abgeschossen werden. Jetzt geht es gegen den Herbst zu, und niemand weiß, wie es weitergehen soll. Von den wenigen Zügen, die auf den mittleren Geleisen des Hauptbahnhofs noch verkehren können, sind die abfahrenden stets vollbesetzt, die Gepäckwagen überquellen von Koffern und zugeschnürten Säcken, während mit den einfahrenden Zügen kaum noch jemand ankommt. An den Autobahnen werden nur noch diejenigen Zufahrten freigehalten, die zur Stadt hinausführen, die Einfahrten sind längstens unter metertiefem Grün begraben.

Allgemein erhofft man sich mit dem Verwelken der Pflanzen einen Rückgang ihres Wachstums und plant eine große Abholzungs- und Ausrottungsaktion, an deren Erfolg ich aber zweifle. Von Anfang an erwiesen sich die in fast nicht mehr verantwortbaren Mengen eingesetzten Herbizide als wirkungslos, Efeu bleibt auch im Winter grün, und bereits ist festzustellen, dass der Stängel der Schachtelhalme nicht mehr weich und knickbar ist, sondern mehr und mehr den Charakter einer Baumrinde annimmt. Überhaupt ist fraglich, wie sich der Winter anlassen wird. Schon der vergangene brachte ungewöhnlich große Schneemassen, und mein Heizöltank ist nur noch zu einem Viertel gefüllt, weil der Tankwagen auf unserer Straße nicht mehr durchkommt, jedenfalls habe ich unseren Birnbaum, der neben einem Riesenfarn zusammenstürzte, zersägt und bin bereit, die kalten Tage mit der Familie in meinem Arbeitszimmer zu verbringen, wo der einzige Holzofen des Hauses steht.

Wenn ich zum Fenster dieses Arbeitszimmers hinausschaue, sehe ich zwischen den Spitzen der Schachtelhalme hindurch immer noch die Steinadler auf dem Nachbardach abfliegen und ankommen und ihren arg krähenden Jungen irgendein noch halb zuckendes Fleischstück zerkleinern und in die Schnäbel drücken, während das Hotel International wie ein gewaltiger alter Baumstrunk am Horizont steht, gänzlich von Efeu umklammert, aus dem sich blau und weiß Clematis- und Knöterichblüten herausheben, neuerdings sind auch Kapuzinerchen dazugekommen, deren gelbe und rote Blüten man schon bis in den zehnten Stock hinauf verfolgen kann.

Es ist auch ruhig geworden vor meinem Fenster, die Baustelle für den neuen Migros-Markt ist verlassen, der Kranarm bewegt sich wie eine Riesenblume im Wind, die Trams haben ihren Betrieb abgebrochen, die nächste noch befahrbare Autostraße liegt beim Hallenbad draußen, das Haus gegenüber ist leer, und ich sitze da und denke darüber nach, ob es jetzt noch einen Sinn hat, die Stadt zu verlassen, oder ob das alles nur der Anfang von etwas ist, das sich von hier aus uneindämmbar ausbreiten wird.

Walther von der Vogelweide

Der Mann, dem wir auf den nächsten Seiten unsere Aufmerksamkeit zuwenden wollen, erwachte an diesem Morgen früh und unausgeruht in einem Hotelzimmer in Bozen. Er war Cellist eines Streichquartetts, das am Abend zuvor in dieser Stadt ein Konzert gegeben hatte. Um 10.04 Uhr sollten sie mit dem TEE-Zug nach Innsbruck fahren. Als er die Armbanduhr vom Nachttischchen hob, seufzte er. Zwanzig vor sieben, und kaum Aussicht, wieder einzuschlafen. Es war immer dasselbe auf den Konzertreisen, man bekam zu wenig Schlaf. Es gab keine leisen Hotels, entweder war es der Straßenlärm oder das Badewasser des oberen Stockes oder der Schlüssel eines fremdländischen Zimmermädchens; jedenfalls geriet man nach ein paar Tagen mit Schlafen in einen unaufholbaren Rückstand.

Heute aber, als er die Vorhänge zur Seite schob und die Stadt im Morgendunst daliegen sah, mit ihren Kirchtürmen und Dächern vor den steilen Wäldern, da hatte er Lust, aufzustehen und einen Spaziergang zu machen. Seine Morgenmüdigkeit war sofort verschwunden, er öffnete das Fenster und machte eine ganz kleine Abfolge von Gymnastikübungen, die er sich täglich abverlangte, um seine Knochen knacken zu hören, dann duschte er sich, indem er die kleine Badeschaumpackung, welche auf dem Seifenhalter bereitlag, mit den Zähnen aufbiss, zog sich nachher an, ging in den Frühstücksraum hinunter, der noch fast leer war, bis auf zwei italienische Geschäftsleute, die nur Kaffee tranken und rauchten, und frühstückte ohne besonderen Appetit und ohne besondere Ruhe. Seine Kollegen waren noch nicht da, und er wollte möglichst rasch auf seinen Stadtbummel. Er hatte mehr als zwei Stunden Zeit und freute sich darüber. Am Nachmittag des vorigen Tages war er nach der Probe noch ein bisschen durch die Stadt geschlendert und hatte sich außerordentlich angezogen gefühlt von diesen eigenartigen Gassen, von den Marktständen, an denen bald auf deutsch, bald auf italienisch verhandelt wurde, vom Fischladen, vor welchem im Freien zwei Marmortische standen, auf denen die Fische zerlegt wurden, als brächte man auf einem Altar ein Opfer dar, von den Häusern auch, zu denen manchmal Treppen hinaufführten, zu engen, gotischen Haustüren, die für bucklige Pförtner gemacht waren, von all den Erkern, oder von den Hausglocken, deren Züge außen am Haus bis vors oberste Fenster gingen, und Apotheken gabs, deren Verkaufsräume sich in unendliche Gewölbe zu verlängern schienen, mit Töpfen und Dosen, die in alter, verschnörkelter Schrift angeschrieben waren, überhaupt die Aufschriften, das Gemisch von Fleischhauer, Salumeria, Selcher, Pasticceria, Trafik und Sali e Tabacchi faszinierte ihn, so viele Sprachen man spreche, so viele Herzen habe man, hatte er einmal auf einem Abreißkalender gelesen, diese Stadt hatte also einen doppelten Herzschlag. Zugleich war sie irgendwie träger, man hatte das Gefühl, als seien die Häuser alle tief in den Boden gebaut, als sei die Erdanziehungskraft hier stärker als anderswo.

Er trat also hinaus, der Cellist, aus der Halle des Hotels Alpi, dessen Glastür er zuerst aufziehen statt aufstoßen wollte, und stand mitten im Morgenlärm, dem Geknatter von Kleinmotorrädern und Lieferwagen, das sich mit dem 7-Uhr-Läuten mehrerer Kirchtürme vermischte. Es war schwer, sich vorzustellen, dass auch nur ein einziger Bewohner dieser Stadt noch schlafen konnte.

Er folgte zuerst dem Sog der Einbahnstraße, die vor dem Hotel durchführte, ging dann, als diese nach rechts zum großen Busbahnhof abbog, geradeaus weiter und stand auf dem Platz, der den Namen Walther-Platz trug, mit diesem betonten th, das wie eine Falle für italienische Zungen in der Mitte des Wortes lauerte. Das Zentrum des Platzes bildete ein Baugehege, hinter dem ein mit Brettern verkleideter Sockel stand, neben dem Sockel sah man einen weiteren Bretterverschlag, aus dem oben ein traurig geneigter Marmorkopf herausschaute.

Auf der einen Seite wurde der Platz durch eine Kirche begrenzt, deren Turm eingerüstet war. Am Fuß des Gerüstes las man auf Kopfhöhe SPENDET FÜR DEN KIRCHTURM.

Die andere Seite, auf die der Cellist jetzt zuging, bestand aus einer Häuserfront mit Arkaden, die eigentlich den Eingang zur Altstadt bildete, und der Cellist bog in das erste Gässchen ein, das ins Dunkel der Stadt hineinführte. Er war noch nicht lange gegangen, hatte erst zwei, drei Querstraßen überschritten, und war immer wieder in das nächste Gässchen abgezweigt, als er plötzlich stehen blieb und die Erscheinung anstarrte, die auf ihn zukam.

Einen derart missgestalteten Menschen hatte er in seinem ganzen Leben noch nicht gesehen. Die Füße waren gegeneinander gerichtet, das eine Bein schien ein verkehrtes Kniegelenk zu haben, jedenfalls stand der Oberschenkel weit ab, die Schultern waren verzerrt, der Kopf wuchs fast aus dem Brustbein, und die Arme wirkten viel zu lang, wie bei einem Affen. Mit der linken Hand hielt der Mann, dessen Anzug übrigens tadellos war, einen Stockknauf umklammert, mit der rechten tastete er sich der Wand des Gässchens nach, durch das er dahergeschlurft kam, und als er nun vor einer kleinen Treppe stand, die drei Schritte abwärts führte, fragte der Cellist, der vor dieser Treppe stand, unwillkürlich: »Soll ich Ihnen helfen?«

Der Blick, der ihn aus den Augen des Krüppels traf, hatte etwas unangenehm Körperliches, er blieb an ihm haften wie Farbe. Der Mund des andern, auch er seltsam verformt, wohl von einem Schlaganfall, öffnete sich langsam und gab schaudererregend gelbe Zähne frei. Dann warf das Männlein seinen Kopf nach hinten, so weit und leicht, als hätte er keine Halswirbel, und rief nach oben: »Maria, hast du gehört? Er will uns helfen!« Dann folgte ein längeres Gurgeln und Keuchen, das wohl ein Lachen war.

Der Cellist schaute auch nach oben, er merkte erst jetzt, wie hoch die Häuser waren, welche die Gassen bildeten, und dass etliche davon durch Torbogen miteinander verbunden waren, welche in der Verlängerung eine Wirkung hatten wie der Satz »Ich träumte, dass ich träumte, dass ich träumte«.

Und neben dem ersten Torbogen, in drei oder vier Stockwerken Höhe, schaute ein Frauenkopf zum Fenster hinaus, der offensichtlich zu Maria gehörte, ein schöner Kopf, ein südlicher Kopf, ein junger, schöner, südlicher Frauenkopf, eingerahmt von schwarzen Haaren, in der Mitte gescheitelt und hinten geknotet, lebendige, dunkle Augen, die auf ihn, den Cellisten, gerichtet waren, wahrscheinlich schon vor dem Zuruf des Krüppels.

»Hier hinein!«, krächzte der Alte und schwang seinen Stock überraschend beweglich zu einer Türe, die schräg hinter ihm lag, »und dann hinauf!«

»Ich wollte Ihnen eigentlich nur die Treppe hinunter helfen«, sagte der Cellist.

»Sie wollten mir helfen«, sagte der Krüppel, »das ist schön, das ist sehr schön – und selten.« Dann rief er nach oben: »Maria! Er kommt!« und begann die Treppe hinunterzusteigen, indem er seinen verkehrten Fuß weit ausholend auf jede Stufe schwang und den Cellisten mit dem Kopf nochmals zur Türe wies, die er vorhin gezeigt hatte. Dieser dachte an den schönen Frauenkopf, der jetzt verschwunden war, und plötzlich hatte er Lust, da hinaufzugehen, wieso eigentlich nicht, sagte er sich, ich habe ja Zeit, wieso soll ich nicht hinaufgehen, wenn ich erwartet werde von einer solchen Maria, und er stieß die schwere Türe auf und befand sich in einem großen und lichten Innenhof mit einem offenen Treppenhaus, das in jedem Stockwerk in einen Bogengang mündete, welcher sich um den ganzen Innenhof herumzog. Fast wie ein Kloster, dachte der Cellist, oder wie ein Palast, und erinnerte sich an ähnliche Gebäude, in denen er schon musiziert hatte. Als er auf dem obersten Treppenabsatz angekommen war, öffnete sich am Ende des Bogenganges eine Türe, und

Maria winkte ihm wortlos. Er ging hin und trat ein. Maria schloss sie gleich hinter ihm zu.

»Mein Name ist –«, begann der Cellist, wurde aber von Maria sofort unterbrochen.

»Kein Name«, sagte sie, »das ist nicht wichtig.«

»Aber Sie sind Maria?«, fragte der Cellist.

»Ja«, sagte sie, »aber das ist auch nicht wichtig.«

»Was ist denn wichtig?«, fragte der Cellist.

»Sie wollen uns helfen«, sagte Maria.

»Wenn ich kann«, sagte der Cellist.

»Oh, Sie können es, Sie können es«, sagte Maria und schaute ihn von oben bis unten an.

Auch der Cellist schaute nun die ganze Maria an und war angetan von ihrer schönen Gestalt, die so nahe bei ihm stand, er roch auch ihren Körperduft oder ihr Parfum, und dass sie so vertraut mit ihm sprach, erregte ihn angenehm. »Also«, sagte er dann, »worum geht es?«

»Sie sind sicher nicht von hier«, sagte Maria.

»Nein«, sagte der Cellist, »wieso meinen Sie?«

»Niemand von hier würde meinem Vater helfen wollen. Er ist verhasst. Bei den Italienern, weil er Deutscher ist, und bei den Deutschen, weil er ein Deutscher ist, aber die Deutschen hasst.«

»Und wieso hasst er die Deutschen?«

»Sie haben ihn ja gesehen«, sagte Maria, »es geht auf den Krieg zurück.«

Der Cellist senkte den Kopf.

»Sehen Sie. Und damit hängt Ihr Auftrag zusammen.«

»Mein Auftrag?«

»Ja. Es ist alles vorbereitet. Sie ziehen zuerst die Stiefel hier an, und den Mantel und den Hut.« Sie zeigte auf ein Paar militärgrüne Fischerstiefel, die bis zu den Hüften reichen mussten, und auf einen öligen Südwester.

»Dann nehmen Sie das hier.« Sie öffnete einen Schrank, und dem Cellisten entfuhr ein Laut der Überraschung. Im Schrank lag ein Geigenkasten.

»Keine Angst«, sagte Maria, »es ist keine Geige drin.«

Der Cellist war nicht beruhigt. Eine Geige wäre ihm lieber gewesen.

»Was ist denn drin?«, fragte er.

»Warten Sie«, sagte Maria. »Sie nehmen das also mit und steigen in unserm Innenhof durch den Abflussdeckel in die Kanalisation hinunter. Damit Sie unten etwas sehen, geben wir Ihnen diese Taschenlampe mit. Sie gehen nun durch den Kanal in der Richtung, in der das Wasser fließt. Passen Sie auf, dass Sie nicht hinfallen, es ist schlüpfrig.«

Der Cellist schüttelte nur den Kopf.

»Dreimal«, sagte Maria unbeirrt, »kommt von links ein Kanal, aber Sie biegen erst in den vierten Kanal ein und laufen ein kleines Stück gegen das fließende Wasser, bis Sie oben das Licht sehen, das durch einen Abflussdeckel kommt. Sie steigen die paar Sprossen hoch, hängen den Geigenkasten mit diesem Haken an die oberste Sprosse unter dem Deckel, zünden diese Schnur mit diesem Feuerzeug an, gehen wieder zurück in den Hauptkanal, laufen weiter in der Richtung, in der das Wasser fließt, zweigen beim zweiten Zufluss nach rechts ab und steigen beim ersten Abflussdeckel wieder hinauf. Im Innenhof, in dem Sie sich dann befinden, ziehen Sie Stiefel und Mantel und Hut wieder aus, werfen alles in den Abfallsack, der bereitsteht, machen den Abflussdeckel zu und öffnen die Türe mit diesem Schlüssel hier. Dann gehen Sie zum Bahnhof und fahren mit dem 10.04-Zug nach Innsbruck.« Von einem dunklen Tischchen nahm sie ein Bahnbillett und hielt es ihm hin.

»Danke«, sagte der Cellist, »danke, ich habe schon eine Fahrkarte für den 10.04-Zug.«

»Umso besser«, sagte Maria und legte ihr Billett sofort beiseite, »dann können Sie es also tun?«

Der Cellist hatte nicht aufgehört, den Kopf zu schütteln, und blickte abwechselnd auf Maria und auf den Geigenkasten, um den eine starke weiße Schnur gewickelt war.

»Was passiert mit dem Geigenkasten, wenn die Schnur brennt?«, fragte er dann.

Maria lächelte und legte ihm ihren Arm um den Hals. »Was wohl?«, fragte sie leise und gab ihm einen Kuss auf die Wange, »der geht in die Luft.«

Der Cellist atmete tief ein. »Und was ist über dem Deckel?«, fragte er.

»Nur ein Denkmal«, sagte Maria, »weiter nichts.«

»Was für ein Denkmal?«, fragte der Cellist.

»Walther von der Vogelweide«, sagte Maria.

»Und das wollt Ihr –«

»Ja«, sagte Maria, »es muss weg. Früher stand es auf diesem Platz. Dann brachten es die Italiener auf einen anderen, kleineren Platz. Jetzt haben die Tiroler durchgesetzt, dass es wieder auf den Walther-Platz kommt. Es ist der Hauptplatz. Mein Vater will das nicht. Diese Stadt darf nicht wieder deutsch werden, sagt er. Bitte, tun Sie es. Es kommt niemand zu Schaden.«

»Und die Leute?«

»Das Denkmal steht noch nicht auf dem Sockel. Es ist jetzt direkt neben diesem Abflussdeckel, hinter der Abschrankung für den Umbau. Es ist Samstag, niemand arbeitet heute auf dem Bauplatz. Die Ladung ist so klein, dass nur das Denkmal zerstört wird.«

»Nur das Denkmal … wie das tönt«, sagte der Cellist. Dann sagte er entschlossen: »Liebe Maria, ich habe nicht den geringsten Grund, etwas derart Idiotisches zu tun. Warum tut es niemand von Ihnen?«

»Der Verdacht«, sagte Maria, »würde sofort auf uns fallen. Wir und zwei, drei andere sind die Einzigen, die so etwas tun würden. Deshalb müssen wir zur Zeit der Explosion gesehen werden.«

»Wie lange brennt denn die Zündschnur?«, fragte der Cellist, halb amüsiert, halb fasziniert.

»Drei Minuten«, sagte Maria.

»Wissen Sie eigentlich, dass ich Musiker bin?«, fragte der Cellist, ohne die Antwort abzuwarten. »Ich bin Cellist eines Streichquartetts, ich lebe davon, dass ich Musik spiele, Musik von Komponisten, von Beethoven, von Borodin, von Bartók, und Sie erwarten von mir, ausgerechnet von mir, dass ich einen alten Dichter in die Luft sprenge, ich, ein Dienstuntauglicher, dem alles Militärische fremd ist, nur aus irgend welchen diffusen Rachegründen, die ich nicht einmal genau kenne, die jedenfalls mit mir nichts zu tun haben. Musik sollte versöhnen, Minderheiten müssen sich näherkommen, wir sollten doch … wir sollten lieben, nicht hassen, wir – gut, ich werde es tun.« Getroffen von seinem letzten Satz stand er da. Er hatte ihn nicht gesagt, er hatte ihn sich sagen gehört. Und im selben Moment wusste er, dass er es tun würde. Warum, wusste er nicht, alles sprach dagegen, wirklich alles, aber er würde es tun.

Maria umarmte ihn und gab ihm einen langen und tiefen Kuss, der ihn der Auflösung nahebrachte. Dann sagte sie plötzlich: »Ich vergaß zu sagen, wir werden Sie bezahlen. Gut bezahlen.« Und sie öffnete die Schublade des Tischchens, auf welches sie das Bahnbillett gelegt hatte.

»Nein«, sagte der Cellist, »niemals.«

Maria küsste ihn noch einmal.

»Jetzt müssen Sie gehen«, sagte sie, »passen Sie gut auf sich auf.«

Der Cellist zog die Stiefel an und hängte die Haltebänder an seinem Gürtel ein, er zog sich den Südwester über, setzte sich den Hut auf den Kopf und schnürte die Bändel unter seinem Kinn zu, steckte die Taschenlampe und das Feuerzeug ein, nahm den Geigenkasten sorgfältig am Griff in die Hand und ging mit Maria die Treppe hinunter.

»Sieht uns niemand?«, fragte er.

»Nein«, sagte sie, »das Haus gehört uns allein.«

»Und das Haus, bei dem ich herauskomme?«

»Ebenfalls«, sagte sie.

Er stand vor dem Kanalisationsloch, der Deckel war bereits zur Seite geschoben.

»Wer wird ihn schließen?«, fragte er.

»Ich«, sagte Maria, »ich bin stark.«

»Auf Wiedersehn«, sagte der Cellist und begann sorgfältig die Sprossen hinunterzusteigen.

»Auf Wiedersehn«, sagte Maria.

Der Cellist stand unten in einer nassstinkenden Rinne. Er knipste die Taschenlampe an und schaute noch einmal hinauf. »Ich liebe Sie«, sagte er zu Maria und begann dann vorsichtig der Richtung des fließenden Wassers nachzugehen, leicht gebückt, der Kanal war sehr eng. Die Beschreibung Marias erwies sich als zuverlässig. Die Seitenkanäle mündeten ein, einer nach dem andern, jeder mit etwas mehr Schmutzwasser, sodass er zuletzt nicht mehr am Boden der Rinne gehen konnte, sondern breitbeinig auf den beiden glitschigen Borden lief und ab und zu eine Ratte aufscheuchte, was er mit ordentlichem Ekel zur Kenntnis nahm, auch der Geruch war übel, aber es machte ihm eigenartig wenig aus. Mit großer Leichtigkeit bog er in den vierten Kanal ab, fand den Abflussdeckel ohne Mühe, stieg die paar Sprossen hoch, oben rührte sich nichts, der Schatten, den man sah, musste vom Denkmal kommen, er hängte den Haken an den Griff des Geigenkastens, wickelte dann die Zündschnur ab, sodass sie frei im Schacht hing, nahm das Feuerzeug und zündete sie an. Als er sicher war, dass sie brannte und er sah, dass sich die Glut langsam nach oben fraß, ging er ohne zu hetzen wieder in den Hauptkanal zurück, ging weiter in der Richtung des Wassers und fand den Schacht mit dem offenen Kanaldeckel. Als er auf den Sprossen stand, wurde er durch die Wucht der Detonation fast nach oben gehoben. Er stieg aus, schob den Deckel mit großer Anstrengung auf seinen Platz, zog Hut, Mantel und Stiefel aus und legte sie in den Abfallsack, der unter dem Arkadengang des Innenhofs bereitstand. Er schnürte ihn zu, nahm den Schlüssel aus seiner Tasche, öffnete die Türe, schloss sie wieder und stand in einem kleinen, menschenleeren Gässchen. Nach kurzer Zeit war er in einer Straße, die er wieder erkannte und machte sich auf den Weg zu seinem Hotel.

Als er zum Walther-Platz kam, war dieser von einer großen Menschenmenge überflutet, und er sah von Weitem, dass die Verschalung, hinter der das Denkmal gestanden hatte, abgerissen war und die Statue schräg und verkohlt an einer Zementmischmaschine hing. Der Kopf, der am frühen Morgen noch aus den Brettern herausgeschaut hatte, war weg.

»Was ist passiert?«, fragte er einen älteren Mann mit einer blauen Schürze.

»Sie haben uns das Denkmal gesprengt«, sagte dieser und schüttelte erbittert den Kopf.

»Ist jemand verletzt?«, fragte der Cellist.

»Ja«, sagte der Mann mit der blauen Schürze, »Walther von der Vogelweide.«

Und während die Polizei den Platz abzusperren begann, ging der Cellist ins Hotel Alpi zurück, holte sein Cello und seinen Koffer aus dem Zimmer und traf in der Halle seine drei Kollegen.

»Hast du gehört?«, sagten sie zu ihm, »da vorne wurde ein Denkmal gesprengt. Walther von der Vogelweide.«

»Wer tut denn so was?«, fragte der Cellist.

»Extremisten, Terroristen oder Faschisten, hat der Portier gesagt«, meinte der erste Geiger.

»Eine schöne Auswahl«, sagte der Cellist.

»Ja«, sagte der Bratschist, »ich bin froh, dass wir hier wegkommen.«

III

»Ich auch«, sagte der Cellist, und es war ihm unfassbar leicht zumute, als er in den 10.04-Zug einstieg und das Tal hinauf über den Brenner fuhr, nach Innsbruck, wo am selben Abend das nächste Konzert stattfand, mit Quartetten von Beethoven, Borodin und Bartók.

Billiges Notizpapier

Ein Mann – solche Geschichten handeln meist von Männern, mit Vorliebe von alleinstehenden und älteren – ein Mann hatte die Gewohnheit, jedes Papier, das ihm in die Hand kam, daraufhin zu prüfen, ob es sich noch als Notizpapier gebrauchen ließe.

Dieser Mann war, entgegen der soeben geäußerten Vermutung, jünger, nämlich zwischen dreißig und vierzig, und er lebte auch nicht allein, sondern mit seiner Familie, das waren seine Frau und zwei schulpflichtige Mädchen. Er selbst arbeitete als Verwalter eines Bezirksspitals, tat aber daneben noch alles Mögliche, spielte Klarinette in einer Blasmusik, war in der Kirchenpflege als Quästor tätig, saß in der Vormundschaftsbehörde, war Mitglied des Alpenclubs, dessen örtliche Sektion er zeitweise präsidierte, leitete auch die kantonale Liga gegen Tuberkulose – er war also ein durch und durch brauchbarer Mann, der sich weder den Ansprüchen der Allgemeinheit noch denen seiner Familie verschloss, mit der er regelmäßig musizierte, Karten spielte und Wanderungen unternahm.

Er bekam bei all seinen Tätigkeiten ziemlich viel Post, und irgendeinmal hatte er damit begonnen, Blätter von hektografierten Mitteilungen aufzubewahren, um die Rückseite noch als Notizpapier zu brauchen. Bei der großen Zahl solcher Mitteilungen, die er erhielt, wuchs dieser

Blätterhaufen rasch an, und er kam nun auf die Idee, die Blätter ihrem Falz nach zu schneiden, da er bemerkt hatte, dass der Bedarf an ganzen Blättern gar nicht so groß war, wohl aber derjenige an halben oder Viertelblättern, auf denen man zum Beispiel aufschreiben konnte, wohin man noch telefonieren musste oder was man besorgen wollte.

Seine Frau hatte für ihre Einkaufsnotizen lange Zeit eine Art Kalenderchen mit herzförmigen rosaroten Blättern verwendet, ein Geschenk ihres Patenkindes, und eines Tages, als die Blätter schon zu einem fingerdicken Häufchen zusammengeschrumpft waren, fand sie statt des Kalenderherzens in der Küche ein kleines, offenes Kartonschächtelchen, in welches auf der Vorderseite eine Vertiefung eingeschnitten war, die das Herausgreifen der darin aufgeschichteten Notizblätter erleichterte, Notizblätter in Viertelsgröße, die ihr Mann alle mit dem Brieföffner geschnitten hatte. Der Mann selbst stand neben diesem Schächtelchen und schaute sie Anerkennung heischend an. »Damit du besser aufschreiben kannst, was du brauchst«, sagte er und zeigte seiner Frau das oberste Blättchen, auf das er bereits das Wort »Pap.nastücher« geschrieben hatte. Das war etwas, das, wie er bemerkt hatte, im Haushalt gerade fehlte.

Man kann nicht sagen, dass die Frau besonders erfreut war über diese neue Einrichtung. Sie nahm das oberste Papierchen in die Hände und drehte es um, es war das untere rechte Viertel einer Einladung zur letztjährigen Generalversammlung des Alpenclubs, mit der vervielfältigten Unterschrift des Aktuars, eines Menschen, der ihr wegen seiner Vereinsmeierei zuwider war. Auch die Worte »Mit frohem Berggruß«, welche über der Unterschrift standen, stießen sie eher ab. Sie sah aber sofort, dass ihrem Mann sehr viel an dieser neuen Einrichtung lag und dass er sie als echten Beitrag zum Haushaltsgeschehen auffasste, und da er sich sonst sehr wenig um den Alltagsablauf kümmerte, ließ sie ihm die Freude und dachte, er gehe dann vielleicht auch einmal einkaufen.

Das war aber nicht der Fall. Es mehrten sich bloß die kleinen Eintragungen von der Hand des Mannes auf den selbstgeschnittenen Einkaufszetteln. Griff die Frau nach einem solchen Zettelchen, um sich aufzuschreiben, was sie auf dem Markt kaufen wollte, stand etwa zuoberst schon »Watte«. Die Frau spürte nun einen deutlichen Widerwillen, unter dieses Wort einfach »Tomaten« oder »Zitronen« zu schreiben und nahm lieber einen zweiten Zettel, auf den sie ihre eigenen Notizen machte. Kam aber am Abend ihr Mann in die Küche, fragte er unweigerlich: »So, hast du die Watte?« Und wenn sie »ja« sagte, fragte er mit einem raschen Blick auf das Schächtelchen: »Hast du den Zettel nicht gebraucht?« – »Nein, ich habe einen neuen gemacht«, sagte die Frau, und dann warf er den alten nicht etwa weg, sondern nahm den Bleistift, der stets daneben lag und strich das Wort »Watte« durch. So konnte man den Zettel noch einmal brauchen.

Die Familie aß in der Küche, es war eine Wohnküche, und der Sitzplatz des Vaters war vor dem Küchenschrank, der durch einen Sims sozusagen in zwei Etagen unterteilt war. Auf diesem Sims hatte früher das herzförmige Kalenderchen gelegen, und jetzt lag dort das Schächtelchen mit dem selbst geschnittenen Notizpapier. Sobald nun der Vater während des Essens merkte, dass etwas auszugehen drohte oder gar schon fehlte, drehte er sich mit einem kleinen Ruck um und notierte es auf das oberste Zettelchen, »Aromat« oder »Senf« oder »Süßmost«.

Die Frau ärgerte sich immer ein bisschen, wenn er sich während des Essens zum Schrank umdrehte, sie misstraute auch schon dem Blick ihres Mannes, wenn er über den Tisch und die Getränkeecke glitt, denn schließlich war jede Notiz auch ein kleiner Vorwurf an die Haushaltführung. In einem perfekt geführten Haushalt fehlt nie etwas. Das alles hatte aber nicht etwa zur Folge, dass sie von nun an besser vorausplante, sondern zu ihrem eigenen Erstaunen ließ sie sogar absichtlich gewisse Dinge ausgehen.

Die beiden Mädchen, zehn und acht Jahre alt, freuten sich übrigens über diese Zettelchen. Sie mussten immer am Tisch bleiben, bis alle zu Ende gegessen hatten, und meistens waren sie früher fertig als die Eltern. Sie griffen dann nach einem solchen Zettelchen und zeichneten etwas Kleines darauf, das war erlaubt. Manchmal, wenn sie etwas genau erklärt haben wollten, zeichnete ihnen auch der Vater oder die Mutter etwas auf. Als es allerdings ein paar Mal vorgekommen war, dass der Bleistift nicht mehr neben dem Notizblattschächtelchen lag, stach der Vater mit dem Brieföffner ein Loch in den Schachtelrand, klebte ein paar Verstärkungsringe darum und band den Bleistift, um den er kurz vor dem hinteren Ende eine Vertiefung gekerbt hatte, mit einem Zwirnfaden daran fest. Nun mussten die Mädchen, wenn sie etwas zeichnen wollten, ihre eigenen Blei- oder Farbstifte mitbringen, oder sie mussten sich hinter den Vater an den Schranksims drängen, was meistens Streit gab und für den Vater, der noch aß, auch ohne Streit unangenehm war, sodass die Mädchen nach einer Weile ganz aufhörten, die Blättchen zum Zeichnen zu benützen. Ein beliebtes Spiel war es aber, die Viertelsblätter wieder zu einem ganzen Blatt zusammenzusetzen. Dafür suchten sie sich vor allem die farbigen Reklameblätter heraus. Die Frau hatte nämlich angefangen, einseitig bedruckte Blätter aus Wurfsendungen zu vierteln und unter die andern Blätter zu mischen, damit das trostlose Weiß der hektografierten Blätter etwas durchbrochen wurde. Die Begeisterung ihres Mannes über diese Maßnahme milderte ihren Eifer wieder ein bisschen, und als ihr Mann selbst die Wurfsendungen nach einseitig bedruckten Blättern durchmusterte, ließ sie es wieder bleiben.

Öfters gab es natürlich auch Blätter, die ungefaltet ins Haus kamen, und die begann der Vater nun als Zeichenpapier für die Mädchen aufzubewahren. Die Mädchen zeichneten sehr gern und viel, und die Mutter hatte immer darauf geachtet, dass sie gutes Papier und gute Farbstifte hatten, weil sie es wichtig fand, dass sich die Kinder auf diese Weise ausdrücken und entfalten konnten. Meistens hatte sie in einem Warenhaus günstige Zeichenblöcke mit hundert Blatt gekauft, die etwas größer waren als das A4-Format.

Beim nächsten derartigen Kauf erhielt sie nun einen ungewöhnlich scharfen Verweis ihres Mannes. Eine überflüssige Ausgabe, sagte er, sei das, sie hätten nun gewiss genug Papier zum Zeichnen. Auch die Größe sei durchaus hinreichend, ein A4-Blatt genüge doch wohl zur Selbstverwirklichung des Kindes. Die Bemerkung der Frau, es sei nicht schön, wenn man von der Rückseite her irgendeinen

Text durchschimmern sehe, mit unterstrichenen Stellen womöglich, veranlasste ihn zur Entgegnung, das Zeichnen selbst erfolge ja auf einer Unterlage, wo nichts durchschimmere, und wenn die Zeichnung fertig sei, brauche man sie nicht noch gegen das Licht zu halten. Einzig als sie sagte, die Kinder hätten gern diese Blöcke, bei denen die Blätter zusammenhingen und nachher nicht lose herumflatterten, stutzte er und sagte, ja, das sei wahr, man habe so auch eine bessere Ordnung in den Zeichnungen. Ein paar Tage später zeigte er seiner Frau mit großer Freude, wie man aus Restpapier einen Block machen konnte, indem man die oberen Kanten bündig zusammenpresste und mit Leim überstrich. Er schenkte jeder seiner Töchter einen selbst geklebten Block mit Papieren in verschiedenen Farben und Stärken, mit zum Teil matten, zum Teil glänzenden Oberflächen, je nachdem ob es Werbezettel für Schuhverkäufe oder Emissionsprospekte von Obligationen waren. Den Mädchen gefiel es aber nicht, dass man, wenn man ein Blatt umschlug, etwas Gedrucktes sah, denn wenn man eine neue Zeichnung machte, lag ja die Rückseite der alten Zeichnung daneben, und dieses Gedruckte, sagten sie, störe sie, sie konnten auch nicht mehr, wie sie das bei Zeichenblöcken häufig getan hatten, etwas zeichnen, das über zwei Seiten ging, zum Beispiel einen sehr langen Löwen oder ein Krokodil.

Doch der Vater blieb dabei, dass er kein Geld mehr für neue Zeichenblöcke zur Verfügung stelle, es sei auch eine Übung, wenn man lerne, sich in einen vorgegebenen Rahmen zu fügen. Zudem wies er darauf hin, dass Papier letztlich aus Bäumen gemacht werde und dass es schon deshalb immer wichtiger werde, Papier, das nochmals gebraucht werden könne, tatsächlich nochmals zu brauchen.

Diese Einsicht setzte er immer unerbittlicher in die Tat um. Drucksachen kamen gewöhnlich in einem Umschlag, der nicht zugeklebt war, sondern dessen Lasche man eingesteckt hatte, die gummierte Fläche zum Zukleben war also noch verwendbar. So begann er, wenn er einen Brief zu verschicken hatte, alte Drucksachencouverts zu benützen, indem er die an ihn gerichtete Anschrift mit einer Aufklebeadresse überdeckte, auf die er den neuen Empfänger schrieb. Es ging nicht lange, bis er auch den Kauf von Aufklebeadressen einstellte. Gab es nicht genug Briefumschläge, deren Rückseite ganz leer war, bei denen man also lediglich, nachdem man sie unten ebenfalls aufgetrennt hatte, die Verstärkungen auf den beiden Seiten und den meist selbstklebenden Verschlussteil wegschneiden musste, und schon hatte man die schönsten Papiervierecke, über die man nur noch mit einem Leimstift fahren musste, damit man sie als Aufklebeadressen brauchen konnte? Auch für die länglichen Briefumschläge, die beim Zerschneiden viel schmalere Streifen ergaben, hatte er eine Verwendung. Diese benutzte er, um Zugverbindungen aus dem Fahrplan herauszuschreiben, wenn er mit seiner Familie auf einen Sonntagsausflug ging. Für diese schmalen Blätter hatte er sich auch einen Extrabehälter angefertigt, aus einer alten Badedas-Schachtel, die er direkt neben den Fahrplan legte. Gleich daneben übrigens hatte er eine Schachtel mit verschiedenen Formaten für Kleinnotizen aller Art in der Nähe des Schreibtisches. Gerade beim Zerschneiden von Briefcouverts gab es ja doch immer leicht voneinander abweichende Größen, und die legte er zur freien Verfügung in eine offene Schachtel. Das Öffnen der Post war bei ihm zu einem Vorgang geworden, der immer weniger mit dem Inhalt der Briefe zu tun hatte, sondern eher dem Zerlegen und Entgräten eines Fisches glich.

Die so gewonnenen Blätter gab er zwar her, aber er wollte immer wissen, zu welchem Zweck. Als er einmal die Mädchen dabei ertappte, wie sie Dutzende von Notizzetteln einfach mit sinnlosem Zeug vollkritzelten und jubelnd im Kinderzimmer herumwarfen, redete er ihnen lange ins Gewissen, um ihnen klarzumachen, dass man mit wieder verwertetem Papier ebenso sparsam umzugehen hatte wie mit neuem.

Auch an seinem Arbeitsplatz hatte er natürlich schon längst das System des billigen Notizpapiers eingeführt. Da dort der Anfall an einseitig bedrucktem Papier bedeutend größer war, waren die Vorräte schon bald auf ein Maß gestiegen, das eine weitere Aufstockung unnötig machte; inzwischen war ihm aber der Gedanke, Papier wegzuwerfen, unerträglich geworden, sodass er begann, Abfallpapier und Briefumschläge aus dem Spital mit nach Hause zu nehmen und dort weiter zu bearbeiten, eine Beschäftigung, für die er sich oft den ganzen Samstag Zeit nahm. Er setzte sich dann mit Brieföffner, Schere und Papierkorb an den Stubentisch und gab sich ganz der Tätigkeit des Auftrennens, Schneidens, Schnipselns und Sortierens hin; auf Störungen war er sehr empfindlich.

Zugleich mit dem Anwachsen der Notizpapiervorräte wuchs aber seine Fähigkeit, die Dinge im Kopf zu behalten, die er sich notierte. Wenn er also auf einen seiner verschieden großen Zettel schrieb

$$17^h$$
Alfred tel.

und ihn neben das Telefon legte, dann stand ihm schon derart klar vor Augen, dass er Alfred anrufen wollte, dass er den Zettel ebenso gut hätte wegwerfen können, und auch dass er das erst um 17 Uhr, zur Zeit des Niedertarifs machen würde, bedurfte bei seiner Sparsamkeit keiner schriftlichen Stütze. Er ahnte langsam, dass er in seinem Leben nie so viel Notizpapier brauchen konnte, wie er anhäufte, hörte aber deshalb mit dem Anhäufen nicht auf, sondern war doppelt froh um jede Gelegenheit, Notizpapier tatsächlich zu verwenden, was zum Beispiel beim Jassen mit der Familie möglich war. Dass für das Aufschreiben der Resultate eigentlich eine schöne Schiefertafel zur Verfügung stand mit einem Satz Kreiden in Kreidenhaltern, wollte er nicht wahrhaben, er ging sogar so weit, deren Gebrauch so lange zu verbieten, bis das Notizpapier aufgebraucht sei. Dafür gab es allerdings immer weniger Hoffnung, denn die einzige Person, die auf ein bisschen Notizpapier angewiesen war, war seine Frau beim Zusammenstellen ihrer Einkäufe.

Sie hatte ihrerseits die Gewohnheit entwickelt, jedes Papierchen, das sie beschreiben wollte, zuerst umzudrehen und den Text auf der Rückseite zu lesen oder das, was von diesem Text noch übrig war, also Mitteilungen wie

entsprechende
Sammelausweise   Fr.

(sollten Sie sich für diese Die
wir Sie, uns den mitfolgenden Sc
zurückzusenden. Wir sind überz
wertung beim Ausfüllen des Wer
Dienste leistet. – Für weitere A
zeit gerne zur Verfügung.   Mi

Beilage
1 Talon

oder

TEN – OSTEREIERAUSSTELLUNG

für Schulen

n mit Stoffresten

(10–12 und 14–17 Uhr)

Zu diesen Texten dachte sie sich immer etwas. Sie versuchte sich etwa einen Moment lang entsprechende Sammelausweise vorzustellen, und durch die Zerrissenheit der
Nachricht erschien ihr etwas wie das »Ausfüllen des Wer«
als besonders nutzlose Beschäftigung. Wenn sie »Für weitere A zeit gerne zur Verfügung« las, sah sie im Hintergrund verschwommen ihren Mann am Bürotisch der Spi-
talverwaltung sitzen und steinern lächeln, während sie die

Vorstellung von ganzen Schulklassen mit Stoffresten unvermutet zu Tränen rühren konnte.

Als sich nun aber Blätter darunter zu mischen begannen
mit Inhalten wie

Schlüsselzahlen . . . .

Erster Arztbericht . . . .

Zahnformular . . . .

Art der Verletzungen
(max. 20 Schreibmasch.zeichen) . . . .

Angef. Prothesen . . . .

brachte sie es nicht mehr fertig, auf die Rückseite einfach »Corn Flakes« und »Geschnetzeltes« zu schreiben,
als ob nichts wäre. Sie kaufte sich in einem Warenhaus
für 80 Rappen einen neuen Notizblock, den sie sorgfältig in einem Außenfach ihrer Einkaufstasche verwahrte.
Mit großer Erleichterung schrieb sie ihre Liste wieder auf
frische, nur zu diesem Zweck hergestellte Zettelchen und
zerknüllte dafür jedes Mal ein Wiederverwertungspapier
ihres Mannes.

Der Moment der Entdeckung war fürchterlich und un-
ausweichlich. Der Mann hatte angefangen, überall nach
möglichem Notizpapier zu spähen. Da er schon so weit
war, dass er selbst Innenseiten von Schokoladeumschlä-
gen sammelte und auch Reisschachteln und Suppenkar-

tons zerschnitt (die Längsseiten waren hervorragend für Zugverbindungen geeignet, die man unverstärkt in die Rucksacktasche stecken konnte), durchsuchte er gelegentlich auch den Abfallkübel, und als er dort mehrere zusammengedrückte Notizpapiere fand, die sich beim Auseinanderfalten als leer erwiesen, kam in ihm ein Verdacht hoch. Er war davon überzeugt, dass seine Frau alles abstreiten würde und beschloss deshalb, sie bei der Tat zu überrumpeln. Als sie am nächsten Samstag zum Einkaufen ging, folgte er ihr in einigem Abstand, ging ebenfalls ins Einkaufszentrum, und während sie zuerst bei den Gemüseauslagen verweilte, stellte er sich hinter die Verkaufsgondel mit der Watte und den Papiernastüchlein. Als seine Frau mit dem Wägelchen auf diese Gondel zusteuerte, schnellte er hervor und nahm ihr, die einen Aufschrei hinunterwürgen musste, den Notizzettel aus der Hand. »Es ist also wahr«, sagte er, als er das frische Papier in den Fingern drehte und die völlig unbedruckte Rückseite sah, »du betrügst mich.« Mit einem raschen Zugriff zerknüllte er das Papier und sagte leise und böse zu seiner Frau: »Wir sprechen zu Hause darüber.«

Hier breche ich meine Erzählung ab und frage Sie: Ist eine Versöhnung noch möglich? Wird die Frau nach dem Einkauf nach Hause kommen und ihrem Mann sagen, dass er die Schonung der Bäume nicht zur Unterdrückung der Familie missbrauchen dürfe? Wird der Mann einem solchen Gedanken zugänglich sein, oder wird er sich, wie die meisten Männer, für unschuldig halten? Wird ihm die Frau Ausdrücke an den Kopf werfen, die für ihn so ungeheuerlich sind, dass er nichts darauf zu entgegnen weiß?

Oder wird die Frau an diesem Samstag gar nicht nach Hause zurückkehren, sondern mit den Einkäufen zu ihrer Schwester gehen und am Montag die beiden Töchter nachholen? Wird es zur Scheidung kommen? Wird die Frau als Erstes ihren Mädchen wieder große Zeichenblöcke kaufen? Und wenn sie ihnen Zeichenblöcke kauft, frage ich Sie: Werden die Mädchen je wieder Löwen und Krokodile zeichnen, die über beide Seiten gehen?

Der Kuss

3 Möglichkeiten

I

Ein verheirateter Mann gab einer Schauspielerin, mit der er an den Rheinfall gefahren war, als er mit dem Auto wartete, bis er in die Hauptstraße einbiegen konnte, einen Kuss. Dabei geriet sein Wagen ins Rollen und kam direkt vor einen Lastwagen, der nicht mehr bremsen konnte. Der Mann und die Schauspielerin waren sofort tot.

II

Ein verheirateter Mann gab einer Schauspielerin, mit der er an den Rheinfall gefahren war, als er mit dem Auto wartete, bis er in die Hauptstraße einbiegen konnte, einen Kuss. Dabei geriet sein Wagen ins Rollen, streifte den Anhänger eines vorbeifahrenden Lastwagens, wurde auf die gegnerische Fahrbahn geworfen, wo ein korrekt entgegenkommender Lieferwagen die Kollision nicht mehr vermeiden konnte. Der Mann kam mit einigen Rippenbrüchen und einer Gehirnerschütterung davon. Die Schauspielerin jedoch wurde durch den Unfall querschnittgelähmt und musste fortan durch diesen Mann unterhalten werden, da sowohl er als auch sie nur ungenügend versichert waren. Dies fiel dem Mann umso schwerer, als er die Schauspielerin erst am Tage des Unfalls kennengelernt hatte und von einer Beziehung zwischen ihm und ihr keine Rede sein konnte, was aber wiederum auf seine Frau und die Gesellschaft sehr unglaubwürdig wirkte. Die Beziehung zur Schauspielerin entstand erst jetzt, nach und nach, und der Mann hatte keine Freude an dieser Beziehung, denn die Schauspielerin war dumm und geschwätzig und hatte nun sehr viel Zeit, und die Besuche belasteten sein Familienleben, und auch die Versuche, sie in die Familie zu integrieren, endeten peinlich und mühsam, weder seine Frau noch seine Kinder mochten die Schauspielerin und waren nur höflich zu ihr. Der Mann verfluchte den Tag, an dem er, einer Laune folgend, mit dieser Schauspielerin an den Rheinfall gefahren war, aber es nützte ihm nichts.

III

Ein verheirateter Mann gab einer Schauspielerin, mit der er an den Rheinfall gefahren war, als er mit dem Auto wartete, bis er in die Hauptstraße einbiegen konnte, einen Kuss. Dabei geriet sein Wagen ins Rollen, und er konnte gerade noch rechtzeitig bremsen, bevor der Lastwagen an ihm vorbeifuhr.

Das hätte schiefgehen können, dachte er.

Die Schauspielerin traf er später nie mehr.

Der Geisterfahrer

Ob man sensibler ist, wenn man im Auto sitzt?

Das Gegenteil scheint der Fall zu sein, auf den ersten Blick, man hört von Rowdytum, kantonale Polizeidirektionen führen Pressekonferenzen durch, in denen sie die Verwilderung auf den Straßen dokumentieren und beklagen; die Leute überholen wie die Wahnsinnigen, je weniger Gelegenheit sie dazu haben, die Ungeduld macht sie rücksichtslos, unempfindlich für die Gefahren, keiner, der sich am Morgen in seinen Wagen setzt, glaubt daran, dass man ihn am Abend mit Trennscheiben aus einem Trümmerhaufen bergen muss, niemand kann sich den Knall vorstellen, mit dem ein Kind auf die Kühlerhaube prallt, und die Wucht, mit der es nachher durch die Luft gewirbelt und auf den Straßenboden geschleudert wird, niemand kann sich das vorstellen, niemand will sich das vorstellen, und wenn man es erlebt, ist es schon zu spät. Autofahren stumpft ab.

Und doch ist ein Auto auch ein Innenraum, der zu erstaunlichen Stimmungen fähig ist. Oder haben Sie nie erlebt, wie gut man miteinander reden kann, wenn man etwa zu zweit in der Nacht von irgendwo nach Hause fährt? Die Dunkelheit ringsum, die Scheinwerfer, die von Zeit zu Zeit wie Leuchtfische entgegenkommen und wieder verschwinden, das regelmäßige Geräusch des Motors, und man muss sich nicht in die Augen schauen beim Sprechen, wie im Zug, wo man sich unerbittlich gegenübersitzt, sondern man legt mit seinen Blicken zwei Parallelen, die sich nicht einmal im Unendlichen schneiden und ist sich doch zum Berühren nah, und plötzlich ist eine Atmosphäre da, die sehr menschlich und intim ist, eine Atmosphäre für Geständnisse, für Offenbarungen, für plötzliche Einsichten. Aber auch wenn man allein fährt, kann sich etwas Ähnliches einstellen, das Zusammenspiel von Bewegung und Monotonie auf einer langen Fahrt ist imstande, seltene Gefühle in einem zu wecken, Abenteuerlust, Frühlingshunger, die heimliche Bereitschaft, Unwahrscheinliches zu erleben.

Wie anders soll man es sich erklären, dass es, seit es Autos gibt, auch Geschichten von merkwürdigen Autostoppern gibt? Sehr bekannt war lange Zeit in der ganzen Alpengegend die schwarze Frau. Das war eine Frau, die in schwarzen Kleidern an der Kurve einer Bergstraße stand und die Hand hob. Nahm man sie mit, setzte sie sich in den Fond des Wagens und sagte nichts, und wenn man sich nach einer Weile nach ihr umdrehte, war sie verschwunden. Schlimmer war es, wenn man beim Anblick der schwarzen Frau am Straßenrand dachte, die nehm ich nicht mit, und weiterfuhr, dann konnte es einem passieren, dass sie nach kurzer Zeit trotzdem hinten im Wagen saß.

Kürzlich tauchte am Belchentunnel, der die Autobahn von Basel nach Süden unter dem Jura durchführt, eine weiße Frau auf, die von vielen Menschen gesehen wurde oder gesehen worden sein wollte, es wiederholten sich die

Geschichten mit dem Einsteigen und plötzlichen Verschwinden. Die Polizei äußerte sich zurückhaltend, einem Streifenwagen sei nie eine solche Figur begegnet, hieß es bloß.

Zusammen mit der weißen Frau stiegen aber aus Gott weiß welchen Ritzen unseres gebirgigen Landes oder unserer unruhigen Seelen eine ganze Anzahl von Männern auf, die sich nun über die Straßen der Schweiz verteilten und ihre Hände erhoben, um die Autos anzuhalten, verschieden geartete Männer, alt und verwahrlost die einen, mit Kleidern aus dem vorigen Jahrhundert die andern, wieder andere elegant und mit weißen Haaren und einem schwarzen Mäppchen, und sie begnügten sich nicht damit, einzusteigen und nichts zu sagen, sondern sie zettelten Gespräche an und sagten Dinge voraus, einfache Dinge, gewiss, die aber für die Leute doch haarsträubend waren, weil die Mitfahrer danach verschwanden, vom Rücksitz verschwanden.

Ob nun so etwas tatsächlich passiert oder ob es sich die Betroffenen nur einbilden, ist nebensächlich. Es *wirkt* jedenfalls, und wenn es nicht wahr ist, ist es doch wirklich. Deshalb habe ich auch von Anfang an nicht bezweifelt, dass an den Gerüchten über die Unfälle von Kestenholz etwas stimmen musste.

Diese Unfälle gehörten zugleich zu den schlimmsten und unerklärlichsten im Lande, denn sie ereigneten sich alle auf einem der längsten geraden Stücke unseres Autobahnnetzes, kurz nach Egerkingen, auf der Höhe von Kestenholz, wo nichts die Sicht und die freie Fahrt stört, keine Brücke, keine Anzeigetafel, keine Ausfahrt, sondern wo man mit einem geradezu kalifornischen Gefühl von Ruhe und Großzügigkeit durch die Ebene am Fuße des Juras fahren kann, in die große, weite Welt hinaus, wenigstens bis nach Oensingen.

Wieso also kam es gerade dort immer wieder vor, dass Automobilisten, die sich auf der Überholspur befanden, unversehens von dieser Spur ausbrachen, entweder zurück in die rechte Spur oder in die Leitplanke des Mittelstreifens hinein? Diese Manöver endeten für den Lenker immer tödlich, und nicht nur für ihn allein, denn meistens war die rechte Spur besetzt, und es kam zu furchtbaren Zusammenstößen beim Versuch des überholenden Wagens, sich wieder hineinzudrücken, und wenn der Ausbruch nach links erfolgte, in die Stahlseile der Leitplanke, waren diese normalerweise zu schwach, um das Auto zurückzuhalten, welches dann auf die Gegenfahrbahn geriet und dort eine Frontalkollision verursachte.

Da kein Fahrer eines Unglückswagens einen solchen Unfall überlebte, musste man immer versuchen, aus den Beobachtungen der übrigen Beteiligten ein Bild vom Hergang zu gewinnen, aber nie war einem andern Straßenbenützer etwas aufgefallen, was eine derart panische Reaktion gerechtfertigt hätte.

Plötzlich herunterstechende Raubvögel etwa sind als Auslöser von ähnlichen Unfällen bekannt, aber niemand hatte jemals einen gesehen, auch für Hasen oder andere Kleintiere, die allenfalls in die Fahrbahn gesprungen sein könnten, fand man keinen einzigen Augenzeugen. Am besten fasste es ein Lastwagenchauffeur zusammen, der von einem Unglücksfahrer gerade überholt worden war, als dieser nach links ausscherte und sich auf der andern Seite überschlug, der fasste also zusammen, was er als mögliches Hindernis auf der zweiten Spur gesehen habe: »Nichts. Gar, gar nichts.«

Gar nichts konnte es aber nicht sein, das die Automobilisten am helllichten Tag, meist sogar bei schönem Wetter, in derart verhängnisvolle Richtungswechsel trieb, und so kam es zu allerhand Vermutungen. Die Erdstrahlenanhänger hielten ihre Stunde für gekommen und stellten sich mit Pendeln auf dem Pannenstreifen auf, die Wasserfühler und Rutengänger meldeten sich und ersuchten um eine Begehungsmöglichkeit der Überholspur, Magnetopathen gaben ihre Wellenbündeltheorien bekannt, Astrosophen sprachen von einem temporären Fokus kosmischer Intensivstrahlung, die Lösungsvorschläge reichten vom Umwickeln der Leitplankenseile mit Kupferdrähten bis zur Überdachung des ganzen Abschnittes oder zum Einstecken von Metallplättchen vom Autobahnrand bis zur Dünnern, dem kleinen Fluss, der das Trassee dort eine Strecke weit begleitet.

Die Polizei war ratlos und unternahm nichts. Als dann aber ein Sportwagen unter die Räder eines Sattelschleppers fuhr, den er überholen wollte und dabei mitgeschleift und zerdrückt wurde, signalisierte man an dieser Stelle eine Geschwindigkeitsbeschränkung auf 100 km, und wer weiß, wie schwierig hierzulande Geschwindigkeitsbeschränkungen bei den Behörden durchzubringen sind, sieht daran, dass man die Gefahr nun ernst nahm.

Woher sie aber kam, war immer noch nicht klar. In der Bevölkerung der Umgebung hörte man gelegentlich, vor allem von älteren Leuten, die Bemerkung, man hätte eben dem Roggenbauer seinen Grenzstein nicht wegnehmen dürfen. Das bezog sich auf eine alte Geschichte, die man früher in der Gegend erzählt hatte, von einem Bauern, der nach seinem Tod einen unrechtmäßig versetzten Grenzstein nächtlicherweile wieder an seinen Platz zurückschleppen musste. Eine Sagensammlerin machte die Polizei darauf aufmerksam.

Der Beamte, der mit dem Sammeln der Hinweise beauftragt war, legte den Zettel mit dieser Notiz seufzend zu den Briefen mit der kosmischen Intensivstrahlung und den Metallplättchen. Erst beim nächsten Unfall dachte er wieder daran.

Das war nämlich der erste Unfall, bei dem es im betroffenen Fahrzeug auf der Überholspur Überlebende gab. Der Bus einer Hochzeitsgesellschaft wollte den Bus einer anderen Hochzeitsgesellschaft überholen, als er plötzlich so stark abbremste, dass er von einem hinter ihm eingespurten Möbelwagen gerammt wurde, dadurch quer auf die Bahn geworfen wurde und auch von mehreren Autos der rechten Spur getroffen wurde, die sich alle ineinander verkeilten. Es war der größte Unfall, der je an dieser Stelle passiert war, mehr als ein Dutzend Menschen kamen ums Leben, viele wurden schwer verletzt, es gab eine nationale Betroffenheit wie bei einem Flugzeugabsturz.

Der Chauffeur des Busses gehörte zu den Toten, auch die Passagiere unmittelbar hinter ihm, aber die beiden Kinder, die auf dem vordersten Sitz neben dem Chauffeur gesessen hatten, waren durch einen glücklichen Zufall unverletzt geblieben und konnten zum Hergang befragt werden. Was sie aussagten, trieb dem Untersuchungsrichter eine Gänsehaut über den Rücken. Sie sagten übereinstimmend und ohne den geringsten Zweifel, plötzlich sei vor ihnen ein großer Wagen gefahren, ein Heuwagen, von zwei Pferden gezogen, und auf dem Wagen vorn habe ein Mann gestanden, habe seine Peitsche geschwungen und dazu lachend nach hinten geschaut. Der Chauffeur sei sofort auf die Bremse getreten, und sie seien erst wieder erwacht, als man sie aus dem Bus herausgezogen habe.

Als dies bekannt wurde, meldete sich die Sagensammlerin, eine ältere Lehrerin mit einem lebendigen Blick, erneut bei der Polizeidirektion und bat, die Kinder im Beisein des Untersuchungsrichters ebenfalls befragen zu dürfen. Ob sie denn die Geschichte dieser Kleinen glaube, fragte sie der Polizeidirektor. Selbstverständlich, sagte die Lehrerin, sie hätte übrigens schon vor einem Jahr auf diese Möglichkeit hingewiesen. Der Polizeidirektor arrangierte einen Termin mit der Frau und den beiden Kindern, bei dem auch er und der Untersuchungsrichter zugegen waren.

Die Sagensammlerin fand sofort den richtigen Ton mit den Kindern, es waren zwei Brüder im Alter von neun und sieben Jahren, sie ließ sie das Ganze nochmals erzählen, und als sie dann die beiden vorsichtig fragte, ob eigentlich auch etwas auf diesem Heuwagen gewesen sei, sagte der ältere, der Heuwagen sei leer gewesen, und er habe vor allem auf den Mann geschaut und auf seinen verrückten Blick. Der jüngere sagte nichts, aber als ihn die Lehrerin noch einmal fragte, sagte er, doch, er habe auch auf den Wagen geschaut, und auf dem Wagen sei etwas gelegen, ein Stein. Was für ein Stein? Wie ein Grabstein, sagte der jüngere.

Die Lehrerin nahm nun ein Foto hervor und zeigte es dem Buben: »War es der?« – »Ja«, sagte der Bub, »der war es.« Es war das Foto eines alten Marksteines, der auf der linken oberen Seite ein Loch hatte.

Vermutet hätte sie es gleich, sagte die Sagensammlerin, dass der Roggenbauer wieder umgehe, aber jetzt wisse sie es. Diese Spukgestalt des letzten Jahrhunderts sei so lange erschienen, bis man den Stein wieder auf seinen rechten Platz gesetzt hätte, die Grenze zwischen den Dünnerenäckern und dem Kestenholzer Feld, von dann an sei er nicht mehr gekommen. Beim Bau der Autobahn habe dann dieser Markstein weichen müssen, das Historische Museum Olten habe sich dafür interessiert, und dort könne man ihn besichtigen. Den genauen Ort zu bestimmen, wo der Grenzstein vor dem Straßenbau gestanden habe, überlasse sie den Ingenieuren, sie aber sei überzeugt, dass der Roggenbauer seit der Eröffnung der Autobahn versuche, den Stein wieder an seinen alten Platz zu stellen, und dass alle verunglückten Autos versucht hätten, ihm auszuweichen.

Der Polizeidirektor war etwas verlegen. »Wir werden der Sache nachgehen«, sagte er schließlich und gab dem Vermessungsamt den Auftrag, auf den Zentimeter genau den alten Standort des Grenzsteines zu lokalisieren.

Es stellte sich heraus, dass er früher exakt unter der heutigen Überholspur Richtung Bern gestanden hatte, wo die Katastergrenze zwischen den Dünnerenäckern und dem Kestenholzer Feld verlief.

Der Polizeidirektor berief nun eine Sitzung mit höheren Beamten ein, zu der er auch die Sagensammlerin kommen ließ.

»Wenn Ihre Annahme stimmt«, sagte der Polizeidirektor, »und tatsächlich die verunglückten Automobilisten dieser Heuwagenerscheinung ausweichen wollten, dann müsste man annehmen, dass es zu weiteren Unglücken kommen wird.«

»Ganz bestimmt«, sagte die Lehrerin.

»Sehen Sie eine Möglichkeit«, fragte der Polizeidirektor, »wie man das verhindern kann?«

»Ja«, sagte die Lehrerin, »man muss den Roggenbauern erlösen.«

Die Anwesenden wurden unruhig, der Polizeidirektor hüstelte.

»Und wie kann man ihn denn erlösen?«, fragte er mit sichtlichem Ekel vor diesem Wort.

Die Sagensammlerin lächelte.

»Indem man den Stein wieder dorthin stellt, wo er hingehört.«

Alle hatten das kommen sehen, trotzdem ging ein Aufstöhnen durch die versammelte Mannschaft.

»Unmöglich! Irrsinn!«, rief ein Bundesbeamter aus Bern, der für den Straßenverkehr zuständig war, »die Autobahn umbauen wegen eines alten Grenzsteins! In welcher Zeit leben wir denn?«

»Wenn wir aber«, versuchte der Polizeidirektor einzulenken, »wenn wir aber den Stein ganz in der Nähe wieder aufstellen, zum Beispiel auf dem Mittelstreifen bei der Leitplanke, drei, vier Meter neben dem ehemaligen Standort? Glauben Sie, dass das etwas nützen würde?«

»Kaum«, sagte die Sagensammlerin, »Geister nehmen es sehr genau.«

Damit war die Sitzung geschlossen.

Die Frage wurde nun in der Regierung des Kantons und in der Landesregierung besprochen, und man fällte einen realistischen Entscheid, nämlich, dass man im technischen Zeitalter, in dem wir nun einmal leben, nicht aufgrund von Spukgeschichten, die im Übrigen nur durch Erzählungen kleiner Kinder belegt seien, überstürzte Maßnahmen treffen dürfe, und dass somit eine Geschwindigkeitsbeschränkung auf 100 km die einzige zumutbare Einschränkung sei. Zugleich empfahl man den Autofahrern besondere Vorsicht auf dieser Strecke.

Erst als sich ein halbes Jahr später ein Bus mit einem Altersheimausflug bei einem brüsken Ausweichversuch überschlug und in Flammen aufging, sperrte man die Überholspur endgültig und mauerte den Stein an seiner alten Stelle ein.

Seither sind dort keine Unglücke mehr geschehen. Ob man rechts wieder eine Spur anbauen will, ist noch nicht entschieden, jedoch bei der heutigen Finanzlage wenig wahrscheinlich, und so bleibt es vorderhand bei diesem Ärgernis, das natürlich wie jeder Flaschenhals dauernd zu Stauungen führt, und viele Automobilisten, die an dieser als Baustelle markierten Verengung vorbeifahren und den Stein sehen, schütteln den Kopf und wettern auf die Regierung, andere, wie ich zum Beispiel, empfinden bei diesem Anblick eine ungeheure, fast nicht zu erklärende Befriedigung.

Das Halstuch

Diese Geschichte ist nur wenigen bekannt, denn es wurde alles getan, um sie zu verheimlichen. Trotzdem weiß ich sie. Niemand, dem Geheimnisse anvertraut sind, kann diese ganz für sich behalten, und in Zürich gibt es viele Geheimnisse.

Zürich ist eine große Stadt, nicht an ihren Einwohnern gemessen, sondern an ihrer Wirkung. Hier wird mit Gold und Edelsteinen gehandelt, hier werden tropische Wälder abgesägt und ferne Täler unter Wasser gesetzt, hier werden Bohrinseln auf wilde Meere gepflanzt, Wüsten werden bewässert und neue Wüsten geschaffen, Kredite werden vergeben, die sofort wieder als Zahlungen zurückfließen, weit entfernte Ländereien werden dem Meistbietenden zugeschlagen, Fabriken werden am einen Ort stillgelegt, um am andern Ort wieder zu erstehen, Weizen, Salz und Kaffee werden aufgetürmt, Kanonen und Panzerwagen werden Freund und Feind in die Hand gespielt, Politik wird hier nicht gemacht, sondern bekämpft, durch die verbrüdernde Weltmacht Handel, unter deren Schutz sich in Zürich die Russen mit den Südafrikanern treffen, die Israelis mit den Arabern und die Mafia mit dem Vatikan. Man sieht gar nicht viel davon in der Stadt, wem fallen schon die grauen Lieferwagen auf, die diskret gepanzert zwischen Handwerkerautos und missmutigen Pendlern in den Kolonnen stehen und eine Tonne Gold vom Flughafen zum Paradeplatz bringen oder ein paar Millionen reingewaschene Dollars vom Paradeplatz zum Flughafen, und die gutgekleideten Männer, die mit den schwarzen Köfferchen durch die Bahnhofstraße gehen, werden rasch vom fröhlichen Strom der Einkaufenden verschluckt, schließlich liegt das größte Spielwarengeschäft keinen Steinwurf von der größten Bank entfernt, und Confiseure, Schuhläden und Warenhäuser tun das Übrige, um den wahren Herren von Zürich den natürlichsten Schutz zu geben, den Schutz der Menge. Man spürt nur irgendwie, dass Geld Platz braucht, es mehren sich die hohen Häuser mit spiegelnden Fronten an Plätzen, wo früher schlecht isolierte Miethäuser standen, Autobahnen fressen sich unnachgiebig ins Herz der Stadt, und die Schulklassen werden immer kleiner, denn die Eltern können mit ihren Kindern nicht in den Bürohäusern wohnen, und auch nicht in den sanierten Altstadtapartments, welche den Leuten aus Rio de Janeiro oder Toronto gehören, die ja auch irgendwo zu Hause sein müssen, wenn sie für ihre Abholzungstransaktionen und ihre Turbinenmonopole ein paar Wochen in die Schweiz kommen.

Wie eine Krake sitzt diese Stadt am unteren See-Ende, eine Krake, deren Fangarme in die ganze Welt hinaus reichen, sie gibt und nimmt, und mit dem Geld, das sie nimmt, nimmt sie auch die Unruhe, die Unzufriedenheit, die Ungleichheit, den Unmut der Welt zurück nach Zürich, und dann gehen Erschütterungen durch die Stadt, plötzlich liegt die Bahnhofstraße in Scherben, und niemand kann es sich erklären in diesem schönen und

lebenslustigen und durch und durch gesunden Gemein-
wesen mit den vielen Tulpenbeeten des Gartenbauam-
tes. Aber auch diese Erschütterungen legen sich wieder,
und die Zeichen der Weltstürme schrumpfen zu den vertrauten kleinen Nachrichten, dass in einem Zimmer des
Hilton Hotels ein Libanese ermordet wurde, dass ein itali-
enischer Bankier in Kloten festgenommen worden sei oder
dass sich im Bezirksgefängnis ein ausländischer Untersuchungshäftling erhängt habe.

Dieser Untersuchungshäftling war ein älterer Deutscher,
den man bei einer sommerlichen Straßenkontrolle ver-
haftet hatte, weil sein Wagen fast vollständig mit Silberbarren gefüllt war, über deren Herkunft er keine Angabe
machen wollte. Man vermutete zunächst, dass eine Verbindung zu einer großen illegalen Silberaffäre bestand, in
deren Zusammenhang sich auch ein Zürcher Anlagebera-
ter erschossen hatte. Die Untersuchung zog sich, wie die
meisten Untersuchungen dieser Art, in die Länge, man erstreckte die Haft, Kollusionsgefahr, wie es hieß, es wurde
Herbst und die Sache wurde nicht klarer, umso mehr als
der Verhaftete jede Aussage ablehnte, und am ersten Ad-
ventssonntag erhängte sich also der Deutsche in seiner
Zelle. Selbstmord in Untersuchungshaft ist zwar bei der
Justiz wegen der schlechten Wirkung auf die Öffentlichkeit nicht beliebt, wird aber in einer Angelegenheit wie
dieser doch mit einer gewissen Erleichterung zur Kenntnis
genommen. Wohl bleibt der Fall ungeklärt, aber er verliert
mit dem Tode des Häftlings an Aktualität, es ist nichts
mehr da, das zu Entscheidungen drängt, und wenn keine

Folgeereignisse eintreten, kann man ihn samt seinem düsteren Umfeld nach und nach in Vergessenheit geraten lassen.

Es waren denn auch einige Jahre seit dem Tod dieses Mannes vergangen, als die Rede im Gespräch auf ihn kam, einem Gespräch, das ich mit einem Staatsanwalt in dessen Amtszimmer führte. Der Staatsanwalt war ein Jugendfreund von mir, ich hatte ihn an diesem Tag wegen eines Delikts aufgesucht, das in meiner Nachbarschaft begangen worden war und in dem er ermittelte.

Als ich ihm erzählt hatte, was ich ihm erzählen wollte, plauderten wir noch eine Weile über unsere Tätigkeiten und Ansichten, und ich fragte ihn unter anderem, was ihn in seinem Beruf am meisten belaste. Ich dachte eigentlich, es sei die ständige Beschäftigung mit den schlechten Seiten der Menschen oder der Gedanke an die Nutzlosigkeit des Kampfes für das Recht, aber es war etwas ganz anderes: »Das Unaufgeklärte«, sagte er ohne zu zögern, »das Unaufgeklärte.« Er habe, sagte er weiter, einen ganzen Schrank davon, und griff sogleich zu einem Schlüssel, um ihn zu öffnen. Er enthielt im unteren Teil Hängeregistraturen, darüber Aktenbündel und einige vereinzelte Gegenstände, die alle mit unaufgeklärten Fällen zu tun hatten, eine Brieftasche war dabei, ein abgerissener Koffergriff, ein altes Velonummernschild, ein Klassenfoto, Kleinkram, der aber dadurch, dass jedes Stück in Beziehung zu einem Verbrechen stand, eine eigenartige Ausstrahlung hatte, die Gegenstände lagen fast vorwurfsvoll auf ihren Regalen.

»Was ist mit dem Halstuch?«, fragte ich und zeigte auf ein rot-weiß-blaues Halstuch, das neben einer zertrümmerten Schreibmaschine lag. Der Staatsanwalt stockte einen Moment, bevor er mir antwortete.

»Damit hat sich einer in der Untersuchungshaft erhängt«, sagte er dann.

»Und was ist daran unaufgeklärt?«, fragte ich weiter.

»Alles«, sagte er schnell. »Ich konnte mir nie recht erklären, warum er sich umgebracht hatte.«

Dann erzählte er mir kurz die Umstände der Verhaftung und des Verdachts.

»Was wusstet ihr denn über den Mann?«, fragte ich.

»Nichts«, sagte er. »Ein Deutscher mit einem Ausweis auf den Namen Rehmann, der gefälscht war. Seinen wirklichen Namen haben wir nicht herausgekriegt, aber ich bin sicher, dass es einer war, der eine Vergangenheit hatte.« Ich schaute das Halstuch an, wagte jedoch nicht, es in die Hand zu nehmen.

»Dass man sich mit so etwas erhängen kann«, sagte ich.

»Ja«, sagte er, »das hat mich auch verwundert.«

Auf dem Weg nach Hause kam mir plötzlich in den Sinn, dass ich früher einmal selbst ein solches Halstuch besessen hatte. Ich hatte es in Frankreich gekauft, in Südfrankreich, in Avignon, auf unserer Maturreise, vor mehr als zwanzig Jahren. Es gab dort einen Warenmarkt, auf dem man vom Tongeschirr bis zur Anglerausrüstung alles haben konnte, und dort hatte eine Frau einen Stand, die ausschließlich Halstücher verkaufte. Es war ein kleiner Stand, aber er fiel auf durch die Beschränkung auf den einen Artikel. Alle ihre Halstücher sahen genau gleich aus, und bei allen war am einen Ende ein kleiner Elefant gestickt, eine Art Markenzeichen der Marktfrau. Ich hatte dieses Halstuch für kurze Zeit getragen und hatte es dann meiner ersten großen Liebe geschenkt, als ich sie einmal vom Kino nach Hause brachte. Sie fror, und ich legte ihr das Halstuch um und fragte nachher, ob sie es nicht behalten wolle, und sie freute sich darüber, ich fast noch mehr, jetzt hast du mich immer am Hals, sagte ich, und sie lachte und sagte, nur wenn ich will.

Später wollte sie dann nicht mehr, sie ging nach Amerika und heiratete einen Schönheitschirurgen, was ich ihr irgendwie übel nahm, und dann verloren wir uns aus den Augen.

Seltsam, wie einem in der Erinnerung auch wieder ganze gesprochene Sätze in völliger Klarheit hochkommen, und wie verletzte Gefühle nie ganz heilen. Ich dachte wieder viel an dieses Mädchen und an die Zeit nach dem Abschluss der Mittelschule, und ich merkte, dass ich mich immer wieder fragte, was wohl aus dem Halstuch geworden sei, ob es noch eingemottet in einem Kleiderschrank ihrer Eltern hänge oder ob es schon längst in einem karitativen Altkleidersammelsack nach einem Erdbebengebiet geschickt worden sei und jetzt vielleicht einen serbischen Bauern vor der Morgenkälte schütze, oder ob sie es, und dieser Gedanke entfesselte meine ganze Sentimentalität, ob sie es etwa noch trage.

Ich wollte es wissen. Die Eltern des Mädchens wohnten immer noch am selben Ort, ich telefonierte dorthin und bat sie um die Adresse in Amerika, die Mutter war, wie mir schien, gerührt über meinen Anruf und ließ durchblicken, dass die Tochter nicht allzu glücklich verheiratet sei, was ich sofort glaubte, jeder Mann ist überzeugt, dass seine früheren Freundinnen unglücklich verheiratet sind.

Jedenfalls schrieb ich dieser Freundin einen langen, von Pubertät und Nostalgie nicht ganz freien Brief und fragte sie darin auch, was eigentlich aus dem Halstuch mit dem kleinen Elefanten geworden sei. Der Elefant darauf hatte ihr nämlich speziell gefallen.

Am selben Tag, an dem ich den Brief abgeschickt hatte, traf ich in einer Theaterveranstaltung den Staatsanwalt und sagte ihm, er solle doch einmal in dem bewussten Schrank nachschauen, ob auf dem Halstuch ein kleiner Elefant aufgestickt sei.

Am andern Morgen rief er mich schon um acht Uhr an. Der Elefant war vorhanden.

Was ich über das Halstuch denn wisse, fragte mich der Staatsanwalt ziemlich unruhig.

»Es kommt aus Südfrankreich«, sagte ich.

»Ach«, sagte er, »das meinst du. Wegen der französischen Nationalfarben, das haben wir uns auch gedacht. Aber wieso Süd?«

»Wegen des Elefanten«, sagte ich.

Mehr wollte ich ihm nicht sagen, und genau genommen wusste ich auch nicht mehr. Von diesen Halstüchern musste es Hunderte geben, und ich konnte nur sagen, dass sie auf dem Markt in Avignon vor über zwanzig Jahren verkauft wurden. Vielleicht wurden sie heute noch verkauft, da müsste man einmal hingehen und schauen.

Bald kam aus Denver, Colorado, ein langer, auch leicht melancholischer Brief zurück, in dem mir meine frühere Freundin ihre jetzigen Lebensumstände schilderte (die Andeutung ihrer Mutter bestätigte sich), und zuletzt schrieb sie mir auch, dass sie mein Halstuch seinerzeit nach Amerika mitgenommen habe, dass sie es dann aber einer Freundin, die sie dort kennengelernt habe, geschenkt habe, als diese nach ihrer Ausbildung zurück in die Schweiz gefahren sei; diese hätte es trotz der Flecken vom Langlaufwachs, die ja nie ganz verschwunden seien, sehr gern genommen, habe es damals wohl auch ein kleines bisschen als Talisman betrachtet, und sie könne mir gern die Adresse dieser Freundin geben, da ja kein Geheimnis damit verbunden sei. Zu meinem Erstaunen folgte dann der Name der Kinderärztin, die meine beiden Buben betreute.

Ich erinnerte mich jetzt auch wieder an die Sache mit den Wachsflecken. Im Winter waren wir einmal zusammen ein paar Tage in einer Skihütte in den Ferien, ich machte damals schon Langlauf, als es noch kein Volkssport war und hatte ein Paar Holzbretter, auf die ich nach jedem Lauf einen neuen Grundbelag strich. Einmal war dieser Belag noch nicht ganz trocken, als ich die Ski auf die Schulter nahm, und mein Halstuch bekam in der Nähe des Elefanten einige braune Flecken ab, die sich als sehr zäh erwiesen.

Als ich jetzt den Hörer abhob, um den Staatsanwalt anzurufen, merkte ich, dass meine Hand zitterte. Bis jetzt war ich einer unbestimmten, eher spielerischen Vermutung gefolgt, aber wenn es sich erweisen sollte, dass das

Halstuch im Schrank an derselben Stelle braune Flecken hatte, dann hatte sich der unbekannte Deutsche mit *meinem* Halstuch erhängt, dann gab es eine Kette von ihm zu mir. Das war aber so absurd, dass ich es sofort dementiert haben wollte und die Nummer des Staatsanwaltes einstellte.

»Was weißt du über dieses Halstuch?«, fragte er mich, nachdem ich meine Frage gestellt hatte.

»Sind braune Flecken drauf oder nicht?«

Der Staatsanwalt stand auf und schaute nach. Dann kam er zurück zum Telefon.

»Ja«, sagte er, »es sind braune Flecken drauf, aber was –«

»Um Gottes willen«, sagte ich und hängte auf.

Am Abend besuchte mich der Staatsanwalt und machte ein besorgtes Gesicht.

»Du solltest mir alles sagen, was du über dieses Halstuch weißt«, sagte er.

»Hast du mir alles gesagt, was du darüber weißt?«, fragte ich ihn.

Er zögerte. »Nein«, sagte er dann, »das kann ich nicht.«

»Dann kann ich es auch nicht«, sagte ich, und damit war unsere Unterredung beendet.

Erst nachher überlegte ich mir, warum ich ihm eigentlich nichts sagen wollte. Ich hatte keinen Grund, ihm irgendetwas zu verbergen, denn schließlich hatte ich nichts mit diesem Selbstmord zu tun, außer dass ich am Anfang einer Kette zu stehen schien, von der ich nicht alle Teile kannte, ja gerade die wichtigsten fehlten mir. Aber nun wollte ich die Wahrheit erfahren, und ich spürte, dass er mir für diese Wahrheit Dinge preisgeben musste, die er nicht preisgeben durfte, es sei denn, auch ich hätte ihm ein Geheimnis anzubieten, und halb war ich ja schon im Besitze eines Geheimnisses. Es fiel mir auch auf, wie recht er hatte mit der Belastung durch das Ungelöste. Obwohl ich mir persönlich nichts, aber auch gar nichts von der Klärung der Umstände versprechen konnte, mit denen ich nur durch einen Zufall etwas zu tun hatte, lag mir plötzlich alles daran, herauszubekommen, was mit diesem Halstuch geschehen war.

Bevor ich mich mit der Kinderärztin in Verbindung setzte, versuchte ich mich nochmals an alle Erlebnisse zu erinnern, die mit diesem Halstuch zusammenhingen, und da tauchte gleich am Anfang etwas auf, das ich bisher vergessen hatte. Die Frau, die hinter diesem Stand saß, die Frau hatte einen sehr eindringlichen Blick gehabt, grauhaarig war sie gewesen, aber ihre Augen waren nicht alt, vielleicht war sie damals etwa fünfzig, und sie hatte mir etwas Besonderes gesagt, als ich das Halstuch gekauft hatte, sie hatte es mir selbst um den Hals gelegt, und was zum Teufel hatte sie dann gesagt, als sie mich dazu anschaute, der Französischlehrer, der die Reise begleitete und beim Kauf danebenstand, erwähnte es nachher nochmals halb scherzhaft halb lehrhaft der Klasse gegenüber, weil eine ungewöhnliche Form vorgekommen war ... was waren denn die ungewöhnlichen Formen im Französischen, die uns als Schüler Mühe gemacht hatten ... der Subjonctif – ja, da war es wieder: »Qu'il aille chercher son maitre!«, hatte sie gesagt, es möge seinen Meister suchen, das Halstuch, und als ich dann, witzig, sagte: »Il l'a déjà trouvé«, es hat ihn schon gefunden, da sagte sie: »Est-ce que vous en êtes sûr, jeune homme?« Sind Sie da so sicher, junger Mann?

Sollte diese Frau mit ihrem tiefen Blick vorausgesehen haben, dass dieses Halstuch der Anfang einer Kette werden sollte, wünschte sie sogar eine solche Kette, war sie am Ende mehr interessiert an der Kette als am Halstuch selbst, verfolgte sie eine bestimmte Absicht damit? Nie wieder hatte ich auf irgendeinem Warenmarkt einen Stand gesehen, an dem jemand nur Halstücher verkaufte, wahrscheinlich konnte man davon gar nicht leben.

Nun rief ich die Kinderärztin an und fragte, ob ich gegen Schluss der Sprechstunden vorbeikommen könne. Sie hatte nichts dagegen, und am selben Nachmittag setzte ich mich bei ihr auf den Patientenstuhl, der wohl eher der Stuhl für die Mütter war, und sagte ihr, dass ich erst seit Kurzem wüsste, dass wir eine gemeinsame Freundin hätten, erzählte ihr von meiner früheren Beziehung und fragte sie dann, ob sie sich noch an dieses Halstuch erinnere. Die Ärztin war zuerst erfreut gewesen, als ich ihr den Namen genannt hatte, man ist meistens erfreut, wenn eine Bekanntschaft überraschend über einen andern Menschen zurückkommt, man lebt ja in seinen eigenen Beziehungen wie in einem Straßennetz, das man nie ganz kennt – aber als ich das Halstuch erwähnte, wurde sie verlegen.

»Sie haben es weitergegeben, nicht?«, fragte ich vorsichtig.

»Ja«, sagte sie, »ja, ich habe es jemandem gegeben.«

»Darf ich fragen, wem?«

Sie überlegte einen Augenblick, schaute mich dann an

und sagte: »Nein. Wir kennen uns zu wenig. Ich kann es Ihnen nicht sagen.«

Wieder jemand, der ein Geheimnis hatte. Als sie mich fragte, warum ich das denn wissen wolle, sagte ich, es gehe um einen Menschen, der sich mit diesem Halstuch aufgehängt habe, und es interessiere mich einfach, wie das Halstuch bis zu ihm gekommen sei. Sie verlor etwas Farbe, als sie mich jetzt fragte, wer sich denn damit aufgehängt habe.

»Ein Untersuchungshäftling«, sagte ich.

»Oh«, sagte sie und hielt sich die Hände vor die Lippen.

Doch auch als ich ihr sagte, dass ich die Umstände nur für mich selber und nicht für die Öffentlichkeit oder in irgendeinem Auftrag klären wollte, blieb sie bei ihrer Haltung und sagte mir nichts.

Aber eigentlich wusste ich genug. Offenbar war es diesem Halstuch bestimmt, über Freundschaften und Liebesgeschichten seinen Weg zu finden, und das hier musste eine große Liebesgeschichte sein, und sie musste jemanden betreffen, der mit Untersuchungshäftlingen zu tun hatte, denn die Angst, ihr Geliebter könne schuld sein an einem Todesfall, war der Ärztin deutlich anzusehen gewesen. Aber wer? Ob der Deutsche schon einen Verteidiger gehabt hatte? Noch einmal telefonierte ich mit meinem Freund, dem Staatsanwalt, aber zu meiner eigenen Überraschung fragte ich ihn etwas ganz anderes, nämlich ob er mir nicht ein Bild von dem Mann geben könne.

Als er mich fragte, wozu, sagte ich sehr bestimmt, wenn ich ein Bild von ihm habe, dann könne ich ihm auch sagen, wer er gewesen sei und weshalb er sich umgebracht habe. Der Staatsanwalt schwieg eine Weile. »Gut«, sagte er dann, »gut, ich schick dir eins. Aber sei vorsichtig, wenn du nach Frankreich fährst.«

Ja, das hatte ich vor. Ich hatte das Gefühl, wenn ich einmal den wirklichen Ursprung des Halstuchs kenne, dann sei auch das letzte fehlende Glied in der Kette kein Problem mehr.

Die nächsten freien Tage, die ich mir organisieren konnte, benützte ich dazu, nach Avignon zu reisen, nachdem ich mich vorher beim dortigen Verkehrsbüro erkundigt hatte, ob die Warenmärkte immer noch abgehalten würden. Jeden Samstag, sagte man mir, und so fuhr ich an einem Freitag hin.

Natürlich gab es den Stand mit den Halstüchern nicht mehr, aber ich musste nur dreimal fragen, bis mir eine Frau an einem Nougat-Stand Auskunft geben konnte. »Mais oui, la Josefine«, sagte sie und nannte mir den Namen eines kleinen Dorfes, das ziemlich weit außerhalb von Avignon lag. Immer sei sie mit ihren Halstüchern auf den Markt gekommen, seit dem Krieg, jetzt komme sie aber schon lang nicht mehr, einmal habe sie gehört, sie sei krank, aber ob ich nicht ein paar Nougat-Stängel wolle? Ich kaufte ein Dutzend, dankte ihr und erkundigte mich dann nach einer Fahrgelegenheit zu diesem Dorf.

Am Nachmittag gab es einen Bus dorthin, ich war eine halbe Stunde zu früh am Bahnhofplatz, von wo er abfuhr, stieg schon ein und schaute durch das Fenster dem Treiben vor dem Bahnhof zu, betrachtete die Leute, die nach und nach einstiegen, vor allem Frauen mit Einkaufstaschen und Plastiksäcken, die sie meistens auf den Sitz neben sich legten, denn der Bus war nicht voll, eine hatte sogar einen Besen gekauft. Kurz vor der Abfahrt, nachdem der Buschauffeur schon durch die Reihen gegangen war und alle ihr Fahrtziel genannt und ihr Billett bezahlt hatten, stieg eine Frau ein, Mitte Vierzig vielleicht, musterte mit einem knappen Blick alle Fahrgäste und setzte sich dann auf den Platz neben mich. Als der Bus fuhr, fragte sie mich, ob ich es sei, der die Josefine suche. Ich erschrak ein bisschen. Ja, sagte ich dann, das sei ich, ob sie sie kenne. »Bien sûr«, sagte sie, »c'est ma mère.« Ich sagte, dass mich das sehr freue, und wie es ihr gehe, aber sie sagte nun während der ganzen Fahrt nichts mehr.

Das Dorf, welches das Ziel meiner Reise war, war sehr klein, der Bus hielt auf einem Plätzchen bei einem Bistro, vor dem trotz des kalten Märzwetters bereits ein paar Männer im Freien saßen, an kleinen Tischchen, und Bemerkungen machten über die Leute, die ausstiegen, es fiel natürlich auf, dass Josefines Tochter mit einem Fremden kam, aber ich verstand nicht, was ihr der kleine alte Dicke zurief, der grinsend mit den Fingern auf die Tischplatte trommelte.

Sie werde mich zu ihrer Mutter führen, sagte die Frau und ging mit mir die Dorfstraße hoch und zum Dorf hinaus; es lag an einem Hügelzug, der eine Art Vorterrasse zum Bergzug im Hintergrund bildete, auf dem noch Schnee lag. Außerhalb des Dorfes sah man kein Haus mehr, und ich wunderte mich, wo die Mutter wohl wohnen mochte. Erst als die Tochter das Tor zum Friedhof aufstieß, wusste ich Bescheid.

Die neueren Gräber lagen beim Eingang, die älteren Gräber weiter hinten, wir gingen zu den älteren, wo sich die schmiedeisernen Kreuze mit den ovalen braunen Bildern der Verstorbenen schon etwas zu neigen begannen. Wir machten halt vor einem Marmorstein. Drei Namen standen darauf:

François Houdayer	1940–1943
Marcel Houdayer	1911–1944
Josefine Houdayer	1910–1976

In diesem Marmorstein war auf der rechten Seite über den Namen eine Nische eingelassen, und in dieser Nische stand, ebenfalls aus Marmor, eine französische Fahne, blau-weiß-rot bemalt, und in die untere Ecke der Fahne war ein kleiner, schwarzer Elefant gemeißelt.

Was mir die Tochter nun erzählte, lässt sich etwa so zusammenfassen: Das Ehepaar Houdayer hatte zwei Kinder, sie, Stéphanie, 1938 geboren, und den kleinen François, 1940 geboren. Bei Ausbruch des Krieges war Marcel Houdayer Bürgermeister des Dorfes, einer der jüngsten übrigens in der Gegend, und nach der Kapitulation der französischen Armee ging er in den Maquis. Er war der Anführer einer großen Partisanengruppe, alles Leute aus der Umgebung. Nachdem sie einmal einen deutschen Munitionstransport überfallen und in die Luft gesprengt hatten, erschien ein SS-Kommando im Dorf, die jungen Männer waren weg, alle Frauen und Kinder und die Alten mussten sich hier vor der Friedhofmauer versammeln, und dann erschossen sie den kleinen François und zogen wieder ab.

Der Vater kam ein Jahr später bei einem Gefecht mit einer deutschen Patrouille ums Leben, und die Mutter blieb nun allein mit ihrer Tochter. Sie war eine außergewöhnliche Frau, sie konnte manche Krankheiten durch Handauflegen heilen, und die Leute der Gegend vertrauten ihr mehr Geheimnisse an als dem Beichtvater. Ihr ganzes Leben lang aber wollte sie den Tod ihres Kindes rächen. Sie war sicher, dass der Mörder noch lebte, sie würde es fühlen, wenn er sterbe, hatte sie immer gesagt. Von Nachforschungen hielt sie nichts, sie werde ihre eigenen Boten aussenden, sagte sie, einer davon werde ihn aufspüren, und sie begann diese Halstücher zu weben, jede Nacht, und niemand durfte sie dabei stören, weil sie den Tüchern während der Arbeit zusprach und ihre Kraft auf sie zu übertragen suchte. Fast wie man auf einen Suchhund einrede, so habe sie jeweils mit den Halstüchern gesprochen, hätte sie auch gestreichelt und sogar geküsst, wenn sie jeweils den Elefanten aufgestickt habe.

»Warum der Elefant?«

Elefanten vergessen nie, habe die Mutter immer gesagt, 1976 sei sie dann gestorben, eine Lungenentzündung habe sie sich geholt auf dem Markt drunten, aber sie habe noch gesagt, sie werde es uns wissen lassen, wenn der Mörder sein gerechtes Ende gefunden habe. Das war drei Jahre später, nicht wahr? Und Sie kommen deswegen.

Ja, sagte ich, ja, ich komme deswegen, aber woher sie wisse, dass es 1979 gewesen sei.

»Die Pflanze«, sagte sie, »die Pflanze«, und zeigte auf einen Seidelbast, der jetzt auf dem Grab blühte und duftete, »die Mutter wünschte sich diese Pflanze aufs Grab, weil sie den Frühling ankündigt, und drei Jahre lang blühte sie nicht. Als sie im Frühling 1980 zu blühen begann, war ich sicher, dass François' Tod gerächt war.«

»Haben Sie den Mann gesehen, der schoss?«, fragte ich.

Ihre Augen füllten sich mit Tränen. »Ich war fünf Jahre, aber ich würde ihn heute noch kennen, auch wenn er vierzig Jahre älter ist, sein schmales Gesicht mit dem harten Blick. Es war furchtbar.«

Als ich ihr das Foto zeigte, krallte sie ihre Hand in meinen Arm und wandte sich ab. Sie schluchzte und nickte und lachte gleichzeitig.

»Sind Sie sicher«, fragte ich sie nach einer Weile.

Sie schaute nochmals auf das Bild und sagte, absolument.

»Dann ist es gut«, sagte ich und erzählte ihr, was ich über den Tod des Mannes wusste.

Und ich, was ich damit zu tun habe, fragte sie mich.

»Ich habe vor zwanzig Jahren bei Ihrer Mutter das Halstuch gekauft, mit dem er sich aufgehängt hat«, sagte ich, »und dann hat es seinen Weg zu ihm selbst gefunden.«

Stolz mischte sich in ihre Erregung, und als wir vom Friedhof wieder zum Dorf hinuntergingen, strahlte sie eine große Ruhe und Zufriedenheit aus. Auf halbem Weg kam uns der Pfarrer entgegen und blickte uns beide sehr eigenartig an, ich dachte, ich sollte vielleicht auch mit ihm sprechen, aber sie zog mich weiter.

Ob ich bleiben wolle, fragte sie, oder ob ich den Bus zurück nehmen wolle, der in einer Viertelstunde fahre. Sie schaute mich beim zweiten Satz fast bittend an, und ich wollte plötzlich so schnell wie möglich weg.

Wir standen zusammen auf dem Dorfplatz und schwiegen, vom Bistro herüber schauten uns die alten Männer an, der kleine Dicke trommelte immer noch mit den Fingern und sang dazu einen stets gleichen Kehrreim. Dann kam der Bus, ich gab der Frau die Hand, nachher sah ich, dass sie mir eine Seidelbastblüte hineingelegt hatte.

Zwei Tage später läutete ich am Nachmittag beim Pfarrhaus eines kleinen Dorfes im Thurgau. Bei der kurzen Begegnung mit dem Pfarrer des südfranzösischen Dorfes war mir mit einem Mal aufgegangen, dass es nur der Gefängnisgeistliche sein konnte, der dem Häftling das Halstuch gegeben haben musste, und dass dies die Bekanntschaft war, welche die Kinderärztin nicht erwähnen wollte. Der damalige Gefängnisgeistliche war der jetzige Pfarrer dieser Thurgauer Gemeinde, der nun unter dem Türrahmen stand und fragte, was er für mich tun könne.

»Sie haben doch damals«, sagte ich, als ich ihm in seinem Arbeitszimmer gegenübersaß und mich vorgestellt hatte, »diesem Deutschen Ihr Halstuch gegeben, mit dem er sich später erhängte?«

Der öffnete ratlos den Mund, sagte aber nichts.

»Es würde mich nur interessieren, warum Sie es ihm gegeben haben«, sagte ich.

Erst als ich beifügte, dass das Halstuch früher mir gehört hatte und dass mir darum die Sache ebenso nahe gehe wie ihm, der ja offenbar deshalb seine Stelle gewechselt habe, war er bereit, mir etwas zu erzählen.

»An jenem Sonntag«, sagte er, »hatte ich eigentlich meine Besuche beendet und war schon am Gehen, als mir der Verwalter sagte, Rehmann wolle eine Beichte ablegen, und da er bisher mit niemandem habe sprechen wollen, sei es vielleicht wichtig, dass ich hingehe. Ich war bereits im Mantel und ging so in seine Zelle. Nachdem er gebeichtet hatte, sagte er plötzlich: »Mich friert so.« Ich weiß, dass es nicht erlaubt ist, Häftlingen etwas zu geben, schon gar nicht ein Kleidungsstück, aber irgendwie konnte ich nicht anders als ihm mein Halstuch anzubieten. Es kam dazu, dass seine Beichte außerordentlich schwer gewesen war und ich das starke Bedürfnis hatte, ihm auf eine Art zu helfen, und so gab ich ihm einfach mein Halstuch. Er nahm es sehr dankbar an.«

»Hat er Ihnen den Mord an einem Kind gebeichtet?«

Der Pfarrer fuhr zusammen.

»Ich darf es Ihnen nicht sagen«, sagte er leise.

»Aber Sie können nicken«, sagte ich.

Der Pfarrer schaute mich an. Dann nickte er.

Am nächsten Tag saß ich gegen Abend im Büro des Staatsanwalts. Der Schrank mit den ungelösten Fällen war geöffnet, vor uns auf dem Schreibtisch lag das Halstuch, mein Halstuch, wie ich jetzt mit eigenen Augen sah.

»Und?«, fragte er, »wer war er?«

»Ein früherer SS-Mann«, sagte ich.

»Hab ich mir fast gedacht«, sagte er, »wahrscheinlich stammten seine Silberbarren aus konfisziertem jüdischem Gut aus dem Krieg. Alle, die übrig geblieben sind von diesen Mannschaften, halten noch immer zusammen, die alte Odessa-Linie. Und was ist mit dem Halstuch?«

»Der Anstaltspfarrer hat es ihm gegeben«, sagte ich nicht ohne Stolz auf meine Enthüllung.

»Das weiß ich längst«, sagte er, »wir hatten ihn zuerst sogar unter Verdacht, aber die Zeit von Rehmanns Tod stand fest, und sein Alibi war unumstößlich. Ich meine, was ist mit dem Ursprung des Halstuchs?«

Nun erzählte ich ihm alles, was ich wusste, den Weg, den das Halstuch gegangen war und das, was ich in Südfrankreich darüber erfahren hatte. Als ich geendet hatte, schwieg er zuerst. Er schien sehr beeindruckt. Dann sagte er:

»Weil du mir alles erzählt hast, erzähle ich dir auch alles, obwohl ich es nicht tun dürfte. Aber ich weiß erst jetzt, dass ich das, was ich damals gesehen habe, wirklich gesehen habe.«

»Warum?«

»Dass sich Rehmann erhängt hat, ist die offizielle Version, aber nicht die Wahrheit.«

»Wieso das?«

»Weil die Wahrheit so unerklärlich und unwahrscheinlich war, dass ich sie nicht bekanntgeben konnte. Als ich damals die Zelle betrat, sah ich sofort, dass ein Selbstmord unmöglich war. Rehmann war nicht am Fensterkreuz aufgehängt, sondern er lag erdrosselt am Boden, erdrosselt mit diesem Halstuch, und ich kann dir sagen, dass ich weder vorher noch seither jemals den Ausdruck eines solchen Schreckens auf dem Gesicht eines Toten gesehen habe. Unsere besten Leute suchten während Wochen nach dem Mörder. Niemand sah auch nur die geringste Möglichkeit, dass irgendjemand nach dem Pfarrer die Zelle noch betreten haben konnte, und so musste ich diesen Fall schließen mit einer Annahme, mit der ich mich nicht an die

Öffentlichkeit gewagt habe. Jetzt erst weiß ich, dass sie wahr ist. Man sah schon an der Haltung der Hände, dass ein Kampf stattgefunden haben musste, ein verzweifelter Kampf zwischen dem Ermordeten und seinem Mörder, ein Kampf, in dem er sich noch mit seiner ganzen Kraft gewehrt hat, gegen etwas, das stärker war als er, stärker, weil es nicht eigentlich ein Mörder war, sondern ein Richter.«

»Und wer war dieser Richter?«, fragte ich.

»Das Halstuch«, sagte der Staatsanwalt, »das Halstuch ganz allein.«

Dann stand er auf, nahm das Halstuch sehr sorgfältig in seine Hände, legte es zwischen die ungelösten Gegenstände auf das Regal und schloss den Schrank wieder ab.

Der Langläufer

Er versuchte noch etwas zu beschleunigen.

Er hatte geglaubt, als er gegen Abend aus der Wald-route abbog, er sei der großen Masse der Läufer entron-nen, aber jetzt, da er ins Tal kam, hörte er wieder das be-kannte Knirschen hinter sich, zusammen mit dem leicht klingelnden Geräusch der einsetzenden Stockspitzen. Es ärgerte ihn, dass um diese Zeit, wo die meisten den Sam-mel- und Ausgangsplätzen zuliefen, noch jemand die Idee hatte, ins Tal hinauf zu gehen, es war schon schattig, und die Loipe stieg an, man brauchte Ausdauer, wenn man in dem Tempo weitergehen wollte, das er jetzt angeschlagen hatte. Er wollte in dem Tempo weitergehen, er wollte sich nicht überholen lassen, er wollte die Loipe so frei vor sich sehen wie jetzt, er hatte begonnen, Langlauf zu machen, weil er menschenleere Flächen durcheilen wollte, und war erschrocken gewesen über die Menschenmassen, die sich auf den zwei Spuren ausbreiteten, wo das Überholen fast in gleich wenigen Momenten möglich war wie auf der Autostraße. Vor allem hatte ihn die eigentlich erfreuliche Tatsache, dass diese Sportart auch für alte Leute möglich war, mit einem eigenartigen Widerwillen erfüllt, wenn er sah, wie viele halb mumifizierte Kolonnen sich hier mühsam von einem Hügelchen zum nächsten schoben, oder wenn er, die talwärts führende Spur hinunterfahrend, die ältlichen Schweißschwaden der Hinaufkeuchenden durchpflügte. Deshalb wohl war er jetzt abgebogen, und deshalb wollte er sich auf keinen Fall überholen lassen, auch wenn das Knirschen hinter ihm näherkam. Er konnte mit den Beinen nicht mehr wesentlich schneller laufen, eigentlich war es ihm immer rätselhaft, wie jemand schneller sein konnte als er. Er gab noch mehr Druck auf die Stöcke, was ihn zwar am linken Ellbogen ziemlich schmerzte und auch an der Hand, er war gestern hingefallen, aber er wollte niemanden vor sich sehen, es war schön hier, der Bach links war fast zugefroren, und auf den Bäumen des Waldes lag frisch gefallener Schnee. Er kam nun sehr stark ins Schwitzen, öffnete während eines ganz kurzen Gefälles auch seine Windjacke, bevor er wieder den Anstieg anging, in einer leicht hüpfenden Art, die er sich angeeignet hatte, indem er sich vorstellte, einen Langläufer nachzumachen. Gleichzeitig wurde es kälter, und er spürte, wie sein Barthaar an verschiedenen Stellen durch Eisklumpen zusammengezogen wurde. Er keuchte schon sehr heftig, und sein Gegner, nach dem er sich nicht umdrehte, musste in äußerst geringem Abstand hinter ihm sein, die Tatsache, dass er nicht überholen konnte, war ermutigend. Die Steinhütte, welche den ersten Drittel des Tales markierte, lag hinter ihm, während des Tages sah man dort viele, die rasteten, aber jetzt war niemand mehr dagewesen. Eigentlich hatte er nur bis zur Hütte gehen wollen, denn die Dämmerung nahm rasch zu, aber nun war das Rennen aufgenommen, und er wollte es erst aufgeben, wenn er überholt würde. Im Wäldchen, durch das die Spur jetzt führte, war es schon fast dunkel, hier kamen auch die ersten Stücke, die so steil waren, dass er nicht mehr geradeauf laufen konnte wie die ganz guten Läufer, die im Gegensatz zu ihm immer auch ganz gute Wachskünstler waren, und er musste sich mit gespreizten Skis hocharbeiten, das war ärgerlich, seine Langlaufskis hatten keine Kanten, er rutschte zwei-, dreimal, aber seinem Verfolger schien es nicht besser zu gehen. Er hatte Mühe, nachher seinen Rhythmus wieder zu finden und dachte schon daran, stehen zu bleiben und den andern passieren zu lassen, aber dann kam eine offene Stelle, eine leichte Senke, und dann die Brücke, auf der man den Bach überquerte, und er wusste, dass das die Hälfte des Tales war und gewann noch einmal Kraft aus diesem Gedanken. Kurz danach merkte er aber, dass er nicht mehr lange widerstehen konnte. Die Luft war so eisig, dass er schon fast husten musste, er hatte starkes Hüftweh vom dauernden Abstoßen, der Ellbogen brannte ihm, und in beiden Lungen war ein entsetzliches Stechen und ging nicht mehr weg. Bis zu den Alphütten wollte er es noch aushalten, bis zu den beiden Alphütten, die so flach waren, als wären es bloß zwei Bodenerhebungen. Die Skispitzen seines Feindes mussten jetzt genau hinter seinen Skienden sein, er spürte schon die ganze Bewegung hinter sich, hörte das Einschlagen der Stockspitzen und das Keuchen von einem, der auch seine ganze Kraft brauchte, um ihn zu erreichen. Noch zehn Schritte, noch fünf Schritte, er durfte sich nicht überholen lassen, nein, bei den Alphütten hatte er für sich die Ziellinie gezogen, noch einen Schritt, ja, da war er, er konnte nicht mehr weiter, auf gar keinen Fall, er hörte auf zu gehen,

stützte sich mit den Achselhöhlen auf seine beiden Stöcke, schaute zurück, und sah, dass hinter ihm niemand
war. Dann erst brach er zusammen.

Der Flug

Der Beamte bei der Gepäckabfertigung bat mich zuerst, auch mein Handgepäck auf die Waage zu legen. Als ich zu widersprechen wagte, schaute er mich durchdringend an, und ich merkte, dass er nur ein Auge hatte. Das verwirrte mich so, dass ich mein Handgepäck auf die Waage legte. Der Beamte war nicht zufrieden. Sie haben, sagte er, nicht genügend Übergepäck, legen Sie Ihren Mantel auf die Waage. Ich schaute ihn wieder an und bemerkte, dass er einen Eckzahn hatte, der so weit vorstand, dass er die Unterlippe verletzte, die dauernd leicht blutete.

Ich legte meinen Mantel auf die Waage. Jetzt noch die Schuhe, sagte der Mann. Ich schaute ihn nicht mehr an, zog die Schuhe aus und legte sie auf die Waage. Jetzt haben Sie genügend Übergepäck, sagte der Mann auf englisch, gehen Sie an die Kasse und bezahlen Sie es, Ihren Mantel und die Schuhe bekommen Sie am Ankunftsort wieder. Ohne den Beamten anzusehen, ging ich zur Kasse, die sich in einem halb geöffneten Durchgang befand, in dem ein leichtes Schneegestöber herrschte.

Haben Sie Kirschen?, fragte mich der Kassier, ein nördlich aussehender Mann. Nein, sagte ich, warum? Sie hätten in Kirschen bezahlen können, das wäre billiger gewesen, Sie haben ja eine Menge Übergepäck, wie ich sehe. Ich schwang meinen rechten Fuß auf die Schalterlade.

Deshalb, sagte ich. Sie scherzen, sagte der Kassier, gehen Sie nochmals zum Gepäckbeamten, aber lassen Sie Ihre Socken da. Nein!, rief ich sehr laut, und sofort leuchtete ein blaues Lämpchen über dem Schalter auf. 50 Dollar, sagte der Mann, und 50 Dollar Verneinungszuschlag. Ich zahlte 100 Dollar, das Lämpchen hörte auf zu leuchten, und ich wurde von einer als Eisbär verkleideten Hostess abgeholt. Sie fliegen also nach Alaska, flüsterte mir der Eisbär ins Ohr, haben Sie gute Schuhe bei sich? Nein, sagte ich, und sah, dass dem Eisbären ein kleines Stück Darm zum Mund heraushing.

Später, während des Fluges, als wir sehr hoch über einer gebirgigen Gegend schwebten, kam der Pilot in die Kabine und fragte, ob jemand das Flugzeug kaufen wolle. Ich meldete mich sofort, fragte, was die Maschine koste, der Pilot setzte sich auf die Armlehne, die sogleich einknickte und sagte, 300 Dollar. Ha!, rief ich, 200 ist das Höchste, was ich zahle. Abgemacht, sagte der Pilot, und schon nahte sich die immer noch als Eisbär verkleidete Stewardess mit einem Kaufvertrag. Ich unterschrieb, der Pilot reichte mir den rosa Durchschlag und bat mich ins Cockpit. Das ist Ihr Sitz, sagte er zu mir und wies auf den Pilotensessel, der leer war. Ich kann nicht fliegen, sagte ich, Sie müssen das tun, oder der Copilot. Der Copilot ist abgesprungen, sagte der Pilot, indem er sich eine Art Sack umschnallte und eine Schutzbrille überzog. Viel Glück, sagte er dann, öffnete eine Luke und sprang hinaus. Halt!, rief ich, Sie haben meine Schuhe an, aber schon war die Luke zu, und in der Mitte des Armaturenbretts blinkte ein blaues Lämpchen unablässig. Schon gut, sagte ich, ich sage ja nichts, und das Lämpchen hörte wieder auf zu blinken.

Neben mir saß plötzlich der Eisbär. Do you come from Lucerne?, fragte er mich. No, sagte ich, da begann das Lämpchen zu leuchten und das ganze Flugzeug zitterte eigenartig. Yes, rief ich, yes, certainly I come from Lucerne, a lovely town, full of yoghurt! Der Eisbär nickte zufrieden, here is your oxygen, sagte er, reichte mir eine Maske, und plötzlich war die Luft entsetzlich dünn, wo muss ich sie einstecken, sagte ich, der Eisbär, der seine Maske schon aufhatte, zeigte auf das Stückchen Darm, das darunter hervorhing, ich steckte den Schlauch ein und atmete einen Heuduft ein, der mir starken Niesreiz verursachte. Gleichzeitig bemerkte ich ein kleines Mikrofon, von dem ich annahm, dass es mich mit einer Bodenstation verband. Hallo, sagte ich, wir stürzen ab, ich kann nichts machen. Nichts für ungut.

Dann stand ich auf, öffnete die Türe zur Kabine und wollte mich wieder auf meinen Platz setzen. Alle Passagiere standen jetzt neben ihren Sitzen und blickten mich mit weit offenen Augen an, keuchend in ihren Sauerstoffmasken. Wahrscheinlich war das Mikrofon bloß für Mitteilungen an die Reisenden bestimmt gewesen. Ich machte einen Schritt auf meinen Sitz zu, da machten alle Aufgestandenen einen Schritt auf mich zu. Tja, sagte ich, ich wollte nur fragen, hat jemand einen Schraubenzieher? Eine ältere farbige Frau hatte ein schwarzes Etui bei sich, sie trug es an einem Henkel und gab es mir, ich öffnete es, innen war es ganz rot ausgeschlagen und enthielt nichts außer einem Schraubenzieher mit einem gelben Griff.

Danke, sagte ich, vielen Dank, und ging schnell wieder ins Cockpit zurück, ich brauchte dringend Sauerstoff, die Stewardess hatte das Eisbärenfell ausgezogen und trug nur noch ein durchsichtiges Höschen, auf dem ein Fuß abgebildet war. Ihre Maske war auch weg, sogleich verschwand meine Atemnot, ich legte meinen Arm um sie und wollte sie küssen, aber immer noch hing ihr dieses Stückchen Darm aus dem Munde, aus dem auch ein wärmlicher Geruch entwich. Ich kann sie ja, dachte ich, mir auf den Schoß setzen, dann brauche ich ihr Gesicht nicht zu sehen. Oh, sagte sie, als ich sie zu mir zerrte, bitte nicht vor allen Leuten. Ich drehte mich um und bemerkte, dass die Rückwand des Cockpits zersplittert war und alle Leute, immer noch stehend, auf uns starrten. Dazu braucht er einen Schraubenzieher, sagte ein Herr mit einer Brille hörbar. Bitte, sagte ich, weiß jemand, wo hier der Belichtungsmesser ist? Er kann nicht fliegen, schluchzte eine Frau in den Vierzigern, indem sie einen Kanarienvogel an ihre Wange drückte. Schade, sagte ich, wenn die Belichtung nicht stimmt, nützt der beste Ausschnitt nichts, und drückte auf einen Knopf. Ein Blitzlicht zuckte auf und alle erschraken. Das ist für die Zeitung, sagte ich, nach dem Absturz. Und jetzt setzt euch! schrie ich drohend, und Ruhe! Das ist mein Flugzeug, ich will keinen Mucks mehr hören! Dann kam eine Stimme in den Kopfhörer, der ich sofort gestand, dass ich nichts wusste und die ich anwies, mit mir wie mit einem Kind zu sprechen. Da die Stimme der Vater eines fünfjährigen Buben war, konnte sie das, und wir landeten nach etwa dreiviertel Stunden auf einer aus Holzplanken zusammengenagelten Piste in einer Landschaft mit taubengrauen Hügeln. Ich schenkte mein Flugzeug dem fünfjährigen Buben, verlangte vergeblich meine Schuhe oder einen Ersatz dafür und hätte sehr gerne mit der Stewardess ein Hotelzimmer genommen, aber das Stückchen Darm hielt mich doch davon ab.

Übrigens muss bei dem Foto die Belichtung wirklich falsch gewesen sein. Sie zeigte ausschließlich Leute mit Rabenköpfen.

Der türkische Traum

Ich träume viel, und ich achte auf das, was ich träume. Oft erzähle ich beim Frühstück meiner Frau, was ich geträumt habe, und sie erzählt mir, was sie geträumt hat. Manchmal haben auch die Kinder etwas geträumt. Ab und zu schreibe ich einen Traum auf, einen, der besonders rätselhaft ist, oder einen, der besonders klar ist. Den Zettel mit dem aufgeschriebenen Traum stecke ich dann in einen großen gelben Umschlag zu andern Zetteln mit anderen Träumen. Diesen Umschlag habe ich auf der äußersten Ecke meines Schreibtisches liegen. Aber es ist doch so, dass ich das, was ich träume, als Ergänzung dessen betrachte, was ich tue und erlebe, und nicht das, was ich tue und erlebe, als Ergänzung dessen, was ich träume. Ich habe also noch nie eine Reise wegen eines Traumes verschoben; es war noch nie so, dass ein Traum in mein Leben eingegriffen hätte. Deshalb war für mich auch alles so überraschend, was im Zusammenhang mit meinem türkischen Traum geschah.

Dabei war es nicht einmal ein Traum mit einer Handlung oder einer bildhaften Geschichte, sondern ich konnte mich am Morgen lediglich erinnern, dass ich von einem türkischen Terroristen geträumt hatte. Ob er mich bedrohte, oder ob wir Komplizen waren, wusste ich auch nicht mehr, hingegen wusste ich noch seinen Namen. Er hieß Araman da Silva.

Als ich, es war ungefähr vor einem Jahr, meiner Frau am Morgen diesen Traumeindruck beiläufig erzählte, horchte sie sogleich auf und wollte noch Genaueres wissen, aber ich wusste, wie gesagt, nichts Genaueres mehr.

Etwa eine Woche später erwachte ich mitten in der Nacht und wusste, dass ich wieder von dem türkischen Terroristen geträumt hatte, aber wieder wusste ich nicht was, keine Spur eines Vorgangs oder wenigstens einer Stimmung, nur der Name ganz klar: Araman da Silva.

Als ich das am Morgen meiner Frau erzählte, fragte sie mich, was mir denn zu diesem Namen in den Sinn komme. Araman erinnerte mich an das mesopotamische Gut-und-Böse-Zwiegespann Ormuzd und Ariman, aber ich wusste nicht mehr, welcher von beiden die Verkörperung des Bösen war, wahrscheinlich Ariman. Da Silva tönte für mich portugiesisch, Silva ist Wald, der Name hieß also wohl etwa wie »Der Böse aus dem Wald«.

Meine Frau freute sich sehr über diese Deutung. Der Mann, glaubte sie, wolle mir mitteilen, dass ich meine bösen und unberechenbaren Seiten mehr pflegen solle, dass ich wieder mehr zu einem Waldmenschen werden müsse. Was das Letztere betrifft, so habe ich mir schon vor ein paar Jahren aus einem solchen Gefühl heraus den Bart wachsen lassen, aber ob man mit oder ohne Bart telefoniert, macht keinen Unterschied – überhaupt nicht telefonieren sollte man, dann wäre man ein Waldmensch. Und diesen Schritt habe ich bis jetzt nicht getan, ich finde höchstens ab und zu die Kraft, ein klingelndes Telefon nicht abzunehmen.

Was aber das Erste betrifft, so bin ich tatsächlich alles

andere als böse, ich bin sogar von einer Art Menschenfreundlichkeit durchdrungen, die es mir zum Beispiel fast unmöglich macht, jemandem alle Schande zu sagen, ich bin immer bereit, dem andern zuzugestehen, dass er auf seine Art vielleicht auch recht hat. Dies bringt mich öfters in Situationen, wo ich mich nachher wegen meiner Freundlichkeit verfluche. Im Übrigen hat das nicht zur Folge, dass ich deswegen nicht für eine Meinung oder eine Sache einstehe, ich kämpfe sogar darum, aber unter Dingen, um die man kämpfen muss, verstehe ich eher bessere Lebensbedingungen als die Höhe einer Reparaturrechnung. Und die reine Aggression, die Bosheit, ist mir so fremd, dass ich jedes Mal einen vollkommen trockenen Mund bekomme, wenn sie mir begegnet – daran erkenne ich sie auch wie andere Leute den Föhn an ihren Gelenkschmerzen. Schon oft habe ich mir Maßnahmen zur Pflege des Bösen vorgenommen, z.B. jeden Tag einmal jemanden zusammenzuscheißen, gleichgültig weshalb, oder schon nur das prinzipielle Neinsagen etwas zu üben, aber irgendwie liegt es mir wirklich nicht, und man kann sich auch fragen, ob es überhaupt sinnvoll ist, Menschenfreundlichkeit zu sabotieren, nachdem sie ohnehin eher selten ist.

Kurz, es waren für mich mehr oder weniger rhetorische Forderungen oder Empfehlungen, die meine Frau im Namen Araman da Silvas an mich richtete. Es nützte deshalb auch nicht viel, als sie mir aus einem grauenhaften Fotoautomatenbildchen von mir einen Steckbrief machte: »Gesucht: DA SILVA, Araman (Anarchist). Vorsicht! da Silva ist möglicherweise gewalttätig!« und ihn an den

Schlafzimmerschrank heftete. Ich wusste nicht, was diese Erscheinung mit mir zu tun haben sollte.

Auch als ich das nächste Mal von ihm träumte, konnte ich keinerlei Detail behalten, weder von seinem Aussehen noch von dem, was er tat, ich wusste nur, dass ich wieder von Araman da Silva geträumt hatte, dem türkischen Terroristen.

Ich begann mir nun zu überlegen, was eigentlich die Türkei und das Türkische für mich bedeuteten, und seltsamerweise kamen mir nur lauter weit zurückliegende Erinnerungen. Die erste war, dass mein Großvater mir einmal erzählt hatte, wie er in der Schule beim Vorlesen eines Lesebuchstückes statt »heimtückisch« »heimtürkisch« gelesen habe. Eine andere war, wie ich mit meiner Großmutter über den Friedhof von Schönenwerd ging und sie mir die Gräber zweier türkischer Brüder zeigte, die sich gegenseitig im Streit erstochen hatten, in der Wöschnau hatten sie gewohnt, sagte sie, das ist ein Weiler zwischen Schönenwerd und Aarau.

Bei meinen Großeltern in Schönenwerd war auch ein Atlas aus der Zeit vor dem ersten Weltkrieg, den ich oft studierte, wenn ich als Bub dort in den Ferien war. Etwas, das mich besonders faszinierte, war die damalige Größe der Türkei. Die braune Farbe des osmanischen Reiches erstreckte sich von Ägypten bis weit in den Balkan hinein. Später, mit zwölf Jahren, wurde ich schwer krank und musste ins Zürcher Kinderspital. Dort war ich eine Weile mit einem fünfjährigen Türkenbüblein im Zimmer. Er hatte einen Tumor am Hals, ein grässliches Gebilde, das ihm dann erfolgreich entfernt wurde. Er hieß Toni und lernte in ganz kurzer Zeit Schweizerdeutsch, und als wir beide wieder entlassen waren, schrieb ich ihm zwei-, dreimal, sein Vater sprach Französisch, meiner auch, und so mussten die Väter einander die Grüße ihrer Söhne übermitteln. Bald kam aber eine Karte, auf der ich Toni um ein paar türkische Briefmarken gebeten hatte, zurück mit einem Stempel und einer Aufschrift, die etwa »Adres kafi« hieß, aber noch aus weiteren Wörtern bestand, in der Handschrift eines türkischen Postbeamten. Mein Vater nannte mir dann einen Mann, der einmal zwei Jahre lang in der Türkei gelebt hatte. Ich ging mit der Postkarte zu diesem Mann, er war sehr alt und hatte einen langen weißen Bart und sagte, als ich ihm die Karte zeigte, es sei schon sehr lange her, dass er in der Türkei gewesen sei, was ich ihm auch sofort glaubte. Ich schickte dann die Karte der türkischen Botschaft in Bern, obwohl eigentlich längst klar war, dass es sich hier um eine ungültige Adresse handeln musste, aber was dahinter stand, wollte ich wissen, ob die Leute umgezogen oder verreist oder gestorben waren. Die türkische Botschaft schrieb mir einen Brief, der mit »Monsieur« begann und erklärte mir, dass es sich um eine ungültige Adresse handle, und da sie auf der Postkarte gelesen hätten, dass ich mich für türkische Briefmarken interessiere, legen sie mir einige bei. Aber von Toni vernahm ich nie mehr etwas.

Viel später, in einem Restaurant, hörte ich, wie eine Serviertochter, als ihr ein Türke Avancen machte, sagte, in der Türkei hätten alle Männer zwei Frauen, eine Vorstellung, von der sie sämtliche Beteuerungen des Türken nicht abhalten konnten.

Und nun? Was sollte ich mit diesen weit auseinander liegenden Einzelteilen? Ich wusste nicht mehr. Ich merkte nur, dass ich wieder von Araman da Silva träumte, und zwar in derselben undeutlichen Weise, so, als ob er sich eben erst bilden würde.

Blieb mir noch als mögliches Schlüsselwort der Terrorist. Ein Terrorist verkörpert für mich die Art von kalter Aggression, bei der mir der Speichel wegbleibt. Es gibt nichts, was ich so sehr ablehne wie den Terrorismus, und nichts, was ich so sehr verstehe. Das gesammelte Unbehagen an unserer Zeit, in verzweifelte Einzelaktionen umgesetzt – ein Hauch von Respekt oder schaudernder Bewunderung bleibt, den man für jeden Kompromisslosen und Desperado hat. In meiner ersten Zürcher Wohnung ließ ich das Telefon von einem Elektrounternehmer einrichten, dessen Sohn später als Terrorist bei einem Gefecht mit der Kölner Polizei erschossen wurde.

Aber dieser Gedanke brachte mich auch nicht weiter. Nur der Traum kam in regelmäßigen Abständen wieder, ohne sich auch nur ein bisschen zu verdeutlichen. Ich muss zugeben, dass er mich beunruhigte, weil ich das Gefühl hatte, dass er mir etwas Wichtiges klarzumachen versuchte, ohne dass ich wusste, was das sein könnte.

Schließlich kam mir dann in den Sinn, dass ich einen andern Traum, nämlich den, in dem ich auftreten musste, ohne meine Rolle zu können, gehabt hatte, lange bevor ich beruflich auftrat. Vielleicht, sagte ich mir, kann ich diesen Traum jetzt noch gar nicht erklären, und sein Sinn wird sich später von selbst ergeben.

Mit dieser Annahme hatte ich recht.

Etwa ein halbes Jahr, nachdem sich Araman da Silva bei mir angemeldet hatte, war ich für einige Zeit in Berlin und besuchte dort einen Bekannten, der in Kreuzberg wohnte. Der Bus, den ich am Kurfürstendamm bestieg, absolvierte eine jener wunderlichen Zickzackfahrten durch die Stadt, über die man sich freut, wenn man als Fremder auf dem vordersten Sitz der oberen Reihen ist, aber die einen wahrscheinlich schon bald ins Taxi treiben, wenn man hier wohnt. Nachdem er die glanzvollen Gegenden Westberlins verlassen hatte und sich das Niemandsland um die Kongresshalle langsam in ein Garagen- und Werkstattviertel zu verwandeln begann, stieg ich bei der Haltestelle, die mir beschrieben worden war, aus. Ich ging an einer Aral-Tankstelle vorbei ein paar Schritte in der Richtung, aus der ich gekommen war, wandte mich dann nach links, und sah über der Straße eine hohe Brandmauer, an die ein bewohntes Haus unmittelbar anschloss, welches alsbald in ein Fabrik- und Lagerhallengebäude überging. Auf der Brandmauer las ich überlebensgroß das Wort KARMAN, mit schwarzer Farbe auf grauen Verputz geschrieben. Ich blieb eine Weile stehen und schaute es an, merkte deshalb nicht, dass mein Bekannter schon lange an einem Fenster im zweiten Stock des eingeklemmten Hauses stand und mir zuwinkte.

Erst als er mir nachher auf die Frage nach der Bedeutung der Aufschrift sagte, das müsse im Zusammenhang mit einer internen Auseinandersetzung im Türkenviertel stehen, wurde mir bewusst, dass Kreuzberg ja der türkische Stadtteil von Berlin ist. Irgendeinmal hatte ich gehört, dass er einer der größeren türkischen Städte sei, auch gemessen an der Türkei selbst, oder die größte außerhalb der Türkei, jedenfalls war ich äußerst einverstanden, als mein Bekannter vorschlug, wir könnten in ein türkisches Lokal essen gehen. Ich hatte schon daran gedacht, meines Traumes wegen einmal in die Türkei zu fahren und war jetzt über die unerwartete Begegnung mit türkischem Leben erfreut und auch etwas aufgeregt.

Auf dem Weg ins Restaurant kamen wir nochmals an einer Mauer vorbei, auf die mit einem Spray das Wort KARMAN geschrieben war. Meinem Bekannten war das, obwohl er täglich hier vorbeiging, noch nicht aufgefallen, und er wies mich lediglich darauf hin, dass die Auseinandersetzungen zwischen progressiven und konservativen Türken auch hier im Exil mit äußerster Härte geführt würden und erzählte mir von einem Überfall eines konservativen Schlägertrupps auf flugblattverteilende Linke, in die er hineingeraten war und bei der ein Lehrer getötet wurde. Türkische Plakate warben für türkische Unterhaltungskünstler, das einzige deutsche Wort darauf war der Ort der Veranstaltung, die Auslagen der Obst- und Gemüsehändler wurden vielfältiger und reichten immer weiter auf die Straße hinaus, je kleiner die Schaufenster der Gemischtwarenläden, desto größer war das darin zusammengequetschte Angebot, mehr Leute standen auf der Straße, einige saßen sogar auf Stühlen, die sie aufs Trottoir gestellt hatten, man sah immer mehr Frauen mit diesen eigenartigen Kopftüchern, bei denen man das Gefühl hat, sie nehmen sie auch im Schlaf nicht ab. Den Frauen, sagte mein Begleiter, ginge es hier nicht besonders gut, vor allem nicht den Mädchen, die hier deutsche Schulen besuchen, aber von ihren Eltern zusätzlich in die Koranschule geschickt werden, wo ihnen alles, was deutsch ist, als Verkörperung des Bösen dargestellt werde. Als ich fragte, ob nicht auch die Buben in die Koranschule müssten, sagte er, doch, die auch.

Ich kann mich nicht an das Gericht erinnern, das ich im Restaurant aß, die Namen kann ich mir sowieso nicht merken, da ich zur türkischen Sprache keinerlei Beziehung habe. Auch war ich sehr abgelenkt durch die Atmosphäre, die so ländlich war, dass man Mühe hatte mit dem Gedanken, in Berlin zu sein. Neben uns aß einer, ein älterer Mann, fast nur mit den Händen, aber so selbstverständlich und schön, wie es eben nur Leute können, die ein Leben lang so gegessen haben. Gegen Ende unserer Mahlzeit ließ ich meinen Blick über die Wände gleiten, den Wasserpfeifen und beschlagenen Kupfertellern nach, über eine Sammlung von alten aufgehängten Pistolen, und erstarrte. In der Ecke links gegenüber vom Eingang hing in ziemlicher Höhe eine gerahmte Fotografie meines Großvaters. Ich sah sofort, dass eine Verwechslung ausgeschlossen war. Ich sah das nicht nur deshalb, weil ich meinen Großvater in sehr klarer Erinnerung habe, sondern weil ich dasselbe Bild auch besaß. Auf diesem Foto schaute er von links nach rechts, er hatte eine Krawatte an, es war kein Schnappschuss, sondern ein Portrait, ein Passfoto, eigens aufgenommen jedenfalls, eines, das den Portraitierten so zeigt, dass er mit sich einverstanden sein kann. Mein Großvater war vollkommen kahlköpfig, sehr mager, in seinem Gesichtsausdruck waren Bescheidenheit und Skepsis zugleich, und er sah schon auf den früheren Fotos so aus, wie ich ihn noch gekannt hatte. Dieses Foto hier zeigte ihn um die fünfzig herum, nach seinem Tod hatte ich es von meiner Großmutter bekommen, es war eines jener Fotos, bei denen der Name des Fotografen noch als Reliefsignatur unten rechts erscheint, das Papier war auch etwas bräunlich getönt.

Mein Bekannter hatte gemerkt, dass ich auf einmal verändert war und fragte, ob etwas sei.

»Ja«, sagte ich, »ja, es ist etwas.«

»Was denn? Was denn?«

»Kennen Sie den Besitzer des Lokals?«

»Ja«, sagte er, »der Mann, der neben der Kasse steht.«

»Kommen Sie«, sagte ich, »kommen Sie, wir zahlen.«

Wir gingen zur Kasse. Obwohl der Bekannte darauf bestand, dass ich eingeladen sei, bezahlte ich alles und fragte den Kassierer, wer der Mann auf dem Bild sei. Ich weiß nicht mehr, was für eine Antwort ich erwartet hatte, ich weiß nur, dass ich diese Antwort nicht erwartet hatte.

»Das ist mein Vater«, sagte er.

Ich hielt mich mit einer Hand an der Theke fest.

»Sind Sie sicher?«, fragte ich.

»Wieso?«, sagte er.

Ich schaute ihm in die Augen und war plötzlich ganz ruhig.

»Weil Sie Ihren Vater nicht gekannt haben.«

Der andere blickte mir auch in die Augen.

»Woher wissen Sie das?«, fragte er. Er war erregt.

»Ich weiß es«, sagte ich, »ich weiß es ganz bestimmt. Oder ist es nicht so?«

»Bitte verlassen Sie das Restaurant.«

»Gleich, aber noch eine Frage —«

»Bitte verlassen Sie sofort das Restaurant!«

»Ist Ihr Vater —«

»Hinaus!«, rief der Wirt, und aus dem Hintergrund des Lokals tauchten zwei hagere dunkle Küchenmenschen auf, auch schaute man uns bereits zu, mein Bekannter zog mich schon lang am Arm, und so ging ich schließlich, nicht ohne nochmals einen Blick auf meinen Großvater zu werfen, der plötzlich eigenartig überzeugend zwischen Wasserpfeifen, Kupfertellern und Pistolen herabschaute. Ich war durcheinander und erzählte meinem Bekannten, warum. Natürlich fragte er gleich, ob ich mich nicht getäuscht hätte, es gibt ja auch Ähnlichkeiten, frappante Ähnlichkeiten, die erstaunlichsten Sachen. Nein, nein, ich hatte mich nicht getäuscht. Ob ich denn das auch beweisen könnte? Was heißt beweisen, ich werde ja wohl noch meinen Großvater kennen.

»Sie schon, aber die andern …«

»Ach ja, Sie haben recht. Moment mal, die Signatur!« Da war die Signatur des Fotografen, ich erinnerte mich genau, nur der Name war mir jetzt entfallen, aber ich brauchte einzig die Reliefsignatur anzuschauen und konnte mindestens schon beweisen, dass dieses Foto von einem Schönenwerder Fotografen stammte, was doch für den Vater eines türkischen Gastwirtes in Kreuzberg etwas seltsam war. »Kommen Sie, wir gehen gleich nochmals.«

Mein Bekannter hielt es nicht für geraten, und ich musste ihm recht geben. Bis morgen sollte ich schon warten, mein Bekannter sagte sogar, er würde dem ganzen überhaupt nicht nachgehen, es sei zu ungewöhnlich und deshalb gefährlich, aber als ich ihn fragte, ob er in einem solchen Fall nicht auch alles tun würde, um diese Umstände abzuklären, bejahte er. Er wollte mich aber begleiten, und wir machten ab, dass ich ihn am folgenden Tag kurz vor Mittag abholen würde.

Ich war äußerst ratlos und während der ganzen Busfahrt zu keinem deutlichen Gedanken fähig. Erst als ich im Zimmer der Hotelpension saß, die ich bewohnte, beruhigte ich mich wieder ein bisschen. War es möglich, dass mein Großvater irgendetwas mit diesem türkischen Wirt zu tun hatte? Wenn es so wäre, wie der Wirt gesagt hatte, dann müsste mein Großvater zum Beispiel einen außerehelichen Sohn mit einer Türkin gehabt haben, von welcher nie jemand etwas erfahren hätte. Nun war er zwar als Werkmeister in der Bandfabrik dauernd von jungen Arbeiterinnen umgeben, meistens Italienerinnen, denen er früher italienische Briefmarken für meine Sammlung abgewann, aber erstens gab es türkische Fremdarbeiterinnen zu dieser Zeit noch nicht, und zweitens war mein Großvater nicht der Mann für so etwas, es wäre auch bei den bescheidenen Verhältnissen, in denen er leben musste, kaum zu vertuschen gewesen, kurz, es kam in meinen Augen überhaupt nicht infrage.

Aber was dann?

Wieso hing ein Bild meines Großvaters, der zeit seines Lebens nie aus der Schweiz herausgekommen war und kein Wort einer fremden Sprache konnte, in einem türkischen Restaurant in Berlin, im Restaurant eines Gastwirts, von dem er, um die Unwahrscheinlichkeit voll zu machen, auch noch der Vater sein sollte?

Ich fand keine Erklärung und wartete ungeduldig auf den nächsten Tag, ich schlief schlecht und traumlos.

Als ich am folgenden Vormittag zur abgemachten Zeit meinen Bekannten abholen wollte, erwartete mich eine Überraschung. Die Türe zu seiner Wohnung stand zwar offen, er selbst aber war nicht da. Ich trat ein, setzte mich und wartete eine Weile, in der Annahme, er sei kurz weggegangen, für Zigaretten oder so etwas. Als er aber nach einer halben Stunde noch nicht da war, überlegte ich, ob wir uns nicht etwa im türkischen Lokal selbst verabredet hatten, was mir zwar eigenartig vorkam, doch in Anbetracht meiner gestrigen Aufregung war es wohl möglich, dass wir uns falsch verstanden hatten. Ich ging also hinunter auf die Straße und schlug den Weg zum Restaurant ein, auf den ich allerdings am Tag vorher nicht genau geachtet hatte.

Mein Blick fiel auf die große Mauer neben dem Haus meines Bekannten, auf der immer noch in schwarzer Farbe die Inschrift ARMAN zu lesen war. Als ich die ersten Schritte gegangen war, drehte ich mich nochmals um. Stimmte die Inschrift? War es noch dieselbe wie gestern? Hatte es gestern nicht anders geheißen? Als ich näherkam, sah ich, dass mein Zweifel richtig war. KARMAN hatte es gestern noch geheißen, aber inzwischen hatte jemand mit weißer Farbe den ersten Buchstaben übertüncht. Was oder wer mochte ARMAN sein? Der Name kam mir merkwürdig bekannt vor. Plötzlich war mir klar, dass da weiter nichts als ein A fehlte. Ich war meinem Traum auf der Spur.

Gar nicht ruhig näherte ich mich dem Restaurant, und

ich sah schon von Weitem, dass es geschlossen war. Vor dem Eingang blieb ich stehen, tatsächlich hing ein Zettel an der Türe, der auf türkisch etwas mitteilte, sicher die Schließung des Lokals, und als die Fenster auch keinen Blick auf die bewusste Wand freigaben, weil sie ganz mit Vorhängen abgedeckt waren, wusste ich einen Augenblick lang nicht, was tun. Da trat ein kleiner Türkenjunge auf mich zu und winkte mir mit der Hand, ich solle ihm folgen. Ich dachte zuerst, damit könne ich nicht gemeint sein, drehte mich langsam um und ging wieder in der Richtung, aus der ich gekommen war. Aber der Türkenjunge war sofort wieder bei mir, zupfte mich am Ärmel und winkte wieder mit der Hand. Jetzt ging ich mit ihm. Etwa drei oder vier Häuser weiter bog der Kleine in einen Durchgang, der in einen Hof führte, er überquerte den Hof und ging durch einen zweiten Eingang, der in einen zweiten Hof führte, und an der einen Mauer dieses zweiten Hofes standen drei hohe, überfüllte Abfallkübel, und an einem dieser Abfallkübel lehnte, am Boden sitzend, mein Bekannter und hielt sich stöhnend die Hand vor die Stirn. »Um Gottes willen!«, rief ich, »was ist passiert?« Mein Bekannter sagte nichts, hielt mir nur die Hand hin, an der ich ihn packte und aufzog, ich schob ihm meinen Arm unter, und so rasch es ging, verließen wir den Hof. Der Türkenjunge war verschwunden.

Ich hielt ein Taxi an und brachte meinen Bekannten zu sich nach Hause. Dort erzählte er mir, was geschehen war. Kurz vor der Zeit, zu der wir abgemacht hatten, läutete es an seiner Türe, und als er, in der Meinung, ich sei es, öffnete, standen drei Türken da, die ihn zum Mitkommen zwangen. Bevor sie unten auf die Straße traten, kriegte er einen Schlag auf den Kopf und ein betäubendes Tuch vor das Gesicht, und als er erwachte, lag er dort, wo ich ihn gefunden hatte. »Aber was soll das? Wissen Sie, was das soll?«, fragte ich.

»Ja«, sagte er. »Das ist eine Warnung.«

Mir tat es außerordentlich leid, dass mein Bekannter derart in eine Sache hineingezogen wurde, die nur mich angehen konnte und von der ich überhaupt nicht verstand, weshalb sie von einer solchen Bedeutung sein sollte. Es ging doch eigentlich nur darum, eine Verwechslung aufzuklären, die mit einer Fotografie passiert sein musste. Ich hatte nun aber eingesehen, dass es offenbar gefährlich war, und zwar nicht nur für mich, wenn ich dieser Verwechslung weiter nachging, und so versprach ich meinem Bekannten, keine weiteren Nachforschungen mehr zu machen und das Türkenviertel während meines jetzigen Aufenthalts nicht mehr zu betreten. Wie sehr mich die Sache berühren mochte, und das tat sie – ich wollte sie nicht mehr als meine Angelegenheit betrachten.

Dazu war es aber zu spät.

Als ich an der Bushaltestelle wartete, fielen mir zwei junge Türken auf, die auch warteten, und als ich in den Bus stieg, stiegen sie auch in den Bus, und als ich mich in die Nähe des Fahrers setzte, setzten sie sich in die Nähe der Türe, und als ich plötzlich ausstieg und ein Taxi nahm, stiegen sie auch aus und nahmen ein Taxi, da ich aber ziemlichen Vorsprung hatte, konnte mir, wie ich bemerkte, ihr Taxi nicht folgen und blieb bei einer Kreuzung, die wir bei Gelb noch überfuhren, stecken. Erst als ich später von meinem Zimmer aus auf die Straße hinuntersah, standen sie beide unten und rauchten.

Ich rief meinen Bekannten an und schilderte ihm die Lage, fragte ihn auch, ob ich die Polizei benachrichtigen solle, was er mir nicht empfahl, wenigstens nicht sofort. Auch er hatte, aus Angst vor späteren Racheakten, keine Anzeige wegen des Überfalls auf ihn gemacht. »Sie können ja nicht dauernd mit einem Polizisten am Arm herumlaufen«, sagte er. Gewiss, da hatte er schon recht, aber gerade jetzt hätte ich doch ganz gern einen am Arm gehabt. Die beiden standen immer noch unten, in der Nähe des Hauseingangs, und sprachen miteinander.

Plötzlich kam mir der Name des Schönenwerder Fotografen in den Sinn. Schätzle hieß er, Foto-Schätzle, und nach einem Gespräch mit der internationalen Auskunft und der Gemeindeverwaltung Schönenwerd telefonierte ich mit dem Altersheim, in welchem die Witwe des Fotografen lebte. Ja, sagte sie, nachdem ich mich mit meiner Frage als Enkel meines Großvaters vorgestellt hatte, an die beiden Türken aus der Wöschnau könne sie sich gut erinnern. Sie hätten sich einmal fotografieren lassen wollen und hätten einen Nachmittag lang sämtliche Fotoalben mit den Musterbildern durchgeschaut. Ob nicht etwa eines dieser Alben nachher gefehlt habe?, fragte ich vorsichtig. Ja präzis, sagte sie, woher ich das wisse, sie hätten aber damals keine Anzeige erstattet, denn ein bisschen gfürchig seien die Türken halt schon gewesen, ja ob ich denn das Album gefunden hätte oder was? Ein Bild bloß, sagte ich und versprach ihr, sie zu besuchen, wenn ich zurückkäme und ihr alles zu erzählen.

Nachdenklich trat ich wieder ans Fenster und wurde Zeuge einer seltsamen Szene. Hinter die beiden wartenden Türken stellten sich plötzlich zwei weitere Türken, sprachen sie an, die beiden erschraken, und man sah von oben, dass sie unter ihren Regenmänteln Pistolen auf die Wartenden gerichtet hatten. Ohne Widerrede gingen die zwei, die bisher gewartet hatten, zu ihrem Auto, stiegen hinein und fuhren davon, und die beiden neuen in den Regenmänteln stellten sich dorthin, wo die andern gestanden hatten, mit Blick auf den Eingang der Hotelpension.

Ich stand hinter dem Vorhang meines Zimmers im vierten Stock des Hauses und konnte mich kaum bewegen vor Schreck, mein Mund war vollkommen ausgetrocknet. Dann entschloss ich mich zur Flucht. Ich versorgte meine Wäsche und meine paar herumliegenden Dinge in den Koffer, ließ ihn im Zimmer stehen und ging, nur mit dem Flugschein, dem Pass und dem Portemonnaie bei mir, vorsichtig zur Türe der Hotelpension hinaus, stieg die Treppen hinunter und verließ das Gebäude durch den Hintereingang, der in den Hof führte. Dort erhielt ich einen Schlag auf den Kopf und verlor das Bewusstsein. Als ich wieder zu mir kam, lag ich auf einem Feldbett in einem schäbigen Raum, dessen eines Fenster mit dem Laden verschlossen war, das Licht kam von einer Glühbirne, die an einem Kabel von der hohen Decke herunterhing. Um mich herum saßen ein paar Türken, auf Kissen oder Matten, einer davon hielt mir ein Glas Wasser hin, das ich zuerst nicht nehmen wollte, aber mein Durst war zu groß, also trank ich es auch. Als ich mich dazu etwas aufrichtete, merkte ich, dass mir der Kopf weh tat.

»Sie dürfen Berlin nicht verlassen«, sagte mir der Türke, der mir das Glas gegeben hatte.

»Warum nicht?«, fragte ich, »was ist überhaupt los?«

»Sie müssen uns helfen gegen Arman und seine Leute.«

»Ich kann nichts helfen. Ich weiß nichts von Arman.«

»Doch, doch, Sie wissen etwas von Arman. Sie waren in einem Arman-Restaurant, man hat Sie hinausgeschickt, weil Sie gefragt haben nach dem Bild von Arman.«

»Ich weiß nichts.«

»Sie müssen aufpassen. Die Arman sind sehr gefährlich.«

»Sie auch. Wer sind Sie?«

»Wir gehören zu Karman. Armans Gegner.«

»Ich gehöre zu niemandem. Das geht mich nichts an.«

»Doch. Sie müssen sagen, was Sie über Arman wissen. Sie wissen etwas, das ihn schwach macht. Sagen Sie es.«

Ich wusste nicht, was tun. Schließlich stellte ich eine Gegenfrage.

»Wieso haben Sie dann meinen Freund überfallen?«

»Das war Arman.«

Ich verstand noch weniger.

»Arman jagt Sie auch. Er will, dass Sie weggehen. Wenn er Sie erwischt, bringt er Sie um.«

Jetzt verstand ich plötzlich die Szene auf dem Kurfürstendamm, vor meiner Hotelpension, aber das verbesserte meine Situation nicht. Ich stöhnte. Mein Kopf schmerzte auf einmal entsetzlich, und ich hatte Angst.

Der Türke schüttete nochmals ein Glas Wasser aus einer Karaffe ein und reichte es mir.

»Ich muss nachdenken«, sagte ich, als ich ihm das Glas zurückgab.

Der Türke war nicht unfreundlich.

»Gut«, sagte er, »denken Sie nach. Aber nicht zu lange.« Ich schloss die Augen und versuchte nachzudenken, aber es gelang mir nicht. In was war ich da hineingeraten? Hatte denn das Foto meines Großvaters eine solche Bedeutung? Das war doch alles nicht möglich. Ich begann zu dösen, und einmal öffnete ich meine Augen einen Spalt weit und bemerkte, dass nur noch mein Betreuer mit der Wasserkaraffe und dem Glas im Zimmer saß, ein langer, schmaler Mann mit einem Schnurrbärtchen und einem Turban, der auf mich je länger desto menschlicher wirkte. Ich beschloss, mich ihm anzuvertrauen, umso mehr, als ich wohl von der andern Seite doch mehr zu befürchten hatte.

Dazu kam es aber nicht mehr.

Vier Männer sprangen in den Raum, schlugen meinen Betreuer nieder, zwei packten mich unter den Armen, rissen mich hoch, der dritte stellte sich vor mich, der vierte hinter mich, und so stürmten sie wieder aus dem Raum, indem sie mich mitzerrten, und mir blieb nichts anderes übrig als mitzurennen. Wir überquerten einen Hinterhof, wo zwei Gestalten am Boden lagen, die offenbar zu meinen Bewachern gehörten, kamen dann in den Hofeingang, der zur Straße führte, dort ließen mich die zwei los, sagten »Aufpassen, nichts tun, mitkommen!«, und dann gingen wir ruhig zu einem dastehenden Auto, ich stieg hinten ein, zwei mit mir, die andern setzten sich nach vorn, und mit großer Geschwindigkeit fuhr der Wagen los. Kaum waren wir unterwegs, banden mir meine zwei Begleiter ein Tuch um die Augen.

Plötzlich war meine ganze Angst weg. Obwohl ich

wusste, dass mir von Armans Leuten Schlimmeres drohte als von denjenigen Karmans. Aber einerseits hatte ich wohl schon so viel Schrecken ausgestanden, dass er sich nicht mehr steigern konnte, und andererseits fühlte ich mich jetzt der Lösung des Rätsels näher.

Zur Erleichterung bestand allerdings kein Grund. Nachdem der Wagen längere Zeit langsam über einen holprigen Weg gefahren war, hielt er an, ich musste aussteigen, und ich merkte am Geruch und am Boden, dass ich mich in einem Wald befand, wahrscheinlich irgendwo im Grunewald, dachte ich und erinnerte mich der Abrechnung, die hier einmal unter Terroristen stattgefunden hatte, ich glaube, sie hatten einen exekutiert, der sie verlassen wollte. Ein paar Schritte, zu denen man mich am Arm nahm, dann ging eine Türe auf, und ich betrat einen Raum, in dem es nach Wachskerzen und Räucherstäbchen roch. Hier wurde mir die Binde abgenommen.

Als ich mich an das Licht gewöhnt hatte, sah ich vor mir an der Wand des Raumes sechs Männer auf Kissen am Boden sitzen, alle europäisch gekleidet. Jeder der sechs hielt eine große Kerze in der Hand, und im Lichte dieser sechs Kerzen sah ich, auf der mit braunen Tüchern ausgeschlagenen Rückwand der Blockhütte, über zwei blitzblank gekreuzten Türkensäbeln das Bild meines Großvaters. Im Mann, der jetzt zu sprechen begann, erkannte ich sogleich den Gastwirt des Restaurants.

»Was weißt du über meinen Vater?«, fragte er mich.

Ich überlegte mir einen Augenblick, ob es für mich irgendeine Ausflucht gab, ein Entkommen, ein Verleugnen, und dachte dann, die einzige Chance ist die Wahrheit.

»Er kann nicht dein Vater sein«, sagte ich.

»Warum?«, fragte der Wirt.

»Er ist mein Großvater.«

Der Gastwirt sagte ein türkisches Wort, eine Bewegung kam in die Männer unter dem Bild, sie setzte sich fort, und erst jetzt sah ich, dass außer den vieren, die mich hergebracht hatten, noch weitere Leute im Raum waren.

»Das ist eine Lüge«, sagte der Gastwirt scharf.

»Ich verwechsle meinen Großvater nicht. Das Bild kommt aus der Schweiz, schaut euch die Unterschrift des Fotografen an, unten rechts, Schätzle, Schönenwerd, ist das etwa ein türkisches Geschäft?«

Die Signatur des Fotografen war zum Glück auch auf der Reproduktion deutlich lesbar, und die Nennung des Namens Schönenwerd löste sichtlich Betroffenheit aus. Der Gastwirt übersetzte hastig, was ich sagte.

»Dieses Bild«, fuhr ich fort, »haben zwei Türken, die in Schönenwerd wohnten, vor dreißig oder vierzig Jahren beim Fotografen gestohlen. Die beiden haben sich später gegenseitig im Streit umgebracht. Es waren Brüder. Wenn du der Sohn des einen bist, dann haben sie dir ein falsches Bild von deinem Vater geschickt.«

Jetzt besprachen sich die sechs. Dann hob der Gastwirt seinen Kopf und sagte zu mir:

»Du bist verurteilt zum Tode wegen Verrats.«

Als die zwei äußersten der Reihe jetzt aufstanden und die Krummsäbel unter dem Bild meines Großvaters in die Hand nahmen, stand mir fast das Herz still.

»Aber warum?«, rief ich, »warum? Ich sagte nur die Wahrheit.«

»Frage Arman, unsern Führer«, sagte der Wirt und erhob sich, zusammen mit den andern, die noch saßen.

Eine Seitentüre ging auf, und ein etwas fetter, jüngerer Mann kam herein, vor dem sich alle verneigten. Auch er trug einen gewöhnlichen Anzug von brauner Farbe. Er sprach akzentfrei Deutsch.

»Du bist verurteilt«, sagte er, »höre warum. Wir Türken waren früher weltbeherrschend, das osmanische Reich erstreckte sich über große Teile Asiens, Europas und Afrikas.«

Ich nickte; der Schönenwerder Atlas stieg deutlich in mir hoch.

»Nach dem Weltkrieg hat sich das geändert. Wir wurden gedemütigt. Dann wurde Arman, sein Vater« – er wies auf den Gastwirt –, »erleuchtet. Er gründete einen Bund zur Weltherrschaft der Türken. Er selbst musste nach Europa gehen und dort sterben, um möglichst viele von uns nachzuziehen. Das ist ihm gelungen. Berlin ist nur ein Anfang.«

»Und das Bild?«, fragte ich, »das Bild meines Großvaters?«

»Arman war erhaben und erleuchtet. Er musste einen Europäer suchen, in dessen Körper seine Seele weiterleben wollte. Das war der Körper, den er sich erwählte.«

»Mein Großvater«, sagte ich.

»Arman«, sagte der neue Arman und schaute mir in die Augen.

Ich hielt seinem Blick stand und hatte plötzlich eine sonderbare Ahnung.

»Bitte«, sagte ich zu ihm, »zeig mir deinen Hals.«

Der junge Arman zögerte einen Augenblick.

»Meinetwegen«, sagte er, »dein letzter Wunsch.«

Er öffnete seinen Kragen, und ich sah gleich die Narbe an der linken Seite.

»Toni!«, rief ich, »Toni! Du warst in Zürich im Krankenhaus. Erinnerst du dich noch?«

Der junge Arman sah mich lange an und lächelte.

»Ich wusste, dass du eines Tages kommen würdest. Der Geist von Arman hat uns lange schon zusammengefügt. Als ich mit dir in Zürich im Spital war, vor fünfundzwanzig Jahren, hat dich dein Großvater einmal besucht, und mein Vater, der mich besuchte, hat ihn gesehen und erkannt. Deshalb ist mein Vater Arman geworden – der Führer heißt bei uns immer Arman – und nach dem Tode meines Vaters ich.«

Ich war erleichtert, unglaublich erleichtert.

»Toni«, sagte ich, »dann lasst ihr mich jetzt gehen?«

»Ja«, sagte er, »wenn du den Eid auf unsern Bund ablegst.« Ich erschrak. »Ich kann doch nicht… Ich bin doch nicht…«

»Sonst«, sagte Toni kalt, »sonst müssen wir dich töten.« Die Entscheidung wurde mir durch Karmans Leute abgenommen. Sie stürmten im selben Augenblick den Raum und schossen mit Maschinenpistolen um sich, Armans Leute sprangen auf, die nicht getroffenen, schossen aus Pistolen zurück oder wehrten sich mit Stellmessern, es entstand ein unmenschliches Durcheinander, ich rannte in eine Ecke des Raumes und duckte mich. Da sah ich, wie einer, der verwundet am Boden lag, zur Wand kroch und versuchte, mit einer Kerze das Bild meines Großvaters, das also auch dasjenige des großen türkischen Welt-

eroberers Arman war, in Brand zu stecken. Ich warf mich
auf ihn, entriss ihm die Kerze und schlug auf ihn ein, bis
er sich nicht mehr rührte. Als ich von ihm abließ, war der
Überfall beendet. Von Karmans Leuten lagen drei tot am
Boden, von Armans Leuten fünf, und viele bluteten und
stöhnten.

Jetzt kam Toni, der am linken Arm verletzt war, auf
mich zu, legte den rechten Arm um meine Schulter und
sagte: »Willkommen. Nun gehörst du zu uns.«

»Ja«, sagte ich, »ja, nun gehöre ich zu euch.«

Ich hängte das Bild meines Großvaters ab, nahm es unter den Arm, trat aus der Hütte in den Wald hinaus und
erwachte.

Das verspeiste Buch

Erstes Kapitel

Diese Geschichte begann damit, dass mein Urgroßvater, den ich selbst noch gekannt habe, einmal nach Basel reiste. Er wohnte in einem Dorf am Rhein, fürchtete aber das Wasser Zeit seines Lebens. Eine meiner wenigen Erinnerungen an ihn ist die an seinen Besuch bei uns in Olten, wo wir damals zu Hause waren. Wir machten einen kleinen Spaziergang, wir, das wird wohl noch mein Vater gewesen sein, meine Mutter allenfalls, vielleicht auch meine Großmutter, also die Tochter meines Urgroßvaters, aber sicher war ich dabei, denn als wir zur Gäubrücke kamen, welche über die Aare führt und welche aus zwei Brücken besteht, einer Eisenbahnbrücke und, auf denselben Pfeilern weiter unten ruhend, einer schmalen Fußgängerbrücke, einem Fußgängersteg fast, der eigentlich schon bedrohlich tief über dem stark strömenden Fluss steht, als wir zu dieser Brücke kamen und es klar wurde, dass wir da hinübermussten, weil wir auf dem Hinweg über eine breitere Brücke gegangen waren und uns nun auf dem Heimweg befanden, als meinem Urgroßvater die Unausweichlichkeit dieser Stegüberquerung, die in seinen Augen eher einer Flussbegehung gleichkommen musste, deutlich geworden war, sagte er zu mir: »Chumm Büebli, gimmer d Hand.« Ich reichte ihm meine kleine Kinderhand, welche er mit seiner ledrigen, runzligen Altmännerhand fest umschloss, und an diesen Gang erinnere ich mich noch heute, es muss dem Achtzigjährigen ein wirklicher Trost gewesen sein, von einem Vierjährigen über die Brücke geführt zu werden.

Aber die Geschichte mit der Reise nach Basel spielte sich viel früher ab, als mein Urgroßvater noch jung war, also im vorletzten Jahrhundert, und erzählt hat sie mir meine Großmutter, und genaugenommen bin ich nicht einmal sicher, ob es wirklich mein Urgroßvater war, der da nach Basel gereist war, oder nicht etwa sein Nachbar, aber das spielt für Sie, die Sie das lesen, ja auch nicht die geringste Rolle, da Sie kaum zu den wenigen Menschen gehören dürften, die meinen Urgroßvater wirklich gekannt haben, aber sicher spielte sie sich in dem Dorf oder ausgehend von dem Dorf ab, in dem mein Urgroßvater wohnte, und damit können wir endlich die Reise nach Basel antreten, und zwar treten wir sie mit meinem Urgroßvater an, ich entscheide mich also dafür, dass die Hauptperson der Geschichte vom verspeisten Buch mein Urgroßvater war, das erleichtert mir die Vorstellung vom Ganzen, ich sehe ihn dann vor mir, wie er sich auf den Weg macht – allerdings muss ich ihn mir dann jung und sehnig vorstellen, und nicht alt und schrumpflig, wie ich ihn gekannt habe, aber da steht er, ein Kleinbauer, Gastwirt und Gemeindeschreiber des vorletzten Jahrhunderts, in seinem besseren Anzug, er hat seinen Sonntagsstock mit dem silbernen Knauf dabei und hebt zum Abschied kurz die Hand, seine Frau steht unter der Türe, mit meiner Großmutter auf dem Arm, die man sich natürlich auch noch nicht als Großmutter vorstellen darf, sondern als zwei- oder dreijähriges Kind.

Der Urgroßvater machte sich nun also mit kräftigen Schritten auf nach Basel, wo er die Herbstmesse besuchen wollte. Das tat er jedes Jahr, und er bestand darauf, allein hinzugehen, obwohl das auch ein möglicher Familienausflug gewesen wäre, oder ein Gesangvereinsvergnügen, mehrstündige Fußmärsche zu solchen Anlässen waren damals nichts Außergewöhnliches. Aber er muss ein großer Eigenbrötler gewesen sein und wollte diesen Tag für sich haben.

So lassen wir ihn also ziehen, einer verwickelten und verzwickten Geschichte entgegen, von der er bei seinem Aufbruch noch nichts ahnt, die ihm aber noch selbigen Tags in der großen Stadt am Rheinknie zustoßen wird.

Zweites Kapitel

Den Weg kannte er, er führte durch mehrere Dörfer, eines hieß Mumpf, Möhlin ein weiteres, Kaiseraugst und Schweizerhalle hießen andere, mit deren Namen damals weder drohende Kühltürme noch schwelende Chemielagerhallen verbunden waren, sondern der »Adler« mit dem einen und der »Ochsen« mit dem anderen, und da der Herbsttag wolkenlos und warm war, musste mein Urgroßvater mehr als einmal einkehren und einen Zweier Weißwein trinken, und im »Ochsen« in Schweizerhalle kam ein Speckteller dazu, denn da war es zwölf Uhr, und er war vier Stunden unterwegs.

Nach dem Imbiss blieb ihm noch eine Stunde Weges, für die er sich etwas zusammennehmen musste, aber dann war er in Basel und wurde wieder munter, als er zwischen den Ständen der Herbstmesse durchging und sich anschaute, was es alles zu kaufen gab, Hemden, Kragen, Gürtel, Lederzeug, Hosenträger, Anzüge, Westen, Gamaschen, Schuhe, Hühneraugenhobel, Rasiersteine, Shag-Pfeifen, Feuerzeuge, Zigarrenscheren, Tabakbeutel, Schüsseln, Gläser, Barometer, Fernrohre, Körbe, Kunstgussfiguren, Haussegen und Glasbilder, Heilmittel und Schleckereien, vom Magenbrot bis zum türkischen Honig, und Karusselle drehten sich, und Leierkastenmänner sangen Balladen von Schiffsuntergängen und Giftmörderinnen, und in der Laterna Magica konnte man Bilder ansehen von der Schlacht der Sioux-Indianer gegen General Custer und vom Eisenbahnunglück in Münchenstein, Wahrsagerinnen priesen sich an, in einem Zelt stellte sich die dicke Bertha zur Schau, ein Anblick, den sich mein Urgroßvater nicht entgehen ließ, wie er überhaupt eher den Schaubuden nachging als den seriösen Käufen, er brauchte ja auch nichts Bestimmtes dieses Jahr, Schuhe hatte er soeben von seinem frisch verstorbenen Onkel erben können, sie waren noch wie neu, wenn auch um ein Weniges zu knapp, aber die würden sich schon noch ausweiten, gerade nach einem Marsch wie heute, bei dem die Füße etwas anschwollen und das Leder auseinandertrieben. Mit großem Vergnügen schaute er in einem Zelt einem Varietéprogramm zu, in welchem Zauberer und Bodenakrobaten auftraten sowie ein Artist, dessen Kunst darin bestand, dass er immer aufs Neue unheimlich lange Fürze lassen konnte, was das Publikum zu Begeisterungsstürmen hinriss.

An den Schießstand ging er auch und gewann mit zwei Schuss eine Nelke aus Seide und Blumendraht, die er sich ins Knopfloch seines Sonntagsanzugs steckte und seiner Frau nach Hause zu bringen gedachte, ebenso wie einen französischen Nagellack, den er bei einer elsässischen Parfumverkäuferin erstand. Für meine zwei- oder dreijährige Großmutter kaufte er ein Päcklein sogenannter Messmocken, eine spezielle Süßigkeit, eigens zur Messe hergestellt, die es heute noch gibt, und für sich selbst eine lombardische Bartwichse, welche er von einem Händler hatte, dem der Schnurrbart links und rechts weit über das Gesicht hinausragte.

So verging der Nachmittag wie im Flug, und mein Urgroßvater, der entschlossen war, in derselben Nacht noch nach Hause zurückzukehren, in einer Zeit, in welcher es zwar noch keine Taschenlampen gab und in den Dörfern auch noch keine Straßenbeleuchtung, dafür aber am Datum jenes Messebesuches den Vollmond, mein Urgroßvater also gedachte sich vor seiner Rückwanderung noch einmal zu stärken und betrat, nachdem er die mittlere Rheinbrücke überquert hatte, eine Pinte in Kleinbasel, dem Teil der Stadt, der als weniger edel galt, eine Eigenschaft, die sich, wie mein Urgroßvater wusste, auch in etwas weniger hohen Preisen niederschlug. In der Pinte herrschte ein großes Gedränge, und mit einiger Mühe fand mein Urgroßvater einen Stuhl an einem größeren Tisch, um den sich schon etliche Gäste drückten und Bier tranken, Stumpen rauchten oder einfache Gerichte verzehrten. Über dem Schanktisch hing eine Speisekarte, das heißt, es war eigentlich eine Speisetafel, auf der in weißen Buchstaben auf schwarzem Grund Namen und Preise der Gerichte angeschrieben waren.

Mein Urgroßvater war ziemlich kurzsichtig und nahm seine Brille aus der Westentasche, um sich einen Überblick über das Angebot zu verschaffen. Nun war aber auch diese Brille ein Erbstück seines frisch verstorbenen Onkels. Seit ihm vor ein paar Jahren seine eigene zerbrochen war – er hatte sie auf die Ofenbank gelegt und überall gesucht, bis er sich schließlich ratlos und verärgert auf ebendiese Ofenbank gesetzt hatte –, seit ihm das passiert war, war er aus einer Art Trotz heraus nicht mehr zum Optiker Stärkle nach Säckingen gegangen, den er der Halsabschneiderei bezichtigte, sondern ging jedes Mal, wenn ein Brillenträger im Dorf gestorben war, ins Trauerhaus und fragte, ob die Brille des Toten noch gebraucht werde. So kam er zu seinen Brillen, die zwar meistens nicht genau auf seine Kurzsichtigkeit passten, aber er pflegte zu sagen, die Augen gewöhnten sich schon noch daran, und erst wenn es klar wurde, dass dies nicht der Fall war, sagte er, die Gläser wollten sich einfach nicht an die Augen gewöhnen, und wartete auf den nächsten Herzschlag eines Kurzsichtigen. Die jetzige Brille hatte er, wie die Schuhe auch, seinem jüngst verstorbenen Onkel abgenommen, und wie die Schuhe, so passte ihm auch die Brille nicht eigentlich, und so sehr er seinen Blick auf die weiße Schrift über dem Schanktisch zu fixieren suchte, die Buchstaben zeigten sich ihm nicht klar, vergrößert und unmissverständlich, sondern hatten ein eigenartiges Flimmern an ihren Rändern, als stünden sie gar nicht still, sondern versuchten von ihrer Tafel wegzulaufen.

Er steckte also seine Brille in die Westentasche und rief durch Lärm und Rauch der Kleinbasler Kneipe nach dem Kellner. Wenn Sie das nächste Kapitel aufschlagen, werden wir den Kellner am Schanktisch den Kopf drehen und ihn mit fragendem Blick auf den ländlichen Gast mit dem fordernden Gesichtsausdruck zugehen lassen.

Drittes Kapitel

Und tatsächlich, der Kellner, nachdem ihn mein Urgroßvater durch seinen Zuruf auf ihn aufmerksam gemacht hatte, ging mit fragendem Blick, indem er ein Tablett mit vollen Bierkrügen für den Nachbartisch auf der rechten Hand balancierte, auf den ländlichen Gast zu, der ihn mit forderndem Gesichtsausdruck anschaute. Was er ihm bringen solle, fragte der Kellner, ein dicker, glatzköpfiger Mann mit einem Walrossschnauz, und mein Urgroßvater, der soeben seine nutzlose Brille wieder abgesetzt hatte, sagte, indem er mit dem Kopf auf die Speisetafel über dem Schanktisch wies, einen Schüblig mit Buchbrot, und was ein Buchbrot genau sei. Diese Frage war der Ausdruck eines gewissen Misstrauens all dem gegenüber, das er nicht kannte. Der Kellner war, und das konnte mein Urgroßvater nicht wissen, als Spaßvogel bekannt und antwortete ohne zu zögern, das sei ein Spezialbrot des Hauses. Während er mit einem leichten Grinsen die Bierkrüge auf dem Nachbartisch verteilte, rief ihm mein Urgroßvater fröhlich zu: »Dann her damit!«, und bestellte sich auch ein Bier dazu. Das Bein des großen R hatte sich im Flimmern seines kurzsichtigen Blickes zu einem B gekrümmt, und wichtiger als das Brot war ihm ohnehin der Schüblig – so pflegt man in der Schweiz eine währschafte Wurst zu benennen, und auf diesen Schüblig wartete er nun mit einer gewissen Ungeduld.

Der Kellner aber, der die ganze Nachbarschaft des Urgroßvaters augenzwinkernd darauf hingewiesen hatte, dass hier ein Scherz angezettelt wurde, zog, als er dem Urgroßvater sein Bier brachte, sein Handtuch aus dem Gürtel der Schürze und polierte ihm die Ecke des Tisches blank, an der er saß, bevor er eine große Serviette aus einem Regal nahm, vor dem Gast ausbreitete und dann höchst manierlich Messer und Gabel darauflegte, ein Senf- und ein Salzfässchen dazustellte und das Ganze mit einer kleinen, dreieckig gefalteten Serviette krönte, ein Vorgang, den mein Urgroßvater mit verwundertem Wohlgefallen verfolgte.

Das habe er für sein Gulasch nicht bekommen, maulte einer vom Nachbartisch, worauf ihm der Kellner entgegnete, er sollte doch langsam wissen, dass das nur die Kenner bekämen, welche die Spezialität des Hauses bestellten, und der Herr hier, den er noch nie die Ehre gehabt habe, in seinem Lokal zu bedienen, müsse ein Feinschmecker sein, dass er auf Anhieb herausgefunden habe, was man hier Besonderes essen könne.

Nun lachten alle links und rechts, und in freudiger Erwartung des Scherzes prosteten sie meinem Urgroßvater zu, der seinerseits in freudiger Erwartung seines Schübligs zurückprostete und sich nach dem ersten Schluck aufatmend den Bierschaum von seinem Schnurrbart wischte.

In diesem Augenblick schob sich ein noch eindrücklicherer Schnurrbart in sein Gesichtsfeld. Er gehörte dem lombardischen Bartwichsenverkäufer, der sich neben ihm am Kopf des Tisches niederließ mit der Frage, ob hier besetzt sei. Mein Urgroßvater verneinte, aber der Lombarde hatte die Antwort ohnehin nicht abgewartet. Sogleich stand allerdings der Kellner da und sagte, zu trinken bringe er ihm gern etwas, aber zum Essen habe es hier keinen Platz, da er dem Herrn hier ein Extragedeck gemacht habe für die Spezialität des Hauses, die er ihm jetzt dann gleich servieren werde.

Der Lombarde, der sehr gut Deutsch sprach, bestellte sich einen halben Liter elsässischen Weißwein und fragte, was denn die Spezialität des Hauses sei. »Buchbrot«, sagte der Kellner, »Schüblig mit Buchbrot«, und die ganze Runde nickte vielversprechend, ein junger Kerl mit einer Schiffermütze hielt sich sogar die Fingerspitzen seiner linken Hand an den Mund und ließ sie mit einem schmatzenden Geräusch von den Lippen springen, sodass nun auch mein Urgroßvater langsam neugierig wurde, was das wohl für ein erlesenes Brot sein mochte, das man hier für die Kenner bereithielt.

Der Schnurrbart des lombardischen Händlers, dessen Enden auf beiden Seiten weit ins Leere standen, wurde alsbald Gegenstand einiger Bemerkungen, in denen sich Bewunderung mit Spott mischte. Ob er daran seine Wäsche zum Trocknen aufhänge, fragte ein Holzflößer am oberen Ende des Tisches, doch da zog mein Urgroßvater, der die Flößer und ihre Witze kannte, die Bartwichse aus der Tasche, die er beim Lombarden gekauft hatte, hob sie in die Höhe und sagte, wenn sie die Schnurrbartenden damit einstrichen, würden sie so steif, wie ein gewisser Körperteil des Flößers schon lange nicht mehr werde.

Damit hatte er die Lacher auf seiner Seite, der Lombarde, der den Weißwein bekommen hatte, prostete ihm lächelnd zu und sagte, der Herr hier habe durchaus recht, wenigstens mit dem ersten Teil des Satzes, und dem Flößer, der sich mitten im Gelächter drohend erhoben hatte, möchte er, damit sie nicht wegen einer Kleinigkeit in Streit gerieten, eine Musterdose seiner Bartwichse schenken. Diese Geste genügte tatsächlich zur Besänftigung des Erbosten, und während das Döschen nun von Hand zu Hand ging und man ihm kleine Proben entnahm, es auch prüfend an die Nase hielt, sagte der Händler, sollte jemand daran Gefallen finden, er habe noch mehr davon, 50 Centimes das Stück, und er nehme selbstverständlich auch Pfennige, so nahe der deutschen Grenze.

Das Döschen und der unglaubliche Beweis seiner Wirksamkeit im Gesicht des Lombarden hatten den Erfolg, dass dieser sofort drei Stück davon verkaufen konnte, worauf er sich gleich noch einen Halben vom Elsässischen kommen ließ, denn der Liter kostete 1.50.

»Platz da die Herrschaften für die Spezialität des Hauses!«, rief der dicke Kellner, und wäre dieser Satz im vorletzten Jahrhundert nicht nur gesprochen, sondern auch geschrieben worden, hätte man das Wort, für welches da Platz verlangt wurde, zweifelsohne mit c geschrieben, Specialität.

Und die Specialität, die neben dem Schüblig in einer eigenen Schüssel aufgetragen wurde, einer zugedeckten Schüssel notabene, war wirklich derart speciell, dass ich sogar heute noch dankbar auf die Möglichkeit zurückgreife, das platte Eindeutschungsdampfwalzen-z durch ein distinguiertes c zu ersetzen.

Nun wurde es ringsum ruhig, und die Augen der halben Gaststube richteten sich erwartungsvoll auf die zugedeckte Schüssel, denn außer dem Lombarden und meinem Urgroßvater wussten alle, dass hier nicht die Specialität des Hauses aufgetischt wurde, sondern ein Scherz, und die Neugier, welchen Scherz sich der Kellner und der Koch, der inzwischen mit gerötetem Gesicht hinter dem Schanktisch erschienen war, ausgedacht haben mochten, war groß.

»Mein Herr«, sagte der Kellner, indem er den Teller mit der Wurst auf die Serviette vor meinem Urgroßvater hinstellte und dann mit einer großen Geste nach dem Deckel der Schüssel griff, die er seinem Gast schon unter die Nase hielt – »Schüblig mit Buchbrot!«

Der nächste Abschnitt der Geschichte, der mit dem Öffnen des Deckels seinen Anfang nehmen wird, die entscheidende Wende sozusagen, erfordert zum Erzählen glatt nochmals ein Kapitel, das ich Sie nun aufzuschlagen bitte, damit Sie gemeinsam mit meinem Urgroßvater in die Schüssel schauen können, die der Kellner der Kleinbasler Kneipe so verheißungsvoll über dem Schübligteller schweben lässt.

Viertes Kapitel

Woraus nun bestand, werden Sie sich fragen, die Spezialität des Hauses, die in Wirklichkeit ein Verleser meines Urgroßvaters war?

Als der Kellner, auf dessen Glatze feine Schweißperlen glänzten, mit einer Bewegung, welche Korpulenz in Eleganz verwandelte, den Deckel von der Schüssel hob, reckten sich die Köpfe der Nähersitzenden, während einige der Fernersitzenden sogar aufstanden, um zu einem Blick in die Schüssel zu kommen.

Noch war nicht genau zu erkennen, was sich unter der reichlichen weißen Sauce verbarg, aber jetzt fasste der Kellner mit einem großen Servierlöffel und einer zweizinkigen Gabel in die Schüssel hinein, und was er nun heraushob und auf den Teller legte, sodass es appetitlich dampfend und duftend neben den Schüblig zu liegen kam, konnte nur eines sein, nämlich ein Buch.

Nach dieser Erkenntnis ging ein Aaah und Ooooh durch die Runde, ringsum wurde anerkennend genickt, und alle warteten gespannt, was mein Urgroßvater tun würde.

Der schaute zuerst den Teller an, dann den Kellner, dann nochmals den Teller, und dann fragte er den Kellner:

»Und das ist also ein Buchbrot?«

»Wie ich Ihnen sagte«, antwortete der Kellner, »die Spezialität des Hauses.«

»Aha«, sagte mein Urgroßvater, den man sich – um nochmals zu wiederholen, was ich schon zu Beginn betont habe, – den man sich zur Zeit dieser Geschichte kaum älter als dreißig Jahre vorstellen darf, »aha«, sagte er, und nach dieser Interjektion nahm er Messer und Gabel in die Hand, stach ein erstes Stück des Schübligs an und fügte hinzu: »Das sieht eher nach Buch aus als nach Brot.«

»So ist das bei unserm Buchbrot«, sagte der Kellner, »guten Appetit!«, und entfernte sich zum Nachbartisch, wo er scheinbar zu tun hatte, in Wirklichkeit aber halb abgewendet stehenblieb, um meinen Urgroßvater zu beobachten.

»Guten Appetit!«, rief nun die halbe Kneipe dem Esser zu, und der junge Mann mit der Schiffermütze war es, der als Erster nicht mehr an sich halten konnte und kichernd beifügte: »– bei deinem Buch!«

Damit war die Bresche geschlagen, und alle, welche die Szene mitverfolgt hatten, brachen in ein großes Gelächter aus, schlugen mit der Faust auf den Tisch, dass die Gläser wackelten oder hielten sich am Ellbogen ihres Nachbarn fest, und im Gelächter wurde das Wort »Buch« wiederholt, manchmal auch »Buchbrot« oder »Schüblig mit Buchbrot«, und alle waren sich einig, dass dem Kellner, welchem man anerkennend zuwinkte, ein wirklich guter Scherz gelungen war.

Doch mein Urgroßvater, der mir immer als äußerst eigenwilliger Mensch geschildert worden war, gab sich nicht so leicht geschlagen. Er setzte seine Brille auf, welche für die Nähe besser geeignet war als für die Weite, machte dann mit der Gabel das Buch, das aufgeschlagen neben der Wurst lag, zu, schabte mit dem Messer die Sauce vom Buchdeckel und las laut den Titel.

»So so«, sagte er, »La Cucina italiana – das trifft sich gut!«

Dann schlug er das Buch wieder auf, trennte mit dem Messer sorgfältig eine Seite heraus, faltete sie zweimal zusammen, stach dann mit der Gabel hinein, führte sie zu seinem Mund und begann das Blatt zu kauen.

Einen Moment lang war Stille ringsum, die Stille der Überraschung, bis der Schiffermützenmensch wieder losprustete und rief: »Er isst das Buch! Er isst es auf!«

Jetzt schwappte die zweite Gelächterwelle durch das Lokal, und nun erwischte es auch den Kellner, der sich bis jetzt zurückgehalten hatte, er wurde von einem Grinsen überwältigt, das von einem Ohr bis zum anderen ging, und sein ansehnlicher Bauch, der sich über dem breiten Ledergürtel mit der Zahltasche wölbte, begann gewaltig zu wackeln, und hinter dem Schanktisch erkannte man nun auch den Koch, der die Hände in die Hüften stützte und mit gerötetem Gesicht mitlachte.

Mein Urgroßvater ließ das Gelächter ungerührt über sich ergehen, schöpfte sich etwas Senf aus dem Fässchen auf den Rand des Tellers, trennte eine weitere Seite heraus, gabelte sie auf und zerkaute sie gemächlich, schnitt sich ein Rädchen vom Schüblig ab, tunkte es in Senf, führte es ebenfalls zum Mund, schluckte dann offensichtlich alles hinunter und spülte mit einem Schluck vom Elsässerwein nach.

Das war der Augenblick, als der Kellner sich anschickte, den Scherz zu beenden, indem er sich vor meinem Urgroßvater hinstellte und ihn fragte, ob er nicht lieber Kartoffelsalat dazu hätte, er würde ihm einen offerieren. Gleichzeitig griff er nach dem Servierlöffel und wollte das Buch vom Teller des Gastes entfernen, aber da war er bei diesem an den Falschen gekommen.

»Das wäre ja noch schöner«, sagte er, »Spezialitäten hinstellen und dann gleich wieder wegnehmen. Schmeckt sehr gut, Ihr könnt es der Küchenmannschaft sagen.«

Mit diesen Worten schnitt er sich eine weitere Seite heraus und verspeiste sie wie die zwei andern, fuhr sich nachher mit der Serviette über Lippen und Schnurrbart und putzte auch noch einen kleinen Saucenspritzer weg, den seine herausgeschossene Nelke im Knopfloch abbekommen hatte.

Vielleicht wäre es doch besser, wagte der Kellner einzuwenden, wenn der Herr nicht das ganze Buch verspeisen würde, er könne nicht garantieren, dass ihm das wirklich zuträglich sei.

Was denn hier eigentlich los sei, sagte mein eigenwilliger Urgroßvater, indem er Messer und Gabel heftig auf den Tisch niederlegte, er habe Schüblig mit Buchbrot bestellt und jetzt esse er davon, so viel er wolle, und mit großem Geschick säbelte er sich ein nächstes Blatt ab und verschlang es.

Der Kellner, dem es nun immer weniger wohl war, sagte, normalerweise servierten sie eben Schüblig mit Ruchbrot, und das mit dem Buchbrot sei sozusagen eine Ausnahme, etwas Besonderes, das es auch bei ihnen nicht alle Tage gebe.

Eben, sagte mein Urgroßvater, und weswegen er wohl

den langen Weg von Sisseln nach Basel zur Messe mache, denk um etwas Besonderes zu bekommen, und er glaube bald, der einzige Feinschmecker hier im Lokal sei er, und sie alle hätten wohl noch nie davon gehört, was ein verspeistes Buch für eine besondere Wirkung habe auf den, der es aufesse.

Herausfordernd blickte er in die Runde, aber niemand wollte eine Antwort riskieren, auch als der Urgroßvater mit einem »Na?«, nachdoppelte.

»Also, dann muss ich es euch wohl erklären«, sagte er schließlich, machte sich nochmals eine Seite mundgerecht und biss hinein, dass sie knackte wie ein Salatblatt, und nun lassen wir ihn zuerst seine fünfte Seite zerkauen und hinunterschlucken, und weil ihm das nicht ganz so leicht fällt, wie es den Anschein macht, möchte ich ihm dazu für den Rest dieser Seite Zeit lassen und Ihnen dann in einem fünften Teil erzählen, wie mein Urgroßvater seinerseits zum Angriff überging und sich mit der ganzen Gesellschaft einen Scherz leistete, von dem in Kleinbasel noch lange gesprochen wurde.

Fünftes Kapitel

Nach dem Zerkauen der fünften Seite nahm mein Urgroßvater die Serviette hoch, wischte sich damit die weiße Sauce genussvoll aus den Mundwinkeln und gab die Erklärung ab, was für eine Wirkung ein verspeistes Buch auf denjenigen habe, der es aufesse.

»Wer ein Buch isst«, sagte er, indem er selbstbewusst mit seinem Blick über die ganze Runde streifte, die ihn fragend anstarrte, »wer ein Buch isst, der weiß nachher alles, was drinsteht.« Und mit diesem Satz trennte er ein sechstes Blatt heraus, faltete es mit Messer und Gabel so zusammen, dass es eine mundgerechte Größe bekam, träufelte sich mit dem Löffel noch etwas weiße Sauce darüber, bevor er es langsam zu zerkauen begann.

Einen Augenblick lang herrschte verblüfftes Schweigen. Dann rief der Mann mit der Schiffermütze: »Hansi!« Das war der Name des dicken Kellners: »Ja?«, sagte dieser, der sich auch noch nicht von der Ungeheuerlichkeit der urgroßväterlichen Behauptung erholt hatte.

»Was habt ihr ihm für ein Buch gekocht?«

Hansi drehte sich um und suchte mit seinem Blick den Koch, den er zuletzt hinter dem Schanktisch gesehen hatte.

»Stöff!«, rief er ihm zu, »hast du gehört? Wie das Buch hieß?«

Der Koch gab nun bekannt, dass es sich um ein Buch handelte, das von seinem Vorgänger stamme, welcher Italiener gewesen sei und vor Jahren plötzlich an einem Schlagfluss verstorben sei. Ein Buch über die italienische Küche sei es, aber da es auf italienisch geschrieben sei, könne er nichts damit anfangen, außer, sagte er kichernd, wenn wieder einmal eine Spezialität des Hauses verlangt werde.

»Ich hab's ja gesagt«, murmelte mein Urgroßvater kauend, »La Cucina italiana«, und schluckte sein sechstes Blatt mit Feinschmeckermiene hinunter. »Prost!«, fügte er bei und hob sein Glas mit dem Elsässerwein, nahm einen großen Schluck und schnitt sich dann ein Rädchen des Schübligs ab, nach dem sein Magen dringend verlangte.

»Dann kannst du italienisch?«, fragte der Holzflößer, mit dem sich der Urgroßvater den Scherz mit dem steifen Körperteil erlaubt hatte.

Der Urgroßvater lächelte frech auf diese Frage, nahm sich seine Brille ab, um die beschlagenen Gläser mit seiner Serviette zu putzen, und gab dem Flößer zur Antwort: »Bis vor einer Viertelstunde noch nicht.« Dann setzte er die Brille wieder auf und begann sorgfältig mit der Abtrennung des siebten Blattes aus dem italienischen Kochbuch.

»Also Hansi«, sagte der Mann mit der Schiffermütze, entschlossen, den Scherz, der sich nun gegen die Pintenbesucher zu richten drohte, wieder auf den ursprünglichen Kurs zurückzubringen, und der ursprüngliche Kurs war der, dass man sich auf Kosten eines dümmlichen Landeis den Buckel volllachen konnte. »Also Hansi, dann hol doch einmal euren Küchenburschen, der ist doch Italiener, oder?«

Dieser Vorschlag wurde allgemein gutgeheißen, der Kellner gab ihn an den Koch weiter, welcher den Namen Giovanni nach hinten rief, oder vielleicht auch Giuseppe oder Giancarlo, oder nein, bleiben wir bei Giovanni, jedenfalls ein geläufiger Italienername, und es wird Sie nicht erstaunen, wenn der genannte Küchenjunge, den wir unter dem Türrahmen der Küche beim Schanktisch erscheinen lassen, klein, schmal, kraushaarig und fröhlich war und sich die Hände an einer schmuddeligen Schürze abtrocknete, indem er fragend in die erwartungsvollen Gesichter blickte. Nun war die ganze Besucherschaft des Lokals nur noch dem Fortgang dieses Scherzes zugewandt, sämtliche Männer an den hinteren Tischen hatten sich inzwischen erhoben, um besser mitverfolgen zu können, wie es weiterging.

Es liege ein halber Liter Elsässerwein für ihn drin, sagte der Schiffermützenmensch unternehmungslustig zu Giovanni, sie bräuchten jemanden, der Italienisch könne, weil hier einer sitze, der soeben Italienisch gelernt habe, und zwar wie der Blitz, und er möchte nun, um ganz sicher zu sein, eine kleine Prüfung mit ihm machen.

Giovanni schätzte die Stimmung im Lokal ab und hatte das Gefühl, er könne die ihm zugedachte Rolle übernehmen, ohne ins Unheil einer Schlägerei hineinzulaufen, und für einen halben Liter Weißwein war er im Hitzedunst der Küche gern zu haben, also nickte er und kam durch die Gasse, die sich sogleich für ihn bildete, zum Tisch meines Urgroßvaters.

»Gut«, sagte der Mann mit der Schiffermütze zu dem unerschütterlichen Esser, dessen Kiefer bereits das siebte Blatt bearbeiteten, »was heisst ...«, – nun zögerte er einen Moment, weil ihm kein Wort in den Sinn kam, das er ihn fragen könnte, bis sein Blick auf dem Teller mit der Spezialität des Hauses stehenblieb –, »was heißt Teller auf Italienisch?«

Mein Urgroßvater erhob seinen Zeigefinger, um anzudeuten, er müsse zuerst sein siebtes Blatt hinunterschlucken, obwohl er in Wahrheit nur Zeit gewinnen wollte, denn er konnte zwar manches, aber Italienisch konnte er nicht, doch als er danach seinen Mund öffnete, sprach es deutlich aus ihm heraus: »Il piatto.«

Fragend wandten sich alle Blicke zu Giovanni, und fragend wandte sich auch der Blick meines Urgroßvaters zu Giovanni, welcher sogleich bestätigend nickte und lächelnd das Wort wiederholte, das soeben meinem Urgroßvater entstiegen war, il piatto.

»Prost«, sagte mein Urgroßvater und erhob sein Weinglas, aber ringsum waren alle so baff, dass ihm niemand zuprostete außer dem lombardischen Bartwichsenhändler neben ihm, der ihn anerkennend anblickte und ihm aus seiner Karaffe das Glas wieder vollgoss, das mein Urgroßvater leergetrunken hatte.

Inzwischen hatte der Prüfende beim Blick auf den Tisch ein weiteres Wort entdeckt, das er dem Bücherfresser vorlegen wollte. »Messer!«, rief er ihm zu und beobachtete ihn sehr genau, ob er nicht auf irgendein Hilfsmittel schiele.

Mein Urgroßvater aber verhielt sich wie beim ersten Mal, er hob seinen Zeigefinger, wartete ein bisschen, schloss dazu sogar noch die Augen, schaute sozusagen innerlich in seinen Magen hinunter, öffnete dann Mund und Augen gleichzeitig, und aus ihm heraus kam das Wort »il coltello.«

»Il coltello«, sagte Giovanni, nickte und fügte ein »bravo« hinzu.

»Gabel!«, schrie von weiter hinten einer, und es verwunderte niemanden mehr, dass Urgroßvaters Lippen nach demselben kleinen Ritual das Wort »la forchetta« artikulierten.

Bevor sich das bewundernde Raunen allzu sehr verbreiten konnte, pflanzte sich der Holzflößer vor meinem Urgroßvater auf und sagte, dies seien alles Küchenwörter gewesen, und das sei bei einem Kochbuch nicht erstaunlich, aber er frage ihn jetzt ein anderes Wort, um zu sehen, ob man mir nichts dir nichts italienisch lerne, wenn man ein paar Seiten eines italienischen Buches fresse, nämlich Baumstamm, he? Was heißt Baumstamm? Steht das auch in deinem Kochbuch?

Diesmal hob mein Urgroßvater beide Hände, um anzudeuten, dass er für dieses Wort absolute Ruhe und Konzentration brauche, worauf der Geräuschpegel sofort merklich sank, dann schloss er seine Augen, horchte in sich hinein, und ich möchte ihn jetzt, wo es gerade so schön ruhig geworden ist in der Kleinbasler Kneipe, einen Moment lang so sitzen lassen, denn es scheint mir eine schöne Stellung zu sein, ich habe sie soeben selbst eingenommen und kann sie Ihnen auch empfehlen, wenn Sie einmal in sich hineinhorchen wollen, und vielleicht wollen Sie auch bloß nachschauen gehen, was Baumstamm auf Italienisch heißt, und sonst drehen Sie doch einfach die Seite, einer von beiden wird es Ihnen dann schon sagen, entweder mein Urgroßvater oder der Giovanni.

Sechstes Kapitel

Nun, wir haben unsern Urgroßvater unmittelbar vor der Beantwortung einer schwierigen Frage sitzen lassen, die ihm der Holzflößer stellte, den er vorher fast beleidigt hatte, d. h. eigentlich hatte er ihn wirklich beleidigt, doch der lombardische Bartwichsenverkäufer an seiner Seite hatte die Beleidigung durch das Verschenken einer Bartwichse wieder entschärft, aber irgendetwas bleibt ja trotzdem hängen, und so kommt es nicht von ungefähr, dass wir die Figur des Holzflößers, der sich also vor meinem Urgroßvater aufgepflanzt hatte, als bedrohlich empfinden müssen, und ich hoffe sehr, dass diesem, während er mit erhobenen Händen um Ruhe und Konzentration gebeten hatte, die Antwort auf die Frage in den Sinn gekommen ist, die Frage nämlich, was Baumstamm auf Italienisch heiße, he?

Bedächtig senkte er seine Hände, öffnete den Mund, und kaum hatten die Umstehenden »il tronco« gehört, nickte Giovanni und wiederholte auch dieses Wort, il tronco, der Baumstamm, da gab es keinen Zweifel, und der Flößer schlug sich mit der rechten Faust auf die Fläche seiner linken Hand und sagte dazu: »Gottstromi, der kann's!« Gottstromi war ein Kraftausdruck, wohl zusammengezogen aus »Gott straf mich«.

Nun wollte es auch Stöff, der Koch wissen, der inzwischen in der Nähe des Tisches stand, mit der Hand auf der Schulter des Kellners, welcher das Ganze angezettelt hatte. Mit Stentorstimme schrie er um Ruhe und fragte dann den Gast, ob man nun von den Aufgaben für Anfänger zu den Aufgaben für Fortgeschrittene übergehen könne.

»Bitte«, sagte mein Urgroßvater mit allergrößter Ruhe, »bitte sehr«, und schnitt sich erneut ein Blatt des Buches zurecht, wendete es in der Sauce hin und her, steckte es in den Mund, ließ ein Stück Schüblig folgen und begann alles langsam und genüsslich zu kauen, während er seine Augen auf den Examinator richtete.

Dann möchte er, sagte dieser, statt einzelner Wörter ganze Sätze hören, und einer der wichtigsten Sätze sei, nach allem, was er über die italienischen Weiber gehört habe: »Fräulein, wollen Sie mit mir vögeln?«

Ein gewaltiges Gelächter brandete durch den Saal, von allen Tischen hörte man Zustimmung, ja, das wolle man wissen, genau das, und von ganz hinten rief einer, wenn dieser Satz im Buch stehe, fresse er einen Besen, und sein Nachbar fügte grinsend hinzu, und er ficke einen Besen, und knallte dem andern die Hand auf den Rücken, dass diesem das Bier aus dem Mund sprühte.

Mein Urgroßvater ließ sich in keiner Weise von der ausgelassenen Stimmung beeindrucken, sondern wartete kauend ab, bis es ruhiger wurde. Dann sagte er zum Koch, man sehe, dass er noch keine halbe Seite von diesem Buch gegessen habe, obwohl es doch die ganze Zeit in seiner Küche gestanden haben müsse, denn von Italien verstehe er offenbar nichts, und von den italienischen Weibern weniger als nichts, sonst wüsste er, dass es genüge, einer Frau eine solche Frage zu stellen, und schon schnelle hinter der nächsten Hausmauer irgendein Giuseppe hervor und stoße ihm ein Messer in seinen Ranzen, und zwar so – und er stand blitzschnell auf und stieß dem Koch einen Finger zwischen die Rippen –, »und dann machen sie Gulasch aus dir.«

»Oder sie hauen dir deinen Schüblig ab!«, krähte der Kerl, der den Besen ficken wollte, von hinten, und das Gelächter wollte kein Ende nehmen, bis mein Urgroßvater, der immer noch stand und gegenüber Koch und Kellner von beängstigend kleinem Wuchs war, die Hände hob und sagte, sie sollten aufhören, über den Koch zu lachen, schließlich hätten sie alle auch diesen Satz hören wollen und seien somit genauso ahnungslos, und er wolle nur nicht schuld daran sein, dass im nächsten Frühling einer von ihnen in Venedig ins Messer hineinlaufe, denn über die Ehre gehe den Italienern nichts, hab ich recht, Giovanni?

Giovanni sagte sofort mehrmals ja, weil er bereits die Schlägerei witterte, um die er herumzukommen gehofft hatte, als er für einen halben Liter Elsässer die Übersetzerrolle angenommen hatte, oder vielmehr die des Kronzeugen des italienischen Sprachschatzes.

Zum Koch gewendet, der soeben noch einen halben Kopf größer geworden war, sagte mein Urgroßvater nun, er möchte ihm seinen Satz trotzdem dolmetschen, aber eben so, dass er, der Koch, keinen Schaden nehme, wenn er damit nach Italien gehe. Es gebe natürlich, sagte er, verschiedene Möglichkeiten, sich etwas anständiger auszudrücken, und er strich sich dabei mit der linken Hand über den Schnurrbart, blickte dazu abwägend an die Decke und sagte dann plötzlich, als wäre er von seinem eigenen Entschluss überrascht: »Signorina, vuol bere un caffè con me?«

Ein Raunen ging durch die Gaststube, und der Koch stieß nun seinerseits den Küchenburschen in die Rippen und fragte ihn, ob das überhaupt etwas heiße, und Giovanni nickte fröhlich und sagte, das heiße, Fräulein, wollen Sie mit mir einen Kaffee trinken, und das sei eine gute Frage, eccelente, fügte er mit einem Blick auf meinen Urgroßvater hinzu.

Dieser benutzte den Moment der Entspannung, um sich, immer noch stehend, an die ganze Wirtshausgesellschaft zu wenden. Da sie jetzt zur Genüge gesehen hätten, wie die Wirkung dieses Buches sei, verkündete er, würde er jedem, der gerne in kurzer Zeit Italienisch lernen möchte, etwas von dem Buch verkaufen, die Seite zu einem Franken, das sei nicht zu viel verlangt, wenn man dafür eine ganze Sprache in den Bauch geliefert bekomme.

Als sich nun einer nach dem andern aus der Gästeschar zu meinem Urgroßvater drängte und sich eine Seite aus dem Buch heraustrennen ließ – den Anfang machte der Bursche mit der Schiffermütze, der gleich zwei Blätter nahm, eins für mein Fräulein, wie er augenzwinkernd sagte –, bemerkte der Koch sehr laut zum Kellner, wie er das finde, dass der da nun das Buch aus ihrer Küche einfach weiterverkaufe.

Statt des Kellners antwortete der Urgroßvater ebenso laut und hörbar, wenn er einen Schüblig mit Buchbrot bestelle und auch bezahle – und damit legte er dem Kellner drei Franken für die Spezialität des Hauses und den Wein hin –, dann könne er nachher damit machen, was er wolle, und Grütze auf dem Teller sei eben nicht dasselbe wie Grütze im Kopf. Während sich der Koch brummend in die Küche zurückzog und Giovanni beim Kellner seinen Halben Weißwein einzog und sogleich zu trinken begann, lief das Geschäft meines Urgroßvaters hervorragend, denn manch einer von den Anwesenden hatte schon von irgendwoher gehört, dass das Verschlucken von Buchseiten das Lernen ersetze, aber so hautnah hatten sie es noch nie vorgeführt bekommen.

Als die Ersten ihre Seiten zu kauen begannen, sichtlich gegen Ekel ankämpfend, denn ein stockfleckiger alter Schmöker wird auch durch die beste Sauce nicht zum Kopfsalat, fand es mein Urgroßvater an der Zeit, an den Aufbruch zu denken. Er putzte sorgfältig die weiße Sauce mit der Serviette von seinem Buch ab, wickelte dieses in sein großes Taschentuch, rückte die Nelke im Knopfloch zurecht, erhob sich, verbeugte sich kurz nach allen Seiten, wünschte guten Appetit für die Cucina italiana, und wenn er übers Jahr wiederkomme, unterhielten sie sich nur auf Italienisch zusammen, und dann winkte er mit der linken Hand in die Runde und verließ würdevoll, aber nicht unschnell die Kleinbasler Pinte, um den Weg zur mittleren Rheinbrücke einzuschlagen.

Es wird Sie jedoch nicht erstaunen, dass seiner noch eine kleine Überraschung wartete, denn so leicht kann sich keiner aus einem Scherz davonstehlen, den er zu seinen Gunsten umgebogen hat, und den er nicht einmal genau verstanden hat, denn mein Urgroßvater wusste selbst nicht, woher sein Italienisch kam, und es wird Sie auch nicht erstaunen, dass ich hier das Kapitel abschließe, hoffend, dass er den Weg zur mittleren Rheinbrücke finde, und dass die Überraschung nicht zu seinem Schaden ausschlagen werde, und wer weiß, ob es überhaupt eine Überraschung für ihn sein wird – der zügige Schritt, mit dem er jetzt dem Rhein zustrebt, das halb ausgekernte italienische Kochbuch unter dem Arm, deutet eher darauf hin, dass er schon irgendetwas ahnt.

Siebtes und letztes Kapitel

Willkommen, liebe Leserin, lieber Leser, herzlich willkommen zum letzten Kapitel, in dem mein Urgroßvater schnellen Schrittes der mittleren Rheinbrücke zustrebt! Da sehe ich ihn, wie er aus der Gasse, in der sich die Kneipe befand, um die Ecke biegt und nun, immer noch forsch, aber einen Hauch gelassener, über diese Brücke zu marschieren beginnt, ohne einen Blick auf das dunkle Wasser zu werfen, das auf seiner unausweichlichen Reise nach Holland dahinfließt, während er, mein Urgroßvater, bloß die Reise nach Sisseln antreten muss, wo er zu Hause ist, fünf Stunden zu Fuß, in den etwas zu kleinen Schuhen seines frisch verstorbenen Onkels, und wenn er am frühen Morgen dort eintreffen wird, wird er etwas zu erzählen haben, denn man hat ihm, der hier die große Herbstmesse besuchte, in einer Kleinbasler Pinte einen Streich gespielt, den er zu seinem Vorteil ummünzte, konnte er doch zur Verwunderung des Kneipenpublikums jedes der ihm vorgesetzten Prüfungswörter, ja sogar einen ganzen Satz mühelos auf Italienisch hersagen.

Am meisten verwundert darüber war mein Urgroßvater selbst, der es sich eigentlich nicht erklären konnte, der aber einen Zusammenhang mit dem lombardischen Bartwichsenverkäufer, welcher neben ihm am Tische Platz genommen hatte, ahnte, und diese Ahnung sollte sich nicht als falsch erweisen, denn nun sehe ich auch den Lombarden aus der Gasse auftauchen und den Weg über die mittlere Rheinbrücke antreten, und schon hat er mit seinem Blick meinen Urgroßvater erfasst, der, mit dem Rest des Buches unter dem Arm und seinem Spazierstock mit dem silbernen Knauf, den er von Zeit zu Zeit munter schwingt, das andere Ufer des Rheins zu erreichen trachtet.

Doch zurück ins Imperfekt: Gerade war er am Käppelijoch, der kleinen Kapelle, welche die Mitte der Brücke zierte, vorbeigegangen, als er einen leichten Klaps auf der Schulter spürte. Sich umdrehend, erblickte er das ihm wohlbekannte Gesicht des lombardischen Bartwichsenverkäufers, der ihn grinsend anschaute und ihm gratulierte, dass er so schnell italienisch gelernt habe. »Da staunst du, gell?«, gab mein Urgroßvater zurück, indem er seinen Schritt wieder etwas beschleunigte, »die einen müssen Bücher lesen, die andern brauchen sie nur zu fressen.«

Ja, sagte der Lombarde, aber mit dem Fressen sei es auch nicht getan, man brauche dann noch jemanden, der das Gefressene richtig sage, und dieser eine sei, wie er ja wohl bemerkt habe, niemand anderer als er selbst, der Lombarde, gewesen, der neben andern Künsten auch die der Bauchrednerei beherrsche, und er schlage ihm vor, seinen Gewinn aus den verkauften Blättern zu halbieren, das sei nichts als gerecht.

Mein Urgroßvater gab sich ebenso erstaunt wie dankbar. Das also sei des Rätsels Lösung, geahnt habe er es, aber sicher sei er nicht gewesen, und selbstverständlich trete er ihm seinen Anteil ab, und er schlage vor, das Geschäft in der nächsten Gaststube zu erledigen, wo sie auch noch einen auf ihre unerwartete Zusammenarbeit anheben könnten. Mit diesen Worten betrat er das erste Gasthaus auf der andern Seite des Rheins, das damals noch dort war, wo heute ein Modehaus steht, und den Namen »Vogel Gryff« trug. Der Lombarde hätte die Sache zwar lieber draußen hinter sich gebracht, aber mein Urgroßvater war derart flink in die Wirtschaft eingetreten, dass der andere keine Wahl hatte und ihm folgen musste.

Gerade waren zwei Gäste aufgestanden, in diesem Lokal, das deutlich gepflegter und somit auch teurer war, der Halbe Elsässer kostete hier zwei Franken, und mein Urgroßvater bestellte sogleich einen ganzen Liter, ein gutes Geschäft müsse auch gut begossen werden, sagte er und schlug dem Lombarden lachend auf die Schulter. Als der Liter auf dem Tisch stand, gebracht von einer üppigen rothaarigen Kellnerin, die vom unglaublichen Schnurrbart des einen Gastes spürbar beeindruckt war, leerte mein Urgroßvater das erste Glas auf einen Schluck und schenkte sich sogleich nach, während der Lombarde etwas vorsichtiger trank.

Leider, sagte mein Urgroßvater, wisse er gar nicht mehr, wie viele Seiten er vom Buch verkauft habe. Der bauchredende Bartwichsenverkäufer hatte aber mitgezählt, gab dies wenigstens vor, es seien, sagte er, genau 42 Seiten gewesen, ein sehr gutes Geschäft also, und das mache dann 21 Franken für jeden von ihnen, und er fände es am besten, er würde ihm das Geld gleich hier auf den Tisch zählen.

Das finde er auch, sagte der Urgroßvater, der damals, um dies nochmals in Erinnerung zu rufen, ein junger Mann war, und legte seinen Geldbeutel auf den Tisch, doch dann veränderte sich sein Gesichtsausdruck plötzlich.

»Ich muss erbrechen«, sagte er leise zu seinem Kumpanen, »ich hab doch zu viel von dem Buch gegessen«, und er begann zu würgen.

»Nicht auf den Tisch«, sagte der Lombarde, »geh raus auf den Abort, ich passe auf deinen Geldbeutel auf.«

Schnell erhob sich mein Urgroßvater, ließ den Rest des verspeisten Buches und seinen Geldbeutel auf dem Tisch des Lombarden liegen und begab sich, mit leicht gekrümmtem Oberkörper, eine Hand auf dem Magen, zur Tür hinaus in Richtung der Aborte.

Als er nach zehn Minuten noch nicht wieder zurück war, erhob sich der Lombarde, um nach ihm zu schauen, aber da trat ihm die rothaarige Serviertochter in den Weg und sagte lächelnd: »Zuerst zahlen, schöner Herr.«

Es nützte nichts, dass er sagte, er wolle nur nach seinem Freund sehen, dem es übel geworden sei, die Serviertochter beharrte auf der Zahlung, denn es sei, sagte sie, schon manchem übel geworden, wenn er hätte zahlen müssen, und der Weg zum Abort sei auch der Weg nach draußen, und ein Liter koste vier Franken, und das sei er auch wert.

Kurz entschlossen öffnete der Lombarde die Geldbörse meines Urgroßvaters und erblasste, als diese nur eine Mischung aus Kieselsteinen und Hosenknöpfen enthielt. Sofort war ihm klar, dass sein Geschäftspartner an allen möglichen Orten sein mochte, aber ganz sicher nicht auf dem Abort des Gasthauses »Vogel Gryff«.

Zähneknirschend bezahlte er die vier Franken von seinem eigenen Geld, ging wie zum Trotz dennoch auf den

Abort, fand dort natürlich keinen Urgroßvater, ebenso wenig roch es nach Erbrochenem, denn mein Urgroßvater hatte einen guten Magen, der auch noch ein paar Buchseiten mehr vertragen hätte.

Da mein Urgroßvater ein misstrauischer Mann war, steckte er sein Geld grundsätzlich nicht in einen Geldbeutel, den er aber für den Fall eines Straßenraubes immer bei sich trug, mit eben der Füllung, welche sein Zufallscompagnon gerade entdeckt hatte.

Als der Lombarde wieder hinaustrat in die kühle Basler Nachtluft, sah er von der andern Seite der Rheinbrücke den Menschen mit der Schiffermütze in schnellem Schritt herannahen, zusammen mit zwei, drei andern Gästen der Kleinbasler Schenke, und sie sahen aus wie Menschen, die soeben die Entdeckung gemacht hatten, dass das Verschlingen einer Seite aus einem italienischen Buch noch nicht genügt, um italienisch zu lernen, und sie sahen nicht so aus, als wollten sie diese Erkenntnis ungerächt lassen, und deshalb konzentrierte sich der lombardische Bauchredner auf seine eigene Sicherheit und verdrückte sich hurtig in eines der Gässchen, das zum Münster hinaufführte, ohne einen weiteren Gedanken an die Verfolgung meines Urgroßvaters zu verschwenden.

Der wanderte unterdessen schon wieder rheinaufwärts zurück in sein Heimatdorf, und er war sehr zufrieden mit dem heutigen Tag, denn er hatte eine Schießbudenpapiernelke im Knopfloch, und in den Taschen seiner Weste trug er einen französischen Nagellack für seine Frau, ein Päcklein Messmocken für seine fröhliche Tochter Anna, meine Großmutter, eine Dose lombardische Bartwichse für sich selbst, und vor allem 42 harte Franken aus dem Erlös eines Buches, von dem er einige Seiten verspeist hatte, aus Unnachgiebigkeit und Selbstachtung und aus der Überzeugung heraus, dass jeder Witz, der mit einem gemacht wurde, in einen Witz verwandelt werden konnte, den man seinerseits mit den andern machte, und das war ihm heute gelungen, und deshalb kehrte er heiteren Gemütes im Mondschein nach Sisseln zurück und sang dabei die Lieder, die er mit seinen Freunden im Männerchor zu singen pflegte, »O Täler weit, o Höhen«, »Im Aargau sind zwöi Liebi« und »Furchtlos schreitet der kräftige Mann«, und so möchte ich ihn schreiten lassen, zurück bis nach Sisseln, zurück durch zwei Weltkriege bis in die vorige Jahrhundertwende, zurück in die Vergangenheit, aus der ich ihn für sieben Kapitel hergeholt habe, und ich hoffe, ihr habt ihn auch ein bisschen liebgewonnen, wie ich, der ich nicht ohne Rührung an ihn denken kann.

Die Karawane am Boden
des Milchkrugs

Der Abstecher

Ich stand in Bern auf dem Bahnhof und wartete auf den Zug nach Zürich, der soeben als leicht verspätet gemeldet worden war.

Als ich nach einer Weile aus dem Lautsprecher hörte: »Auf Gleis 11 steht der Schnellzug nach Singapur«, konnte ich nicht widerstehen. Ich nahm mein Mäppchen, begab mich durch die Unterführung nach Gleis 11 und stieg in den bereitstehenden Zug ein, nicht ohne mich vorher zu vergewissern, dass am Wagen tatsächlich ein Schild mit der Aufschrift »Bern – Singapur« hing und dass dieselbe Angabe auch auf der Anzeigetafel über dem Perron zu lesen war.

Warum ich einstieg, kann ich heute nicht mehr genau sagen, so etwas tut man ja nicht auf Grund einer bestimmten Überlegung. Vielleicht, dachte ich mir lediglich, vielleicht gibt es in der Nähe von Bern einen Weiler, der Singapur heißt, so wie es doch auch irgendwo in der Gegend ein Bethlehem gibt, mit einer kleinen Post, auf der man zu Weihnachten Kartengrüße abstempeln lassen kann, und das Ganze hängt mit einer Werbung für die Bundesbahnen zusammen.

Das einzige, was für mich feststand, war, dass dieser Zug nicht nach Singapur fuhr.

Ich war deshalb etwas überrascht, als mich der Kondukteur bald nach der Abfahrt des Zuges mit ernstem Blick darauf aufmerksam machte, dass mein Billett nur bis Zürich Gültigkeit habe.

»Gut«, sagte ich, »dann möchte ich nachlösen«, und schaute den Kondukteur prüfend an. Als ich in seinen Augen nichts Schalkhaftes entdeckte, fügte ich vorsichtig bei, »bis Singapur.«

Der Kondukteur ließ sich immer noch nichts anmerken, zog ein Tarifblatt aus seiner Tasche, tippte mit einem Bleistift einige Felder darauf an, bewegte lautlos seine Lippen und sagte zum Schluss: »Das macht noch 1182 Franken.«

»Ich habe aber ein Halbtaxabonnement«, sagte ich. »Sie haben recht«, sagte der Kondukteur, »das verbilligt natürlich die Strecke Zürich–Buchs, 1167.50 ist es dann noch.«

»Tja«, sagte ich, »wissen Sie was, ich steige doch lieber in Zürich aus.«

»Das geht leider nicht«, sagte der Kondukteur, »wir fahren über Zürich-Enge, ohne Halt.«

»Ohne Halt bis wohin?«

»Ohne Halt bis Singapur.«

Jetzt wurde ich etwas unruhig.

»Das ist ein Missverständnis«, sagte ich, »ich will gar nicht nach Singapur.«

»Wieso sind Sie dann in diesen Zug gestiegen?«

»Einfach so«, sagte ich, »einfach so – Sie fahren doch nicht wahrhaftig nach Singapur?«

»Wohin denn sonst?«, sagte der Kondukteur, »halten Sie uns für Betrüger? Ich habe mich schon vorbereitet«, fuhr er fort und knöpfte seine Uniform über dem Gürtel ein bisschen auf, sodass man darunter ein khakifarbenes Hemd sah. »Es kann sehr heiß werden«, sagte er halblaut.

»Ich habe mich überhaupt nicht vorbereitet!«, rief ich, indem ich von meinem Sitz sprang, »ich habe nicht einmal einen Pass!«

»Sie haben keinen Pass?«, fragte der Kondukteur, »das ist aber unangenehm, da wird man Sie in Singapur gleich wieder heimschicken.«

»Ich bleibe gleich daheim«, sagte ich entschieden, »man wird mich ja schon bei der Grenzkontrolle in Österreich nicht durchlassen«, und setzte mich wieder, froh, dass mir dieses Argument in den Sinn gekommen war.

»Es gibt keine Grenzkontrolle in Österreich«, sagte der Kondukteur, »die Wagen sind plombiert.«

Ich konnte fast nichts sagen.

»Heißt das«, fing ich an, »heißt das…«

»Ja«, sagte der Kondukteur, »die einzige Grenzkontrolle ist in Singapur. Bis dahin bleiben wir im Wagen.«

Plötzlich drängte ich mich am Kondukteur vorbei, eilte zur Türe und zog, was ich sonst noch nie getan habe, die Notbremse. Sogleich ertönte im ganzen Wagen eine sanfte und tiefe Instrumentalmusik, zu der eine dünne Frauenstimme ein unverständliches Lied sang.

»Wir haben alles getan, um unsern Reisenden die Fahrt angenehm zu machen«, sagte der Kondukteur, der jetzt hinter mir stand. »Wenn Sie zweimal ziehen, hören Sie das klassische Programm, und wenn Sie dreimal ziehen, Ländlermusik. Ein bisschen Heimat braucht man ja schon auf einer solchen Strecke.«

Ich schaute an seinem breiten Lächeln vorbei, das mir

missfiel, und sah erst jetzt, dass dort, wo sich sonst die Gepäckträger der Wand nach ziehen, Schiebeschränke angebracht waren.

»Die Betten«, sagte der Kondukteur, der meinen Blick bemerkt hatte. »Sie steigen hinauf, schieben die Tür hinter sich zu, und schon sind Sie wunderbar für sich. Es hat sogar«, sagte er stolz, »eine kleine Bibliothek bei jedem Sitz.« Er zog an einer Armlehne, und es kam ein Regal mit ein paar Büchern heraus, hauptsächlich von Simmel, Konsalik und Frank Arnau. »Essen«, sagte er weiter, »wird Ihnen dreimal täglich gebracht, für einen Speisewagen hat es noch nicht gereicht. Mit dem Wasser sollten wir etwas sparen, dafür hat es reichlich Feuchtwaschtüchlein.«

»Entschuldigen Sie«, sagte ich, »ich muss etwas frische Luft haben«, und trat zu einem Fenster. Der Kondukteur trat auch herzu und sagte: »Fenster können keine geöffnet werden, aber die automatische Lüftung funktioniert einwandfrei.«

»Lassen Sie mich bitte einen Moment allein«, sagte ich. »Bitte sehr«, sagte der Kondukteur und ging zur Tür hinaus. Vom andern Ende des Wagens her nahte sich nun langsam ein fetter Asiate mit einem kragenlosen weißen Hemd und einer Mütze, der ein blitzblankes, überall geschlossenes Metallwägelchen durch die leeren Reihen schob.

Ich riss die Tür auf und stieß auf den Kondukteur, der gleich dahinter stand. »Fährt denn sonst niemand nach Singapur?«, fragte ich ihn.

»Leider nicht«, sagte er, »Sie sind der einzige, der sich dazu entschlossen hat. Übrigens, Flückiger ist mein Name.«

Später, als wir uns darauf geeinigt hatten, dass ich den fehlenden Billettbetrag durch meine Bank überweisen lassen würde, sobald wir in schätzungsweise drei Wochen in Singapur eingetroffen wären, und sich der Kondukteur mit seinem Tablett neben mich gesetzt hatte und mir während des Essens von seinem Interesse am Eiskunstlauf erzählte und der Asiate schweigend danebenstand, um uns nachzuschöpfen, wenn dies nötig wurde, und ich auf der andern Seite des Zürichsees die Kirchtürme von Herrliberg, Meilen und Uetikon erscheinen und wieder verschwinden sah, hatte ich zum ersten Mal in meinem Leben Lust, einen Menschen umzubringen.

Ein ganz schwerer Transport

Als die Maschinenfabrik Schaffner in Stilli den neuen Superthronger für das Atomkraftwerk Beznau fertiggestellt hatte, feierte die Belegschaft ein kleines Fest. Zum ersten Mal in der Geschichte des Betriebs war ein 800 Tonnen schwerer Superthronger fabriziert worden. Chefschlosser Sägesser hatte ihn mit seinen Gehilfen aus einem unmäßigen Klumpen Gussstahl herausgeformt und blickte nun gerührt auf den mit Margeriten und Nelken bekränzten Doppelsattelschlepper, auf dem das Ding ruhte. Alle stießen mit dem Chauffeur auf eine gute Fahrt an, und dann setzte sich der Doppelsattelschlepper zitternd und dröhnend in Fahrt, begleitet von zwei blinkenden Kleinwagen der Aargauer Kantonspolizei.

Von Stilli bis Beznau sind es sechs Kilometer, darum hatte man die Bestellung auch bei der sonst ziemlich kleinen Firma Schaffner aufgegeben. Eine geringe Komplikation ergab sich nur daraus, dass die Brücke, die bei Stilli über die Aare nach Beznau führt, für eine solche Belastung zu schwach war. Zum Glück gab es aber wenige Kilometer flussabwärts die starke Aarebrücke von Kleindöttingen nach Döttingen, welche dieses Gewicht ohne weiteres aushielt. Bei den paar Kilometern nach Kleindöttingen musste man einzig darauf achten, die Schmittenbachbrücke vor Villingen zu vermeiden, aber auch dieses

Problem war lösbar. Man umfuhr den ganzen Schmittenbach, indem man über den Bözberg auswich und bei Stein in die Route nach Laufenburg einbog, über welche man mühelos nach Kleindöttingen gelangte. So hatte es das Schwertransportbüro vorgesehen, und wenn alles gut ging, war der ganze Transport die Sache einer Nacht.

Um zwei Uhr in der Frühe fuhr der Superthronger bereits durch Stein, und eine halbe Stunde später war er im Schrittempo in Sisseln angelangt. Wie man weiß, fließt durch Sisseln die Sisseln, und als der Chauffeur, Herr Lätt, zur Überquerung der Sisselnbrücke ansetzte, musste er brüsk bremsen und fuhr sofort wieder von der Brücke zurück. Was war geschehen? Herr Lätt hatte gespürt, wie sich auf der Höhe des Brückenkopfes der Boden unter ihm leicht zu senken begann, und war daraufhin sogleich wieder rückwärts gefahren. Eine Prüfung der Lage ergab, dass sich einzelne Steine aus dem Unterbau gelöst hatten. Man beschloss hierauf, bis zum Morgen zu warten und dann einen Geologen kommen zu lassen, der ein Gutachten abgeben sollte. Herr Lätt konnte bei einer Familie Jegge übernachten und war am andern Morgen zeitig auf den Beinen, um das Urteil des Geologen zu hören. Der ließ sich aber Zeit, stocherte mit Sonden in den Böschungen herum, watete mit hohen Stiefeln durch den Bach, hantierte mit Messbändern und Latten und machte sogar eine kleine Sprengung, bei der das Eisengeländer ein bisschen beschädigt wurde. Gegen Abend erklärte er, er habe nun genug gesehen und notiert und müsse sich zu den Berechnungen zurückziehen, berichten könne er frühestens in einer Woche. Für Herrn Lätt, der die ganze Zeit unruhig dabeigestanden hatte, war das ein unangenehmer Bescheid. Aber er schickte sich darein, ließ den Superthronger in Sisseln stehen, kettete ihn diebstahlsicher an den Wagen und ging nach Suhr zurück, wo er wohnte.

Neun Tage später traf das Schreiben des Geologen bei der Aargauer Kantonspolizei ein. Der Wissenschaftler legte darin ausführlich dar, weshalb die Brücke, vielmehr ihr geologischer Unterbau, das Gesamtgewicht des Transports nicht vertrüge, und untermauerte die Aussage mit Diagrammen und Tabellen. Damit hatte man allerdings nicht gerechnet, aber Herr Lätt wusste, was er dem Atomkraftwerk Beznau schuldig war.

Er setzte sich mit der Kantonspolizei zusammen und arbeitete eine neue Route aus, die direkteste von Sisseln nach Beznau. Die Brücke nach Döttingen war jetzt unerreichbar geworden, und so gab es keinen andern Weg, als von Norden her, also über den Rhein, nach Beznau zu stoßen, und zwar über die Brücke bei Schaffhausen, die einzige in der Nähe, die stark genug war. Einmal in Schaffhausen, galt es nur noch, die Töss zu umfahren, wegen ihrer durchwegs ungenügenden Brücken, somit über Wil. Das Toggenburg kam auch nicht in Frage, hauptsächlich wegen der Brücke bei Dietfurt, und so ging die Route über St. Gallen ins Rheintal bis nach Sargans, dann Richtung Zürich bis Sihlbrugg, von dort über Baar, Zug, Cham nach Affoltern am Albis und Dietikon und anstatt über die hohe Brücke bei Baden über die kleine, jawohl die kleine Holzbrücke bei Wettingen, die immer noch stark genug war, man musste ihr bloß vorübergehend das Dach abnehmen und dazu eine Bewilligung des Heimatschutzes einholen, und schon war man in Beznau. Die Bewilligung würde allerdings einige Zeit brauchen, vielleicht musste sich der Große Rat noch damit befassen, weil es ins Ressort des Baudepartements fiel, aber es würde ohnehin noch einige Zeit dauern, bis man mit dem Superthronger in Wettingen war, denn erst musste man in Schaffhausen sein, und dazu musste man den Rhein überqueren. Nun gab es ja die neue Rheinbrücke in Basel, die auch diesem Anspruch gewachsen war, und von dort brauchte man bloß über Freiburg durch das Höllental via Hüfingen nach Schaffhausen zu fahren.

Sofort machte sich Herr Lätt daran, die Genehmigung zu dieser Fahrt in Deutschland einzuholen, und füllte die elf Begleitformulare aus, die hierzu erforderlich sind. Nach zehn Wochen erhielt er die Erlaubnis zur Durchfahrt und holte seinen Superthronger in Sisseln wieder ab, sehr zum Leidwesen der Sissler, die daraus bereits eine Attraktion gemacht und ihn gegen Geld gezeigt hatten. Die Bewilligung des Heimatschutzes zur Entfernung des Daches auf der Wettinger Holzbrücke war zwar noch nicht eingetroffen, aber Herr Lätt nahm an, dass sich das schon ergeben werde, wenn er einmal mit seinem Superthronger dort sei, und machte sich auf den Weg. Beim Zollübergang in Basel suchte man den Superthronger kurz nach Rauschgift ab, doch sonst gab es keine Schwierigkeiten, da es sich um eine reine Transitangelegenheit handelte. Zu einer heiklen Situation kam es erst im Höllental. Herr Lätt hatte nämlich bei seinen Berechnungen immer nur das Gewicht des Wagens in Betracht gezogen und hatte vergessen, dass sich auch aus der Länge Probleme ergeben könnten. Sein

Doppelsattelschlepper war aber insgesamt 42 Meter lang. Resigniert musste Herr Lätt mit den Hinterrädern voran aus der ersten schmalen Kurve der Ravennaschlucht herausfahren und die ganzen 23 Kilometer nach Freiburg zurück im Retourgang hinter sich bringen. Dort überprüfte er die Situation neu und stellte fest, dass er gebirgige Gebiete wegen der engen Kurvenradien unbedingt vermeiden musste. Als beste Ausweichmöglichkeit bot sich der Weg über Karlsruhe, Ulm, Singen an, den Herr Lätt auch schon in der nächsten Nacht in Angriff nahm. Aber er hatte kein Glück. Sein 800 Tonnen schwerer Superthronger drückte bei Offenburg einige Asphaltplatten ein, und er wurde mit der Weisung von der Autobahn geschickt, sie erst wieder von Karlsruhe an zu benützen.

Das war ein harter Schlag. Es zeigte sich nämlich, dass die beiden gewöhnlichen Straßen nach Karlsruhe in tiefgreifenden Reparaturen waren, sodass Herr Lätt nur mehr der Umweg über Straßburg offenblieb. In Kehl wartete er vier Monate auf die französische Durchreisebewilligung, während die Forderungen der Beznauer immer dringlicher wurden. Jeden Tag sprach er auf dem Straßburger Polizeisekretariat vor, jeden Tag wurde er mit dem Hinweis auf Paris weggeschickt. Als er die Bewilligung endlich in den Händen hielt, wollte er es zuerst gar nicht glauben, setzte sich jedoch unverzüglich in seinen Doppelsattelschlepper und machte sich auf den Weg.

Nun war aber in der Wartezeit die Brücke zwischen La Wantzenau und Drusenheim vorübergehend abgebrochen und durch eine provisorische Holzbrücke ersetzt worden, sodass an eine direkte Weiterfahrt Richtung Karlsruhe nicht zu denken war. Herrn Lätts Erhebungen ergaben, dass nur der Weg über Nancy und Metz in Frage kam, und als er nach fünf Tagen Nachtfahrt von Metz nach Saarbrücken abzweigen wollte, überraschte ihn der Metzer Polizeikommandant mit der Frage, ob er eigentlich wisse, dass vor Longeville-les-St.-Avold eine Unterführung komme, die nur 3,80 Meter hoch sei. Herr Lätt wusste bloß, dass sein Wagen mit der Bepackung 4,23 Meter hoch war, dass es also mit Saarbrücken vorderhand nichts war. Nach einer eingehenden Besprechung mit dem Polizeipräfekten fuhr Herr Lätt nach Luxemburg weiter. Das Warten an der Grenze machte ihm jetzt schon weniger aus, er verdingte sich in Evrange als Lastwagenchauffeur und verdiente einige Wochen ganz gut. Da es ihm mit der Zeit zu teuer kam, immer in Hotels zu übernachten, schlief er in einem Schlafsack im Innern des Superthrongers, wo er sich ein gemütliches Eckchen mit einer Petroleumlampe und einem Foto von seiner Frau und seinen beiden Töchterchen Rösli und Marianne eingerichtet hatte. Luxemburg ist ein kleines Land, und so brauchte er nur anderthalb Monate auf die Transitbewilligung zu warten.

Jetzt musste er aber unbedingt danach trachten, wieder nach Deutschland zu kommen, damit er endlich die Richtung nach Schaffhausen einschlagen konnte. Bei Trier war der Übergang nicht möglich, weil die Brücke bei Wasserbillig über die Sauer nur 600 Tonnen aushielt, und auch das nur bei extrem tiefem Wasserstand, während die Moselbrücke bei Remich als solche der Belastung wohl standgehalten hätte, nicht aber der Belag, der gegenwärtig versuchsweise von einem Pfälzer Kies- und Quetschwerk aufgelegt war und die Schleudergefahr bei Asphaltschmelzung erheblich herabsetzen sollte. Auch Anfragen in Echternach, Roth und Dasburg wurden negativ beantwortet, und Belgien, das die ganze Zeit drohend im Hintergrund gelegen hatte, war nun nicht mehr zu vermeiden.

In Wemperhardt, diesem traurigen luxemburgischen Grenzdörflein, wartete Herr Lätt neun Wochen auf die Einfuhrerlaubnis für Belgien. Es war Winter geworden, und den Heiligen Abend feierte er allein in seinem Superthronger mit einem Tannenbäumlein, das er auf dem Christbaummarkt von Troisvierges gekauft hatte. Seine Frau schickte ihm einen Pfeifenstopfer und die Töchterchen ein paar selbstgestrickte Pulswärmer. Herr Lätt schrieb einen langen Brief und versprach, es werde nun nicht mehr lange dauern, denn einmal in Deutschland, sei er im Hui in Schaffhausen, und ob die Bewilligung zum Abdecken der Wettinger Holzbrücke schon eingetroffen sei.

Ende Januar kamen seine 18 Fragebogen mit sämtlichen Stempeln versehen zurück, und Herr Lätt steuerte frohgemut über St. Vith nach Aachen, wo die sichere Autobahn wartete. Dass er den verschneiten Straßen des Hohen Venn über Lüttich ausweichen musste, brachte ihn nicht aus der Fassung, ebenso wenig die Tatsache, dass in Belgien Schwertransporte auf der Autobahn verboten sind. Unruhig wurde er erst, als man ihm die Höhe der Autobahnunterführung bei Herve mitteilte, 4,20 Meter, und er nach dem schon bedenklich weiter nördlich gelegenen Visé abdrehen musste.

Die niederländischen Formulare waren etwas einfacher, es waren nur sechs, und da jedes Formular eine Woche

244

zur Behandlung brauchte, öffnete sich der Schlagbaum für Herrn Lätt schon nach sechs Wochen. Die 48 Kilometer bis zur deutschen Grenze legte er in einer Nacht zurück, aber am anderen Morgen erwartete ihn bei der Zollstelle in Aachen eine unangenehme Überraschung.

Seine seinerzeitige Transitbewilligung durch Deutschland war nämlich, wie im Kleingedruckten deutlich vermerkt, längstens acht Monate gültig, und da seit seiner damaligen Einreise über ein Jahr verstrichen war, musste ein neues Durchreisegesuch gestellt werden, im Verkehr mit Holland auf zwölf Formularen. An eine Verlängerung der alten Bewilligung war auch nicht zu denken, da es sich jetzt um die Zollabteilung Nordrhein-Westfalen handelte und nicht mehr, wie zuvor, um diejenige von Baden-Württemberg.

Herr Lätt arbeitete dreieinhalb Monate in Vaals als Torfstecher, bis er aus Düsseldorf die Genehmigung zu seiner neuerlichen Einreise erhielt. Um nun diesmal wirklich sicherzugehen, fuhr er gleich zum Bundesfernstraßenbelastungsamt in Köln, welches, wie er inzwischen durch Schwertransportkollegen erfahren hatte, über Probleme dieser Art erstaunlich informiert sei. Dort machte man ihm auf seine Gewichts-, Längen- und Höhenangaben hin innerhalb weniger Minuten klar, dass der einzige Weg in die Schweiz über die Autobahn nach München führe, und zwar wegen schlechten Straßenzustands bei Heidelberg und zu geringer Belastungsfähigkeit der Aischbrücke bei Adelsdorf über die Zonenautobahn Berlin – Leipzig – Hof. Beim Wort Zonenautobahn knickte Herr Lätt ein bisschen zusammen, und einen Moment lang hätte er fast den

Mut verloren. Dann aber dachte er daran, dass er in den neunzehn Jahren seiner Chauffeurlaufbahn noch keinen einzigen Transport nicht zu Ende geführt hatte, und nahm sich vor, entweder mit dem Superthronger in die Schweiz zurückzukehren oder gar nicht. Entschlossen füllte er die Gesuchsformulare für die Zonendurchfahrt aus, vergaß auch den kleinen gelben Zusatzzettel nicht und schickte alles nach Ost-Berlin. Dann fuhr er nach Helmstedt, wo er eine Stelle als Garndreher fand.

Da er ein zuverlässiger und solider Arbeiter war, der sich in Abendkursen weiterbildete, stieg er schon nach zwei Jahren zum pensionsberechtigten Garndrehermeister auf und hatte alle Aussichten, es zum Obergarndreher zu bringen, als die Bewilligung aus Ost-Berlin eintraf. Für Herrn Lätt war klar, was er tun musste, und nach einer kleinen Abschiedsfeier im engsten Garndreherkreise bestieg er die Führerkanzel seines Doppelsattelschleppers und fuhr nach einer zweitägigen Zollkontrolle in die DDR ein. Einmal drin, waren die Schwierigkeiten gering, es reute ihn bloß, dass er fast seine ganzen Ersparnisse vom Garndrehen in die nach Transittonnenkilometern berechnete Transitgebühr stecken musste, die sich in den zwei Jahren verfünffacht hatte. Erleichtert legte er nach wenigen Tagen an der Grenzstelle Juchhöh bei Hof an und stellte sich zur Ausfahrt in die Bundesrepublik ein. Als ihn aber der Zollbeamte nach Durchsicht der Formulare ins Zollgebäude kommen ließ, ahnte Herr Lätt Schlimmes, und das mit Recht, hatte er doch tatsächlich auf dem vierundzwanzigsten Formular den schräggesetzten Zusatz übersehen, dass diese Transitpapiere nur für die Durchreise in ein weiteres sozialistisches Land gültig seien, nicht aber zum Austritt in die Bundesrepublik. Da die Papiere zudem nur für die Autobahn Gültigkeit besaßen, war die Ausreise über Stettin oder Frankfurt an der Oder nach Polen die einzige Möglichkeit.

Von da an werden die Nachrichten über Herrn Lätt spärlicher. Ein paar Jahre hindurch erhielt Frau Lätt in Suhr noch Postkarten aus östlichen Ländern, einmal aus der Nähe von Warschau mit dem Satz »Auf in die Tschechoslowakei!«, später aber, viel später, aus Riga, mit der Feststellung, es sei doch schwieriger gewesen, als er gedacht hätte, da es ihm nicht möglich gewesen sei, die Weichsel zu überqueren. Er berichtete kurz, dass er sie mit einem Riesenfrachter durch die Ostsee umschifft habe und jetzt von Riga aus Kurs auf die Slowakei nehme, um durch das ungarische Flachland über Wien ins Rheintal zu fahren. Rheintal war übrigens »Reihntal« geschrieben. Zwei Jahre danach traf eine Karte aus Saratow an der Wolga ein, auf der Herr Lätt in zittriger Schrift die Hoffnung ausdrückte, demnächst über die Türkei und den Balkan... Seitdem fehlt von ihm jede Nachricht.

Das Beznauer Kraftwerk hat sich inzwischen einen Superthronger von der Firma Sulzer an Ort und Stelle fabrizieren lassen, Frau Lätt hat nach der Verschollenheitserklärung ihres Mannes wieder geheiratet, einen Elektrowickler aus Buchs, und ihre beiden Töchter besuchten das Seminar Aarau und sind jetzt beide Lehrerinnen, die eine in Zuzgen, die andere in Turgi.

Kürzlich aus der Sowjetunion zurückgekehrte Volkskundler berichten von einer neuen Sage im Ural, wonach ein brüllendes Eisenungeheuer, von einem weißbärtigen Fremden geritten, des Nachts die Straßen verwüste und sich langsam nach Osten bewege.

Die Torte

Die Torte

Wer vom Bahnhof in Locarno zur Altstadt hinuntergeht, kommt nach wenigen Schritten an einer Passage vorbei, in welcher junge Leute in farbigen Mützen und T-Shirts sitzen, vor sich Kartonschachteln mit Pommes frites und Becher mit Coca-Cola. Die metallenen Tische und Stühle sind über verschiedene Stufen verteilt, die nicht ganz zur Fast Food-Stimmung passen, und wer genauer hinsieht, merkt auch, warum. Es sind die Stufen, die zum Garten des alten Grand Hotels hinaufführen, zum Grand Hotel Locarno, das wie der Traum einer andern Zeit im Hintergrund steht, umgeben von Zypressen, Palmen und üppigen Rhododendronbüschen, mit seiner mächtigen Mittelterrasse, auf der zwischen Säulen mit Blumenschalen Figuren zu Stein erstarrt sind, als sei soeben die Tanzmusik eines Kurorchesters zu Ende gegangen.

Wollen Sie weitergehen zur Piazza Grande, oder haben Sie einen Moment Zeit, eine Geschichte zu hören, die in diesem Hotel ihren Anfang genommen hat?

Erfahren habe ich sie in einem Gebäude, das aus derselben Zeit stammt und dem Grand Hotel nicht einmal unähnlich sieht, einem Altersheim in einem der Täler hinter Locarno. Etwas bescheidener der Bau, der Mitteltrakt hinter zwei Ecktürme zurückversetzt, mit einem großen gepflästerten Platz davor, der in eine Glyzinienpergola mündet, aber oben, wo in Locarno der Name des Hotels in auswechselbaren Leuchtbuchstaben prangt, steht beim Altersheim in unvergänglicher Mosaikschrift der Name des Stifters.

In dieses Altersheim führte mich letztes Jahr eine private Angelegenheit. Der Kanton Tessin hatte begonnen, die Parzellierung der unzähligen Grundstücke zu vereinfachen und den Besitzern Vorschläge zur Zusammenlegung oder zu Abtäuschen zu machen, und da ich auf einer Alp ein kleines Stück Land mit einem Stall besitze, in dem wir gerne ein paar Sommertage verbringen, kam auch an mich eine solche Anfrage, und ich beschloss, den Besitzer des Nachbargrundstücks aufzusuchen. Der lebte seit Kurzem in diesem Altersheim, wir kannten uns, und er freute sich über meinen Besuch, klagte über sein abnehmendes Augenlicht und über seine Zuckerkrankheit, die ihm in die Beine fahre, sodass er kaum mehr gehen könne, kurz, über das ganze zusammenbrechende System seines Körpers, für das man auch das einfache Wort Alter benutzen kann. Er war mit dem Landabtausch, den ich ihm vorschlug, ohne Weiteres einverstanden, fragte nach dem Zustand der Quelle, des Baches und der alten Kastanienbäume und erzählte mir von den Zeiten seiner Kindheit, als es im Dorf noch 600 Stück Vieh gab, von denen in unseren Tagen nicht einmal eine einzige Kuh übrig geblieben ist.

Während unseres Gesprächs lag sein Zimmernachbar regungslos, mit halb geöffnetem Mund im Bett und ließ nur von Zeit zu Zeit ein leises Stöhnen hören. Als ich ihn einmal fragte, wie es ihm gehe, reagierte er nicht.

»Er hört nichts mehr«, sagte mein Bekannter, »er ist

bald hundert, und ich glaube, er will schon lange sterben, kann aber nicht.«

Wir fuhren mit unserm Gespräch fort, und ich fragte, ob es früher auch schon Wildschweine gegeben habe am Hang oben, da hob sein Bettnachbar den Kopf und sagte: »Un giorno vanno trovare la torta.« »Eines Tages werden sie die Torte finden«, und ließ seinen Kopf wieder sinken.

Mein Bekannter lächelte und sagte, das sei das Einzige, was der arme Kerl noch sage, und sie nennten ihn deswegen nur »la torta«, ein Spitzname, mit dem er bereits ins Pflegeheim gekommen sei und den er offenbar in seinem Dorf ein Leben lang getragen habe. Aber was der Grund dafür sei, wisse niemand, und es kämen auch keine Familienangehörigen zu Besuch, die man fragen könne.

Ich trat zum Bett des Alten, beugte mich über ihn und fragte: »Dove vanno trovare la torta?« »Wo werden sie die Torte finden?«

Ohne die Augen zu öffnen, sagte er: »Nel lago.« »Im See.«

Ich fragte meinen Bekannten, ob er auch gelesen habe, dass die Seepolizei kürzlich im Lago Maggiore bei einer Suchaktion nach einem Ertrunkenen im Bodenschlamm eine große Blechschachtel mit der Aufschrift »Grand Hotel Locarno« gefunden habe, in welcher verrostete Zünder gewesen seien, die zu einer Ladung Dynamit gehört haben könnten, und dass ein Rätselraten um diesen Fund entstanden sei.

Kaum hatte ich dies gesagt, fuhr der Alte in seinem Bett hoch, riss die Augen weit auf und rief: »L'hanno finalmente trovata!« »Endlich haben sie sie gefunden!«

»Die Torte?«, fragte ich und fügte hinzu: »Es war aber Dynamit drin.«

Nun erschien die Pflegerin mit dem Mittagessen und war ganz erstaunt, den Alten aufrecht im Bett sitzen zu sehen, und sie staunte noch mehr, als dieser mit klarer Stimme zu mir sagte, ich solle jetzt gehen und am Nachmittag wieder kommen, dann werde er mir die Geschichte mit der Torte erzählen.

Ich suchte eine Osteria auf, wo man mir eine wunderbare Polenta mit einem Kaninchenschenkel servierte, und als ich am Nachmittag wieder das Altersheim aufsuchte, war mit dem Alten eine eigenartige Veränderung geschehen. Er saß im Lehnstuhl am Fenster und trug ein blaues Jackett mit Brusttressen und eine Mütze mit der Aufschrift »Grand Hotel Locarno«, und so wie er dasaß, hätte man ihn ohne Weiteres gerufen, um einen Koffer ins Zimmer tragen zu lassen. Was er nun erzählte, trug er ohne zu stocken vor, sodass ich fast nicht glauben konnte, dass es sich um denselben röchelnden Menschen handelte, den ich heute Morgen gesehen hatte.

»Nehmen Sie Platz«, sagte er zu mir und wies auf den Besucherstuhl, »ich kenne Sie zwar nicht, aber weil Sie mir die Nachricht von der gefundenen Schachtel gebracht haben, will ich Ihnen meine Geschichte erzählen. Mit Righetti« – er wies mit dem Kopf auf seinen zuckerkranken Zimmernachbarn – »hab ich schon gesprochen, er will auch zuhören.

Ich heiße Ernesto Tonini, ich bin 1904 in diesem Tal geboren, und ich weiß nicht, ob Sie sich eine Vorstellung da-

von machen können – Sie sind Deutschschweizer, nicht? –
wie man damals gelebt hat. Es war ein einziger Kampf ums
Überleben, der vom Talboden bis zur Waldgrenze hinauf
geführt wurde, jeder Quadratmeter, den man bewirtschaf-
ten konnte, zählte, jeder Kastanienbaum bedeutete so und
so viel Mahlzeiten für hungrige Mägen, oft mussten die
Kinder den ganzen Sommer lang auf die oberste Alp mit
den Ziegen und Schafen und hatten als einzige Nahrung
drei bis vier Liter Ziegenmilch am Tag, alle Familien hatten zu viele Kinder, und wenn die Mutter bei der Geburt
des siebten Kindes starb und der Vater beim Mähen von einer Kreuzotter gebissen wurde und kein Gegengift da war,
wurden die Kinder zu Verwandten gegeben, wo sie sich gewöhnlich vom ersten Hahnenschrei bis nach Sonnenunter-
gang abrackern mussten, oder sie kamen ins Waisenhaus.
Ich hatte Glück und kam ins Waisenhaus, und ich hatte
nochmals Glück und bekam nach der Schule eine Stelle als
Laufbursche im Grand Hotel Locarno.

Natürlich versuchte man auch dort, das Letzte aus uns
herauszuholen. Um 5 Uhr war Tagwacht, dann mussten wir die große Terrasse und den Vorplatz wischen, wir
mussten die Brötchen beim Bäcker holen, und wehe, man
wurde erwischt, wenn man eins gegessen hatte, der Kü-
chenmeister zählte sie ab und zog es dir vom Lohn ab, falls
man das Lohn nennen konnte, 50 Rappen am Tag, und
ein Brötchen kostete 10 Rappen. Ich will euch nicht weiter langweilen mit dem, was wir zu tun hatten, sondern
sage nur noch, dass man als Jüngster alles zugeschoben
bekam, worum sich die Älteren zu drücken versuchten.
Wir wohnten zu viert in Zimmern mit zwei Betten überei-

nander, zwischen denen gerade ein Mensch stehend Platz hatte, und für die andern, die alle von Locarno, Ascona oder Tenero kamen, war ich der Tölpel aus dem Tal, ich hatte auch keine Gelegenheit, meine Geschwister zu sehen, kurz, ich war einsam, elend und arm, und ich war täglich um Leute herum, die gesellig, fröhlich und reich waren, und so wurde ich Kommunist.«

Ernesto Tonini lächelte und schaute vom einen zum andern. Wir mussten ziemlich überraschte Gesichter gemacht haben.

»Das hättet ihr nicht gedacht, stimmt's oder hab ich recht?«

Wir zwei Zuhörer nickten, und er fuhr weiter.

»Der Bäckerjunge, der mir jeweils die Brötchen übergab, nahm mich an einem meiner wenigen freien Abende an eine Versammlung mit, die in einer kleinen Druckerei in Muralto abgehalten wurde, was heißt Versammlung, es war eher eine Verschwörung, sechs oder sieben Männer waren da, und manchmal noch Giulietta, die Tochter des Druckers, und dieser erzählte uns, wie sich Marx eine Welt ausgedacht hatte, in der es keine Armen und Reichen mehr gibt, sondern in der allen alles gehört, und wie unser großer Genosse Lenin von der Schweiz nach Russland gefahren war und dort den Zar gestürzt hatte, um diese Welt aufzubauen, und wie es aber besser sei, dort, wo man arbeite, vorläufig nichts von diesen Ideen zu sagen, weil bei uns noch die Reichen regierten und wir dann sofort rausflögen, z. B. aus dem Grand Hotel Locarno.

Daran hielt ich mich, aber von dem Moment an, wo ich bei den Kommunisten war, sah die Welt ganz anders aus für mich. Ich wurde gelassener und machte meine Arbeit besser, denn ich wusste nun, dass dies alles nicht so bleiben würde und dass ich eines Tages meine Geschwister, die als Mägde, Knechte oder Steinbrecher arbeiteten oder noch im Waisenhaus waren, ins Grand Hotel würde einladen können, in die Zimmer mit Seesicht.

Da ich ganz adrett aussah, bekam ich ab und zu ein Trinkgeld, und ich kaufte mir kleine Lehrbücher für Deutsch, Französisch und Englisch, die ich mir in die Tasche steckte und während meiner Botengänge hervorzog, um mich mit diesen Sprachen vertraut zu machen. Wir seien, sagte uns der Drucker immer wieder, eine Zelle, und es sei gut möglich, dass man einen von uns einmal ins Ausland schicke, wo die Weltgeschichte gemacht werde.

Wenn ich den fremden Gästen die Koffer ins Zimmer trug, versuchte ich immer, etwas in ihrer Sprache zu sagen und von ihnen zu lernen. Das machte mich beliebt, und öfters verlangten die Gäste, dass sie der kleine Ernesto an den Bahnhof begleite oder ihnen den Tee aufs Zimmer bringe. Dies blieb im Hotel nicht unbemerkt, und nach drei Jahren teilte man mich zum Etagendienst ein und stellte mich von Zeit zu Zeit sogar als Aushilfskellner an. Und an zwei Abenden im Monat hörte ich an unsern Versammlungen, wie Genosse Lenin Russland umkrempelte, wie aber in München die Räterepublik gescheitert sei und dass uns das eine Warnung sein solle, wie schwer es die Revolution bei uns habe.

Und dann, auf einmal, kam die Weltgeschichte nach

Locarno. Im Herbst 1925 versammelten sich die Minister-
präsidenten von halb Europa ausgerechnet hier, im Tessin,
um über die Folgen des 1. Weltkriegs zu diskutieren. Soviel ich verstand, ging es vor allem darum, Deutschland
wieder zu einem normalen Mitglied Europas zu machen.
Dass Deutschland dies noch nicht war, merkten wir daran, dass alle Delegationen außer der deutschen bei uns
im Grand Hotel logierten, die Engländer, die Franzosen,
die Italiener, die Belgier und, warten Sie, ja, die Tschechen
waren auch da, die kamen etwas später, Herr Benesch und
seine Frau, die immer einen Strohhut trug, und die Polen.
Ganz Locarno war aus dem Häuschen in diesen vier-
zehn Tagen. Zwei- bis dreihundert Journalisten rannten jeden Tag zum Palazzo di Giustizia, wo die Sitzungen
stattfanden und wo sie nicht hineindurften, und dann ins
Grand Hotel zu den Pressekonferenzen, wo sie auch nichts
erfuhren, und dann zum »Bankverein«, wo sie telefonieren
und telegrafieren konnten. Politiker, deren Namen man
nur aus der Zeitung kannte, waren plötzlich leibhaftig zu
sehen, der deutsche Stresemann mit seiner leuchtenden
Glatze trank abends auf der Piazza Grande sein Bier, der
Franzose Briand, klein und etwas gebeugt, ging einmal ins
Kino, Chamberlain, den Briten, sah man mit seiner Frau
am Lido spazieren, und wir im Grand Hotel hatten sie natürlich alle von ganz nahe, am Frühstückstisch oder beim
Diner, und das Personal schuftete von morgens früh bis
abends spät, und keiner durfte fehlen. Einmal fing mich
der Küchenchef kurz vor zwölf auf der Hintertreppe ab,
als ich todmüde in mein Zimmer gehen wollte, und ich
musste ihm helfen, Brötchen zu streichen, die ich dann zu

einer mitternächtlichen Pressekonferenz bringen musste, und ich bekam mit, wie Grandi, die rechte Hand Mussolinis, allen italienischen Journalisten drohte, wenn morgen auch nur ein Wort vom Vertragsentwurf in einer ihrer Zeitungen stehe, werde diese sofort verboten. Und dann durfte ich den Journalisten meine Brötchen servieren, und Luigi, ein zweiter Aushilfskellner, schenkte ihnen Champagner ein. So lernte ich, was Pressefreiheit heißt, und es wurde mir auch klar, weshalb der Drucker mit Empörung von den Faschisten sprach.

Nicht nur ganz Locarno war in Aufruhr, auch unsere kleine Zelle. Die Kommunisten, belehrte uns unser Drucker, seien strikte gegen diese Verhandlungen. Ein Deutschland, das wieder funktioniere, stärke die rechten und bürgerlichen Mächte in Europa, und dadurch werde der revolutionäre Umsturz erschwert. Diese Konferenz, so war die Meinung der Kommunisten, müsse deshalb sabotiert werden.

Wie ernst es ihnen damit war, erfuhr ich, als mich der Drucker nach unserer Versammlung kurz vor Beginn der Konferenz zurückbehielt und mir sagte, da ich im Grand Hotel arbeite, käme ich am nächsten an die Politiker heran, ohne Verdacht zu erwecken, und alle Genossen erwarteten von mir eine große Tat für die Weltrevolution. ›Was für eine Tat‹, fragte ich, und er öffnete eine Mappe, in der einige Stangen Dynamit lagen, und zeigte mir, wie man die Zündschnur entflammen musste. ›Sie ist auf 10 Sekunden berechnet‹, sagte er, ›damit niemand Zeit hat, zu fliehen.‹

Ich erbleichte. ›Das heißt —‹

›Ja, Ernesto, das heißt, dass dein Name in allen Geschichtsbüchern stehen wird. Die Piazza Grande wird Piazza Ernesto Tonini heißen. Klar?‹

›Klar, Chef.‹

›Proletarier aller Länder –‹

›– vereinigt euch‹, murmelte ich und machte mich auf den Heimweg, mit der Mappe unter dem Arm, und da ich mittlerweile ein Einzelzimmer hatte, so groß wie eine bessere Besenkammer, versorgte ich sie einfach in meinem Koffer, den ich unter dem Bett verwahrte.

Ich hatte meinen Entschluss schnell gefasst. Mein Leben bis jetzt war hart und freudlos gewesen, Freunde außerhalb der Zelle hatte ich kaum, große Chancen, im Hotelbetrieb aufzusteigen, konnte ich mir nicht ausrechnen, vermissen würde mich niemand, dafür würde mein Name um die Welt gehen, und meine Geschwister würden später auf einem Platz mit dem Namen ihres Bruders eine Limonade trinken können.«

Ernesto Tonini hielt inne und fragte mich, ob ich ihm das Teeglas vom Nachttischchen reichen könne, und als er es in der Hand hatte, trank er es in wenigen Schlucken leer und fuhr sich mit der Zunge über die vertrockneten Lippen.

Ich schenkte ihm aus dem Teekrug noch ein zweites Glas ein, aber er winkte ab und fuhr in seiner Erzählung fort.

»Die Konferenz begann, und die Frage war, wo ich möglichst viele Teilnehmer aufs mal treffen könnte. Eine der wenigen Sicherheitsmaßnahmen im Hotel war, außer dass man die Befestigung des Kronleuchters geprüft hatte, der in der Eingangshalle über die vier Stockwerke hinunterhängt, dass die Delegationen beim Diner möglichst weit voneinander entfernt saßen, also musste ich mir überlegen, auf welche der Delegationen ich das Attentat verüben wollte. Die wichtigsten in meiner Reichweite waren zweifellos die englische und die französische. Ich hatte mich schon für die englische entschieden, da Chamberlain der Vorsitzende der Konferenz war und da mir Madame Briand ein Trinkgeld gegeben hatte, als ich ihr einen Blumenstrauß vom Sindaco aufs Hotelzimmer gebracht hatte.

Da bot mir der Zufall eine Gelegenheit, um die mich die Geschichte beneiden musste.

Einer der wichtigsten Gäste, der in unserm Hotel ein- und ausging und vor dem alle stramm zu stehen hatten, war ein Franzose namens Loucheur. Er war ein Kapitalist aus dem Lehrbuch, der Drucker sprach seinen Namen mit Hass aus, wenn er von den Hungerlöhnen der Dampfschiffgesellschaft und der Centovallibahn sprach, denn beide gehörten Herrn Loucheur, und es hieß auch, es sei eigentlich sein Verdienst gewesen, dass die Konferenz gerade nach Locarno gekommen war. Nun ließ Monsieur Loucheur beim Confiseur des Hotels eine große Torte bestellen, die am nächsten Mittag auf sein Motorschiff »Fior d'arancia« gebracht werden musste. Auf diesem Motorschiff, so sickerte bald durch, sollten die Spitzenmänner der Konferenz zu einer Rundfahrt eingeladen werden, sodass sie in einer schöneren Atmosphäre miteinander diskutieren konnten.

Eine reiche Tessiner Platte mit Merlot und grünem Veltliner sollte auf dem Tisch für 12 Personen bereitstehen, und später auf der Rundfahrt sollte dann zum Kaffee die große Torte serviert werden. Zu meiner Überraschung wurde ich dazu auserkoren, die Torte aufs Schiff zu bringen und dort dem Hauptkellner mit der Bedienung zur Hand zu gehen. Dies hatte einerseits mit einem großen Bankett am Abend zu tun, zu dessen Vorbereitung wieder einmal alle verfügbaren Kräfte mobilisiert wurden, andererseits spielte wohl auch eine Rolle, dass ich mich auf deutsch, englisch und französisch einigermaßen verständigen konnte.

Ihr könnt euch vorstellen, dass ich wenig schlief in dieser Nacht, und ihr könnt euch vielleicht auch vorstellen, wie ich am andern Nachmittag das Dynamit auf das Schiff brachte. Die Torte war zweistöckig, und der Confiseur hatte mit Schlagsahne »Pace« und »Locarno« darauf geschrieben. Sie wurde in eine große Blechschachtel gestellt, die man mit Klammern verschloss, und als ich sie aus der Küche trug, ging ich damit zuerst in mein Zimmer, öffnete sie und schob die Dynamitstangen so weit in die Kuchenmasse, dass die Zündschnur noch herausschaute. Dann schloss ich die Schachtel wieder und trug sie wie eine Monstranz den kurzen Weg zur Anlegestelle hinunter, wo mich der Hauptkellner schon erwartete. Da der Raum im kleinen Schiffssalon sehr knapp war, hatte er für die Torte einen Platz unter einem Sitz des Hinterdecks vorgesehen, was auch den Vorteil hatte, dass sie kühler blieb, es war immerhin schon Mitte Oktober. Ich verstaute sie also dort und nahm nachher mit halbem Ohr seine Anweisungen für die Bedienung entgegen. Hauptsache, ich spürte die Streichhölzer in meiner Tasche. Ich war bereit, die Weltgeschichte sollte kommen.

Und als die Minister und hohen Sekretäre nun einer nach dem andern nichtsahnend das Schiff betraten, das sie in den Tod führen sollte, und von Herrn Loucheur begrüßt wurden, Chamberlain, Briand, Stresemann, Luther, Sciaiola und wie sie alle hießen, und das Schiff dann ablegte und in Richtung Luino fuhr und sie nach ihren Broten und der Coppa und den Salamischeiben griffen und mit ihren Weißweingläsern anstießen und immer wieder das Wort »Völkerbund« hören ließen, geschah etwas Eigenartiges.

Ihr werdet begreifen, dass ich angesichts dessen, was bevorstand, ziemlich nervös war, und so schüttete ich ausgerechnet der einzigen Dame an Bord, Lady Chamberlain, etwas Weißwein über ihr Kleid, was mir einen zornigen Blick des Hauptkellners eintrug, während mich Lady Chamberlain nachsichtig anschaute und fragte: ›Are you in love, young man?‹

Und in diesem Moment wurde mir klar, dass ich wirklich verliebt war, und zwar in Giulietta, die Tochter des Druckers, der ich so gerne nachschaute, wenn sie uns Verschwörern etwas zu trinken brachte und dann wieder ging, und ich merkte, dass ich schon lange auf eine Gelegenheit wartete, sie allein zu sehen, sie einzuladen, mit mir spazieren zu gehen, und dass ich mit diesem Gedanken nicht einfach spielte, sondern dass ich darauf brannte, sie zu küssen und zu umarmen, und dass ich auf keinen Fall in die Weltgeschichte eingehen wollte, bevor ich nicht mit einem Mädchen ausgegangen war, und zu meinem großen Erstaunen hörte ich mich antworten: ›Yes, I am, Madame, and I beg your pardon.‹«

Ernesto Tonini fasste nun mit den Händen die vorderen Krümmungen der Armlehne, zog seinen gebrechlichen Körper nach vorn, so weit es ging, schaute uns eindringlich an und fuhr dann weiter:

»Und als der Moment kam, in dem mich der Hauptkellner hieß, die Torte zu holen, ging ich auf's Hinterdeck und wusste mir nicht anders zu helfen, als dass ich absichtlich über eine Bank stolperte und die Blechschachtel mit der ›Pace und Locarno‹-Torte über die Reling in den See fallen ließ, wo sie langsam versank.

Die Empörung des Hauptkellners kannte keine Grenzen, auch Monsieur Loucheur zischte mir ›connard‹ und ›crétin‹ zu, und wäre nicht Lady Chamberlain gewesen, die ihre Hand auf die meine legte und versöhnlich sagte: ›He is in love, gentlemen – why don't you love each other too?‹, hätte ich wohl auf der Stelle Prügel gekriegt.

So rot wie damals bin ich nie mehr geworden, und wer weiß, ob Deutschland in den Völkerbund aufgenommen worden wäre ohne die Fürsprache von Lady Chamberlain für die Liebe, und so habe ich vielleicht doch ein bisschen am Gang der Welt mitgewirkt. Natürlich machte die Geschichte sofort die Runde, alle Kollegen nannten mich von da an nur noch ›la torta‹, und hätte sich nicht Lady Chamberlain sofort bei der Direktion des Hotels für mich eingesetzt, wäre ich bestimmt gefeuert worden.

Was in der Torte war, hat nie jemand erfahren, aber am nächsten Tag ging ich zum Drucker und sagte ihm, dass seine Dynamitstangen am Grunde des Lago Maggiore in einer Kuchenschachtel lägen und dass er das nächste Attentat besser selber ausführe, statt es einem Trottel wie mir anzuvertrauen, und dass ich nicht mehr an seine Versammlungen käme und auch nicht mehr an den Kommunismus glaube, wenn man für ihn so nette Leute wie Herrn und Frau Chamberlain umbringen müsse und erst noch selbst draufgehe dabei.

Ich gab ihm jedoch mein Wort, niemandem etwas davon zu erzählen, wofür er sehr dankbar war, und im Übrigen wurde er später mein Schwiegervater, denn Giulietta mochte mich, wir küssten und umarmten uns in der kurzen Zeit, in der wir ein Paar waren, denn sie ist jung und kinderlos an Tuberkulose gestorben, aber ich liebe sie noch heute, ich liebe sie und Lady Chamberlain, die mich beide daran gehindert haben, in die Weltgeschichte einzugehen.«

Erschöpft ließ sich der alte Mann in den Lehnstuhl sinken, und eine Weile war es ganz ruhig im Zimmer. Dann bat er mich, vom Waschtisch die beiden Zahngläser zu holen und auszuspülen und das untere Fach seines Schranks zu öffnen. Dort stand hinter seinem kleinen Koffer, in dem er einst das Dynamit aufbewahrt haben musste, eine Flasche Grappa und ein Zinnbecher mit der Aufschrift »Grand Hotel Locarno«.

Er ließ es sich nicht nehmen, uns, zitternd zwar, aber ohne etwas zu verschütten, selbst einzuschenken, und wir tranken, während es draußen zu regnen begann und allmählich dunkler wurde, die ganze Flasche in kleinen und langsamen Schlucken aus.

Als ich meinen Bekannten nach zwei Tagen anrief, weil unser Tausch vom Grundbuchamt genehmigt worden war, sagte er mir, Ernesto Tonini sei in der Nacht darauf friedlich gestorben.

Der Schimmel

Als die Frauenärztin, die ich Dr. Sabina Christen nennen will, nach einem anstrengenden Montag in der Praxis die Tiefgarage betrat, in der sich ihr Auto befand, stutzte sie einen Moment. Ihr schien, in der abgestandenen Luft, die nach Gummireifen, Ölflecken und Benzin roch, schwebe ein Pferdegeruch. Woher er kam, war nicht auszumachen, die Wagen der Dauermieter warteten auf ihren gewohnten Plätzen, und in der Hauswartecke standen wie immer der Schneepflug und der Laubbläser

Vielleicht, dachte sie, bevor sie einstieg, ist jemand von den andern reiten gegangen und hat die Reitkleidung in seinen Wagen gelegt. Im Wegfahren versuchte sie sich die Mitbenützer der Garage auf einem Pferd vorzustellen, und der Einzige, der einen passenden Anblick abgab, war der Zahnarzt im zweiten Stock, von dem sie sich aber zu erinnern glaubte, dass er Jäger war. Sie nahm sich vor, ihn zu fragen, wenn sie ihn das nächste Mal sähe.

Es war vielleicht eine Woche später, als ihr der Geruch erneut auffiel. Diesmal war er so stark, als sei ein schwitzendes Pferd von einem Ausritt zurückgekommen und habe noch ein paar Pferdeäpfel fallen lassen. Doch von einem Pferd war nichts zu sehen, geschweige denn von Pferdeäpfeln, und die paar Autos standen so ordentlich und langweilig wie immer auf den für sie bestimmten Rechtecken.

Die Ärztin wunderte sich. Der Zahnarzt, den sie darauf angesprochen hatte, war kein Reiter, und ihm war der Geruch nicht aufgefallen. Während sie nach Hause fuhr, etwas in Eile, weil sich die Sprechstunden unerwartet in die Länge gezogen hatten und ihre zwei halbwüchsigen Töchter mit dem Nachtessen auf sie warteten, wie sie ihr mit einem SMS mitgeteilt hatten, stieg auf einmal eine starke Sehnsucht nach Pferden in ihr hoch.

Als Gymnasiastin hatte sie oft in einem Reitstall ausgeholfen, um sich damit die Reitstunden zu finanzieren, von denen ihre Eltern nichts wissen wollten, zu gefährlich sei es und zu teuer, hatten sie gefunden, und warum sie nicht mit ihrer Freundin in die Ballettschule gehe, das sei doch auch etwas Schönes und passe viel besser zu einem Mädchen. Sie aber hatte Pferde gestriegelt, hatte ihnen das Zaumzeug abgenommen oder angelegt, ihre Beine abgespritzt, die Hufe gereinigt, den Mist auf die Karrette geladen und auf den Miststock gefahren, neues Stroh in die Boxen gestreut, die Krippen mit Heu gefüllt und dann den Pferden beim Kauen zugeschaut und sich mit ihnen wohl gefühlt, und dieses Wohlgefühl hatte sich nun mit dem Geruch bei ihr eingenistet wie ein Gast aus einer verloren geglaubten Welt. Sie dachte auch an die Stunden, die sie auf Pferden gesessen hatte, welche sie über Waldwege trugen oder entlang von Getreideäckern, an deren Rändern Mohn- und Kornblumen wuchsen, oder von einem Gehöft zum andern, wo die Hunde anschlugen, wenn der kleine Tross auftauchte, in dem sie mitritt, und während sie ihren Wagen von einer Ampel zur nächsten lenkte, kam ihr der ganze Verkehr wie ein Verrat an den Pferden vor. Jahrhundertelang waren sie es gewesen, die dem Menschen halfen, sich schneller fortzubewegen, und die Erfindung des Benzinmotors hatte genügt, um das Pferd zum Hobby zu degradieren, und selbst ein Ausdruck wie Pferdestärke war zu einer Abkürzung verkommen, hinter der kein Mensch mehr die Zugkraft eines stampfenden Tieres vermutete. Mit heruntergekurbelter Scheibe vor einem Rotlicht stehend, versuchte sie sich einen Moment lang vorzustellen, alle diese heimkehrenden Einzelmenschen in ihren Autos säßen auf Pferden, und brach dabei in ein kurzes Gelächter aus, was ihr einen argwöhnischen Blick aus dem Nachbarwagen eintrug.

Gegen Ende des Studiums hatte sie aufgehört zu reiten, es kamen die Jahre als Assistenzärztin, die Heirat, die Töchter, die Praxis, die Scheidung, und für den halben Tag in der Woche, den es dafür gebraucht hätte, fehlten ihr die Muße und die Energie, aber auch die Lust. Wieso erinnerte sie sich denn auf einmal mit solcher Heftigkeit an ihre Zeit mit den Pferden?

Ich bin alt, schoss es ihr durch den Kopf, und dieser Gedanke erschreckte sie so, dass sie beinahe den Radfahrer übersehen hätte, der neben ihr geradeaus über die Kreuzung fuhr, auf welcher sie nach rechts abbiegen wollte.

Aber als die ältere Tochter sie fragte, wieso sie so gut aussehe, nahm sie sich vor, sich so bald wie möglich nach einem Reitstall umzusehen.

Der Hauswart übrigens, den sie am nächsten Tag auf den Geruch ansprach, als sie ihn in der Garage traf, blickte sie erstaunt an, und tatsächlich war nun im Benzin- und Reifengeruch nicht mehr das geringste Pferdearoma auszumachen.

Die nächsten Wochen waren bis zum Äußersten ange-
füllt, Sabina Christen besuchte eine Fortbildungstagung
und musste dadurch Überstunden in ihrer Praxis leisten,
sodass sie gar nicht daran denken konnte, sich mit der
Suche nach einem geeigneten Reitstall zu beschäftigen,
und den Pferdegeruch in der Garage hatte sie fast wieder
vergessen.

Umso erstaunter war sie deshalb, als sie eines Abends, gerade als sie die Tür zur Tiefgarage öffnen wollte, ein Wiehern hörte. Sie hielt einen Moment inne und fragte sich,
ob sie einer Täuschung erlegen sei, da ertönte das Wiehern
ein zweites Mal. Vorsichtig drückte sie die Klinke, öffnete
die Tür einen Spalt weit, und da sah sie den Schimmel. Er
stand dort, wo sie glaubte, am Morgen ihr Auto hingestellt
zu haben, und schaute gegen die Wand, aber als sie die
Tür jetzt ganz öffnete, drehte er den Kopf mit einer schnellen Bewegung in ihre Richtung, was seine lange Mähne
zum Flattern brachte, und stieß erneut ein Wiehern aus,
ein Wiehern, das geradezu stürmisch klang.

Die Ärztin stellte ihre Tasche neben der Türe ab, näherte sich behutsam dem Pferd, legte ihre Hand auf seine
Kruppe und fragte es: »Wo kommst denn du her?«

Die Nähe der Frau schien das Pferd etwas zu beruhigen,
es gab sich mit langsamen Halsbewegungen dem Kraulen
der Mähne hin, zu dem Sabina jetzt ansetzte. Es war ein
wunderschöner Schimmel, ein Wallach, und er trug ein
Zaumzeug und einen Sattel, dessen Bogen ungewöhnlich
hoch war.

Jetzt war ihr, sie höre den Hauswart draußen vor der
Garage hantieren, und sie drückte auf die Fernbedienung

an ihrem Schlüsselbund, den sie schon in der Hand hatte. Mit einem brummenden Geräusch öffnete sich das Kipptor, sie trat vor die Einfahrt, sah aber niemanden.

»Herr Jordi!«, rief sie und schaute sich um, »Herr Jordi! Was ist mit dem Pferd in der Garage?« Da stieß sie der Schimmel von hinten mit der Schnauze in die Seite, dass sie fast hingefallen wäre.

»Willst du wohl?«, sagte sie und packte ihn am Zaumzeug.

Als der Schimmel nun ganz leicht seinen Kopf an ihrer Hüfte rieb, ging ihr ein Gedanke durch den Kopf, der sie lächeln machte. Sie blickte an sich herunter und musterte ihre Halbschuhe. Die waren solid genug, hatten sogar ein Luftpolster in den Sohlen wegen ihrer gelegentlichen Rückenschmerzen. Sie trug Hosen, hatte über ihrer Bluse eine leichte Jacke an, es war ein warmer Frühsommerabend, und sie war etwas eher fertig geworden, also könnte sie so, wie sie dastand, einen kleinen Ausritt wagen. Ihre Praxis war am Stadtrand gelegen, und zwei Straßen weiter führte eine Abzweigung zum Rand des Burgerwaldes.

Als hätte der Schimmel ihre Gedanken erraten, setzte er sich langsam in Bewegung, schritt, von der Ärztin am Halfter geführt, die Einfahrt hoch, folgte ihr über das Trottoir der Hauptstraße und bog dann mit ihr in die Burgerwaldstraße ein. Seine Huftritte hallten zuerst von zwei- bis dreistöckigen Wohnblöcken wider, später wurden sie von Rasenmähern übertönt, die zwischen Einfamilienhäusern mit Wagenrädern, Gartenzwergen und Froschbiotopen wüteten. Aus einem der Gärten winkte ihr eine Frau mit einer Rasenkantenschere zu: »Hallo, Frau Doktor, ich wusste gar nicht, dass Sie reiten!«

Sabina Christen erschrak. Frau Brunner, eine Patientin von ihr. »Nur selten«, antwortete sie, ohne anzuhalten.

»Ein Prachtspferd!«, rief ihr die Frau nach, »wie heißt es?«

»Beowulf!«, rief die Ärztin zurück, indem sie sich mit ihrem Schimmel entfernte, ohne zu wissen, woher ihr dieser Name gekommen war.

»Hast du gehört?«, sagte sie zum Pferd, »Beowulf!« Sie lachte, und als es jetzt schnaubend den Kopf in die Höhe warf, war sie so vergnügt, als hätte ihr ein Liebhaber ein heimliches Treffen vorgeschlagen.

Das letzte Haus lag hinter ihr; nach einer kleinen Brücke, an der ein Weidenbaum stand, ging die asphaltierte Straße in einen Feldweg über, der auf den Burgerwald zulief. Die Ärztin blieb stehen, und mit ihr der Schimmel. Sie prüfte den Sattelgurt an seinem Bauch und beschloss, ihn etwas enger anzuziehen, was der Schimmel ohne Weiteres geschehen ließ. Die Gürtelschnalle sah aus, als wäre sie aus purem Silber. Unternehmungslustig steckte sie sich eine abgebrochene Weidenrute, die am Boden lag, in den Gürtel, das gab ihr so etwas wie ein Jockeygefühl.

»Also, Beowulf«, sagte sie dann, »probieren wir's mal zusammen?«

Sie setzte den linken Fuß in den Steigbügel, schwang sich leicht wie ein junges Mädchen in den Sattel, fand sofort mit dem rechten Fuß den andern Bügel, und schon setzte sich der Schimmel in einen leichten, angenehmen Trab; mühelos konnte sich Sabina dem Wippen des

Pferderückens anpassen, und ihr Reittier ließ sich auch gleich zu einem langsamen Tritt bewegen, als ihr zwei Biker entgegenkamen.

Sie erreichte nun den Waldsaum und entschied sich, die Abzweigung zu nehmen, die in den Wald hinein führte, da sie dort weniger Spaziergänger erwartete. Die Verständigung mit dem Schimmel war so einfach, als sei sie gestern zum letzten Mal geritten, und er war so fügsam und geschmeidig, als trage er seine alte Herrin und Meisterin. Eine Gruppe von Jugendlichen, die der Lichtung mit der Waldhütte zustrebte, von wo der Rauch eines Picknickfeuers aufstieg, überholte sie ohne Schwierigkeiten, und als nun ein Stück schnurgeraden Weges vor ihr lag, auf das die Abendsonne, durch Baumkronen und Blätter vielfach gebrochen, ein freundliches Licht warf, fand sie, sie könne einen kleinen Galopp riskieren. Mit einem leisen »Hü!« presste sie dem Schimmel die Füße in die Flanken, und der schlug nun einen federnden Galopp an, der für Sabina so leicht durchzustehen war, dass sie von einem richtigen Glücksgefühl erfasst wurde und sich vornahm, ab sofort wieder regelmäßig zu reiten. Vorne zweigte ein Weg nach links zum Waldrand ab, und da sie fand, es genüge fürs Erste, zog sie den Zügel nach links, verlagerte ihr Gewicht in Vorbereitung der Kurve und fiel beinahe hinunter, als das Pferd geradeaus weiterlief. Sofort zog sie beide Zügel straff an und rief streng: »Ho-oh!«, aber ihr Schimmel, mit dem sie sich so gut verstanden hatte, setzte seinen Galopp fort. Erneut stemmte die Reiterin die Füße mit ihrer ganzen Kraft in die Steigbügel, zerrte die Zügel zurück und rief so laut sie konnte: »Ho-ooh, Beowulf!«, und erneut blieb alles ohne Wirkung. Sabina wurde von Angst gepackt und versuchte ein drittes Mal, die Macht über den Schimmel zurück zu gewinnen, aber dieser setzte seinen Lauf gänzlich unbeeindruckt fort, seine Muskulatur bewegte sich unter ihren Beinen als große, selbständige Kraft, auf die sie nicht den geringsten Einfluss hatte.

Als sie merkte, dass sie keine Kontrolle über das Pferd mehr hatte, versuchte sie, nicht in Panik zu geraten. Sie spürte, dass sie keine Chance hatte gegen das Pferd, sondern nur mit dem Pferd. Ihre Kräfte musste sie darauf verwenden, oben zu bleiben. Die Hoffnung, das Pferd sei auf dem Weg zu sich nach Hause, war nicht unberechtigt, es schien sich im Wald genau auszukennen, bog einmal nach links ab, dann wieder nach rechts, seine Hufe trappelten mit der Regelmäßigkeit einer Maschine, einmal überraschte es Sabina damit, dass es einen Pfad hinauf rannte, bei dem ihr Zweige ins Gesicht schlugen, so sehr sie sich auch vorbeugte. Erst jetzt wurde ihr bewusst, wie fahrlässig es gewesen war, sich ohne Helm auf ein Ross zu setzen, auf ein fremdes Ross, das sie nun durch eine Gegend trug, die ihr zunehmend fremder wurde. Nie hätte Sabina gedacht, dass der Wald, so nahe bei der Stadt, von einer solchen Dichte, Größe und Unberührtheit war. Wenn sie ihn betreten hatte, mit den Kindern etwa, war sie immer nach kurzer Zeit zu einer Autostraße gekommen, die es zu überqueren galt, oder an den Waldrand, zu Ausflugsrestaurants oder Spiel- und Rastplätzen, die meistens schon besetzt waren, oder war unvermutet vor Tennisplätzen gestanden, hinter denen BMW's und Mercedes parkierten, und nun ritt sie schon bald eine Viertelstunde über men-

schenleere Wege, die immer dunkler wurden, ihre Oberschenkel begannen vom nicht enden wollenden Galopp
zu schmerzen, und sie musste sich eingestehen, dass sie
jede Orientierung verloren hatte.

Sie war erleichtert, als sich der Wald lichtete und sie
in ein kleines Tal kam, in dem ein kräftiger Bach floss,
der bei einem alten Fachwerkhaus weiter vorn ein großes
Mühlenrad antrieb. Aber das Pferd machte keine Anstalten, in eine sanftere Gangart überzugehen.

»Achtung!«, rief sie laut, indem sie auf das Haus zu-
ritt, »ich kann nicht halten!«, und da stoben auf dem Vorplatz ein paar Menschen zur Seite, es schien ihr, einer habe
eine weiße Schürze und eine Zipfelmütze getragen, auch
hatte sie einen Holzkarren von großer Länge gesehen,
der mit Säcken beladen war und bei dem zwei mächtige
Gäule standen, und während empörte Rufe und Hunde-
gebell hinter ihr herschollen, merkte sie, wie ihre Kräfte
nachließen und wie sie sich zu verkrampfen begann, aus
Angst, abgeworfen zu werden. Sie erblickte nun auf einem bewaldeten Hügel über dem Mühlental eine Burg,
auf der Wimpel und Fahnen flatterten, und als der Schimmel in den Wald hineinstürmte und den Pfad in Angriff
nahm, der hinauf führte zu dieser Festung, packte sie seine
Mähne, beugte sich zu seinem Kopf nieder und flüsterte
ihm ins Ohr: »Beowulf, bitte!«, und zu ihrem Erstaunen
brach er seinen Galopp ab und ging in den leichten Trab
über, mit dem der Ritt begonnen hatte.

Sie richtete sich im Sattel auf, aber es gelang ihr nicht
mehr, sich den Bewegungen des Pferdes anzupassen, und
sie wurde hin und her geschüttelt. Abzusteigen getraute

sie sich nicht, deshalb war sie sehr froh, als jetzt aus einem Wachthäuschen ein junger Mann in einem historischen Kostüm auf sie zukam, sie respektvoll, wenn auch kaum verständlich grüßte, den Schimmel am Halfter nahm und Ross und Reiterin im Tritt einen gewundenen Weg hinauf führte. Dieser endete vor einer heruntergelassenen Ziehbrücke, die einen Burggraben überquerte.

Schon bevor sie die Brücke betraten, schrie der junge Mann: »Beowulf!« Innerhalb der Mauern wurde der Ruf weitergegeben, und als Sabina Christen auf dem Schimmel in den Burghof ritt, war dort eine große Bewegung, Menschen kamen aus verschiedenen Türen, Gesichter zeigten sich an den Fenstern des oberen Stockwerks, auf dem Wehrgang hob ein Behelmter freudig seine Armbrust in die Höhe, eine Waschfrau, die mit einer großen hölzernen Zange ein Leintuch aus einem dampfenden Trog hob, ließ dieses wieder fallen; der Knappe bat die Reiterin nun mit einer Geste, abzusteigen, was sie auch tat, ein Kind zeigte kreischend auf ihre Hose und bekam sofort eine Ohrfeige von einem Erwachsenen, und der Mann, der nun auf sie zutrat, war offensichtlich der Burgherr, der in einem Dialekt, den sie noch nie gehört hatte, sagte, sie hätten auf sie gewartet und man werde sie sofort zu seiner Tochter bringen.

Die Ärztin war aufs Höchste verwirrt und beunruhigt. Nicht nur hatte sie keine Ahnung, wo sie hingeraten war und was hier gespielt wurde, es wurde auch noch etwas erwartet von ihr. Da sie neben dem Ziehbrunnen stand, bat sie um einen Schluck Wasser, den ihr der Knappe auch sofort in einem Zinnbecher aus dem Eimer auf dem Brunnenrand schöpfte. Die kleine Pause, die man ihr zum Trinken gewährte, nutzte sie, um die Menschen zu mustern, die in einem Halbkreis um sie herumstanden. Kein Einziger, der nicht historische Kleidung trug, und keiner, dessen Blick auch nur einen Hauch von Scherzhaftigkeit und Mummenschanz erkennen ließ, im Gegenteil, alle blickten sie mit einer Mischung aus Besorgnis und Ehrerbietung an, wie sie das von Hausbesuchen bei Schwerkranken kannte, und da wurde ihr klar, dass sie, aus welchem Grund auch immer, als Ärztin hierher geholt worden war.

»Danke«, sagte sie, gab den Becher zurück und fragte dann den Burgherrn, wo seine Tochter sei. Zwei Frauen mit Kopfhauben und langen Röcken, über welche sie Schürzen gebunden hatten, nahmen sie in die Mitte und gingen zuerst durch eine schmale Pforte in einen engen Vorraum und dann eine Wendeltreppe hinauf. Nun öffnete die Erste eine große, eisenbeschlagene Türe, neben der sich eine Dienerin ängstlich verbeugte, und bat sie in einen Raum, in dem zwei Mägde neben einem Holzzuber mit heißem Wasser knieten. Vor einer Kommode stand eine leere Wiege, auf der Kommode lagen eine Schere und ein Garnknäuel, ein vielarmiger Kerzenständer warf ein unruhiges Licht auf ein Himmelbett, und in diesem Himmelbett lag eine schwer atmende blutjunge Frau mit rötlichen Haaren in den Geburtswehen.

Sabina trat ans Bett, legte der Frau die Hand auf die heiße Stirn, schaute ihr ins Gesicht, das voller Sommersprossen war, und fragte: »Wie geht's?«

Diese antwortete nicht und blickte sie nur mit weit aufgerissenen Augen an. Dann beugte sie sich unter der Decke auf, und ein tiefes Stöhnen brach aus ihr heraus.

»Das erste Kind?«, fragte Sabina, und die junge Frau nickte.

»Ich bin Sabina«, fuhr sie fort, »und wie heißt du?«

»Mechthild«, flüsterte die Frau und stöhnte wieder auf.

Nun schlug Sabina die schwere Decke zurück, aber als sie auch das Nachthemd der Frau zurückstreifen wollte, hielten es die beiden Frauen, die sie heraufgebracht hatten, fest und schauten sie an, als wolle sie einen Frevel begehen.

»Also«, sagte sie darauf, »ich bin die Ärztin. Ist das klar?«

Unwillig ließen die beiden das Hemd los, und Sabina rollte es der Gebärenden bis über die Brüste und schaute sich ihren Bauch an. Die Frau hatte die Statur eines jungen Mädchens, ihr Becken war erschreckend schmal und die Wölbung des Bauches enorm.

»Macht die Fensterläden auf«, sagte sie zu den Mägden, während sie den Bauch abtastete, und als sich diese unschlüssig anblickten, fügte sie etwas lauter hinzu: »Schnell!«

Die beiden gehorchten, und mit dem Abendlicht strömte auch frische Luft ins stickige Zimmer, Mechthild sog sie gierig ein.

Als Sabina jetzt an der Scheidenöffnung arbeiten wollte, fiel ihr mit Schrecken ein, dass ihr Notfallkoffer mit den Handschuhen, dem Herztonverstärker und allem, was sie jetzt bräuchte, im Auto in der Garage war und dass sie ihre verschwitzten Hände, mit denen sie Zaumzeug und Sattel gehalten und dem Schimmel in die Mähne gegriffen hatte, nicht richtig waschen konnte. Sie hielt einen Finger in den Zuber und zog ihn sofort wieder zurück.

»Seife?«, fragte sie, aber das Wort war unbekannt. Sie überlegte einen Moment.

»Schnaps?« Ebenso unbekannt.

»Branntwein?«, fragte sie weiter, und nun nickten die beiden Frauen heftig.

»Schnell!«, rief Sabina, »schnell, schnell!«, denn die junge Mechthild ächzte und war doch nicht in der Lage, ihre Leibesfrucht hinauszupressen.

Sabina tastete den Bauch ein zweites Mal ab, sie prüfte mit den Fingern, ob der Kopf des Kindes noch beweglich war und legte dann ihr Ohr an seinen Nackenpunkt, bis sie die Herzschläge des Kindes hörte. Wie nah waren diese, wenn sie durch ein Gerät wiedergegeben wurden, das man bloß auf die Bauchdecke zu legen brauchte, und wie weit weg waren sie, wenn man sie mit dem eigenen Ohr aushorchen musste. Aber, da war Sabina sicher, sie waren da. Das Kind lebte.

»Schön ruhig, Mechthild«, sagte Sabina und hielt ihr die Hände auf den Bauch.

Was würde sie im Fall einer Komplikation tun? Sie trat ans Fenster und blickte in den Hof hinunter – er bot genügend Landeplatz für einen Helikopter.

»Wo kann man telefonieren?«, fragte sie.

Was die Frau meine, fragten die Helferinnen in ihrem seltsamen Dialekt.

»Telefonieren«, wiederholte Sabina und unterstützte das Wort pantomimisch.

Die Frauen schüttelten ratlos den Kopf, während Mechthild von einem neuen Stoß empor gerissen wurde.

Als Sabina nun zu ihrem Handy greifen wollte, merkte

sie, dass sie es gar nicht bei sich trug. Ihre Tasche war in der Garage neben der Türe stehen geblieben. Sie hatte also nichts dabei, nichts außer ihrem Schlüsselbund, und es sah ganz so aus, als hätte sie der Schimmel in eine Welt getragen, die kaum etwas mit der ihren gemein hatte. Hier war einfach das im Gange, was den Frauen zu allen Zeiten beschieden war, und aus irgendeinem verborgenen Grunde war sie zur Hilfe auserkoren worden.

Die ältere Frau kam herein gehastet, mit einer Flasche Branntwein in der Hand. Sabina hielt die Nase daran, er roch ziemlich hochprozentig, und bat die Frau dann, sie solle ihn langsam über ihre Hände gießen. Die Frau tat wie geheißen, und Sabina rieb sich Finger und Handflächen damit ein.

»Danke«, sagte sie, »wie heißt du?«

»Anna«, sagte die Ältere.

»Und du?«, fragte Sabina die andere.

»Maria«, sagte diese.

Für weitere Vorstellungsgespräche blieb keine Zeit, denn die Wehen überfielen Mechthild aufs Neue.

Sabina stellte sich an die Bettkante, griff vorsichtig mit den Fingern in den Scheideneingang, fand einen fast vollständig eröffneten Muttermund und den Kopf im Beckeneingang, aber die Pfeilnaht, das spürte sie deutlich, war gerade, und das hieß, dass das Kind im hohen Geradstand war.

»Wie lang geht es schon?«, fragte sie.

»Schon einen Tag«, gaben Anna und Maria fast gleichzeitig zur Antwort.

Also nützte es nichts mehr, die Frau anders zu lagern.

In dieser Situation wäre Sabina und praktisch alle Kolleginnen und Kollegen, die sie kannte, operativ vorgegangen. Wie eine solche Geburt manuell durchzuführen wäre, hatte sie zwar in ihrer Ausbildung einmal gelesen, doch nie hätte sie gedacht, dass sie so etwas je selbst tun müsste.

Einen Moment schloss sie die Augen, in der vergeblichen Hoffnung, aus einem Albtraum zu erwachen, doch als dies nicht geschah, wandte sie sich den beiden Helferinnen zu.

»Ist kaltes Wasser da?«

Die beiden verneinten.

»Holt kaltes Wasser«, sagte sie, und die beiden gaben den Befehl der Dienerin vor der Türe weiter.

Nun bat Sabina die zwei Mägde, sich aufs Bett zu setzen und ihr zu helfen, Mechthild nach vorn zu schieben. Erschrocken blickten diese zurück. Das Himmelbett der jungen Herrin war wohl fast so etwas wie ein Thron.

»Ihr müsst«, sagte Sabina, »hopp, hopp!«, und als die beiden Frauen nun auf das Bett krochen und die Kreißende unter den Schultern hielten und aufstützten, zog Sabina diese nach vorn, bis ihr Becken auf der Bettkante lag.

Die Dienerin mit dem kalten Wasser war zurück.

»Mach ein Tuch nass und leg es ihr auf die Stirn«, sagte Sabina.

Mechthild stöhnte auf, die Dienerin tat sofort, wie man sie geheißen hatte.

»Ist eine von euch Hebamme?«, fragte Sabina.

Keine reagierte. Dann fiel ihr das alte Wort ein.

»Wehmutter?«

Eine alte, erfahrene Hebamme hätte sie sich jetzt gewünscht, doch zu ihrem Bedauern verneinten alle fünf Frauen, und Mechthild schrie qualvoll auf. Das Kind wollte endlich heraus.

Sabina musste handeln und versuchte sich verzweifelt die nötigen Griffe in Erinnerung zu rufen.

Sie bat die Mägde, Mechthild wieder niederzulegen, und schob Zeige- und Mittelfinger der rechten Hand langsam in die Vagina, suchte, tastete, drückte seitwärts und wieder zurück, fand die Haltepunkte nicht, die sie brauchte, aber ihre Finger suchten weiter, bis sie endlich auf die Vertiefungen der Fontanellenansätze stießen.

»So, Mechthild«, sagte Sabina, »jetzt kannst du mir helfen, ich muss das Kind ein bisschen drehen. Drücke, so fest du kannst.«

Mechthild schüttelte wimmernd den Kopf.

»Doch«, sagte Sabina, »doch, du kannst! Ich weiß, dass du es kannst.«

Und während Mechthild tief aufatmend zu pressen begann, versuchte Sabina mit ihren gespreizten Fingern das Köpfchen festzuhalten, was ihr zu ihrer Verwunderung auch gelang, und in jeder Wehe wendete sie es, so weit sie konnte. Nach vier Kontraktionen war es so weit, dass der Kopf ins Becken eintrat und sich nicht mehr zurückdrehte.

Sabina atmete auf.

»Gut gemacht!«, sagte sie zu Mechthild, und auch ein wenig zu sich selbst.

Sie hatte nicht geglaubt, dass sie das mit der bloßen Hand zustande brächte.

Wenn sie Glück hatte, ging die Geburt nun auf normale Weise weiter, schließlich war der Kopf bei der engsten Stelle schon durch. Sabina horchte immer wieder die Herztöne ab, die unverändert blieben, und merkte bald, dass sie kein Glück hatte, denn es ging und ging nicht vorwärts. Sie rieb sich die Hände nochmals mit Branntwein ein, was Anna und Maria fast nicht verstehen konnten, machte nochmals eine vaginale Untersuchung, und dann wurde ihr klar, dass das Köpfchen nicht in normaler Position, sondern hinten voran lag und dass es Mechthild, schon aufs Äußerste erschreckt und erschöpft, kaum schaffen würde, das Kind ohne eine mechanische Hilfe zur Welt zu bringen.

Eine Glocke wäre das Hilfreichste gewesen, oder mindestens eine Zange, doch Sabina hatte weder das eine noch das andere. Der Rücken schmerzte sie, sie erhob sich, stemmte die Hände in die Hüften und bog den Oberkörper nach hinten. Da spürte sie die Weidengerte, die sie sich in den Gürtel gesteckt hatte, und auf einmal kam ihr von weither eine Abbildung aus einem alten gynäkologischen Werk in den Sinn.

Sie zog die Gerte aus dem Gürtel, tauchte sie ins heiße Wasser und begann sie vorsichtig zu biegen, bis sie die Form einer Schlinge hatte.

»Anna, etwas heißes Wasser in einen Becher, und Branntwein dazu.«

Sie kniete wieder nieder, mit der gebogenen Rute in beiden Händen.

Die Branntweinmischung war bereit.

»Mechthild, trinken«, sagte Sabina, »das tut dir gut!«

Anna hielt ihr den Becher hin, und Mechthild nahm einen Schluck. Sie riss vor Schreck den Mund auf.

»Noch einen«, sagte Sabina, »Medizin!«, und Mechthild nahm noch einen.

»Brav«, sagte Sabina, »brav! Und jetzt noch den letzten!«, und während Mechthild ihren Ekel überwand und das Getränk hinunterschluckte, das sie wärmte und schwindlig machte, bat Sabina die beiden Mägde auf dem Bett, ihre Herrin gut zu halten, und fragte Maria, ob sie Mechthilds Beine noch etwas mehr spreizen könne.

»Keine Angst, wir helfen dir«, sagte sie zur Gebärenden, aber diese ließ mit einem Stöhnen den Kopf sinken und fiel ihn Ohnmacht.

»Kaltes Wasser ins Gesicht!«, rief Sabina, »schnell!«, denn gerade jetzt brauchte sie Mechthilds Mithilfe. Die Dienerin rieb ihr mit einem frischen Tuch Stirn und Wangen ab, jedoch Mechthilds Körper weigerte sich, bei diesem Martyrium mitzumachen, und ihr Pressdrang setzte aus.

Behutsam schob nun Sabina die Weidengerte in die Öffnung, kam aber nicht am Köpfchen vorbei. Sabina keuchte, als ob *sie* gebären müsste.

Mechthild röchelte, war aber nicht bei Bewusstsein. Das Köpfchen füllte die ganze Öffnung aus.

Die beiden Mägde auf dem Bett begannen zu weinen, auch der Dienerin liefen die Tränen herunter, und »Min Gott, min Gott!«, klagte Maria, Anna schluchzte, und vor Sabinas Augen verschwamm die Vagina der Kreißenden mit dem Köpfchen, das nicht hinaus konnte.

»Nicht heulen«, sagte Sabina, »es *muss* gehen!«

Sie drückte das Köpfchen mit der linken Hand einen Moment lang etwas zurück, und es gelang ihr, die Gertenschlinge so weit hineinzuschieben, bis sie das Kinn des Kindes spürte. Als sie losließ, drängte das Köpfchen sogleich wieder gegen den Ausgang.

Und nun fing sie an, an der Schlinge zu ziehen, sachte zunächst, dann, als sie merkte, dass die Gerte nicht brach, nachhaltiger, bat Anna, bei jeder Wehenbewegung mit ihrem Unterarm auf Mechthilds Bauch zu drücken, und so zog sie und zog, Anna drückte und drückte, Sabina zog und zog und zog, und schließlich sah sie, dass das Köpfchen im Beckenboden stehen blieb. Nun nahm sie die Gertenschlinge in die linke Hand und spreizte ihre Rechte über dem Damm, um diesen gegen den großen bevorstehenden Druck zu schützen. Und er kam, der Druck, mit der nächsten Wehe, die Mechthild überfiel, Sabina hielt mit ihrer letzten Kraft die rechte Hand gegen den Damm, ließ dann die Gerte los und half mit der linken Hand dem Köpfchen, das nun endlich mit blutigem Fruchtwasser ans Tageslicht kam, gefolgt vom ganzen kleinen Körper des Kindes. Statt es in das Tuch zu legen, das Maria für den Säugling bereit hielt, legte Sabina der Mutter das Kind zwischen die Brüste. Kaum tat es seinen ersten Schrei, kappte sie ihm die Nabelschnur mit der Schere von der Kommode und band sie mit dem Garn ab, und als Mechthild die Augen aufschlug, sagte ihr Sabina »ein Bub«, und Mechthild lächelte. Das Kind schien gesund und normal, nur das Kinn trat ungewöhnlich stark hervor.

Die Nachgeburt kam problemlos und wurde von Maria in ein Tuch gewickelt, Sabina tupfte Mechthild mit

Branntwein den Riss am Damm ab, der nicht allzu groß war. Dann rieb sie sich mit einem feuchten Tuch das Blut von den Händen, trat ans Fenster und sah, dass alle Burgbewohner auf dem Hof standen und erwartungsvoll zu ihr hochblickten.

»Ein Bub!«, rief sie hinunter, und ein Freudengeschrei war die Antwort, der Burgherr fiel einer schönen Frau in die Arme, ein Mann mit einer silbernen Kette nickte lachend, Frauen und Kinder begannen zu tanzen, die Waschfrau stemmte die Hände in die Hüften und drehte sich einmal um sich selbst, ein Kaplan bekreuzigte sich, zwei Männer zogen ihre Degen und fochten klirrend einen fröhlichen Scheinkampf, dann griff sich Sabina an die Stirn, wandte sich um und verlangte von Anna ein Glas Branntwein.

Das Klappern von Pferdehufen in der Burgerwaldstraße mitten in der Nacht war ein derart ungewöhnliches Geräusch, dass Frau Brunner, die nicht einschlafen konnte, aufstand und zum Fenster hinausschaute. Was sie im Lichte der letzten Laterne der Straße erblickte, erschreckte sie.

Der Schimmel, den sie heute Nachmittag gesehen hatte, kam in langsamem Tritt daher, und im Sattel lag, vornübergebeugt, die Hände in die Mähne des Pferdes gekrallt, ihre Ärztin und schien zu schlafen. Die Frau streifte sich einen Regenmantel über, schlüpfte in ihre Sandalen und rannte hinaus, holte den Schimmel ein, ergriff die eine Hand der Reiterin und rief halblaut: »Frau Doktor!«

Sabina Christen öffnete die Augen, richtete sich benommen auf, und Frau Brunner erschrak ein zweites Mal. Bluse, Jacke und Hose ihrer Ärztin waren überall voller Blutflecken.

»Ho-oh!«, rief Sabina Christen, und der Schimmel blieb stehen.

»Wo kommen denn Sie her?«, fragte Frau Brunner und hielt die Reiterin immer noch fest an der Hand.

Diese atmete tief ein, stieg dann langsam ab und sagte: »Von einer Geburt.«

»Jesses, im Wald?«

»Etwas abgelegen, ja«, seufzte Sabina.

Fassungslos starrte Frau Brunner ihre Ärztin an. Jung war sie an ihrem Garten vorbeigegangen heute Nachmittag, und jetzt waren ihre Haare aschgrau.

Sabina lockerte dem Schimmel den Sattelgurt, nahm ihn am Halfter, wendete ihn, ging mit ihm zur letzten Laterne und sagte dann: »Geh heim, Beowulf!«

Der Schimmel warf den Kopf in die Höhe, stieß ein kurzes Wiehern aus und ging in einem lockeren Trab auf den Wald zu.

Die beiden Frauen schauten ihm nach, bis er zu einem weißen Fleck wurde und im Wald verschwand.

»Er kennt den Heimweg«, sagte Sabina, bevor ihre Patientin eine Frage stellen konnte.

Ob sie ihr einen alten Mantel leihen und ein Taxi rufen könne, war ihre letzte Frage, dann brach sie zusammen.

Der Aufenthalt in der Rehabilitationsklinik dauerte vier Wochen. Ein Kreislaufkollaps war die Diagnose, mit Überlastungssymptomen, wohl eher psychosomatischer Art, der

Arzt, der sie behandelte, empfahl ihr, die Hilfe eines Psychiaters oder einer Psychologin in Anspruch zu nehmen.

»Ich glaube, was ich brauche, ist eher ein Historiker«, sagte Sabina, die im Übrigen beschloss, niemandem zu erzählen, was sie erlebt hatte. Sie wusste zu gut, dass wer so etwas erfahren zu haben behauptete, für das herkömmliche Leben verloren war. Nach genauem Studium der Landkarten im Radius eines längeren Galopps sowie eines Burgenbuches schien ihr dann, dass der Ort der schweren Geburt am ehesten die Echsenburg gewesen sein könnte; die Senke zu Füßen der Ruine hieß heute noch Mühletal.

Als sie überlegte, an wen sie sich wenden könnte, fiel ihr ihr alter Primarlehrer ein, der ihnen immer begeistert die Schweizer Geschichte erzählt hatte und in der Lage war, jede Burgruine im Labyrinth von Habsburgern, Zähringern und Kyburgern dorthin zu setzen, wo sie hingehörte.

Er freute sich, als sie ihn anrief und um Auskunft bat und fragte sie natürlich gleich, warum sie denn darüber etwas wissen wolle, worauf sie vorbereitet war und vielsagend antwortete, aus sentimentalen Gründen. Er brauchte nur eine Viertelstunde, bis er zurückrief.

»Also«, sagte er dann, »die Echsenburg, Ende des 14. Jahrhunderts nach der Schlacht von Sempach von den Eidgenossen zerstört und nie wieder aufgebaut, gehörte den Herren von Echsenburg, die mit den Frohburgern verwandt waren, und der damalige Herr war der Letzte seines Geschlechts, in Sempach ums Leben gekommen, er hatte keinen guten Ruf, war wohl ein Raubritter, in einer Chronik ist er sogar abgebildet, sieht ziemlich grimmig aus, mit einem stark vorstehenden Kinn.«

»Und die Mutter? Weiß man etwas von seiner Mutter?«
Der Lehrer dachte einen Moment nach und sagte dann:
»Nein. Was wissen wir schon von den Müttern?«

Die Mönchsgrasmücke

Jedes Jahr, wenn der April zu Ende ging, stand der Mann einmal im Tag auf dem Balkon und lauschte. Er bewohnte ein altes Mehrfamilienhaus in der Vorstadt, und Leute, die ihn besuchten, waren immer wieder überrascht, wieviel Bäume und Sträucher in dem Garten darum herum Platz fanden, oft fielen Ausdrücke wie »Oase« oder »verwunschen«. Als der Mann mit seiner Familie vor einem Vierteljahrhundert hier eingezogen war, war ihm bald klar geworden, dass dieser Garten mehr Zuwendung verlangte, als er aufbringen konnte, und er und seine Frau beschlossen, ihm nur eine minimale Pflege angedeihen zu lassen und ihn im Übrigen seinem eigenen Wachstum anzuvertrauen, was in der Sprache der Ordnungliebenden hieß: Sie ließen ihn verwildern. Zwar pflanzten sie einen Kirschbaum, einen Zwetschgenbaum, einen Apfelbaum, ein Schattenmorellenspalier, einen Stachelbeerenbusch, aber durch das Wachsen der Hecken, der Kastanie, des Ahornbaumes und der Holunderbüsche fielen längere Schatten auf die Rosenbeete, auf denen mit der Zeit Zitronenmelisse, Waldmeister, Taubnessel und Walderdbeeren überhand nahmen.

Die Vögel wussten es zu schätzen. Blau- und Kohlmeisen besuchten die Balkone, Spatzen tschilpten im Gebüsch beim Gartentor, Buchfinken trällerten, Amseln sangen auf dem Turm, der das Haus krönte, der Specht klopfte die Rinden der großen Birke nach Würmern ab, Rotschwänzchen turnten in deren Gezweig herum, der Kleiber lief kopfüber den Stamm hinunter, in der Krone der riesigen Buche zankten sich die Elstern mit den Krähen, und jedes Jahr, das freute den Mann besonders, war der schnelle Gesang der Mönchsgrasmücke zu hören.

Ab und zu sah er sie auch, vor allem im Frühling, wenn das Laub noch nicht so dicht war, wie sie auf der Birke zwitschernd von Ast zu Ast flatterte, mit ihrem schwarzen Fleck auf dem Kopf. Wo sie nistete, fand er nie heraus, es war ihm auch nicht so wichtig, doch Jahr für Jahr merkte er, dass er das Eintreffen der Mönchsgrasmücke wie eine gute Nachricht empfand.

Der Vogel aber wusste nichts von seinem Namen. Er wusste nur, dass er nach langen nächtlichen Flügen dort angekommen war, wo es ihn hingezogen hatte, dort, wo er sich auskannte, dort, wo er bleiben wollte.

Er begann in einem Holunderbusch ein kleines Nest zu bauen, sammelte rastlos dürre Grashalme und Waldmeisterstängel und formte sie zu einer Schale, in die er sich dann setzte und sang, so laut es ging. Als er trotz seiner Lockrufe allein blieb, begann er im selben Busch ein zweites Nest zu bauen, ebenso rasch wie das erste, und ebenso vorläufig. Zwei Tage lang sang er abwechselnd aus dem einen und dem andern Nest, flog einmal sogar zuoberst auf die Birke, um sicher gehört zu werden, und dann bekam er frühmorgens eine Antwort, von irgendwoher zwischen den Dächern, er flatterte von einem Nest zum andern, ständig rufend, und auf einmal stand auf einem Zweig zwischen den Nestern ein Weibchen und blickte ihn an.

Als es wenig später zur Birke flog, flog ihm der Vogel nach, setzte sich auf den Ast über dem Weibchen, sang, so schön er konnte, flog wieder zum Holunder mit seinen zwei Nestern, flog dann zurück zur Birke, doch da war das Weibchen verschwunden. Beharrlich sang der Vogel weiter, und am Abend fand sich das Weibchen wieder ein, setzte sich zwischen die zwei Nester und wartete. Der Vogel richtete sich hoch auf und schmetterte seine wechselvollsten Melodien, erhob sich in die Luft, blieb flatternd über dem einen Nest stehen, hängte sich dann mit den Füßen kopfunter an einen Zweig und blickte das Weibchen an.

Als der Morgen dämmerte, stellte sich das Weibchen auf den Nestrand, duckte sich, schwirrte mit seinen Flügeln und pfiff leise. Der Vogel stürzte sich auf das Weibchen und ließ seinem Drang freien Lauf, und als es sich etwas später wieder bereit machte für ihn, tat er nochmals dasselbe, und danach noch einmal, bis sich das Weibchen entfernte und die Umgebung absuchte, immer gefolgt vom Vogel. Schließlich zog es enge Kreise über einer Thujahecke, schlüpfte hinein, ließ sich auf einer Astgabel nieder und sprang auf deren Zweigen hin und her. Dann flog es auf den Boden des Gartens und kehrte mit einem dünnen Stängel wieder zurück, den es auf die Astgabel legte. Da wusste der Vogel, dass das der Brutplatz war, und begann seinem Weibchen beim Bau des Nestes zu helfen.

Ein Tag verging, eine Nacht verging, noch ein Tag verging, und noch eine Nacht, ein weiterer Tag, eine weitere

Nacht, und das Nest war fertig. Weich und zierlich hing es in der Astgabel, seine äußersten Halme waren mit den Ästen verwoben. Bei Tagesanbruch setzte sich das Weibchen hinein, und als es wieder wegflog, lag ein Ei im Nest. Jeden Morgen kam nun ein neues Ei dazu, bis keines mehr Platz hatte.

Ab jetzt saß fast immer eines der beiden Tiere auf dem Nest, während das andere in der Umgebung von Baum zu Baum flog und Insekten, Käfer und Raupen aufpickte oder sich Fliegen und Falter im Flug schnappte. Wenn das Weibchen wegflog und dem Vogel das Nest überließ, wendete er die Eier mit dem Schnabel, bevor er sich darauf setzte. Er mochte nicht so lange auf dem Gelege sitzen wie das Weibchen und machte sich manchmal bald wieder davon, gab dem Weibchen mit seinem Gesang zu verstehen, dass er das Nest verlassen hatte, aber dieses ließ sich Zeit mit der Rückkehr. Einmal, als es zurückkam, saß eine Elster auf der Thujahecke. Das Weibchen schimpfte sie mit lautem Gezeter aus, wenig später gesellte sich auch der Vogel dazu und stimmte mit ein, fächerte seine Schwanzfedern, schlug mit den Flügeln, hüpfte sogar auf die Elster zu, bis sich diese unwillig keckernd von der Hecke erhob und zur Buche hinüber flog. Sie wäre wohl ohnehin zu groß gewesen, um an das gut versteckte Nest im engen Gezweig heranzukommen. Der Vogel und sein Weibchen, aufs Höchste erregt, schlüpften beide zum Nest, in dem keines der Eier fehlte.

»Heute hatte ich das Gefühl, es habe Aufregung gegeben bei den Vögeln«, sagte die Frau am Abend zu ihrem Mann,

»aber ich weiß nicht, was es war. Ich habe bloß noch eine Elster wegfliegen sehen.«

»Hoffentlich ist den Mönchsgrasmücken nichts passiert«, sagte der Mann.

Den Mönchsgrasmücken war nichts passiert, und ihre melodischen Rufe waren weiterhin zu hören. Das war das einzige Mal, dass das Gelege während der Brutzeit in Gefahr war, weder Marder noch Mäuse fanden den Weg den Stamm hinauf.

Die Jungvögel brachen, als ihre Zeit gekommen war, einer nach dem andern die Schale mit ihrem Eizahn auf und lagen mit geschlossenen Augen als federlose Klumpen mit zwei stumpfen Ärmchen, die einmal die Flügel werden sollten, über- und unter- und nebeneinander. Aber wenn der Vogel und sein Weibchen nun zum Nest kamen, reckten sich alle fünf Kleinen empor und sperrten die Schnäbel weit auf, sodass ihre blutroten Rachen zu sehen waren. Diese Rachen, das wusste der Vogel und das wusste sein Weibchen, diese Rachen galt es zu stopfen, und für sie beide begann jetzt eine strenge Zeit. Die Mücken, Fliegen, Räupchen, Blattläuse, Spinnen und Asseln, die sie bisher für sich selbst erbeutet hatten, brachten sie nun ins Nest und steckten sie ihren zitternden und fiependen Jungen in die offenen Schnäbel, sie kamen auch immer öfter mit Beeren zurück, die sie den Kleinen verabreichten. Wenn diese sie nicht hinunterwürgen konnten, nahmen sie sie wieder heraus und verschluckten sie selber. Nachts setzte sich entweder der Vogel oder sein Weibchen auf die Jungen und gab ihnen warm.

Schon bald wuchs den nackten Kleinen ein Federflaum, schon bald öffneten sie ihre Augen, schon bald hüpften sie aus dem Nest, und schon bald fiel eines hinunter und wurde von einer Katze aufgefressen. Die andern wurden dicker und saßen nun tagsüber tatenlos und ängstlich auf den Zweigen neben dem Nest, in das sie am Abend wieder zurückkehrten. Sie lernten fliegen, aber immer noch suchten die Eltern von morgens früh bis abends spät die Umgebung nach Essbarem ab und verfütterten es ihren nimmersatten Jungen. Dabei sangen sie fast ununterbrochen, so wussten die Jungen immer, wo sie gerade waren. Schließlich begannen sich diese zu streiten, rupften sich gegenseitig am Gefieder und pickten sich in den Hintern, bis sie nicht mehr in der Geborgenheit des Nestes zusammen blieben. Eines fiel beim ersten Versuch, vom Rand des kleinen Springbrunnenbeckens zu trinken, ins Wasser und ertrank.

»Heute habe ich einen toten jungen Vogel aus dem Becken gezogen«, sagte die Frau zum Mann.

»Was für einen?«, fragte der Mann.

»Ich weiß es nicht«, sagte die Frau, »ich hab ihn gleich in eine Plastiktüte gesteckt und in den Abfallsack geworfen.«

»Vielleicht ein Spatz«, sagte der Mann.

»Kann schon sein«, sagte die Frau.

Die Jungen zogen nun weitere Kreise, wurden aber von den Eltern noch nicht aus den Augen gelassen. Oft führten diese sie zu einem Ort, wo reichlich Futter vorhanden war. Der Kirschbaum etwa war ein solches Ziel, an dem sich die ganze Vogelfamilie gemeinsam erlabte. Er wurde auch von Amseln, Finken und Meisen aufgesucht, sodass an manchen Tagen der Eindruck entstand, der Baum zwitschere.

»Viele Kirschen sind angepickt dieses Jahr«, sagte die Frau, als ihr Mann seine Ernte auf den Tisch schüttete.

»Mich nimmt wunder, wie viele Vögel wir damit ernähren«, sagte der Mann.

Er hatte weder Zeit noch Geduld, tagelang den Baum und dessen Gäste zu beobachten, sonst hätte er die Mönchsgrasmücken bestimmt einmal gesehen.

Die Familie löste sich nun langsam auf, die Jungvögel tauschten ihr Nestlingsgefieder in ihr erstes richtiges Federkleid, und ihre ersten kleinen Gesänge erklangen. Auch der Vogel und das Weibchen mauserten, und langsam wuchs ihnen ihr Herbstkleid. Alle wussten sie, dass sie soviel wie möglich fressen mussten, mehr als ihnen der reine Hunger befahl, und zu der reichen Ernte an Insekten kam eine ebenso reiche Ernte an Beeren, die sich im Efeu, im Holunder, an Brombeerstauden und anderen Sträuchern fanden.

Der Vogel sorgte jetzt nur noch für sich selbst. Das Weibchen war ihm gleichgültig geworden, das Brutnest suchte er kaum mehr auf, und wenn, dann fand er sich dort allein. Ab und zu setzte er sich hinein, um zu schlafen, machte dann seinen Körper schwer, bis die Beine in ihm versanken, und steckte den Kopf unter einen Flügel.

Seine Jungen sah er nur noch gelegentlich, aber er hatte nichts mehr mit ihnen zu tun. Einmal war er mit einem von ihnen wegen einer Brombeere, auf die sie es zur selben Zeit abgesehen hatten, in Streit geraten. Er hatte dann sein Junges wiedererkannt, hatte ihm aber die Beere nicht überlassen.

Die Tage wurden kürzer, und die Gesänge des Vogels auch. Er wurde jetzt unruhiger, denn er wusste, dass es nicht mehr lang ging bis zur Abreise.

»Ich wüsste gerne, wo unsere Mönchsgrasmücke den Winter verbringt«, sagte der Mann zu seiner Frau.

»Vielleicht in Tunesien«, sagte die Frau.

»Würdest du Tunesien finden, wenn du dort überwintern müsstest?«

»Ohne dich kaum«, sagte die Frau und lachte.

In einer klaren Nacht wusste der Vogel, dass er aufbrechen musste. Er erhob sich aus dem Holunderbusch, flatterte auf den Birkenwipfel, setzte sich dort noch einmal auf den obersten Ast, stieß dann ab und schwang sich so hoch hinauf, wie er den ganzen Sommer nie gewesen war, und bald flog er ganz allein weit über den vielen Lichtern, die aus den Behausungen der Menschen drangen. Er kannte den Weg nicht, aber die Sterne kannten ihn, und er verstand die Sprache der Sterne, und die Erde tief unter ihm kannte ihn, und er verstand die Sprache der Erde.

Am andern Morgen sah er unter sich einen See, schwebte zu dessen Ufer hinunter und ließ sich in einem Gehölz nieder, das ins Wasser hineinragte. Dort ruhte er sich den ganzen Tag aus, vergaß aber nicht, einige Male auf Beeren- und Insektensuche zu gehen. In der nächsten Nacht und in den Nächten, die folgten, setzte er seine Reise auf dem unbekannten und doch bekannten Weg fort, seine Reise, die ihn nun in immer wärmere Gegenden brachte, er überflog Gebirge, Ebenen und Küsten, und die Tage brachte er in Flusstälern, Auenwäldern, Friedhöfen und Zypressenhainen zu, er brauchte die Tage nicht zu zählen, konnte es auch nicht, aber nachdem er eine immense Wasserfläche überflogen hatte, waren seine Kraft- und Fettvorräte aufgezehrt, und der Vogel wusste, dass er angekommen war.

Dass er in Nordafrika war, wusste er nicht, er wusste nur, dass er in der Parkanlage der großen Stadt und den vielen Olivenbäumen auf den Hügeln dahinter genügend Nahrung finden würde, um die Zeit bis zu seinem Heimflug zu überstehen. Und so erholte er sich von seiner langen Reise, suchte alles, was grün war, nach Beeren, Käfern und Larven ab, kam langsam wieder zu Kräften, putzte sein Gefieder ausgiebig, wenn er auf dem Rand des großen Springbrunnens saß, um zu trinken, ließ die milde Winterwärme in seinen kleinen Körper einströmen, entkam den Angriffen von Sperbern, Mauswieseln und streunenden Katern, begann allmählich wieder über den Hunger hinaus zu fressen, wurde dadurch fetter, mauserte sich erneut, bis seine Flügeldecken frisch waren und er sich gerüstet fühlte für den Heimflug.

Er wusste, wann die Zeit dafür gekommen war. In der Abenddämmerung erhob er sich von der höchsten Palme des Parks und vertraute sich der Führung der Sterne und der Erde an. Wieder überflog er die immense Wasserfläche, wieder zog er nachts über Küsten, Ebenen und Gebirge, wieder rastete er tagsüber in Zypressenhainen, Friedhöfen, Auenwäldern und Flusstälern, und wieder suchte er den Brutplatz, der ihm vom letzten Mal her vertraut war.

Als er eines Morgens ermüdet im Gehölz des Sees niederging, wusste er, dass dies seine letzte Rast vor der Ankunft sein würde. Den Waldkauz, der dort mit seinem scharfen Schnabel auf ihn lauerte, sah er nicht.

Die Frau trat auf den Balkon zu ihrem Mann, der schon länger dort stand, besorgt, wie ihr schien.

»So, morgen heiratet also unser Sohn«, sagte sie und legte den Arm um ihn, »freust du dich denn nicht?«

Das Denkmal

Der Kaffee war bezahlt.

Der ältere Herr mit dem Aktenköfferchen und dem grauen Schnurrbart, der ihn getrunken hatte, stand vor dem Restaurant auf der Passhöhe und verspürte keine Lust, in sein Auto zu steigen, es blieb ihm noch weit über eine Stunde bis zu seiner nächsten Verabredung. Als Schadenexperte für die Armee hatte er zu beurteilen, ob gesprungene Fensterscheiben von Überschallknallen herrührten oder nicht oder ob die Entschädigungsforderung eines Bauern wegen Panzerfahrten durch seine Äcker anzuerkennen waren, und in Andermatt, wo er sich jetzt hinbegeben sollte, ging es um einen Erdrutsch, der angeblich durch ein verirrtes Artilleriefeuer ausgelöst worden sein sollte, eine größere Sache mit mehreren Beteiligten, da achtete er auf pünktliches Erscheinen, weder zu spät noch zu früh.

Sein Blick traf auf eine Tafel mit einer Wanderkarte am Rand des Parkplatzes. In der Hoffnung, einen Tipp für einen kurzen Spaziergang zu finden, trat er zu ihr hin, suchte darauf die nähere Umgebung ab und stutzte. Baumberger-Denkmal, las er, Rundweg, 1 h 15 min. Baumberger war sein eigener Name, Rudolf Baumberger, und noch nie hatte er von einem solchen Denkmal gehört. Dieses befand sich offenbar auf dem Berghügel oberhalb der Passhöhe, und sofort wusste er, dass er da hinwollte. Durch die Zeitangabe fühlte er sich herausgefordert; er merkte sich die Höhenangaben, und während er einem Seniorenbus auswich, der in die Parkfläche einbog, rechnete er für sich aus, dass er für den Hügel hin und zurück höchstens eine Stunde brauchte, plus zwanzig Minuten Autofahrt nach Andermatt, wo er sich in anderthalb Stunden am Bahnhof einfinden sollte, so blieben ihm immer noch zehn Minuten Spielraum. Er überquerte die Passstraße und nahm den Pfad unter die Füße, auf den ihn der gelbe Wanderwegweiser leitete. Sollte er in vierzig Minuten nicht oben sein, nahm er sich vor umzukehren. Da er während seiner Tätigkeit öfters Wege und Straßen verlassen musste, war er immer mit starkem Schuhwerk ausgerüstet. Zwar sah das Wetter nicht einladend aus, ziemlich bewölkt mit Nebelfetzen, die an den Berghalden hingen, es waren sogar, wie er im Autoradio gehört hatte, Niederschläge vorausgesagt, aber er hatte seine schwarze Allwetterlederjacke an, und es ging ja nur um einen kurzen Spaziergang. Erst nach einer Weile merkte er, dass er nicht einmal sein Aktenköfferchen mit den Unterlagen ins Auto gelegt hatte, sondern es immer noch in der rechten Hand trug, er war also gewissermaßen dienstlich unterwegs.

Im Gehen überlegte er, was für ein Baumberger hier zu einem Denkmal gekommen sein könnte. Vielleicht war er einer der Flieger der ersten Stunde gewesen, ein Alpenüberquerer wie Blériot oder Mittelholzer, aber eigentlich kam ihm keine sichere Geschichte dazu in den Sinn. Und von einem Flieger Baumberger hätte er, da er ebenfalls so hieß, doch einmal etwas gehört. War er, falls es ihn denn gegeben hatte, abgestürzt, oder war er der Erste, dem ein bestimmter Flug gelungen war, vielleicht eine Längsüberquerung der Alpen, oder wie hatte er es zu diesem Denkmal gebracht? Er spähte nach oben, es war noch nicht in Sicht.

Er hatte die Talstation einer militärischen Seilbahn passiert, die Teil der Gotthardbefestigung war und deren Drahtkabel mit den gelben Schutzkugeln in den Wolken auf der andern Seite der Passhöhe verschwanden. Er wusste nicht, ob die Anlage dort oben, die wohl der Fliegerbeobachtung diente, noch gebraucht wurde oder ob sie, wie der größte Teil der Zentralschweizer Anlagen, schon stillgelegt war, als Antwort auf die immer höheren Unterhaltskosten und das immer diffusere Bedrohungsbild. Tatsächlich musste sich auch Baumberger eingestehen, dass er nicht zu sagen vermöchte, weshalb einer fremden Macht mehr an der Beherrschung des Oberalppasses gelegen sein sollte als an der Einnahme von Zürich, Bern oder Genf.

Er kam gut vorwärts und erreichte einen kleinen Sattel. Ein Wegweiser pries ihm die Orte Rueras und Sedrun an. Sein Ziel aber war der Baumberger-Hügel, der den Namen Piz Calmot trug und zu dem ihn der Pfeil nach rechts schickte.

Der Weg stieg jetzt stärker an, es war eine Fahrstraße, auf beiden Seiten des Hügels gab es Skilifte, deren Bergstationen wohl mit einem Geländefahrzeug erreichbar sein mussten. Baumberger war durch seinen zügigen Schritt ins Schwitzen gekommen, zog seine Jacke aus und trug sie am Zeigefinger über der linken Schulter. Mit einer gewissen Befriedigung bemerkte er, dass sich eine Wolkenbank zwischen ihn und die Passhöhe geschoben hatte, aus welcher die Motorengeräusche nur undeutlich heraufdrangen, sodass er das Gefühl hatte, weitab von allem zu sein.

Die ständig steigenden Kosten und die ständig sinkenden Mittel, das war anfangs nicht viel mehr als ein Gerücht gewesen in der Verwaltung, ein Gerücht, das sich mit Sätzen wie »Wenn das so weitergeht« tarnte. Baumberger hatte seine Stelle vor über 20 Jahren angetreten, das war eine Zeit, in welcher die Armee noch in keiner Weise infrage gestellt war und die Reserven der Kriegskasse unerschöpflich schienen. Doch dann kam die Volksabstimmung über die unverschämte Frage, ob man die Armee abschaffen solle, und diese Frage war von 36 % der Bevölkerung mit JA beantwortet worden. Baumberger erinnerte sich noch gut, wie sie sich alle am andern Morgen fast verlegen gegrüßt hatten. Dabei war das Resultat ein klares NEIN gewesen, 64 % sind in dieser Demokratie eine schon fast erdrückende Mehrheit. Dennoch hatten die Militärabschaffer ihre Niederlage gefeiert wie einen Sieg. Seither gab es in der Diskussion um die Armee keine Tabus mehr, seither durfte man sich öffentlich Gedanken darüber machen, ob man ein Heer nicht besser bei einer internationalen Sicherheitsfirma leasen sollte, ohne dass man deswegen als ein Verrückter oder ein Landesverräter angesehen wurde, seither machte man mit den Österreichern zusammen Manöver, die Flieger trainierten in Norwegen, wo sie nicht nach 5 Minuten schon an der Landesgrenze umkehren mussten, und russische Kadetten marschierten mit Schweizer Infanteristen im Gedenken an General Suworow über den Kinzigpass, und vor allem wurde seither das Budget fast jedes Jahr gekürzt. Letzthin hatte man ihm doch tatsächlich nahegelegt, bei der Anerkennung von Schadenfällen strengere Maßstäbe anzulegen und die Klagenden öfters auf den Prozessweg zu verweisen, den sie in der Regel wegen des Aufwandes scheuten, gerade wenn es um nicht allzu bedeutende Beträge ging. Und wieder gingen Gerüchte um, sie kleideten sich in den Satz »Man denkt jetzt daran«, und dann folgte z. B. die Vermutung, man werde den ganzen Versicherungsbereich auslagern und privatisieren.

Rohre ragten aus dem Boden, einbetonierte, oben verschlossene Rohre, und Baumberger wusste nicht, gehörten sie zu einer militärischen oder sportlichen Einrichtung, auch einen Metallkasten, der unvermutet hinter einem Alpenrosenhügel stand, konnte er nicht zuordnen. Die Kehren der Fahrstraße waren ihm zu lang, und er nahm das erste Abkürzungsfußweglein, das steil zur nächsten Wegschlaufe hinaufführte. Am Horizont war nun die Bergstation eines Skilifts zu sehen, aber ein Denkmal konnte er noch nicht erkennen.

Er hatte das Gefühl, er sei nicht schlecht unterwegs. 30 Minuten Marschzeit, sagte ihm seine Armbanduhr, und er war gut gestiegen, sodass er in 10 Minuten auf dem Kulm sein müsste. Als er in der nächsten Kurve nach oben schaute, sah er nur noch Wolken, ein grauweißes, schleierndes Gewebe, das die Sicht auf ein paar wenige Meter einschränkte. Aber der Fußpfad, der von der Kurve gerade den Abhang hinaufging, musste die nächste Abkürzung sein, da gab es keinen Zweifel. Also stieg er auf diesem weiter bergan. Solange es aufwärts ging, war er ohnehin auf dem richtigen Weg, und sonst konnte er ja wieder zurück. Bevor die 40 Minuten um waren, die er sich gesetzt hatte, wollte er jedenfalls nicht umkehren.

Von weither war eine helle Glocke zu hören, und er fragte sich, wohin sie gehören mochte. Ihr Geläute traf ihn eigentümlich stark, bis er merkte, dass es ihn an die Kapelle erinnerte, in der er geheiratet hatte. Seine Frau war vor einigen Jahren an einem viel zu spät diagnostizierten Krebs gestorben, und er hätte nie gedacht, dass er sie derart vermissen würde, es schien ihm sogar, er habe sich erst nach ihrem Tod in sie verliebt. Ihre einzige Tochter lebte in Kanada, war dort mit einem Piloten verheiratet und hatte zwei kleine Kinder. Seit das Telefonieren so billig geworden war, rief Baumberger sie jede Woche einmal an, meistens am Sonntag. Es schmerzte ihn, dass sie so weit weg war, sein Schwiegersohn war ihm nicht besonders sympathisch, und insgeheim hoffte er, seine Tochter würde sich früher oder später scheiden lassen und käme mit den Enkelkindern in die Schweiz zurück, spätestens bei seiner Pensionierung.

Er hatte auf der Abkürzung eine weitere Kurve der Fahrstraße erreicht und suchte den nächsten Pfad, um ihn mit federndem Schritt anzugehen. Es lohnte sich, dass er fast jeden Abend eine halbe Stunde auf seinem Hometrainer zubrachte. Das Gerät stand vor dem Fernsehapparat, und meistens schaute er sich während des Tretens die Tagesschau an. Der einzige Nachteil dabei war, dass er sich keine Notizen mehr machen konnte. Seit dem Tod seiner Frau konnte er sich nichts mehr merken, was in den Nachrichten gesagt wurde, er starrte gewöhnlich nur auf die Bilder, die unseligerweise jede Meldung begleiteten. Wenn von Verhandlungen berichtet wurde, musterte er die Kleidung und die Frisuren der Beteiligten, und wenn er sich vergegenwärtigen wollte, worum es in den Verhandlungen eigentlich ging, war der Beitrag schon vorbei. Es fehlten ihm die Gespräche, es wurde ihm klar, dass eine Neuigkeit bei ihm erst zu einer Neuigkeit geworden war, wenn er sie seiner Frau erzählt oder sie mit ihr besprochen hatte. Deshalb hatte er ein Notizheft zum Sessel vor dem Fernsehapparat gelegt, um sich Stichworte zu notieren, die er nach der Tagesschau nochmals laut in den leeren Wohnraum sprach, Ärzte kritisieren das neue Tarifsystem, Arbeitslosenzahlen leicht gestiegen, neues Selbstmordattentat in Israel, Militärhelikopter gegen Felswand geprallt, zwei Schwerverletzte. Sogar eine solche Nachricht musste er sich aufschreiben, damit er am nächsten Morgen nicht überrascht war, wenn seine Kollegen von der Leben-Abteilung davon sprachen. War er aber am Treten, unterbrach er seinen Rhythmus nicht gern, besonders wenn er einen härteren Widerstand eingeschaltet hatte, 8 oder 9. Eigentlich, und diese Einsicht erschreckte ihn, eigentlich war es ihm gleichgültig, was in der Welt geschah, denn er fühlte sich nicht mehr als Teil davon, wenigstens nicht als Teil der handelnden Welt.

Da er keinen weiteren Abkürzungspfad gefunden hatte, war er einfach den weglosen Hang hinauf gegangen, über Grashügel und Heidelbeerstauden. Nun war der Nebel so dicht geworden, dass er nicht sehen konnte, ob er wirklich auf eine Schlaufe der Fahrstraße zuging oder ob diese nicht vielleicht einen anderen Verlauf nahm. Er hielt einen

Moment inne und fand es dann klüger, wieder zurück auf die sichere Straße zu gehen. Also kehrte er um und ging die paar Schritte wieder hinunter. Dies kam ihm jedoch eigenartig lang vor, und er fragte sich, ob er falsch gegangen sei. Allerdings war das fast nicht möglich, er hatte sich ja bloß umgedreht und war in derselben Richtung abgestiegen. Jedenfalls war er erleichtert, als er wieder auf der Fahrstraßenkurve stand, bis er merkte, dass er eine übersprungen haben musste, denn er fand den Pfad, den er schon einmal hoch gegangen war. Noch drei Minuten, dann waren die vierzig Minuten vorbei, und der Nebel war so undurchdringlich, dass er kaum fünf Meter weit sah. Es ist wohl, sagte sich Baumberger, es ist wohl vernünftiger, ich kehre um, und dann ging er zu seinem eigenen Erstaunen hinauf. Gut, er wollte also zu diesem Denkmal. Immerhin trug es seinen Namen, und so bald würde er hier nicht wieder vorbeikommen.

Er nahm nochmals die Abkürzung, und da die Zeit knapp wurde, verließ er die nächste Kurve an derselben Stelle und ging so rasch wie möglich bergan. Seine gute körperliche Verfassung freute ihn. Bestimmt hatte sie mit der regelmäßigen Benützung seines Treters zu tun. Ursprünglich hatte er sich das Gerät angeschafft, um etwas gegen seinen zu hohen Blutdruck zu tun. Es ärgerte ihn, dass er jeden Tag ein Medikament schlucken musste, er sah dies als Alters- und Abhängigkeitssignal. Wenn ich entführt würde, überlegte er sich einmal, dann müsste es im Appell an die Geiselnehmer heißen, ich sei dringend auf ein Medikament angewiesen. Aber wer sollte ihn schon entführen, ihn, einen mittleren Beamten der Militärversicherung? Er hatte zu spät realisiert, dass es mit der Armee bergab ging und dass somit auch die Aufstiegschancen in höhere Stellen und Besoldungsklassen sanken und dass eine Abteilung wie die seine jeglicher Karrierenattraktivität entbehrte. In den technischen Diensten, wo es um die Rüstung ging, dort eilten die Kollegen nach wie vor mit hoch erhobenen Häuptern und wichtigtuerischen Gesichtern durch die Gänge, dort wurden immer noch Millionen umgesetzt, und die Nähe zur Wirtschaft, ihrer Betriebsamkeit und ihrer Bestechlichkeit war der Kleidung und den Agenden der Kaderleute anzusehen. Hätte er sich rechtzeitig um Versetzung und Einschulung in diese Abteilung bemüht, stünde er heute vielleicht auf einer höheren Stufe. Aber was wäre dann wirklich anders? Seine Frau wäre genau so tot, und seine Tochter genauso weit weg. Baumberger stellte fest, dass ihm auch seine berufliche Stellung inzwischen gleichgültig war.

Er hatte seine Zeitlimite um zwei Minuten überschritten, als er unter dem Mast eines Skilifts stand. Ein leichter Regen setzte ein. Baumberger ging nun auf der Spur des Lifts weiter und versuchte seinen Schritt etwas zu beschleunigen. Als er vor sich die Umrisse der Bergstation sah, verließ er das Trassee und stieg höher, dorthin, wo er den Gipfel vermutete. Immerhin blieben ihm noch seine zehn Reserveminuten, die er nun einsetzen konnte. Er versuchte auf die kleinen Felsstücke zu treten, die ab und zu aus dem Gras schauten, musste manchmal lange Schritte nehmen und geriet ins Keuchen. Die Nässe war heimtückisch, einmal rutschte er bei einem etwas gewagten Tritt aus und schlug mit dem Schienbein gegen den Stein, auf dem er ausgeglitten war. Rasch erhob er sich wieder, rieb sich einen Moment die schmerzende Stelle, spürte aber, dass er noch gut gehen konnte. Im Innehalten wurde ihm klar, dass er vorsichtig sein musste, denn außer ihm war wohl niemand unterwegs, und schon ein verstauchter Fuß würde ihn hier in ziemliche Schwierigkeiten bringen. Trotzdem, umkehren wollte er nicht, es konnte sich wirklich nur noch um ein paar Minuten handeln, bis er das Denkmal erreichte. Allerdings ließ der Regen nicht nach, und die Sicht war miserabel. Ein kleiner Pfad, dem er nun folgte, war wohl eher für das Vieh als für die Menschen gedacht, denn er führte nicht wirklich in die Höhe, sondern begann den Hügel zu umrunden, um nach einer Weile bei einem Tümpel zu enden. Eine Ruhebank stand davor, Baumberger sah in Gedanken die Fotos, die man hier bei sonnigem Wetter von einem Picknick machen konnte, der Tümpel wurde dann zum tiefblauen Bergseelein, in dem sich womöglich noch die Dreitausender im Hintergrund spiegelten, wenn der Fotograf tief genug in die Knie ging.

Wo war er? Ein Wind war aufgekommen und brachte den Hügel zum Singen, sonst hörte er nur die Regentropfen, die auf die Oberfläche des Tümpels und auf seine Lederjacke fielen. Da war das Geläute wieder, für einen Augenblick, und dann verstummte es. Ein Motor irgendwo aus der Tiefe, aber woher? Hinter der Bank ging es nochmals leicht bergan, dort musste doch wohl der Gipfel sein. Baumberger stellte sein Aktenköfferchen auf den Sitz und machte die oberen Knöpfe seiner Jacke zu. Dann packte er es wieder und ging mit entschlossenen Schritten durch den Nebel hinauf. Auf einmal fiel ein Windstoß über ihn her und überschüttete ihn mit bösartigen Wassermengen. Baumberger duckte sich und versuchte sich mit der linken Hand etwas zu schützen. Er hatte keine Kopfbedeckung bei sich, und kleine Bächlein rannen nun aus seinem Bürstenschnitt über das Gesicht und in den Nacken. Er wischte sie mit dem Handrücken weg, und als er den Arm wieder sinken ließ, war er angekommen.

Da war es, das Denkmal, ein überlebensgroßes, düsteres Kreuz aus Granit, und auf dem Sockel war sein Name in Großbuchstaben eingemeißelt: BAUMBERGER. Kein Vorname, keine Jahreszahl, nur sein Name. Und auf dem untersten Sockelteil eine Inschrift: E MONTIBUS SALUS. Baumberger konnte kein Latein, und die Inschrift ärgerte ihn. Wenn etwas wichtig genug war für ein Denkmal, wieso konnte man es dann nicht auf deutsch hinschreiben? Ihm klang es seltsam fröhlich, hokus pokus montibus. Er schaute zum Kreuz hinauf, das bedrückend hoch war, und ging dann einmal um das Denkmal herum, in der Hoffnung, irgendwo eine erklärende Tafel zu finden über Baumbergers Ort des Absturzes oder des Triumphes, aber offenbar war man davon ausgegangen, dass jeder Besucher wusste, an wen das Kreuz erinnerte. An den berühmten Baumberger, nur er kannte ihn nicht. Zu Hause würde er dem sofort nachgehen, endlich konnte er das alte Schweizer Lexikon brauchen, das seine Frau in die Ehe gebracht hatte und das so viel Platz wegnahm. Der Wind stieß ihn so heftig in den Rücken, dass er sich einen Moment lang am Kreuz festhielt. Der Gesang des Hügels war in ein Geheul übergegangen.

Baumberger musste sofort zurück. Er machte ein paar Schritte den Berg hinab, ließ sich sozusagen vom Wind den Abhang hinunterbugsieren. Es war nicht die Richtung zum Tümpel, aber dieser lag nach seinem Gefühl ohnehin auf der falschen Seite des Gipfels, auf der vom Pass abgewandten. Wann war er zum letzten Mal in einen derartigen Nebel geraten? Und in einen solchen Sturmregen? Seine Schuhe hielten nicht dicht, er spürte die Nässe in den Socken. Wo war der Viehpfad, den er zu gewinnen hoffte? Da, gleich vor ihm. Er holte zu einem langen Tritt aus, glitt auf einem Grasbüschel aus und fiel auf seinen Steiß. Sogleich stand er wieder auf, nichts passiert, aber die feuchten Grasbüschel waren Fußfallen, der ganze Hügel war von Wind und Regen nach unten gekämmt. Also möglichst auf dem Pfad bleiben. Die linke Hand schmerzte ihn, mit ihr hatte er den Sturz abgedämpft. Eigentlich müsste er nun zum Skilift kommen, das wäre, dachte er, auch eine Möglichkeit, dem Lift zu folgen, der kürzeste Weg, und man konnte sich nicht verirren.

Plötzlich war das Läuten ganz nah, und er fragte sich, wie er es für Kapellenglocken gehalten haben konnte. Das Glöcklein hing einem Ziegenbock um den Hals, der zwischen den Pfeilern des Skilifts Gestalt annahm. Die Pupillen, aus denen ihn der Bock anstarrte, kamen Baumberger riesig vor, und als er an ihm vorbei auf der Spur talwärts gehen wollte, pfiff das Tier durch die Nüstern und machte zwei Schritte auf ihn zu. »Oho«, sagte Baumberger und hob seinen Aktenkoffer als Schild vor sich, »kommst du mir so?« Aber der Ziegenbock senkte seine großen Hörner und begann mit einem der Vorderhufe zu scharren, und bei jeder seiner Bewegungen bimmelte seine Halsglocke mit. Baumberger gab den Gedanken auf, direkt in die Tiefe zu stechen, und wollte mit vorsichtigen Schritten das Trassee überqueren, doch da kam der Bock auf ihn zu, und Baumberger rannte ein Stück in die Höhe, bis er sah, dass der Bock stehen blieb. »Ist jetzt gut?«, rief ihm Baumberger zu, fügte noch »Sauviech!« hinzu und schlug dann schräg am Abhang entlang die Richtung ein, in der er den Sattel mit dem Wegweiser vermutete. Bald, so rechnete er sich aus, musste er auf die Fahrstraße kommen, und auf ihr würde er dann bleiben ohne den Versuch weiterer Abkürzungen.

Sie war aber noch nirgends zu sehen, und schon wieder rutschte er aus, als er auf eine Alpenrosenstaude trat, diesmal fiel er auf seinen Aktenkoffer. Einen Augenblick blieb er liegen und schaute mit Ärger auf die Holzstängel der Alpenrosen, die er mit den Schuhen im Sturz geschält hatte. »Verdammt«, murmelte er, »verdammt noch mal!«, bevor er sich ächzend aufrappelte. Im Stehen wieder die kurze Prüfung, ob noch alles funktionierte: Außer dem schmerzenden Handgelenk war sein Körper in Ordnung. Allerdings drang ihm die Nässe langsam durch die Kleider auf die Haut, und als er auf seinen Koffer blickte, sah er, dass sich Schneeflocken darauf setzten, die sich sofort in Wasser verwandelten. Er blickte in die Höhe. Es schneite. Er blickte um sich. Es schneite aus dem grauen Nichts heraus, das ihn umgab und gegen das seine Augen keine Chance hatten. Wenigstens hatte der Wind etwas nachgelassen. Trotzdem fröstelte Baumberger, und, was schlimmer war, er wusste nicht mehr, wo er war. So wie er glaubte gegangen zu sein, hätte er längst auf der Fahrstraße angelangt sein müssen, stattdessen sah er vor sich einen Geländebruch, der in eine schwarzglänzende Schieferrunse mündete. Hier war er auf gar keinen Fall heraufgekommen. Er blickte auf die Uhr. In fünf Minuten müsste er auf dem Parkplatz sein, wenn seine Zeitrechnung aufgehen sollte. Es war ihm klar, dass er das nicht mehr schaffen würde.

Er wusste nicht, wann er das letzte Mal zu spät zu einem Termin gekommen war, das musste Jahre her sein. Vielleicht, dachte er sich, war ich zu pünktlich, zu zuverlässig, vielleicht habe ich wieder einmal eine Verspätung zu gut, die ich jetzt einziehe wie Überstunden. Vielleicht, dachte er, vielleicht machen sie sich Sorgen um mich, wenn ich nicht rechtzeitig da bin. Um ihn, das merkte er plötzlich, um ihn machte sich niemand Sorgen. Seine jüngere Schwester etwa, die mit ihrem Mann ein Pflegeheim am Thunersee leitete? Manchmal verging ein halbes Jahr, bis sie wieder etwas voneinander hörten. Seine Tochter in Kanada? Er war es, der jeweils telefonierte, nicht sie. Vielleicht sollte er sie so lang nicht mehr anrufen, bis sie sich meldete, einfach um zu sehen, ob sie ihn vermisste. Ja, so wollte er es machen, wenn er wieder zu Hause war. Aber er war noch nicht zu Hause, er war auf einem Berghügel im Kanton Graubünden, den er nur schnell hatte besteigen wollen, und er hatte im Schnee und im Nebel die Orientierung verloren.

Es ist, sagte er sich, wichtig, jetzt klar zu denken. Das Erste war, seine Gesprächspartner in Andermatt zu benachrichtigen, dass er sich verspäten würde. Er öffnete sein Aktenköfferchen, nahm den Ordner mit den Unterlagen heraus und schaute sich die Nummern der Beteiligten an. Am besten versuchte er es mit dem Mobiltelefon des Offiziers vom Festungswachtkorps. Er klemmte den Ordner unter den Arm, schloss das Köfferchen und stellte es neben sich auf ein Graspolster. Sofort glitt es weiter, schlitterte ein paar Meter hinunter und blieb in einem Erlengebüsch hängen. »Scheiße!«, entfuhr es Baumberger, und dann erinnerte er sich wieder an den Auftrag, den er sich selbst gegeben hatte, den Auftrag, klar zu denken. Zuerst kam der Anruf. Er merkte sich genau, wo sein Aktenkoffer lag, für den Fall, dass der Nebel noch dichter werden sollte. Dann zog er sein Handy aus der Lederjacke, schaltete es an und gab seinen Pincode ein. Sehr lange stand es nun auf »Suche«, und als es endlich einen Sender gefunden hatte, erschien das Kästchen »Nur Notruf mögl.!« Baumberger biss sich auf die Lippen. Auch das noch, ein Funkloch. Er dachte einen Moment nach und steckte das Handy wieder in die Innentasche seiner Jacke, ohne es auszuschalten. Über Notruf wollte er sich nicht in Andermatt abmelden, dieser Blamage wollte er sich keinesfalls aussetzen. Er war vielleicht in Schwierigkeiten, aber sicher nicht in Not, und er konnte schon nach wenigen Minuten wieder aus dem Funkloch heraus sein, schließlich war der Pass in der Nähe, und die Skiliftbergstation auch.

Nun musste er seinen Aktenkoffer holen. Er nahm den Ordner mit den Unterlagen in die linke Hand, stellte sich parallel zum Abhang, hielt die rechte Hand bereit, um sich festhalten zu können, sollte er ausgleiten. Es hatte nicht aufgehört zu schneien, und schon lag eine feuchte weiße Schicht auf Boden und Pflanzen. Behutsam setzte er Fuß vor Fuß und kam dem Erlengebüsch und seinem Koffer näher. Als er knapp davor stand und sich schon danach bücken wollte, hielt er inne, um die Situation noch einmal zu überprüfen. Es war ein Kriechbusch, auf dessen Gezweig sein Koffer lag, und zwischen den Erlenblättern hindurch konnte er eine nass glänzende Schieferhalde erkennen, die steil in die Tiefe ging. Aufpassen, Baumberger, einfach gut aufpassen. Er lehnte den Ordner an die dünnen Stämme. Dann kniete er nieder, fasste einen starken Erlenast, der in seine rechte Hand passte, vertraute ihm sein Gewicht an und angelte mit der linken Hand nach seinem Koffer. Sofort löste sich das Gebüsch aus dem weichen Boden, und Baumberger kollerte die Schieferhalde hinunter, ohne den Ast loszulassen, die Zweige des Buschs schletzten ihm ins Gesicht, er selbst überschlug sich zwei- oder dreimal, bis ihn ein kleiner Absatz auffing. Benommen blieb er liegen, und erst als er sicher war, dass der Absatz nicht nachgab, versuchte er sich aus dem Gestrüpp zu befreien und aufzurichten. Er bewegte seine Hände und Füße einzeln und hatte das Gefühl, sie seien alle noch zu gebrauchen. Der Schmerz im Handgelenk war geblieben, und als er sich jetzt aufstützte und seinen Oberkörper vom Boden erhob, spürte er einen Stich auf der linken Seite.

Der erneute Versuch, klar über seine Lage nachzudenken, war niederschmetternd. Er saß in den Zweigen des Erlenstrauchs, der mit ihm den Hang hinuntergerutscht war, auf einem kleinen Absatz am Ende einer steilen Schieferrunse. Unter ihm war der Abhang genau so steil, wenn auch mit Gras bewachsen, mit Gras, auf dem sich der Nassschnee festzusetzen begann. Wenige Meter um ihn verschwand alles im Nebel. Er wusste nicht einmal sicher, auf welcher Seite des Hügels er sich befand. Sein Aktenkoffer war nirgends zu sehen, auch der Ordner mit den Sitzungsunterlagen nicht. Zu hören war nichts, nichts als der Wind, der mit wechselnder Stärke dem Hang entlang strich. Oder hatte da jemand gerufen? Baumberger horchte ins Unbestimmte hinein. Dann schrie er, so laut er konnte: »Hallo!« Er erschrak zutiefst über die Lautstärke seines Schreis und darüber, dass er geschrien hatte. Niemand antwortete. Schon das Glöckchen des Geißbocks wäre ihm ein Trost gewesen.

Er beschloss, sich nicht von dieser Stelle zu rühren, bis sich der Nebel lichten würde. Dieser Schneefall konnte ja nicht ewig dauern. Aber er fror. Er hatte geschwitzt beim Aufstieg, und nun drang die Kälte in ihn ein, über die nassen Füße, über die Hände, und auch über die Hüften, denn das Hemd und die Jacke waren ihm hoch gerutscht beim Sturz. Sorgfältig stopfte er das feuchte Hemd wieder in die Hose und sah, als er damit fertig war, dass seine Hände blutig waren. Er musste sich wohl geschürft haben. Erst als er nun sein Taschentuch hervorzog und die Handflächen damit reinigte, merkte er, wie diese ihn brannten. Ein tiefer Kratzer ging über die linke Hand, ein Schnitt fast, und mehrere Schürfspuren über die rechte. Er drückte das Taschentuch auf die Wunde. Dann zerknüllte er es, hielt es mit der linken Hand fest und tastete mit der rechten Hand die schmerzende Stelle an der Brust ab. Die untersten zwei Rippen reagierten heftig auf den kleinsten Druck. Möglicherweise waren sie gebrochen.

Nun suchte Baumberger sein Handy in der Brusttasche. Zu seiner Erleichterung war es noch da, aber es zeigte ihm immer noch dasselbe Kästchen wie vorhin, »Nur Notruf mögl.!« Also, sagte er sich, also jetzt in Gottes Namen ein Notruf, tippte die Nummer 117 ein und drückte die YES-Taste. Im Kästchen erschien die Schrift »Verbinden 117« und gleich danach »Nur Notruf mögl.!« Er traute seinen Augen nicht. »Dies *ist* ein Notruf!«, schrie er sein Gerät an und wiederholte den Vorgang, aber er wusste schon, dass sich nichts ändern würde. Oft genug hatte er erfahren, dass ihm die Apparate der heutigen Zeit feindlich gesinnt waren und dass sie ihn schamlos belogen und betrogen.

Vorsichtig atmete er tief ein und rief dann so laut er konnte: »Hilfe!« Er schauderte. Noch nie in seinem Leben hatte er dieses Wort gerufen, und er konnte fast nicht glauben, dass es jetzt am Platz war. Es blieb ärgerlich still danach. Ihm schien, die Vokale gäben zu wenig her, und beim nächsten Ruf schrie er wieder »Hallo!« mit einem langen A und einem langen O. Aber eine Antwort blieb auch jetzt aus.

Er hatte Durst. Die Rösti, die es in Sedrun zur Bratwurst gegeben hatte; war zu salzig gewesen. Ob irgendwo in der Nähe ein Bach zu hören war? Nein, nichts. Nur der Wind, unermüdlich. Neben ihm auf dem Absatz war eine Alpenrosenstaude, auf deren Blättern schon eine weiße Schicht lag. Baumberger beugte sich langsam vor und versuchte den Schnee von den Blättern zu schlürfen, aber es löschte den Durst nicht mehr als Bierschaum. Und wenn er nun die Nacht hier verbringen müsste? »Hallo!«, schrie er plötzlich und laut, »Hallo, Hilfe!« Keine Antwort. Er durchsuchte mit der rechten Hand die Hosen- und Jackentaschen auf der rechten Seite sowie die linke Brusttasche, dann machte er dasselbe mit der linken Hand, was wegen des Schmerzes im Gelenk und der blutenden Wunde mühsamer war. In der Brusttasche seines Hemdes fand er einen Würfelzucker, den er aus dem Passrestaurant mitgenommen hatte. Er trank den Kaffee ohne Zucker, und jedes Mal nahm er den Zucker mit, der dazu serviert wurde. Wenn er zu Hause einem Besuch Kaffee anbot, stellte er einen großen runden Glasbehälter mit Zuckersäckchen und -päckchen hin. Seit seine Frau gestorben war, quoll das Glas fast über, trotzdem ließ er nicht von seiner Gewohnheit ab. Achtung, sagte er sich jetzt, Achtung, Baumberger, das ist also dein Proviant.

Nochmals nahm er sein Mobiltelefon hervor, nochmals wählte er die 117, nochmals behauptete das Gerät, es verbinde ihn mit 117, und nochmals verhöhnte es ihn mit der Aussage, es sei nur ein Notruf mögl. »Dreck«, stieß er hervor, »elender Dreck«, und dann brüllte er wütend »Hallo! Hilfe!« und zog auch das I und das E bis zur Atemlosigkeit in die Länge. Er mochte gar nicht hinhören, ob es eine Reaktion gab, und überlegte, ob er sich, um in die Nähe der Straße und damit in die Nähe einer Funkverbindung zu gelangen, nach links oder nach rechts zu bewegen hätte, und er musste sich eingestehen, dass er es nicht wusste. Das Beste würde sein, so lange nach oben zu gehen, bis er wieder beim Denkmal war, und dann die Fahrstraße zu suchen. Noch besser wäre es allerdings, das Wetter würde so aufklaren, dass er die Fahrstraße schon von hier aus sah. Wie er allerdings den äußerst abschüssigen Schieferhang wieder hinaufkommen sollte, war ihm nicht klar, doch vielleicht war ja das Gelände auch unmittelbar unter ihm sanft auslaufend, sodass er ohne Risiko direkt absteigen könnte. Wenn nur erst einmal der Nebel weg wäre.

Aber der Nebel blieb. Und so blieb auch Baumberger dort, wo er war. Etwa alle fünf Minuten schrie er seinen Hilferuf ins graue Nichts, das ihn umgab und aus dem auch nicht das entfernteste Geräusch eines Motors drang. Mit dem Ruf wechselte er jeweils seine Stellung. Wenn er auf den Zweigen der Erle gesessen war, stand er auf, und wenn er gestanden war, setzte er sich. Im Stehen versuchte er seine Arme und Beine ständig leicht zu bewegen, während er im Sitzen nur die Finger aneinander rieb. Das Warten ermüdete ihn, und die Schmerzen an den Rippen und der Hand nahmen zu. Nie hätte er gedacht, dass es so lange schneien würde, der Wetterbericht hatte einfach von möglichen Niederschlägen gesprochen, statt die Leute zu warnen. Langsam verschwand das Grün des Grases und das Grau der Schieferrunse unter dem Weiß des Schnees. Wenn genügend Neuschnee lag, würde er eher besser bergauf gehen können als auf dem rutschigen Schiefer und dem nassen Gras. Als am späteren Nachmittag immer noch nicht auf seine Hilferufe reagiert wurde und der Schneefall nicht aufhörte, wurde Baumberger klar, dass er sich in ernsthafter Gefahr befand. Er war am ganzen Körper nass, es fror ihn erbärmlich, und in den Zehen des rechten Fußes hatte er das Gefühl verloren. Da beschloss er, einen Ausbruchversuch zu machen. Er schleckte seinen Zuckerwürfel langsam auf, um sich etwas zu stärken, und ließ eine Hand voll Schnee im Mund zergehen. Dann brach er sich zwei Äste aus dem Erlenbusch ab, benutzte sie als Stöcke und begann Tritte in den Schnee zu stampfen, einen nach dem andern, und langsam den steilen Hang hinan zu steigen. Es ging besser, als er erwartet hatte. Tatsächlich hatten seine Füße nun einen gewissen Halt. Baumberger war beglückt von der Aussicht, aus seiner Falle herauszukommen, und begann seine Schritte zu beschleunigen, so gut es ging. Keuchend steckte er seine Stöcke in den Schnee, aufwärts, sagte er sich, ich muss einfach aufwärts, bis zu meinem Denkmal.

Als der Schnee auf einmal unter ihm nachgab und er seine ganze Spur wieder hinunterrutschte, konnte er sich auch auf dem Absatz nicht halten und schlitterte, sich überdrehend und auf Felsen aufschlagend, weiter hinunter, endlos lang, wie ihm schien, bis er von einem Tännchen aufgefangen wurde. Benommen blieb er auf dem Rücken liegen. Sein Kopf schmerzte, als sei ein fremdes Wesen in ihn eingedrungen. Er wollte sich aufrichten, aber irgendein unsichtbarer Riese drückte ihn nieder. Er begann zu weinen, haltlos. Dann rief er den Namen seiner Frau: »Annemarie!«

Als er wieder erwachte, war der Nebel verschwunden. Der Vollmond war soeben aufgegangen und verbreitete sein blasses Licht. Baumberger sah sogleich, dass er nur wenige Meter von einer Fahrstraße entfernt war, und auf der Straße kamen langsam und fast lautlos zwei Scheinwerfer näher. Es gelang ihm überraschend gut, aufzustehen und die paar Schritte durch den Schnee zur Straße zu gehen. Ein Kleinbus fuhr auf ihn zu. Baumberger machte ihm Zeichen, und der Wagen hielt an. Am Steuer saß eine Frau. Als Baumberger die Tür öffnete, um zu fragen, ob sie ihn mitnähme, erschrak er. Das konnte doch nicht sein.

»Du?«, fragte er ungläubig, »du bist doch –«

»Ja«, sagte sie, »da bin ich.«

Baumberger suchte nach einem Grund, dass sie es nicht sein könne.

»Du kannst doch gar nicht Auto fahren«, sagte er, »und ein Bus ...«

»Es ist der Montibus«, sagte sie lächelnd, »steig ein, Lieber, du hast sicher viel zu erzählen.«

Die Rechnung

Geschichten haben die verschiedensten Ausgangspunkte. Eine zufällige Begegnung, ein falsches Wort, eine unüberlegte Tat, eine Verspätung können den Eintritt in ein Labyrinth bedeuten, aus dem fast nicht mehr herauszufinden ist, sie können ebenso gut ins Glück führen wie ins Unglück, sie können Menschen zusammenbringen und andere trennen, und wer in ihre wie immer gearteten Folgen hineingerät, wird oft über die Ursachen rätseln, ohne eine Antwort zu finden.

Diese Geschichte fängt damit an, dass sich jemand beeilen musste.

Es war eine Lehrerin, Natalie Schaub mit Namen, Anfang 30, und sie wollte zu einem Elternabend. Vom 1. Stock des alten Miethauses, das sie bewohnte, war sie schon zur Haustür hinuntergegangen und war dann nochmals umgekehrt, als sie gesehen hatte, dass draußen ein Schneeregen niederging. Oben hatte sie ihre leichte Jacke gegen den warmen, gefütterten Regenmantel eingewechselt, den sie vor wenigen Tagen gekauft hatte, um sich gegen die kommende kältere Jahreszeit zu wappnen. Sie hatte ihn noch nicht zugeknöpft, als sie schwungvoll ins Treppenhaus trat, und blieb mit der Innenseite an einer spitzen Verzierung des metallenen Geländers hängen. Etwas hielt sie zurück, sie hörte das Geräusch von aufreißendem Stoff, stand sofort still und bückte sich, um das Futter vom Geländer zu lösen. Wie dumm, dachte sie, ein Triangel im neuen Mantel, aber wenigstens an der Innenseite, das würde sie nähen können, und wenn sie Glück hatte, fiel es nicht zu sehr auf. Dann sah sie etwas Eigenartiges. Hinter dem herunterhängenden Stofflappen des Futters schaute ein Stück Papier hervor, und als sie danach griff und es hervorzog, erwies es sich als ein Briefumschlag. Das kann ja nicht sein, dachte sie, während sie ihn kurz musterte und im schlecht beleuchteten Treppenhaus eine mit Schreibmaschine getippte Zürcher Adresse darauf las, aber da sie schon zu spät war, versorgte sie ihn in der Manteltasche und beschloss, ihn erst nach dem Elternabend zu öffnen.

Nach dem Abend setzte sie sich mit einem Bergkräutertee an ihren Schreibtisch und machte sich ein paar Notizen zu dem, was besprochen worden war. Die Ansprüche der Eltern hätten unterschiedlicher nicht sein können. Die einen wünschten sich mehr Prüfungen und mehr Noten, die andern beklagten sich über die vielen Hausaufgaben und das geringe Gewicht der kreativen Fächer, wieder andere wollten wissen, warum sie die Kinder so viel in Gruppen arbeiten lasse und ob es richtig sei, dass sie fast keine Schweizer Lieder mehr lernten, während zwei Kopftuchmütter überhaupt nichts sagten und eine Kolumbianerin fragte, ob es Programme gebe, die den Kindern beibrächten, schneller zu sein.

Als sie alles aufgeschrieben und sich vorgenommen hatte, die Frage wegen des langsamen Kindes der Logopädin zu stellen, lehnte sie sich zurück, trank ihren Tee aus und stand dann auf, um zu Bett zu gehen. Da fiel ihr der Brief ein.

Sie ging zum Garderobeständer, griff in die Manteltasche, nahm den Brief heraus und legte ihn auf die Tischplatte unter die Lampe. Es war ein unverschlossenes, gefüttertes Couvert, die hintere Lasche war in den Umschlag hineingesteckt, und adressiert war er mit Schreibmaschine an das Kleiderhaus Seidenbaum, Löwenstraße 40, Zürich. Zürich war unterstrichen, und das »ü« war mit so viel Druck getippt worden, dass das Papier an dieser Stelle etwas eingerissen war. Die Postleitzahl fehlte, eine Briefmarke klebte nicht darauf, Absender war keiner angegeben. Fast etwas zaghaft öffnete sie den Umschlag, entfaltete einen Briefbogen aus sehr gutem Papier, auf dem nun der Absender aufgedruckt war, Isaac Feyn, Herren-Schneiderei, Gerhardstr. 6, Zürich, Tel. 36.457. Es handelte sich, das war sofort zu sehen, um eine Rechnung, und zwar für 20 gelieferte Leinen-Anzüge, Gr. 48, 50, 52, 54, das Stk. zu 111 Fr., was ein Total von Fr. 2220.– ergab, zahlbar mit beiliegendem Einzahlungsschein. Mit einer Büroklammer, deren Rost sich auf dem Papier abzeichnete, war ein alter grüner Einzahlungsschein angeheftet, und das Ausstellungsdatum der Rechnung war der 24. Juni 1938.

Nun stand die Lehrerin auf, holte ihren Mantel, griff mit der Hand in den Riss hinein, tastete das ganze Futter von innen ab, so weit es ging, und den Rest von außen. Kein Widerstand, kein Knistern, der Brief war das einzige Papier zwischen Mantel und Futter gewesen. Sie schaute das Kleidungsstück nochmals an, ein Markenprodukt, Giorgio Armani, es gab keinen Zweifel, dass er neu war, hergestellt in diesem Jahr, in Italy sogar, wie auf der Etikette zu lesen war, wie also kam dieser Brief da hinein?

Das musste, sagte sie sich, ein Werbegag sein, ein Gewinnspiel, bei dem nächstens verkündet werden würde, wer in seinem im Modehaus »Best of« an der Löwenstraße gekauften Mantel einen Brief aus dem Jahre 1938 finde, bekomme einen Einkaufsgutschein über 1938 Franken oder irgendetwas in dieser Art. Anders konnte sich Natalie Schaub den Fund nicht erklären, und sie beschloss, die nächsten Tage abzuwarten und aufmerksam Zeitung zu lesen und Radio zu hören.

Als aber auf keinem der beiden Lokalsender, die sie ab und zu einstellte und die ihre Musikprogramme mit örtlicher Werbung streckten, ein entsprechender Spot kam und auch im »Tagblatt«, der Gratiszeitung der Stadt, keine Spur einer solchen Aktion zu entdecken war, packte sie ihren Mantel, den sie noch nicht geflickt hatte, in die Plastiktragtasche des Modehauses, legte die Kaufquittung und den Brief dazu und fuhr an die Löwenstraße. Im Laden verlangte sie den Filialleiter, einen Herrn mittleren Alters mit leicht geröteten Wangen, zeigte ihm den Mantel mit der gerissenen Stelle samt dem Brief, den sie im Futter gefunden hatte, und fragte ihn, wie er sich dazu stelle. Der Mann war höchst erstaunt und sagte ihr das, was sie schon vermutet hatte, nämlich dass sie diese Mäntel fertig geliefert bekämen und hier nicht mehr bearbeiteten. Dass am Fabrikationsort in Italien jemand einen alten Brief aus Zürich hineingeschmuggelt haben sollte, könne er sich nicht vorstellen, und ob sie sicher sei, dass dieser sofort zum Vorschein gekommen sei und ihr nicht später in den Riss hineingesteckt worden sei, als Scherz vielleicht. Nun wurde die Lehrerin ungehalten und sagte, sie könne ihrer eigenen Wahrnehmung sehr wohl trauen, und der Urheber des Scherzes, wenn es denn ein solcher sei, müsse eher auf der Seite des Modehauses und des Herstellers gesucht werden. Der Filialleiter entschuldigte sich, bat darum, den Brief behalten zu dürfen, damit er sich bei der Kleiderfabrik in Italien erkundigen könne und anerbot sich im Übrigen, den Riss im Futter ohne Kosten nähen zu lassen. Die Lehrerin händigte ihm eine Fotokopie des Briefes und des Umschlages aus, die sie vorsorglicherweise gemacht hatte, denn das Original wollte sie für sich behalten. Wenn sie den Mantel abholen käme, so der Filialleiter, werde er ihr Bescheid sagen, was bei seinen Nachforschungen herausgekommen sei.

Es erstaunte Natalie nicht, als ihr der Filialleiter wenige Tage später wortreich erläuterte, dass er sich genau erkundigt habe, in welcher der lombardischen Kleiderfabriken dieser Mantel hergestellt worden sei, und dass er aus Mantua käme, von »Alberti«, das eigentlich eher ein großes Schneider-Atelier sei, das er persönlich schon auf einer seiner Einkaufstouren besucht habe. Auf seinen Anruf hin sei ihm hoch und heilig versichert worden, dass niemand jemals irgendetwas in ein Futter einnähen würde, geschweige denn einen alten Brief aus dem weit entfernten Zürich, und dass er auch in ihrer eigenen Schneiderei nachgefragt habe, ob etwa einer der »Armani«-Mäntel beschädigt angekommen sei und habe nachgenäht werden müssen, was jedoch mit Sicherheit auch nicht der Fall gewesen sei. Die Sache tue ihm leid und sei ihm ganz und gar unerklärlich, der Riss sei aber tadellos genäht, sodass niemand etwas sähe, und er hoffe, dass sie von dieser Geschichte kein Aufhebens machen werde und dass ihr der Mantel trotzdem viel Freude bereite.

Die Lehrerin bedankte sich, nahm die Tragtasche mit dem Mantel an sich und verließ den Laden etwas ratlos. Wieso war es dem Filialleiter wohl so wichtig, dass sie von der Geschichte kein Aufhebens machte? Als er das sagte, hatte sie das Gefühl, er wisse noch etwas mehr, wolle aber damit nicht herausrücken. Sie überquerte die Straße, um im gegenüberliegenden Center ein paar Dinge zu kaufen, und drehte sich nochmals um. Das Gebäude, in dem sich das Kleidergeschäft befand, war ein Neubau mit einer Fassade aus Beton und Metall. Am linken Rand, der an ein altes Haus angrenzte, haftete das blaue Schildchen mit der Straßennummer. Es war die 40.

Als Natalie Schaub wieder zu Hause war, machte sie einen großen Milchkaffee, setzte sich an den Küchentisch und überlegte, was sie tun wollte. Das Einfachste wäre, die Sache auf sich beruhen zu lassen und nicht mehr weiter darüber nachzudenken. Kürzlich hatten sie im Lehrerzimmer über unerklärliche Ereignisse gesprochen, und es gab erstaunlich viele davon. Wenn das nächste Mal die Rede darauf käme, hätte sie wenigstens auch eines anzubieten, und schließlich ging sie die Rechnung persönlich nichts an. Trotzdem, da lag sie, wartete offenbar seit 66 Jahren auf ihre Bezahlung, und das Papier mit der rostigen Büroklammer strahlte so etwas wie Alterswürde aus. Sicher war der Schneider, wenn er damals nicht sehr jung gewesen war, schon längst gestorben.

Eine andere Möglichkeit war, dass sie herauszufinden versuchte, wer genau Absender und Adressat gewesen waren. Sie holte das Telefonbuch der Stadt Zürich und suchte den Namen Seidenbaum. Da gab es Seidenmanns, Seidenbergs und Seidenblumen, siehe Blumen, künstliche, aber keinen Seidenbaum. Auch der Name Feyn kam nicht vor. Also weder Nachfolger noch Nachkommen in der Stadt. Dann setzte sie sich an den Computer, öffnete das Internet und klickte das Telefonbuch der Schweiz an. Den Namen Seidenbaum gab es nur als Namen für Schulen und Restaurants und dergleichen, aber nicht als Personennamen, während es für Feyn überhaupt keinen Eintrag gab. Dann hatte sie die Idee, das y durch ein i zu ersetzen, und verlor angesichts der 450 Angaben, die nun erschienen, den Mut. Sie stellte das Gerät wieder ab und begann mit den Vorbereitungen zum Nachtessen, da sie zwei Freundinnen eingeladen hatte. Warum sollte sie überhaupt etwas herausfinden? Was hätte sie davon? Es war bestimmt am besten, keine Zeit mit einer aussichtslosen Suche zu verlieren, und immerhin konnte sie heute Abend eine schöne Geschichte erzählen.

Sie sprachen dann aber von anderem, vor allem von ihren Freundschaften, denn alle drei hatten sie abgebrochene Beziehungen hinter sich, das gehörte zu dem, was sie verband, Natalie merkte, dass sie es absichtlich vermied, die Sache mit der Rechnung im Mantelfutter anzusteuern; etwas daran war ihr nicht geheuer, irgendwie wagte sie gar nicht zuzugeben, dass ihr solch eine Geschichte widerfahren war.

Nicht mehr darüber nachdenken wollte sie, aber in den folgenden Tagen spürte sie, dass ihre Gedanken nichts anderes wollten, als über dieser Geschichte zu brüten. Den

Briefumschlag mit Inhalt hatte sie mittlerweile in eine Sichtmappe geschoben und in ihrer Hängeregistratur unter »Dokumente« abgelegt, dieses Wort, so schien ihr, kam ihm auf alle Fälle zu, eigentlich war es sogar ein historisches Dokument, das nun zwischen ihrem Lehrerinnenpatent und ihrem Pass steckte.

Am nächsten freien Nachmittag betrat sie das Stadtarchiv. Sie hatte sich an einen Besuch während ihrer Ausbildung erinnert, als es darum gegangen war, die Geschichte ihres Schulhauses zu studieren. Im 1. Stock war das Baugeschichtliche Archiv untergebracht, und hier konnte man nach jeder beliebigen Straße in Zürich fragen und hatte gute Aussicht, ein altes Foto davon zu finden. Welche Hausnummer sie denn suche, fragte der Archivar lächelnd, und zu Natalies Erstaunen gab es drei Kartonbehälter mit alten Fotos von der Löwenstraße. Bald hatte sie zwei Bilder vor sich, auf denen die Fassade der Nummer 40 zu sehen war, und es war gut zu erkennen, dass sich im Parterre ein Geschäft befand, auf dem einen Bild waren Sonnenstoren ausgefahren, aber Namen konnte sie keinen lesen, im Gegensatz zur Aufschrift über dem Nachbarladen, in dem mit Waffen und Munition gehandelt wurde. Die Schaufensterfront zog sich übrigens bis in den ersten Stock, und etwas später fand sie von dieser Etage eine Innenaufnahme, auf welcher der großzügige Saal einer Tanzschule zu sehen war. Sie ließ sich diese drei Aufnahmen fotokopieren, und als der Archivar fragte, ob sie das Gesuchte gefunden habe, sagte sie, sie hätte gerne gewusst, was für ein Geschäft damals im Parterre gewesen sei. Das könne sie im 3. Stock nachschauen, entgegnete der Archivar, dort seien sämtliche Adressbücher der Stadt vorhanden, nach Jahrgängen geordnet, und unter den Hausnummern der verschiedenen Straßen seien die jeweiligen Mieter und Bewohner aufgeführt.

Als Natalie am Abend wieder an ihrem Schreibtisch saß, war sie um einige Erkenntnisse reicher geworden. Sie wusste, dass sie aus Gründen des Datenschutzes bei der Einwohnerkontrolle keine Nachforschungen über Niederlassung und Wegzug von Personen einholen durfte, die nicht zu ihrer Familie gehörten. Sie wusste aber auch, dass die alten Adressbücher Jahr für Jahr Auskunft darüber gaben, wer in all den Häusern dieser Stadt gewohnt hatte und wer ihre Besitzer waren. So hatte sie herausgefunden, dass das Kleiderhaus Seidenbaum 1939 bereits aus der Löwenstraße 40 verschwunden war und durch Schwaller & Cie., Damenkonfektion, abgelöst wurde. In der Folge waren dann mehrere Kleidergeschäfte zur Miete, und das änderte sich auch nicht, als das Haus 1954 abgetragen und durch den heutigen Bau ersetzt wurde. Isaac Feyn tauchte 1933 an der Gerhardstraße 6 auf, zusammen mit Lea Feyn. Diese wurde ab 1940 als Lea Feyn, Wwe. geführt, während Isaac Feyn nicht mehr vorhanden war. 1942 kam Feyn Rebecca dazu, Büroangestellte. 1946 gab es dann weder Lea noch Rebecca mehr an der Gerhardstraße. Sie hatte sich auch alle andern Bewohnerinnen und Bewohner dieser Liegenschaft in den Jahren 1933 bis 1946 notiert, war zur Gerhardstraße gefahren und hatte die Namen auf den Täfelchen angeschaut, aber selbstverständlich war kein einziger der früheren Mieter mehr darunter. Einen jungen Mann, welcher die Tür gerade öffnete, als sie davorstand, fragte sie, wem das Haus gehöre, und erfuhr, dass die Besitzerin die Pensionskasse einer Versicherung sei. Warum sie das wissen wolle, fragte der Mann, und Natalie sagte, sie suche eine Wohnung im Quartier. Er wohne zuoberst in einer WG, aber am meisten Wechsel gebe es unten, sagte er. Das erstaunte Natalie, denn die Parterre-wohnung sah von außen schön aus, sie hatte etwas größere Fenster als die Wohnungen der oberen Stockwerke, und es war durchaus vorstellbar, dass hier einmal ein Schneider-Atelier bestanden hatte.

Das war alles. Natalie musste sich eingestehen, dass es sinnlos war, mit diesen wenigen Anhaltspunkten einer so weit zurückliegenden Geschichte nachgehen zu wollen. Der Schneider und Aussteller der Rechnung, Isaac Feyn, war offensichtlich spätestens im Jahre 1939 gestorben. Rebecca konnte eine Verwandte Isaacs sein, die später zu Lea zog, oder eine Tochter der beiden, die volljährig gewor-den war, denn Kinder wurden in den Adressbüchern nicht aufgeführt. Ihrer beider Spuren verloren sich jedoch 1946.

Sie beschloss, ihre Nachforschungen an dieser Stelle ab-zuschließen. Es war gut möglich, dass Rebecca Feyn, sollte sie die Tochter des Ehepaars sein, noch am Leben war, aber wo und unter welchem Namen sollte sie diese Frau suchen, und selbst wenn sie mehr über Isaac Feyn heraus-bekommen würde, wäre damit noch lange nicht erklärt, wie seine Rechnung in ihr Mantelfutter gelangt war. Sie heftete die Fotos von der Löwenstraße und die Notizen aus dem Adressbuch mit einer Büroklammer zusammen und legte alles in die Sichtmappe mit dem Briefumschlag. Dann klingelte das Telefon.

Ein Herr Roschewski entschuldigte sich für die Störung, stellte sich als Buchhalter der Firma »Best of« vor und fragte sie, ob es stimme, dass bei ihr eine alte Rechnung aufgetaucht sei. Als sie dies bejahte, fragte er, ob er sie einmal treffen könne, er möchte ihr dazu etwas erzählen. Natalie überlegte sich einen Moment, ob sie sich hier auf irgendetwas einlasse, das sie bereuen würde, aber dann siegte ihre Neugier, und sie sagte zu. Als Treffpunkt schlug sie eines der Cafés in der Halle des Hauptbahnhofs vor, die stets belebt waren, machte mit ihm für den nächsten Tag um 18 Uhr ab und sagte, sie würde einen grünen Armani-Mantel tragen mit einer Handtasche aus dunkelviolettem Leder. Er wollte sich durch eine »Best of«-Plastiktasche zu erkennen geben und bat sie im Übrigen darum, vorläufig niemandem von ihrem Treffen zu berichten, da ihm derartige Kontaktnahmen eigentlich nicht erlaubt seien. Natalie versicherte ihn ihrer Diskretion, war zwar etwas beunruhigt über diese Heimlichtuerei, hatte aber trotzdem nicht das Gefühl, mit diesem Rendez-vous ein Risiko einzugehen.

Kurz vor sechs Uhr setzte sie sich in der Bahnhofhalle, wo auch in der kälteren Jahreszeit eine angenehme Temperatur herrschte, an den äußersten Tisch einer Reihe, die vor dem Café gestuhlt war; sie hatte schon eine Weile nicht mehr auf einen Mann gewartet, mit dem sie verabredet war, und schaute sogar noch einmal kurz in den Spiegel, den sie aus ihrer Handtasche nahm. »Frau Schaub?«, fragte ein dünner Mann mit einer »Best of«-Tragtasche in der Hand und zog den zweiten Stuhl etwas zurück. Zu ihrem Ärger errötete Natalie, als sie »Jawohl« sagte und ihm die Hand reichte. »Roschewski«, sagte er, »wir haben telefoniert«, und setzte sich zu ihr.

Sie trank schon einen Schwarztee, und er bestellte sich nun ein Schweppes. Nach dem gestrigen Telefongespräch hatte sie sich ihn etwas älter vorgestellt, auch überraschte sie, dass ihm seine Haare bis auf den Kragen fielen. Er kam ohne Umschweife zur Sache und bat sie, ihm nochmals zu erzählen, wie sie zu der Rechnung gekommen sei, da er die Geschichte bloß vom Filialleiter gehört habe. Natalie erzählte kurz, was ihr passiert war, fasste auch ihre Recherchen im Stadtarchiv zusammen und zog zuletzt den Umschlag aus der Tasche. Roschewski schaute die Rechnung an, schüttelte den Kopf und sagte darauf, dass er die Buchhaltung der Firma »Best of« vor 5 Jahren übernommen habe, und dass es seither jedes Jahr ein Problem gebe, dem er nicht auf die Sprünge komme. Was denn für ein Problem, fragte Natalie. Jedes Mal sei am Schluss ein Fehlbetrag in der Abrechnung, ein Fehlbetrag zuungunsten der Firma, und sie solle einmal raten, wie hoch der sei. Natalie wusste nicht, was sie schätzen sollte, und sagte, sie habe keine Ahnung.

»2220 Franken«, sagte Roschewski, und dieser Fehler mache ihn halb verrückt, weil er sich seine Herkunft nicht erklären könne. Natürlich gebe es Möglichkeiten, einen solchen Betrag, der im Bezug auf das Ganze relativ unerheblich sei zu kaschieren, bzw. so darzustellen, dass er sich sozusagen unauffällig verhalte, die ganze Buchhalterei sei ja, wie sie wahrscheinlich wisse, ein Stück weit eine Sache der Darstellung, aber ihm käme dieser jährliche Fehlbetrag, auf den er mittlerweile schon warte, wie eine Beleidigung vor. Er mache auch noch Buchhaltungen für andere Firmen, arbeite nun schon zehn Jahre in dem Beruf, aber so etwas sei ihm sonst noch nie passiert.

Das sei ihr unheimlich, sagte Natalie, es fehle nur noch, dass der alte Feyn plötzlich bei ihr im Treppenhaus stehe, dabei hätte sie mit der Sache überhaupt nichts zu tun.

Wenn, dann würde er wohl eher bei ihnen im Treppenhaus stehen, sagte Roschewski, obwohl auch sie nichts damit zu tun hätten, außer dass ihr Geschäft an derselben Hausnummer domiziliert sei, aber es sei ja nicht die Rechtsnachfolgerin des Kleiderhauses Seidenbaum, jedenfalls hätte er davon noch nie etwas gehört.

Natalie sagte, sie habe eigentlich beschlossen, ihre Nachforschungen einzustellen und die Sache auf sich beruhen zu lassen, oder ob er meine, man sollte noch etwas tun. Roschewskis Antwort überraschte sie. Er sei der Ansicht, sagte er, man sollte dem alten Schneider seine Leinenanzüge bezahlen, und er werde dies seiner Firma vorschlagen. Aber wie denn, und wem denn?, fragte Natalie. Am besten seinen Nachkommen, meinte Roschewski. Ob er denn eine Möglichkeit sehe herauszukriegen, ob es noch welche gebe? Er würde sich einmal bei der Gemeinde erkundigen. Das habe sie abgeklärt, sagte Natalie, die gebe eben keine Auskunft, wenn man nicht selbst zur Familie gehöre. Bei der jüdischen Gemeinde, präzisierte Roschewski. Ob er glaube, da bekäme er Auskunft?

»Ich glaube schon«, sagte Roschewski, »ich gehöre selbst dazu.«

»Oh, Entschuldigung, daran habe ich gar nicht gedacht«, sagte Natalie etwas verlegen.

Roschewski lächelte. »Das macht gar nichts, schließlich sieht man Ihnen die Lehrerin auch nicht an.« Falls er etwas herausfinde, fuhr er fort, ob sie dann daran interessiert sei.

»Ja«, sagte Natalie, »auf alle Fälle.«

»Obwohl Sie mit der Sache nichts zu tun haben?« Seine Augenbrauen hoben sich, und sein Blick bekam etwas Prüfendes.

Sie habe im Grunde, sagte Natalie, vom ersten Moment an etwas damit zu tun gehabt, schließlich habe sie die Rechnung gefunden, und er solle sie anrufen, wenn er etwas Neues wisse.

Als sie zu Hause über die Begegnung mit dem Buchhalter nachdachte und sich nochmals alles vergegenwärtigte, was sie über das Haus an der Löwenstraße und über die Familie Feyn erfahren hatte, kam ihr plötzlich etwas in den Sinn. Der Wechsel, dachte sie, warum gibt es ausgerechnet im Erdgeschoss dieses Hauses am meisten Wechsel?

Am nächsten Samstagmorgen fuhr sie zum Bahnhof Wiedikon, bog in die Gerhardstraße ein und sah sofort den Möbelwagen vor der Nummer 6. Die Fenster der Parterrewohnung standen offen, und gerade wurde unter der Anweisung einer Frau von zwei Trägern ein Klavier die paar Treppenstufen heruntergetragen. Als das Instrument mit einem dumpfen Aufklang der tiefen Saiten im Wagen verstaut war, trat Natalie zur Frau und fragte, ob die Wohnung, aus der sie wegziehe, schon vermietet sei. Ja, sagte die Frau, die sei weg. Schade, sagte Natalie, es sei sicher die Parterrewohnung, und die sehe schön aus mit ihren großen Fenstern. Trotzdem, sagte die Frau, würde sie ihr diese nicht empfehlen und habe das auch allen gesagt, die sie angeschaut hätten. »Wegen des Lärms?«, fragte Natalie.

»Nein«, sagte die Frau, »es spukt, aber das glaubt einem ja niemand.« Auch sie habe es ihrem Vorgänger nicht geglaubt, bis sie es selbst erlebt habe.

Sie könne sich das gut vorstellen, sagte Natalie.

So etwas sage sich leicht, sagte die Frau, zu leicht. Oder ob sie sich wirklich vorstellen könne, wie es sei, wenn es nachts immer wieder huste in der Wohnung. Das sei schon übel genug, aber eines Nachts habe sie ein seltsames Geräusch aus dem Zimmer mit den großen Fenstern gehört, sei hingegangen und habe die Umrisse einer Nähmaschine gesehen, die mit dem Fuß angetrieben werde, aber keinen Fuß, und das Husten sei von ganz nah gekommen. »Ist da jemand?«, habe sie gefragt, und dann –

Nun kamen die Träger mit einem Schrank, und einer der beiden sagte zur Frau, sie würden ihn nur zerlegen, falls er am andern Ort nicht zur Tür hineingehe, es sei praktischer so.

»Und dann?«, fragte Natalie.

Die Frau streifte einen Ärmel zurück und zeigte Natalie ihren Unterarm. »Sehen Sie? Ich kriege Gänsehaut vom bloßen Erzählen … Dann? Ach, das werden Sie nicht glauben.«

»Ich glaube Ihnen jedes Wort«, sagte Natalie.

Die Frau schaute sie zweifelnd an und fuhr dann fort: »Also gut. Dann hörte ich eine Stimme, die sagte, die Anzüge müssten noch fertig werden und ich soll zu Bett gehen. Aber das Schlimmste: sie hat mich bei meinem Namen genannt!«

»Sie heißen Lea?«, fragte Natalie.

Nun setzte sich die Frau auf die Rampe des Möbelwagens. »Mir wird halb schlecht«, sagte sie, »was wissen Sie von der Geschichte?«

Natalie erzählte es ihr am nächsten Tag im selben Café, in dem sie den Buchhalter getroffen hatte, und die Frau, eine Musikerin, war ebenso erschreckt wie erleichtert darüber, dass sie nicht als Einzige vom posthumen Wirken des alten Schneiders betroffen war.

Drei Tage später saß Natalie erneut im Café, und der Kellner nickte ihr schon zu und fragte, ob sie einen Schwarztee wolle. Sie bestellte einen Schwarztee und ein Schweppes. Roschewski kam ein paar Minuten später.

»Schön, dass Sie gleich Zeit hatten«, sagte er, »ich habe interessante Neuigkeiten.«

»Sagen Sie bloß nicht, Sie hätten Rebecca Feyn gefunden.«

»Eins nach dem andern«, sagte er und begann zu berichten.

Die jüdische Gemeinde, sagte er, sei nicht sehr groß, da kenne man sich noch, und wenn man jemanden suche, der hier früher jemanden gekannt habe, werde man fast immer fündig.

So sei er mit Hilfe seines Vaters auf einen alten Kaufmann gestoßen, der in der Schmates-Szene vor dem Zweiten Weltkrieg verkehrt habe.

»In welcher Szene?«, fragte Natalie.

»Entschuldigung«, sagte Roschewski, »Schmates heißt Stoff auf jiddisch, und die Stoff- und Kleiderhändler nannte man die Schmates-Mischpoche. Und der alte Katz, mein Gewährsmann also, erinnerte sich, dass Seidenbaum noch vor dem Krieg nach Amerika auswanderte, 1938 oder 1939, mit einem der letzten möglichen Schiffe wahrscheinlich, weil er überzeugt war, dass Hitler die Schweiz erobern würde und dass es dann den Juden schlecht ginge, und er hat sein Geschäft verkauft.«

»An Schwaller«, sagte Natalie, »das stand im Adressbuch.«

»An Schwaller & Compagnie«, ergänzte Roschewski, »und die Compagnie hieß Gerster und ist die heutige Besitzerin von ›Best of‹. Und der Preis damals soll viel zu niedrig gewesen sein, da Seidenbaum angesichts der Umstände rasch verkaufen musste. Das haben die Käufer gemerkt und haben es ausgenutzt.«

Feyn aber, so fuhr Roschewski fort, sei bekannt gewesen als fleißiger, zuverlässiger und gewissenhafter Schneider, der am Sabbat nie in der Synagoge fehlte, leider sei er vorzeitig an Tuberkulose gestorben, und der alte Katz, der damals ein junger Katz gewesen sei, hätte sogar ein Auge auf seine schöne Tochter Rebecca geworfen, die aber nach dem Tod ihrer Mutter nach London verschwunden sei und später dort geheiratet habe, auch einen Schmates-Kaufmann, und der alte Katz habe mit dem größten Vergnügen die Gelegenheit benützt, Rebeccas Adresse herauszufinden und sie sogar anzurufen, er hätte nicht viel mehr als einen Tag dazu gebraucht, eine alte Liebe, habe er ihm schmunzelnd gesagt, finde man immer wieder. Sie lebe jetzt verwitwet in einem kleinen Haus in Chelsea, habe einen Sohn in Amerika und eine Tochter in Israel und fünf Enkelkinder und einen Urenkel.

Er, Roschewski, sei dann gestern beim Direktor vorstellig geworden, dem alten Gerster, dem Sohn des damaligen Käufers, habe ihm die Geschichte vom immer wiederkehrenden Fehlbetrag und von Natalies Rechnung erzählt und vorgeschlagen, er solle der Tochter des Isaac Feyn die 2220 Franken bezahlen, was dieser rundweg abgelehnt habe mit der Begründung, es bestehe ja wohl keinerlei Verpflichtung, nach so langer Zeit einen Betrag zu erstatten, dessen Begleichung Sache des vormaligen Besitzers gewesen sei. Beim Kauf eines Geschäftes werde ausdrücklich festgehalten, dass keine Ansprüche Dritter, sofern sie zur Zeit des Kaufes nicht bekannt und belegt sind, auf den neuen Besitzer übergehen, das sei schon damals so gewesen. Er habe den ganzen Lärm um die nachrichtenlosen Vermögen völlig übertrieben gefunden, da merke man einfach, dass die Juden eine Lobby hätten, aber er sei nicht der Meinung, dass jetzt auch noch er in irgendeine Wiedergutmachungsrührseligkeit verfallen sollte, davon hätten wir wirklich genug gehabt. Die Geschichte mit der alten Rechnung habe er vernommen, die hatte natürlich die Runde gemacht, aber das könne im Ernst nicht sein und sei wohl eher ein Problem einer etwas überdrehten Kundin als ihres Geschäfts, jedenfalls könnte sie so etwas auf keinen Fall beweisen, wenn es zu einer Gerichtssache käme. Selbst wenn die Rechnung echt wäre, hätte sie ja keine Zeugen dafür, dass sie diese dem Futter eines bei »Best of« gekauften Mantels entnommen habe. Und das mit dem Fehlbetrag sei einzig das Problem des Buchhalters, der im Übrigen wohl wisse, wie man so etwas unauffällig in der Bilanz unterbringe. Roschewski sei gleich klar geworden, dass er mit seinem Vorschlag nicht die geringste Chance hatte, habe etwas von einer Geste gemurmelt, die er sich eben hätte vorstellen können, und sei nach Kurzem wieder draußen gestanden, und das sei also der gegenwärtige Stand der Dinge.

Natalie war empört über den alten Geschäftsinhaber, der sie als überdrehte Kundin abtat, ohne sie überhaupt zu kennen.

Roschewski gab zu bedenken, für jemanden, der mit beiden Beinen im Leben stehe, sei die Geschichte natürlich schon ein harter Brocken.

Ach was, sagte Natalie, der alte Gerster stehe doch schon mit einem Bein im Grab und würde sich besser überlegen, was es in seinem Leben noch zu bereinigen gebe. Sie wisse jedenfalls, was sie mache. Sie werde am nächsten Wochenende nach London fliegen und der Tochter des Schneiders Feyn die 2220 Franken bringen.

Und das Geld –

Das nehme sie von ihrem Ersparten, sagte sie, schließlich lebe sie in einer Wohlstandsgesellschaft, und vergangenes Leid müsse irgendwie abgegolten werden.

Es habe allerdings ungleich größeres Leid gegeben als dasjenige des alten Feyn, wandte Roschewski ein.

»Aber man hat ihm eine Rechnung nicht bezahlt«, sagte Natalie, »und das genügt. Ich möchte sie ihm einfach bezahlen, fragen Sie nicht, warum. Und Sie wollten das doch auch.«

Roschewski nahm einen letzten Anlauf. Ja, sagte er, aber es sei eine Angelegenheit unter Juden gewesen.

Unter Menschen, sagte Natalie, und als Roschewski

hinzufügte, er würde sich gern mit der Hälfte des Betrags beteiligen, erwiderte sie, das sei sehr lieb von ihm, aber nicht nötig, schließlich sei die Rechnung an sie gegangen.

Ob sie denn, fuhr er fort, etwas dagegen hätte, wenn er sie begleiten würde.

Dagegen hatte sie nichts.

Die alte Frau, die ihnen am nächsten Sonntag kurz vor Mittag die Tür eines Backsteinreihenhäuschens in einer kleinen Seitenstraße der King's Road öffnete, war zuerst etwas misstrauisch, aber als Roschewski seinen Namen nannte und sagte, er hätte ihre Adresse von Herrn Katz in Zürich und er und Frau Schaub möchten ihr etwas bringen, das ihren Vater Isaac betreffe, hieß sie die beiden eintreten. Als sie im winzigen Salon am Tisch saßen, auf dem eine schwere Brokatdecke lag, und aus den Teetassen nippten, die ihnen Rebecca Rosenberg-Feyn hingestellt hatte, begann Natalie zu erzählen. Die alte Dame hatte sie gebeten, zürichdeutsch zu sprechen, das sie zwar etwas verloren habe, das ihr aber vertraut vorkomme.

Bei der Stelle, wo sie sich mit Roschewski getroffen hatte, erzählte dieser seinen Teil der Geschichte weiter, und dann kam Natalie auf ihren Entschluss zu sprechen, das Geld hierher zu bringen, legte den alten Umschlag und die Rechnung auf den Tisch und daneben einen Umschlag der Bank, auf den sie »2220 Fr.« geschrieben hatte.

Rebecca Rosenberg traten die Tränen in ihre schönen alten Augen, als sie die Rechnung ihres Vaters ansah, mit der aufgedruckten Adresse und der fünfstelligen Telefonnummer mit dem Punkt nach der zweiten Ziffer, die sie sofort wiedererkannte. Sie könne das eigentlich gar nicht annehmen, sagte sie, aber offenbar habe es ihren Vater so beunruhigt, dass i dänk, I should accept it.

Sie nahm die beiden Umschläge, ging zu einem zierlichen Sekretär an der Wand, auf welchem um einen siebenarmigen Kerzenständer verschiedene Fotos gruppiert waren, legte sie vor eines hin, das einen weißbärtigen Mann mit dunklen Augen, Schabbeslocken und einem schwarzen Hut zeigte, und sagte: »Look emol, Tate, wos i der bring. Bischt jetz zfride?«

Sie werde das Geld hier liegen lassen, und sobald der Fehlbetrag in der Buchhaltung nicht mehr auftauche, werde sie es einer Hilfsorganisation spenden. Nun zog Roschewski ebenfalls einen Umschlag hervor und sagte, wenn eine Schuld später beglichen werde, rechne man in der Regel den Zins dazu, er sei von einem durchschnittlichen Zinssatz von 3% ausgegangen, und da drin seien die 13 397.44, die Isaac Feyn noch zugut hätte, er habe sie auf 13 400.– aufgerundet. Natalie war sprachlos, und die alte Dame sagte in ihrer Mischung aus Zürichdeutsch und Jiddisch: »Ihr seids zwöi gonz liebi Lajt«, aber das könne sie nun auf keinen Fall entgegennehmen, und sie brauchte sehr viel Überredungskunst, bis Roschewski bereit war, seinen Umschlag wieder einzustecken.

Als sie Rebecca Rosenbergs Haus nach einem fröhlichen, improvisierten Mittagessen am Nachmittag wieder verließen und durch die King's Road zur nächsten U-Bahn-Station gingen, ergriff Natalie Roschewskis Hand und zog sie in ihre Manteltasche.

Bei der Fertigstellung der Buchhaltung im Februar war der Fehlbetrag verschwunden, und im Frühling zogen Natalie und Roschewski zusammen in die Parterrewohnung an der Gerhardstraße, da sich der Nachfolgemieter der Musikerin wieder zurückgezogen hatte. Nie haben sie dort des Nachts den alten Feyn husten gehört, und auch seine Nähmaschine hatte ihren Betrieb endgültig eingestellt.

Die Geschichte hat mir meine Nichte erzählt, die in der Wohngemeinschaft im obersten Stock wohnt und jetzt Natalie bei den Vorbereitungen zur Hochzeit hilft, was nicht ganz einfach ist, wenn man mit den jüdischen Ritualen nicht vertraut ist.

Rebecca Rosenberg haben sie als Trauzeugin eingeladen, und sie hat zugesagt.

Der Betrug

Rusterholz ist ein guter Name für den Mann, der das erlebte, was ich Ihnen im Folgenden erzählen möchte, Charles Rusterholz, er ging gegen die Vierzig und arbeitete bei einem Reiseunternehmen.

Als er den kleinen Bahnhofladen mit den langen Öffnungszeiten betrat, um noch etwas Milch zu kaufen, hatte er soeben einem Menschen das Leben gerettet. Er war auf einer Straßeninsel am Fußgängerstreifen gestanden, die Ampel zeigte Rot, auf der zweispurigen Straße hatte die erste Spur Rot, die zweite jedoch Grün, und auf der ersten Spur standen zwei, drei wartende Autos. Da schob sich ein Junge mit seinem Kickboard an ihm vorbei über den Streifen. »Vorsicht!«, schrie Rusterholz laut, der das Auto auf der zweiten Spur herannahen sah, der Junge bremste, und das Auto fuhr knapp an ihm vorbei. Erschrocken kehrte der Junge um, und Rusterholz sagte zu ihm, er müsse aufpassen bei Rot. Neben ihm war eine Frau gestanden, die nichts gesagt und getan, sondern nur die Hand vor den Mund gehalten hatte, und der Mann gegenüber, der den fahrenden Wagen noch besser hatte kommen sehen als er, hatte auch nichts unternommen, um das Verhängnis abzuwenden, ja, Rusterholz hatte die beiden rückblickend sogar im Verdacht, sie hätten sehen wollen, wie ein Unglück passiere.

Im Weitergehen hatte er sich überlegt, wieso er dem Jungen nicht noch ernster ins Gewissen geredet hatte, beispielsweise mit der Ermahnung, es gehe um Leben und Tod. Es wurde ihm jetzt auch bewusst, dass sowohl die Frau als auch er den ersten Teil der Straße bis zur Insel bei Rot überquert hatten, denn dieser Teil wurde nur von Trams befahren, und es war offensichtlich, dass keines kam. Der Kleine mit dem Kickboard musste also ihrem Beispiel gefolgt sein, insofern war er fast etwas mitverantwortlich. Rusterholz dachte auch an seinen eigenen zehnjährigen Sohn, dem er diese Geschichte unbedingt erzählen wollte, und nahm sich wieder einmal vor, der Kinder wegen stets und unbedingt stehen zu bleiben, wenn eine Fußgängerampel Rot zeigte, auch wenn weit und breit kein Fahrzeug zu sehen war. Im Ganzen war er doch zufrieden, dass er überhaupt reagiert hatte, denn eigentlich war er es nicht gewohnt, Autorität auszuüben, und ging auch Situationen, die nach Eingreifen rochen, aus dem Wege; von Betrunkenen im Bus oder von Punks mit zerrissenen Rucksäcken und Hunden mit einem roten Halstuch statt einer Leine setzte er sich stets möglichst weit weg.

Diese Gedanken gingen ihm immer noch nach, als er die drei Liter Milch, um die ihn seine Frau gebeten hatte, an der Kasse zahlte und sah, wie die Japanerin hinter ihm für ihren Orangensaft und die Schokolade eine Zwanzigernote bereithielt. Dann wendete er sich ab, um eine dieser dünnen Plastiktüten von der Rolle zu reißen, die erstaunlicherweise stark genug waren, um drei Milchpackungen zu tragen. Als er diese verstaut hatte, hörte er,

345

wie die Japanerin zum jungen Mann an der Kasse sagte: »Ich habe zwanzig gegeben.« »Zehn«, sagte der Kassier. »Nein, zwanzig«, sagte die Japanerin. »Zehn«, sagte der Kassier, »Sie bekommen 6.20.« Die Japanerin klaubte das Wechselgeld zusammen und wollte resignieren, da sagte Rusterholz: »Es waren zwanzig. Sofort geben Sie ihr noch zehn Franken.« Überrascht musterte ihn der Verkäufer und sagte dann frech: »Sie hat zehn gegeben.« »Sie hat Ihnen zwanzig gegeben!«, sagte Rusterholz so laut, dass sich alle in dem engen Laden nach ihm umdrehten, »und ich bleibe so lange hier stehen, bis Sie ihr die zehn Franken rausgegeben haben.« Der junge Mann blieb hartnäckig. »Hat sie zehn gegeben«, behauptete er. »Hören Sie«, sagte Rusterholz, »ein richtiger Kassier legt die Note nicht in die Kasse, bevor er herausgegeben hat, dafür haben Sie hier an der Kasse diese Klammer, ja?« Und er zog mit einer Hand den Notenhalter hoch und ließ ihn auf die Kasse knallen. »So wie Sie kassiert nur ein Betrüger. Ich habe gesehen, dass es zwanzig waren.« Der Verkäufer hielt nun beide Hände zur Brust und schüttelte heftig den Kopf, da stand ein Mann hinter ihm, der offensichtlich sein Vorgesetzter war, legte ihm die Hand auf die Schulter und sagte: »Gib ihr zehn Franken, Dragan.«

»Aber —«

»Hast du gehört?«

Mit dem Ausdruck der tiefsten Beleidigung händigte der Kassier der Japanerin die zehn Franken aus und warf Rusterholz, als dieser mit gerötetem Kopf den Laden verließ, einen stechenden Blick nach. Die Japanerin folgte ihm und sagte: »Danke. Ich habe zwanzig gegeben.«

»Schon gut«, sagte Rusterholz, »zum Glück habe ich es gesehen. Tut mir leid für Sie.«

»Alles okay«, sagte die Japanerin und lächelte, »danke.«

Rusterholz hob die Hand und schlug den Heimweg ein. Erst jetzt merkte er, dass seine Knie zitterten und dass er schneller atmete. Noch nie hatte er etwas Derartiges getan. Keine Sekunde Überlegung war seiner Intervention vorausgegangen, er hatte es einfach nicht ertragen, wie diese zierliche kleine Frau zum Opfer einer Gaunerei wurde, und obwohl er die Übergabe der Note selbst nicht gesehen hatte, nur die Vorbereitung dazu, war er doch überzeugt, dass die Japanerin die Wahrheit sagte und nicht noch im letzten Moment ihre Zwanzigernote gegen eine Zehnernote gewechselt hatte.

Seinem Sohn Philipp erzählte er beim Abendessen die Episode auf dem Fußgängerstreifen und rang ihm das Versprechen ab, unter gar keinen Umständen bei Rot über den Fußgängerstreifen zu gehen, und erst recht nicht auf seinem Kickboard. »Klar«, sagte dieser nur, aber es klang nicht ganz überzeugend.

Als der Junge zu Bett gegangen war und Rusterholz mit seiner Frau Olivia noch ein Glas Wein trank, erzählte er ihr den Vorgang im Bahnhofladen. Sie wunderte sich. »Na sag mal, du hattest ja heute einen richtigen Heldentag. Hoffentlich steigt es dir nicht in den Kopf.« Charles lachte und sagte, es genüge ihm, dass sie ihn ein bisschen bewundere, beides sei ihm mehr passiert, als dass er es gewollt hätte. »Hast du dir gemerkt, wie der Verkäufer hieß?«, fragte seine Frau. Er stutzte einen Moment. »Der andere nannte ihn Dragan.« »Also einer aus dem Balkan«, sagte sie. »Offenbar«, sagte er. »Pass auf«, sagte Olivia, »mit denen ist nicht zu spaßen.« Charles erschrak ein bisschen, ließ es sich aber nicht anmerken.

In den nächsten Tagen hatte er sehr viel Arbeit, da er zusätzlich für einen erkrankten Kollegen den neuen Paris-Prospekt redigieren musste, was an sich gar nicht sein Gebiet war, und sich dabei ärgerte über das immer gleiche Vokabular der Hotelanpreisungen, komfortabel, geschmackvoll, stilvoll, gut ausgestattet, besonders ruhig, charmant, und das hieß vielleicht im Klartext, dass der Frühstücksraum in einem mit Neonleuchten erhellten Untergeschoss war, in dem auf einem Fernsehapparat ein Morgenquiz lief. So hatte er die Episode im Bahnhofladen fast vergessen, als er eines Morgens daran erinnert wurde. Er wollte auf dem Vorstadtbahnhof die Treppe hinuntergehen, um mit der S-Bahn in die Stadt zu fahren, da traf ihn aus dunklen Augen der Blick eines jungen Mannes, der sich an das obere Ende des Treppengeländers lehnte. Es musste der Verkäufer sein, mit dem er die Auseinandersetzung gehabt hatte, und Rusterholz war fast sicher, dass dieser ihn erkannt hatte. Als er aus der Unterführung die Treppe zum Gleis 5 hochstieg, warf er einen Blick zurück und sah, dass der junge Mann ihm langsam folgte. Der Zug fuhr ein, Rusterholz stieg im Gedränge zu und sah den andern nicht mehr, aber er hatte ein ungutes Gefühl, bis er an seinem Arbeitsplatz in der Stadt war.

Es war ein schöner Tag, also zog er am Abend, als er wieder zu Hause war, seinen Trainingsanzug an, um auf dem Sportplatz und im angrenzenden Wäldchen etwas zu rennen. Meistens drehte er zuerst ein paar Runden auf der markierten 250-m-Bahn und bog dann ins Wäldchen ein, in das sich Hundehalter, Familien mit Kindern und Picknickende teilen mussten, zog eine Schlaufe auf den zwei Wegen, die es durchquerten und kam dann wieder auf den Sportplatz zurück. Als er heute am Familienspielplatz vorbeirannte, hörte er ein paar kehlige Stimmen, die ihm »Hopp Schwiz!«, nachriefen, und als er sich nach ihnen umblickte, sah er eine Gruppe untätiger junger Männer, die um die Schaukel herumstanden, auf denen sich einer von ihnen hin und her schwingen ließ. Der auf der Schaukel war derselbe, der ihm heute Morgen gefolgt war, und wieder durchbohrte er ihn mit seinem Blick. Rusterholz beschleunigte seinen Schritt, und statt die Schlaufe zu machen, verließ er das Wäldchen auf der andern Seite, um hinter dem Schulhaus durch wieder nach Hause zu gelangen. Als er die Kurve zum Schulhaus machte, schien ihm, dass sich drei der jungen Männer in Trab gesetzt hatten, was ihn dazu bewog, nicht den direkten Weg nach Hause zu nehmen, sondern einen Umweg über die Nachbarstraße einzuschlagen. Jedenfalls war, als er das Tor zum winzigen Vorgärtchen aufmachte, niemand von der Gruppe mehr zu sehen.

Seine Frau wunderte sich, dass er schon wieder zurück war, und er murmelte bloß, er hätte doch weniger Lust zum Rennen gehabt, als er gemeint habe.

Heute habe sie von einer Nachbarin gehört, sagte ihm Olivia beim Nachtessen, dass das ganze Verkaufspersonal im Bahnhofladen ausgewechselt worden sei, es arbeiteten jetzt nur noch Schweizer dort.

»Gut für die japanische Kundschaft«, sagte Charles und

lachte. Jetzt wusste er auch, weshalb er Dragan heute zweimal gesehen hatte; offensichtlich war er entlassen worden, und es sah nicht so aus, als hätte er wieder Arbeit gefunden.

Rusterholz schlief schlecht diese Nacht. Zwar war die *ganze* Belegschaft ersetzt worden, aber dennoch war es möglich, eine direkte Linie von ihm zur Entlassung des jungen Verkäufers zu ziehen. An diese Folge hatte er überhaupt nicht gedacht, als er sich für die Japanerin einsetzte. Die Situation auf dem Arbeitsmarkt, das wusste er, war nicht günstig, und sie war noch weniger günstig, wenn man einen slawischen Namen trug. Kürzlich hatte im Fernsehen ein Schulabgänger mit ausgezeichneten Zeugnissen erzählt, wie er sich telefonisch auf eine ausgeschriebene Lehrstelle hin gemeldet hatte, aber als er seinen Namen sagte, der auf čić endete, bekam er den Bescheid, die Stelle sei schon vergeben. Etwas später meldete er sich nochmals mit veränderter Stimme und einem Schweizer Namen, Mörgeli oder Ötterli oder Lutz, und wurde sofort zu einem Gespräch eingeladen. So war die Stimmung im Lande, Dragan würde es also nicht leicht haben, und es konnte gar nicht anders sein, als dass er einen Groll auf ihn hatte. Dass er selbst schuld war mit seinem Betrugsversuch, würde er wohl ausblenden. Rusterholz erwog noch einmal die Möglichkeit, dass er sich getäuscht haben könnte, weil er den Moment der Übergabe nicht gesehen hatte. Dann hätte die Japanerin versucht, den Verkäufer zu betrügen, und das traute er ihr einfach nicht zu. Aber Dragan? Ja, dem traute er es zu, das war die Wahrheit.

Nachts um drei stand Charles leise auf, ging in die

Küche und machte sich heißes Wasser. Er öffnete die Teeschachtel, überlegte sich, was ihn am ehesten beruhigen könnte, und zog dann einen Beutel Kamillentee heraus.

»Bist du krank?« Olivia stand unter der Küchentür, erstaunt.

»Ich kann nicht schlafen«, sagte Charles, »bin schon zum zweiten Mal wieder erwacht.«

»Plagt dich etwas?«, fragte Olivia.

»Eigentlich nicht«, sagte Charles, »ich kann es mir nicht erklären.«

Als er am nächsten Morgen zum Bahnhof ging, stand Dragan wieder am selben Ort, allein, blickte ihn nur einmal an und spuckte vor sich auf den Boden. Rusterholz tat so, als sähe er ihn nicht, machte aber einen kleinen Bogen und nahm die zweite der beiden Treppen. Beim Einbiegen zur Treppe von Gleis 5 drehte er den Kopf zurück und sah, dass ihm der andere nicht folgte. Erleichtert fuhr er zum Hauptbahnhof und überflog während der kurzen Fahrt die Gratiszeitung. Ein Russe, der bei einem Flugzeugunglück seine Frau und seine beiden Kinder verloren hatte, hatte den Schweizer Fluglotsen ausfindig gemacht, den er für den Schuldigen hielt und hatte ihn erstochen. »Rache also«, sagte sich Rusterholz, »Rache, das gibt es, im Osten.« Als er die Rolltreppe verließ, mit der er aus dem unterirdischen Bahnhof in die große Halle hochgefahren war, stand dort Dragan, der gerade von zwei Kollegen mit einem jener Handschläge begrüßt wurde, bei denen die offenen Handflächen in Gesichtshöhe aufeinanderprallen. Die beiden trugen wie er schwarze Lederjacken und tief ins Gesicht gezogene Mützen. Dragan schaute sich kurz um, und Rusterholz ging hinter einer japanischen Touristengruppe und deren Samsonitekoffern durch und strebte dem linken Ausgang zu, obwohl er sonst den Hauptausgang benutzte.

Der Schweiß stand ihm auf der Stirn, als er wenig später in der Straßenbahn saß und sicher war, dass ihm niemand auf der Spur war. Wie war das möglich, dass ihn Dragan am Hauptbahnhof erwartet hatte wie im Märchen vom Hasen und vom Igel? Rusterholz war zuhinterst in den Zug gestiegen, also wäre Dragan durch die Unterführung gerannt und im vordersten Wagen gefahren, wäre im Hauptbahnhof als Erster ausgestiegen und sofort die Rolltreppe hoch in die Halle geeilt, wo ihn seine Kollegen bereits erwarteten. Das war machbar, und doch konnte er es nur schwer glauben.

Er hatte diesen Vormittag Mühe, sich auf die Arbeit zu konzentrieren, es galt, eine Reihe von Preisangeboten einzuholen, und zwar musste er sich an eine Dringlichkeits-Checkliste halten und konnte nicht in Ruhe bei einem Sachgebiet bleiben, er sauste telefonisch in ganz Europa herum, sprach mit Geschäftspartnern in England und Frankreich, die nicht im Traum daran dachten, eine andere als ihre Muttersprache zu benutzen und verhandelte dazwischen mit zwei Hotels auf einer kroatischen Ferieninsel, wo er es mit entgegenkommenden Menschen zu tun hatte, die sehr gut deutsch sprachen. Wieso, ging es ihm durch den Kopf, haben wir hier so viele düstere Typen aus dem Balkan, wenn die dort alle so freundlich sind?

Wieso haben wir überhaupt so viele fremde Menschen hier? Was wollen die alle? Können die nicht einfach bei uns Touristen sein wie wir bei ihnen? Er war in einem

Dorf aufgewachsen, wo sie in der Klasse zwei Ausländer hatten, einen Italiener und eine Spanierin, und heute ging sein Sohn in eine Klasse, in der sie zwei Schweizer waren, die andern waren alles Ausländer, aus der ganzen Welt, und es war nicht einmal ein Italiener darunter. Natürlich war es ihm nicht entgangen, dass auf den Straßenbaustellen nur unverständliche Sprachen gesprochen wurden, und als er seine Großmutter im Pflegeheim besucht hatte, wurden die alten Leute ausschließlich von lächelnden Asiatinnen herumgeschoben und verpflegt, aber es bedeutete einfach auch, dass die drei großen Schachspiele auf dem Marktplatz fest in der Hand des Balkans waren, und wieso wurde der Second Hand-Autohandel, der sich auf dem ehemaligen Gießereiareal etabliert hatte, von Schwarzen betrieben, und überhaupt, wieso waren die Schwarzen alle so unverschämt gut angezogen, und ihre Frauen stießen stets die neusten Kinderwagen vor sich her? Wer bezahlte das alles? Es war ihm schon mehr als einmal passiert, dass er, wenn er im Tram saß, gemerkt hatte, dass er der einzige Einheimische war, und das erschreckte ihn jedes Mal. In den Prospekten seines Reiseunternehmens wurden zwar die Schmelztiegel New York oder São Paulo angepriesen, aber Rusterholz war es noch nicht gelungen, sich über den Schmelztiegel Zürich zu freuen.

Über Mittag wollte er kurz zu einem Sandwich ins Stehcafé in der Parallelstraße. Als er um die Ecke bog, blickte er ganz schnell auf die Uhr und kehrte dann wieder um, als ob er etwas vergessen hätte, denn am Tischchen neben dem Eingang hatte er Dragan mit seinen zwei Kollegen gesehen.

Fast schlug er Haken über die Straßen und Trottoirs, bis

er bei der Paninoteca war, wo Tamilen überbackene Baguettes feilboten; er kaufte sich eine mit Käse und Spinat, nahm ein Mineralwasser dazu und erreichte dann in einem Zickzackkurs wieder sein Büro.

Am Abend war es nicht seine Frau, die ihn fragte, was er habe, sondern er fragte sie, denn er sah sofort, dass sie etwas bedrückte.

»Da war ein anonymer Anruf«, sagte sie. Der Anrufer habe, nachdem sie sich gemeldet hatte, einfach eine Weile gar nichts gesagt, und dann wieder aufgehängt.

Ob sich nicht jemand verwählt haben könnte, fragte Charles.

Sie glaube nicht, sagte Olivia, sie habe das Gefühl, das sei Absicht gewesen.

Sexuelle Belästigung?

Nein, aber sie hätte den andern atmen gehört.

Ein Mann?

Ja, ganz klar, und Straßengeräusche, also entweder vom Handy oder von einer Telefonsäule aus.

»Der Sauhund«, sagte Charles.

»Weißt du, wer es ist?«

»Zu 99 %«, sagte Charles, und dann erzählte er ihr, dass Dragan ihn verfolge, seit er aus dem Bahnhofladen entlassen worden war.

»Aber er hat dich nicht direkt bedroht?«

»Das nicht, er lässt bloß keinen Zweifel offen, dass er mich im Visier hat.«

Ob Charles versucht habe, mit ihm zu sprechen?

Das habe ihm nicht ratsam geschienen, vor allem, wenn dieser noch zwei andere dabei habe.

»Hast du Angst?«, fragte Olivia.

»Habe ich Angst? Ich weiß nicht, aber sicher kein gutes Gefühl.«

Olivia schlug ihm vor, wenn er Dragan das nächste Mal allein sehe, auf ihn zuzugehen und ihn anzusprechen. Vielleicht wolle er nur hören, dass es Charles leid tue, dass er entlassen worden sei.

Gut, sagte Charles, das werde er tun, aber wirklich nur, wenn Dragan allein sei. Er habe keine Lust, zusammengeschlagen zu werden. Und sie solle doch bitte auch auf sich aufpassen, jetzt, wo man damit rechnen müsse, dass er wisse, wo sie wohnen und wer sie seien.

Aufpassen, wie?

Zum Beispiel, wenn es zweimal klingle, nicht gleich den Türöffner drücken, sondern zuerst zum Fenster hinaus nach unten schauen, ob es wirklich der Postbote sei, und wenn sie das Haus verlasse oder wenn sie zurückkomme, sich versichern, dass Dragan nicht in der Nähe stehe. Als er ihr Dragans Aussehen schilderte, sagte Olivia, so sähen aber ziemlich viele aus. Das könne sein, meinte Charles, aber an seinem stechenden Blick werde sie ihn sofort erkennen.

Philipp brannte darauf, nach dem Abendessen mit seinem Vater eine Partie Schach zu spielen, denn er hatte am Nachmittag gegen den Computer gekämpft, und Charles spielte so unkonzentriert, dass er zum ersten Mal gegen seinen Sohn verlor. Der Junge jubelte, und Charles sagte, das nächste Mal werde er keine Chance mehr haben.

»Papi, wieso prügeln die Jugos immer?«, fragte ihn Philipp, als er die Figuren neu aufstellte.

»Tun sie das?«, fragte Charles.

Ja, in ihrer Klasse schon, heute hätten sie Ramón in der Unterführung abgepasst und ihn verhauen.

»Warum denn?«, fragte Charles.

Ramón rufe ihnen eben immer nach, alle Jugos seien schwul.

Charles antwortete ihm, erstens solle er nicht Jugos sagen, das sei abwertend, und von Ramón sei das natürlich ziemlich dumm gewesen, das wäre etwa dasselbe, wie wenn ihm die Serben oder Kroaten oder Bosnier nachrufen würden, alle Spanier seien Weiberschmecker.

»Das tun sie ja auch«, sagte Philipp.

Charles seufzte. Es sei nie gut, wenn man andern sage, sie gehörten zu dem und dem Volk und deshalb seien sie so und so. Das heiße, dass man den andern nicht mehr als Mensch anschaue, und dafür gebe es ein Wort, das er bestimmt schon gehört habe.

»Rassismus«, sagte Philipp und strahlte.

»Genau«, sagte sein Vater und stellte seinen Bauer auf e4.

»Und Rassismus ist nicht gut«, sagte Philipp, während er ihm seinen Bauern auf e5 gegenübersetzte.

»Nein, gar nicht. Aus Rassismus kann es Krieg geben.«

»Ist eigentlich Schach auch Rassismus?«, fragte Philipp weiter.

»Wie kommst du denn darauf?«

»Weil die Weißen gegen die Schwarzen spielen.«

Charles musste lachen und dachte dann, wie leicht es war, einem Kind zu erklären, dass Rassismus nicht gut ist, und wie schwer es war, diese Erkenntnis auch anzuwenden.

Am nächsten Morgen stand Dragan bereits auf dem Perron, als die S-Bahn einfuhr. Rusterholz fasste ihn ins Auge und steuerte direkt auf ihn zu, doch da stieg Dragan ein, Rusterholz rannte zur selben Türe, stieg ebenfalls ein und ging durch den unteren und den oberen Stock, ohne ihn zu finden. Die Leute standen so dicht vor den Türen zu den nächsten Waggons, dass er es schließlich aufgab. Auf dem Hauptbahnhof sah er keine Spur mehr von Dragan.

Er erblickte ihn erst wieder, als das Tram kam. Dort stand er mit einem seiner Kollegen zuhinterst, und als es weiterfuhr, ohne dass Rusterholz eingestiegen war, warf ihm Dragan aus dem wegfahrenden Tram seinen stechenden Blick zu.

Wieder versuchte sich Rusterholz vorzustellen, welchen Weg Dragan genommen haben könnte, und wieder musste er sich sagen, dass es zwar unwahrscheinlich, aber möglich war, falls dieser sofort durch den Hinterausgang des Bahnhofs zur dort gelegenen Tramhaltestelle gelaufen wäre.

Rusterholz ging vom Bahnhof aus zu Fuß zu seinem Arbeitsplatz, und er wählte nicht den Weg, welcher der Tramlinie folgte.

Am Abend setzte er sich für die Heimfahrt vorsichtshalber in die 1. Klasse und ärgerte sich über vier Mädchen, die laut lachend in einem Abteil saßen und denen man auf den ersten Blick ansah, dass sie keine Billette 1. Klasse hatten; das kam immer mehr auf, dass Junge das taten und einfach hofften, es gebe keine Kontrolle, aber dann sollten sie bitte nicht auch noch die andern Passagiere stören. Rusterholz überlegte sich, ob er sie zurechtweisen sollte, bis er merkte, dass er ja selbst auch ohne 1. Klasse-Billett fuhr.

Am Abend ging er mit Olivia und Philipp noch ein bisschen in den nahe gelegenen Park. Es gab dort einen Teich, an dem sie ab und zu ihr altes Brot den Enten verfütterten, und Philipp hatte heute diesen Vorschlag gemacht. Nach der Raubtierfütterung, wie sie Olivia scherzhaft nannte, setzten sie sich auf die Ufersteine, und Philipp versuchte mit einem Stecken Blätter zu erreichen, die in der Nähe des Ufers schwammen.

»Siehst du«, sagte Charles leise zu Olivia, »dort drüben sitzt er.«

»Wer?«

»Dragan. Es ist der mittlere von den dreien.«

Auf der andern Seite des Teiches saßen drei junge Männer mit Lederjacken und tief ins Gesicht gezogenen Mützen, einer davon telefonierte mit seinem Handy, und Dragan schaute wie zufällig zu ihnen herüber.

»Gut«, sagte Olivia, »ich hab ihn gesehen. Gehen wir?«

Sie brachen sofort auf, nicht zur Freude von Philipp, der noch bleiben wollte und seinen Vater auf dem Weg zur Tram fragte, ob Dragan ein Jugo sei.

»Man sagt nicht Jugo!«, herrschte ihn Charles an, so heftig, dass Philipp zusammenzuckte und schwieg.

Als Olivia ihren Sohn zu Bett gebracht hatte, erzählte ihr Charles von der Episode heute Morgen und sagte dann, wie sehr es ihm missfalle, dass Dragan sie vorhin zu dritt gesehen habe und ob sie finde, man müsse Philipp irgendwie warnen.

Olivia war unsicher, und am nächsten Morgen, nachdem Charles zur Arbeit gegangen war, rief sie Philipp eine allgemeine Warnung vor fremden Männern in Erinnerung, mit denen man nicht gehen sollte.

Philipp sagte, das wisse er schon, und fragte, ob sie das wegen der drei Ju-, wegen der drei Männer sage, die gestern am Teich gesessen seien.

»Wenn du's genau wissen willst, ja. Einer ist wahrscheinlich böse auf Papi.«

»Dragan, der in der Mitte«, ergänzte Philipp.

»Dann weißt du ja Bescheid«, sagte seine Mutter.

»Klar«, antwortete Philipp, »der ist doch wegen Papi aus dem Laden geflogen.«

Es verging nun kein Tag, an dem sich Dragan nicht auf irgendeine Art bemerkbar machte, sei es, dass er am Vorortsbahnhof oder am Hauptbahnhof auf Rusterholz wartete, sei es, dass er im Stehcafé in der Stadt neben der Tür saß oder dass er auftauchte, wenn die Schule aus war, und Philipp seinen stechenden Blick zuwarf, denn dieser hatte sich ihn gemerkt und erzählte seinen Eltern jedes Mal, wenn er ihn gesehen hatte. Auf die Frage, ob er ihn irgendwie bedroht habe, sagte Philipp, nein, er stehe einfach auf der andern Straßenseite. Als wieder ein Telefonanruf kam, ohne dass sich der Anrufer meldete, nannte ihn Olivia bei seinem Namen und sagte, er solle doch einmal sagen, was er gegen sie habe, aber die Verbindung brach wieder ab, ohne dass ein Wort gefallen wäre.

Wenn er sich Rusterholz zeigte, dann meistens in Begleitung eines oder zwei seiner Kollegen, und war er allein, gelang es ihm stets, sich einer direkten Begegnung zu entziehen.

Sie hatten sich schon überlegt, ob sie zur Polizei gehen sollten, waren aber bis jetzt davor zurückgeschreckt, vor allem Charles fand das zu dramatisch und fürchtete, bei der Polizei würde man sie auslachen. Dragan hatte nie Anstalten gemacht, tätlich zu werden, und konnte man jemandem verbieten, am Bahnhof zu stehen oder am Straßenrand? Am ungemütlichsten war ihnen, dass er ihren Sohn kannte, und Olivia richtete es öfters so ein, dass sie bei Schulschluss in der Nähe des Schulhauses war, ohne dass es aussah, als hole sie Philipp ab, denn das wollte er nicht. Im Übrigen hatte sie die Hoffnung, all das höre von selbst auf, sobald Dragan eine neue Stelle gefunden haben würde.

Es mochten etwa drei Wochen vergangen sein, als Rusterholz einen stummen anonymen Anruf im Büro bekam. Sofort sprach er Dragan an und sagte ihm, er werde ihn anzeigen, wenn er nicht Schluss mache mit seinen Belästigungen. Empört hängte er auf, als nur noch das Besetztzeichen zu hören war, und war entschlossen, nach der Arbeit den Polizeiposten aufzusuchen.

Als er aus dem Vorortsbahnhof trat, hörte er eine äußerst eigenartige Musik. Zuerst glaubte er, es handle sich um eine Fasnachtsclique, dafür war es aber noch viel zu früh, auch klang sie zu gut organisiert, es war etwas Schnelles, Schneidendes, Gehetztes darin, Blechinstrumente wurden von einer Pauke angetrieben, als zöge eine Schwadron Janitscharen durch das Quartier. Er betrat den Marktplatz, woher die Töne kamen, ging an den Schachspielern vorbei und bemerkte einen Serben, der mit einem Inder spielte, einem Inder mit einem Turban, der siegesbewusst lächelte, während der Serbe stirnrunzelnd mit seinen Sekundanten tuschelte. Nun zog aus der Querstraße langsam eine Gruppe Musikanten auf den Platz, Rusterholz näherte sich ihr und blieb stehen, fasziniert von der schmissigen Musik, die er nirgends beheimaten konnte. Es waren lauter Männer in dunklen, etwas schäbigen Anzügen, die aus Trompeten und Posaunen ihre Rhythmen und Melodien schmetterten, und neben ihnen her ging einer, der wohl ihr Leiter oder Manager war, und verteilte Zettel an die Passanten. Rusterholz machte ein paar Schritte auf ihn zu und bekam von ihm auch einen Zettel in die Hand gedrückt, auf dem der Name des Orchesters stand und das Lokal, in dem sie heute Abend auftraten. Rusterholz blieb stehen, ließ die Männer mit ihren Instrumenten an sich vorbeiziehen, las noch einmal auf dem Zettel den Namen, Orkestar Salijević, und als er die Augen wieder hob, stand auf der andern Straßenseite Dragan, ganz allein, und blickte zu ihm herüber.

Im ersten Moment wollte Rusterholz auf ihn zugehen, aber auf einmal verließ ihn der Mut. Woher wusste er, ob Dragan nicht ein Messer trug? Er drehte sich um und beschloss, in einem Umweg auf den Polizeiposten zuzugehen. Sollte ihm Dragan folgen, würde er den Beweis sozusagen gleich mitbringen. Dragan folgte ihm tatsächlich, und auf einmal hatte Rusterholz große Angst, dieser könne ihm etwas antun, bevor er den Posten erreicht hätte. Er beschleunigte seine Schritte und kam zu einer Ampel, die Rot anzeigte. Trotzdem überquerte er die Tramschienen und kam zur Insel, auf der die nächste Ampel auf Rot stand. Zwei Lieferwagen warteten auf der ersten Spur vor dem Fußgängerstreifen, die zweite war frei, sodass Rusterholz rasch an den wartenden Autos vorbei über die Straße ging und von einem Motorrad erfasst und durch die Luft geschleudert wurde. Mitten auf der Kreuzung schlug er auf dem Boden auf, wollte sich wieder erheben, aber irgendetwas Schweres hinderte ihn daran.

Als sich Dragan über ihn bückte, hatte sein Blick alles Stechende verloren, sondern wirkte zutiefst erschrocken. Er hielt Rusterholz ein Taschentuch an das Ohr, welches sich sogleich tiefrot verfärbte.

Charles versuchte Atem zu holen, aber seine Lungen schienen Löcher zu haben. »Dragan«, sagte er keuchend, während das Gesicht über ihm schon vor seinen Augen verschwamm, »was ... willst du ...?«

Der andere schob ihm behutsam die Hand unter den Kopf, beugte sich ganz nahe zu ihm und flüsterte: »Ich bin Mirko. Soll ich jemandem etwas ausrichten?«

Die Schenkung

Letzthin war ich zum 60. Geburtstag eines Freundes eingeladen und traf dort alte Bekannte, die ich seit Langem nicht mehr gesehen hatte. Es ergab sich, dass ich beim Kaffee mit einem Juristen, einer Regisseurin und einem Fotografen in einer Ecke saß, wir waren alle etwa im selben Alter, und das Gespräch kam auf die veränderten Arbeitsbedingungen in unseren Berufen und auf die veränderten Zeiten überhaupt. Als der Jurist sagte, einer der Vorteile des heute überall spürbaren Abbaus von Verwaltung sei doch ein gewisser Rückgang der Bürokratie ganz allgemein, beklagte sich die Regisseurin darüber, dass sie oft das Gefühl habe, sie müsse heute mit jedem ihrer Projekte wieder bei Null anfangen und dass sie immer öfter den Bescheid erhalte, die eine Stelle gebe nur etwas, wenn die andere Stelle ebenfalls etwas gebe, und wie sie ihre Exposés und Gesuche so breit wie möglich streuen müsse und die Suche nach Mitteln mittlerweile viel mehr Zeit verschlinge als die Arbeit selbst, sodass sie persönlich unter dem Eindruck stehe, die Bürokratie nehme zu, nicht ab. Während ich mir noch überlegte, wo und wann ich zuletzt in bürokratischen Ärger verstrickt gewesen war, sagte der Fotograf lächelnd, ob wir Lust hätten, ihm einen Moment zuzuhören, er könne uns zu dieser Frage eine Geschichte erzählen, die ihm passiert sei. Natürlich hatten wir Lust, wir schenkten uns nochmals Kaffee nach, lehnten uns zurück, und er berichtete uns im Folgenden, was er mir weiter zu erzählen ausdrücklich erlaubt hat.

»Ich bekam«, begann er, »für ein Buch, zu dem ich Fotos beigesteuert hatte, einen Check, und da es sich um Tantièmen auf Prozentbasis handelte, lautete der Check nicht auf einen runden Betrag, sondern auf Fr. 202.36. Er war auf eine Bank ausgestellt, von der sich eine Filiale in meiner Nähe befindet, und so ging ich eines Tages, als mir gerade das Bargeld ausging, bei dieser Bank vorbei und legte am Schalter den Check mit meiner Identitätskarte vor. Der Bankangestellte, ein jüngerer Mann mit tadelloser Krawatte und pomadisiertem Haar, fragte zuerst, ob ich bei ihnen ein Konto habe, und als ich verneinte, notierte er sich die Nummer meiner Identitätskarte und fragte mich dann, ob der Betrag von Fr. 202.36 in Ordnung sei. Ich nähme schon an, sagte ich, oder wieso er Zweifel habe. Wegen des Rappenbetrags, antwortete er, das sei doch unüblich. Es handle sich hier um einen prozentualen Anteil an verkauften Büchern, erklärte ich ihm, der Verlag nehme es offenbar genau, und wo denn das Problem sei. Das Problem sei, dass sie keine Rappenbeträge auszahlten. Er solle sich deswegen keine Sorgen machen, sagte ich, es genüge mir, wenn er mir 202.35 gebe. Das könne er nicht, entgegnete der Angestellte, da ja der Check auf 202.36 ausgestellt sei und er ihn genauso verbuchen müsse. Ihr könnt euch vorstellen, dass ich ziemlich baff war. Das werde ja wohl nicht heißen, dass ich wegen eines Rappenbetrags mein Geld nicht ausbezahlt bekomme, sagte ich, da müsse es doch irgendeine Lösung geben. Am einfachsten wäre es, sagte der junge Mann, ich würde bei ihnen ein Konto eröffnen, dann könnten sie mir den ganzen Betrag gutschreiben und ich könnte auch sogleich z. B. 200 Franken abheben. Nun wurde ich bockig. Ich habe ein Konto bei einer der Großbanken, ich habe ein Konto bei einer ethisch einwandfreien Bank, und ich habe durch meine Erbschaft ein Konto auf einer Regionalbank, und das genügt mir, ich wollte nicht noch ein zusätzliches Konto bei einer weiteren Bank, sondern ich wollte eigentlich nur schnell die zwei Hunderter abholen.

Sonst müsste ich halt den Check wieder an den Aussteller zurückschicken und ihn bitten, den Rappenbetrag abzurunden oder mir auf die nächste Auszahlung gutzuschreiben.

Bei diesem Vorschlag muss sich mein Gesichtsausdruck stark verändert haben, denn der Angestellte hob abwehrend beide Hände hoch und wandte sich hilfesuchend nach hinten. Dann bat er mich einen Moment um Entschuldigung, verließ den Schalter und stellte sich weiter hinten vor den Schreibtisch seines Vorgesetzten, eines älteren Mannes mit einer Glatze und einer Hornbrille, der natürlich gerade telefonierte. Es dauerte ein paar Minuten, bis dieser sein Gespräch beendet hatte, und nun legte ihm mein Schaltermensch offenbar meinen Fall dar, der Mann blickte kurz durch seine Brille zu mir herüber, etwa so wie der Chef eines Polizeipostens, dem gerade ein Kleinkrimineller zugeführt wird.

Dann nahm er den Check in die Hand und kam zu mir, gefolgt vom Angestellten, der am Problem gescheitert war.

›Herr Kilchenmann‹, sagte er mit erzwungener Freundlichkeit zu mir, ›Sie möchten nicht ein Konto bei uns eröffnen?‹

›Nein‹, sagte ich, ›wirklich nicht. Tut mir leid.‹

›Das tut uns auch leid‹, sagte der Vorgesetzte mit dem Anflug eines Lächelns, ›das Problem ist eben —‹

›Ich weiß‹, sagte ich, ›aber ich schenke Ihnen diesen Rappen!‹

›Sie schenken uns diesen Rappen?‹, fragte der andere ernst, während sein Angestellter den Kopf hinter seiner Schulter hervorstreckte.

›Aber gern und von Herzen‹, sagte ich, und fügte hinzu, ›wissen Sie, ein Rappen ist auch nicht mehr, was er früher war.‹

Der ältere Herr überhörte diesen Scherz und sagte, das lasse sich machen und ich solle mich einen Augenblick gedulden, er werde gleich das nötige Formular holen, es sei eins, das sie eben nicht alle Tage bräuchten. Damit ging er zum Schalterraum hinaus, um erst nach ein paar weiteren Minuten wieder zurückzukommen, drei Blätter flatterten in seiner Hand, und hinter ihm her kam, ob ihr's glaubt oder nicht, eine Sekretärin, die eine elektrische Schreibmaschine in den Armen trug.

›Das Problem ist, Herr Kilchenmann‹, sagte er zu mir, ›dass die Schenkungsformulare noch nicht computerisiert sind, dass wir sie also noch mit der Maschine ausfüllen müssen. Haben Sie an das Durchschlagpapier gedacht, Frau Velazquez?‹ Daran hatte sie nicht gedacht, sie glaubte, sie würden eine Fotokopie machen, sagte sie. Nicht bei den Schenkungsformularen, die müssen echt sein, da jedes eine Nummer trage, sagte der Herr mit der Hornbrille, der sich inzwischen als Herr Hirschi vorgestellt hatte.

›Hören Sie‹, begann ich, ›das wird mir zu kompliziert, ich glaube, ich schicke den Check meiner Bank, die soll ihn dann meinem Konto gutschreiben.‹

Herr Hirschi versicherte mir, es dauere bestimmt nicht lange, und ich merkte, dass ich meine Bancomat-Karte nicht dabei hatte, dass ich also sonst nochmals nach Hause müsste, und während der junge Angestellte unter den Schalter kroch, um eine Steckdose für die Schreibmaschine zu suchen, beschloss ich, hier zu bleiben und auf mein Geld zu warten.

Frau Velazquez brachte nun das Durchschlagpapier, spannte die Formulare in die Schreibmaschine ein, welche sie behelfsmäßig auf die Theke hinter dem Schalter gestellt hatte, und begann meine Personalien abzufragen. Die Neugier der Bank reichte bis zu meiner Konfession, und als ich deswegen eine Bemerkung machte, sagte Herr Hirschi, der zusammen mit dem pomadisierten Jungen hinter Frau Velazquez stand und darüber wachte, dass diese alles richtig eintrug, es sei dasselbe, was auch auf den Steuerformularen stehe, da eine Kopie davon ohnehin an die Steuerverwaltung gehe. Das bringe aber für mich, fuhr er sogleich fort, gar keinen Nachteil, da ich ja der Schenkende sei, nicht der Beschenkte.

›Eben‹, sagte ich sarkastisch, ›der Beschenkte sind ja Sie, die Bank.‹

›Richtig‹, sagte Herr Hirschi, ›und *wir* müssen die Schenkung auch versteuern.‹

›Den Rappen?‹ fragte ich ungläubig.

›Sie können sich ja denken, dass es nicht der einzige ist‹, sagte er bedeutungsvoll und fragte mich dann, ob ich zufällig meine AHV-Nummer im Kopf habe.

Könnt ihr eure AHV-Nummer auswendig? Na also.

›Nein‹, sagte ich, ›nein, leider nicht.‹

Er wäre mir sehr verbunden, wenn ich ihn später noch anrufen würde, um ihm die Nummer mitzuteilen, sagte Hirschi, drängte sich an der Sekretärin vorbei und schob mir sein Kärtchen zu. Die Unterlagen blieben solange bei ihm, und er könne in diesem Fall eine Ausnahme machen und die Schenkung auch ohne meine vollständigen Angaben im Namen seiner Bank annehmen.

›Was ist der Zweck der Schenkung?‹, fragte nun Frau Velazquez und gab mir einen tiefen Blick aus ihren dunklen Augen.

Auf diese Frage war ich nicht vorbereitet, wohl aber Herr Hirschi.

›Wir schreiben in einem solchen Fall meistens: Gefälligkeit‹, sagte er kulant.

Das ärgerte mich, und ich schlug etwas anderes vor: ›Vereinfachung einer pekuniären Komplikation.‹

Alle drei richteten nun ihre Augen auf mich, als hätte ich eine schwere Kränkung ausgesprochen.

›Ja‹, sagte ich, ›darum geht es doch, nicht um Gefälligkeit.‹

Fragend drehte sich Frau Velazquez zu Herrn Hirschi.

›Wir können es natürlich auch so schreiben, wenn Ihnen das besser gefällt‹, sagte er, und sie hämmerte meine Formulierung in die Tasten.

›Herr Brassel, reichen Sie bitte Herrn Kilchenmann die Formulare zur Unterschrift‹, sagte er zum Jungen, nachdem die Velazquez diese aus der Schreibmaschine gezogen hatte. Sie durfte nun gehen, und während mir der junge Brassel die Formulare sorgfältig hinüberreichte, nahm die Sekretärin die Schreibmaschine unter den Arm, drehte sich um und wollte gehen, doch da spannte sich das Kabel, und die Maschine fiel krachend zu Boden, Frau Velazquez schrie auf, dass sich alle, Angestellte und Kunden, zu unserm Schalter umdrehten und vor allem mich anblickten, als führte ich gerade einen Raubüberfall durch.

Frau Velazquez und Herr Hirschi tauchten nun hinter dem Schalter ab, um die Maschine vom Boden der Bank zu bergen und das Kabel aus der Steckdose herauszuziehen, und ich signierte als Endunterzeichner drei Formulare, auf denen ich bestätigte, dass ich der Bank den Betrag von 1 Rp. schenke, und gab sie dann wieder zurück, denn nun mussten sie auch noch von Hirschi gegengezeichnet werden.

Dessen Kopf stieg tiefrot von unten hinter dem Schalter auf, und auch Frau Velazquez, deren schwarze Haare ihr über das Gesicht gefallen waren, rappelte sich wieder hoch und trug die Maschine sichtlich verärgert und mit schnellem Schritt aus dem Schalterraum.

Hirschi setzte dreimal seine Unterschrift hin und ließ mir durch den jungen Brassel ein Exemplar des Schenkungsformulars hinausreichen. Damit stünde der Barauszahlung nichts mehr im Wege, sagte er, er warte dann bloß noch auf meinen Anruf wegen der AHV-Nummer.

›Vielen Dank für die Mühe‹, sagte ich, faltete das Papier zusammen, steckte es ein, sagte ›Auf Wiedersehen‹ und wendete mich zum Gehen, da rief mir der Angestellte nach: ›Und Ihr Geld?‹

Fast wäre ich ohne mein Geld gegangen. Als ich die 202.35 einstrich, hatte ich das Gefühl, die hätte ich wirklich verdient, oder was findet ihr?«

Unsere Reaktionen gingen von »Das kann man wohl sagen!« bis »Ist das wirklich wahr?«

Die Regisseurin stand auf und fragte, wer von uns ein Tiramisu vom Dessertbuffet wolle, und da alle eins wollten, anerbot ich mich mitzugehen. Der Fotograf ermahnte uns, bald zurückzukommen, denn die Geschichte sei noch nicht zu Ende. Wenig später saßen wir wieder in der Ecke, löffelten das Tiramisu auf unsern Knien, und der Fotograf fuhr fort:

»Natürlich vergaß ich, den Hirschi wegen meiner AHV-Nummer anzurufen, für einen Rappen war mir das wohl auch zu läppisch, und offenbar hatte auch Hirschi anderes zu tun, jedenfalls war für mich die Sache längst erledigt und vergessen, als ich einen Anruf des kantonalen Steueramtes erhielt mit der Frage, ob ich, Kilchenmann Armin, die AHV-Nummer soundso habe. Ich schaute nach und bestätigte dies, und dann fragte ich, worum es denn gehe. Um die Schenkung, die ich vor zwei Jahren einer Bank gemacht habe, es habe dort auf dem Formular meine AHV-Nummer gefehlt, und sie hätten sie nun nachgetragen und wollten sich nur versichern, dass sie richtig sei. Ich lachte und fragte, ob sie keine größeren Sorgen hätten? Die Höhe des Betrags, sagte mir der Mann am andern Ende der Leitung, spiele keine Rolle, die Unterlagen müssten einfach korrekt sein. Ich wusste nicht, ob ich mich ärgern oder amüsieren sollte, und entschied mich dann für das zweite. Aber der Ärger kam schneller, als ich dachte.

Zwei oder drei Monate später rief mich ein Steuerkommissär an und bat mich, mit meinen Unterlagen bei ihm vorbeizukommen. Es ging um meine letzte Steuererklärung. Nun bin ich ja selbständig erwerbend, muss aber sagen, und das klingt jetzt vielleicht etwas bieder, dass ich mich irgendeinmal entschieden hatte, alle meine Einnahmen anzugeben, damit ich mich ohne schlechtes Gewissen über die Leute aufregen kann, die das nicht tun und ruhig in ihren Villen am Zürichberg sitzen, während ihr Geld auf irgendwelchen Off-shore-Banken für sie arbeitet. Allerdings ziehe ich auch minutiös alles ab, was man abziehen kann, und das ist bei meinen Berufsauslagen nicht wenig. Meine Selbsteinschätzungen wurden während mindestens dreißig Jahren akzeptiert, manchmal mit kleinen Korrekturen, und in der ganzen Zeit musste ich nur ein einziges Mal auf dem Amt anmarschieren, deshalb war ich etwas erstaunt über diese Aufforderung.

Ich packte also meine Einnahmen- und Ausgabenbelege zusammen und fand mich zum abgemachten Termin bei meinem Steuerkommissär ein. Der betonte, dass es sich um eine Routinekontrolle handle, wie sie bei selbständig Erwerbenden von Zeit zu Zeit gemacht werde, und stellte mir einige Fragen, die ich alle anhand meiner Belege beantworten konnte. Ob das möglich sei, fragte er unter anderem, dass ich für den Fotoband über die Innerschweiz, den er selbst besitze und in dem etliche Fotos von mir seien, nur 202.35 bekommen habe. Ich war zuerst einmal geschmeichelt, dass er meine Fotos kannte, dann erklärte ich ihm, dass die 10 % Urheberhonorar, die vom Verkaufspreis weggingen, unter allen beteiligten Fotografen proportional zu ihren Beiträgen verteilt werden, und zeigte ihm auch die Vergütungsmitteilung des Verlags, welche seinerzeit mit dem Check eingetroffen war.

Eigentlich wären es 202.36 gewesen, sagte der Beamte, nachdem er meinen Eintrag mit dem Verlagsbrief verglichen hatte.

›Ich habe aber‹, sagte ich, ›nur 202.35 bekommen, weil ich mir den Check bar auszahlen ließ und die Bank keine Rappen ausbezahlt.‹

Ob ich noch wisse, um welche Bank es sich gehandelt habe, fragte der Beamte.

Natürlich wusste ich das, sagte ihm auch, dass ich seither nie mehr ein solches Theater um einen solchen Betrag erlebt hätte.

In dem Zusammenhang wolle er mich fragen – und nun merkte ich, dass er erst zu dem kam, weswegen er mich vorgeladen hatte – wie es komme, dass ich auf der Donatorenliste ebendieser Bank stünde.

Ich glaubte mich verhört zu haben. ›Donatorenliste?‹, fragte ich, ›Donatorenliste?‹

Diese Privatbank habe immer wieder Schenkungen von Kunden entgegengenommen, die sie dann in ihre Stiftung habe fließen lassen, wodurch diese Beträge dem Fiskus entzogen worden seien.

Ob das nicht ein allgemein bekannter Zweck von Stiftungen sei, warf ich ein.

Wenn es wirklich eine Stiftung sei, ja, sagte er, aber bei dieser Stiftung seien große Unklarheiten aufgetaucht, die das Delikt des Steuerbetrugs vermuten ließen, und bei einer Kontrolle sei mein Name bei diesen Schenkungen auch aufgetaucht. Wie hoch denn der Betrag sei, den ich der Bank geschenkt habe.

›1 Rappen‹, sagte ich.

Es gehe hier um eine ernste Sache, und er bitte mich, keine Witze zu machen, sagte der Beamte, der übrigens Schellenberg hieß.

Ich erzählte ihm, was sich damals abgespielt hatte, und er hörte so ungläubig zu wie ihr vorhin. Dann fragte er mich, ob ich eine Kopie des Schenkungsformulars habe. Ich hatte mich aber damals so geärgert, dass ich mein Formular sofort weggeworfen hatte.

›Aber *Sie* werden doch eins haben‹, sagte ich, ›es hat mich deswegen sogar mal jemand angerufen vom Steueramt.‹

Wer denn das gewesen sei, welche Abteilung.

Ich hätte wirklich anderes zu tun, als mir solche Bagatellen zu merken, sagte ich. Ich könne mich an keinen Namen und keine Abteilung erinnern. Und wieso er denn das Formular nicht habe, wenn er schon meinen Namen habe.

Die Unterlagen seien bei der Bezirksanwaltschaft, welche gegen die Bank ermittle, und seine Abteilung habe nur die Namen der Donatoren bekommen, und da sei ihm eben der meine auch aufgefallen.

›Hören Sie mal‹, sagte ich, und nun wurde ich langsam aufgebracht, ›da bahnt sich ein gigantisches Missverständnis an, ich wurde von der Bank gezwungen, ihr einen Rappen zu schenken, weil sie ihn mir nicht auszahlen wollte, obwohl er auf dem Check stand.‹

Ich müsse zugeben, dass das nicht sehr wahrscheinlich klinge, sagte Schellenberg, und es sei sehr schade, dass ich den Beleg nicht aufbewahrt habe.

›Wer bewahrt denn einen Beleg über einen geschenkten Rappen auf?‹, sagte ich, ›hier haben Sie alle meine Ausgabenbelege, da sind sogar Telefonate für 1.20 oder Fotokopien für 2.50 dabei, aber 1 Rappen liegt einfach unterhalb jedes vernünftigen Buchhaltungsinteresses!‹

Es falle ihm eben auch auf, sagte Schellenberg, dass mein Vermögen in den letzten Jahren konstant abgenommen habe, und er frage sich, ob das mit Schenkungen an die besagte Privatbank zu tun habe.

Das habe damit zu tun, dass ich vor Jahren eine Erbschaft gemacht habe, übrigens korrekt versteuert, und mir seither Ausgaben gestatte, die ich mir sonst nicht leisten könnte, sagte ich mit wachsendem Unmut, und er solle sich doch bitte an die Realität halten.

Das tue er, aber es gehe ihm um ein paar Lücken in dieser Realität.

Ich bat ihn um ein Telefonbuch, damit ich gleich von hier aus Hirschi anrufen und ihn wegen der Donatorenliste zur Rede stellen könne. Bei dieser Gelegenheit könne er ihm, sagte ich, auch die Geschichte mit dem Rappen bestätigen.

Ich bekam das Telefonbuch, ich bekam die Bankfiliale,

aber Herrn Hirschi bekam ich nicht. Der arbeite nicht mehr bei der Bank, wurde mir mitgeteilt. Ob man mir sagen könne, wo er wohne, fragte ich, es handle sich, fügte ich mit einem Seitenblick auf Schellenberg bei, um etwas Wichtiges. Herr Hirschi, so lautete die Auskunft, sei leider gestorben.

Einen Moment lang war ich erschrocken, wie immer, wenn mich eine Todesnachricht erreicht. Dann wurde ich sachlich. Herr Hirschi ging mich wirklich nichts an, und ich sagte zum Steuerbeamten, er könne machen, was er wolle, er dürfe ruhig mein Einkommen um einen Rappen hinaufsetzen, ich hätte finanziell nicht das Geringste zu verbergen, und auch den Ermittlungen der Bezirksanwaltschaft sähe ich mit Gelassenheit entgegen, was meine Schenkungen an die Bank betreffe.

Wieder zu Hause, rief ich nochmals die Bank an und verlangte jemanden, der für Schenkungen zuständig war. Über Schenkungen führten sie keine Telefongespräche, klärte man mich dort auf, ich könne aber unter Mitnahme meiner Identitätspapiere jederzeit bei ihnen vorbeikommen und Herrn Brassel verlangen. Der Name rief mir die Szene damals wieder in Erinnerung. Aha, dachte ich, die Bank hat kalte Füße und schickt einen Jungen an die Front.

Ich überlegte mir, ob sich dieser Gang lohne, angesichts eines Rappens, aber dann sagte ich mir, dass es ja nicht um einen Rappen gehe, sondern um das Prinzip.

Zwei Tage später, als ich mit einem Auftrag etwas früher fertig geworden war, ging ich zur Bank und verlangte Herrn Brassel. Ich glaubte einen Ausdruck von Sorge im

Gesicht der Dame zu erkennen, die mich im Schalterraum abholte und mir mit ihrem Badge verschiedene Türen öffnete, bis ich in einem als ›Sitzungszimmer 3‹ bezeichneten Raum saß und gebeten wurde, hier auf Herrn Brassel zu warten. Im Raum stand ein großer runder Tisch aus Tropenholz mit einem Computer, darum herum ein paar schwere Stühle, an der Wand hing ein Foto von Herbert Maeder, sein Alpabzug mit den Schafen in dichter Kolonne auf dem steilen Bergweg.

Ich war etwas überrascht, als nicht der junge Pomadige eintrat, sondern ein gesetzter Herr mit grauem, gescheiteltem Haar und sich als Brassel vorstellte.

Ich erzählte ihm die Episode mit dem Check und dem Rappen sowie das Nachspiel auf dem Steueramt und fragte ihn, wie es käme, dass ich auf der Donatorenliste ihrer Bank stehe, auf einer Liste, die zur Zeit bei der Bezirksanwaltschaft liege, nicht nur wegen Verdachts auf Steuerbetrug, sondern auch auf Geldwäscherei, wie ich inzwischen in der Zeitung gelesen hatte.

Herr Brassel lächelte. Das mit der Geldwäscherei sei absolut haltlos, genau so wie das mit dem Steuerbetrug, das werde die Untersuchung hoffentlich rasch zu Tage bringen, aber natürlich sei das für die Bank sehr ärgerlich, da ihr schon der bloße Verdacht schade. Dass ich auf die Donatorenliste gekommen sei, möge zwar angesichts der Geringfügigkeit des Betrags etwas merkwürdig anmuten, sei aber ein automatischer Vorgang bei ihnen. Wenn ich es wünsche, könne er meinen Namen sofort von dieser Liste löschen.

Natürlich wünschte ich das, er setzte sich an den Computer, gab ihm einige Daten ein, stieß dann offenbar auf meinen Namen, stutzte einen Moment, und fragte mich, ob ich den Schenkungsbeleg dabei hätte.

Nein, erwiderte ich leicht gereizt, nein, ich pflege Quittungen unter 5 Rappen nicht aufzubewahren, aber es sei außer dem verstorbenen Herrn Hirschi ein junger Mann seines Namens dabei gewesen. Mein Neffe, sagte er jovial, und fuhr dann fort, es sei in Ordnung, mein Name sei gelöscht.

Ob er das bitte auch der Bezirksanwaltschaft mitteilen könne, fragte ich.

Das gehe wohl nur im Rahmen einer Einvernahme, sagte er, maßgeblich sei dort das Material zum Zeitpunkt der Beschlagnahmung.

›Ich will aber nicht, dass mein Name auf der Donatorenliste Ihrer Bank steht‹, sagte ich.

Wenn ich das beim Gericht erreichen wolle, würde er mir empfehlen, einen Anwalt zu nehmen, was vielleicht ohnehin nicht das Dümmste wäre, sagte er mit einem nochmaligen Blick auf den Bildschirm, bevor er das Programm schloss.

Ich gab auf. So wichtig sei es mir auch wieder nicht, ich hätte ohnehin schon zu viel Zeit mit dieser Bagatelle verloren. Aber das Vorgehen der Bank fände ich indiskutabel, schade, dass ich das Herrn Hirschi nicht mehr sagen könne – woran er übrigens gestorben sei, fragte ich plötzlich.

Brassel senior hüstelte. ›Tja …‹, sagte er, ›er ist … er hat uns verlassen.‹

›Selbstmord?‹, fragte ich.

Stumm hob Brassel Schultern und Hände.

›Und Ihre Stiftung? Womit beschäftigt sich die?‹

›Sie versucht, menschliches Leid zu lindern, und engagiert sich vor allem in Lateinamerika. Sie baut und unterhält in Venezuela soziale Einrichtungen für Waisen- und Straßenkinder.‹ Er forderte dann über die Gegensprechanlage eine Dokumentation an, die mir alsbald von Frau Velazquez mit den schwarzen Haaren gebracht wurde.

Ich könne diese Stiftung natürlich gerne mit einer freiwilligen Spende unterstützen, sagte mir der gepflegte Graue, und ich sagte dann, ich wolle lieber zuerst die Ergebnisse der Untersuchung abwarten.

Auf dem Heimweg dachte ich über Hirschis Tod nach. Für junge Menschen gab es genügend Gründe, sich umzubringen, auch für Lehrer, Künstler und Berufsoffiziere, aber wenn sich ein Bankangestellter umbringt, kann es fast nur um Geld gehen. Ob Hirschi mit dieser dubiosen Stiftung zu tun gehabt hatte? Ich blätterte zu Hause den Prospekt durch, es war das Übliche, im vorderen Teil Fotos von zerlumpten Kindern, die auf Abfallhalden nach Brauchbarem suchen, im zweiten Teil glücklich lachende Kinder mit Zahnlücken an einem Esstisch vor gefüllten Tellern oder in sauberen T-Shirts auf einem kleinen Fußballplatz, und im Hintergrund ein schlichtes, sauberes Gebäude, das nun ihre Wohnstätte ist, ich hatte auch schon mal einen größeren Auftrag für eine Hilfsorganisation.

Am selben Abend klingelte das Telefon, und eine Frau, die sich als Roberta Heizmann vorstellte, fragte mich, ob sie mich aufsuchen könne, es gehe um besondere Aufnahmen, die sie machen lassen wolle, und sie möchte das mit mir besprechen. Ich mache ja Porträtaufnahmen, und von Frauen mache ich auf Wunsch auch besondere Aufnahmen, wenn ihr wisst, was ich damit meine, und so vereinbarten wir für den nächsten Tag ein Gespräch.

Es war eine sehr elegant angezogene und gut aussehende Dame, die dann vor meiner Tür stand. Ich schätzte sie auf etwas über 40.

›Sie wissen, weshalb ich komme?‹, fragte sie, als wir in meinem Arbeitszimmer saßen.

›Ich denke schon‹, gab ich zur Antwort und fragte sie, ob sie die Aufnahmen lieber in meinem Studio machen lassen wolle oder woanders.

›Was meinen Sie mit woanders?‹

›Was weiß ich, bei Ihnen zu Hause, am Swimming Pool, oder auf dem Pferd, dort, wo Sie eben wollen.‹

Die Dame lächelte und sagte, sie sähe, dass ich doch nicht wisse, warum sie komme. Es gehe um die Donatoren der Bank, zu denen ich offenbar auch gehöre, genau so wie sie.

›Oh‹, sagte ich, ›das ist ein Missverständnis —‹ und wollte ihr erklären, wie es dazu gekommen war, aber sie ließ mich nicht ausreden.

›Das sagen die meisten, die ich darauf anspreche, aber Sie brauchen vor mir gar nichts zu verstecken, wir sind im Besitz der Donatorenliste, die bei der Bezirksanwaltschaft liegt, und wir finden, dass wir gemeinsam unsere Interessen verteidigen sollten.‹

›Wer ist wir?‹, fragte ich.

›Einige der Hauptbetroffenen‹, sagte sie.

›Na‹, sagte ich, ›da gehöre ich nun wirklich nicht dazu.‹

Auch das sagten die meisten, fuhr sie fort, und sie möchte mir nur mitteilen, dass sie in drei Tagen um 20 Uhr ein Treffen bei ihr zu Hause hätten, und sie legte mir ihr Kärtchen mit einer Adresse auf dem Zollikerberg hin. Ich könne es mir bis dahin immer noch überlegen, aber ein koordiniertes Vorgehen sei auf alle Fälle besser als ein zersplittertes. Es werde ein Anwalt ihres Vertrauens dabei sein, und sie dächten an eine Interessengemeinschaft, welche diesen auch bezahlen würde.

Die Frau war knallhart, und ob ihr es glaubt oder nicht, ich kam nicht dazu, ihr meine Geschichte mit dem Rappen zu erzählen, sie wollte sie einfach nicht hören.

Und ob ihr es glaubt oder nicht, ich ging da hin. Aus Neugier. Ich wollte wissen, was das für Leute waren, die ihr Geld in eine solche Stiftung butterten, und ich wollte wissen, was sie zu befürchten hatten, wenn diese Stiftung durchleuchtet wurde. Beim genaueren Studium der Dokumentation hatte ich nämlich eine eigenartige Entdeckung gemacht.

Ich musste meinen alten Volvo-Kombi in einiger Entfernung von der Villa Heizmann parkieren, denn da stand schon eine Reihe von Mercedes' und BMW's davor. Ein richtiges Dienstmädchen mit einem Häubchen nahm einem den Mantel ab, falls man einen dabei hatte, ich hatte keinen, und auch die Tasche, die ich an einem Schulterriemen trug, wollte ich nicht abgeben, obwohl mir das ein überraschend junger Butler vorschlug. Dann wurde ich von der Hausherrin begrüßt und zu einem Buffet mit Snacks, Prosecco, Weißwein und Orangensaft geführt. Sie überlasse es den Besuchern, ob sie sich gegenseitig vorstellen wollten, sagte sie, da es sich um eine Angelegenheit handle, in der Diskretion gefragt sei. Ein Hausherr war nicht zu erkennen.

Ich nahm ein Glas Orangensaft, biss in einen Grissini-Stängel und schaute mich um. Im Salon herrschte eine seltsame Stimmung. Ich sah nur zwei Grüppchen, die sich zu dritt unterhielten, die andern standen oder saßen einfach da und schauten auf das Glas in ihrer Hand. Einen davon kannte ich sofort, es war der Direktor einer Elektrizitätsgesellschaft, mit dem ich einige Male zu tun gehabt hatte, als ich deren Kraftwerke und Stauseen für ihre Jahresberichte fotografierte. Ich suchte seinen Blick, aber er vermied es, in meine Richtung zu schauen. Ich war vorsichtshalber in meinem dunklen Anzug erschienen, mit dem ich auch als Fotograf an gehobene Anlässe gehe, aber ich war deutlich der am schlechtesten angezogene Gast. Ein paar Frauen waren auch darunter, eine davon von bestürzender Schönheit, dann aber auch zwei alte Eulen, die ich als Schwestern ansah. Etliche rauchten, damit sie wussten, wohin mit den Händen, sodass auch ich keine Hemmungen hatte, mir eine Zigarette anzuzünden.

Nun begrüßte die Hausherrin die Anwesenden, erinnerte sie nochmals daran, dass absolute Diskretion im Interesse aller und somit selbstverständlich sei, und übergab dann ihrem Rechtsanwalt die Leitung des Treffens. Dieser eröffnete dem erlauchten Kreis, dass das Stiftungsvermögen so lange blockiert sei, bis die Ermittlungen der Bezirksanwaltschaft abgeschlossen seien. Das heiße aber auch, dass ihre Partnerbank in Venezuela die Zahlungen an sie vorderhand einstellen müsse. Wichtig für sie alle sei, dass der Zweck der Stiftung ein wohltätiger sei und dass sie, sollte je der Fiskus Einblick in die Zahlungen bekommen, sie diese wie mit der Bank abgemacht als Rendite eines lateinamerikanischen Risk-Fonds ausgeben müssten.

Das sei ja ungeheuerlich, sagten die beiden Eulen, sie hätten bereits den Umbau ihres Landsitzes in Alicante veranlasst und wo sie denn jetzt das Geld dazu hernehmen sollten.

Der Anwalt fuhr dann fort, sie hätten natürlich alle gewusst, dass mit dieser Investition ein Risiko verbunden sei, und falls er von den Anwesenden ein Mandat in dieser Sache bekäme, ginge es vor allem darum, eine Klage wegen Steuerbetrugs abzuwenden, sowie darum, der Bank gegenüber den Anspruch auf das einbezahlte Vermögen geltend zu machen. Das erste sei leichter als das zweite, denn sie seien alle des guten Glaubens gewesen, eine steuerfreie Stiftung zu unterstützen, das zweite allerdings könne kaum auf gerichtlichem Weg, sondern nur bankintern hinter verschlossenen Türen erreicht werden, da sie das Geld ja offiziell gespendet hätten und sich die Bank schon vor zwei Monaten von Hirschis Stiftung distanziert habe, mit den allen bekannten bedauerlichen Folgen, und natürlich wäre es besser gewesen, wenn ihnen Hirschi als Verantwortlicher erhalten geblieben wäre. Trotzdem sei es nicht aussichtslos, da für die Bank ihr Ruf auf dem Spiel stehe und es ja auch so etwas wie Kundenbindung gebe.

Und dann kam der Hammer. Als der Anwalt bekannt gab, für alle, die heute Abend hier seien, gehe es um Beträge von mindestens einer Million, und dann fragte, ob jemand da sei, der mit weniger drinhänge, meldete ich mich, ohne allerdings meine bescheidene Investitionssumme zu nennen, und da sagte doch der Anwalt, das dürfte kaum möglich sein, denn auf die Donatorenliste seien nur Kunden gesetzt worden, die von einer Million an aufwärts gespendet hätten. Ich winkte ab und sagte, ich würde das gern am Schluss der Besprechung unter vier Augen mit ihm bereden.

Die Sitzung wurde dann ziemlich chaotisch, indem alle durcheinander zu sprechen begannen, es wurde gezischelt, getuschelt, geschimpft, lamentiert, man hörte Vorwürfe, der Direktor der Elektrizitätsgesellschaft sagte zur Schönen, nur ihretwegen sei er da hineingeschlittert, einen Vorwurf, den diese umgehend an die Hausherrin weitergab, welcher offenbar in diesem Kreise eine besondere Bedeutung zukam, als hätte sie die meisten zu dieser Geldanlage angestiftet. Man solle sie bitte schonen, sagte ein Herr mit einem weißen Bärtchen, der neben ihr stand, sie hätte wirklich durch den tragischen Tod ihres Freundes genug gelitten. Hirschi mit Glatze und Hornbrille, der Freund der edlen Roberta? Und, als Retail-Banker getarnt, der raffinierte Drahtzieher einer Geldwaschanlage oder wie oder was? Mir kreiste der Kopf, als ich all das hörte, aber in einem ruhigen Moment sagte ich zu den Versammelten, ich sei wohl bei den wenigen, die wirklich nicht wüssten, was es mit dieser Stiftung auf sich habe, aber ich mache sie darauf aufmerksam, dass im Stiftungsprospekt auf einem der Fotos aus Venezuela ganz klar der Illimani im Hintergrund zu sehen sei, der höchste Berg Boliviens, den ich sehr gut kenne, und dass dies den Untersuchungsbehörden kaum entgehen dürfte. Die Ratlosigkeit und der

Katzenjammer waren mit Händen zu greifen, der Einzige, der an diesem Abend profitierte, war der Anwalt, der sein Mandat bekam.

Als ich ihn später, nach Beendigung des offiziellen Teils, auf die Sache mit der Donatorenliste ansprach, ging er ein paar Schritte mit mir zum Steinway-Flügel, entnahm seinem Aktenkoffer ein Sichtmäppchen, das er auf den schwarz glänzenden Deckel des Instruments legte, und fragte mich nach meinem Namen.

›Ihre Anlage‹, sagte er mir nach einem Blick in die Liste, ›ist tatsächlich etwas eigenartig, sie beträgt 1 Million Franken und 1 Rappen.‹

Ich musste mich am Flügel festhalten.

›Das kann ja nicht wahr sein‹, sagte ich, ›dieses Geld habe ich nie besessen.‹ Und dann erzählte ich ihm die Geschichte mit dem Check. Und natürlich stellte auch er mir sofort die elende Frage, ob ich den Schenkungsbeleg noch habe, und ich hätte mich ohrfeigen können, dass ich ihn weggeschmissen hatte, aber auf einmal tauchte das Formular vor meinem inneren Auge wieder auf, ich sah die 1 im zweiten Rappenfeld, ich sah die 0 davor, und es war mir, als ob links davon der große Balken, in den man den Frankenbetrag einfüllen konnte, aufblinke, er war leer, er war weder mit Nullen besetzt noch mit Strichen unschädlich gemacht, und wer immer illegales Geld zu deponieren hatte und einen Strohmann brauchte, konnte dort später in aller Ruhe seine Million eintragen.

Als ich mich von der Hausherrin verabschiedete und ihr sagte, ich beteilige mich nicht an dem gemeinsamen Anwalt, da ich in einer ganz anderen Art betrogen worden sei, bedauerte sie das sehr, doch als ich zur Tür hinausgehen wollte, trat mir der junge Butler in den Weg und bat mich, ihm meine Kleinkamera auszuhändigen, mit der ich aus der seitlichen oberen Öffnung der Mappe ein paar Bilder geschossen hatte.

›Oh‹, sagte ich, ›das hätte ich beinah vergessen‹, nahm sie heraus und gab sie nicht ihm, sondern Roberta Heizmann, indem ich ihr mit einer kleinen Verbeugung sagte, sie hätte mich doch um besondere Aufnahmen gebeten, hier seien sie, und sie könne sie nachher gleich am Computer ausdrucken. Der Butler schaute sie fragend an, sie nickte, und ich ging unbehelligt an der schön beleuchteten Statue eines griechischen Jünglings vorbei durch das Gartentor hinaus zu meinem Wagen.«

»Bravo!«, rief die Regisseurin, »das ist ja filmreif! Könnten wir da nicht ein Drehbuch draus machen?«, während der Jurist und ich wissen wollten, wie es weitergegangen und was aus seiner Million geworden war.

»Wie es weitergegangen ist, wollt ihr wissen?«, sagte der Fotograf. »Das wüsste ich selbst gerne. Die Versammlung war vor zwei Tagen. Gestern früh rief mich Roberta an und sagte, sie hätte kein passendes Verbindungskabel von meinem Apparat zum Computer und ob ich bei ihr vorbeikommen könne. Ihr Butler hat mir aber gar nicht gefallen, und ich schob einen größeren Auftrag vor, den ich leider zur Zeit gar nicht habe. Ebenfalls gestern traf eine Vorladung der Bezirksanwaltschaft ein, ich hätte nächste Woche zu einer Einvernahme zu erscheinen betr. Donatorenliste. Keine Ahnung, was mich da erwartet. Ich weiß z. B. nicht, ob man dort im Besitz meines von Hirschi oder wem auch immer frisierten Schenkungsformulars ist. Wenn ja, hätte ich wohl ziemliche Mühe, meine Geschichte mit dem Rappen plausibel zu machen, die ja schon ihr kaum glauben wolltet, und noch größere Mühe zu erklären, woher ich denn die gespendete Million haben sollte. Im Übrigen verstehe ich überhaupt nicht, was hier läuft. Ich durchschaue den Trick mit dieser Stiftung nicht, ich nehme an, dass sie irgendein Alibihilfswerk in Venezuela hat, das seine Zahlungen an die Anleger bei uns als Kosten deklariert oder was weiß ich, in Lateinamerika kannst du dir jeden Beleg kaufen, aber letztendlich muss es sich um Geldwäscherei handeln. Die Bank wird alles auf ihren Angestellten schieben, dessen Selbstmord einem Schuldbekenntnis gleichkommt. Immerhin habe ich ein paar schöne Fotos, die ich vielleicht einmal gut verkaufen kann, wenn die Sache in ihrem ganzen Ausmaß publik wird, und das kann eigentlich nicht mehr lange dauern.«

»Ich dachte, du hättest deine Kamera abgeben müssen?«, sagte ich.

»Nur die, die der Butler gesehen hat«, antwortete der Fotograf, »aber meine Streichholzschachtelkamera, die ich jedes Mal abdrückte, wenn ich mir eine Zigarette anzündete, hab ich wieder mit nach Hause genommen. Die Bilder darauf sind erstaunlich scharf geworden, und ich hab gestern ein bisschen im Pressearchiv gestöbert und weiß nun von ein paar Leuten, wer sie sind. Ihr würdet euch wundern, wer da mit wem bei den Geschädigten ist.«

»Pass auf dich auf, Armin«, sagte die Regisseurin, und ich schloss mich dieser Ermahnung an.

»Sag mal«, fragte der Jurist, »wann musst du zur Bezirksanwaltschaft?«

»Nächsten Dienstag«, sagte der Fotograf.

»Möchtest du, dass ich dich begleite?«

Der Fotograf schaute ihn nachdenklich an. »Danke«, sagte er, »das wäre vielleicht nicht schlecht.«

»Damit wir uns richtig verstehen«, fügte der Jurist hinzu, »ohne Honorar.«

»Das kommt nicht infrage«, sagte der Fotograf, »und damit wir uns richtig verstehen, zahle ich es dir im Voraus. Jetzt gleich.«

Er zog seinen Geldbeutel aus der Hosentasche, nahm ein Geldstück heraus und drückte es dem andern in die Hand.

»In Ordnung«, sagte dieser, als er sein Honorar angeschaut hatte, »ich komme.«

Das Kleid

Unsere Familie benützt die Waschküche von Mittwoch bis Freitag, und die zweite Familie im Haus von Samstag bis Dienstag. Das sind ausgiebige Wäschezeiten, und deshalb kommt es kaum je zu Gehässigkeiten im Keller, wie sie vor allem in Mehrfamilienhäusern bekannt sind. Bleibt einmal eine Wäsche länger hängen, nimmt sie die Nachfolgerin ab und legt sie auf den Tisch, bevor sie die eigene aufhängt, und auch der Filter ist nie verstopft, obwohl ich immer wieder vergesse, wo er sich befindet.

Am Mittwoch legen gewöhnlich meine Frau oder ich die erste Wäsche ein und versuchen mittels unübersehbarer Zettel die halbwüchsigen Töchter darauf aufmerksam zu machen, dass Wäsche aufgehängt werden muss. Dies wiederholt sich am Donnerstag, dann werden die Zettelnachrichten noch aufdringlicher, weil am Freitag unsere Haushalthilfe kommt, die möglichst viel trockene Wäsche abnehmen und möglichst viel nasse Wäsche aufhängen sollte. Natürlich versuchen wir die Töchter auch mündlich zum Wäschehängen zu bewegen; darauf pflegen sie entweder mit abwesendem Blick zu nicken, oder wir erfahren von unglaublichen Mengen von Hausaufgaben, mit denen sie in der Schule gequält werden. Wird tatsächlich eine Wäsche aufgehängt oder abgenommen, sprechen meine Frau und ich bereits von einem Erziehungserfolg.

Allgemein lässt sich sagen, dass es innerhalb unserer Familie ein Kampf aller gegen alle ist, durch ständiges Aufrechnen und durch andauernde Vorwürfe geprägt, ein Kampf auch, in dem alle auf ihre Heldentaten pochen, wie mehrmaliges Aufhängen oder zusätzliche Durchgänge am ersten oder zweiten Tag, vor allem B-Wäsche betreffend. Wir haben nämlich zwei verschiedene Körbe eingeführt, einen für A-Wäsche und einen für B-Wäsche, worunter das weniger Dringliche fällt, also Bettlaken, Frottiertücher, Bodenlappen usw. Abgesehen von einer gewissen Befriedigung über die Nomenklatur mussten wir uns aber bald eingestehen, dass sich das effektive Quantum der Wäsche dadurch in keiner Weise verringerte.

Da sich also auf diese Art manchmal fünf Personen mit unserer Wäsche beschäftigen, meine Frau, ich, die beiden Töchter und die Haushalthilfe, kann es eine Weile dauern, bis ein Vorfall wie der, von dem ich erzählen möchte, auch wirklich bemerkt wird.

Einmal, als ich eines meiner Hemden unter den frisch geplätteten Wäschestücken suchte und nicht fand, fiel mir eine schwarze Jacke auf, sehr schmal geschnitten, mit einem violetten Mäandermuster an den Ärmeln und den Aufschlägen, ein Muster, welches durch goldene Borten verfeinert wurde; die Jacke hing, wie mir jetzt bewusst wurde, schon länger an einem Bügel, bestimmt eine Woche oder zwei, ohne dass sie von jemandem in Anspruch genommen wurde. Die Wäsche wird bei uns in einem kleinen Raum zwischengelagert, wo sich jedes Familienmitglied seine Stücke abholen sollte, um sie in seinen eigenen Schränken und Schubladen zu versorgen, etwas, das alle so lang wie möglich hinauszuschieben versuchen. Geplättete Kleidungsstücke werden von der Haushalt- hilfe nicht immer auch noch zusammengelegt, sondern oft einfach auf einem Bügel an einer Handtuchstange auf- gehängt. Statt meines gesuchten Hemdes, das sich somit noch irgendwo im Kreislauf zwischen A-Korb, Buntwä- sche mit Schleudergang, Wäscheleine und trockener, aber noch nicht zusammengelegter Wäsche befinden musste, hielt ich also diese Jacke in die Höhe und rief meiner Frau zu, die gerade am Weggehen war, ob das eigentlich ihre Jacke sei. Meine Frau entgegnete nach einem oberfläch- lichen Blick etwas hastig, sie kenne diese Jacke nicht und ich solle die Töchter fragen. Natürlich, dachte ich, die las- sen ja alles hängen bis zum Moment, in dem sie es brau- chen. Allerdings hatte ich die Jacke noch nie an einer der beiden gesehen, gepasst hätte sie vor allem zur jüngeren, die gerne in fremdländischen Kleidern herumlief, welche sie auf Flohmärkten oder Flüchtlingsfesten erstand. Die ältere sprach von solchem Aufzug etwas verächtlich als Ethnolook.

Nach dem Abendessen, zu dem ich mit meinen Töch- tern allein war, bat ich Barbara, die 15-jährige, ihre Jacke mit dem lila Muster doch bitte endlich zu versorgen, da- mit der Bügel wieder frei sei, zum Beispiel für eines mei- ner Hemden. Was für eine Jacke ich denn meine, fragte Barbara, wie immer in solchen Fällen mit gespieltem Er- staunen. Als ich ihr das fragliche Stück im Wäschezimmer zeigte, rief sie Anna, die ältere Schwester, und fragte sie, ob diese Jacke ihr gehöre. Anna gab fast beleidigt zurück, ob Barbara wirklich glaube, sie würde einen solchen Folklorelumpen anziehen, und es wundere sie, dass die Mutter sich mit so etwas schmücke, über dieses Alter sei sie doch langsam hinaus. Bevor die beiden miteinander über ihren Geschmack und den ihrer Mutter streiten konnten, sagte ich ihnen, ihre Mutter hätte nichts mit dieser Jacke zu tun, und wem sie denn sonst noch gehören könnte.

Vielleicht Frau Jucker im unteren Stock, sagte Anna, worauf Barbara in ein prustendes Lachen ausbrach und ihre Schwester fragte, ob sie verrückt sei. Da es aber auch schon vorgekommen war, dass ein Kleidungsstück versehentlich in die Nachbarwäsche geraten war, ging ich sogleich nach unten, um Frau Jucker zu fragen, ob das ihre Jacke sei. Sie blickte höchst verwundert, lachte sogar ein bisschen, und erst jetzt sah ich, dass ihr diese Jacke viel zu klein gewesen wäre.

Blieb als letzte Möglichkeit, dass sie der Haushalthilfe gehörte, die sie vielleicht mit unserer Wäsche mitgewaschen hatte. Obwohl uns das nicht sehr wahrscheinlich vorkam, warteten wir den nächsten Freitag ab, doch die Haushalthilfe, eine Studentin, amüsierte sich bloß bei der Vorstellung und sagte, sie erinnere sich sehr gut, dass sie die Jacke aus der Maschine gezogen und aufgehängt habe, sie habe sie in Gedanken Barbara zugeschrieben.

Wir überlegten uns, ob vielleicht ein Besuch sie hier liegen gelassen habe, aber weder kam uns jemand in den Sinn, noch meldete sich jemand, der sie vergessen hatte, und so ließen wir sie vorderhand einfach hängen, in Erwartung einer doch noch auftauchenden Besitzerin oder der nächsten Kleidersammlung eines Hilfswerkes.

Etwa zwei Wochen später geschah etwas Merkwürdiges. Lachend sagte unsere Haushalthilfe, als sie sich verabschiedete, jetzt hätte die Jacke doch noch Gesellschaft bekommen. Von wem denn, fragten wir. Na, sagte sie, wir wüssten bestimmt, was sie meine. Den Rock, den dunklen Rock aus demselben Stoff mit demselben lila Mäandermuster und den Goldborten am Saum, den sie heute nach der ersten Wäsche aus der Maschine gezogen habe. Die erste Wäsche hatte meine Frau eingefüllt, früh am Morgen, damit die Studentin diese gleich nach ihrem Eintreffen herausnehmen und aufhängen konnte. Wir gingen zusammen in den Trockenraum, und es war auf den ersten Blick klar, dass der Rock, der da zwischen zweien meiner Hemden hing, zur Jacke gehörte, von der niemand etwas wusste. Meine Frau war äußerst irritiert. Sie sei zwar, sagte sie, am Morgen noch nicht völlig wach, aber wach genug, um sagen zu können, dass dieser Rock auf gar keinen Fall bei den Kleidungsstücken gewesen sei, die sie eingefüllt habe.

Am Abend stellten wir die Töchter zur Rede, baten sie, falls sie irgendeinen Scherz mit uns treiben wollten, damit aufzuhören, aber beide verwahrten sich aufs Heftigste gegen diese Vermutung. Schweigend und ratlos standen wir im Keller vor dem aufgehängten Rock, da sagte Barbara, das sei ihr unheimlich, und sie betrete die Waschküche nie mehr, wenigstens nicht mehr allein.

Die Kopfbedeckung mit dem Mäandermuster, die eine Woche danach frisch gewaschen an der Leine hing, überraschte uns nun nicht mehr so sehr, aber erklärlicher machte sie das alles nicht. Im Gegenteil, nun wurde auch die Studentin von der Absonderlichkeit der Vorgänge be-

unruhigt und bat um Begleitung beim Gang in die Waschküche, was wiederum der Idee der Entlastung zuwiderlief,
um derentwillen wir sie angestellt hatten. Da am nächsten
Freitagmorgen niemand von uns da war, blieb die Don-
nerstagswäsche nun an meiner Frau und mir hängen, und
wir versuchten, so viel wie möglich davon zu trocknen
und hochzubringen, damit die Studentin wenigstens genügend zu plätten hatte.

Das rätselhafte Kleid hatten wir hinter der Tür im
Wäschezimmer aufgehängt, Rock und Jacke über einem
Bügel, die Mütze am Haken darüber. Es schien uns, dass
ein feiner Duft davon ausging, der nichts mit Waschmit-
tel zu tun hatte, sondern an Kräuter erinnerte, Korian-
der, wilde Kamille oder dergleichen. Manchmal, wenn ich
allein zu Hause war und etwa von meinem Arbeitszimmer
zur Küche ging, um mir einen Tee zu machen, schlich ich
mich im Vorbeigehen hinter die Tür des Wäschezimmers,
vergrub meine Nase einen Augenblick in der Jacke und
schloss die Augen dazu. Nachher fühlte ich mich auf eine
seltsame Weise gestärkt.

Als meine Frau am Donnerstag morgen aus der Waschküche zurückkam, war sie bleich. »Ich habe soeben«, sagte
sie mit ungewöhnlich leiser Stimme, »einen Umhang aus
der Waschmaschine gezogen, mantelartig, schwarz, mit
dem lila Muster.«

Alle gingen wir hinunter, meine Frau, Anna, Barbara
und ich, und beim Anblick des aufgehängten Mantels
fassten wir uns an den Händen. »Was soll das?«, fragte
Anna schrill, »das ist doch nicht möglich!« Barbara riss
sich los und rannte weinend die Treppe hinauf. Ihre

Schwester folgte ihr sogleich, während meine Frau und ich noch einen Moment vor dem fremden Kleidungsstück stehen blieben.

»Eins ist klar«, sagte ich, »diese Kleider gehören alle zusammen.«

»Und eins ist auch klar«, sagte meine Frau, »allein gehe ich nicht mehr in die Waschküche.«

Seufzend dachte ich daran, was das für mich bedeutete. Zwar bin ich freischaffend und somit öfters zu Hause, aber ich hatte keine Lust, den ganzen Wäschebetrieb zu übernehmen. Zugleich war ich der einzige Mann in diesem Haushalt und fühlte mich in dieser Rolle auch herausgefordert; wenn rings um mich vier Frauen verschiedenen Alters einer irrationalen Angst vor einem Kellerraum erlagen, dann musste wenigstens ich die Fahne der Vernunft hochhalten, obschon, ich muss es gestehen, auch mir auf einmal nicht mehr ganz wohl war, wenn ich die Waschküche betrat. Ich spürte jedes Mal eine gewisse Erleichterung, wenn beim Leeren der Wäschetrommel kein Stoff mit lila Mäandern zum Vorschein kam.

Der Mantelumhang hing nun ebenfalls hinter der Wäschezimmertür, über Jacke und Rock, und verströmte einen Hauch von Minzenduft. Als eines Tages im Briefkasten ein Plastiksack für eine Altkleidersammelaktion lag, war es beschlossene Sache, dass die Mäanderkleider als erste in den Sack wandern sollten. Mit dieser Aufgabe wurde ich betraut, denn das Unbehagen der Frauen war inzwischen so groß, dass sie die Kleidungsstücke nicht einmal mehr anfassen wollten.

Am Abend dieses Tages nahm ich den Plastiksack, entfaltete ihn und ging damit in das Wäschezimmer. Ich schaute den aufgehängten Anzug einen Augenblick lang an, und als ich als Erstes die Mütze vom Haken nehmen wollte, hielt mich eine unerklärliche Regung zurück. Es war mir, als vergreife ich mich an etwas Kostbarem, Unantastbarem. Na gut, dachte ich, in einer Woche ist es noch früh genug, ging zu meinem Kleiderschrank und legte eine alte Hose in den Sack, damit schon etwas drin war. Gleichzeitig wunderte ich mich über meine Scheu, die Kleider wegzuschaffen. Ich wusste nicht, woher sie kam.

Am nächsten Morgen sollte ich es erfahren. Als ich mit einem Korb schmutziger Wäsche die Treppe hinunter stieg und die Waschküche betrat, kauerte zwischen dem Tisch und der offenen Waschmaschine eine Frau.

»Oh«, sagte ich, »guten Morgen. Suchen Sie etwas?«

Die Frau sah mich verängstigt an. Sie war jung, sah fremdländisch aus, am ehesten asiatisch, und war bekleidet mit etwas, das vielleicht ein Unterrock war, vielleicht ein großes Tuch. Es war offensichtlich, dass sie nicht verstand, was ich sagte. Ich versuchte es auf englisch, aber auch darauf reagierte sie nicht. Da saß sie, zusammengekauert, und schaute mich an. Mein Angebot, mit mir nach oben zu kommen, ignorierte sie, also ging ich allein und klopfte meine Frau aus dem Badezimmer.

»Was gibt's?«, rief sie unter der Dusche hervor.

»Die Besitzerin des Kleides ist in der Waschküche!«, rief ich.

Im Nu stand meine Frau im Bademantel unter der Tür. »Was sagst du da?«, fragte sie. Ich berichtete ihr kurz von meiner Begegnung. Wir berieten, was zu tun sei, und beschlossen dann, gemeinsam hinunter zu gehen und der fremden Frau die Kleider aus dem Wäschezimmer zu bringen. Als wir die Waschküche betraten, kauerte sie noch in der genau gleichen Stellung am genau gleichen Ort.

»This is Erica, my wife«, sagte ich, »and my name is Jürg, eh, George«, fügte ich hinzu. Ich hatte beschlossen, beim Englischen zu bleiben, das immerhin eine Weltsprache war. Die Augen der Fremden musterten kurz meine Frau; sie selbst blieb reglos. Nun hielt meine Frau die schwarzen Kleider mit dem lila Mäandermuster vor sie hin und fragte sie: »Are these your clothes?«

Jetzt lächelte die Frau und nickte. Sie schien erleichtert, wie jemand, der etwas lang Gesuchtes findet.

»You want to dress yourself?«, fragte meine Frau weiter.

Die Fremde nahm die Kleider in ihre Hände, dann schaute sie mich an.

»Geh nur«, sagte meine Frau, »ich komm dann nach.«

Ich verließ die Waschküche und stieg in unsere Wohnung. Dort holte ich einen Stuhl im Wohnraum und stellte ihn in die Küche, wo schon zum Frühstück für vier gedeckt war. Ich nahm ein fünftes Gedeck aus dem Schrank.

»Was machst du?«, fragte Anna leicht verwundert, als sie die Küche betrat.

»Es kommt noch jemand«, sagte ich, und als Anna noch verwunderter blickte, fügte ich hinzu, »die Kleider werden abgeholt.«

Das verstand sie nun überhaupt nicht mehr, und ich, genau genommen, noch weniger, aber ich bereitete sie und ihre Schwester darauf vor, dass ihre Mutter gleich mit einer Frau zum Frühstück kommen werde, die auf ähnliche Weise den Weg in unsere Waschküche gefunden haben musste wie zuvor die heimatlosen Kleider, denn die Haustür, das hatte ich beim Hinaufgehen kontrolliert, die Haustür war abgeschlossen, und die Kellerfenster waren zu.

Die beiden Schwestern hielten einander ungläubig an den Händen, als meine Frau nun mit der Fremden in die Küche trat. Die Kleider, das sah man auf den ersten Blick, passten ihr genau auf den Leib, auch die Mütze war für ihre Kopfgröße berechnet, und mit dem Umhang sah sie aus wie die Prinzessin eines fernen Königreiches.

Wir alle waren zwischen Bewunderung und Grauen hin und her gerissen, aber meine Frau, die das fünfte Gedeck bemerkt hatte, bat sie schließlich, Platz zu nehmen, und goss ihr einen Tee auf. Wir waren so erleichtert, als sie ihn annahm, dass auch wir zum Tee übergingen, obwohl unser obligatorischer Morgenkaffee schon in der Kanne bereit war. Als unsere Töchter ihre Corn Flakes zur Hälfte gegessen hatten und die Küche verließen, folgte ich ihnen in den Korridor und bat sie, in der Schule nichts von unserem Gast zu erzählen.

Sie versprachen es, und bevor meine Frau zur Arbeit musste, besprachen wir uns kurz. Wir kamen überein, der Fremden das Wäschezimmer als Gästezimmer zurechtzumachen, etwas, das wir auch sonst tun, wenn Besuch kommt. Ich befreite das Sofa, das dort steht, von der darauf liegenden Wäsche, die ich in die verschiedenen Zimmer verteilte, und meine Frau bezog das Bett. Sie kam in die Küche zurück mit Wasch- und Frottiertüchern auf dem Arm, aber unser Gast hatte offensichtlich keine Lust, aufzustehen und sich Badezimmer und Toilette zeigen zu lassen. Wir hatten mittlerweile alle Sprachen ausprobiert, von buenos dias bis nitschewo, und da sie keine in irgendeiner Weise zu erkennen schien, gingen wir wieder zu unserer Muttersprache über, und meine Frau verabschiedete sich auf schweizerdeutsch von der Fremden. Sie arbeitet als Schulpsychologin und hatte an diesem Vormittag eine Sitzung, bei der es um Zuweisungen in Sonderklassen ging, ein Fernbleiben kam nicht infrage. Ich hingegen bin freischaffender Literatur- und Kulturkritiker, und es war klar, dass ich die Fremde zu hüten hatte.

Es gehört zum Elend des Freischaffenden, dass er oft zu Hause ist, wenn unerwartete Besuche kommen. »Wie schön, dass du da bist!«, rufen sie dann aus, und im Glauben, man freue sich über ihr Erscheinen, beginnen sie einem rücksichtslos die Zeit wegzufressen. Sie können sich nicht vorstellen, dass man zu Hause ebenso diszipliniert arbeiten muss wie in einem Büro. Aber mit Besuchen, die einen kennen, kann man wenigstens reden und ihnen klarzumachen versuchen, dass der Artikel bis um 17 Uhr abgeliefert sein muss. Hier war jedoch etwas ganz anderes. Da war ein Mensch aufgetaucht unter rätselhaften Umständen, vertraut mit nichts und niemandem, der musste betreut werden.

Erst als meine Frau etwas verstört gegangen war, merkte ich, dass ich unter einem Schock stand; meine Knie waren schwach, meine Hände zitterten, und meine Stimme versagte. Ich blieb also so lang wie möglich sitzen und trank mit der Fremden Tee. Dann stand ich vorsichtig auf, bat sie, mir zu folgen, damit ich ihr die Wohnung und ihr Zimmer zeigen konnte. Das gelang mir tatsächlich, sie verstand ohne Weiteres, welcher Raum ihr zugedacht war, und ich zog mich schließlich in mein Arbeitszimmer zurück, das, zusammen mit dem Arbeitszimmer meiner Frau und Annas Zimmer, im oberen Stock liegt.

Es wird niemanden wundern, wenn ich sage, dass ich mich überhaupt nicht konzentrieren konnte. Es galt, eine Gesamtwürdigung von Jacques Derrida zu Ende zu bringen, dem französischen Dekonstruktivisten, und ich war beim Versuch stehen geblieben, seine Differenztheorie in ein paar einleuchtenden Sätzen zusammenzufassen. Doch alles, was ich denken konnte, war: Wer war die Frau? Woher kam sie? Auf welchem Weg kamen ihre Kleider und sie selbst in unsere Waschküche? War es eine Einbildung, der wir in einer Art kollektiven Wahns erlagen?

Vorsichtig ging ich nach einer Weile wieder die Treppe hinunter, schlich mich vor die Tür des Gastzimmers und lauschte. Drinnen wurde eine Melodie gesummt, eine Melodie, die vor allem um einen Ton kreiste. Ich ging zurück in mein Arbeitszimmer, setzte mich vor mein Notebook und beschloss weiterzuarbeiten, als ob nichts wäre. Die räumliche Trennung zwischen meinem Büro und der Familienwohnung ist einer der großen Vorzüge des Hauses, das wir bewohnen, der Gang die Treppe hoch genügt mir gewöhnlich, um die Fragen und Probleme des Alltags zurückzulassen und mich in meine Arbeit zu vertiefen. Ich stelle dann den Telefonbeantworter ein und bin ganz dort, wohin mich meine jeweilige Aufgabe führt.

Diesmal aber war es anders. Obwohl über die Hälfte

des Artikels geschrieben war und ich mich bei Derrida einigermaßen auskenne, wollten mir die zusammenfassenden Sätze einfach nicht gelingen. Zu schwerwiegend war die Störung im unteren Stockwerk. Schließlich stieg ich durchs Treppenhaus nochmals in den Keller hinunter und schaute mir die Waschmaschine an. Ich öffnete sie, griff in die Trommel hinein und drehte sie ein bisschen, wie ich es zu tun pflege, wenn ich beim Herausnehmen der Wäsche nach letzten Socken suche. Die Trommel saß zuverlässig in ihrer Halterung, zudem war sie eindeutig zu klein, um einen Menschen aufzunehmen, und sei er auch von zierlicher Gestalt. Ich rüttelte an der ganzen Maschine, sie thronte fest auf ihrem Sockel, ich schaute hinter die Maschine, dort, wo Kabel und Leitungen herauskommen, aber außer den Spinnweben und einem vertrockneten Lappen, den ich mit einem kleinen Ekel herausfischte, fiel mir nichts Außergewöhnliches auf. Ich schritt die ganze Waschküche ab, ebenso den anliegenden Heizungsraum, um mich zu vergewissern, dass hier nirgends der berühmte Gang vom andern Ende der Welt mündete.

Ratlos stieg ich die Treppe hinauf in unsere Familienwohnung, ging leise am Gästezimmer vorbei, in dem es jetzt ganz ruhig war, und setzte mir in der Küche einen Tee auf. Ich ging mit der Tasse nach oben, wo inzwischen ein Anruf eingegangen war, den ich gleich abhörte. Der italienische Denker und Publizist Norberto Bobbio war gestorben, und eine Kulturredaktorin bat mich um einen Nachruf bis heute Abend. Sofort rief ich zurück und sagte ab. Sie war sehr enttäuscht, ich hätte doch schon einmal für sie eine schöne Rezension Bobbios geschrieben, sie wisse auch gar nicht, wen sie sonst fragen könne und wo denn das Problem sei. Ich log, dass ich heute Abend den Derrida-Artikel abliefern müsse, der erst zur Hälfte geschrieben sei, und empfahl ihr aufs Geratewohl einen jungen Romanisten, von dem ich kürzlich in einer Literaturzeitschrift einen brillanten Essay über Italo Calvino gelesen hatte. In Wahrheit hatte ich mit meinem Artikel noch bis übermorgen Zeit, und dieser Gedanke beruhigte mich etwas.

Ohne dass ich einen einzigen Satz weitergekommen wäre, ging ich gegen Mittag in die Wohnung hinunter und klopfte an die Tür des Gästezimmers. Sogleich öffnete die Fremde, und ich sagte ihr mit Gebärdenunterstützung, dass ich etwas zu Mittag koche und wenn sie mit mir essen wolle, sei sie herzlich eingeladen. Ich zeigte dabei zur Küche, und tatsächlich nickte sie und folgte mir.

Dann bat ich sie, sich zu setzen, was sie auch sogleich tat, und bereitete in kürzester Zeit meinen Standard-Quicky zu, Nudelreste in der Bratpfanne, zu denen ich zwei Eier aufschlug, mit den Nudeln verrührte und nachher zwei Tomaten hineinschnetzelte, eine schmackhafte Mahlzeit, die in wenigen Minuten angerichtet ist. Ich schenkte ihr und mir ein Glas Mineralwasser ein und wünschte ihr einen guten Appetit. Sie schaute mir genau zu, wie ich mit dem Besteck umging, und machte es dann ebenso, aber ich hatte das Gefühl, sie habe wenig Übung darin. Als das Telefon klingelte, stand ich auf und nahm es ab. Es war meine Frau, die fragte, wie es gehe. Es geht, sagte ich, wir säßen gerade beim Mittagessen. Sie sei also noch da? Ja, sagte ich, offensichtlich. Und ob ich etwas herausgefunden habe? Nein, sagte ich, gar nichts. Sie versprach, gleich nach ihren Nachmittagsberatungen nach Hause zu kommen, worüber ich froh war.

Als ich wieder in die Küche kam, hatte die Fremde nicht weiter gegessen. Ich entschuldigte mich, setzte mich und aß weiter, worauf auch sie weiter aß, wenn auch sehr langsam. Als mein Teller leer war, war der ihre noch halb voll, aber sie legte ihr Besteck ebenfalls hin und hörte auf zu essen. Alle meine Gesten, mit denen ich sie zum Weiteressen einlud, blieben wirkungslos.

»Kaffee?«, fragte ich, »coffee – kava?«, aber das Wort war ihr unbekannt. Als ich »Tee?«, sagte und die Teedose zeigte, die am Morgen auf dem Tisch gestanden hatte, nickte sie.

Also machte ich heißes Wasser und schüttete in unserm Glaskrug einen chinesischen Räuchertee an. Meine Frage nach Zucker und Rahm beantwortete sie mit einer winzigen Abwehrbewegung ihrer beiden Hände, und so verzichtete auch ich darauf, und nun tranken wir den Tee in kleinen Schlucken.

Die Stille zwischen uns war mir schwer erträglich. Es musste doch irgendeine Kommunikation möglich sein. Ich zeigte auf mich und sagte auf englisch: »George.« Dann zeigte ich auf sie und fragte: »Und Sie? Ihr Name?« Sie hielt ihre linke Hand an die Brust, neigte ihren Kopf ein bisschen und sagte mit leiser, hoher Stimme: »Sha Mun.« Endlich! Sie hatte gesprochen! Wenigstens ein Name. Dann fuhr ich fort, zeigte nach draußen und sagte: »Zürich. Wir sind in Zürich. Und woher kommt Sha Mun?« Ihr Blick nahm nun etwas Schmerzliches an, als sie den Kopf schüttelte. »Schon gut«, sagte ich und stand auf, und sogleich stand sie auch auf, neigte ihren Oberkörper ein bisschen und verließ dann die Küche. »Sha Mun!«, rief ich ihr nach, und sie blieb stehen. »Ich, George, bin oben«, sagte ich, indem ich zuerst auf mich zeigte und dann auf den oberen Stock, »einfach falls Sie etwas brauchen, ja?« Sie verneigte sich nochmals und ging dann in ihr Zimmer.

Ich suchte wieder mein Arbeitszimmer auf, legte mich einen Moment hin und musste tief eingeschlafen sein, denn als es klopfte, stand meine jüngere Tochter im Zimmer und fragte, ob die Frau noch da sei. Ja, sagte ich, ich glaube schon, und erzählte ihr von unserm Mittagessen und dass sie mir ihren Namen gesagt habe. Darauf erklärte Barbara, sie würde heute auf keinen Fall in ihrem Zimmer übernachten, das neben dem Wäsche- und Gästezimmer liegt. Schon gut, sagte ich, sie könne ja bei ihrer Mutter schlafen, und ich würde nach oben ziehen. Nein, sagte Barbara fast hysterisch, ich müsse auch unten bleiben, ich könne ja in ihrem Zimmer übernachten. Ich bat sie, sich zu beruhigen, da ich nicht annähme, dass diese Frau für uns eine Bedrohung sei. Nun kamen, fast gleichzeitig, Anna und meine Frau nach Hause, und auch sie stiegen, bevor sie die Wohnung betraten, in den oberen Stock, und da waren wir nun versammelt, die ganze Familie, Barbara saß auf einem Lederpuffer, meine Frau setzte sich auf mein Bett, und Anna lehnte sich an einen Fenstersims.

Ich erzählte nochmals für alle, was in ihrer Abwesenheit passiert war und dass noch niemand sonst etwas erfahren hatte, auch Frau Jucker im unteren Stock nicht, und ihr Mann sei ohnehin auf einer Geschäftsreise. Ich vergaß nicht, meine Inspektion des Kellergeschosses und der Waschmaschine zu erwähnen und dass es für mich keine Erklärung gab, wie die Frau in das Haus hineingekommen sein könnte.

Wieso wir nicht einfach die Polizei anriefen, fragte Anna, und ich war geneigt dem zuzustimmen.

Meine Frau gab zu bedenken, dass sie gelegentlich für die Polizei Gutachten über jugendliche Straftäter schreibe und dass man sie dort als unseriös ansehen könnte, wenn sie mit solch einem Problem daherkomme.

»Wieso unseriös?«, fragte Barbara, »diese Frau gibt es doch.«

»Es sieht zwar so aus«, sagte meine Frau, »aber vielleicht spukt es einfach bei uns, und die Gestalt ist morgen früh genau so verschwunden, wie sie aufgetaucht ist.«

»Iiiih!«, rief Barbara, »ich bekomme Gänsehaut!«

Ich fragte meine Frau, ob sie schon von Erscheinungen gehört habe, die essen und trinken, und sie antwortete, dass sie sich bis jetzt kaum mit Erscheinungen befasst habe, dass sie aber wisse, dass diese den Menschen meistens völlig real vorkämen und sie sich erst im Nachhinein fragten, ob sie etwas Wirkliches oder etwas Unwirkliches erlebt hätten.

Barbara gab nun sehr entschieden bekannt, dass sie niemals in ihrem Zimmer bleibe, und wir einigten uns darauf, dass sie im Elternschlafzimmer übernachte und ich in ihrem Zimmer, damit ich in der Wohnung wäre, wenn etwas Ungemütliches passieren würde.

Anna war froh über ihren Raum im oberen Stock.

»Aber was sollen wir denn nun tun?«, fragte meine Frau, »hat niemand eine Idee?«

»Wir müssten herausfinden, welche Sprache sie spricht, dann könnte sie uns auch sagen, woher sie kommt«, sagte Anna.

Das wäre, so fanden wir alle, ein wichtiger Schritt, ich holte meinen Atlas aus dem Regal, und wir schlugen Asien auf und begannen Gegenden herauszuschreiben, von Kasachstan über Kirgisien bis zu Tibet, Gobi und der Mandschurei. Ich erinnerte mich auch an das kleine Volk der Tschuktschen in Sibirien, da ich einmal ein Buch von Juri Rychtëu besprochen hatte.

Anna legte eine Liste der möglichen Regionen an, denen die Frau ihrem Aussehen nach entstammen könnte, ich holte ein Taschenbuch über Sprachen aus meiner Bibliothek, dem ich entnahm, dass in Asien 153 Sprachen existierten, und begann Barbara eine Liste von Idiomen zu diktieren, die infrage kämen, aserbeidschanisch, uigurisch, usbekisch, dagestanisch, tscherkessisch, grusinisch, samojedisch, burjatisch, kalmückisch, und ich wunderte mich, von wie vielen Sprachen ich noch nie etwas gehört hatte, etwa vom Rutulischen, vom Kubatschinischen, vom Dachurischen oder vom offenbar schriftlosen Bur-u-schaski, das in der Bergwildnis von Nunza und Nagar an der Nordwestgrenze von Kaschmir gesprochen wird.

Als nun kurz nacheinander die Handies der Töchter klingelten, baten wir sie, nichts von unserem Gast zu erzählen, Anna zog sich in ihr Zimmer zurück, und Barbara fragte, ob sie im Arbeitszimmer ihrer Mutter telefonieren dürfe, was diese ihr auch erlaubte.

Als wir allein waren, fragte ich meine Frau, ob sie es wirklich für möglich halte, dass es sich um eine Erscheinung handle, und woher denn eine solche überhaupt kommen könnte. Erika antwortete, sie wisse nur, dass zum Beispiel Klopfgeistphänomene häufig in der Umgebung pubertierender Mädchen auftauchten und dass sie sogar einmal mit einem solchen Fall zu tun gehabt habe. Erst als es gelungen sei, die Spannungen des Mädchens abzubauen, sei das nächtliche Pochen an Türen wieder verschwunden.

Ob das hieße, dass wir Barbara diesen Besuch zu verdanken hätten, fragte ich.

Meine Frau zuckte die Achseln. Das wisse sie nicht, es sei ihr einfach in den Sinn gekommen.

Aber zwischen einem Klopfen an einer Türe und einer leibhaftigen Asiatin, die sogar ihre Kleider vorausschicke, sei doch ein Unterschied, sagte ich.

Natürlich, sagte meine Frau, sie könne sich das in gar keiner Weise erklären und sie finde es zum Verrücktwerden, dass wir auf einmal mit etwas konfrontiert seien, das es gar nicht gebe, und zwar wir alle vier.

Wer immer von uns später an der geschlossenen Tür unseres Gästezimmers vorbeiging, hielt einen Moment lauschend inne, aber von drinnen war nie etwas zu hören. Das weckte in mir die Hoffnung, die Fremde könne wieder verschwunden sein. Meine Frau holte zum Nachtessen Kabeljaufilets aus dem Tiefkühlfach, und beide Töchter standen ihr ungewöhnlich hilfsbereit zur Seite, schnetzelten Gemüse klein für den Wok, deckten den Tisch für fünf, auch ich hielt mich schon in der Familienwohnung auf, fragte die Mädchen nach ihrem Tag in der Schule, aber es wollte sich kein rechtes Gespräch entwickeln, es war klar, dass es heute nur ein Thema gab, und das war das Wesen in unserem Wäschezimmer, auf das wir alle mit großer Spannung warteten.

Als das Essen bereit war, anerbot sich meine Frau, unsern Gast zu holen. Sie ging zur Tür, klopfte und rief: »Sha Mun! Wir können essen!« Sogleich öffnete sich die Tür, die Fremde, die immer noch ihr schwarzes Kleid mit den lila Mäandern trug, wenn auch ohne den Umhang und die Mütze, verneigte sich leicht, und Erika bat sie mit einer einladenden Geste in die Wohnküche. Sie zögerte nicht, setzte sich mit einer Verbeugung neben Anna, die sich ebenfalls verbeugte, und als meine Frau das Essen auf die Teller geschöpft hatte, wünschten wir uns gegenseitig »e Guete« und begannen zu essen. Sha Mun aß mit leichter Verzögerung mit, sie beobachtete genau, wie wir die Fischstücke mit zwei Gabeln zerkleinerten, und tat es uns gleich.

Selten war es an unserm Tisch so ruhig gewesen wie jetzt. Meine Frau und ich, die wir sonst oft wegen des Geplauders der Mädchen kaum zu Wort kamen, wussten nicht, was wir uns sagen sollten, und die Mädchen schaufelten das Essen stumm in sich hinein, indem sie manchmal mit einem schnellen Blick die Fremde musterten, die auch keinen Ton von sich gab.

Einmal spießte ich ein Fischstück auf meine Gabel, zeigte es Sha Mun und sagte: »Fisch.« Gerne hätte ich gehört, wie das Wort für Fisch in ihrer Sprache lautete, aber Sha Mun nickte nur und aß wortlos weiter.

Nach dem Essen machte meine Frau einen Kräutertee, und wir setzten uns alle ins Wohnzimmer, wo ich einen Atlas bereitgelegt hatte. Ich schlug ihn bei der Weltübersicht auf und zeigte mit einem Bleistift auf das winzige Fleckchen, das die Schweiz bezeichnete. »Zürich«, sagte ich zu Sha Mun, »hier sind wir. Zürich in der Schweiz. Und woher kommst du?« Ich überreichte ihr den Bleistift, den sie mir aber in höchster Verlegenheit sogleich wieder zurückgab.

»Lass mich mal«, sagte Anna, nahm den Bleistift und zeigte auf die Mongolei.

»Kommst du aus der Mongolei?«, fragte sie. Als Sha Mun nicht reagierte, richtete sie die Bleistiftspitze auf Tibet. »Tibet?« Keine Reaktion. »Himalaja? Sibirien?« Aber offensichtlich sagten die Atlasbilder unserm Gast überhaupt nichts.

Nun nahm ich die Liste hervor, die wir am Nachmittag zusammengestellt hatten, und begann so behutsam wie möglich mit dem Abfragen der verschiedenen Sprachen, doch es ging nicht lang, da traten Sha Mun Tränen in die Augen.

»Schon gut«, sagte ich, »wir wollen dir ja nur helfen.«

»Jürg«, sagte meine Frau zu mir, »wäre es nicht besser, du würdest dich für einen Moment zurückziehen? Vielleicht ist es ihr wohler unter Frauen.«

»Na dann viel Glück«, sagte ich und ging in die Küche hinüber. Ich war etwas pikiert, aber über das Genderthema war mit meiner Frau nicht zu spaßen, das wusste ich, und so fügte ich mich und füllte den Geschirrspüler ein. Im Übrigen konnte es ja sein, dass sie recht hatte.

Als Barbara nach einer Weile zu mir kam und ich sie

fragte, wie es gehe und ob sie etwas herausgefunden hätten, schüttelte sie nur den Kopf und sagte, es sei alles gleich geblieben, die Frau sage kein Wort. »Ich habe Angst«, fügte sie hinzu, »vielleicht ist sie ein Alien.« Sie war gerade in einer Science-Fiction-Phase. Nach und nach kamen auch Anna und meine Frau in die Küche. Sie habe Sha Mun, sagte Erika, ins Bett geschickt, da sie offensichtlich sehr müde sei, habe ihr ein Nachthemd von sich gegeben und nochmals das Badezimmer gezeigt, aber sie wisse nicht, ob sie es auch abschließen werde, und bitte uns um Vorsicht, wenn wir es benützten.

»Und was tun wir jetzt?«, fragte Anna, nicht ohne Heftigkeit.

Ich fragte, ob jemand schon etwas von unserm Gast erzählt habe, was alle verneinten.

»Eure Freunde wissen nichts?«, fragte ich die Töchter, indem ich an ihre endlosen Telefongespräche dachte.

Ich wurde mit Empörung überschüttet. Ob ich sie für kleine Kinder halte oder was. Nein, sagte ich, ich wisse bloß, wie schwierig es sei, so etwas für sich zu behalten, es ginge mir ja selbst so, dass ich es gerne jemandem erzählen würde, allein um seine Meinung zu hören, und sie sollten an Frau Jucker im unteren Stock denken, und übermorgen käme unsere Haushalthilfe, und am Sonntag Erikas Eltern. Wenn wir wirklich wollten, dass niemand etwas von dieser Frau erfahre, erfordere das eine ganz genaue Strategie. Das sei mindestens so heikel, als müsse man einen Flüchtling verstecken.

»Und wieso soll eigentlich niemand davon erfahren?«, fragte Barbara.

»Weil es ein Wahnsinn ist und man uns für verrückt halten würde!«, rief meine Frau.

Das täte ihr vielleicht gut, sagte Anna, sonst erkläre doch sie die andern für verrückt.

Meine Frau verbat sich diese Unterstellung. Sie habe ihr schon oft genug gesagt, dass sie Psychologin sei und nicht Psychiaterin.

Aber trotzdem schicke sie Kinder in Sonderklassen, weil etwas mit ihnen nicht stimme, oder etwa nicht?, fuhr Anna fort.

Ich sagte, sich jetzt über so etwas zu streiten, bringe uns überhaupt nicht weiter, sondern wir müssten uns darüber einig werden, wie wir uns ab morgen verhalten sollten.

Und wenn sie über Nacht wieder verschwinden würde? fragte Barbara.

So sehr uns allen vor dem Gedanken graute, dass ein Mensch, der mit uns gegessen und getrunken hatte, sich in nichts auflösen könnte, so sehr erleichterte er uns auch. Wenn dieses Wesen auf unerklärlichem Weg gekommen war, wieso sollte es nicht auf unerklärlichem Weg wieder gehen?

Leider erwies sich diese Hoffnung als trügerisch.

Als wir am nächsten Morgen, nachdem Barbara und ich die Nacht an unüblichem Ort verbracht hatten, am Frühstückstisch saßen und sich Sha Mun im Badezimmer wusch, beschlossen wir, an diesem Tag noch Stillschweigen über das Vorgefallene zu bewahren. Ferner gab ich bekannt, dass ich einen Waschmaschinenmonteur kommen lassen wolle, um unsere Maschine zu überprüfen, was auf die Zustimmung meiner Frau und der Töchter stieß.

Sha Mun betrat die Küche, als die Töchter am Aufbrechen waren. Sie wirkte etwas entspannter und lächelte beiden zu, als sie sich mit »Tschau, Sha Mun!« von ihr verabschiedeten. Wir boten ihr Tee an und wiesen auf alles hin, was auf dem Tisch stand, Brot, Butter, Konfitüre, Honig, Käse, Joghurt, Milch, Müsli, Corn Flakes. Ich stand auf und toastete zwei Brote. Dann hielt ich ihr eines davon hin. Sie nahm es nickend, und ich nahm das andere.

Nun musste sich Erika auf den Weg machen. Sie komme über Mittag nach Hause, sagte sie, und es schien mir, als schleiche sich etwas Fremdes in ihren Blick, als sie mich und die junge Frau musterte, wie wir am Küchentisch saßen.

Ich sei froh, sagte ich nur, und als sie gegangen war, überlegte ich mir, ob es für unsere Besucherin irgendeine Beschäftigung gab. Sie konnte doch nicht einfach den ganzen Tag tatenlos in ihrem Zimmer verbringen. Schließlich ging ich zum Schrank im Wohnzimmer und holte die großen Zeichnungspapiere heraus, die dort unbenutzt lagen, seit die Töchter keine Kinder mehr waren. Es waren auch genügend Farbstifte dabei, und ich machte alles auf dem Stubentisch bereit. Dann rief ich Sha Mun und sagte ihr, sie könne sich ohne Weiteres auch hier aufhalten, und wenn sie etwas zeichnen wolle, finde sie da alles Nötige. Da sie außerordentlich verwundert dreinblickte, nahm ich einen blauen Farbstift, skizzierte damit ein paar Schneeberge, zeichnete mit schwarz einige Vögel, die ich aus jeweils zwei Bögen und einem schwarzen Punkt zusammensetzte, und zog mit einem dunkelblauen Stift drei, vier schnelle Striche, die als Himmel gelten konnten. »Vielleicht magst du irgend so etwas zeichnen?« Ich wollte das Blatt wegziehen, doch da legte Sha Mun ihre Hand darauf und schaute mich bittend an.

Na na, sagte ich, so gut sei das nun auch wieder nicht, aber sie könne es gern behalten. Und jetzt, sagte ich, gehe ich nach oben. Wenn sie etwas brauche, solle sie kommen.

Als ich aufstand und an ihr vorbeiging, streifte mich der Duft ihres Kleides, der nun auch ihr eigener war.

In meinem Arbeitszimmer setzte ich mich vor mein Notebook und versuchte mich wieder in die Welt von Jacques Derrida zu vertiefen, aber ich merkte bald, dass meine Gedanken mir nicht folgten, sondern mir wie junge Hunde davonliefen und den fremden Gast im unteren Stock beschnupperten und anbellten. Ich schlug die Zeitung auf, deren Kulturredaktorin mich gestern angerufen hatte, und sah, dass sie meinem Tipp gefolgt war. Der Artikel über Bobbio war von dem Romanisten geschrieben worden, den ich empfohlen hatte. Er war kenntnisreich und enthielt Wesentliches, was es zu diesem streitbaren Staatsphilosophen zu sagen gab, trotzdem erschien er mir irgendwie unkühn und flügellahm, was hieß schon »Demokratischer Realist mit Utopien«? Vielleicht war es aber bloß die Eifersucht, dass mein Name nicht dabei stand, und die leise Angst, die Kulturredaktorin könnte auch in Zukunft statt meiner den jungen Kollegen fragen.

Immerhin fühlte ich mich angespornt, zu meiner eigenen Arbeit zurückzukehren, und ich nahm mir vor, wie ein Handwerker weiterzuarbeiten, der ja auch nicht auf seine persönlichen Probleme und Stimmungen Rücksicht nehmen kann. Ich versuchte zwei verschiedene Zusammenfassungen, druckte sie aus und las sie durch. Mit keiner war ich zufrieden.

Am Mittag kam Erika nach Hause und schob Fertig-Lasagne in den Backofen, die sie auf dem Heimweg gekauft hatte. Dann kam sie zu mir hoch, fragte, wie es gegangen sei, und ich erzählte ihr von meinem Beschäftigungsvorschlag für unsern Gast. Wir gingen beide die Treppe hinunter in die Wohnung. Sha Mun war nicht mehr im Wohnzimmer, man hörte ihr leises Summen aus dem Wäschezimmer. Auf dem Stubentisch lag meine Zeichnung von heute Morgen, allerdings mit einer Änderung. Über den Bergen stand eine große, schwarze Sonne. Das Schwarz war so intensiv, dass der Farbstift, der noch daneben lag, vollkommen abgestumpft war.

Das Mittagessen verlief nicht anders als die bisherigen Mahlzeiten. Sha Mun aß höflich, aber unbeteiligt mit, und es war ihr kein Laut zu entlocken. Als wir uns nachher mit einem Tee ins Wohnzimmer setzten, zeigte ich auf ihre Zeichnung und sagte: »Schön!« Sie nickte fast unmerklich. Dann zeigte ich auf die schwarze Kugel und fragte: »Sonne?« Sie schaute uns an und antwortete dann mit einem Satz, der klang wie »Tsa merjäd ko-o jalsap.« Ich schrieb ihn sofort auf, was mir umso wichtiger schien, als sie danach gar nichts mehr sagte.

Auf wann sich der Waschmaschinenmonteur angesagt habe, fragte meine Frau, und ich sagte, auf den Nachmittag. Da sei sie leider nicht da. »Weiß ich«, sagte ich, »ich bin ja da.« »Tut mir leid«, sagte sie. »Schon recht«, sagte ich. Sie überlege sich übrigens, fügte sie hinzu, ob sie einen Kollegen anrufen solle, den sie noch aus der Studienzeit kenne und der ab und zu etwas über parapsychologische Phänomene publiziere. Ich bat sie, doch noch etwas zu warten, denn wenn sie ihn anrufe, müsse sie ja auch sagen, weshalb. Das wisse sie, sagte sie seufzend, aber es belaste sie eben mehr, als sie angenommen habe, und sie frage sich, ob wir nicht etwas unternehmen sollten, bevor wir von der Unwirklichkeit erschlagen würden.

Ich sagte ihr, dass ich momentan nicht das Gefühl habe, von unserm Gast gehe irgendeine Gefahr aus. »Nicht von ihr als Person«, meinte meine Frau, »sondern von der Tatsache, dass sie da ist, und von der Art, wie sie aufgetaucht ist. Sie greift unsere Vernunft an, verstehst du?« Da musste ich ihr allerdings recht geben, dennoch war sie bereit, den Anruf erst morgen zu machen und heute noch die weitere Entwicklung der Dinge abzuwarten. Wenn es mir recht sei, bot sie an, werde sie die Haushalthilfe für morgen abbestellen, ohne genaue Erklärung. Es war mir sehr recht.

Als sie zur Arbeit gegangen war, spitzte ich den schwarzen Farbstift neu und fragte Sha Mun, ob sie weiterzeichnen wolle. Ich legte ihr auch demonstrativ neue Blätter hin, und sie nickte. Dann sagte ich ihr wieder, dass ich oben sei, und ließ sie im Wohnzimmer allein.

Ich setzte mich an meinen Schreibtisch und schaute mir den Satz an, den ich heute von ihr gehört hatte: Tsa merjäd ko-o jalsap. Ich erinnerte mich daran, dass der amerikanische Linguist und Sprachphilosoph Noam Chomsky in seinen Seminarien jeweils Texte unbekannter Sprachen vorgelegt hatte, welche seine Studenten dann übersetzen mussten. Ich hatte, im Gegensatz zu den Studenten, immerhin ein paar Anhaltspunkte, kannte ich doch die Person, die den Satz gesagt hatte, und die Umstände, unter denen er fiel. Vielleicht hieß eines dieser Wörter Sonne, ein anderes schwarz. Aber ein bisschen wenig war es schon für eine Übersetzungsübung. Es könnte ebenso heißen: Ich habe ein Bild gemalt.

Ich gab die vier Wörter einzeln als Suchbegriffe im Internet ein, aber für keines gab es einen Eintrag. Während ich darüber nachdachte, wem ich diesen Satz zur Dechiffrierung vorlegen konnte, klingelte der Waschmaschinenmonteur. Ich ging mit ihm in den Keller hinunter und musste mir, woran ich vorher gar nicht gedacht hatte, einen Schaden einfallen lassen, behauptete dann, die Maschine hätte ein paarmal Ausfälle gehabt, nach denen man sie neu hätte in Gang setzen müssen. Das sei seltsam, murmelte er und überprüfte die Verkabelungen sowie das Steuerungsteil. Es sei höchstens möglich, dass mit dem Chip etwas nicht in Ordnung sei, doch leider sei dieses Modell schon zu alt, um ihn auszuwechseln. Wir könnten die Maschine einfach auf Zusehen weiterbrauchen, bis sie zusammenbreche, aber eigentlich würde er uns die Anschaffung einer neuen empfehlen, und da sie dieser Tage noch eine Aktion am Laufen hätten, wäre er sogar in der Lage, uns den Nachfolgetyp unserer Maschine bereits morgen zu bringen und einzurichten, unter Mitnahme der alten selbstverständlich.

Ohne wie sonst in solchen Fällen die Rückkehr meiner Frau abzuwarten, sagte ich zu und unterschrieb sogleich den Bestellschein. Der Monteur verabschiedete sich und sagte sein Kommen für den morgigen Nachmittag an.

Beim Hinaufgehen läutete ich bei Frau Jucker, um ihr mitzuteilen, dass morgen Nachmittag die Waschmaschine ausgewechselt werde. Sie wunderte sich darüber, sie hätte doch einwandfrei funktioniert. Die Firma, sagte ich, habe darauf hingewiesen, dass unser Modell nicht mehr reparierbar sei, wenn ihm etwas fehlen würde, und habe ein sehr günstiges Angebot gemacht, auf das wir eingegangen seien. Hoffentlich könne sie die neue dann bedienen, sagte sie seufzend, das neue Zeug sei ja immer komplizierter als das alte. Gemeinsam würden wir das schon schaffen, sagte ich aufmunternd zu ihr, und sie solle ruhig noch waschen bis morgen Mittag, wir bräuchten die Maschine nicht mehr.

Als ich die Familienwohnung betrat, um mir einen Tee zu machen, saß Sha Mun am Tisch im Wohnzimmer und schaute erschreckt auf. Vor ihr lag ein großes weißes Blatt mit einer großen schwarzen Sonne. Wieder war der schwarze Farbstift ganz abgebraucht. Ich sagte anerkennend zu ihr: »Tsa merjäd ko-o jalsap.« Sie schüttelte den Kopf und lächelte, und ich zeigte ihr, wie man mit dem Bleistiftspitzer umgeht, und ermunterte sie zu seinem Gebrauch.

Dann stieg ich wieder in mein Arbeitszimmer und machte mich geradezu wütend hinter meinen Artikel. Auf einmal fand ich eine Formulierung um die andere. Derridas Philosophie, die dem Singulären und Regelsprengenden eine so zentrale Bedeutung einräumt, kam mir fast selbstverständlich vor, und ich pries die Zerstörung der Idee der Vernunft als Befreiung, ja als zweite Aufklärung. Die Wahrheit, schrieb ich, müsse gerade dann anerkannt werden, wenn sie unlogisch sei, wenn sie ihre begrifflichen Gefäße sprenge, und die dabei entstehenden Risse erforsche die Dekonstruktion. Das sei die eigentliche Botschaft Derridas.

Bis am Abend hatte ich meinen Artikel zu Ende geschrieben. Der kritische Ansatz, den ich ihm ursprünglich zugrunde legen wollte, war zu meinem Erstaunen einer fast enthusiastischen Würdigung gewichen. Ich druckte ihn aus, um ihn morgen Vormittag nochmals durchzulesen, bevor ich ihn an die Redaktion mailen würde.

Als ich in die Wohnung herunterkam, hatten die Mädchen ein Pilzrisotto gekocht, und Barbara klopfte gerade an die Tür des Gästezimmers und rief »Sha Mun! Essen!« in einem Ton, als bitte sie ihre Patin oder eine Verwandte zu Tisch.

Heute waren die Töchter wieder gesprächiger, und die Gegenwart einer fremden Person schien sie weniger zu beeinträchtigen als gestern. Inzwischen war auch klar, dass von Sha Mun nur minimale Reaktionen zu erwarten waren und es sinnlos war, sie zu irgendeiner Äußerung einladen zu wollen. Ich erzählte von der neuen Waschmaschine, die morgen installiert würde, was auf allgemeine Zustimmung stieß. Die Töchter fanden auch in Ordnung, dass meine Frau die Haushalthilfe abbestellt hatte.

Morgen, sagte Anna, würde ihr Freund sie hier abholen, um mit ihr ins Kino zu gehen, und sie hoffe, dass er dann nicht gerade auf unsern Gast stoße, es wäre wohl am besten, er käme direkt zu ihr hoch. Wie praktisch, dann könne sie ja mit ihm in Ruhe schmusen, sagte ihre Schwester, worauf Anna sie als eifersüchtige Ziege bezeichnete.

Meine Frau unterbrach sie und sagte, sie würde gern mit uns allen darüber sprechen, wie es weitergehen solle,

und sie bitte uns, später am Abend nochmals zusammen-
zukommen.

Als ich das Wohnzimmer betrat, leuchtete mir vom
Tisch eine riesige, pechschwarze Sonne entgegen, die über
einem gelben Wüstenstreifen an einem roten Himmel
hing. »Habt ihr das gesehen?«, fragte ich meine Töchter,
als sie hereinkamen, »das hat Sha Mun gemalt.« »Wow!«,
riefen sie beide, und Barbara holte sofort meine Frau,
die eher erschreckt als begeistert war, als sie das Bild sah.
»Eine schwarze Sonne«, sagte sie nachdenklich, während
die Mädchen die leise lächelnde Sha Mun mit Worten
wie »sackstark« und »geil« und mit nach oben gerichteten
Daumen für ihr Kunstwerk lobten.

Dann saßen wir eine Weile da, ohne etwas zu sagen,
und tranken einen Kräutertee, worauf Sha Mun aufstand,
sich verneigte und ihr Zimmer aufsuchte.

Beim folgenden Gespräch, in dem eine fast feierliche
Familienratstimmung aufkam – noch nie hatten wir ein so
ernstes Problem zusammen zu besprechen gehabt – sagte
meine Frau, sie fände, es könne nicht so weitergehen und
wir müssten uns einen Rat holen; sie würde gerne den Parapsychologen anrufen, den sie kenne, und ihm ganz genau erzählen, was passiert sei. Immerhin sei es möglich,
dass er schon von etwas Ähnlichem gehört habe und dass
er das, was hier ablaufe, irgendeinem Muster zuordnen
könne.

Das würde heißen, dass es bei uns spuke, das fände sie
ganz grässlich, sagte Barbara, ob wir nicht lieber zur Polizei gehen sollten. Wenn es bei uns spuke, könne doch
die Polizei nichts machen, sagte Anna, und warum wir

nicht alle einfach davon erzählten, schließlich könnten wir nichts dafür und hätten auch nichts Schlechtes gemacht. Barbara sagte, das könne sie schon, aber wenn sie ihren Freundinnen erzählen würde, bei uns sei eine wildfremde Frau aus der Waschmaschine gekrochen, würden sie alle glauben, sie spinne. Deshalb, sagte meine Frau, sei sie ja dafür, sich zuerst jemandem anzuvertrauen, der beruflich schon mit derartigen Vorfällen in Kontakt gekommen sei. Der würde auf keinen Fall davon ausgehen, dass wir verrückt seien.

Ich sagte, lange könnten wir ohnehin nicht mehr geheim halten, dass bei uns ein Gast wohne, für Sonntag hätten sich ja Erikas Eltern angemeldet, und es sei nur eine Frage der Zeit, bis die aufmerksame Frau Jucker Wind davon bekomme, ich hätte mich heute schon beinahe verraten, als ich ihr erklären musste, weshalb wir eine neue Waschmaschine anschafften, und am Wochenende sei ihr Mann zurück, also könnten es von mir aus alle erzählen, wem sie wollten, ich meinerseits sei allerdings immer weniger darauf erpicht, mich mit jemandem auszusprechen, und wüsste auch noch nicht, was wir meinen Schwiegereltern sagen sollten.

Darauf rief meine Frau ihren Studienkollegen an, der so interessiert an der Geschichte war, dass er seinen Besuch für den morgigen Nachmittag ankündigte. Was er denn dazu gemeint habe, wollten meine Töchter wissen. So etwas sei ein ganz seltener Fall, sagte meine Frau. »Nicht möglich!«, kicherte Barbara, und Anna sagte, das hätte sie auch ohne ihn gemerkt. Dann zogen sie sich zurück, um Musik zu hören und Aufgaben zu machen, Barbara wagte wieder, in ihrem angestammten Zimmer zu schlafen, und ich wollte die Nacht unten verbringen. Erika stöberte in ihrer Bibliothek nach Kommentaren von C. G. Jung zu parapsychologischen Phänomenen, und ich nahm meine Zeichnung mit Sha Muns Sonne mit hinauf, heftete sie an meine Pinn-Wand und las als Ergänzung zu meinem Artikel noch einen kürzlich erschienenen Derrida-Vortrag mit dem Titel »Eine gewisse unmögliche Möglichkeit, vom Ereignis zu sprechen«, blieb aber schon bald in der bekannten Umständlichkeit seiner Formulierungen stecken, als er vom »Ja« zu sprechen begann, das man zum Ereignis sagen solle. Ich fragte mich, ob er oder irgendein anderer Philosoph wirklich Ja sagen könnte zu dem Ereignis, das uns gerade heimsuchte. Je länger ich darüber nachdachte, desto richtiger fand ich es, dass sich meine Frau an einen Parapsychologen gewandt hatte, und ich blickte seiner Reaktion mit Spannung entgegen. Bevor wir zu Bett gingen, fragte mich meine Frau, ob ich nicht einen Schnaps aus der Hausbar holen könne, und zusammen tranken wir aus unsern kleinen Gläsern, die ich zweimal füllte, und weder sie noch ich wussten etwas zu sagen.

Als ich in der Nacht einmal aufstehen musste, um auf die Toilette zu gehen, hörte ich es aus dem Gästezimmer ganz leise summen, diese Melodie, die sich um den einen Ton drehte, als suche sie ihn immer wieder, ohne ihn wirklich zu finden.

Am nächsten Morgen, nachdem meine Frau und die Töchter gegangen waren, saß ich noch einen Moment mit Sha Mun in der Küche. Dann stand ich auf und wollte die Kerze, die wir immer anzünden, wenn wir am Tisch sitzen, löschen, da hielt Sha Mun bittend ihre Hand auf meinen Arm. »Möchtest du sie brennen lassen?«, fragte ich, und das wollte sie offensichtlich. Von unserer Wohnküche aus kann man einen kleinen Balkon betreten, und das hatte sie jetzt vor. Zuerst wollte ich sie daran hindern, dachte dann aber daran, dass wir gestern die Geheimhaltung aufgegeben hatten, und ließ sie gewähren. Sie nahm die leere Corn Flakes-Schachtel vom Tisch und legte sie auf den Boden des Balkons. Dann holte sie einige Gefäße mit getrockneten Küchenkräutern vom Gewürzregal, kniete sich auf dem Balkon nieder, roch an jedem davon, bevor sie den gelochten Verteildeckel mit dem Fingernagel abklaubte und den ganzen Inhalt auf den Karton leerte. Die Düfte von Basilikum, Rosmarin, Petersilie und Thymian waren bis in die Küche zu riechen. Dann nahm sie aus der Tasche ihres Kleides, das immer noch dasselbe war, eine Handvoll Papierschnitzel und streute sie auf das Gewürzhäufchen. Ich konnte erkennen, dass es ihr Bild von der schwarzen Sonne war, welches sie in kleine Streifen zerrissen hatte. »Sha Mun!«, rief ich, denn es schmerzte mich, dass sie die Zeichnung zerstört hatte. Als sie mich anblickte, fragte ich sie: »Tsa merjäd ko-o jalsap?« Sie nickte, leerte einen Ring von schwarzem Pfeffer um Kräuter und Schnipsel, nahm dann die brennende Kerze und neigte sie vorsichtig zum Häufchen, das sogleich Feuer fing. Während sie die Melodie summte, die ich kannte, ging sie mit kleinen Schritten einmal um das Feuer herum, das sich bald in den Karton hineinfraß, und während der grüne Kellogg's-Hahn mit dem roten Kamm langsam verschmorte, entströmten den Gewürzen erstaunlich intensive, fast betörende Düfte.

Sha Mun hatte sich nun hingekniet, hatte aufgehört zu summen und wartete offensichtlich, bis sich der Rauch verflüchtigte. Die Kerze hatte sie neben sich hingestellt, sie brannte noch. Als ich sie zurück in die Küche stellen wollte, legte sie wieder ihre Hand auf meinen Arm.

»Gut«, sagte ich schließlich, »wenn du etwas brauchst, ich bin oben. Und pass auf mit der Kerze, ja?«

Ich ging nach oben, setzte mich an mein Notebook, um meinen Artikel durchzulesen, brachte noch ein paar Korrekturen an, öffnete dann mein Mail-Programm und schickte ihn an die Redaktion. Wenn ein Artikel weg ist, gönne ich mir immer einen Kaffee. Als ich in die Küche kam, war die Balkontüre noch offen, und Sha Mun kniete vor dem verlöschten Feuer und den schwarzen Kartonfetzen, die brennende Kerze neben sich.

»Alles in Ordnung?«, fragte ich sie, und als sie nicht reagierte, fügte ich hinzu: »Sha Mun okay?« Nun glaubte ich ein feines Lächeln auf ihrem Gesicht zu sehen, aber sie wirkte abwesend.

Eine Nachbarin winkte mir zu, etwas erstaunt, wie mir schien, ich winkte ebenfalls und ging rasch in die Küche zurück. Ich halte mich für ziemlich unabhängig von der Meinung der Leute, trotzdem überlegte ich mir, was sie sich wohl denken mochte, als sie mich mit einer jungen Asiatin auf dem Küchenbalkon sah.

Das Kaffeekännchen keuchte und brodelte, ich schenkte mir eine Tasse ein, da klingelte es an der Wohnungstür. Ich zog die Küchentür hinter mir zu, bevor ich öffnete. Es war Frau Jucker, welche fragte, ob bei uns alles in Ordnung sei. Sie hätte den Rauch gerochen, sei dann vors Haus gegangen, um festzustellen, woher er käme, und hätte auf unserm Küchenbalkon eine fremde Frau vor einem Feuerchen gesehen. Das sei richtig, sagte ich, meine Frau nehme an einem psychologischen Symposium über unser Verhältnis zu fremden Kulturen teil, und wir seien bereit gewesen, eine Referentin einzuladen, wir hätten ganz vergessen, es ihr zu sagen. Woher denn die Dame komme, wollte sie wissen. Aus Zentralasien, sagte ich, irgendwo aus den Steppen Zentralasiens, da müsse sie meine Frau fragen. Sie trage ja, fuhr Frau Jucker fort, das Kleid, von dem wir einmal nicht gewusst hätten, wem es gehöre. Richtig, sagte ich, ganz richtig, sie hat damals etwas Gepäck vorausgeschickt, und wir wussten noch gar nicht recht, dass sie bei uns wohnen würde, aber die Verwirrung habe sich dann gelegt, doch ich sollte nun unbedingt noch einen Artikel fertig schreiben, und ob sie daran denke, dass am Nachmittag die Waschmaschine ersetzt werde.

Aufatmend schloss ich die Wohnungstür. Ich wusste nicht, wann ich das letzte Mal ein solches Lügengespinst improvisiert hatte, jedenfalls war es ein kleiner Vorgeschmack darauf, was mich erwartete, wenn ich nicht die Wahrheit sagte. Zugleich merkte ich, dass es mir unmöglich gewesen wäre, ihr zu sagen, die Fremde sei genau so wie ihr Kleid aus der Waschmaschine gekommen, und das sei der Grund, warum wir diese ersetzten.

Es war mir nach diesem Gespräch nun doch etwas unangenehm, dass ich Sha Mun nicht dazu bewegen konnte, wieder in die Wohnung zu kommen. Aber sie mit Gewalt hineinzuzerren wäre wohl das beste Mittel gewesen, noch mehr Aufmerksamkeit auf unsern Balkon zu lenken, also gab ich meine Versuche auf und wollte ihr eine Schale der Suppe hinausreichen, die ich mir mittags zubereitete, doch sie lehnte ab und verharrte in ihrer Starre.

Am Nachmittag ging alles sehr schnell. Zuerst kam der Waschmaschinenmonteur mit einem Kollegen, montierte die alte Maschine ab und installierte die neue, erklärte mir ihre Funktionen, und während die beiden die gebrauchte Maschine in den Lieferwagen trugen, kam meine Frau mit dem Parapsychologen nach Hause, den sie am Bahnhof abgeholt hatte. Zu dritt gingen wir das Treppenhaus hoch, und ich erzählte, dass Sha Mun die ganze Zeit auf dem Balkon verbracht hatte. Wir traten in die Küche, und ich sah sofort, dass der Balkon leer war. »Oh«, sagte ich, »jetzt hat sie sich doch anders entschieden. War ja auch Zeit.« Ich stellte mich vor die Tür des Gästezimmers und horchte, aber es war weder ein Summen noch sonst etwas zu hören. »Sha Mun!«, rief ich und klopfte, »Sha Mun, bist du da?«

Sha Mun war nicht da, ihr Zimmer war leer, nur ihr Geruch war noch da. Wir warteten, und ich dachte darüber nach, ob sie das Haus verlassen haben könnte, während ich mit den Monteuren im Keller war. Theoretisch wäre das möglich gewesen, und sie hätte dann auch wieder zurückkommen können, trotzdem schien es mir unwahrscheinlich.

Und sie kam auch nicht zurück. Ich zeigte meiner Frau und ihrem Kollegen die Reste des Räucheropfers auf dem Balkon und erzählte von der verbrannten Zeichnung. Plötzlich kam mir etwas in den Sinn. Ich rannte in den oberen Stock, riss die Tür meines Arbeitszimmers auf und war erleichtert. Meine Skizze, in welche sie ihre schwarze Sonne eingefügt hatte, war noch da. Es war das Einzige, was von ihr blieb. Der Parapsychologe ließ sich alles nochmals erzählen, wir gingen mit ihm in die Waschküche hinunter, auch unsere Töchter erwiesen sich als gesprächsbereit, als sie nach Hause kamen, aber er konnte nicht mehr dazu sagen, als dass er so etwas noch nie gehört habe.

Meine Frau und die Töchter waren außerordentlich froh, dass es vorbei war, ich kochte für alle Spaghetti, und es wurde ein fröhlicher und ausgelassener Abend.

Die Folgen allerdings kann ich noch nicht recht abschätzen. Denn dass uns Sha Mun auf ebenso rätselhafte Weise verließ, wie sie zu uns kam, ändert nichts daran, dass sie während dreier Tage bei uns zu Gast war, und diese drei Tage haben das Leben von uns allen verändert.

Meine Frau hat sich deswegen in eine Therapie begeben und hat auch begonnen, sich mit Parapsychologie auseinanderzusetzen, Anna und Barbara hatten beide eine Weile Schlafstörungen, aber sie sind jung und werden das wohl, so meine Hoffnung, mit ihrem Erwachsenwerden verarbeiten. Allerdings, in die Waschküche geht niemand mehr von den dreien, das bleibt an mir hängen, an mir und der Haushalthilfe, der wir nichts von unserm Gast erzählt haben.

Und ich? Ich werde manchmal, mitten in der Arbeit, von etwas wie einer großen Abwesenheit ergriffen, und es ist mir, als röche ich den Duft des Räucheropfers, und den Duft Sha Muns und ihres dunklen Kleides mit den Goldborten und den lila Mäandern. Dann stehe ich auf, gehe zur Skizze mit der schwarzen Sonne, die immer noch an meiner Wand hängt, und lese halblaut den Satz, den ich mir darunter geheftet habe: »Tsa merjäd ko-o jalsap.« Und eine Melodie steigt mir in den Kopf, eine Melodie, die um einen einzigen Ton kreist.

Der Brief

Zürich, 24. 8. 2004

Lieber Heiner!

Erschrick nicht, aber ich schreibe Dir aus dem Zürcher Bezirksgefängnis. Gleich nach der entscheidenden Einvernahme durch die Untersuchungsrichterin versuchte ich Dich telefonisch zu erreichen, erhielt jedoch den Bescheid, Du treibst Dich auf Deiner Segelyacht im Mittelmeer herum und kämest frühestens Donnerstagabend kurz ins Büro. Da geht es Dir besser als mir. Ich bin seit heute, Dienstagnachmittag, in Untersuchungshaft und habe Dich als meinen Anwalt bezeichnet. Wir kennen uns ja seit der Schulzeit, und es gibt einen Punkt in meiner Geschichte, zu dem ich wirklich nur einen Freund ins Vertrauen ziehen möchte, da warte ich lieber zwei, drei Tage, als dass ich Böhni oder Großenbacher antanzen lasse. Ich hoffe natürlich, dass Du mich, wenn Du mich (spätestens) am Freitag besuchen kommst, hier herausholen kannst und ich am Wochenende wieder an der Arbeit bin. Sonja gibt meine Abwesenheit als starke Sommergrippe aus. Weil ich aber nun Zeit habe, und damit Du nicht unvorbereitet bist, möchte ich Dir erzählen, wie es dazu kam, dass ich plötzlich in diesem merkwürdigen Einzelzimmer sitze.

Es ist eine Reihe von derart blödsinnigen Zufällen, dass ich die Untersuchungsrichterin beinahe begreife, wenn sie mir das alles nicht glaubt. Aber eins nach dem andern.

Wie Du weißt – oder weißt Du das gar nicht? – bin ich als Pfarrer auch in der Ausbildung von Katecheten tätig (wobei es sich in der Mehrzahl um Katechetinnen handelt), und einen solchen Ausbildungsnachmittag hatte ich im Kirchgemeindehaus Uster hinter mir, als ich auf dem Bahnhof von Uster stand und auf die S-Bahn wartete. Die nächste fuhr in etwa 10 Minuten, und da ich – aber das weißt Du bestimmt – immer gerne in Bewegung bin, spazierte ich über den ganzen endlosen Perron bis zuvorderst, und als ich mich wieder umdrehen wollte, sah ich zwischen dem Schotter und dem Geleiseunkraut etwas Rotes leuchten.

Heute verfluche ich meine Neugier, die mich dazu verleitete, einen Schritt vom Bahnsteig hinunter in den Schotter zu tun und dieses kleine Ding, das zwischen zwei Steinen steckte, herauszuziehen. Es war ein Metallplättchen, vorne rot, hinten farblos, mit der weißen Aufschrift ZH, und darunter 87. Zwei Löcher darin zum Anschrauben und zuunterst, wo die rote Farbe aufhörte, eine 6-stellige Nummer, die ich inzwischen leider auswendig kann, 912628, das ganze Metallplättchen etwa 5 cm lang und 3 cm breit. Sagt Dir das etwas, alter Autofahrer und Hochseesegler? Es ist eine Velonummer, die wir Proletarier, die wir uns noch von Zeit zu Zeit auf zwei Rädern fortbewegen, jedes Jahr neu lösen müssen. Wenn Du bei einer Kontrolle ohne erwischt wirst, zahlst Du eine Buße, und vor allem hast Du ohne diese Nummer keine Haftpflichtversicherung, falls Du einmal einen Fußgänger zuschanden fährst. Bloß: Seit ich weiß nicht genau wann, aber mindestens 10 oder sogar 15 Jahren klebt man nur noch ein Plastikzettelchen mit der entsprechenden Jahrzahl und Nummer hinten an den Gepäckträger, so man einen hat, oder sonst irgendwo unter den Sattel auf den Rahmen.

Dieses Nummernschildchen stellte also bereits eine kleine Rarität dar, etwas, das z. B. meinen Kindern schon nicht mehr vertraut ist, und da 87 das Geburtsjahr unserer Sophie ist, dachte ich, dass ich damit irgendeinmal ein Geschenk für sie schmücken könnte, vielleicht an ihrem Achtzehnten nächstes Jahr, und behielt es. Ein Fehler, wie sich später herausstellen sollte. Ich reinigte das Metall mit einem Papiertaschentuch und machte dann den nächsten Fehler.

Da ich meine Familie gern überrasche, steckte ich die Nummer nicht einfach in die Jackentasche, wo, wie ich von mir weiß, die Gefahr groß ist, dass ich sie vergesse und dass Sonja findet, wenn sie mir den Anzug zum Auslüften auf den Balkon hängt (das tut sie!), sie tadelt mich sowieso für alles, was ich in den Jackentaschen aufbewahre, die Agenda, den Kamm, Streichhölzer, Hochzeits- und Beerdigungsprogramme, es beule den Anzug aus, sagt sie. Also wohin mit dem Schildchen, damit ich zu Hause noch daran denke? In meine Brieftasche.

Nun sah ich den Zug kommen, ging eilends zur ersten der wartenden Menschentrauben und stellte mich zum Einsteigen an. Da es zwischen 5 und 6 Uhr war, hatte es ziemlich viele Leute. Ich geriet zwischen drei spanisch sprechende Männer mit Plastiktragtaschen, die sich vordrängten, um einer Frau, die schon im Zug stand, die Taschen hineinzureichen. Als ich drin war, rief die Frau »No, no, no!« und stieg mit den Männern, die alle eine Tasche packten, im letzten Moment wieder aus, und der Zug setzte sich in Bewegung. »Aha«, dachte ich, »genau so werden Diebstähle organisiert.« Ich lächelte über meine Klugheit, dann machte ich einen kleinen Kontrollgriff in meine Jacke und merkte, was Du schon ahnst: meine Brieftasche war weg. Mein Handy hatte ich allerdings in der Mappe, ich rief sofort die Polizei an, schilderte den Hergang und das Diebesquartett und hinterließ meine Nummer.

Meine Dienste als Denunziant waren überaus brauchbar. Noch während ich zu Hause damit beschäftigt war, meine Kreditkarte und meine Bankkarten zu sperren, rief die Polizei an, die Diebe seien gefasst, meine Brieftasche sei sichergestellt, und ich könne sie ab sofort auf dem Posten in Uster abholen. Ob es möglich wäre, dass ich sie zugeschickt bekäme, fragte ich. Nein, leider nicht, man bitte mich, selbst vorbeizukommen und mich entsprechend auszuweisen. Am nächsten Morgen hatte ich eine Abdankung, und am Nachmittag Konfirmationsunterricht, also meldete ich mich für den übernächsten Vormittag an. Auch das ein Fehler, wie ich heute weiß. Sollte Dich je die Polizei anrufen, lieber Heiner, damit Du etwas Gestohlenes zurückholst, geh sofort hin und lasse ihnen keine Zeit, in Deinen Dingen zu schnüffeln!

Nun, ich treffe also auf dem Posten ein, lege meinen Pass vor und gebe nochmals eine kurze Schilderung des Diebstahls. Man zeigt mir die Fotos der vier, und ich bestätige, dass sie es waren, die mich beraubten, vor allem die Frau erkannte ich einwandfrei wieder. Der diensttuende Polizist, ein grauhaariger, ruhiger Mann, bittet mich darum, Aussehen und Inhalt der Brieftasche zu schildern, ich tue das zu seiner Zufriedenheit, bis auf einen Punkt.

»War da nicht noch etwas?«, fragt er mich.

»Nicht dass ich wüsste«, sage ich.

»Denken Sie gut nach«, sagt er, »es ist vielleicht etwas, das nicht unbedingt in eine Brieftasche gehört.«

»Ach«, sage ich, »Sie meinen die alte Velonummer?«

»Richtig«, sagt der Polizist lächelnd, zieht die Brieftasche aus der Schublade, öffnet sie, sodass die Nummer sichtbar wird, und will sie mir geben. Doch dann stutzt er einen Moment.

Ob das eine alte Nummer meines Fahrrads sei, fragt er mich.

Nein, sage ich, die hätte ich gefunden und mitgenommen.

Wo denn das? will er wissen, und ich erzähle ihm die Geschichte mit dem Fund so, wie sie sich zugetragen hatte.

Er möchte die Nummer für eine Nachforschung behalten, sagte er, meinetwegen, sagte ich, er dürfe sie auch behalten, so wichtig sei sie mir nicht, nein, ich bekäme sie wieder, wenn die Nachforschung abgeschlossen sei, sie würde mir diesmal sogar zugeschickt, sagte er freundlich, und nun musste ich eine Quittung unterschreiben, dass ich ihm aus meiner Brieftasche folgenden Gegenstand aus meinem Besitz überlassen habe: 1 Fahrradnummer ZH 87, 912628.

Das hätte ich wohl besser nicht getan, aber was sollte ich machen? Ich fühlte mich zwar nicht als Besitzer dieser Nummer, sondern als Finder, vielleicht hätte ich auf diesem Ausdruck beharren sollen, aber sag mir selbst, hättest Du wegen so etwas Verdacht geschöpft? Gut, Du vielleicht schon, Du rechnest in Deinem Beruf immer mit dem Bösen und mit der Heimtücke im Menschen, während ich wohl eher dazu tendiere, seine guten Seiten zu sehen. Deshalb bin ich für Fälle wie diesen auch nicht geeignet.

Du kannst Dir vorstellen, dass ich ziemlich überrascht war, als ich kurz darauf einen Anruf von der Kantonspolizei Zürich bekam, in dem mich ein Herr Grendelmeier bat, möglichst bald bei ihm vorbeizukommen, um ihm im Zusammenhang mit dem Nummernschild aus meinem Besitz ein paar Fragen zu beantworten. Wenn es mir lieber sei, käme er auch bei mir vorbei.

Da ich nicht gerne die Polizei im Haus habe, ging ich hin.

Grendelmeier, neben dem eine Assistentin an einem Computer saß, machte mich, nachdem er sich für die Umstände entschuldigt hatte, als Erstes darauf aufmerksam, dass es sich um eine polizeiliche Einvernahme handle, dass also alles, was ich sage, in einem Prozess verwendet werden könne, übrigens auch gegen mich, oder so ähnlich. Ich hätte sogar das Recht auf Aussageverweigerung. Zu Letzterem bestehe für mich überhaupt kein Grund, sagte ich, es gebe, was diese Velonummer angehe, nicht das Geringste zu verheimlichen, und als Pfarrer sollte ich eigentlich keine Prozessdrohung nötig haben, um nicht zu lügen. Als ich wissen wollte, worum es denn eigentlich gehe, sagte er, es gehe um den Mordfall Caviezel im Jahre 1987. Ich glaubte mich verhört zu haben. Ein Mordfall? Was denn diese Nummer mit dem Mordfall zu tun habe, fragte ich.

Am 16. Juni 1987, sagte er, seien in einem Ferienhaus am Bachtel zwei Menschen erschossen worden, das Ehepaar Caviezel, und in der Nähe habe man damals ein als gestohlen gemeldetes Fahrrad gefunden, ohne Nummernschild, aber über den Versicherungsausweis kenne man die Nummer des Schildchens, und es handle sich zweifellos um dieses hier aus meiner Brieftasche, und er hob das Schildchen auf, das plötzlich zu einem corpus delicti geworden war. Da die Tat nie aufgeklärt worden sei, sei dieses Schild von großer Bedeutung, und er möchte mich deshalb einfach bitten, ihm nochmals genau zu sagen, wie ich zu dieser Nummer gekommen sei.

Ich erinnerte mich an diese Bluttat, die seinerzeit viel zu reden gegeben hatte, es handelte sich um ein recht angesehenes Paar, und es waren keine Feindschaften und Beziehungsgeschichten auszumachen gewesen.

So verstand ich das Interesse der Fahndung an meinem Fund, und während die Assistentin laufend eintippte, was ich erzählte, gab ich also die ganze Geschichte nochmals zu Protokoll.

Ob ich allein am Ende des Perrons gewesen sei oder ob vielleicht noch jemand dort gestanden habe, wollte Grendelmeier wissen.

Nein, sagte ich, ich sei allein gewesen, und merkte plötzlich, dass er nach Zeugen suchte, dass er mir offenbar nicht traute.

Ob ich 1987 auch schon als Pfarrer tätig gewesen sei, fragte er dann, was ich bejahte, und ich nannte ihm auch den Ort, nämlich Winterthur.

»Aha«, sagte er darauf bloß.

Und dann kam die Frage, die entscheidende Frage, die er aber ganz beiläufig stellte: »Sie wissen nicht zufällig, wo Sie am Abend des 16. Juni 1987 waren?«

»Nun hören Sie mal«, sagte ich, »Sie wollen mir doch nicht eine Beteiligung an einem Mord unterschieben, nur weil ich ein Velonümmerchen gefunden habe und es, statt es wegzuwerfen, mitnahm, da es den Jahrgang meiner Tochter trug?«

Es tue ihm leid, sagte Grendelmeier darauf, aber sie müssten eben jeder Spur nachgehen, vor allem da der Fall in drei Jahren verjährt sein werde und für sie jeder ungeklärte und ungesühnte Mord eine Belastung sei, nicht nur für die Polizei, fügte er hinzu, sondern für die ganze Gesellschaft.

Das bestritt ich nicht, und ich sagte ihm, wofür ich mir heute die Zunge abbeißen könnte, aber ich sagte es aus der Empörung des Gerechten, der plötzlich in einen völlig ungerechtfertigten Verdacht gerät, ich sagte ihm also, wo ich an einem x-beliebigen Tag vor siebzehn Jahren gewesen sei, könne ich so wenig aus dem Stand heraus sagen wie er, aber da ich alle meine Agenden aufbewahre, werde es mir ein Leichtes sein, das festzustellen. Ich würde zu Hause nachsehen und ihn dann anrufen.

Besser wäre es, sagte Grendelmeier, ich würde nochmals vorbeikommen, damit sie meine Aussage richtig protokollieren könnten, oder wenn ich es vorzöge, könne er mich auch gleich nach Hause begleiten.

Das lehnte ich ab, ich ging nach Hause, holte auf dem Dachboden die alten Agenden, die ich aufbewahre, ich weiß eigentlich gar nicht, warum, ein Sammlerherz hab ich halt, die erste Agenda hab ich mir als Zehnjähriger angeschafft, in die mussten sich alle Menschen, die ich kannte, an ihrem Geburtstag eintragen, und selbstverständlich war auch diejenige von 1987 da. Als ich sie öffnete und den Juni suchte, erschrak ich. Schon wieder hatte ich einen Fehler gemacht, einen, der siebzehn Jahre zurück lag. »18h C.« stand da, mit Bleistift geschrieben.

Und nun erzähle ich Dir das, was ich nur einem Freund erzählen kann, das, weswegen ich drei Tage auf Dich warte, statt mir einen andern Rechtsbeistand zu besorgen.

Ich hatte damals eine Liebesgeschichte mit einer andern Frau, Cécile hieß sie und war Vikarin, heute ist sie Pfarrerin in einer großen Schweizer Stadt, ist verheiratet und hat eine Familie. Wir hatten uns an einem Drittweltwochenende im evangelischen Tagungszentrum Gwatt kennengelernt, und ich weiß nicht mehr, wie es kam, dass ich abends an ihrem Zimmer anklopfte und es nicht mehr verließ, aber das Feuer, das uns beide ergriff, war heftig, und wir trafen uns vielleicht ein knappes Jahr lang, bis wir merkten, dass es so nicht weitergehen konnte, und uns mit Schmerzen, aber in Einverständnis und Freundschaft trennten. Weder ihr damaliger Verlobter noch meine Frau hatten etwas von dieser Affäre erfahren.

Das Datum 16. Juni 87 erhält insofern eine besondere Note, als am 13. Juni unsere Sophie zur Welt kam und Sonja damals noch im Spital war. Dieser mein Treuebruch war von einer Schamlosigkeit, die ich nur damit erklären kann, dass ich von dieser Liebe vollständig überrollt wurde und mich in keiner Weise unter Kontrolle hatte.

Nun starrte ich auf dieses C in meiner alten Agenda,

das für jeden Ermittler in einem solchen Fall eine heiße Spur darstellen musste. Es kam mir auch in den Sinn, dass ich Caviezel sogar einmal gesehen hatte. Er war Synodaler und hatte an einer Synode, bei der ich Zuschauer war, die Aktivitäten des linken Kirchenflügels kritisiert, welchem ich auch angehörte und welcher eine Stellungnahme der Kirche zu politischen Fragen verlangte, etwa zur Apartheid in Südafrika und deren Unterstützung durch die Schweizer Banken oder zur ganzen Umweltproblematik, Waldsterben, Atomenergie usw.

Ich begann mir auszumalen, was es bedeuten würde, wenn ich Cécile um eine Bestätigung bitten müsste, dass sie dieses C war, und dass ich den Abend und die Nacht mit ihr verbracht hatte. Bestimmt wäre das für sie schlimm, aber für mich und Sonja wäre es eine Katastrophe. Und für die Kinder! Stell Dir das vor: Sie erfahren, dass ich, Pfarrer, Vater und Ehemann, die Geburt meiner ersten Tochter dazu ausgenützt habe, mit einer andern Frau zu schlafen … Ich war verwirrt und wusste keinen Rat. Sonja, die ich sonst gerne um ihre Meinung frage, wenn ich irgendwo nicht weiter weiß, konnte ich nicht einbeziehen. Ich überlegte mir, was Grendelmeier davon halten müsste, wenn ich behauptete, ich hätte die Agenda nicht mehr gefunden. Da es um einen Mord ging, könnte er mit einem Hausdurchsuchungsbefehl anrücken, und auch Sonja würde dann nicht verstehen, warum mir ausgerechnet diese Agenda abhanden gekommen sein sollte. Alle Agenden verschwinden lassen? Nachdem ich mich bei Grendelmeier damit gerühmt hatte? Und wie? Sollte ich schnell zur Kehrichtverbrennung fahren? Zu auffällig.

Dass ich die Abmachung überhaupt eingeschrieben hatte, war mir heute kaum verständlich, es musste mit der unbändigen Freude zusammenhängen, die ich darüber empfunden hatte, mich mit einer andern Frau zu treffen, einer Art Triumphgefühl darüber, gegen die Konventionen zu verstoßen. Den Eintrag ausradieren? Ich schaute ihn an, er war mit Bleistift geschrieben, vorsichtig, dünn, und ich hatte so geschrieben, dass ich wenn nötig radieren könnte. Das war die Lösung. Ich nahm mir von meinem Schreibtisch einen Bleistiftgummi und begann sehr sorgfältig, mein Rendez-vous vom 16. Juni 87 wegzuradieren. Als die Tür ging, erschrak ich und fuhr mit dem Gummi so stark über das Papier, dass dieses einen Knick bekam. Es war Sophie, die mich fragte, ob ich ihr bei ihrem Französisch-Aufsatz helfen könne. Ich sagte ihr, dass ich gleich noch zu einem Termin müsse, dass ich aber nach dem Nachtessen Zeit hätte. Als sie das Zimmer murrend verlassen hatte, schaute ich mir die Bescherung an. Es war mir nicht gelungen, die verhängnisvolle Abmachung zur Gänze unsichtbar zu machen, zudem ging nun ein Falz über die Seite, der einzige in einer sonst tadellosen Agenda, es war offensichtlich, dass genau in dieser Juniwoche und genau am fraglichen Datum etwas manipuliert worden war.

Ab dann ging alles wie im Traum.

Ich schloss mich in der Toilette ein, nahm alle Seiten aus dem Einband heraus, zerriss sie in kleine Stücke und spülte sie hinunter. Den Einband wagte ich nicht die Röhre hinunter zu schicken, aus Angst vor einer Verstopfung. Dann ging ich aus dem Haus, nahm das Tram, fuhr zum Hauptbahnhof, stieg dort aus, warf den Einband, den ich in einen Sprüngli-Papiersack gesteckt hatte, in einen Abfallkorb und ging von dort ins Büro der Kantonspolizei.

Dort gab ich zu Protokoll, ich hätte leider die Agenda des Jahres 1987 nicht mehr gefunden, nähme aber an, dass ich den Abend des 16. Juni zu Hause verbracht und die Geburtsanzeigen meiner Tochter adressiert habe, die drei Tage zuvor zur Welt gekommen sei. Da meine Frau noch im Spital gewesen war, konnte ich keine Zeugen nennen.

Als ich soweit war, trat ein Polizist ein und übergab Grendelmeier die Papiertüte mit der Agenda zusammen mit einem Zettel.

»Trifft es zu«, fragte mich Grendelmeier, und nun wurde sein Ausdruck streng und offiziell, »dass Sie diesen Agenda-Einband vor einer halben Stunde in einen Abfallkorb am Hauptbahnhof geworfen haben?«

Ich hatte den Ernst der Lage unterschätzt – man hatte mich also observiert.

Ja, sagte ich, das sei so, und zwar hätte ich private Gründe dafür gehabt, die nichts, aber auch gar nichts mit dem Mord zu tun gehabt hätten.

Und nun sag mir nicht nur, was ich hätte tun sollen und was nicht, das weiß ich selbst, ich glaube, ich habe so ziemlich alles falsch gemacht, was man falsch machen konnte, sondern sag mir, was ich jetzt tun soll. Soll ich Cécile um eine Bestätigung unserer damaligen Liebesnacht bitten? Aber zählt eine solche Aussage als Alibi, wenn wir nicht von Dritten gesehen wurden? Zählt sie nämlich nicht, will ich auf keinen Fall schlafende Hunde wecken. Und was ist denn an der Geschichte mit dem Nummernschild so verdächtig? Brauche ich überhaupt ein Alibi, da ich zu den Ermordeten nicht die geringste persönliche Beziehung hatte? Da könnten sie genau so von allen, die mit Caviezel an jener Synode waren, ein Alibi für den 16. Juni 1987 verlangen. Das Dumme ist natürlich das mit der Agenda, zum Glück wissen sie wenigstens nicht, was ich wegradieren wollte, aber, das habe ich nachher auch der Untersuchungsrichterin klarzumachen versucht, die den Haftbefehl wegen Kollusionsgefahr ausstellte, die Agenda habe ich einzig und allein aus privaten Gründen vernichtet. Wenn man mir das glaubt, ohne dass ich ins Detail gehen muss, bin ich zwar entlastet, was den Mord betrifft, aber ich stehe mit Sonja vor einem Scherbenhaufen, denn sie wird wissen wollen, was das für private Gründe waren. Und die Kinder, kann ich denen wieder in die Augen schauen? Und der Gemeinde? Und meinen Konfirmanden? Wie lang dauert es überhaupt, bis die Polizei ein Communiqué herausgibt, wenn sie jemanden in Untersuchungshaft genommen hat, oder das Gericht, oder wie geht das? Wie lang kann eine solche Sommergrippe dauern? Egal wie lang, am Schluss wird wohl ans Licht kommen: Es gab Gründe, mich im Zusammenhang mit einem Mord zu verhaften, und das genügt, um einen Ruf zu ruinieren, und erst noch einen als Pfarrer, semper aliquid haeret, haben wir doch beim alten Rambass gelernt, erinnerst Du Dich? Und diesen Brief, der niemanden etwas angeht als Dich und mich, kann ich den abschicken, ohne dass er gelesen wird? Oder soll ich auf unser Gespräch warten? Aber hört da nicht auch ein Beamter mit? Lauter Fragen, ich bin ja derart naiv.

Gerne würde ich zu Gott beten, aber ich habe Gott nie als meinen persönlichen Bekannten angesehen, der in mein Schicksal eingreift, sondern als die große ethische Instanz, an der wir unser Tun zu messen haben, und vor dieser Instanz mache ich zur Zeit keine gute Figur.

Ich wäre Dir sehr dankbar, lieber Heiner, wenn Du am Freitag so bald als möglich zu mir kommen könntest, wirklich!

Herzlich grüßt Dich

Walter

P. S. Sollte sich herausstellen, dass der Brief gelesen würde, werde ich ihn nicht absenden, sondern Sonja bitten, Dich herzuschicken.

P. S. 2 Vergiss P. S. 1, da Du ja in diesem Fall den Brief sowieso nicht bekommst – ich glaube, jetzt muss ich Schluss machen.

Die Überraschung

Es ist jetzt lange genug her, dass ich diese Geschichte, die ich bis heute nicht verstehe, erlebt habe, und ich glaube, ich darf sie erzählen.

Seit langer Zeit war ich wieder einmal für ein paar Tage in Paris. Diese Stadt ist mir auf eine eigenartige Weise fremd und vertraut zugleich, fremd, weil ich sie sehr selten besucht habe, vertraut, weil ich sie aus der Literatur, aus den Chansons, aus den Filmen oder aus den Erzählungen anderer Menschen kenne. Namen wie Montmartre, Champs-Élysées, La Bastille, Jardin du Luxembourg oder Île de France haben für mich einen ähnlichen Klang wie derjenige berühmter Berggipfel, von denen man weiß, dass sie irgendwo im Dunst des Alpenpanoramas liegen, aber persönlich bestiegen haben muss man sie nicht.

Paris ist mir also vertraut, ohne dass ich es wirklich kenne, ich kann dort spazieren gehen und mich auf einem wunderschönen Platz auf eine Bank setzen und denken, hier könnte ich ein ganzes Buch lesen, so wohl ist mir, und dann erst merke ich, dass ich vor der Sorbonne sitze. Paris, das ist vor allem die Überraschung, dass es den Jardin du Luxembourg tatsächlich gibt und dass er nicht eine Erfindung Rilkes ist.

Die Kathedrale Notre-Dame de Paris – wann habe ich sie das letzte Mal gesehen – habe ich sie überhaupt

schon einmal wirklich gesehen, nicht nur auf Ansichtskar-
ten, und diese skurrilen Vogelmenschen, mit denen ihre
Türme und Galerien bestückt sind, war ich schon einmal
in ihrer Nähe? Ich kann es ebenso wenig mit Gewissheit
sagen, wie ob ich schon einmal auf dem Eiffelturm war
oder ob ich Leonardos Mona Lisa im Louvre leibhaftig ge-
genübergestanden habe.

Als ich an jenem Augusttag zu den Türmen der Notre-
Dame hochschaute und sah, dass auf der Verbindungsga-
lerie zwischen den Türmen Menschen hin und her gingen, hatte ich jedenfalls große Lust, mich unter diese
Menschen zu mischen und den steinernen Fabelwesen
dort oben in die Augen zu sehen. Nichtsahnend folgte ich
den Schildern, die einen zur Besteigung der Türme wiesen, und erschrak dann über die Länge der Warteschlange,
die mir unendlich vorkam. Da ich aber für den folgenden
Tag keine Pläne hatte, beschloss ich, am nächsten Morgen rechtzeitig vor der Öffnung der Pforten anzustehen,
so wie ich es auch einmal für die Besichtigung des englischen Kronschatzes getan hatte.

Der Entschluss war gut. Als ich mich zwanzig Minuten
vor der Türöffnung anstellte, waren erst ein paar Deutsche da, und fünf Minuten später reihten sich hinter mir
die ersten Japaner ein, nachdem sie sich gegenseitig auf
den Bistrostühlen des Cafés auf der andern Straßenseite
in den steil einfallenden Morgensonnenstrahlen fotogra-
fiert hatten.

Ich war also bei der ersten Gruppe, welche die steilen
Treppen zu den Türmen und zum großen Glockenge-
stühl hinaufstieg, und sah mir dann die Vogelmenschen

des Fantasten aus dem vorletzten Jahrhundert an, wie sie auf die Stadt hinunterschauen, als hätten sie sich das alles ausgedacht und als könnten sie den Anblick jederzeit widerrufen.

Der höchste erreichbare Punkt befindet sich auf dem zweiten Turm, und als ich die enge Wendeltreppe hochstieg, bemerkte ich erstaunt, dass ich offenbar doch nicht bei den Ersten war, denn es kam bereits jemand hinunter.

Ein Mann war es, eine unangenehm kantige Erscheinung. Er musterte mich, als sei ich ein Straßenräuber und er dazu berufen, das Gelände von ebensolchen zu säubern, und hinter ihm stieg klappernd eine Dame hinunter, von der ich zuerst nur die Füße in den Schuhen mit hohen Absätzen und dann die schönen Beine sah. Ihr Kopf war noch nicht in meinem Blickfeld, als ihr einer Fuß auf einer der ausgetretenen speckigen Steinstufen leicht einknickte und sie mir mit einem leisen Ausruf entgegen stolperte.

Ich konnte gar nicht anders, als sie auffangen, und spürte einen Moment lang ihren Körper an meinem, und es war eine angenehme Überraschung, auf die sogleich eine noch angenehmere folgte. Nicht nur, dass sie sich dem Druck meiner Arme überließ, sie drückte ihrerseits ihren Körper aufs Heftigste an meinen, klammerte einen Arm um meinen Rücken, hielt mit dem andern meinen Kopf von hinten, sagte leise zu mir »Thank you, dear« und drückte ihre leicht geöffneten Lippen auf meinen Mund, ließ mich für eine Sekunde ihre Zunge spüren, löste sich dann von mir und ging mit dem Ruf »I'm o.k.!« ihrem Begleiter nach, indem sie mir aus ihren blauen Augen einen schelmischen, unglaublich lebensfrohen Blick zuwarf.

443

Ihr Duft blieb in der Wendeltreppe hängen wie die Sehnsucht nach dem Leben selbst, und ihre Erscheinung war mir ebenso bekannt vorgekommen wie alles in Paris, aber ich fand keinen Namen für sie.

Erst als ich am nächsten Morgen die Bilder der tödlich verunglückten Prinzessin Diana sah, wusste ich, wer mich am letzten Tag ihres Lebens so leidenschaftlich umarmt hatte.

Der Stein

Der Präsident

Es war morgens um sechs, als der Präsident seine Alt-
stadtwohnung verließ und sich zu Fuß auf den Weg zum
Regierungsgebäude machte.

Der Personenschutz war informiert, aber wie üblich
hatte sich der Präsident eine Begleitung verbeten. Er bewegte sich gern wie ein normaler Mensch unter normalen
Menschen und genoss es, in einem Land zu leben, in dem
das möglich war, er genoss es, einer zu sein, der frühmorgens zur Arbeit ging und freundlich zurückgrüßte, wenn
ihn jemand freundlich grüßte.

Der Weg zum Regierungsgebäude war kurz, er führte
quer durch die Altstadt, welche um lange Straßen herum
angelegt war. Die Straßen nannte man ihrer Breite zum
Trotz Gassen, und sie waren durch verschiedenste Quer-
gässchen miteinander verbunden, die zum Teil so eng waren, dass sich zwei Personen gerade noch kreuzen konnten,
ohne sich zu berühren. Diese Gässchen mied der Präsident
auf Anraten des Personenschutzes und wählte die größeren Querstraßen, welche ebenfalls Gassennamen trugen.

An der Ecke einer Quer- mit einer Längsgasse befand
sich ein Café, das schon um sechs Uhr öffnete und in dem
man sich bei mildem Wetter an eines der Tischchen unter
einem Laubengang setzen konnte. Meistens versah Catherine, die Gerantin, den Frühdienst selbst, und wenn der

Präsident, wie heute, dort Platz nahm, hatte er wenig später einen Café au lait mit einem Croissant vor sich.

»Bonjour, Monsieur le Président«, sagte Catherine, die stets eine rotweiß karierte Schürze trug und ihre Haare in zwei Zöpfen um den Kopf geschlungen hatte. Der Präsident antwortete mit »Bonjour, Madame Catherine«, und wenn er sich fünf Minuten später erhob, sechs Franken auf den Tisch legte und weiterging, rief sie ihm unter der Türe »Au revoir, bonne journée!«, nach, und er rief »Merci, pareillement!«, zurück, und nach diesem Morgenritual konnte der Tag beginnen.

Heute blieb er etwas länger, denn kurz bevor er den Kaffee ausgetrunken hatte, hörte er vom Stuhl, auf den er seine Mappe gestellt hatte, ein Miauen und sah, dass eine junge Katze hinaufgehüpft war und ihn anblickte, erwartungsvoll, wie ihm schien. Der Präsident blickte sie auch an, hob dann die Augenbrauen und sagte: »Na, noch nicht gefrühstückt?«

Als die kleine Katze wieder ihr dünnes Miauen hören ließ, nahm er eine große Brosame seines Croissants, nässte sie mit einem Rest geschäumter Milch aus seiner Kaffeetasse und hielt sie der Katze hin. Diese musterte sie nur kurz, schnappte sie sich mit einer ebenso schnellen wie graziösen Bewegung und nahm dann wieder ihre erwartungsvolle Haltung ein.

Der Präsident, amüsiert, fütterte ihr noch zwei, drei Stücklein, kraulte sie auch ein bisschen am Brustlatz, und als die Wirtin heraustrat, fragte er sie, ob das ihre Katze sei. Nein, sagte diese, sie habe sie gestern schon gesehen, wisse aber nicht, wo sie herkomme, hoffentlich störe sie ihn nicht.

»Wir sind schon Freunde«, sagte der Präsident lächelnd, stand auf, nahm seine Mappe vom Stuhl und verabschiedete sich.

Als er wenig später an einem Fußgängerstreifen anhielt, um nach links und rechts zu schauen, bemerkte er neben seinem rechten Fuß die junge Katze.

»Ssst!«, zischte er ihr zu und schüttelte dazu drohend seine Mappe, »geh nach Hause!«

Dann überquerte er die Straße, und hinter ihm her, zierlich und unbeirrbar, ging die kleine Katze.

Der Präsident blieb auf der andern Straßenseite stehen, zusammen mit dem Kätzchen, dachte einen Augenblick nach, drehte sich dann um und ging wieder zurück, gefolgt vom Kätzchen. Drüben angekommen, beugte er sich nieder, packte die junge Katze am Nacken und warf sie in die Richtung, aus der er vorher gekommen war. Dann betrat er den Fußgängerstreifen so schnell, dass ein Lieferwagen scharf abbremsen musste, und strebte mit schnellem Schritt dem nahen Regierungsgebäude zu.

Der Sicherheitsbeamte am Eingang grüßte ihn respektvoll, als er ihm die Pforte neben der Schleuse für die Parlamentarier öffnete, und fragte ihn: »Alles in Ordnung, Herr Präsident?«

»Danke, Herr Schmid«, sagte der Präsident und wunderte sich erst im Weitergehen ein bisschen über die Frage, die ihm so noch nie gestellt worden war. Auch hatte er das Gefühl, im Blick des trockenen Schmid sei ein leichtes Erstaunen gelegen.

Er stieg die große Treppe hoch und bog dann in den Korridor ab, der zu seinem Büro führte. Erst als er vor der

Tür stand und seinen Schlüssel aus der Tasche zog, sah er das Kätzchen. Es hatte sich vor die Türschwelle gesetzt und blickte zu ihm hinauf. Einen Moment lang war er fassungslos. Dann schaute er sich um. Es war noch früh, er war allein. Er bückte sich, hob das Kätzchen auf und ging mit ihm zum Ende des Ganges. Dort öffnete er das Fenster und schaute hinunter. Katzen haben sieben Leben, dachte er und maß mit den Augen die Höhe bis zum Hof. Das Kätzchen miaute.

»Du Lauskerl«, sagte er, schloss das Fenster, ging zurück zu seiner Tür und setzte es vor die Schwelle. Dann schloss er die Tür auf, und das Kätzchen spazierte hinein, noch bevor er selbst sein Büro betrat.

Als er sich an sein Pult setzte, setzte sich die junge Katze neben seinen Bürostuhl und begann sich die Pfoten zu schlecken.

Ihr Fell war grau und hellbraun getigert, unter dem Kopf hatte sie einen großen weißen Fleck, der sich bis zu ihrer Schnauze fortsetzte; in ihrem Gesicht dominierte die braune Farbe, nur die Ohren waren grau, mit feinen hellbraunen Rändern.

»Bald kommt Frau Ehrismann, dann kannst du zu ihr«, sagte der Präsident zum Kätzchen. Danach entnahm er der Mappe seine Agenda und das Dossier zur Krankenkassenfrage, über dem er gestern Nacht eingeschlafen war.

Vor sich auf dem Schreibtisch sah er das Blatt mit dem heutigen Tagesablauf, das ihm Frau Ehrismann gestern Abend hingelegt hatte, und ein Blick darauf bestätigte ihm, dass, wie eigentlich immer, ein unerbittlicher Stundenplan bevorstand.

Gleich um acht kam eine Delegation der Rüstungsindustrie, die mit ihm über die Bewilligungspraxis für Waffenexporte sprechen wollte. Der Termin war neu und ärgerlich, er vertrat dabei die Wirtschaftsministerin, die gestern Hals über Kopf in die Vereinigten Staaten geflogen war, um dort der größten Bank ihres Landes erneut die politische Rückendeckung zu geben, die sie gar nicht verdient hatte. Ihre Meinung zu den Fragen lag in einem Sichtmäppchen unter dem Tagesplan, sie hatte auf einer A4-Seite Platz. Ihr Departementschef würde auch dabei sein, der wusste Bescheid und sollte schon vorher zu einer kurzen Vorbesprechung kommen. Um neun wollte ihm die Kommission für Kinder- und Jugendfragen die Studie zur Jugendsexualität im Wandel vorstellen, ein Thema, von dem er überhaupt nichts wusste und eigentlich auch nichts wissen wollte. Darauf gab es bis zum Mittag Besprechungen mit Direktoren seiner Abteilungen, von Suchtprävention über Lebensmittelkontrolle bis zu Pensionskassen, Briefing, Coaching, Wording, las er auf seinem Tagesblatt und fragte sich, ob eigentlich Englisch die Amtssprache sei. Zum Mittagessen traf er sich mit dem Protokollchef und dem schwedischen Botschafter, um den bevorstehenden Besuch des schwedischen Königspaares zu besprechen, und am Nachmittag war das große Hearing zu den Krankenkassenprämien angesagt, mit Vertretern der Kassen, der Ärzte und der Spitäler, dann warteten zwei Journalisten einer Sonntagszeitung auf ein großes Interview, und was noch bleiben würde, war für das vorgesehen, was er Signierstunde nannte, nämlich dem Unterschreiben amtlicher Dokumente und Briefe, doch der

Abend war, als einziger dieser Woche, frei. Zwar wusste er, dass er zu Hause seine Jubiläumsansprache an die Verbände der Freiwilligenhilfe fertig schreiben musste, aber dennoch gab ihm das ein kleines Gefühl von Freiheit zurück, das er so oft vermisste, und er öffnete mit Schwung den Krankenkassenordner, um mit dessen Studium dort weiterzufahren, wo er gestern eingenickt war.

Als Frau Ehrismann anklopfte, um einen guten Tag zu wünschen und ihn zu fragen, ob sie etwas für ihn tun könne, sagte er lächelnd, er habe einen Gast mitgebracht und er wäre froh, wenn sie sich um ihn kümmern würde. Seine Sekretärin war ebenso verwundert wie gerührt, als sie das Kätzchen sah, das immer noch neben dem Bürostuhl saß und schüttelte ungläubig den Kopf über die kleine Morgengeschichte des Präsidenten.

Als sie jedoch hinter das Pult kam, um die junge Katze zu ergreifen, rannte diese unter dem Pult durch und sprang auf die Polster der Besuchersitzgruppe.

»Moment«, sagte der Präsident, »lassen Sie mich das machen«, erhob sich und ging auf das Sofa zu, auf dem sich die kleine Katze inzwischen rekelte. Doch als er sie nehmen wollte, hüpfte sie hinunter und war sofort auf der andern Seite des Büros, kletterte an einem Vorhang hinauf und stand auf dem Fenstersims.

»Kann ich helfen?«, fragte der Departementschef, der nun unter der Türe stand.

»Das erste Exportproblem«, sagte der Präsident, »die kleine Katze sollte ins Vorzimmer, Lösungsvorschläge sind willkommen.«

»Mach ich«, sagte der Departementschef, legte seinen

Ordner auf das Pult, ging langsam zum Vorhang hinüber, nahm die Kordel und ließ sie über dem Kätzchen hin und her pendeln.

Tatsächlich folgte die junge Katze mit dem Blick gespannt den Bewegungen, und sowie sie sich auf die Hinterpfoten stellte, um nach der Quaste zu greifen, packte er sie am Nacken und trug sie trotz ihres empörten Zappelns und Miauens ins Vorzimmer, gefolgt von Frau Ehrismann, welche die Tür hinter sich zuzog.

Als der Departementschef nach ein paar Minuten das Präsidialzimmer wieder betrat, hatte er ein dickes Pflaster auf dem linken Handrücken.

»Oh«, sagte der Präsident, »ein leidenschaftliches Tierchen.«

»Kann man sagen«, antwortete der Departementschef säuerlich und begann dann mit dem Briefing.

Bald traten die vier Herren von der Rüstungsindustrie ein. Man nahm auf der Sitzgruppe Platz, der Präsident erläuterte ihnen, weshalb Pakistan als Exportland nicht mehr in Frage kommen dürfte, der CEO der größten Waffenschmiede betonte, es handle sich nur um Luftabwehrsysteme, die ja wohl kaum gegen die Taliban eingesetzt werden könnten, worauf der Departementschef eine vertrauliche amerikanische Information bekannt gab, aus der hervorging, dass die Taliban schon seit einiger Zeit Flugzeuge gegen afghanische Stellungen einsetzten.

An dieser Stelle hüpfte die kleine Katze, die sich offenbar mit der Delegation eingeschlichen hatte, dem Präsidenten auf die Knie. Die Herren von der Rüstung waren perplex.

»Ihr neues Haustier?«, fragte der CEO schließlich, halb im Scherz.

»Ja«, sagte der Präsident und kraulte der Katze den Kopf, »ist sie nicht hübsch?«

»Und wie heißt sie?«, fragte ein Panzerwagenfabrikant.

»Smeralda«, sagte der Präsident zu seiner eigenen Überraschung. Die Katze schnurrte leise.

Der Departementschef funktionierte sein Prusten in ein Husten um, das er mit seiner gepflasterten Hand abdeckte.

Von dem Moment an verlief die Sitzung jedoch bedeutend entspannter, was ihre Ergebnislosigkeit erträglicher machte. Nachdem sich die Delegation verabschiedet hatte und der CEO dabei auch Smeralda übers Köpfchen gefahren war, teilte der Präsident seiner Sekretärin mit, er behalte das Kätzchen vorhanden bei sich und ob sie ein gepolstertes Körbchen sowie etwas Katzenstreue besorgen könne.

Die Nachricht, der Präsident habe in seinem Büro ein Haustier, sprach sich in seinem Departement so schnell herum, dass bereits die Abteilungsleiterin der Suchtprävention zur Sitzung eine Dose Gourmetkatzenfutter mit Thunfisch mitbrachte.

Smeralda verhielt sich manierlich, sah zwar nach einem kurzen Beschnuppern des Körbchens, das ihr Frau Ehrismann hingestellt hatte, davon ab, dieses in Anspruch zu nehmen, benutzte aber sofort die in einer Ecke auf einer Tageszeitung aufgehäufte Katzenstreue. Danach strich sie dem Präsidenten schnurrend um die Beine.

Dieser merkte, dass ihn die Gegenwart des Kätzchens

eigenartig beschwingte. Keine Besprechung konnte beginnen, bevor Smeralda nicht erstaunt und belustigt zur Kenntnis genommen worden war. Sie wusste sich stets unwiderstehlich in Szene zu setzen, sei es, dass sie auf das Pult des Präsidenten oder auf das Tischchen der Sitzgruppe sprang, immer so, als wolle sie die jeweiligen Besucher begrüßen.

Bevor der Präsident gegen Mittag sein Büro verließ, öffnete er eigenhändig die Dose mit dem Katzenfutter, drückte dessen Inhalt auf seine Kaffeeuntertasse und kratzte die Reste mit einem Teelöffel aus. Er orderte bei Frau Ehrismann noch ein Fressträglein, und Smeralda schaute nur kurz zu ihm auf, als er ihr sagte, er sei über Mittag weg und komme nachher wieder.

Das Mittagessen mit dem schwedischen Botschafter verlief zur Zufriedenheit, doch nach der Verabschiedung nahm ihn der Protokollchef zur Seite und fragte ihn, was es mit dieser jungen Katze in seinem Büro auf sich habe. Die Antwort des Präsidenten, das sei sein neues Haustier, welches ihm bei seinen Amtsgeschäften Gesellschaft leiste, befriedigte den Protokollchef nicht. Sie müssten sich, sagte er, dringend auf eine Sprachregelung einigen, und ob er ihn in seinem Büro noch vor dem Interview mit der Sonntagszeitung kurz aufsuchen dürfe.

Gut, sagte der Präsident, wenn ihn das so beunruhige, solle er kommen, er verstehe zwar nicht, was da so Besonderes dabei sei. Er schmunzelte auf seinem Gang ins Büro. Doch als er die Tür öffnete, erschrak er.

Die Katzenstreue war über den ganzen Boden verteilt, es roch nach öligem Thunfisch und Pisse, und als er den ersten Schritt machte, um die Tür hinter sich zuzuziehen, zerquetschte er mit dem linken Schuh ein Würstchen Katzenscheiße, dessen Duft sich sofort mit dem Hafenkneipendunst vermengte, der den Raum erfüllte. Smeralda lag auf dem vordersten Sitz der Polstergruppe, streckte die Vorderpfoten aus und gähnte. Die Striemen auf dem Bezug zeigten, dass sie versucht hatte, das Polster aufzukratzen.

Der Präsident schüttelte den Kopf. Hätte ihm gestern jemand gesagt, er würde sein Büro heute so vorfinden, er hätte ihn für verrückt erklärt.

Dann beschloss er zu lachen.

Er rief Frau Ehrismann, welche beim Anblick des Büros kurz die Fassung verlor, und bat sie, auf den Beginn des Hearings, das in einem der Sitzungszimmer angesagt war, den Reinigungsservice zu bestellen. Ihre Frage, ob sie das Kätzchen zu sich nehmen oder es durch den Hausdienst abholen lassen solle, verneinte er entschieden.

»Das Tierchen gefällt mir«, sagte er, »ich behalte es.«

In fünf Minuten, sagte sie, sei der Staatssekretär des Außenministeriums und der Dolmetscher da für das kurzfristig anberaumte Telefongespräch, ob er lieber das Büro wechseln wolle.

»Ach woher«, sagte der Präsident heiter, und als er wenig später von seinem Pult aus mit der rasselnden Stimme eines weit entfernten Diktators sprach, assistiert vom angestrengten Staatssekretär und einem sichtlich gestressten Dolmetscher, die beide ihre Stühle durch die Katzenstreue zum Pult gezogen hatten, hielt er dazu Smeralda auf den Knien und streichelte sie. Es ging um zwei Bürger seines

Landes, die schon länger in einem Schurkenstaat festgehalten wurden und an deren Freilassung der Präsident dieses Staates immer wieder neue Bedingungen knüpfte.

Das Gespräch dauerte nicht lange, denn als sein Kontrahent eine zusätzliche Million für die Überstellungskosten verlangte, sagte der Präsident: »Ich weiß, dass Ihnen unsere zwei Bürger egal sind. Und wissen Sie was? Mir sind sie auch egal.« Erbleichend hatte der Dolmetscher die Sätze in die fremde Sprache übersetzt, und bestürzt blickte der Staatssekretär auf seinen Präsidenten, als dieser jetzt in ein großes Gelächter ausbrach. Zu ihrem Erstaunen erklang aber aus dem Telefonlautsprecher ein ebensolches Gelächter, Smeralda miaute laut, und dann brach die Verbindung ab.

Verstört verließ der Staatssekretär das Präsidialzimmer, zog sich draußen einen Schuh aus und wischte sich mit einem Papiertaschentuch einen Katzendreck von der Sohle, während sich der Dolmetscher fragte, ob er die verhängnisvollen Sätze nicht besser etwas gemilderter übersetzt hätte.

Gut gelaunt betrat der Präsident um drei Uhr nachmittags das Sitzungszimmer, gefolgt von Smeralda, die beflissen hinter ihm hertrippelte.

Ein Raunen ging durch die Anwesenden, als das Kätzchen auf den Tisch sprang, an den sich der Präsident gesetzt hatte, und begann, sich sorgfältig das Fell zu lecken.

»Meine neue Mitarbeiterin«, sagte der Präsident launisch, und den Interessenvertretern blieb nichts anderes übrig als zu lachen, wenn ihnen auch die Irritation deutlich anzusehen war.

Dann eröffnete er die Sitzung mit der Frage: »Hat irgendjemand von Ihnen eine Ahnung, wie man die Gesundheitskosten senken könnte?«

Resultate brachte das zweistündige Hearing wie erwartet keine, aber die Stimmung war entspannt, die üblichen Gehässigkeiten blieben aus.

Der Protokollchef erwartete ihn am Eingang des Sitzungszimmers mit der Frage, ob er für das Interview das Kätzchen Frau Ehrismann geben wolle.

Ach nein, sagte der Präsident, ihn störe das nicht, und wo das Problem sei.

Er habe, antwortete der Protokollchef, beim Bundeshaushistoriker nachgefragt, und der habe ihm versichert, es sei in der ganzen Geschichte des Landes kein einziges Regierungsmitglied bekannt, das ein Haustier mit ins Büro genommen habe.

»Dann ist es mal Zeit für etwas Neues«, sagte der Präsident, und auch für die Beschwörungen, wenigstens den Fressnapf und die Katzenstreue vorübergehend zu entfernen, hatte er kein Gehör.

Kurz bevor die Journalisten kamen, erreichte ihn die Nachricht, die zwei Geiseln seien freigelassen worden.

Das wurde denn auch das erste Thema des Interviews, und auf die Frage, wie er das geschafft habe, sagte der Präsident mit Blick auf Smeralda, die er auf den Knien hielt, seine neue Mitarbeiterin habe ihn für das Telefongespräch gecoacht.

Die zwei Journalisten wussten nicht recht, was sie von dem Kätzchen im Büro und vom ungewohnt ironischen und aufgeräumten Tonfall des Präsidenten halten sollten, aber der Fotograf fragte nicht lange und schoss ein Bild nach dem andern vom Magistraten mit seinem Kätzchen und vergaß mit seinem Sucher auch nicht die Ecke mit dem Futternapf und der Streue, welche inzwischen in einem Karton für A4-Blätter lag.

Als ihn Frau Ehrismann später, nach der Signierstunde, fragte, wie es denn nun mit der jungen Katze weitergehen solle, sie könnte sie ihrer Schwester bringen, die sie gerne aufnähme, bedankte sich der Präsident und sagte, nein, er habe sich entschlossen, Smeralda mit nach Hause zu nehmen.

Vergeblich malte ihm seine Sekretärin all die Abende aus, an welchen er die Katze allein lassen müsste, das schien den Präsidenten nicht zu kümmern, und auch der Frage, wie diese denn jeweils vom Büro in die Wohnung kommen werde, wenn er, wie meistens, gleich nach der Arbeit zu einem Anlass irgendwohin gehen müsse, wich er aus.

Das werde sich schon machen lassen, sagte er, verglichen mit der Senkung der Gesundheitskosten sei das doch wohl ein kleines Problem und ob sie ihm morgen nochmals einen Futternapf ins Büro stellen könne, er nehme den hier in seine Wohnung mit, der sei aus Metall und glänze so schön.

Frau Ehrismann resignierte. Gut, sagte sie dann, das müsse *er* wissen, sie gebe ihm ihre Einkaufstasche mit, in die sie den Napf stelle und auch ein bisschen Streue in einer Papiertüte, zusammen mit einem Karton, und, sagte sie leicht verlegen, eine Dose Katzenfutter mit Geflügel habe sie auch noch besorgt, die lege sie ihm hinein, dann könne er ja das Kätzchen für den Nachhauseweg ebenfalls in die Einkaufstasche setzen.

Nachdem sie alles vorbereitet und sich verabschiedet hatte, blieb der Präsident noch etwas in seinem Büro sitzen, schaute seine Agenda an und dachte über den morgigen Tag nach, und zwar weniger über den Inhalt seiner Verpflichtungen, sondern darüber, was diese für Smeralda bedeuteten. Wo konnte sie dabei sein und wo nicht?

Bei seinem Auftritt vor dem Parlament zum Kulturförderungsgesetz eher nicht, hingegen hatte er heute erfahren, wie auflockernd sich ihre Anwesenheit auf den Verlauf von Sitzungen und Besprechungen auswirkte. Oder würde sich das wieder ändern, sobald sich alle daran gewöhnt hätten? Und wenn sich in ein paar Wochen oder Monaten der Charme der jungen Katze verlöre?

Daran mochte er jetzt nicht denken. Etwas an ihr rührte ihn mehr, als er verstehen konnte. Das Leben, in das sie eingedrungen war, sein Leben, war eine spröde Angelegenheit, manchmal kam es ihm vor, als spiele es sich zwischen den Deckeln seiner Agenda ab. Er war geschieden und steckte so tief in seiner Arbeit, dass er kaum noch Freunde hatte, mit denen er sich regelmäßig traf. Er war nicht sehr beliebt, wollte es auch nie sein. Politik, sagte er gelegentlich, solle man nicht machen, wenn man geliebt werden wolle. Und plötzlich war da ein Wesen, das ihn offensichtlich liebte, und zwar so sehr, dass es unbedingt bei ihm bleiben wollte.

Er erhob sich und ging zur Tür, das Kätzchen sprang auf, ging mit und schaute zu ihm hoch.

Er kniete sich nieder, blickte ihm in die Augen und kraulte es hinter den Ohren.

»Na, mein Kleines, kommst du mit?« Smeralda miaute, er hob sie auf und ließ sie sanft in die Einkaufstasche gleiten. Dann nahm er die Tasche in die linke Hand, trat zum Büro hinaus und schloss die Tür ab.

Erst unterwegs merkte er, dass er seine Mappe vergessen hatte, entschied sich aber, nicht umzukehren, da er heute Abend auch ohne die Unterlagen darin auskommen würde. Smeralda hielt sich schön still in der Tasche und machte keinen Versuch, hinauszukriechen. Offenbar hatte er sie von seinen guten Absichten überzeugt.

Er vermied es, denselben Weg zu gehen, auf dem er am Morgen gekommen war, denn er fürchtete, das Kätzchen könnte beim Bistro wieder hinausspringen und dorthin zurückgehen, woher es gekommen war. Deshalb nahm er zwischen zwei Längsstraßen eine der engen Gassen.

Den Mann mit der Mütze, der ihm »Präsident!«, zurief und dann eine Pistole auf ihn richtete, sah er erst im letzten Moment. Er riss seine Tasche zur Brust hoch, und gleichzeitig fiel ein ohrenbetäubender Schuss. Mit einem Aufschrei ging der Präsident zu Boden, der Attentäter drehte sich um und flüchtete. Einer der Bodyguards, die dem Präsidenten unauffällig gefolgt waren, rannte hinter dem Schützen her, der andere kniete neben dem Angeschossenen nieder. Blut sickerte auf das Pflaster, immer mehr.

»Herr Präsident«, rief der Bodyguard, »sind Sie verletzt?«

Der Präsident lag mit geschlossenen Augen auf dem Boden, aber er atmete. Der Notfallarzt, der kurz danach auf dem Platz war, fand keine Verletzung und vermutete eine Gehirnerschütterung durch den Sturz. Die Kugel, so zeigte sich, hatte den metallenen Napf durchschlagen und war abgelenkt worden, doch die Wucht des Aufpralls hatte den Präsidenten zu Boden geworfen.

Das Blut kam vom Kätzchen.

Die Raucherecke

Charles hatte die Schwierigkeit, schnell eine Zigarette rauchen zu können, unterschätzt.

Gerade wollte er sich im Hotelzimmer eine anzünden, als er das Schild mit dem Hinweis sah, dass es sich um ein Nichtraucherzimmer handelte und dass dem Gast, sollte es sich herausstellen, dass er trotzdem geraucht habe, eine Gebühr von 200 Euro für die professionelle Entlüftung und Reinigung des Zimmers berechnet werde.

Er steckte also sein Päckchen ein, fuhr mit dem Lift aus dem obersten Stockwerk, in dem sein Zimmer lag, eine Etage nach der andern hinunter, um festzustellen, dass jeder Stock mit einem Nichtraucherzeichen versehen war.

Als er im Erdgeschoss die Bar gefunden hatte, und auch dort von der Decke ein Nichtraucherschild wie ein Kronleuchter herunterhing, unterstützt durch kleine Stellkartons auf dem Tresen und den Tischchen, schwand seine Hoffnung, in diesem Haus eine Zigarette anzünden zu können, und er trat durch die Drehtür auf die Straße hinaus.

Ein harscher Wind wehte, Charles hatte nur seine Jacke an, aus der er nun sein Zigarettenpäckchen zog, doch als er die Zigarette im Mundwinkel hatte und sein Feuerzeug mehrmals anzuknipsen versuchte, trat eine Hostess von der andern Straßenseite auf ihn zu und machte ihn freundlich, aber mit Nachdruck darauf aufmerksam, dass er sich in einer Nichtraucherstraße befand. Er musste etwas verstört gewirkt haben, denn sie bat ihn nun, seinen Blick auf die Hauswand gegenüber zu richten, auf welcher große Zigarren mit roten Kreuzen übermalt waren.

»In Ordnung«, sagte er, betrat mit klammen Fingern wieder die Eingangshalle des Hotels und fragte die junge Frau an der Rezeption, ob es hier irgendwo eine Raucherecke gebe. »In der Tiefgarage vielleicht?«, fügte er halb ironisch, halb hoffnungsvoll hinzu.

»Dort nicht«, entgegnete sie, neigte sich ein bisschen vor und sagte leise: »Explosionsgefahr.«

Dann drehte sie sich um, griff sich aus einer Schublade ein Blatt, legte es vor ihn hin und sagte: »Aber selbstverständlich dürfen Sie bei uns rauchen, wenn Sie sich der Gefahr bewusst sind, der Sie sich aussetzen. Darf ich das annehmen?«

Flüchtig betrachtete er das Blatt und nickte stumm. Alle Fotos von Raucherlungen, Geschwüren und Beinstümpfen hatten bisher nicht vermocht, jene Lust auf diesen Moment der Entspannung zu bändigen, der mit dem Einatmen dieses kleinen, kribbelnden Spiralnebels verbunden ist und den er nicht als eine Bedrohung, sondern vielmehr als eine Liebkosung seiner Atemwege empfand.

»Und das«, sagte die Rezeptionistin, »ist ein Plänchen, wie Sie unsere Raucherecke finden, sowie« – und nun bekam ihre Stimme etwas Mitfühlendes – »eine Statistik über den Zusammenhang zwischen Rauchen und Lungenkrebs.« Sie schob ihm zwei weitere Blätter hinüber.

»Danke«, sagte er benommen, »vielen Dank – haben Sie Streichhölzer?«

Sie musste sich so tief bücken, dass sie einen Moment ganz verschwand. Als sie mit gerötetem Gesicht wieder auftauchte, übergab sie ihm ein Schächtelchen mit der schwarz umrandeten Aufschrift »RAUCHEN TÖTET!«

Charles hatte inzwischen einen Blick auf die Skizze geworfen, die er nicht gleich verstand, und fragte, während hinter ihm die Koffer einer chinesischen Reisegruppe aufgetürmt wurden, wo genau er sich die Rezeption vorstellen müsse.

»Ihr Standort ist hier«, sagte die Empfangsfrau und zog einen kleinen Kreis um ein blasses Viereck, »und Sie müssen der gestrichelten Linie folgen.«

Auch diese Linie war kaum zu erkennen, so schlecht war der ganze Plan kopiert. Gut sichtbar war einzig das Ziel der Linie. Ein Pfeil wies auf ein dick ausgezogenes Quadrat, in dem ein Totenkopf prangte.

»Ist dort auch ein Notarzt bereit?«, fragte er, und zu seiner Überraschung war die Frau nicht beleidigt, sondern verneinte höflich, drehte das Statistikblatt um, auf dessen Rückseite die Nummer eines örtlichen und eines nationalen Beratungsdienstes notiert war und sagte ihm, während der Reiseleiter der Chinesen seinen Unterarm neben ihm auf den Tresen legte und mit den Fingern zu trommeln begann, ihr Partner habe sich zum Beispiel mit Erfolg dorthin gewandt, was ihn, der vor ihr stand, jedoch nicht daran hindern solle, seine Zigarette zu genießen.

Er bahnte sich nun, mit seinen Blättern in der Hand, einen Weg zwischen den Koffern und den fernöstlichen Hotelgästen hindurch, die einen erschöpften Eindruck machten, und versuchte den Plan so zu halten, dass das, was er sah, mit dem Schema übereinstimmte. Das gelang ihm nicht vollständig, und schließlich entschied er sich, eine Türe im Hintergrund, die durch ein grünes Männchen als Notausgang gekennzeichnet war, als Beginn der gestrichelten Linie anzunehmen, er öffnete sie, und dahinter führten ein paar Treppenstufen hinunter in einen langen, schlecht beleuchteten Gang, der in einer weiteren Türe endete. Allerdings gab es keinen Hinweis darauf, dass man sich hier auf dem Weg zur Raucherecke befand, die Pfeile zu einem Totenschädel, die er eigentlich erwartet hatte, fehlten ebenso, wie eine gestrichelte Linie am Boden.

Inzwischen war seine Lust auf einen Zug an einer Zigarette ins Unzähmbare gestiegen, denn Charles war im Flugzeug angereist, hatte am Flughafen sofort ein Taxi genommen und zu spät gesehen, dass es ein Nichtrauchertaxi war. Er war Musiker und sollte zu einer Aufnahme in den Rundfunk, die Zeit wurde langsam knapp, also dachte er, statt auf der Suche nach einer Raucherecke zu versauern, könne er geradesogut in diesem Gang eine rauchen.

Diesmal gelang ihm das Anknipsen des Feuerzeugs problemlos, doch kaum führte er das Flämmchen gegen die Zigarette, erklang eine Alarmsirene, an der Decke begann sich ein orange blinkendes Warnlicht zu drehen, und Sprinklerdüsen versprühten dünne Wasserfontänen.

Sofort rannte er zur Tür am Ende des Ganges, riss sie auf und fand sich in der Garage, wo er eilends zwischen verschiedenen Wagenreihen durchging, über eine Wendeltreppe in eine tiefer gelegene Parkfläche steigen konnte, diese aufs Geratewohl durchquerte und so unauffällig wie möglich eine weitere Tür öffnete.

Nun stand er in einem kleinen Lift, der nur für eine Person Platz bot, und auf dessen winzigem Schaltteil ein Pfeil nach oben zeigte und einer nach unten. Er drückte auf den Pfeil nach oben.

Nach einer überraschend schnellen Fahrt öffnete sich die Tür und entließ ihn aus seiner Kapsel auf eine Plattform, die dem obersten Stock vorgelagert war und die aus nichts Weiterem bestand als aus einem durch ein einfaches Geländer geschützten Gitterrost; schaute man auf seine Füße, sah man lotrecht in die Tiefe hinunter. Da Charles nicht schwindelfrei war, fasste er sofort mit den Händen das Geländer und schloss einen Moment die Augen. Als er sie vorsichtig wieder öffnete, erblickte er an einem Geländerpfosten so etwas wie einen Aschenbecher.

»Hier dürfen wir«, sagte eine Stimme neben ihm.

Sie gehörte, wie er feststellte, als er seinen Kopf umwandte, einer Frau; diese trug einen Mantel mit einem Pelzkragen, ihr Kopf war mit einer Fellmütze bedeckt, und zwischen ihren Fingern, die in Lederhandschuhen steckten, hielt sie eine Zigarette an einem elfenbeinfarbigen Mundstück. Sie lachte und fragte ihn dann mit etwas verrauchter Stimme: »Haben Sie Feuer?«

»Sicher«, sagte er, versuchte seinerseits ein Lachen und tastete dann in seiner Jackentasche nach seinem Feuerzeug. Er merkte nun, dass er vom Sprinklerwasser durchnässt war, und der Wind hier oben wehte stärker als vorhin auf der Straße. Zitternd holte er sich eine Zigarette aus dem Päckchen und klemmte sie sich zwischen die Lippen. Dann steckten die beiden ihre Köpfe zusammen, und er knipste das Feuerzeug an. War es der Wind, der das

Flämmchen gar nicht erst entstehen ließ, oder war vielleicht der Sprit aus?

»Moment«, sagte er und holte das Streichholzschächtelchen heraus, das er bei seiner Brieftasche versorgt hatte.

»Sie wissen Bescheid?«, fragte Charles, indem er ihr die Aufschrift hinhielt. Sie lächelte nur, und als er nun ein Streichholz über den Anzündstreifen zog, brach es entzwei, ebenso ein zweites und ein drittes. Die Hölzchen mussten mit Absicht so dünn gemacht worden sein, dass sie auch nicht dem geringsten Druck standhielten. Er packte das nächste Streichholz direkt am Köpfchen, es entzündete sich und brannte ihn an der Fingerkuppe, sodass er es mit einem Fluch fallen ließ. Als Gitarrist konnte er sich keine Wunden an den Fingern leisten.

»Tut mir leid«, sagte er, »ich –«

Sein Handy klingelte, und aus dem Studio hörte er, dass die andern schon da seien und man nur noch auf ihn warte. Er versprach sofort zu kommen, entschuldigte sich bei der Frau und suchte nach dem Knopf für den Lift.

»Es gibt keinen Knopf«, sagte die Frau, »man muss warten, bis er von selbst kommt.«

Ungläubig blickte er sie an. »Und wie lang haben Sie gewartet?«

»Sie haben sich ganz schön Zeit gelassen – etwa eine halbe Stunde.«

Zum Glück stand die Nummer des Hotels auf der Streichholzschachtel, und er tippte sie ein. Von der Frau an der Rezeption verlangte er, dass sofort ein Lift zur Raucherecke hochgeschickt werde.

Sie reagierte erstaunt. Da gebe es gar keinen Lift, behauptete sie. Als er ihr schilderte, wo er war und dass er da nicht allein war, sagte sie, das sei ein Notfalllift für die Feuerwehr, und um den in Gang zu setzen, müsse sie erst den Code freigeben lassen, und das könne schon etwas dauern.

»Wie lange?«, fragte er tonlos.

»Bis zu einer Stunde«, sagte sie ungerührt.

»Bis dann bin ich erfroren!«, schrie er.

Aber es half nichts.

Als er im Studio anrief, wollte man ihm nicht recht glauben, und der Produzent sagte, zufällig sei Rick Rinton vorbeigekommen, und er könne seine Soli schon mal einspielen, ihre Zeit sei leider begrenzt.

Charles wusste, was das bedeutete. Rick Rinton war sein schärfster Konkurrent in der Szene, er war jünger, und eigentlich musste er, Charles, bei jedem Engagement beweisen, dass er es immer noch mit ihm aufnehmen konnte.

Er steckte sein Handy in die Tasche und brach plötzlich in Tränen aus.

»Kommen Sie«, sagte die Frau, öffnete ihren Mantel und zog ihn an sich, »Sie müssen aufpassen, dass Sie sich nicht erkälten.« Und so stand er da, presste sich weinend und schlotternd an sie, sie behütete ihn und streichelte seinen Kopf wie einem kleinen Kind, und so umschlungen fuhren sie auch im Lift nach unten, als dieser sie nach drei viertel Stunden endlich abholte.

Die Frau sah er nie wieder. Als er im Studio erschien, waren die Aufnahmen gemacht; Rick hatte alle mit seinen schrägen Riffs verzaubert, und ihm war klar, dass er von diesem Produzenten nie mehr eingeladen würde.

Am nächsten Tag erkrankte er gleich nach seiner Rück-kehr an einer schweren Lungenentzündung und musste für mehrere Tage in die Klinik. Er hatte so hohes Fieber, dass er zeitweise nicht bei Bewusstsein war.

Später, als es ihm besser ging, fragte ihn eine Pflegerin, wieso ihn wohl die Frage des Chefarztes so empört habe, dass er ihn angeschrien und beschimpft habe.

Was der ihn denn gefragt habe, wollte Charles wissen.

»Das, was er alle fragt – rauchen Sie?«

Der vierte König

Er lehnte sich zurück.

Während des Mittagessens hatte ihn ein bisschen gefröstelt, und nach dem Kaffee hatte er einen Schluck Kräuterschnaps getrunken, der ihn nun wohlig wärmte. Die Flasche hatte er unten im Schrank der Ferienwohnung gefunden, die er für einige Tage bewohnte. Diese gehörte einem seiner Freunde, der sie kürzlich erworben hatte. Es war ein kleines altes Bauernhaus, ein Maiensäß fast, das etwas oberhalb eines Dorfes in den Bündner Bergen stand. Da das Haus an den Hang gebaut war, führte vom Eingang eine Treppe in den Wohnteil hinauf. Die Zimmer waren niedrig, die Fenster klein, und es hing ein Geruch von stehengebliebener Zeit in den Räumen. Geheizt wurde mit einem Kachelofen, der in der Wand zwischen Stube und Schlafzimmer eingebaut war, und in der Küche mit einem Holzherd, auf dem man auch kochen konnte. War es einem zu mühsam, diesen einzufeuern, konnte man einen Heizstrahler über dem Spülbecken einschalten und sich auf zwei elektrischen Platten etwas zubereiten. Eine Dusche oder ein Bad gab es im Haus nicht, nur eine Toilette, die am Ende des Flurs außen ans Haus angebaut war.

Er, der Gast, hieß Balz, und er hatte sich Anfang des Jahres hierher zurückgezogen, um ganz allein und in aller

Ruhe seinen vierzigsten Geburtstag zu feiern. Heute Vormittag hatte er im Kachelofen Feuer gemacht, und noch jetzt überlagerte der Duft des Tannenreisigs, das er den Buchenscheiten unterlegt hatte, die abgestandene Luft, in der er am Morgen erwacht war.

In der Stube gab es neben dem Esstisch noch ein kleines Tischchen mit einem Rohrstuhl und einem durchgehockten Sofa. Auf dem Rohrstuhl saß Balz jetzt, das leere Schnapsglas neben sich, und schaute zum Fenster hinaus.

Draußen schneite es, und es gefiel ihm, in den grauen Himmel zu blicken, aus dem die weißen Flocken wirbelten.

Gestern Abend, als er angekommen war, hatte er noch weit ins Tal hinuntergesehen, dazu auf eine Reihe von Berggraten und -gipfeln in der Nähe, und auf eine verwirrliche Anzahl davon in der Ferne, die in der Dämmerung langsam ineinander verflossen. Aber schon am Morgen waren träge Wolken das Tal heraufgekrochen und blieben nun an den Abhängen über dem Dorf liegen, und vor die Sicht talabwärts und in die Weite hatte sich ein undurchdringlicher diesiger Vorhang gelegt.

Balz war nicht unglücklich darüber. Er war nicht hierhergekommen, um Skitouren zu machen oder Wintersport zu treiben, er brauchte keinen Blick in die Ferne, er brauchte einen Blick nach innen. Nachdenken wollte er über sein bisheriges und über sein zukünftiges Leben, deshalb hatte er sein Notebook mitgenommen. Gestern Abend hatte er es schon mal aufgeklappt und ein Dokument mit dem Titel »Mein Leben« eröffnet, war aber über den ersten Satz »Geboren vor vierzig Jahren am Dreikönigstag« nicht herausgekommen. Dieser Satz hatte ihn so lange angestarrt, bis er ihn wieder gelöscht und das Notebook zugeklappt hatte.

Heute lag ein Block mit einem Kugelschreiber auf dem Tischchen. Ein Blatt Papier war nicht halb so fortsetzungshungrig wie ein Bildschirm. Aber wo sollte er anfangen?

Über seine Geburt wusste er wenig, außer dass er im Spital, in dem er zur Welt gekommen war, das erste Kind am Dreikönigstag gewesen war, morgens um ein Uhr. Seine Mutter hatte sich gefreut darüber, hatte ihn manchmal im Scherz auch »mein Königskind« genannt, worüber sich seine ältere Schwester immer geärgert hatte. »Und ich?«, hatte sie jeweils gefragt, und es war dann der Vater, der sie mit den Worten »Du bist unsere Prinzessin« getröstet und auf seine Knie genommen hatte.

Wieder fröstelte ihn. Er ging zum Kachelofen und legte zwei schöne, runde Hölzer nach, dann holte er nochmals den Kräuterschnaps, goss sich einen winzigen Schluck ins leere Glas und trank es sofort aus.

Seine Schwester hatte ihn heute aus Australien auf seinem Handy angerufen und ihm zum Geburtstag gratuliert. Sie war mit ihrem Mann dorthin ausgewandert. »Welcome to the club!«, hatte sie zu ihm gesagt. Sie war zweiundvierzig und hatte zwei Söhne.

Er war vierzig und hatte keine Kinder. Soweit er sich zurückerinnern konnte, hätte er immer lieber einen Bruder gehabt als eine Schwester. Warum, wusste er nicht.

Er nahm seinen Block, schrieb auf das erste leere Blatt das Wort »Schwester« und versah es mit einem Fragezeichen. Dann fand er das so lächerlich, dass er das Blatt abriss und zerknüllte. Nachdenken war schwieriger, als er gedacht hatte.

Seine Eltern hatten sich kurz vor Mittag gemeldet. Seit sie pensioniert waren, flogen sie an Neujahr immer für einen Monat auf die Kanarischen Inseln. Sie hatten gemeinsam »Happy birthday« ins Telefon gesungen und ihm dann lachend alles Gute gewünscht. Sie waren zufrieden, unverschämt zufrieden geradezu.

Er war nicht zufrieden. Und eigentlich hätte er gern gewusst, warum, deshalb war er hierhergekommen.

Wo waren denn die Brüche in seinem bisherigen Leben?

Gymnasium, Studium der Rechte, zuerst Richter, dann Jurist in einer großen Versicherungsgesellschaft. Versuch, das elterliche Zweierglück durch Heirat mit einer spanischstämmigen Studienkollegin nachzuahmen, misslungen, Scheidung nach fünf Jahren.

Er nahm nochmals den Block auf die Knie und schrieb die Worte »Eltern? Beruf? Heirat?« weit auseinander und umzog sie nach einer Weile mit Kreisen.

Als er den Zettel zerriss, hörte er den Gesang.

Männerstimmen waren es, die wohl unten im Dorf sangen, langsam und getragen, aber nach einer Weile merkte er, dass sie näher kamen. Er stand auf und hatte das Gefühl, das Steißbein sei ihm eingeschlafen. Hatte er so lang gesessen? Er ging zum Fenster.

Das Schneetreiben war dichter geworden, die Konturen der Häuser undeutlicher, und durch die Flockenwirbel schritten drei Gestalten in langen Gewändern, mit Königskronen auf ihren Häuptern, der Vorderste in einem roten Mantel mit weißem Pelzbesatz und einem langen goldglänzenden Stab, der Zweite in einem blauen Mantel mit braunem Pelzkragen, und der Dritte trug einen kragenlosen grünen Überwurf, der eher einer Jagdpelerine glich, hatte krauses Haar und war schwarz geschminkt.

Balz öffnete das Fenster und verstand nun einige der Worte des Liedes, »Könige«, »Morgenland«, »Stern« und »Jordanstrand«. Als er sich fragte, woher die Paukenschläge kamen, die den feierlichen Takt des Liedes angaben, sah er in einem geringen Abstand hinter den drei Sängern eine vierte Königsfigur in einem weißen Mantel, die eine große Trommel umgehängt hatte und mit einem Riemen über Schultern und Brust einen Hornschlitten hinter sich herzog.

Vier Könige, davon hatte er noch nie gehört. Vielleicht hatten die hier eine besondere Bedeutung, von der er nichts wusste. Auch dass sie zu seinem Haus kamen, mutete ihn seltsam an. Er war Gast, gestern angekommen, und kannte niemanden. Der Weg machte zwei Kurven bergauf, um neben dem Haus wieder in einer Kurve bergwärts zu verschwinden, zum nächsten und letzten Haus oberhalb des Dorfes.

Balz hoffte einen Augenblick, sie zögen vorbei, doch die merkwürdige Gruppe stellte sich auf dem Vorplatz auf und sang weiter, sang nur für ihn, und der vierte König blieb in der letzten Kurve stehen und schlug seine Trommel dazu.

Balz verstand nun Satzteile wie »treulich Schritt« und »die Könige wandern, o wandere mit«, er stand im Fenster und winkte ihnen freundlich zu, worauf alle drei ungerührt weitersangen, nur der vierte König hob von der Kurve her grüßend seine Hand.

Nun zog er seinen Geldbeutel aus der Gesäßtasche, ging die Treppe hinunter, öffnete die Tür und trat zu den Sängern, die gerade mehrere Male die Worte »Myrrhen und Gold« variierten, es war offenbar der Schluss des Liedes, denn nun verstummten auch die Paukenschläge.

»Danke«, sagte Balz, »danke. Ich bin selbst ein Dreikönigskind.« Die drei Könige nickten huldvoll und blickten sich gegenseitig an.

»Ich bin zu Gast und habe leider kaum etwas im Haus – darf ich euch etwas geben?«, fragte Balz und hielt dem König im roten Mantel eine Zwanzigernote hin.

Der nahm sie mit seinem Fausthandschuh entgegen und steckte sie in einen Sack, den der Grüne unter seiner Pelerine hervorzog. Die drei schauten einander wieder an, der Blaue summte einen tiefen Ton, den die andern aufnahmen, dann stimmten sie den Vers an:

»Heut hat die alte Welt ein End
Wir danken dir für deine Spend!«

Sie sangen den Vers einstimmig, drehten sich dann langsam um und schlugen wieder den Weg zum Dorf hinunter ein, und während sie im Schneegeflock abwärtsschritten, sangen sie den Vers nochmals und nochmals, immer einen Ton höher, Balz zählte mit, ohne zu wollen, achtmal hatten sie ihn gesungen, als er das Fenster schloss.

Balz schauderte es, halb vor Kälte, halb vor Rührung.

»Heut hat die alte Welt ein End« ... er hatte das Gefühl, mit diesem Satz sei er persönlich gemeint.

Er ging zur Herdplatte, um sich einen Tee zu machen, denn nach dem kurzen Aufenthalt draußen, für den er keine Jacke angezogen hatte, fror er bis ins Innerste. Sollte sein Steißbein eingeschlafen sein, war es jetzt erwacht, er spürte einen Reiz, als stecke eine Nadel darin. Er rieb sich, aber es wurde nicht besser.

Im Küchenschrank hatte er eine Dose mit Bergkräutertee gefunden, er füllte zwei Löffel davon in ein Tee-Ei und schaute zu, wie dieses blubbernd in der großen Tasse versank. Dann setzte er sich wieder in den Rohrstuhl.

Die alte Welt... Er versuchte es nochmals mit dem Schreibblock, zog einen senkrechten Strich in der Mitte, schrieb links oben als Titel »Alte Welt« und rechts »Neue Welt«. Gerade hatte er unter »Alte Welt« das Wort »Beruf« notiert und mit einem Fragezeichen versehen, da hörte er wieder die Trommelschläge. Sie näherten sich, aber ohne Gesang. Balz stand auf und schaute zum Fenster hinaus.

Ein leichter Schwindel erfasste ihn.

Der vierte König stapfte langsam den Weg hoch, zog seinen Hornschlitten hinter sich her und schlug dazu auf seine große Bauchtrommel. Seine Krone, das sah Balz erst jetzt, war ein goldenes Diadem mit einem einzigen Zacken, in den ein rubinroter Stein gefasst war. Er stellte die Trommel neben die Haustür wie jemand, der von der Arbeit nach Hause kommt, schälte sich aus dem Zugriemen und stellte den Schlitten, von dem er noch mit seinen weißen Handschuhen den Schnee wegstrich, an die Hauswand. Dann schüttelte er sich, klopfte mit den Schuhen gegen die Mauer, öffnete die Haustür und trat ein.

Balz ging zum Wohnungseingang, und als der König nun die Treppe heraufkam, fragte er ihn: »Suchen Sie jemanden?« Der König schaute ihn mit seinen blauen Augen an und nickte fast unmerklich.

»Falls Sie meinen Freund Georg suchen, er ist nicht da«, sagte Balz, »aber kommen Sie herein. Ich heiße Balz – und Sie?« Der König zeigte auf seinen Mund und machte eine bedauernde Geste. Oh, dachte Balz, stumm also, behindert.

Während der neue Gast seine Bergschuhe auszog, seine Handschuhe darauflegte und den Mantel an einen Holzhaken hängte, rief Balz mit dem Handy seinen Freund an und fragte ihn leise auf dessen Combox, was es mit dem stummen Menschen auf sich habe, der ihn vermutlich kenne, er hoffe auf einen baldigen Rückruf zur Klärung.

Dann bat er den Mann aus dem Flur in die Küche und fragte ihn, ob er auch einen Tee möchte. Der andere nickte. Er trug eine Art weißen Overall, einen Ganzkörperanzug, der Balz an die Pyjamas für Kleinkinder erinnerte. Sein Diadem hatte er aufbehalten.

Balz füllte ein zweites Tee-Ei. Ob er Zucker wolle, fragte er, und wieder nickte der andere, und Balz griff nach der Zuckerdose. Schnaps? fragte er, aber der König verneinte. Immerhin versteht er, was ich frage, dachte Balz. Er schaute dem andern in die Augen, wenn er sprach, und versuchte, die Lippen möglichst deutlich dazu zu formen, wie er es als Kind gelernt hatte, als er eine Zeit lang einen gehörlosen Nachbarjungen gehabt hatte.

Nun setzte sich Balz wieder auf den Rohrstuhl in der kleinen Stube, machte das Licht an und bot dem Gast das Sofa an. Dieser setzte sich, legte das tropfende Tee-Ei in die Untertasse, rührte mit dem Löffel den Zucker um, trank dann einen Schluck und nickte anerkennend.

Balz nickte zurück. »Viel Schnee«, sagte er dann.

Der andere nickte. Jedes Mal, wenn er nickte, blitzte

der Widerschein der Lampe in seinem Diademstein auf. Er trank wieder einen Schluck und hielt die heiße Tasse mit beiden Händen, ohne sie danach abzustellen.

Was sprach man mit so jemandem?

»Sie kommen aus dem Dorf?«, fragte Balz schließlich. Zu seinem Erstaunen schüttelte der andere den Kopf.

»Woher denn?«, fragte Balz. Als der andere nicht antwortete, hielt er ihm seinen Schreibblock hin. »Schreiben Sie es mir auf? Auch Ihren Namen?« Er sah die Rubriken »Alte Welt« und »Neue Welt« und riss das Papier heraus. Vielleicht, dachte er, muss ich ihn einen Moment allein lassen. Im Aufstehen spürte er ein scharfes Stechen im Steißbein, er ging mit dem Papier in die Küche, faltete es zweimal und warf es in den Abfalleimer unter dem Ausguss.

Dann musste er sich mit beiden Händen am Spülbecken aufstützen und erbrach die Suppe, die er sich zum Mittagessen gemacht hatte. Fassungslos blickte er in die üble Masse mit dem säuerlichen Geruch, in der auch noch einzelne unverdaute Brot- und Käsestücklein zu sehen waren. Er beugte sich unter den Hahn, ließ Wasser in seinen Mund laufen und spie es wieder aus. Plötzlich hatte er große Mühe, auf seinen Beinen zu stehen, ihm war, als hätte man ihm die Knochen herausgenommen.

Als er sich mit beiden Ellbogen auf den Ausguss stützte, um nicht umzusinken, spürte er eine Hand auf seiner Schulter. Der vierte König stand neben ihm, schaute ihn besorgt an, griff ihm dann unter die linke Achsel und zog ihn hoch. Dann ging er langsam mit ihm zum Schlafzimmer, schlug dort die Bettdecke zurück und setzte ihn auf den Bettrand. Sorgfältig begann er ihn auszuziehen, bis auf seine langen Unterhosen und das T-Shirt, hob ihm dann die Beine hoch und legte ihn ins Bett. Mit einem Schüttelfrost verkroch sich Balz unter die Decke, einem Schüttelfrost, der anhielt, bis der König, der sich hier aus-zukennen schien, mit einer heißen Bettflasche dastand, die er ihm auf den Bauch legte. Das beruhigte ihn, und er glitt in einen unruhigen Schlaf, in welchem ihn Traum-bilder jagten.

Als er wieder erwachte, war es draußen dunkel gewor-den. Die Nachttischlampe brannte, und der König in sei-nem weißen Overall mit seinem Stirnreif saß neben sei-nem Bett und beugte sich über ihn. Der rubinrote Stein schaute ihn wie ein drittes Auge an. Als der König sah, dass Balz wach war, gab er ihm einen heißen Kamillentee zu trinken. Er war so schwach, dass er sich kaum aufsetzen konnte. Drei Schlucke nahm er, dann ließ er sich wieder ins Kissen sinken. Er war schweißnass, seine Unterkleider klebten ihm am Leib. Das Stechen im Steißbein war zu einem brennenden Schmerz geworden. Der König hielt ihm nun ein Quecksilberthermometer hin, das sich Balz unter die Achsel steckte. Es zeigte, als es ihm der König herauszog, 40 Grad. Balz erschrak. »Ein Arzt«, flüsterte er. Der König ging zum Fenster und öffnete es kurz. Ein Windstoß fuhr hinein und wirbelte eine Ladung Schnee ins Zimmer. Der König schloss das Fenster und schüttelte den Kopf. Balz, ratlos, dämmerte wieder ein.

Nach einer Weile wurde er wachgerüttelt. Er wollte das Bett nicht verlassen, aber der stumme König fasste ihn un-ter den Armen und setzte ihn auf. Er gab ihm ein halbes Glas Wasser zu trinken, in dem er Aspirin oder Treupel aufgelöst hatte. Balz schluckte es angewidert hinunter, dann bekam er wieder Kamillentee. Darauf zog ihm der König das Unterhemd aus und frottierte ihn trocken, dann streifte er ihm sein Pyjama über. Danach wechselte er seine langen Unterhosen gegen seine Pyjamahosen aus. Balz stöhnte und wollte sich wieder hinlegen, doch der König zog ihm zuerst die Wanderhosen, dann sein Hemd an, und darüber noch ein Hemd, und seinen dicken Pullover, und seine wattierte Windjacke. Dann setzte er ihm seine Wollmütze auf, legte ihm sein Stirnband darum und zog die Kapuze hoch. Es folgten die Handschuhe und die Moonboots, und zuletzt wickelte er seinen weißen Mantel um ihn. Der vierte König hatte alles vorbereitet. Er trug Balz wie ein Kind die Treppe hinunter, legte ihn mit dem Kopf nach vorne auf den Hornschlitten, der im Hauseingang stand, und band ihn mit drei starken Riemen fest, die er ihm über die Fesseln und über Brust und Bauch zog. Dann stieß er den Schlitten auf den Vorplatz, wo der Sturmwind heulte, schloss die Tür hinter sich, nahm eine Stabtaschenlampe in seinen Mund, fasste die Hörner, machte ein paar Schritte, setzte sich auf die Vorderkante des Schlittens, und dann begann die Fahrt.

Balz wollte schreien, aber seine Stimme blieb weg. Der König fuhr mit ihm durch die Hauptgasse des menschenleeren Dorfes, auf das der Schnee wie Papierfetzen fiel, Balz schien, er höre wilden Gesang aus der Dorfwirtschaft, aber schon waren sie daran vorbei, vielleicht war es auch bloß der Wind, welcher Bäume, Ställe und Zäune zum Singen brachte, immer noch versuchte Balz zu schreien, um dem

König sein Vorhaben auszutreiben, aber der ließ sich nicht beirren, schien hier Weg und Steg zu kennen, denn bald verließ er die Poststraße und sauste mit ihm über steile Holzwege durch die Wälder, die vom Sturm geschüttelt wurden, und schließlich gab Balz seinen Widerstand auf, er hatte keine andere Wahl, als dem Schlittenfahrer zu vertrauen, dessen Overall er neben seinem Kopf spürte. Ob der König nicht fror? Balz, in seinen weißen Mantel eingehüllt, hatte nicht nur warm, er fühlte sich geborgen, geborgen wie noch nie in seinem Leben, er schloss die Augen, und das Gleiten der Kufen, das Toben des Nachtsturms, das Keuchen des Königs, der mit seiner Lampe im Mund eine Lichtbresche in die dunkle Wand vor ihnen schlug und sich manchmal mit seinem roten Auge an der Stirn kurz zu ihm umwandte, all das schüttelte seine Gedanken so durcheinander, dass er irgendeinmal das Bewusstsein verlor.

Als er die Augen wieder aufschlug, lag er in einem Spitalbett. Flüssigkeit träufelte aus einem aufgehängten Sack durch einen Infusionsschlauch in seine Vene, und eine Pflegerin maß ihm den Puls. »Hallo Herr Kamber«, sagte sie, »da sind Sie ja wieder.«

Balz begriff nichts. »Wo bin ich?«, fragte er.

Er erfuhr, dass er im Kreisspital des Tales war und dass ihn einer mit einem Hornschlitten nachts eingeliefert habe. Man habe ihn sofort operieren müssen, sagte die Pflegerin, aber gleich komme der Arzt, der werde es ihm genauer sagen.

Erst jetzt spürte Balz, dass er einen Verband am Steißbein hatte.

Das sei, sagte ihm der Arzt, ein gut gelaunter, etwas untersetzter Mann, dessen weißer Kittel sich über ein Bäuchlein spannte, ein eitriger Abszess gewesen, der sich entzündet habe und den man so rasch als möglich habe entfernen müssen.

Seit wann er den wohl gehabt habe und warum ihm nichts aufgefallen sei vorher.

»Sie werden es nicht glauben«, sagte der Arzt, »aber den hatten Sie schon im Mutterleib. Zusammen mit Ihnen hat sich ein zweiter Fötus entwickelt, der mit Ihrem Fötus am späteren Steißbein zusammengewachsen war, aber schon im Uterus abstarb. Sie hätten einen Zwilling haben können, deshalb nennen wir das einen Zwillingsabszess. Der kann sich vierzig Jahre lang stillhalten, wie bei Ihnen, und dann meldet er sich schlagartig.«

»Und warum?«

Der Arzt zuckte mit den Schultern, und dann lachte er. »Für alles, was die Medizin nicht weiß«, sagte er, »hat sie ein hervorragendes Wort: spontan.«

Aber ein Notfall sei er gewesen, das könne er ihm sagen, und zwar ein akuter. Im Übrigen sei der Mann, der ihn eingeliefert habe, sofort verschwunden und habe seinen Hornschlitten hier stehen gelassen. Er sei in der Spitalgarage zum Abholen bereit. Woher er denn gekommen sei in dieser Nacht?

Als ihm Balz den Namen des Dorfes nannte, pfiff der Arzt durch die Zähne.

»Glück gehabt! Eine riskante Fahrt, im Schneesturm, mitten in der Nacht, da wäre keine Ambulanz durchgekommen. Wer war denn der kühne Hornschlittenpilot? Er war Ihr Lebensretter.«

Balz sagte, er kenne ihn auch nicht, aber er werde sich erkundigen, schon um sich zu bedanken.

Sein Freund Georg, so wurde bald klar, hatte den Stummen nie gesehen, und als er später im Dorf nachfragte, wer der Trommler mit dem weißen Mantel und dem Diadem gewesen sei, stieß er auf Erstaunen. Die drei Königsdarsteller sagten einhellig, sie hätten nur zu dritt gesungen, und wenn eine Trommel dabei gewesen wäre, hätten sie die ja hören müssen, und dasselbe sagten auch die Leute im Dorf.

Von einem vierten König wusste niemand etwas.

Ein Nachmittag bei Monsieur Rousseau

Komm herein, Claude, und setz dich an den Tisch, ich putze den Pinsel, dann komm ich gleich ... ist Marie-Lise nicht mitgekommen?... Die musste der Mutter beim Waschen helfen ... Und Eugène?... Muss in der Schule nachsitzen ... Der Ärmste, hat wohl wieder mal was Freches gesagt ... Zum Lehrer? Ui, was denn?... Er habe Dotter im Bart?... Ja, da muss man aufpassen, das hören sie nicht gern, die Lehrer, selbst wenn es wahr ist ... Doch, das geht schon, schieb die Schachtel mit den Farbtöpfen etwas zur Seite, dann hast du Platz mit deiner Zeichnung ...

Das hier?... Eine Schlangenbeschwörerin ... Ob es das gibt? Oh ja, der Urwald ist voll von ihnen ... In Indien machen das die Männer, im Urwald die Frauen ... Die stammen alle von Eva ab, die konnte schon mit den Schlangen sprechen ... Nein, die hier spricht nicht, sie spielt nur Flöte, aber wunderbar, hörst du?... Doch, doch, das hab ich mir genau überlegt, ich spiel dir's mal auf der Geige vor ...

(*nimmt die Geige von der Kommode und spielt eine Melodie*) Und, was sagst du jetzt? Da können die Schlangen gar nicht anders, als aus ihren Löchern kommen und sich von ihren Bäumen herabwinden ... Die Melodie höre man doch gar nicht auf dem Bild?... Oh doch, das garantiere ich dir, wenn dieses Bild fertig ist, dann singt es ... So, jetzt zu dir – wieso die Frau keine Kleider hat?... Na, braucht sie denn das, im Urwald? Da ist eine Hitze, eine feuchte Hitze, sag ich dir, da bleibt dir das Hemd am Leibe kleben... Hab ich selbst erlebt, als ich bei der Armee diente und wir in Mexiko kämpften, das ist eine Weile her, aber wenn ich die Augen schließe, ist alles wieder da... Gut, ein schönes Tuch werd ich der Flötistin vielleicht noch geben... Wieso sie so dunkel ist?... Damit du keine Stielaugen machst, mein Lieber...

Also, dann sind wir heute allein, wir zwei... Zeigst du mir, was du mitgebracht hast? Einen Flammkuchen von deiner Mutter? Ach ja, sie ist Elsässerin, nicht wahr? Sehr lieb, ich lasse ihr herzlich danken, meiner Ernährerin, aber ich meinte – wolltest du nicht eine Katze zeichnen als Hausaufgabe? Zeig doch mal her...

Oh, da haben wir sie ja... Das ist gar nicht schlecht, mein Freund, das ist gar nicht schlecht... Die Katze sitzt vor der Mausefalle, und in der Falle sitzt die gefangene Maus mit einem Stück Käse... Das hast du dir gut ausgedacht, das ist eine kleine Geschichte...

Dein Vater hat dich ausgelacht?... Gut, ich kann mir vorstellen, weshalb: Du hast die Katze mit blauen Streifen gemalt, und er hat gesagt, es gibt keine blauen Katzen – hab ich recht?... Siehst du, und warum hast du die Katze mit blauen Streifen gemalt?... Ach, du wolltest sie rötlich machen und hattest nur noch einen blauen und einen grünen Farbstift? Aha... Und den grünen hast du für die Zimmerpflanze hinter der Katze gebraucht... Ich verstehe... Mein lieber Claude, dein Vater hat natürlich recht: Es gibt keine blauen Katzen. In der Wirklichkeit.

Aber auf dem Bild musst du nur eine blaue Katze malen, und schon gibt es sie. So einfach ist das. Und das Bild hat eben auch recht...

Mit den Hinterpfoten hattest du etwas Mühe, nicht? Hauptsache, man sieht, dass sie sitzt... Eure Katze hat nicht stillgehalten... Das ist das Problem mit den Viechern – meinst du, meine Löwen halten still, wenn ich sie male, wie sie über eine Beute herfallen? Dafür hab ich Bücher, siehst du, hier ist eins über wilde Tiere, »Bêtes Sauvages«, mit 200 Illustrationen, da sind sie alle drin, von der Giraffe bis zum Gürteltier, oder Zeitschriften, die da, da hab ich was Schönes gefunden, wo haben wir denn das, ah hier, schau dir diese Abbildung an, da fällt ein Tiger über einen Büffel her, so etwas möchte ich als Nächstes machen, die Skizze dazu hab ich schon gezeichnet, da, ich hab sie hinten ins Heft gelegt... Merkst du einen Unterschied?... Richtig, im Heft springt der Tiger von rechts, und in meiner Skizze kommt er von links... Für den Büffel macht es keinen Unterschied, ob er von links oder von rechts aufgefressen wird... Ja, der Urwald ist schön, aber erbarmungslos... Wovon soll der Tiger leben? Der bekommt keinen Flammkuchen von einer freundlichen Elsässerin... Oder hier im Buch der Jaguar, der den Eingeborenen anfällt, den mach ich auch irgendeinmal, ist alles schon da, aber das sag ich nur dir...

Und nachher suchen wir dir eine Katze, im großen »Larousse«, da finden wir sicher auch eine Maus – die Maus sei viel zu groß, hat dein Vater gesagt?... Ein bisschen hat er schon recht, deine Maus ist eine halbe Katze... aber weißt du, dein Bild erzählt eigentlich die Geschichte der

487

Maus und nicht die der Katze... Angst hat sie, das sieht man an den riesigen Augen... Und die Zimmerpflanze habe viel zu große Blätter... und der Vogel, der darauf singe, den gäbe es ja wohl nicht in einer Wohnung... *du* habest einen Vogel, wenn du solche Sachen zeichnest... tja, dein Vater hat es eben mit der Wirklichkeit, die er kennt... Nur, wenn du malst, Claude, dann erschaffst du deine eigene Wirklichkeit... Deine Zimmerpflanze mit den riesigen Blättern ist wunderschön, sie wächst und lebt, und der kleine Vogel darauf singt und lebt, und derweil ist die Maus darunter zum Tod verurteilt, wie der Büffel im Urwald...

Oft verstehen eben die Leute die Geschichten nicht, die wir auf unsern Bildern erzählen... Weißt du, wie der Titel des ersten Gemäldes heißt, das von mir in der Presse abgebildet wurde, vor zwei Jahren? Die haben nur daruntergeschrieben »Der hungrige Löwe«, aber mein vollständiger Titel heißt »Der hungrige Löwe stürzt sich auf die Antilope und frisst sie auf; der Panther wartet begierig auf den Moment, in dem auch er seinen Teil davon haben kann. Raubvögel haben ein Fleischstück aus dem armen Tier herausgehackt, welches eine Träne vergießt! Die Sonne geht unter.« Voilà. Es schadet nichts, den Leuten zu erzählen, was sie sehen, sonst merken sie vielleicht gar nicht, was es mit den zwei blutigen Streifen auf dem Rücken meiner Antilope auf sich hat...

Du möchtest auch gerne Urwälder malen? Sehr gut, dann fangen wir gleich damit an, Urwälder sind das Schönste, was es gibt auf der Welt, außer der Sonne und den Frauen... die Sonne kennst du ja schon, nicht? –

Warum hustest du denn so?... Geht's wieder?... Oh, ich sehe gerade, ich habe keine neuen Blätter mehr... Und von Gisbert, dem Papeteristen, bekomm ich keine, bis ich meine Schulden bezahlt habe... Und Foinet, der Farbhändler, will mir keine Farben mehr geben... Ich weiß nicht, wer die Schulden erfunden hat, irgendein gefallener Engel... Aber wenn die Schlangenbeschwörerin fertig ist, kann ich alles bezahlen, das ist ein richtiger Auftrag, die hat die Mutter von Robert, dem Maler, bei mir bestellt, eine vornehme Frau, eine Comtesse, eine wohlhabende Frau, und natürlich eine Frau mit Geschmack...

Aber eigentlich, mein Freund, eigentlich hast du mit dem Urwald schon angefangen auf deiner Zeichnung, nun fahr doch einfach weiter und male dem Baum so viele Blätter, bis das ganze Zimmer voll ist!... Warum nicht?... Dein Vater wird dich wieder auslachen?... Soll ich dir etwas sagen, mein kleiner Künstler? Wenn ich jeweils meine Bilder ausstelle, bei der großen Frühlingsausstellung im »Salon des indépendants«, in der Hunderte von Bildern hängen, weißt du, wie du dort meine Bilder findest? Du musst einfach dem Gelächter nachgehen. Vor meinen Bildern stehen die Leute und lachen, sie lachen sich krumm!... Warum? Weil sie etwas ganz anderes sehen, als sie erwartet haben... Schau mal, das dicke Kind! rufen sie, und der große Hund, und die Repräsentanten in ihren Karnevalskleidern, und wie der Maler vor dem Modell hockt, als hätte er in die Hosen geschissen, und die Affen, wie doof die aus dem Urwald gucken! – Das soll Kunst sein?... – Tja, dann sage ich mir, entweder sind die Leute dumm oder ich. Und weißt du was? Ich tippe auf die Leute... Erst wenn du ausgelacht wirst, merkst du, dass du ein Künstler bist – warum hustest du?... Geht's wieder?

Also, Claude, wenn du deiner Zimmerpflanze nicht noch mehr Blätter machen willst, dann hätte es hinter der Mausefalle gut noch Platz für einen zweiten Topf mit einem andern Baum. Ich sag dir jetzt was: Gestern war ich auf dem Friedhof, bei meiner Joséphine, die seit vier Jahren dort daheim ist, und wenn es Herbst ist, wie jetzt, nehme ich ein paar farbige Blätter mit nach Hause, um sie zu studieren. Ich war nie auf einer Kunstakademie, dafür gehe ich immer noch zur Schule, musst du wissen, und meine Lehrerin ist die Natur. Als Künstler musst du auch Schüler sein, lebenslänglich, merk dir das. Hier sind die Blätter von gestern, jetzt schau sie alle an, lies dir eins aus und versuch es möglichst genau abzuzeichnen, ja?... Das hier? Schön, das ist von einer Eberesche, ein Fiederblatt, ein Stängelchen mit neun einzelnen spitzen Blättern, prächtig rot, das hast du gut ausgelesen...

Weißt du, dass ich diese Blätter gern brauche in meinen Urwaldbildern? Warum? Sie lockern das Bild auf und wirken trotzdem als Dickicht. Gleich werd ich noch eins in den Wald meiner Schlangenbeschwörerin hineinsetzen – wo?... Hier, hinter dem Schwanz der großen Schlange... Dann malen wir mal beide ein schönes Fiederblatt, meins ist grün, denn der Urwald kennt keinen Herbst, und für deins geb ich dir diesen roten Farbstift... Da hast du zu tun in der nächsten Stunde, bis du ein paar Blättchen zusammen hast, aber malen heißt Geduld haben... Das ist eigentlich das Schwerste an der Kunst, die Geduld. Ich

bin sehr ungeduldig, muss ich zugeben, ich bin so ungeduldig, dass ich manchmal in den Kleidern schlafe, damit
ich keine Zeit zum Aus- und Anziehen verliere…

Man hat mir auch schon gesagt, diese Blätter und Blumen, die ich da male, gebe es gar nicht im Urwald, und
was meinst du, was ich dann entgegne? »Waren Sie schon
mal im mexikanischen Urwald?« (*lacht*) Dann sagen sie
meistens nichts mehr, denn wer war schon im mexikanischen Urwald… Und willst du die Wahrheit wissen, mein
Freund? Ich auch nicht. Weder in Mexiko noch im mexikanischen Urwald. Ich sage das bloß so, weil ich zu der
Zeit in der Armee war, als diese auch in Mexiko kämpfte.
Ein Glück für mich, dass ich nicht nach Mexiko musste,
da haben viele ihr Leben verloren, zwei meiner Schulkol-
legen aus Laval, Jean-Philippe, der Sohn des Schmieds,
und Pascal, dessen Vater Notar war… Der Dümmste und
der Gescheiteste der Klasse, und beide hat es erwischt…
Die Welt ist grausam, Claude, leider, und der Krieg ein
Übel… Was ging es Jean-Philippe und Pascal an, ob in
Mexiko ein europäischer Kaiser herrschen sollte? Und
dann haben sie den Maximilian trotzdem erschossen…
Ich glaube, die Könige haben nicht genug Phantasie, um
sich auszumalen, was ein Krieg bedeutet… Wenn ein König Krieg führen will, müsste eine Mutter zu ihm gehen
und es ihm verbieten…

Vielleicht könnten die Könige von uns lernen, die
Phantasie gehört ja zu unserm Handwerkszeug, wie Farbe
und Pinsel… Um einen Urwald zu malen, musst du nicht
im Urwald gewesen sein… Das ist das Wunderbare an
der Kunst: Im Kopf musst du ihn haben, den Urwald, im

Kopf – aber dann musst du ihn natürlich auf die Leinwand bringen …

Mir wird ganz heiß, Claude, wenn ich in meinem Urwald stehe, kannst du mal kurz das Fenster öffnen? … Danke, und was siehst du, wenn du zum Fenster hinausschaust? Den Bahnhof Montparnasse … Ist das nicht phantastisch? Draußen die moderne Zeit, ein Bahnhof, wo Züge ein- und ausfahren, Lokomotiven pfeifen und rauchen, und hier drinnen, bei uns Künstlern, ein Dschungel und eine Mausefalle mit einer blauen Katze … Warum hustest du schon wieder? Ist es der Rauch der Dampflokomotiven? – Herrlich, die frische Luft, ich würde sonst ersticken im tropischen Dunst … Geht's wieder? … Schön, das wird schon, dein erstes Blatt, ich seh's, fahr weiter so, Claude, mach einfach die Augen auf: Alles, was du siehst, gehört dir … Sag mal, war deine Mutter nie beim Arzt mit dir wegen deines Hustens? … Ach so, es koste zu viel …

Ich muss schauen, dass sich mein grünes Fiederblatt vom dunkleren Grün dahinter abhebt und doch nicht zu hell wird, denn eigentlich ist es Nacht auf meinem Bild, und das Licht darauf kommt vom Vollmond … Ich glaube, ich gebe dem Blatt dahinter noch etwas Blau, von dem, das ich für die beiden Kerzenblumen darunter gebraucht habe …

Manche Wörter in unserer Sprache sind zu groß … Wenn du »grün« sagst, ist es so, wie wenn du »Baum« sagst, du weißt noch nicht, ist es eine Linde, eine Birke, eine Palme oder eine Eberesche … Was meinst du? … Dein rotes Blatt sei an den Rändern etwas gelb? Sehr gut, Claude, sehr gut hast du das beobachtet, wieso hab ich dir nicht gleich einen gelben Farbstift dazu gegeben … Hier ist er, und scheue dich nicht, damit auch ins Rote hineinzuzeichnen, aber gib nicht zu viel Druck, und wenn's zu gelb wird, geh nochmals mit Rot drüber …

Eigentlich ist jede Farbe eine Mischung … Wenn ich das Geld von Roberts Mutter habe, geh ich wieder bei Foinet vorbei und kaufe mir neue Farben, der hat ein ganzes Regal nur mit Grün … Hellgrün, Dunkelgrün, Englischgrün, Tannengrün, Grasgrün, Moosgrün, Pastellgrün, Smaragdgrün, Giftgrün … Aber meine Grüntöne misch ich mir meistens selbst, die müssten auch andere Namen haben, unten links, beim Stelzvogel, diese fleischigen Blätter – wie wär's mit fleischgrün? Und das Gras? Froschgrün? Und das Wasser? Fischgrün? Und die Schlange um den Hals der Beschwörerin? Schlangengrün? Krötengrün, dschungelgrün? Ich schreibe auch Gedichte, weißt du das? Und sogar Theaterstücke … Aber die Sprache hat einfach weniger Farben als die Malerei … Du hustest – nimm das Taschentuch hier … Ich höre das nicht so gern, Claude … Von meinen neun Kindern haben sieben gehustet … Erwachsen wurden bloß zwei, und heute lebt nur noch meine Tochter, Julia, sie hat einen Commis voyageur geheiratet, führt in Angers ein spießbürgerliches Leben und schämt sich für ihren Vater, weil sie denkt, Künstler seien Spinner … Ich sage dir etwas, Claude, dein Vater denkt wohl dasselbe, aber deshalb musst du dich nicht schämen für ihn … Er sorgt für dich und hat dich bestimmt gern …

Ein bisschen hat sie sogar recht, meine Tochter …

Ich habe ja zwanzig Jahre im Büro gearbeitet, beim Lebensmittelzoll, ich musste die Verzollungsformulare für die Großhändler ablegen, für die Oliven aus Spanien, den Wein aus Italien, den Tee aus Indien und den Kaffee aus Afrika, aber auch die Formulare mit den Bußen für die Schmuggler, die erwischt wurden... ich war also Zöllner, könnte man sagen... Und weißt du, was ich heute bin?... Schmuggler! Ich habe das Lager gewechselt, ich schmuggle Schönheit in unser Leben... Und gebüßt werde ich auch dafür, sonst wäre mein Geldbeutel nicht so leer... Was ist? Du hörst deine Mutter rufen?... (geht zum Fenster und schaut hinunter) Tatsächlich. (ruft) Madame Perrot! Danke für den Flammkuchen!... Claude muss einkaufen gehen?... Ich schick ihn gleich runter!... (geht zur Kommode, zieht eine Schublade heraus, entnimmt ihr ein Schächtelchen) Claude, du musst für deine Mutter Kommissionen machen... Und das hier ist meine Musikkasse... Da leg ich das Geld hinein, das ich bekomme, wenn ich als Straßenmusikant gehe und in den Hinterhöfen Geige spiele... Gib es deiner Mutter mit einem Gruß von mir und sag, sie soll damit mit dir zum Arzt gehen... Dein Blatt lässt du vielleicht besser hier, bis zum nächsten Mal... Adieu, gern geschehen, du bist ein begabter Zeichner, Claude, es wäre schade um dich... Unsere Welt braucht Schmuggler, Schmuggler wie dich und mich. Zöllner hat sie genug.

Der Bleistiftstummel

7 Folgen

1

Ich hatte mir nichts dabei gedacht, als ich den kleinen gelben Bleistiftstummel auflas, der auf dem gepflasterten Weg in der Nähe des verfallenen alten Turms lag.

In derselben Nacht aber klopfte es so lange an meine Tür, bis ich öffnete. Zwei Riesen standen davor und packten mich.

»Du hast unsern Bleistift gestohlen«, sagte der eine, »jetzt musst du unsere Geschichte aufschreiben!«

Sie schleppten mich in den Keller des Turms, ketteten mich an einen schweren Tisch, und seither notiere ich jede Nacht beim Scheine zweier Fackeln ihre Untaten in ein großes Buch, muss die Schreie der Gequälten und die erbarmungslosen tödlichen Schläge der Riesen niederschreiben, die sie mit rohem Gelächter schildern, und sooft sie mich den kleinen gelben Bleistiftstummel auch spitzen lassen, er nützt sich nicht ab, und das Buch scheint unendlich viele Seiten zu haben.

Als ich den kleinen gelben Bleistiftstummel auflas, der neben einem halb beschriebenen Einkaufszettel auf dem gepflasterten Weg in der Nähe einer Turmruine lag, ahnte ich nicht, welche Folgen das für mich haben würde.

Der Stummel in meiner Hand wurde schwer, und er verwandelte sich in einen goldenen Stift, dessen Spitze gegen den Turm wies, nach dem es mich nun mit unwiderstehlicher Kraft zog.

Ich ging zum Turm, wurde vom Stift um diesen herumgeleitet, und auf der Rückseite sprang er mir aus der Hand und bohrte sich vor einem wilden Kirschbaum in den Boden. Konnte man es mir verargen, dass ich den rostigen Spaten, der an der Turmmauer lehnte, ergriff und ihn so lange in den Boden rammte, bis er auf etwas Hartes stieß? Und die Truhe, die ich jetzt ausgrub, wer von uns hätte sie nicht gehoben, und wer von uns hätte das Schloss, das sich leicht öffnen ließ, nicht aufgesperrt? Und die Bulldogge, die jetzt aus der Truhe schnellte und mich anfiel, wer hätte ihr nicht den Spaten in die aufgerissene Schnauze gestoßen?

Und als nun ein Mann in einem langen schwarzen Mantel aus dem Turm trat, den toten Hund sah und zu mir sagte, ich müsse ihm das Tier mit einem goldenen Stift vergüten – war es da nicht richtig, ihm den Stift auszuhändigen und mich, eine Entschuldigung murmelnd, auf den Weiterweg zu machen?

Wie konnte ich wissen, dass mich der Schwarzbemäntelte alsogleich in einen kleinen gelben Bleistiftstummel verwandelte, dem als Einziges, was er noch tun konnte, blieb, seine Geschichte auf dem Einkaufszettel aufzuschreiben, unter den Wörtern Brot, Milch, Halbrahm, Heidelbeerjogurt, Streichhölzer?

3

Gerade war mir, als ich auf meinem Spaziergang an einem alten, verfallenen Turm vorbeikam, die Anfangszeile eines Liedes in den Sinn gekommen, und ich merkte, dass ich zwar ein Notizblöcklein bei mir hatte, jedoch nichts zum Schreiben.

Da fiel mein Blick auf einen kleinen gelben Bleistiftstummel, der vor mir auf dem gepflasterten Fußweg lag. Ich bückte mich, ergriff ihn, schrieb die Zeile auf, und sogleich fielen mir alle andern Zeilen ein, die das Lied haben sollte, und ich schickte sie noch am selben Abend dem Komponisten, der darauf wartete.

Das war vor etwa 30 Jahren. Das Lied wurde ein Welthit, der mir jedes Jahr so viel einbrachte, dass ich sonst nichts mehr zu schreiben brauchte.

Für den kleinen gelben Bleistiftstummel ließ ich mir eine Glasvitrine mit einem roten Sammetkissen machen, die ich auf ein Regal stellte, umgeben von all den goldenen Schallplatten, die er mir eingebracht hatte.

Mehr als einmal nahm ich ihn heraus und brachte damit noch die verschiedensten Lieder zu Papier, ich ging sogar mit ihm spazieren, warf ihn auf den Boden und las ihn auf, um dann ein Lied in mein Notizbüchlein zu schreiben, und die meisten davon schienen mir besser, gelungener, geschliffener, aber kein Einziges hatte auch nur annähernd denselben Erfolg.

Seltsames passierte, als ich während eines Spaziergangs, einer Laune folgend, einen kleinen gelben Bleistiftstummel vom Boden eines gepflasterten Weges auflas.

Ein alter Turm, der in der Nähe stand, fiel polternd und krachend in sich zusammen, ein Rudel Wölfe brach aus einem Waldrand hervor und fiel in das Dorf ein, das ich eben verlassen hatte, ein Frachtflugzeug, aus dessen Triebwerken Flammen schlugen, raste knapp über die Dächer des Dorfes und stürzte in die Weinberge dahinter, in die es einen rauchenden Trichter riss, auf dem Friedhof neben der Kirche taten sich die Gräber auf, und eine Prozession von Toten erhob sich und schlug psalmodierend den Weg zum Autobahnzubringer ein.

Als ich, vom Schrecken gezeichnet, im Haus meiner Freunde ankam, bei denen ich zu Gast war, schwenkten diese einen Zettel mit der Nachricht, mein Theaterstück, an dem ich drei Jahre gearbeitet hatte, sei vom Burgtheater Wien zur Uraufführung angenommen worden.

Sonst aber blieb alles beim Alten.

Ich zögerte einen Moment, als ich bei einem meiner Spaziergänge in der Nähe eines alten, verfallenen Turms einen kleinen gelben Bleistiftstummel auf einem gepflasterten Weg liegen sah. Er war ziemlich verschmutzt, und es konnte gut sein, dass der Rest seiner Mine gebrochen war. Doch meine Liebe zu Bleistiften siegte.

Ich las den Stummel auf, nahm ihn mit nach Hause, wusch ihn, und wie die Gewinn-Nummer eines Loses erschien unter der Dreckkruste die Nummer 2, mit der ich am liebsten schreibe. Ich spitzte ihn, ohne dass die Mine abbrach, steckte den Stummel in einen roten Bleistiftverlängerer, begann den ersten Satz einer Ansprache zu schreiben, die ich nächstens zu halten hatte, und freute mich, wie gut der Stift ansprach und wie gut meine Gedanken in Fluss kamen.

Seither beginne ich alle meine Entwürfe mit dem gelben Bleistiftstummel, der langsam kleiner wird, und sehe mit einer gewissen Bange dem Moment entgegen, da ich ihn nicht mehr weiter spitzen kann.

Man trifft mich wieder vermehrt auf Spaziergängen, den Blick eher auf den Boden als in die Ferne gerichtet.

6

Bleistiften kann ich schwer widerstehen.

Wenn sie an einem Werbestand zum Mitnehmen auf-
liegen, stecke ich immer einen ein; auch in Hotelzimmern
sind manchmal welche neben einem Notizblock beim
Telefon bereit, und egal, wie schlecht sie sein mögen, ich
nehme sie mit.

Enthält so ein Bleistift nicht, sage ich mir, Hunderte
von Wörtern, Geschichten gar, die er mir preisgibt, wenn
ich ihn in die Hand nehme und mit einem leeren Blatt Papier herausfordere?

So musste ich auch den kleinen gelben Bleistiftstummel
auflesen, den ich bei einem Spaziergang auf dem gepflasterten Weg in der Nähe eines alten, verfallenen Turmes erblickte. Doch als ich ihn in die Hand nahm, um ihn kurz
mit einem Papiertaschentuch zu reinigen, fiel seine Holz-
ummantelung auseinander und gab eine mehrfach gebro-
chene Mine frei, die offensichtlich zu nichts mehr zu gebrauchen war, und so ließ ich die Bleistifttrümmer wieder
fallen und ging weiter.

Woher kam mein ungutes Gefühl, mit dem ich noch
eine ganze Weile kämpfen musste? Als hätte ich soeben
einen Verletzten im Stich gelassen?

Als ich während eines Spaziergangs auf einem gepflasterten Weg in der Nähe eines alten, verfallenen Turms einen kleinen gelben Bleistiftstummel liegen sah, bückte ich mich, um ihn aufzulesen.

Doch dann hielt ich inne.

»Ein Bleistiftstummel?«, dachte ich, »im Ernst, was soll ich mit einem Bleistiftstummel?«

Ich richtete mich wieder auf und ging weiter.

In der Ferne war, wie ein Abbild des Himmels, das Meer vor der ligurischen Küste zu sehen.

Juckreiz

Da sitzt einer.

Da sitzt einer an seinem Tisch und liest eine Zeitungsbeilage.

Sie ist betitelt mit »Nachhaltigkeit«, enthält verschiedene Artikel über Energie, und er hat sie sich zur Seite gelegt, um sie am Wochenende in Ruhe studieren zu können. Häufig liest er Zeitungen nur flüchtig, zieht sich aber längere Artikel oder Beilagen, welche ihn interessieren, heraus, um sie später zu lesen. Er legt sie auf einen kleinen Stapel, der auch aus Wochenzeitschriften und Bulletins von Organisationen besteht, die er unterstützt oder die um seine Gunst werben. Allerdings hat er schon länger die Erfahrung gemacht, dass er nie alles lesen kann, was sich dort anhäuft, und alle paar Wochen muss er den Turm aus Welthunger, Walfischen, Solarenergie, Islamismus, Demenzprophylaxe und multikultureller Erziehung wieder abbauen, wobei er gewöhnlich den unteren Teil hervorzieht, damit zum Zeitungshalter geht und, bevor er ihn aufs Altpapier schichtet, am Boden kniend, im schlechten Licht in der Ecke des Korridors noch den einen oder andern Artikel überfliegt, im schlimmsten Fall sogar einen davon rettet und ihn aufseufzend wieder zum verbleibenden Stapel zurückträgt.

Nun liest er also in einem Bericht über Einsparungen

einer Klinik an Energie und Wasser, wie wichtig die Anpassungen von Heizkennlinien und Solltemperatur an der Heizungsanlage seien. An dieser Stelle hebt er, ohne die Zeitung loszulassen, die linke Hand, um sich mit dem Rücken des Zeigefingers kurz die Nasenspitze zu reiben. 14 % Verbrauch und somit auch Kosten, liest er weiter, seien durch richtiges Energiedatenmanagement eingespart worden. Er hält einen Moment inne und merkt, dass er vorhin ein Wort überlesen hat, das ihm nicht vertraut ist. Er lässt die rechte Zeitungsseite los, schreibt auf seinen Notizblock »Heizkennlinie« und versieht den Begriff mit einem Fragezeichen. Die Beilage erschien im Vorfeld einer Messe für Nachhaltigkeit, die er mit seiner Oberstufenschulklasse besuchen möchte. Bevor er die Zeitung mit der rechten Hand wieder anfasst, kratzt er sich mit dem Kugelschreiber am linken Nasenflügel.

Er ist Lehrer, nennen wir ihn Markus, und er hat im Sinn, mit seiner Klasse eine Projektwoche zum Thema Energie zu machen, in der die Schüler auch Vorschläge zur Energieeffizienz des Schulhauses erarbeiten sollten. Dieser Ausdruck ist in den Artikeln mehrmals zu lesen, er legt nun die Zeitung nieder und notiert ihn unter Heizkennlinie, überlegt sich dann, ob irgendjemand, vor die Aufgabe gestellt, ein Wort zu nennen, das die Buchstabenfolge »eeff« enthält, auf »Energieeffizienz« kommen würde.

Mit dem Daumen und dem Zeigefinger der linken Hand schiebt er die Brille etwas hoch, reibt sich die Nasenwurzel und fährt sich dann noch kurz über beide Augenbrauen.

Beim Blick auf seinen Notizblock wird ihm klar, dass

er schon wieder vergessen hat, was genau netzgekoppelte Solar-Wechselrichter sind, obwohl er dazu »Turnhalle« geschrieben hat. Vielleicht müsste er einer Gruppe von Schülern die Aufgabe stellen, auf der Messe alle Ausdrücke aufzuschreiben, die sie nicht verstehen.

Er macht sich eine entsprechende Notiz, rubbelt sich kurz die Mundwinkel und liest dann die Frage an den Fachmann, wie viele Energiekosten man durch eine energieeffiziente Elektroinstallation sparen könne. Die Antwort: »Das ist schwierig festzustellen, denn jede Installation ist individuell.«

Er schüttelt den Kopf und lacht trocken. Dazu braucht er wahrlich keinen Fachmann. Während er mit der linken Hand die Seite umschlägt, hebt er mit der rechten Hand den Brillenbügel und kratzt sich mit dem Mittelfinger hinter dem Ohrläppchen. Zuoberst auf der nächsten Seite bleibt sein Blick auf einem Foto stehen. Es zeigt einen Fragenden und einen Befragten, Fachleute schon wieder, und der Befragte hat den Kopf zur Seite geneigt, stützt den Ellbogen auf einen Tisch und hält eine Hand so vor den Mund, dass der Zeigefinger direkt unter den Nasenlöchern durchgeht.

Markus ist elektrisiert. Dem naiven Betrachter mag dies eine natürliche Haltung scheinen, wie sie oft von Zuhörenden eingenommen wird. Sie erlaubt ihnen dann auch, wenn sie zu einer Äußerung schreiten, den Mund wirkungsvoller freizusetzen, verbunden etwa mit einem leichten Vorschnellen des Oberkörpers. Aber für ihn bedeutet das Bild etwas anderes.

Warum?

Er wird seit längerem von einem Juckreiz heimgesucht, den wahrzunehmen er sich anfänglich weigerte. Darauf reagierte er so, wie das menschliche Nervensystem es offenbar vorgesehen hat, er rieb sich an der betroffenen Stelle. Diese Stelle war zuerst vor allem die Nase und ihre engere Umgebung. Ein Kribbeln an der Nasenspitze oder zwischen den beiden Nasenlöchern hielt so lange an, bis er mit seinen Fingern eingriff und es zum Erliegen brachte. Oft hatte er das Gefühl, ein winziges Insekt laufe ihm übers Gesicht, er hatte auch schon blitzschnell über seinem Nasenrücken zugepackt, weil er sicher war, etwas in die Hände zu kriegen, und sei es nur ein Spinnenfaden, aber nie hatte er danach irgendetwas gesehen. Während er unterrichtete, war er durch seine Tätigkeit abgelenkt, aber sobald er allein war, konnte es seiner Aufmerksamkeit nicht mehr entgehen, dass hier etwas im Gang war, das ihn ernsthaft störte. Sein Gesicht war zur Angriffsfläche für einen unsichtbaren Feind geworden, der versuchte zur Nasenspitze vorzudringen und dabei auch über die Ohren, die Brauen, das Jochbein, das Kinn oder die Kiefer einbrach.

Markus, der immer ein Dynamiker gewesen war, entwickelte ein gewisses Geschick in seiner Gestik, die nun häufig das Gesicht streifte und ihm, wenn er eine Handbewegung dazu benutzte, sich beiläufig zu kratzen, den Anschein eines schnellen Denkers gab, der zur Unterstützung seiner Gedanken noch kurz mit den Händen nachhalf.

Der Besuch bei einem Dermatologen war ergebnislos verlaufen. Dieser war mit seiner Gesichtshaut durchaus zufrieden, konnte keine Rötungen, Flechten oder sichtbare Reizungen erkennen, fragte ihn nach beruflichem Stress, den Markus durchaus vorweisen konnte, empfahl ihm dann, täglich eine Feuchtigkeitscrème aufzutragen, und für den Fall, dass dies ohne Wirkung bleiben sollte, schrieb er ihm ein Rezept für eine cortisonhaltige Salbe. Von Markus nach einer Diagnose gefragt, sagte der Arzt, es handle sich um einen idiopathischen Pruritus.

Das Wort Pruritus war Markus bekannt, aber was denn, fragte er, mit idiopathisch gemeint sei, worauf der Arzt, leicht verlegen, wie es Markus schien, zur Antwort gab, das heiße, dass man nicht wisse, woher er komme. Wenn ihm das lieber sei, könne er ihn auch »Pruritus sine materia« nennen, das sei der andere medizinische Ausdruck dafür, der dasselbe meine, einen Juckreiz ohne materielle Ursache. Und ob das häufig sei, fragte Markus. Häufiger als man meine, sagte der Arzt.

Es erstaunte Markus nicht, dass die Feuchtigkeitscrème, die er von da an regelmäßig anwandte, gar nichts brachte, aber er war entschlossen, die verschriebene Salbe nicht zu benutzen, zu viel Negatives hatte er über die Nebenwirkungen von Cortison gelesen.

Gegen das Jucken am Haarboden, das sich nach einer Weile einstellte, vermochte auch das Medizinalshampoo, das man ihm in der Apotheke empfahl, nichts auszurichten. Er begann eine Mütze auf seinem Krauskopf zu tragen, die er öfters auf- und absetzte und dabei jeweils mit dem Mützenrand mit möglichst großem Druck über die Kopfhaut fuhr. Er hätte große Lust gehabt, sich mit den Fingernägeln den Schädel blutig zu kratzen, und wusste zugleich, dass auch dies sinnlos wäre, denn er hatte das Gefühl, der Juckreiz sitze eigentlich in den Haarwurzeln. Etwas bedrängte seinen Kopf, und er wusste nicht, was es war. Er wollte es aber wissen, und vor allem wollte er es weg haben, und so begann ein langer Weg durch die Angebote der Homöopathie, der Naturheilkunde, Akupunktur, Fußreflexzonenmassage und Craniosakraltherapie, er bestellte in der Apotheke Medikamente, die man zum Teil von Lieferanten zweifelhaften Rufs kommen lassen musste und die ihm mit einem leichten Stirnrunzeln ausgehändigt wurden. Einmal suchte er sogar einen Zigeuner auf, der als Wunderheiler galt und der ihn, als er seinen Wohnwagen betrat, ohne sich umzudrehen fragte, ob er wegen des Kopfes komme:»Chunnsch wägem Grind?«»Ja«, hatte Markus erstaunt gesagt, und da erst wandte sich der Zigeuner, der sich Django nannte, ihm zu, schaute ihn von oben bis unten an, lachte und sagte, er müsse raus aus diesem Land,»muesch zum Land us!«. Auf die Frage, wohin, sagte Django:»as Meer«, drehte sich wieder um, und damit war die Konsultation beendet.

Als Markus dann in seinen nächsten Ferien an die Adria fuhr, stellte er tatsächlich eine leichte Besserung fest, die jedoch verflog, sobald er wieder zu Hause war. Er wollte aber zu Hause bleiben, sein Beruf hier gefiel ihm, und ein lächerlicher Juckreiz sollte ihn nicht zum Auswandern zwingen.

Wer so weit gegangen ist, sucht irgendeinmal zähneknirschend eine Psychologin auf. Markus tat dies auf den Rat seiner Freundin, mit der er damals zusammenlebte. Sein ständiges Kratzen und Knibbeln und die zunehmende Unrast, die damit verbunden war, hatte sie irritiert und auch eine Vorsicht in ihre Zärtlichkeiten eingebracht, die ihr missfiel. Es konnte sein, dass er, wenn sie über sein Haar strich, aufstöhnte, ihre Hand mit aller Macht auf seinen Kopf drückte und sie dort hin und her führte, etwas, das mit erotischer Lust gar nichts, aber mit dem Abtöten eines Juckreizes alles zu tun hatte. Zudem hatte sie mit leisem Schrecken bemerkt, dass sie sich selbst zu kratzen begann.

Als Markus nach einigen Sitzungen zur Einsicht kam, er hätte keine langjährige Bindung eingehen sollen, war das für die Freundin keine Überraschung, und sie beschlossen, sich zu trennen. Beiden fiel es schwerer, als sie gedacht hatten, und Markus' Hoffnung, das Lösen der Beziehung erlöse ihn auch vom zwanghaften Juckreiz, erfüllte sich nicht.

Und da sitzt er nun, 35-jährig, im heutigen Sprachgebrauch ein Single, nimmt eine Schere zur Hand und schneidet sich das Bild mit dem nachdenklichen Interviewten aus. Dann geht er zur Bücherwand, deren niedrigere Regale von Unterlagen, Unterrichtsmaterialien und sonstigem Aufbewahrtem überquellen, zieht dort einen Kartonordner mit der Aufschrift »Pr. 4« heraus und trägt ihn zum Tisch.

In seinen vier »Pr.«-Ordnern hat er alles gesammelt, was mit Pruritus zu tun hat, in »Pr. 1« seine eigene Geschichte mit allen Bekämpfungsversuchen, die er sorgfältig protokollierte, in »Pr. 2« den Pruritus als Syndrom, »Pr. 3« enthielt Videoaufzeichnungen und »Pr. 4« Fotos.

Es war Markus nämlich aufgefallen, dass er mit seinem

Jucken nicht allein war, und er hatte begonnen, seine Mitmenschen auf ihre verstohlenen Kratzbewegungen hin zu beobachten. Eine Teamsitzung des Kollegiums war bereits sehr ergiebig; wenn einer sprach und die andern zuhörten, sah man da oder dort eine Hand unter einen Pullover greifen und kurz die Nierengegend kneten oder einen Daumen, der mit dem Zeigefinger zusammen die Nasenspitze in die Klemme nahm, oder einen Mittel- und Zeigefinger, die bedächtig das Ohrläppchen abrieben, während sich der Daumen unter dem Kiefer zu schaffen machte. Und was er im kleinen Kreis feststellte, war durchaus auch in der Öffentlichkeit zu erkennen. In der »Tagesschau« begann er sein Augenmerk auf Sitzungen zu richten, von denen jeweils ein kurzer Ausschnitt zu sehen war, und wenn sich zwei Delegationen an einem Tisch gegenübersaßen, konnte man sicher sein, dass sich eines der Mitglieder mit der Hand in den Nacken griff oder in den Hemdkragen fuhr. Auch der Blick auf ein zuhörendes Parlament war interessant. Wer sein Kinn in die Hand gestützt hatte, hatte ja sämtliche Finger frei, wobei häufig der kleine Finger im Augenwinkel oder im Tränensack zum stillen Einsatz kam. Im Aufstützen des Kinns durch beide Hände gab es reiche Variationen, sei es, dass die beiden Daumen die Unterkiefer bearbeiteten oder die zwei Zeigfinger in die Nasenflügel stachen, oder beides zusammen. Markus ließ, seit ihm das klar geworden war, bei der Tagesschau stets ein Video mitlaufen und kopierte sich jedes Schläfenkratzen, Nasenbeinkneifen und Adamsapfelzupfen heraus. Diese Ausschnitte hängte er zu langen Sequenzen zusammen, in denen man ausschließlich Menschen sah, die sich kratzten, ohne dass ihnen das selbst wohl auffiel.

Die Perlen seiner Sammlung nannte er die Präsidentensuite, dort war etwa die deutsche Bundeskanzlerin zu sehen, wie sie eine Mappe auf den Tisch stellte und sich dann an den Kopf griff, und was für andere ein Zurechtrücken der Frisur war, erkannte Markus untrüglich als blitzartige Befriedigung eines Juckreizes. Auch die englische Königin kam darin vor, wie sie sich, nachdem sie sich an einem Pferderennen geschneuzt hatte, noch schnell mit dem Zeigefinger unter der Nase rieb. Selbst den Papst hatte er dabei erwischt, wie er mit den zum Gebet gefalteten Händen seine andächtig geneigte Stirn kurz massierte. Durch die häufige Haltung bei Pressekonferenzen, wo hochrangige Politiker in Erwartung der Fragen ihre gekreuzten Hände unter das Kinn schoben, ließ sich Markus nicht täuschen. Der israelische Ministerpräsident und der französische Staatspräsident kratzten sich vor der Antwort noch rasch oberhalb der Lippen oder am Wangenknochen, und politische Niederlagen waren, wie z. B. beim amerikanischen Präsidenten vor dem Kongress, oft daran zu erkennen, dass drei Finger, mit denen der Unterlegene sein vorgebeugtes Haupt stützte, ganz kurz die Kopfhaut kraulten, für Markus ein klares Zeichen von Pruritus sine materia. Wenn es eine materia gab, dann eben das Ergebnis der Abstimmung.

Er kam mehr und mehr zur Ansicht, dass der grundlose Juckreiz eine verdeckte Krankheit unserer Zeit sei, und was immer ihre Ursache war, sie war ansteckend und epidemisch. Vergeblich suchte er die Fachliteratur nach einem Hinweis auf ein mögliches Juckvirus ab, von dessen Existenz er überzeugt war. Dieses Virus, so stellte er sich vor, verursachte etwas wie Insektenstiche von innen, welche Histamine an die Oberfläche schickten. Die Erwähnung der Spiegelneuronen als Grund für die ansteckende Wirkung des Kratzens, also für eine Verhaltensnachahmung ähnlich wie beim Gähnen, genügte ihm nicht. Er glaubte an eine übertragbare Krankheit, er nannte sie Juckpest, und er sah sich selbst als gefährlichen Träger davon. Das Kratzen der Kolleginnen und Kollegen in der Sitzung musste nicht zuletzt damit zu tun haben, dass er das Juckvirus mit sich herumtrug.

Er wurde sparsamer mit Berührungen, hob lieber die Hand zum Gruß, als dass er sie zum Drücken ausstreckte, hörte auf, die Frauen freundschaftlich zu küssen, verweigerte sogar seiner Mutter einen Wangenkuss, der zwischen ihnen bei Begrüßung und Abschied üblich war. Der Weg zum Sonderling war geöffnet.

Und jetzt?

Jetzt zieht er eine Mappe mit Fotos hervor, legt sie auf den Tisch und macht sie auf. Zuoberst schaut ihm ein Skispringer entgegen, der nach einer langen Strecke der Erfolglosigkeit wieder zu siegen begann und sich lachend an den Hinterkopf greift, eine Bewegung, deren wirkliches Motiv nur Markus durchschaut. Helmträger, die meistens auch dem Wind ausgesetzt sind, gehören fast generell zu den Angesteckten, und wenn sie sich nach dem Abnehmen des Helms kurz die Haare nach hinten streichen, mag das für andere wie ein natürliches Bedürfnis nach ordentlicher Erscheinung aussehen, aber Markus lässt sich dadurch nicht täuschen, es geht dem Enthelmten um nichts anderes als darum, so unauffällig wie möglich einem furchtbaren Juckreiz Genüge zu tun.

Nun beschriftet Markus seinen Fund, legt das Zeitungsblatt in die Mappe und vergisst dabei, dass auf der Rückseite der Artikel mit der Heizkennlinie und dem Energiedatenmanagement steht, den er eigentlich aufbewahren wollte, denn gerade hat er das Datum des nächsten Treffens gesehen, das kommende Woche stattfindet.

Er hat nach einem Aufruf im Internet mit andern zusammen eine Gruppe Pruritus-Betroffener gegründet, das Echo war erstaunlich, fast ein Dutzend Menschen hatten sich gemeldet, und die versammelten sich nun einmal im Monat, um sich über ihr Leiden und dessen Begleitumstände auszutauschen und über neue Erkenntnisse oder Heilungsmöglichkeiten zu sprechen. Dieser Gruppe gehört seine eigentliche Leidenschaft, und wenn jemand von ihnen von einer neuen Therapie oder einem Forschungsergebnis erzählt, sitzen die andern da und kratzen sich, kratzen sich überall, wo es einen jucken kann, in den Nasenlöchern, an den Augenlidern, in den Ohrmuscheln, am Handrücken, an den Fesseln, am Bauchnabel, am Hintern und an den Genitalien, und die Ausführungen des Erzählenden werden von einem leisen wohligen Stöhnen unterlegt, denn es gehört zu den Regeln der Zusammenkünfte, dass man in der Befriedigung des Juckreizes die Zurückhaltung ablegen darf, der man im normalen Alltag unterworfen ist. Es wird auch viel gelacht in den Sitzungen, wenn die Menschen berichten, welche Tricks sie anwenden, um sich unbemerkt kratzen zu können. Einer hat seine Kontaktlinsen wieder gegen eine Brille eingetauscht, weil er sich durch das kurze Abnehmen und Wiederaufsetzen der Brille, das ihm den Anschein von Nachdenklichkeit gibt, die Möglichkeit verschafft, sich mit den Brillenbügeln im Haaransatz zu kratzen, eine Frau, die es vor allem zwischen den Schulterblättern juckt, hat sich eine große Zahl japanischer Kratzhändchen gekauft, schenkt jedem ihrer Besucher eines und kann sich so im Verlauf einer Einladung immer wieder ungezwungen kratzen, um die Anwendung des Geschenks zu demonstrieren. Der Kreis der Mitglieder wächst stetig, in ihrem internen Slang nennen sie sich inzwischen »die Pruritaner«.

Dennoch, für Markus ist es eine ernste Sache. Wenn er jetzt aus einer weiteren Mappe den Artikel hervorholt, den er sich aus dem Internet ausgedruckt hat und in dem Forscher behaupten, der Juckreiz werde nicht, wie bis anhin vermutet, auf derselben Nervenbahn wie der Schmerz transportiert, sondern auf einer gesonderten, dann stützt das seine Überzeugung, dass dem Jucken von der Natur eine Bedeutung zugedacht ist, die wir noch nicht richtig erfasst haben, und dass die Welt erst am Beginn einer Epoche steht, in der sich die Juckpest über den ganzen Planeten verbreiten wird und Milliarden von Menschen vorrangig damit beschäftigt sein werden, sich, bevor sie irgendetwas anderes tun und denken können, zu kratzen, zu kneifen, zu reiben und zu rubbeln, um jenen gigantischen, allgegenwärtigen und unstillbaren Juckreiz zu beschwichtigen, von dem niemand weiß, woher er kommt und was er mit uns vorhat.

Der Sender

Was für ein Sturm. Zwei Tage hatte es ununterbrochen geschneit, und nun, gegen Abend, hatte sich ein Wind erhoben, der sich heulend von den Felswänden auf das Haus hinunterstürzte, an den Fensterläden rüttelte und dann wieder wimmerte, als zögen hoch oben die armen Seelen über die Krähenflühe.

»Wie das tut«, sagte Jöri, der auf dem Ruhebett lag und sein geschwollenes Bein auf der Lehne hochgelagert hatte. Seine Frau trat mit einem dampfenden Becken zu ihm. »Ein Kabiswickel«, sagte sie, »das wird schon helfen.« Sie zog Blätter aus dem Wasser, legte sie Jöri auf das Bein, wickelte ein Handtuch darum und band dann alles mit einer elastischen Binde ein.

Jöri verzog den Mund, murmelte, sauheiß sei dieser Kabis, doch Lina sagte, nur dann wirke er auch, und vielleicht wäre es doch besser gewesen, sie hätten sich heute mit dem Helikopter auch ausfliegen lassen wie Martin und Vreni und wie der Benz, jetzt seien sie die Einzigen da oben.

Wenn es so weiterschneie, könne man sie ja morgen mitnehmen, meinte Jöri, er wolle eben einfach keine Umstände machen, gerade jetzt, wo ihm das Gehen so schwerfalle.

Das wäre erst recht ein Grund zum Ausfliegen, sagte

Lina; wenn es ihm schlechter gehe, könne ja nicht einmal ein Arzt kommen.

Sie solle nicht immer so trübsinnig sein, sagte Jöri, und ob sie ihm nicht etwas Lustiges erzählen könne.

Lina lächelte. Die vom Lenggenhof seien doch ausgeflogen, schon letzte Woche, weil sie zu nah am Brätterenlauizug seien, und am nächsten Tag sei Oliver, der Zehnjährige, ins Nachbardorf zur Schule gegangen. Als die Lehrerin gesagt habe, die Kinder sollen ihr Mathematikbuch hervornehmen, hatte Oliver keins. Warum er es nicht dabeihabe, fragte die Lehrerin, und weißt du, was Oliver zur Antwort gab? Der Helipilot habe gesagt, sie sollen nur das Nötigste mitnehmen.

Jöri lachte, dann sagten beide eine Weile nichts. Das Heulen des Sturmes wurde tiefer. Es schien vom Tal herauf zu kommen.

»Und wir sind immer noch da«, sagte Lina. »Aber gepackt habe ich schon, wenn sie uns morgen holen.«

»Hast du mein Mathematikbuch dabei?«, fragte Jöri.

Lina lachte, dann wurde sie ernst. »Nein, nur das Gebetbuch.«

Wieder sagten sie nichts und horchten hinaus.

Das Heulen schwoll an und ab.

»Stell doch das Radio an«, bat Jöri, »gleich kommt der Wetterbericht.«

Seine Frau ging zur Kommode, auf der neben Hochzeitsfotos in Standrähmchen, einer Petrollampe, einer in Stein eingelassenen Tischuhr mit zwei Gämsen drauf, einer Miniatur der Ottilienkirche im Schwarzwald und einer geschnitzten Mater dolorosa im Strahlenkranz ein Kofferradio stand, über dem, farbig zunächst, dann immer blasser oder bräunlicher, alle die Verwandten und Vorfahren ihrer weitverzweigten Familien an der Wand hingen.

Sie seufzte. »Wo muss ich schon wieder drücken?«, fragte sie und begann am Ring zu drehen.

»Den zweitäußersten Knopf rechts«, sagte Jöri ungehalten. »Und drücken, nicht drehen. Sonst müssen wir den Sender wieder suchen.«

Lina drückte den zweitäußersten Knopf, und die Frauenstimme, die jetzt zu hören war, war erstaunlich klar und ungestört; sie kündigte den Wetterbericht an, der von einem Mann verlesen wurde. Er sagte Sturmböen und anhaltende Schneefälle bis in die Niederungen voraus und schloss mit dem Satz:

Mag es toben, mag es stürmen
ist doch Einer, der dich hält
Gütig wird Er dich beschirmen
Er, der Hüter aller Welt.

Jöri und Lina schauten sich an. Sie kannten den Spruch, denn sie hatten ihn an der Wand aufgehängt, vor der die Kommode stand.

Lina schüttelte den Kopf. »Das bedeutet nichts Gutes.«

»So gut wie die Hoch- und Tiefdruckgebiete ist es allemal«, meinte Jöri, obwohl er diese Art von Prognose auch noch nie gehört hatte.

Die beiden stutzten gleich nochmals, als jetzt die Abend-Nachrichten kamen und als deren Sprecher Bartlomé Epp genannt wurde.

Bartlomé Epp war ein verstorbener Onkel von Jöri, er war Pfarrer gewesen, sein Bild hing an der Wand in der Verlängerung des Kofferradios inmitten der Fotogalerie, und die Stimme, die jetzt erklang, war zweifellos die seine, obwohl er schon über dreißig Jahre tot war.

Er möchte den Hörerinnen und Hörern, die ja meistens mit schlechten Nachrichten überschwemmt würden, einmal gute Nachrichten bringen.

»Aber das ist doch...«, sagte Lina.

»Er ist es«, sagte Jöri, richtete sich auf seinem Ruhebett auf und vergaß sein krankes Bein, »es ist Onkel Bartlomé!«

Auch Lina hatte ihn gut in Erinnerung, denn er hatte sie seinerzeit getraut.

Und nun begann dieser mit wohltönender, väterlicher Stimme zu erzählen, dass es all denen, die von uns gegangen seien, gut gehe, denn sie seien geborgen in einer andern Existenz, von der wir nicht einmal ahnten, wie schwerelos und glückselig sie sei. Und da er nicht allgemein bleiben wolle, möchte er ihnen von Menschenkindern erzählen, die er selber in diesen Gefilden angetroffen habe, Menschenkinder, die vielleicht der eine oder andere der Hörerinnen und Hörer auch gekannt habe.

Seine Schwester Beth etwa, die ja nicht nur seine Schwester gewesen sei, sondern auch Gemeindeschwester im Tal, sei ihm kürzlich entgegengekommen auf einem seiner langen Spaziergänge, die so leicht und körperlos seien, wie man sich das als Erdenkind kaum vorstellen könne, und habe ihm zugeflüstert –

»Tante Beth...«, sagte Jöri, »Tante Beth – ist das möglich?«

»Tante Beth«, sagte Lina, »die starb ja kurz nach ihm, an einer Lungenentzündung, von der Nachtwache im eiskalten Haus vom alten Oski – «

»Still!«, zischte Jöri, und nun erzählte ihnen Onkel Bartlomé, wie ihm Schwester Beth von der großen Ruhe im Licht und von der Schönheit geschwärmt habe und wie anrührend es sei, Seelen zu begegnen, die man gepflegt und vielleicht sogar getröstet habe, und wie auch ihre Mutter Wilhelmine –

»Die Großmutter«, flüsterte Jöri, »unsere Großmutter...«

– und ihr Vater Otto-Karl –

»Dein Großvater«, flüsterte Lina und bekreuzigte sich.

– wie die also alle da seien und doch nicht anwesend die ganze Zeit, aber so, dass man spüre und wisse, sie seien da, ohne dass man sie zu sehen brauche, denn Sehen und Hören und Riechen trete alles in den Hintergrund, man müsse von Erkennen sprechen, man erkenne sich, und auch Wünschen und Sehnen gebe es nicht mehr, es sei nur noch ein Ahnen, und das Vermissen sei zu einem Warten geworden, ein Warten auf die Nächsten, wie der Candid, der ihm gesagt habe –

Linas Augen blitzten auf. »Der Candid?«

»Der vom Holderhof«, sagte Jöri.

– er habe so früh gehen müssen –

»Abgestürzt, der Wilderer«, murmelte Jöri, »in den Krähenflühen.«

Lina schneuzte sich.

– er hätte eigentlich gern gewusst, was aus Linas Ruedi einmal geworden sei –

»Was geht das den an?«, fragte Jöri, »hast du das gehört?«

Lina liefen die Tränen über das Gesicht.

– aber das sei nun alles so weit weg wie Kleider, die man lang schon abgelegt habe, und tue nicht mehr weh –

Lina schluchzte.

Jöri stand auf. »Was ist das für ein Sender?«

Er humpelte zum Herrgottswinkel, um zu sehen, wo der Zeiger auf der Skala des Kofferradios stand.

»Habt keine Angst«, sagte Onkel Bartlomé, während sich Lina mit dem Schürzenzipfel die Augen trocknete, »da wo ich bin, ist es –.« Die Stimme brach ab, an ihrer Stelle war nur noch ein Rauschen im Lautsprecher zu hören, ein Rauschen und Rumpeln und Rollen, das rasch immer stärker wurde, so stark, dass es alle Ahnen und Hochzeitspaare von der Wand fegte, die Maria im Strahlenkranz hinunterwarf und Jöri an seine Lina drückte, dass es den beiden die Ohren sprengte und sie sich umarmen mussten wie in ihrem ganzen Leben noch nie.

Die Grenze

Es war kurz vor drei Uhr morgens, als er erwachte. Soeben war er im Traum mit einer schwächelnden Taschenlampe durch eine nächtliche Stadt getappt, die vollkommen im Dunkeln lag, und war vor einem riesigen Generator gestanden, der auf einmal mit einem tiefen Brummen ansprang. Von diesem Brummen war er aufgewacht.

Jetzt stand er im Klo und horchte. Nichts. Dann schlüpfte er in den Bademantel, öffnete die Tür seiner Baracke und trat hinaus. Die Sterne flackerten betörend am Himmel, und ringsum lauerte eine Stille, an die er sich noch immer nicht ganz gewöhnt hatte. Die Baracke war Teil des kleinen Camps in der demilitarisierten Zone an der Grenze zwischen Nord- und Südkorea, und Leutnant Christian Hiltmann aus Basel gehörte zur neutralen Überwachungskommission, welche auf der südkoreanischen Seite dieser Grenze stationiert war.

Es war windstill, nichts rührte sich, der Wald ringsum stand unbewegt. Als er nach ein paar Minuten immer noch nichts hörte, trat er wieder ein und schloss die Tür ab. Die Nachtluft hatte ihm gutgetan, und er freute sich auf die paar Stunden Schlaf, die ihm noch blieben.

Kaum hatte er sich hingelegt und die Augen geschlossen, war das Brummen wieder da, oder das, was er für ein

Brummen gehalten hatte, denn nun glich es eher einem tiefen Knarren. Hiltmann machte Licht, sprang aus dem Bett und riss das Fenster auf, doch da war das Knarren schon verstummt. Er ging zum Bett zurück, löschte die Nachttischlampe und trat wieder ans Fenster. Dort blieb er stehen und starrte minutenlang in die Finsternis. Ein Tier? Und wenn nicht, was sonst?

Vor einigen Jahren waren auf südkoreanischem Boden Tunnels entdeckt worden, die aus Nordkorea vorangetrieben wurden und der nordkoreanischen Armee einen Überraschungsangriff ermöglichen sollten. Man zeigte sie heute den Touristen aus aller Welt als Beweis für die Gefahr, die aus dem Norden drohte, doch die Art, wie die Tunnels präsentiert wurden und wie sie begehbar gemacht worden waren, hatte etwas von einem unterirdischen Disneyland. Das Gelächter der Gruppen, die, mit Stiefeln und Helmen ausgerüstet, in einem eigens angelegten Zugangsstollen 70 Meter in die Tiefe marschierten, ließ nicht vermuten, dass es da unten um Krieg und Frieden ging. Sollten die Nordkoreaner wieder so etwas vorhaben und unvorsichtig genug sein, ihre Baumaschinen so nahe an die Grenze zu fahren?

Der Leutnant holte sich einen Stuhl, setzte sich darauf, legte beide Arme auf den Fenstersims und stützte sein Kinn auf einen Handrücken. Er wollte wach bleiben, falls das Geräusch noch einmal kam. Schließlich war er der Stellvertreter des Kommandanten und war an diesem Wochenende als Einziger auf dem Posten; wenn da auf der andern Seite eine unvorhergesehene Aktion unternommen würde, müsste er es sofort der südkoreanischen und der amerikanischen Armeeleitung melden.

Als er auffuhr, zeigten die Leuchtziffern seiner Armbanduhr halb vier. Das Geräusch war wieder da, und diesmal war es ein Knurren, welches die Fensterscheiben zum Vibrieren brachte und in einem kurzen Gebrüll endete. Jetzt gab es keinen Zweifel mehr: Es war ein Tier. Da der Grenzgürtel, der sich auf dem 38. Breitengrad durch die ganze Halbinsel zog, seit dem Waffenstillstand für Zivilpersonen nicht mehr betretbar war, hatte er sich im Lauf von über fünfzig Jahren langsam zu einem Naturreservat entwickelt, zu einem Biotop für die verschiedensten Tierarten, in dem auch viele seltene Pflanzen wuchsen.

Dabei war die Nordseite des Grenzzauns nicht nur für Menschen, sondern auch für Tiere gefährlicher, denn sie war vermint. Ab und zu drang ein dumpfer Knall herüber, und man wusste dann, dass eine Tretmine explodiert war. Ob das Opfer ein Mensch war, der die Flucht versucht hatte, oder ein Tier, etwa ein Reh oder eine Gazelle, konnten sie jeweils nicht feststellen, der Wald war zu dicht.

Das nächste Geräusch war schon etwas weiter weg. Es waren kurze tiefe Stöße, fast klangen sie wie Hammerschläge einer Maschine, aber das Aufheulen am Schluss machte klar, dass da kein Bautrupp unterwegs war, sondern ein Tier. Ein großes Tier. Ein Raubtier.

Hiltmann erinnerte sich an die Behauptung von Wildbiologen, auf der nordkoreanischen Seite habe man schon den sibirischen Tiger gesehen. Diese Behauptung war wohl eher eine Vermutung, wenn nicht ein Gerücht, um die Wichtigkeit des Naturreservats herauszustreichen. Es gab mehrere Gruppen, die sich schon jetzt dafür stark machten, die ganze demilitarisierte Zone nach dem Friedensschluss, der ja irgendwann einmal kommen musste, zu dem zu erklären, was sie jetzt schon war, zu einem Nationalpark.

Was immer es jedoch für ein Tier war, es schien sich etwas in östliche Richtung entfernt zu haben. Das war durchaus logisch, denn westlich des Camps befand sich der offizielle Grenzübergang mit den entsprechenden Gebäuden auf beiden Seiten. Der wurde zwar kaum benutzt, aber er war ständig besetzt und nachts beleuchtet, kein Aufenthaltsort also für wilde Tiere.

Ohne sich viel zu überlegen, zog Leutnant Hiltmann sein Pyjama aus und seine Uniform an. Er füllte eine PET-Flasche mit Wasser, steckte ein halbes Brot, eine Packung Schinken und einen Apfel in einen kleinen Rucksack, nahm die Stablampe in die Hand, schaltete sie ein und verließ seine Baracke. Er ging zum Platz neben dem Hauptquartier hinüber, auf dem sie jeweils die Besuchergruppen empfingen und bei schönem Wetter auch bewirteten und Fragen beantworteten, die häufig mit »What would Switzerland do, if –« begannen. Als ob Switzerland could do anything außer zuschauen. Im Norden stand eine Armee von mehr als einer Million Soldaten, im Süden waren es etwa 800 000, zusammen mit über 30 000 Hightech-bewaffneten Amerikanern, und dazwischen 5 Schweizer als neutraler Puffer, zusammen mit 5 ebenso neutralen Schweden. Und einer der Schweizer war er, Leutnant Christian Hiltmann aus Basel, der nun den Platz verließ und sich auf den Fußpfad begab, der am Grenzzaun entlang verlief.

Von Zeit zu Zeit blieb er stehen und lauschte in die Dunkelheit. Seit dem letzten Gebrüll des Tigers, und was konnte es anderes sein als ein Tiger, war fast eine halbe Stunde verstrichen, und Hiltmann hatte das Gefühl, in die Nähe von dessen letztem Standort gekommen zu sein. Oder war er bereits zu weit gegangen? Eine Tafel auf einem asphaltierten Kehrplatz zeigte das Ende des Camp-Geländes an. Ab hier durfte der Pfad nur noch von Soldaten der südkoreanischen oder amerikanischen Truppen begangen werden. Hiltmann beschloss, auf ein nächstes Geräusch des Tigers zu warten, und setzte sich auf den Boden. Sollte er nichts mehr hören, würde er wieder umkehren. Er lehnte sich mit dem Rücken an die Stange der Tafel und schoss sogleich wieder auf. Das Brüllen, das jetzt ertönte, kam von ganz nah, da konnten höchstens zwei- oder dreihundert Meter dazwischenliegen, und es kam, da war er sicher, von der andern Seite des Zaunes, ihm konnte also nichts passieren.

Vorsichtig betrat er den Pfad hinter der Tafel, der enger war als derjenige im Camp, die Gräser wuchsen hier bis in Kniehöhe, es war offensichtlich, dass er seltener benutzt wurde. Er ging nun auf die Morgendämmerung zu, die sich im Osten ankündigte, trotzdem musste er den Boden vor seinen Füßen ausleuchten, der uneben und zum Teil von Wurzeln überzogen war. Als er die Höhe erreichte, auf welcher er den Tiger vermutete, blieb er stehen und leuchtete mit der Lampe durch den Zaun hindurch. Das Gebüsch dahinter war undurchdringlich. Es waren auch keine Geräusche wie brechende Zweige zu vernehmen, die den Gang eines großen Tieres verraten hätten.

In Christian Hiltmann war der Jagdinstinkt erwacht.

Es war nicht der Instinkt eines Jägers, der ein Tier erlegen wollte, sondern es war die Jagd nach einem Anblick. Er war nie auf einer Safari gewesen und hatte auch mit einer gewissen Belustigung zugehört, als ihm sein Bruder und dessen Frau erzählten, wie sie in Südafrika mit einem Kleinbus ins Löwengebiet gefahren waren und wie seine Schwägerin die Löwenmutter mit ihren Jungen erst dann gesehen hatte, als sie ihre Hosen hinter einem Baum heruntergelassen hatte, um zu pinkeln, und dann voller Panik zum Bus mit der Reisegruppe zurückgerannt war.

Hier gab es keine Reisegruppe, hier war nichts organisiert, hier war nur er allein, und irgendwo auf der andern Seite der Grenze eine Raubkatze, und diese Raubkatze wollte er sehen, denn sie musste ganz nahe sein.

Er überlegte sich, wie er am besten vorgehen sollte und ob er sich dabei in irgendeine Gefahr begab. Der Zaun war gute drei Meter hoch, war oben mit gerolltem Stacheldraht gekrönt und galt als unüberwindbar. Hiltmann wusste Bescheid, denn es gehörte zu den Aufgaben der Überwachungskommission, bei den Befragungen der Flüchtlinge aus Nordkorea dabei zu sein. Die wenigen Menschen, denen die Flucht gelang, kamen auf dem Seeweg oder über andere Länder, aber durch die Grenzsperre hatte es, seit er hier war, nur ein einziger militärischer Überläufer geschafft. Zu gut war das nördliche Gebiet abgeriegelt und bewacht, und zu stark war das Gelände unmittelbar vor dem Zaun mit Minen verseucht. Ein größeres Loch im Maschendraht, durch das ein Tier wie ein Tiger schlüpfen könnte, war also auszuschließen, und dass dieser ein stachelbewehrtes Hindernis von derartiger Höhe überspringen konnte, schien ihm unwahrscheinlich. Und wenn er von einer südkoreanischen oder amerikanischen Patrouille aufgegriffen würde, würde es wohl einen Verweis geben, aber kaum mehr. So hoffte er jedenfalls, denn ihm war kein solcher Vorfall bekannt. Er war nun fast ein Jahr hier und hatte sich für zwei Jahre verpflichtet. Als er sich zu diesem Dienst gemeldet hatte, dachte er fast an so etwas wie den Eintritt in die Fremdenlegion, doch mit so viel Eintönigkeit hatte er nicht gerechnet. Nun witterte er ein Abenteuer. Es war Sonntag, und die Kollegen würden erst am Montagmorgen ihren Dienst wieder aufnehmen, der Kommandant eingeschlossen. Streng genommen müssten sie nicht einmal unbedingt auf dem Posten sein, die Schweden verbrachten die Wochenenden meistens in der amerikanischen Basis in Seoul, wo auch alle Schweizer wohnten, und dass von ihnen ständig jemand da sein sollte, war eher eine Marotte ihres Chefs.

Nachdem er sich das alles durch den Kopf hatte gehen lassen, beschloss er, dem Tier auf der Spur zu bleiben, solange es ging, und am günstigsten schien ihm dafür, da stehen zu bleiben, wo er war, und auf das nächste Lebenszeichen von jenseits des Zaunes zu warten.

Nach und nach begannen die Vögel zu singen und teilten sich das Anbrechen des Tages mit. Die Schönheit des morgendlichen Konzerts stand in eigenartigem Widerspruch zur martialischen Situation im Grenzgürtel. Fremdartig quirlende Tonfolgen mischten sich mit Schalmeientönen, die aus den Baumwipfeln erklangen, und Hiltmann kam es vor, als sei er in einem verzauberten

Wald. Für die Vögel gab es keine Grenze, ihre kehligen Rufe verteilten sich gleichmäßig über die Nord- und Südseite der Demarkationslinie, die mit einem Bannfluch belegt war, dessen Macht niemand zu brechen vermochte.

Da, da war er wieder! Hiltmann hörte ein tiefes, krachendes Husten, und zu seiner Enttäuschung war es weit weg, nachdem es doch vorhin so nahe gewesen war. Er steckte seine Lampe in den Rucksack und ging nun im frühen Tageslicht auf dem Pfad weiter. Ab und zu musste er einen Dornenzweig niedertreten, es sah nicht so aus, als ob hier täglich Kontrollgänge gemacht würden. Das Jubilieren der Vögel schwoll an. Jorinde ruft Joringel, dachte er plötzlich, das Lieblingsmärchen seiner Kindheit. Näherte er sich dem Schloss der Erzzauberin, in dem Jorinde und all die andern gefangenen Jungfrauen in ihren Käfigen saßen?

Vor einer durch und durch verrosteten Tafel, die von der Nordseite des Zauns herüberwarnte, hielt er an. Drei oder vier koreanische Schriftzeichen und die Buchstaben »ITAR« hatten dem Zerfall standgehalten. Ob er sich hier in der Nähe eines nordkoreanischen Postens befand? Doch gleich hinter der Tafel wucherte das Dickicht, das Dickicht, in dem sich irgendwo auch der Tiger aufhielt, oder aufgehalten hatte, als er zum letzten Mal hustete.

Nun überlegte er sich doch noch einmal, ob ihm etwa Gefahr von der nordkoreanischen Seite drohte. Was, wenn hinter dem Zaun eine Patrouille aufkreuzte? Was würde sie hindern, hinüberzuschießen? Es gab in der Nähe des Campgeländes einen Gedenkstein für zwei amerikanische

Soldaten, die den Ast eines Baumes abgesägt hatten, weil dieser die Sicht auf ein Stück des Grenzstreifens verdeckt hatte. Sie waren von den Nordkoreanern während dieser Arbeit erschossen worden.

Das erneute Brüllen des Tigers fegte seine Bedenken hinweg. Es war so nahe, dass Hiltmann bis ins Mark erschrak, und gleichzeitig stachelte es seine Neugier aufs Äußerste an. Er begann zu rennen, stolperte über eine Wurzel und fiel mit einem unterdrückten Aufschrei in einen Busch. Auf der andern Seite hörte er Äste knacken, ganz nahe zuerst, dann weiter weg, und ärgerte sich, dass er sich zu dieser Unachtsamkeit hatte hinreißen lassen. Indianer müsste man sein, dachte er, als er sich ächzend erhob und den Blutstreifen auf seinem rechten Handballen sah. Er holte die Flasche aus seinem Rucksack, goss sich etwas Wasser über die Hand und wischte sich dann mit dem Taschentuch die Erdkrümel aus dem Kratzer, der immer noch blutete. Seine Apotheke, er erinnerte sich deutlich, lag im Duschraum seiner Baracke, und so ballte er die rechte Hand um das Taschentuch zur Faust.

Aber die Richtung, in der er den Tiger vermutete, war dieselbe geblieben, ostwärts, also setzte sich auch Hiltmann wieder in Bewegung, so vorsichtig und geräuscharm wie möglich. Nach einer Viertelstunde hielt er an, um auf ein nächstes Zeichen zu warten. Vielleicht hatte er seinen unsichtbaren Gegner schon überholt. Obwohl sich bei ihm langsam der Hunger meldete, behielt er seinen Rucksack an, das Aufreißen der Schinkenpackung hätte ihn schon verraten können. So behutsam wie möglich ließ er sich im Gras nieder, betrachtete kurz seine Wunde und sah mit

Befriedigung, dass sie aufgehört hatte zu bluten. Er wartete.

Warten war ihm vertraut, es war eine der Hauptbeschäftigungen auf diesem seltsamen Außenposten. Man wartete ständig darauf, dass etwas geschah. Und wenn wirklich etwas geschah, wie letzthin die Bombardierung einer vorgelagerten südkoreanischen Insel, dann mussten sie hingehen, zu zweit oder zu dritt, und sich über das Ausmaß des Schadens kundig machen, mussten es als Verletzung des Waffenstillstands deklarieren und den Protest bei den Nordkoreanern deponieren. Einmal in der Woche fand eine Sitzung in einer der Baracken statt, deren eine Hälfte nördlich der Demarkationslinie lag, deren andere südlich, und dazu waren außer den Schweizern und den Schweden die Amerikaner, die Südkoreaner und die Nordkoreaner geladen. Für die Möblierung der Baracken hatte die Schweiz gesorgt, indem sie aus dem Bundeshaus in Bern die alten Stühle und Tische des Ständeratssaales eingeflogen hatte, deren Festlichkeit nicht ganz dem Provisorium einer Baracke entsprach. Bei diesen Sitzungen wartete man jeweils vergeblich auf die Nordkoreaner und fing dann ohne sie an. Sie blieben bis zuletzt fern; es wurden die hängigen Fragen und eben auch die festgestellten Verletzungen des Abkommens besprochen, mit dem Protokoll der Sitzung ging man in den Windfang vor der nordkoreanischen Türe und steckte es dort in einen Briefkasten. Eine Woche später war das Protokoll nicht mehr da, aber die Nordkoreaner ließen sich wieder nicht blicken. Sie spielten mit ihnen Katz und Maus.

Der Leutnant hob den Kopf. Ein tiefes, leises Knurren

drang aus dem Wald hinter den Büschen. Erst jetzt merkte er, dass keine Vögel mehr sangen, der Tag hatte begonnen. Der Tiger, so es denn einer war, musste etwa auf derselben Höhe sein wie er. Sinnlos also, sich weiterzubewegen, aber wohl ebenso sinnlos, so sagte er sich jetzt, zu erwarten, der Tiger käme irgendwann so nahe zum Zaun, dass man ihn sehen könnte. Trotzdem mochte er nicht aufgeben.

Da kam ihm eine Idee. Er öffnete seinen Rucksack, schnitt sich mit der einzigen Waffe, die ihnen gestattet war, mit seinem Offiziersmesser eine Scheibe Brot ab, fuhr dann mit der Klinge in die vakuumierte Packung und legte sich ein Stück Schinken darauf. In Ruhe aß er das Schinkenbrot, trank dazu etwas Wasser aus seiner Flasche und machte sich dann ein zweites Brot. Nachdem er auch dieses verzehrt hatte, nahm er die geöffnete Schinkenpackung in die Hand und trug sie, langsam weitergehend, vor sich her, schwenkte sie dabei ein bisschen, damit sich der Geruch besser entfalten konnte. Von Zeit zu Zeit blieb er stehen und horchte hinüber. Einmal schien ihm, er habe einen knackenden Zweig gehört, doch um den Tiger bis zum Zaun zu locken, brauchte es offensichtlich mehr.

Er schaute den Kratzer auf seinem Handballen an und trieb dann die Haut so auseinander, dass er wieder zu bluten begann. Mit der linken Hand die Schinkenpackung schwenkend, die rechte, aus der das Blut tropfte, ausgestreckt vor sich hin haltend, setzte er sich langsam wieder in Bewegung.

Der Ruf von hinter dem Zaun überraschte ihn. Unvermutet hatte sich eine schmale Lichtung geöffnet, darin stand ein kleines Wachhaus, und vor dem Wachhaus ein nordkoreanischer Soldat mit einem umgehängten Gewehr.

Erneut rief ihm der Soldat in scharfem Ton etwas zu, und Leutnant Christian Hiltmann rief zurück »Neutral Nations Supervisory Commission! Switzerland!«. Als der Wachmann seine Waffe in Anschlag brachte und auf ihn richtete, hob Hiltmann seine Hände in die Höhe, die linke mit der Schinkenpackung, die rechte mit dem Blut am Handballen. Eine Sekunde überlegte er sich, ob er sich umdrehen und fliehen sollte, merkte aber, dass seine einzige Chance war, sich nicht zu rühren. Nein, dachte er, der wird nicht schießen, der darf nicht schießen, auf einen neutralen Schweizer auf der andern Seite der Grenze, das ist gegen die internationalen Abkommen, das käme ins Protokoll der Verletzungen, er setzte nochmals zu »Neutral Nations!« an, aber die Wörter blieben ihm im Hals stecken, als er sah, wie ihn der andere durch sein Zielfernrohr ins Visier nahm.

Da ließ das Gebrüll des Tigers den Wald erzittern, der Soldat ließ das Gewehr fallen, drehte sich um und sprang mit einem Satz in sein Wachhaus zurück.

Den Anblick, wie der sibirische Tiger gelassen und geschmeidig die Lichtung überquerte, kurz am Gewehr des Soldaten schnupperte und dann lautlos im Gebüsch verschwand, würde Leutnant Christian Hiltmann nie mehr vergessen.

Schnell rannte er in Deckung, trat dann so rasch wie möglich den Rückweg an, indem er sich immer wieder versicherte, dass nördlich des Zauns nur Büsche und

Bäume waren, und wunderte sich, wie weit er auf dem verbotenen Pfad gegangen war.

Am Abend schrieb er auf dem Formular des Tagesrapports unter »Besondere Vorkommnisse«: *Keine.*

Bianca Carnevale

Mit siebenundzwanzig hatte sie ein eigenartiges Leben hinter sich.

Geboren in Buenos Aires als erstes Kind eines Schweizer Fleischhändlers und einer italienischen Sängerin, wuchs sie zusammen mit einem jüngeren Bruder in Argentinien auf und besuchte dort bis zu ihrem zehnten Lebensjahr die deutsche Pestalozzi-Schule. Dann kam es zur Scheidung der Eltern, und die Mutter, welche nach ihrer Heirat die Schweizer Staatsbürgerschaft angenommen hatte, zog mit den beiden Kindern nach Bellinzona im Tessin. Dort schickte sie ihre Tochter zuerst in die Primarschule und dann ins Gymnasium. Da sie mit ihr stets italienisch gesprochen hatte, bereitete dieser die sprachliche Umstellung keine Mühe, wohl aber die menschliche. Sie hatte zum Geschlechtsnamen des Vaters einen italienischen Vornamen und hieß Bianca Fasnacht, was schon bei ihrem ersten Schultag in Bellinzona für Gelächter sorgte. Die zwei Deutschschweizer Mädchen in der Klasse nannten sie sogleich Bianca Carnevale, und dieser Übername blieb ihr. Er war wohl auch aus Eifersucht entstanden, denn Bianca war ein schönes Mädchen mit den blauen Augen des Vaters und den schwarzen Haaren der Mutter, die sie zu Zöpfen geflochten trug. Den Abschluss der Zöpfe bildeten kleine bunte Schleifen in verschiedenen Farben.

Ihre Interessen waren musischer Art. Sie las gerne und verbrachte ganze Nachmittage im kleinen Garten hinter dem Haus unter einem großen Magnolienbaum mit einem Buch, während andere Kinder ins Schwimmbad gingen, das sie wegen seiner Lärmigkeit abstieß. Bianca sang gerne und hörte gerne Musik, und als ihre Mutter sie zu einer Pianistin, mit der sie befreundet war, in den Klavierunterricht schickte, wunderte sie sich, wie wenig sie ihre Tochter zum Üben anhalten musste, denn Bianca war offensichtlich erpicht darauf, in der Landschaft aus weißen und schwarzen Tasten heimisch zu werden. Ihr Bruder hingegen übte auf seinem Cello mit ständigem Blick auf die Armbanduhr genau die vorgeschriebene Mindestzeit von einer Viertelstunde und stellte dann das Instrument missmutig wieder weg. Auch er hörte gerne Musik, aber nicht klassische, wie seine Schwester, sondern Jazzplatten. Da ihre beiden Zimmer nebeneinander lagen und beide einen einfachen Grammophonapparat besaßen, kam es öfter zu musikalischen Kriegen, etwa zwischen Giuseppe Verdi und Duke Ellington oder zwischen Robert Schumann und Charly Mingus. Erst wenn beide den krächzenden Lautsprecher auf das Maximum gedreht hatten, begannen sie mit Verhandlungen über einen Stundenplan ihrer Hörzeiten.

Die Mutter, welche sich als Gesangslehrerin betätigte und auch als Altistin für Oratorien und Messen gefragt wurde, besuchte gelegentlich eine Aufführung in der »Scala« im nahen Milano und nahm ihre Tochter mit. Es war Ende der fünfziger Jahre, in denen Tito Gobbi den Rigoletto sang und Maria Callas die Lucia di Lammermoor. Bianca war begeistert, und einmal musste die Mutter sie stupsen, weil sie begonnen hatte, in der Wahnsinnsarie bei »Spargi d'amaro pianto« leise mitzusingen. Biancas musikalisches Talent fiel auf. Bei den Vortragsübungen ihrer Klavierlehrerin stach sie nicht nur durch ihre Sicherheit hervor, mit der sie ihr gewähltes Stück auswendig spielte, sondern auch durch die Anmut ihres Vortrags, eine gewisse liebevolle Zuwendung zu den Tönen, etwa zu einzelnen Läufen, die sonst nur als Brücken zum nächsten Motiv angesehen wurden und die unter ihren Händen zu etwas Bedeutungsvollem heranwuchsen.

Mit fünfzehn Jahren fing sie mit Orgelunterricht an, und als sie nach einer Weile einmal in der Woche allein in der Collegiata-Kirche eine Stunde üben durfte, fand sie ein großes Vergnügen daran, mit den Klängen eines Präludiums oder einer Toccata einen Raum von dieser Größe zu füllen. Oft saß sie noch lange nach der Schluss-Fermate auf der Orgelbank und horchte den Klängen nach, die wie Fledermäuse irgendwo in den Gewölben zu verschwinden schienen.

Es begannen nun auch die kleinen bezahlten Einsätze bei bestimmten Gelegenheiten, das Einspringen bei einer sonntäglichen Frühmesse oder bei einer Abdankung auf dem Harmonium der Friedhofskapelle. Auch begleitete sie des Öftern ihre Mutter auf dem Klavier, wenn sie ihre Oratorienauftritte vorbereitete, wofür diese ihr stets ein kleines Taschengeld gab.

Von ihren musizierenden Mitschülern wurde sie gerne zum Mitmachen bei kammermusikalischen Anlässen gefragt, und wer sie als Begleiterin eines virtuosen Flötenspielers und eines Cellisten am Flügel sah und hörte, wurde von der Grazie der Jugend angerührt.

Einmal im Jahr lud der Vater seine beiden Kinder nach Buenos Aires ein. Die Mutter bestand darauf, dass sie nicht gemeinsam reisten, aus Angst vor einem Flugzeugabsturz. So flogen sie zunächst stets an zwei aufeinanderfolgenden Tagen hin und zurück und verbrachten im Sommer drei oder vier Wochen mit ihrem Vater, etwas später ging Roberto, ihr Bruder, im Frühling hin, und Bianca im Sommer. Ihr Vater wickelte den ganzen Export argentinischen Rindfleisches in die Schweiz ab, und da auf den Schweizer Wiesen nicht genügend Huftsteaks und Entrecôtes weideten und nicht einmal die Nachfrage nach Bündnerfleisch aus den einheimischen Ställen befriedigt werden konnte, wurde er außerordentlich wohlhabend dabei. Er bewohnte inzwischen mit seiner zweiten Frau eine Villa im Recoleta-Viertel, einer der nobelsten Adressen der Stadt. Zu Biancas Überraschung stand, als sie mit sechzehn zu Besuch kam, im Salon des Hauses ein Bösendorfer-Konzertflügel, auf dem sie spielen durfte, so viel sie wollte. Das machte ihr die Ferienaufenthalte, über deren Pflichtmäßigkeit sie gerade begonnen hatte sich zu beklagen, wieder angenehmer, obwohl ihr die neue Frau des Vaters nicht sympathisch war, sie war dessen Sekretärin gewesen und wollte nun, so kam es Bianca vor, die Dame von Welt spielen, die sie in keiner Weise war. Wenigstens gab es keine Halbgeschwister, und so hatte der Vater niemanden zum Vergöttern als seine eigenen Kinder. Wo immer er mit seiner schönen und begabten Tochter auftauchte, erntete er Bewunderung, und es blieb nicht aus, dass er, wenn sie da war, zu kleinen Soiréen einlud, bei denen Bianca dann ein paar Klavierstücke zum Besten zu geben hatte. Ihre Lieblinge waren Chopin und Scarlatti.

Ihr Vater gab sich Mühe, kleinere Ausflüge in die Umgebung zu machen, ins Delta des Rio de la Plata, wo naturkundliche Bootsfahrten angeboten wurden, oder nach Luján, der Stadt mit der angeblich schönsten Kathedrale Argentiniens, aber am liebsten ging Bianca im nahe gelegenen Friedhof spazieren, einem Friedhof, der viel eher eine Totenstadt war, mit Grabkapellen und Familienruhestätten, die kleinen Villen glichen, und in dem man sich mühelos verlaufen konnte. Mit Vergnügen hörte sie sich jeweils auch eines der Tangokonzerte an, welche die Banda Sinfónica an Sonntagen im Pavillon eines Parkes gratis spielte.

Doch flog sie immer wieder gern in die Schweiz zurück und freute sich auf ihre Orgelstunden in der Collegiata in Bellinzona. Immer klarer zeichnete es sich ab, dass sie sich nach Abschluss des Gymnasiums zur Pianistin ausbilden würde. Der Ernst, mit dem sie sich der Musik widmete, ließ auch ihre Mutter nicht daran zweifeln, obwohl sie wusste, welche Schwierigkeiten einen im Berufsleben erwarten konnten.

Vorerst kamen ganz andere Schwierigkeiten auf Bianca zu. Es fiel ihr auf, dass an den Nachmittagen, an denen sie allein auf der Orgel übte, oft ein Geistlicher in einer der Kirchenbänke saß. Sie maß dem keine besondere Bedeutung zu, bis er eines Tages, als sie von der Empore herunterkam, unten an der Treppe stand und sie höflich begrüßte. Es war ein junger Vikar, der ihr sagte, wie sehr er die Musik von Bach liebe und wie sehr ihm die Art und Weise gefalle, wie sie diese interpretiere. Bianca fühlte sich geschmeichelt, und nun stand er öfters unten an der Treppe, wenn sie ihr Spiel beendet hatte, und versuchte sie in ein Gespräch zu ziehen. Eines Nachmittags jedoch, als sie den Rolldeckel des Manuals heruntergezogen und abgeschlossen hatte, stand er unvermutet hinter ihr und schloss sie heftig in seine Arme. Bianca war so erschrocken, dass sie etwas zu lange wartete, bis sie den Kuss seiner halb geöffneten Lippen abwehrte. Dann sagte sie entschieden, sie komme hierher zum Orgelspielen und zu nichts anderem, wand sich aus seinen Armen, hastete die Treppe hinunter und verließ die Kirche. Als sie die schwere Tür hinter sich schloss und ins blendende Sonnenlicht hinaustrat, blieb sie aufatmend stehen, bevor sie sich mit erzwungener Langsamkeit auf den Heimweg machte.

Sie war verwirrt, und was sie in den nächsten Tagen vor allem irritierte, wenn sie über den Vorfall nachdachte, war ihre mangelnde Empörung. Die Dreistigkeit und die Leidenschaft des Vikars hatten in ihr eine seltsame Neugier erweckt, und gerade das Ungehörige und Aussichtslose dabei zogen sie an. So kam es, dass sie die Einladungen des gleichaltrigen Flötisten ausschlug und sich an ihren Orgelnachmittagen mit dem Geistlichen traf. Auf der Empore zunächst, und dann gab es dort noch eine kleine Materialkammer.

Sie entdeckte in sich auch eine Fähigkeit, ein Geheimnis für sich zu behalten, die sie selbst erstaunte. Was sie zu verbergen hatte, überspielte sie mit kleinen Lügen oder mit einem verschwiegenen Lächeln, etwa wenn ihre Mutter, die etwas ahnte, sie fragte, ob sie verliebt sei.

Gewisse Dinge allerdings können nicht verborgen bleiben, und als sie in diesem Sommer nach Buenos Aires reiste, brachte sie ihr Vater dort in eine gynäkologische Privatklinik, wo man ihr das unerwünschte Leben entfernte. Zehn Tage später entzückte sie eine Abendgesellschaft bereits wieder mit einer Chopin-Sonate.

Als Bianca nach Bellinzona zurückkam, war der Vikar verschwunden, in die Mission nach Afrika, hieß die Auskunft auf vorsichtige Nachfragen, und verschwunden war auch ihre Freude am Orgelspiel. Sie ließ sowohl ihre Orgelstunden als auch ihre Nachmittage in der Collegiata bleiben, fuhr aber mit dem Klavierspielen fort.

Ein Jahr später lud sie ihr Vater zu einer Reise nach den Iguazù-Fällen an der Grenze zu Paraguay und Brasilien ein. Bianca war überwältigt, ja berauscht von diesem Erlebnis. Auf der Rückfahrt im Auto geschah dann das Unglück. »Der Schweizer Kaufmann Enrique Fasnacht«, so war in der argentinischen Presse zu lesen, »fuhr beim Versuch, einem Lastwagen auszuweichen, der ihm auf seiner Fahrspur entgegenkam, über eine Kurve hinaus, stürzte einen Abhang hinunter und konnte erst Stunden später tot geborgen werden. Seine Tochter, die auf dem Beifahrersitz saß, musste mit Trennscheiben aus dem Wagen befreit werden und wurde mit schweren Verletzungen in das Hospital Nacional von Posadas eingeliefert.«

Biancas linker Fuß wurde im Wagen eingeklemmt, und als man sie schließlich nach stundenlangem qualvollem Warten aus dem Auto zog, mussten ihr im Krankenhaus die kleineren drei Zehen amputiert werden, zudem kämpfte man gegen eine Blutvergiftung, die sie sich beim Kontakt der offenen Fußwunden mit Schmierfett zugezogen hatte.

Länger als einen Monat musste sie im Hospital bleiben, ihre Mutter reiste aus der Schweiz an, um sie zu besuchen, flog aber, als ihre Tochter außer Lebensgefahr war, wieder zurück, um ihren Verpflichtungen nachzukommen. An der Trauerfeier für ihren Vater konnte Bianca nicht teilnehmen, auch wollten weder die Mutter noch Roberto dabei sein.

Bianca hatte großes Glück. Außer zwei Rippenbrüchen blieb ihr Oberkörper unverletzt, Hände, Arme und Gelenke waren weiterhin Chopintauglich. Die Erleichterung, als sie sich nach vier Wochen in der Cafeteria des Spitals ans Klavier setzte und merkte, dass alles noch funktionierte, war riesig. Später, nach dem Abklingen der Phantomschmerzen, sollte sich als Folge bloß zeigen, dass sie mit dem linken Fuß etwas vorsichtiger auftrat; dies brachte eine kleine Unregelmäßigkeit in ihren Gang, die aber kaum zu erkennen war, und auch das Pedal konnte sie mit den beiden Hauptzehen mühelos drücken.

Doch der Unfalltod ihres Vaters machte ihr zu schaffen. Immer wieder sah sie den Moment, als der Lastwagen auf ihrer Spur auftauchte, weil er einen Traktor überholte, hörte ihren Vater »Verdammt!« rufen und sah ihn das Steuer herumreißen. Und wie sie wieder erwachte, von Schmerzen gemartert, sich nicht drehen konnte, und wie aus dem zusammengequetschten Blech zu ihrer Linken keine Antwort mehr kam, und wie sie dann begann, so laut sie konnte, »Ayuda!« zu schreien, und die Gewissheit nach endloser Zeit, dass ihr Vater tot war, und dass er tot war, weil er ihr mit dieser Fahrt eine Freude machen wollte, und dass er mit einem Fluch aus diesem Leben gegangen war, all das ging ihr täglich und vor allem nächtlich durch den Kopf, während sie dalag und auf ihre Genesung wartete.

Zuerst war sie allein in einem kleinen Zimmer der Intensivstation, bevor sie dann in einen Raum mit fünf andern Patientinnen verlegt wurde. Wenn sie nachts weinte, kam eine kleine eingeborene Krankenschwester mit einem rundlichen braunen Gesicht an ihr Bett, eine Ordensschwester, die Sor Serena genannt wurde, hielt ihre Hand und betete mit ihr.

Bianca hatte sich nie vorstellen können, dass es einen Gott gab, der alle Menschen auf der ganzen Welt kannte, also auch sie, und hatte nie das Bedürfnis gehabt zu beten. Im Philosophieunterricht, den sie als Freifach besuchte, hatten sie die Gottesbeweise von Spinoza gelesen und die Gegenbeweise von Bertrand Russell, und sie hatte weder dem einen noch dem andern geglaubt und hatte beschlossen, gar nicht erst zu versuchen, es wissen zu wollen. Doch wenn Sor Serena mit ihr das Vaterunser betete, zuerst auf Spanisch, dann auf Guaraní, und dann noch ein ganz persönliches Gebet für sie sprach, in dem sie die Jungfrau Maria jedes Mal wieder mit anderen Worten bat, gnädig auf ihre arme Kreatur Bianca herabzuschauen und ihr beizustehen, fühlte sie sich auf eine Weise getröstet, die sie bisher nicht gekannt hatte.

Dass die zweite Frau ihres Vaters sich nie zeigte und nur

ausrichten ließ, die Reise nach Posadas sei zu weit und der Tod ihres Mannes mache sie unfähig dazu, erstaunte sie nicht. Als sie dann zurückfliegen konnte und eine Nacht bei ihr in Buenos Aires zubrachte, fragte ihre Stiefmutter sie über den Hergang des Unfalls aus, als habe Bianca ihn verursacht. Sonst hatten sie einander nichts zu sagen.

Wieder in Bellinzona, erreichte sie schon bald eine üble Nachricht aus Argentinien. Ihr Vater hatte seinen Kindern gegenüber nur die Verpflichtung, bis zu deren zwanzigstem Altersjahr Alimente zu bezahlen, aber da er keinerlei Testament hinterlassen hatte, erbten weder sie noch ihre Mutter etwas von seinem beträchtlichen Vermögen. Es war seiner zweiten Frau und deren Anwalt offenbar ein Leichtes gewesen, ein argentinisches Recht geltend zu machen, welches sein ganzes Vermögen der überlebenden Ehegattin überschrieb.

Dies von der Schweiz aus mit Hilfe eines südamerikanischen Anwalts anzufechten, waren Mutter und Kinder weder willens noch imstande, nachdem sie bei einem Telefongespräch von Mafalda Fasnacht y Riquez Cruz kaltschnäuzig abgekanzelt worden waren, doch dies bedeutete eine Neuordnung ihrer Lebensumstände. Der Vater hatte Bianca bei jedem ihrer Aufenthalte in Buenos Aires zu verstehen gegeben, dass sie sich für ihre Ausbildung an einer Musikhochschule keine Sorgen zu machen brauche, und auch ihrem Bruder Roberto, der sich für Maschinenbau interessierte, hatte er im Bezug auf dessen Studium dasselbe gesagt.

Sofort begann Bianca, jüngeren Schülern und Schüle-

543

rinnen Klavierstunden zu erteilen und bot auch den Kirchen und Friedhofkapellen in Bellinzona und Umgebung ihre Dienste als Organistin und Harmoniumspielerin an. Gleichzeitig bereitete sie sich auf das Abitur vor. Roberto, der ein feines Gespür für Apparate aller Art hatte, empfahl sich am Anschlagbrett der Schule für Reparaturen von Plattenspielern und Radios und begann auch einen kleinen Handel mit Geräten, die er wieder gebrauchsfertig gemacht hatte, während die Mutter versuchte, ihre Tätigkeit als Sängerin und Pädagogin zu intensivieren.

Nach der Matura, die sie ohne Probleme bestand, zog Bianca nach Zürich, um am Konservatorium zu studieren. Sie nannte sich nun Bianca Carnevale, und ihr Ziel war das Konzertdiplom. Mailand wäre ihr lieber gewesen, aber da sie Schweizerin war, hatte sie dort keine Aussicht auf ein Stipendium, während sie für Zürich sofort einen Ausbildungsbeitrag des Kantons Tessin bekam und sich später auch als Stipendiatin bewerben konnte. Da es in Zürich genügend Organisten und Klavierlehrerinnen gab, verdiente sie den Teil ihres Lebensunterhalts, für den sie selbst aufkommen musste, mit Privatstunden in Spanisch und Italienisch und konnte sich auch beim Fleischgroßhandel, in dem ihr Vater tätig gewesen war, als Übersetzerin für spanische Korrespondenz andienen.

Und dann ergab sich noch eine andere, eher unerwartete Einkunft. Einer der Lehrer, der dort unterrichtete, war bei Sängern ein bekannter und gefragter Begleiter. Für diese Konzerte benötigte er jemanden, der ihm jeweils die Seiten der Notenblätter umdrehte, eine Aufgabe, für die er gerne Studentinnen fragte. Als seine ständige Seitenwenderin für ein Jahr ins Ausland ging, bat er Bianca, diese Arbeit zu übernehmen, und das tat sie sehr gerne. So war sie nahe bei der Musik, nahe bei ihrem Lehrer, nahe bei bekannten Sängern und Sängerinnen, und sie wurde überaus anständig bezahlt.

Damit begann für sie eine Entdeckungsreise ins Reich der Lieder, die ihr großes Vergnügen bereitete. Mit den Liedern von Schubert, Schumann, Mendelssohn, Beethoven betrat sie musikalische Landschaften, deren kunstvoller und unerschöpflicher Reichtum sie immer wieder in Erstaunen versetzte. Sie war glücklich, dass gerade sie für diese Aufgabe ausgewählt worden war, die sie im Übrigen als leicht empfand, obwohl sie nicht zu unterschätzen war. Man musste, auf einem Stuhl neben dem Pianisten sitzend, die Noten mitlesen und kurz vor Ende der Seite diskret, aber unfehlbar mit der linken Hand nach der oberen rechten Ecke der Seite greifen, diese mit Daumen und Zeigefinger anfassen und auf das leichte Nicken des Pianisten hin das Blatt rasch umdrehen. Damit der Arm dem Spieler nicht die Sicht auf die Noten verdeckte, musste man sich dazu möglichst unauffällig etwas erheben, um sich nach erfolgter Drehung ebenso unauffällig wieder zu setzen. Das Setzen erfolgte im selben Schwung wie das Wenden des Blattes und markierte den Abschluss des ganzen Vorgangs. Wichtig war auch, dass man das Papier sofort zwischen die Fingerspitzen kriegte, man musste also darauf achten, nicht zu trockene Hände zu haben. Wenn sich die Solisten zu Beginn des Konzerts kurz zum Gruß verneigten, durfte man sich nicht mit verneigen, und ebenso selbstverständlich galt auch der Schlussap-

plaus dem Sänger und dessen Begleiter, die Seitenwenderin trat gemeinsam mit den beiden ab und kam zur Entge-
gennahme weiterer Applause nicht mehr nach vorne. Erst
bei einer abgesprochenen Zugabe erschien sie wieder und
setzte sich auf den ihr zugedachten Platz. Dieser Platz war
stets auf der linken Seite des Pianisten, sie saß also für den
größten Teil des Publikums etwas verdeckt im Schatten
des Meisters.

Ihr Lehrer bat sie darum, für die Konzerte kein Parfum
oder Eau de Toilette aufzutragen, da ihn dies, der Nähe
wegen, in der Konzentration störe. Nun hätte er ja auch
männliche Studenten gehabt, er zog es aber eindeutig vor,
sich von jungen Frauen die Seiten wenden zu lassen. Und
das war, was den Anblick betraf, den die Konzertieren-
den boten, sicher nicht falsch. Wenn zusammen mit zwei
eher beleibten Herren, die ihre Rundungen zwar durch
Fräcke und bauschige weiße Hemden etwas zu cachieren
vermochten, eine schlanke, anziehende Frau wie Bianca
dabei war, hellte dies die Stimmung unmerklich auf, denn
auch wenn es bei Konzerten in erster Linie ums Hören
geht, sitzen doch die wenigsten Besucher mit geschlossenen Augen da, und das Sehen spielt eine größere Rolle, als
die meisten zugeben würden.

Ihr Lehrer trat außerordentlich gern mit Bianca auf, sie
war diskret und präsent zugleich, und es war spürbar, dass
sie die Noten nicht einfach ablas, sondern innerlich mit-
spielte und ihn dadurch auch anfeuerte. Da sie seine Schülerin war, machte er nach einem Konzert ab und zu eine
Bemerkung, wenn er etwa einer Stelle eine andere Nuance
gegeben hatte, und er konnte gewiss sein, dass es ihr nicht

entgangen war. War ihm etwas nach seiner Meinung weniger gut gelungen, sagte sie ihm sofort, welche Passage dafür unübertrefflich gewesen sei. Gelegentlich fragte er sie um ihre Meinung zu einer Interpretation, und ihre Kommentare waren von großer Treffsicherheit. Äußerte sie einen Zweifel, war es meistens dort, wo auch er eine leise Unsicherheit empfand, und wo sie bestätigte, war auch er seiner Sache sicher. Er gewöhnte sich so an sie, dass er seiner früheren Seitenwenderin, als sie aus dem Ausland zurückkam, beschied, er wolle lieber mit Bianca weiter arbeiten.

»Meine wunderbare Unsichtbare«, nannte er sie im Scherz, aber ganz so unsichtbar war sie nicht. Es entwickelte sich sogar ein kleiner Club von Bewunderern, die vor allem zu den Auftritten des Pianisten kamen, um sich am Anblick Biancas beim Seitenwenden zu erfreuen. Unter den jüngeren Konzertgängern gab man sich den Tipp weiter, und während einiger Jahre war es in der Klassikszene Zürichs Kult, »zu Bianca« zu gehen; nicht selten warteten am Hinterausgang der Tonhalle oder eines anderen Konzertsaales neben den Autogrammjägern für den berühmten Sänger und seinen Begleiter drei oder vier junge Männer, welche Bianca zu einem Glas Wein einladen wollten. Sie amüsierte sich darüber, ging auch gerne mit, war aber allen weiteren Annäherungsversuchen gegenüber resistent.

Sie arbeitete hart an ihrer Ausbildung, konnte das Lehrdiplom erwerben und in die Meisterklasse eintreten, womit sie ihrem Ziel, dem Konzertdiplom, einen Schritt näher war. Sie hatte ihre Tätigkeit fast ganz nach Zürich verlegt, unterrichtete nun auch einige Klavierschüler und war von der Unterstützung ihrer Mutter unabhängig geworden.

Ihr Lehrer stieg in dieser Zeit zum bevorzugten Begleiter eines berühmten Liedinterpreten auf, und die beiden wurden für Auftritte in ganz Europa engagiert. Dank dieses Bekanntheitsgrades konnte er sich häufig die Begleitung seiner eigenen Seitenwenderin ausbedingen, die er nun immer besser bezahlte, und so kam es, dass sie nicht nur zusammen nach Paris, Frankfurt, München oder Wien reisten, sondern dort auch im selben Hotel übernachteten, und in einem dieser Hotels geschah es dann, dass der Meister nachts noch an Biancas Tür klopfte und das Zimmer erst wieder am Morgen verließ. Bianca wusste, dass er verheiratet war, es war ihr auch klar, dass er ihr Lehrer war, und dennoch passierte ihr das Unerklärliche, dass sie sich auf ihn einließ. Vielleicht fühlte sie sich weniger von ihm selbst als vom Fallen der Schranken angezogen.

Unter der Liaison, die nun entstand, litt die Disziplin ihrer Auftritte keineswegs, weder bei ihr, welcher ohnehin der leichtere Teil der Aufgabe zufiel, noch bei ihm, den Biancas Anwesenheit geradezu beflügelte. Die beiden beflissen sich bei ihren Treffen einer strikten Heimlichkeit, denn ihr Lehrer wollte, was er Bianca bald klarmachte, sein Familienleben keinesfalls gefährden. Dies lag auch gar nicht in ihrer Absicht, sie nahm die gelegentlichen Nächte, wie sie kamen, und empfand eine merkwürdige Freude daran, mit jemandem, der dafür gar nicht in Frage kommen durfte, ein Doppelleben zu führen. Sie vermutete, dass nicht einmal der Sänger etwas davon wusste, umso mehr, als sie nie zusammen ein Doppelzimmer nahmen und sich ungerührt siezten, sei es vor dem Konzert in der Garderobe oder am Frühstückstisch im Hotel.

Auf den Tourneen übernahm sie mit der Zeit die kleinen Künstlerbetreuungsaufgaben, sie sorgte dafür, dass sein Frack gebürstet und sein Hemd frisch geplättet war, dass seine Schuhe glänzten und dass vor dem Auftritt ein Glas frisch gepressten Orangensaftes in der Garderobe bereitstand. Zudem durfte das kleine Etui mit den Flaschenkorken nicht fehlen, die er sich jeweils eine Viertelstunde vor dem Konzert zwischen die Finger steckte, um diese geschmeidiger zu machen. Auch hinter der Bühne bemühte sie sich um Unsichtbarkeit. Wenn sie zu dritt in einer Garderobe waren, was gelegentlich vorkam, und der Sänger vor dem Auftritt seine Stimmübungen machte, den Kiefer lockerte und dazu lallende Laute ausstieß, hechelte wie ein Hund, sich die Augenbrauen und die Wangenknochen massierte oder eine kleine Terz unbarmherzig in die Höhe trieb und sie von dort langsam bis in die Kellerräume seines Baritons hinuntersteigen ließ, saß sie entweder unbewegt in einer Ecke oder verließ den Raum, um sich im Korridor die Füße zu vertreten. Der Sänger schätzte dies, nahm aber im Übrigen wenig Kontakt mit ihr auf, sondern blieb stets in einer freundlichen Distanz.

Bianca verfolgte indessen zielbewusst ihr berufliches Fortkommen und übte mit außerordentlichem Fleiß in einem Studioraum, den sie mit einem Kollegen zusammen gemietet hatte. In ihrer Familie kam es zu großen Veränderungen. Ihr Bruder studierte in Lausanne Maschineningenieur, und ihre Mutter heiratete zur Überraschung ihrer Kinder einen lombardischen Kirchenmusiker und zog zu ihm nach Mailand. Bianca und Roberto gestanden einander, dass sie ihre Mutter viel mehr als Mutter denn als Frau angesehen hatten und irgendwie davon ausgegangen waren, dass sie immer daheim in der vertrauten Wohnung auf sie warten würde, wenn sie wieder einmal kämen. Nun wurde die Wohnung in Bellinzona aufgelöst, und die drei sahen sich nur noch selten, meistens an den Feiertagen, und auch die waren oft durch Auftritte ihrer Mutter, meist mit ihrem neuen Mann, beeinträchtigt.

Ein knappes halbes Jahr vor den Abschlussprüfungen Biancas kam es dann zu einem denkwürdigen Ereignis. Im Mozartsaal der Liederhalle Stuttgart war ein Konzert angesagt, in welchem ihr Lehrer den Sänger bei einem Abend mit den schönsten Liedern der deutschen Klassik begleitete. Es war das Ende einer kleinen Deutschlandtournee, die 750 Plätze waren seit langem ausverkauft, die Stimmung war festlich und erwartungsfroh.

Umso größer die Bestürzung, als ihr Lehrer, der sich schon beim Hinsetzen auf den Klavierstuhl mit seinem Taschentuch die Stirn gewischt hatte, während des ersten Liedes vornüber auf die Tasten des Flügels sank, der statt der Schubert-Akkorde einen bösen Cluster von sich gab. Mit Mühe konnte ihn Bianca so stützen, dass er nicht neben dem Instrument zu Boden fiel, in der zweiten Reihe sprang ein Arzt auf, erstieg die Bühne, legte den Pianisten mit Biancas Hilfe seitlich auf den Boden und öffnete ihm den Kragen, dann erschien der Notarzt des Hauses, gefolgt von zwei Sanitätern mit einer Bahre, und der Unglückliche wurde weggetragen. Der Abendintendant trat an die Rampe und bat das Publikum, sitzen zu bleiben, bis geklärt sei, ob das Konzert trotzdem stattfinden könne. Der Sänger und Bianca verließen die Bühne, um in der Garderobe vom Notarzt zu hören, dass der Pianist, der noch nicht bei Bewusstsein war, offenbar einen schweren Kollaps erlitten habe und auf keinen Fall weiterspielen könne. Der Veranstalter hatte bereits einen bekannten Stuttgarter Pianisten angerufen und erfahren, dass dieser gerade in München konzertiere. Der Sänger war verstört und unglücklich, Veranstalter und Intendant waren ratlos. Da trat Bianca zu den dreien und sagte, sie kenne die Lieder sehr gut und würde sich anerbieten, einzuspringen. Auf den kritischen Blick des Veranstalters sagte sie, sie sei in der Meisterklasse, stehe kurz vor dem Abschluss, sie sei mehrmals bei diesem Abend als Seitenwenderin dabei gewesen, kenne die Interpretation ihres Lehrers und traue sich zu, die Lieder so zu begleiten, dass sich der Sänger wohlfühle.

Nach kurzer Beratung trat der Abendintendant wieder auf die Bühne, um dem Publikum mitzuteilen, der Pianist werde ärztlich betreut, könne aber nicht weiterspielen, und die Schülerin aus seiner Meisterklasse, Frau Bianca Carnevale, die ihm sonst die Seiten gewendet hätte, sei bereit, für ihn die Begleitung des Sängers zu übernehmen, damit sie nicht auf das Konzert verzichten müssten. Sollte jemand unter dieser Voraussetzung den Saal verlassen wollen, sei ihm das selbstverständlich freigestellt, und das Eintrittsgeld werde ihm zurückerstattet. Ein kurzes Raunen ging durch den Saal, bei der Nennung des Namens hatte man den einen oder andern Lacher gehört, aber dann applaudierte das Publikum einhellig, alle blieben sitzen, denn alle waren sie in erster Linie des Sängers wegen da und hatten schon befürchtet, um den Genuss seiner Stimme zu kommen.

Dieser hob nun erneut zum unterbrochenen Lied an, sang Schuberts »Ich hört' ein Bächlein rauschen«, und vom ersten Moment an war klar, dass die Begleitung so leicht und wunderbar floss, als wäre sie das Bächlein selbst. Obschon auf dem Programmzettel die Bitte stand, man möge die einzelnen Lieder nicht durch Beifall unterbrechen, gab es am Schluss des Liedes einen großen Applaus. Er galt ganz deutlich der eingesprungenen Begleiterin und war als Bestätigung und als Ermutigung gedacht, weiterzufahren. Und es ging ohne die geringste musikalische Einbuße weiter, der Sänger entspannte sich zusehends, denn es zeigte sich, dass Bianca die hohe Kunst des Begleitens, jene delikate Mischung aus Zurückhaltung und Präsenz, vortrefflich beherrschte. Sie war eher leiser als ihr Lehrmeister, ließ aber in den kleinen Zwischenspielen Läufe wie kostbare Perlenketten aufblitzen, etwa in Schuberts »Taubenpost«, und in der kleinen Begleitfigur zu Mendelssohns »Leise zieht durch mein Gemüt« schwang ein Zauber mit, der mit der Feinheit ihres Anschlags und vielleicht auch etwas mit ihrer jugendlichen Schönheit zu tun hatte.

Schon in der Pause, in welcher Bianca als Erstes das Glas mit dem Orangensaft sorgfältig auswusch, bedankte sich der Sänger bei ihr aufs herzlichste und zeigte sich des Staunens und des Lobes voll über ihr Können, das er bei der Seitenwenderin nicht vermutet hatte, wenngleich er wusste, dass sie eine Schülerin seines bevorzugten Begleiters war.

Der zweite Teil hielt denn auch durchaus, was der erste versprach, und Bianca riskierte ab und zu eine kleine Überraschung. So machte sie in den »Zwei Grenadieren« von Schumann das Crescendo in der Schlussphantasie des Soldaten, der als Schildwach' im Grabe warten will, bis er gewappnet hervor aus dem Grab steigen kann, um den Kaiser, den Kaiser zu schützen, dieses Crescendo also machte sie nicht mit, sondern ersetzte es durch ein spitzes, trockenes Staccato, das die ganze Hoffnungslosigkeit des armen Kerls stärker ausdrückte als das vorgeschriebene Forte-Spiel, und ließ es in ein pianissimo des Nachspiels übergehen, bei dem man fast den Atem anhalten musste.

Herzzerreißend ihre Imitation des Leierkastens in Schuberts traurigem »Leiermann«, wo es ihr gelang, die immer gleiche Melodie so unbeholfen zu spielen, dass man die starren Finger des Leiermanns zu spüren glaubte, während sie Beethovens »Ich liebe dich, so wie du mich« nicht leise, wie es der Komponist vorsah, sondern so ungestüm begleitete, dass sie den Sänger zu einer Interpretation trieb, die bedeutend leidenschaftlicher war als seine übliche. Die Seiten wendete sie den ganzen Abend lang selbst, ohne dass irgendetwas ins Stocken geriet dabei.

Der Schlussapplaus war überwältigend, und es war ganz klar, dass er zu gleichen Teilen der neuentdeckten Begleiterin wie dem Sänger galt. In der Garderobe erwartete sie der Abendintendant mit der Nachricht, dem Pianisten gehe es besser, und man nehme an, dass er das Krankenhaus in zwei, drei Tagen verlassen könne. Dann waren zwei Musikkritiker da, welche beide mit Bianca sprechen wollten. Einer von ihnen war dabei gewesen, als der junge, unbekannte Tenor Fritz Wunderlich an der Stuttgarter Staatsoper 1955 für den erkrankten Josef Traxel als Tamino in Mozarts »Zauberflöte« einspringen konnte und über Nacht berühmt wurde, und er prophezeite Bianca ein ähnliches Schicksal, jedenfalls, so sagte er, wolle er in seiner Besprechung sein Möglichstes dafür tun.

Dann waren sie vom Veranstalter zum Essen eingeladen, wo wiederum Biancas Auftritt das Hauptgespräch war, und als sie im Taxi mit dem Sänger zusammen ins Hotel zurückgekehrt war, lud sie dieser noch zu einem Bier an der Bar ein und fragte sie, als er mit ihr auf den Abend angestoßen hatte, ob er sie vielleicht als Begleiterin engagieren dürfte.

Bianca lächelte, dankte für die, wie sie sich ausdrückte, ehrenvolle Anfrage und sagte, das gehe leider nicht.

»Warum denn?«, wollte der Sänger wissen.

»Ich gehe morgen in ein Kloster«, sagte Bianca.

Der Sänger war sprachlos. »Aber —«, sagte er nach einer Weile, »aber – Ihre ganze Ausbildung, Ihr Können?«

Das werde sie dort auch brauchen können, gab Bianca zur Antwort, gab auch keine Auskunft, wo dieses Kloster sei, und sagte ihm nur, der Entscheid sei gefallen.

Der Sänger konnte es nicht fassen. Das sei ein großer Verlust für die Musik, sagte er; wie sie Konzerte interpretiere, wisse er nicht, aber er könne ihr nur sagen, dass sie als Liedbegleiterin zu den wenigen ganz Großen gehöre, und er wisse, wovon er spreche. Einfach in einem Kloster zu verschwinden, das könne sie der Musik nicht antun, und ihm auch nicht.

»Ihnen?«, fragte Bianca, »aber Sie haben doch die Besten zur Verfügung.«

»Das schon, aber ...«
Der Sänger stockte.
»Aber?«, fragte Bianca.
»Aber ich liebe Sie«, sagte er leise.
Nun war Bianca sprachlos.
»Vom ersten Moment an, als ich Sie sah«, fügte er hinzu und legte seine Hand auf die ihre.

Das wäre, entgegnete Bianca nach einer Weile, unter andern Vorzeichen sehr schön für sie, aber ihr Entschluss sei, wie gesagt, gefasst, und sie habe dafür ihre Gründe.

Welcher Art denn diese Gründe seien, wollte sie nicht sagen, und als sie sich vor der Lifttüre verabschiedeten, küsste er sie auf die Stirne und sagte, »Ich liebe dich« habe er heute nur für sie gesungen, und er habe gehofft, ihre so ungewöhnliche Begleitung bedeute so etwas wie »so wie du mich«.

Am andern Morgen fand der Sänger unter seiner Tür zwei Briefe von Bianca, einen für ihn und den andern für seinen Begleiter. Ihm schrieb sie, sie sei sehr gerührt und möge ihn sehr gerne, aber es sei nicht zu ändern und er solle doch bitte ihrem Lehrer den zweiten Brief mitbringen, wenn er ihn heute im Spital besuche, sie müsse leider sofort abreisen und könne ihn nicht mehr sehen.

Das war 1974. Bianca verschwand von einem Tag auf den andern, ohne dass jemand wusste, wo sie sich aufhielt, es war, als ob sie sich unsichtbar gemacht hätte. Ihren Bruder und ihre Mutter rief sie an, bat sie, sich um sie keine Sorgen zu machen und sie nicht zu suchen, sie brauche einen Ort der Ruhe und fange ein neues Leben an. Konzertagenturen und Zeitungsleute, die nach ihr fragten, ebenso ihr Lehrer und die Leitung des Konservatoriums kamen nicht weiter als bis zu Bruder und Mutter, die ihnen nicht mehr sagen konnten.

Im Frühling des Jahres 2011 saß in einer Seniorenresidenz ein alter Mann im Rollstuhl am Fenster seines Zimmers und blickte versonnen auf die blühenden Forsythien im Park.

Die Bibliothekarin des Hauses, die auf Wunsch auch zum Vorlesen kam, hatte ihm einen Zeitungsartikel mitgebracht. Sie wusste, dass sich der vormals berühmte Sänger immer für Nachrichten aus dem Gebiet der Musik interessierte und las ihm einen Bericht vor, den sie in einer Wochenzeitung gefunden hatte. Er erzählte von einem franziskanischen Nonnenkloster im Grenzgebiet zwischen Argentinien und Paraguay, das sich auf eine seltsame Art gegen ein Kraftwerkprojekt wehrte, welches Dutzende von Dörfern, darunter auch dasjenige, in dem das Kloster stand, zu überschwemmen drohte. Die Nonnen blockierten die Zufahrtsstraße, auf der die Bagger und Baumaschinen die geplante Baustelle im Urwald erreichen wollten, und sangen Choräle. Ihr Gesang sei so schön gewesen, dass niemand gewagt habe, sie mit Gewalt wegzutreiben, die Polizisten und Militäreinheiten, welche man dazu aufgeboten habe, seien alle von den Klängen der Frauenstimmen verzaubert worden, und damit immer jemand präsent war, auch nachts, sei der Chor ständig ergänzt und verstärkt worden, auch durch Frauen aus den Dörfern, es hätten sich geistliche Gesänge mit alten Volksweisen in

Guaraní abgewechselt. Fernseh- und Radiosender hätten Reportagen über diesen Widerstand gebracht, und die Regierung sei so lange unter Druck geraten, bis sie die Bewilligung für den Dammbau für ein Jahr sistiert habe. Das Franziskanerinnenkloster in der Provinz Corrientes sei schon lange für sein vorbildliches Engagement der armen einheimischen Bevölkerung gegenüber bekannt, und ebenso für eine erstaunliche musikalische Kultur, welche unter der Leitung von Sor Afra stehe. Diese sei nicht nur eine großartige Organistin und Chorleiterin, sondern spreche auch perfekt Guaraní.

Ob denn auch ein Foto der Dirigentennonne dabei sei, fragte der alte Mann. Die Vorleserin hielt ihm den Artikel hin, zusammen mit seiner Lupe.

»Hier sieht man den Chor vor einem Bautrupp stehen«, sagte sie, »mit der Dirigentin in der Mitte. Und rechts unten«, fuhr sie fort, »sieht man sie allein.«

Der Alte hielt seine Lupe über das Gesicht der Frau, die unter ihrer Ordenshaube frisch und unverbraucht aussah.

»Sor Afra«, murmelte er, »die Schwarze … gut gemacht, Bianca.«

»Kennen Sie sie?«, fragte die Vorleserin verwundert.

Statt einer Antwort bat sie der alte Sänger, die CD aufzulegen, die er seinerzeit mit Biancas Lehrer aufgenommen hatte.

»Bitte die Nummer 13«, sagte er, und als wenig später seine eigene Stimme zu singen anhob »Ich liebe dich, so wie du mich«, unterlegt von den behutsamen Sechzehnteln des Pianisten, summte er leise mit, gab mit den Händen den Takt an, und als die letzte Strophe erklang mit dem Vers »Drum Gottes Segen über dir, du meines Lebens Freude...«, schrie er plötzlich: »Stärker, spiel doch stärker, du Idiot, forte musst du spielen, fortissimo, sonst kann ich das nicht singen!« und schlug mit geballten Fäusten auf die Armlehnen.

Erschrocken drehte die Vorleserin die Lautstärke auf, aber der Sänger winkte ab, wandte sein Gesicht wieder zum Fenster, und vor seinen feuchten Augen zerflossen die Forsythien im Park zu großen, gelben Flecken, die langsam davonschwammen.

Der Stein

Etwas platzte.

Etwas tanzte durchs Dunkel.

Ein Tosen. Ein Krachen. Ein Rauschen.

Sternenherzklopfen. Gestirngelächter.

Etwas glomm.

Etwas gloste.

Etwas barst.

Galaktischer Donner. Zeitgeburt.

Etwas wurde herausgeschleudert.

Etwas ballte sich.

Etwas drehte sich.

Etwas kreiste.

Da war sie, die Erde, von niemandem gesehen, von niemandem gehört, von niemandem gerochen. Schutzlos schwebte sie im Hagel des Universums, das sich immer noch selbst gebar und das aus seinen Urlungen Meteoriten hustete, die bargen Atem in sich, die bargen Tropfen in sich, die blieben auf der Erde zurück, und langsam verbreitete sich Luft, und langsam verbreitete sich Wasser.

Jahrmillionen.

Die Hitze im Innern der Kugel strebte nach außen, immer mehr Feurigflüssiges begann sich zu verfestigen, die Erde zog sich einen steinernen Mantel an. Er wurde von Ozeanen überflutet, doch Sockel und Platten stießen nach oben, breiteten ihre Küsten aus unter dem Licht der Sonne und luden zum Leben ein.

Jahrmillionen.

Im Wasser begann es zu zucken und zu zappeln, Lebendiges nährte sich von dem, was Gesteine und Wasser abgaben, und von anderm Lebendigen.

Jahrmillionen.

Pflanzen zeigten sich, Farne schlugen Wurzeln im Boden, Insekten krabbelten an ihren Stängeln. Aus den Meeren hoben Lurche ihre Köpfe, krochen ans Land, schauten sich um und nahmen die Einladung an. Flossen verwandelten sich in Füße. Reptilien schleiften ihre schuppigen Bäuche durch die Sümpfe. Nadelhölzer versuchten Fuß zu fassen.

Jahrmillionen.

Eiswinde lösten sich mit dem heißen Hauch von Monsunen ab. Der Entstehung von Leben folgte das Aussterben von Leben.

Dinosaurier brüllten und erlagen ihrer eigenen Größe, Vulkane feuerten ihre Botschaft aus der Tiefe in die Höhe und erloschen, Vögel erhoben sich in die Lüfte und kreisten über den Erdteilen, die von den Kräften des Wärmezerfalls stetig auseinandergetrieben wurden. Zum Ei als Brutgefäß kam die Gebärmutter, neugeborene Tiere saugten Milch aus ihrer Mutter, Fledermäuse schwirrten durch die Urwälder und starben nicht mehr aus.

Jahrmillionen.

Ständig drängte neue Unruhe aus dem Erdinnern nach oben, abgekühlte Gesteinsmassen suchten das Licht, die Kontinente wuchsen und brachen auseinander, dazwischen schossen gurgelnd neue Meere, unter denen sich Felsbastionen so lange aneinander stießen und drückten, bis sie sich übereinanderschoben, bis sie sich aus den Wassern aufrichteten und zu Gebirgszügen erhoben.

Jahrmillionen.

Die Alpen entstanden. Ein Kampf unter Gesteinsgiganten, Gneis, Granit, Schiefer, Kalk, Dolomit ihre Namen.

Aus den Wüsten des Südens war einer gekommen, um am Ringen teilzunehmen, Verrucano, der Alte, von rötlicher Farbe, ein Sohn von Feuermutter Magma, der warf sich auf die Jüngeren und presste sie nieder, bis sie sich ergaben. Doch wer den obersten Platz einnahm, war Stürmen, Hagel, Schnee und Eis am stärksten ausgesetzt und verwitterte rascher, hier und dort brach ein Stück aus dem Riesen heraus und donnerte in die Tiefe, und seine Brocken zerfielen zu Geröll.

Noch zwanzig Millionen Jahre, bis Menschenaugen zu den Bergen hinaufblicken und ängstlich in andere Augen blicken, wenn das Rumpeln von Felsstürzen zu hören ist.

Gletscher dehnen sich aus, ziehen sich wieder zurück, dehnen sich erneut und treiben die Menschensippen in ihrer Nähe auf die Suche nach freundlicheren Gegenden. Einer davon, der sich zu Füßen des alten Verrucano breitmacht, nimmt dessen Geröllschutt mit auf die Wanderschaft, und auf seiner mehrtausendjährigen Wachstumsreise hat er genügend Zeit, den Steinen mit seinem Eisdruck die Kanten abzuschleifen, und als ihm die Zunge abzuschmelzen beginnt und es auf den Heimweg geht, lässt er sie alle liegen. Er lässt auch eine Mulde für ein Seebecken zurück, langsam bedeckt sich das Gletschervorfeld mit Erde, auf der Gras und Bäume wachsen, die Mulde füllt sich mit Wasser, und auf einem Hügel an ihrem Ausfluss errichten Kelten eine Siedlung, die später von den Römern zu einem Kastell ausgebaut wird: Turicum. Es ist anzunehmen, dass ein Stein nichts fühlt, dass er nichts hört und nichts sieht. Sonst müsste man sagen, der Stein, der vor zwanzigtausend Jahren mit dem Linthgletscher nach Zürich gekommen war und hier mit Erde überdeckt wurde, hatte ein eintöniges Leben, denn er blieb unter dem Boden liegen, durch Erde von seinen Reisegefährten getrennt, vielleicht stieß ihn ab und zu die Schnauze eines Maulwurfs an, vielleicht streifte ihn gelegentlich ein Regenwurm, aber von dem, was über der Erde vor sich ging, spürte er nichts. Karl der Große gründete das Großmünster ohne ihn, die Enthauptung Hans Waldmanns war ihm ebenso gleichgültig wie die Predigten Huldrych Zwinglis, und die Kanonenschüsse, mit welchen die Franzosen während der Koalitionskriege die Russen und Österreicher aus der Stadt vertrieben, drangen nicht in die Tiefe des Bodens und wären auch nur ein Bruchteil des Polterns gewesen, mit dem sich im Paläozän die Penninische Decke über die europäische Kruste geschoben hatte.

Ein Stein denkt nicht, ein Stein freut sich nicht, ein Stein trauert nicht, ein Stein hat keinen Hunger, ein Stein hat keine Angst, ein Stein liebt nicht, ein Stein hasst nicht, ein Stein hat weder Freunde noch Feinde. Ein Stein handelt nicht. Er tut nur, was andere Kräfte mit ihm tun, die Fliehkraft, die Schwerkraft. Er kollert, sagt man, wenn er vom Erdhaufen eines Aushubs herunterrollt. Eigentlich aber *wird* er gerollt und *wird* er gekollert.

Als ihn nun eine Baggerschaufel unter dem aufgerissenen Straßenbelag hervorholt und auf einen Bauschuttcontainer wirft, denn die Kanalisation wird erneuert, kommt er zum ersten Mal seit zwanzigtausend Jahren wieder ans Tageslicht. Gerne würden wir ihn aufatmen und die Frische des Frühlingstags genießen lassen, wenn wir nicht wüssten, dass das eine unzulässige Vermenschlichung wäre. Zudem ist er von einer Dreckschicht überzogen, und auch wenn diese über das Wochenende, an dem er zuoberst auf dem Haufen liegt, langsam vertrocknet, etwas abbröselt und den rötlichen kieselförmigen Ackerstein darunter hervorschimmern lässt, bleibt es dabei: Der Stein fühlt nichts.

Der vierzehnjährige Junge aus einer Vorortsgemeinde, der zusammen mit einem Klassenkameraden am Nachmittag des 1. Mai nach Zürich gekommen ist, weil er gehört hat, dass hier Unerhörtes passiert und dass man an diesem Unerhörten teilnehmen kann, ist schon eine Stunde lang mit Vermummten herumgerannt, hat die Kapuze seines T-Shirts hochgezogen, hält sich das Taschentuch vors Gesicht, während er einem Tränengasnebel zu entkommen versucht, der von einer Front blauer Marsmenschen stammt, die hinter Schilden in Helmen und Gasmasken über die ganze Breite der Straße vormarschieren. »Sauhünd!« und »Nazi!« hört er links und rechts von sich schreien. Da kommt er am Container vorbei, hält einen Moment an, packt den Stein, dreht sich um und schleudert ihn gegen die Verfolger.

Der Stein gehorcht den Gesetzen der Physik, die ihn auf eine durch die Abschusskraft und die Zielrichtung bestimmte ballistische Kurve senden. Er prallt nicht auf einen Uniformierten, sondern auf ein fliehendes Mädchen, das in eine Seitenstraße getrieben wird. Das Mädchen, am Kopf getroffen, stürzt zu Boden, zwei Polizisten knien nieder, ein anderer ruft per Funk einen Sanitätswagen.

Der Vierzehnjährige kann sich in einen Hausdurchgang drücken, spurtet über den Innenhof und auf der andern Seite wieder hinaus und geht dann mit der Langsamkeit des Unbeteiligten in die Richtung des Hauptbahnhofs. Er presst sich das Taschentuch auf die Augen und wischt sich die Tränen ab, die einen beißenden Geruch haben, aber es kommen immer mehr Tränen, die nicht mehr nach Gas riechen. Er muss sich auf einen Schaufenstersims setzen. Er möchte, dass das nicht geschehen ist, was gerade geschah.

Aber es ist geschehen. Das Mädchen wird in die Notfallaufnahme des Universitätsspitals gefahren. Ein Polizist hat den Stein auf die Bahre gelegt. Der Arzt, der das Schädel-Hirn-Trauma diagnostiziert, lässt ihn von einer Pflegerin waschen und vergleicht ihn mit der Wunde. Für die Gerichtsmedizin wird die Verletzung unter »Einwirkung stumpfer Gewalt« fallen.

Der Vierzehnjährige, dessen Eltern nicht zu Hause sind, schaltet am Abend zitternd vor Angst die Nachrichten ein und vernimmt, dass es Sachschäden von mehreren hunderttausend Franken gegeben habe und dass eine junge Frau durch einen Steinwurf schwer verletzt wurde. Als er hört, sie sei außer Lebensgefahr, atmet er auf und lässt sich weinend aufs Bett fallen. Er wird niemandem davon erzählen, und er will so etwas nie wieder tun.

Nach einer Operation und einem längeren Klinikaufenthalt erholt sich das Mädchen langsam wieder. Auf Betreiben seiner Eltern wird Anklage gegen Unbekannt erhoben, aber die Untersuchung ist aussichtslos und wird irgendeinmal eingestellt. Der jungen Frau wird der Stein auf ihr Verlangen ausgehändigt, und sie behält ihn.

An ihrem 18. Geburtstag lässt sie sich von ihrem Freund in die Mitte des Sees hinausrudern, nimmt dann den Stein aus ihrer Tasche und wirft ihn ins Wasser.

Und da versinkt er langsam und treibt noch einige Blasen nach oben, bevor er in der Tiefe verschwindet.

Ein Stein tut das, was mit ihm getan wird.

Jetzt ist er auf dem Grund des Beckens angekommen. Ein bisschen Schlamm wird aufgewühlt und zeigt an, wo nun sein Platz ist.

Ein Stein erinnert sich nicht. Ein Stein träumt nicht. Ein Stein hofft nicht.

Man kann nicht einmal sagen, dass er wartet.

Roger Willemsen
Nachwort

Es gibt, vereinfacht gesprochen, Autoren, die einen guten Stoff unter den Händen, aber kaum die Sprache haben, ihn zu fassen. Es gibt ferner jene, denen sprachliche Werkzeuge von Feinfühligkeit und Raffinesse zu Gebote stehen, aber eine Geschichte haben sie nicht zu erzählen. Franz Hohler gehört der raren dritten Gattung an. Er bewirtschaftet einen ganzen Tagebau an guten Geschichten, grotesken Einfällen und Ideen. Deshalb sind seine Erzählungen prall und freigebig. Zugleich aber ist sein sprachliches Vermögen groß und eigen, bestimmt von einer Sicherheit im Duktus, die sich als Sog vermittelt.

Kaum tritt man in seine Erzählungen ein, wird man erfasst von einer Suggestion, die sich dauernd verdichtet, und sollte man selbst den Grundeinfall durchschaut haben, wird man durch die Hakenschläge des Autors doch immer wieder der Banalität der eigenen Vorwegnahmen überführt. Hohler hat den Atem eines Mannes, der der Qualität seiner Geschichten traut. Er weiß so sicher, was er will, er bewegt sich mit so schauriger Grazie auf sein Ziel zu, dass er immer spannend ist und immer persönlich.

Kennt man Hohlers Sprechstimme, hört man sie durch in seinen Texten, so höflich dem Theatralischen gegenüber, so distinguiert in der Katastrophe. Ein Unheimlicher ist er, entsetzlich freundlich, nie schroff, kaum je drastisch, und doch mutet er seinen Lesern Geschichten zu, die man unglaublich nennen müsste, wären sie nicht mitten in einer Alltagsbeobachtung geboren, oft entwickelt aus einer Petitesse. Kaum aber entfaltet sie sich, trägt sie einen Schrecken im Bauch oder eine Erschütterung. Hohler schreibt nicht ohne Idee. Seine Art, phantastisch zu sein, das ist seine Art zu denken.

Und weil sich all dies um eine bleibende Autorinstanz konzentriert, gehört Franz Hohler heute zu den seltenen Schriftstellern, die über Jahrzehnte erkennbar sind an ihrem »Ton«, an einer Haltung des Erzählers, der oft sanftmütig, wohlwollend, abwägend schaut, der ein distinguierter Konservativer sein könnte, manchmal aber ebenso gut ein neugieriger, erfahrungshungriger Halbwüchsiger zu sein scheint, der uns durch die Liberalität seiner Standpunkte beflügelt. Dieser stille Mann! Ohne drastisch zu reden, kann er jemanden der Nichtigkeit im Gelächter aussetzen, kann er durch die Präzision eines Details erschrecken. Er sagt nicht: Dieser kleine Nestflüchter wurde von der Katze gefressen, er sagt »aufgefressen«, und wir wissen, dass die Bestie reinen Tisch gemacht hat.

(Und wenn ich noch etwas ganz Unsachliches anfügen darf, eine Vermutung bloß, dann muss Franz Hohler ein glücklich verheirateter Mann sein. Seine Paare sind so freundlich und duldsam miteinander, sie sind gemeinsam in die Jahre gekommen und auf milde Weise zugewandt. Es geht etwas Humanes aus von diesen Paaren, etwas Rührendes. Man lese nur die wunderschöne Erzählung »Die Mönchsgrasmücke«. Oder? Doch das nur nebenbei.) An Hohler, auch das ist eines Klassikers würdig, lässt sich die Größe des Einfachen lernen. Wie schlicht und doch wie eigen: Er besitzt Phantasie, samt einer präzisen Vorstellungsgabe und Kraft der Visualisierung. Außerdem ist er auf selbstverständliche Weise sachverständig in allem, worüber er schreibt. Sind es Vögel, ist er Ornithologe genug, ihre Rufe, ihre Formen der Brut und der Werbung zu kennen, sind es die Berglandschaft, das Militär, die Malerei von Henri Rousseau, so wird er sie nicht bloß so kennen, sondern auch in ihrer Tiefe, wo die Geschichten entspringen. Er folgt einfach der Überzeugung, dass sich das Phantastische im Wirklichen selbst entwickelt. Dazu muss man dies Wirkliche aber gut kennen, denn nichts Irrationales setzt sich gegen das Rationale durch. Es beginnt vielmehr, wo dieses endet.

Man denke allein an das, was man »Zufall« nennt. Einmal verändert ein mutmaßlicher Attentäter die Weltgeschichte nicht, weil ihm ein Glas Weißwein hinfällt. Einmal möchte jemand einen kleinen gelben Bleistiftstummel von der Straße auflesen. Doch was könnte passieren? Einmal hebt jemand tatsächlich ein in Metall gestanztes Velonümmerchen auf, und das Unheil nimmt seinen Lauf. Manchmal ist dies das Unheil der Polizeigewalt, manchmal das der Bürokratie, des Bankenwesens. Immer aber werden der Bittsteller, der Geschädigte, der Antragsteller kujoniert, drangsaliert, zerrieben und gekränkt und müssen am Ende bereuen, der Nachtglocke, dem Impuls gefolgt zu sein, nachgegeben oder eine lässliche Sünde begangen zu haben.

Aus dem Unscheinbaren baut sich ein Schrecken auf, der uns alle bedroht. Oder, wie der Autor selbst sagt:»Geschichten haben die verschiedensten Ausgangspunkte. Eine zufällige Begegnung, ein falsches Wort, eine unüberlegte Tat, eine Verspätung können den Eintritt in ein Labyrinth bedeuten, aus dem fast nicht mehr herauszufinden ist, sie können ebenso gut ins Glück führen wie ins Unglück, sie können Menschen zusammenbringen und andere trennen, und wer in ihre wie immer gearteten Folgen hineingerät, wird oft über die Ursachen rätseln, ohne eine Antwort zu finden.«

Ja, eine junge Ärztin wird von einem Wallach zu einer Entbindung getragen und landet im Mittelalter. Ein Mann hört auf dem Bahnhof eine Lautsprecheransage für einen Zug nach Singapur, besteigt ihn. Ein anderer hat eine Geschwulst, aus der heraus es lärmt. Ein dritter findet auf dem Hochzeitsfoto seiner Eltern einen Mann, den niemand kennt. Wir erleben die Geschichte der Verselbständigung dieses Mannes, und immer ist da ein Poetisch-Werden der Welt, dort, wo sie unscharf, alogisch, phantastisch wird, wo sie im Medium der Angst, des Zweifels, des Verlangens erscheint und die Grenzen des Rationalen übersteigt, um wo anzukommen? In einem Zuwachs der Bilder, in einer Verdichtung der Stimmung, in einer Konzentration der Atmosphäre. Dies ist es, was in der antiken Kunstlehre als»aemulatio« bezeichnet wurde, eine Selbstüberbietung, die bei Hohler zu einem dauernden Anschwellen des Grotesken führt, bis jener Zustand erreicht ist, der Chaos heißt oder Apokalypse oder Welt am ersten Schöpfungstag, morgens.

Man erlebe nur in der Titelgeschichte den Einbruch des

Phantastischen in das technische Zeitalter. Man sieht es nicht ohne Behagen, wie dies Phantastische triumphiert. Wer aber jetzt glaubt, Franz Hohler habe mit der Wirklichkeit weniger im Sinn als mit den Phantasmagorien, lese dagegen den Einstieg zu »Das Halstuch«, und er befindet sich mitten im Realismus. Diese Erzählung ist überhaupt besonders eindrücklich. Der nicht allwissende Erzähler gibt Zug um Zug preis, was er weiß, der Leser folgt ihm mit geweiteten Augen, denkt, er müsse erwachen, doch träumt er die Wirklichkeit.

Die Prosa der jüngeren Zeit, wie etwa »Bianca Carnevale«, entfaltet sich nicht weniger klassisch als ein Maupassant. Texte dieser Art hätte man ehemals »Novellen« genannt, ihrer klar konturierten Einzigartigkeit wegen. Erstaunlich, denkt man, angesichts der Wucht des Einfalls. Steigt man dann zurück in die Erzählung, stellt man fest, wie fein, wie zart, wie nuanciert sie geschrieben ist. Das Ungeheuerliche wird also angebahnt in lauter kleinen gewöhnlichen Schritten und Dialogeinheiten, im unmerklichen Entfalten des Normalen, das schließlich ungeheuerlich wirkt. Das ist dämonisch.

Ist die Freundlichkeit des Erzählers dämonisch? Vielleicht. Jedenfalls verändert er die Qualität des Staunens. Und Vorsicht, die Welt des Franz Hohler wirkt weiter. Sie entlässt uns nicht, wir gehen auf die Straße, und da ist sie schon und will weitererzählt werden: Ein Fundstück auf der Straße, ein vorbeifliegender Satz, ein verirrtes Signal – schon sind wir mittendrin in diesem Jenseits.

Erstveröffentlichungen

Der Rand von Ostermundigen
(Luchterhand, Neuwied, 1973)
Der Rand von Ostermundigen
(Westermanns Monatshefte, Dezember 1972,
Georg Westermann Verlag, Braunschweig, 1972)
Der Mann, der ein Kauz sein möchte
(Der Rand von Ostermundigen, Luchterhand, Neuwied, 1973)
Bedingungen für die Nahrungsaufnahme
(Tages-Anzeiger magazin, Nr. 4, 27. Januar 1973)
Das Dach
(Der Rand von Ostermundigen, Luchterhand, Neuwied, 1973)
Erzählung
(Der Rand von Ostermundigen, Luchterhand, Neuwied, 1973)
Das Haustier
(NZZ, Nr. 565, 3.12.1972)
Der Stich
(Der Rand von Ostermundigen, Luchterhand, Neuwied, 1973)
Die beiden Männer
(drehpunkt – Schweizerische Literaturzeitschrift, Nr. 17, 1972)
Das Strafporto
(Der Rand von Ostermundigen, Luchterhand, Neuwied, 1973)
Die innere Stimme
(Der Rand von Ostermundigen, Luchterhand, Neuwied, 1973)
Die Fotografie
(Der Rand von Ostermundigen, Luchterhand, Neuwied, 1973)

Die Rückeroberung
(Luchterhand, Darmstadt und Neuwied, 1982)

Die Rückeroberung
(ZEITmagazin, Nr. 38, 12. September 1980)

Walther von der Vogelweide
(SALZ – salzburger literaturzeitung, Jg 7, Nr. 28, April 1982)

Billiges Notizpapier
(Nebelspalter, Nr. 33, 17. August 1982)

Der Kuss
(Der Kuss. Neue Geschichten und Gedichte, SUMUS Verlag, Feldmeilen, 1980)

Der Geisterfahrer
(NZZ, Nr. 205, 4./5.9.1982)

Das Halstuch
(Weltwoche magazin, Nr. 22, 2. Juni 1982)

Der Langläufer
(schmali Poscht – Vereinsinformationsschrift der Langlauf-Wandergruppe Schaffhausen, Nr. 30, Dez. 1980)

Der Flug
(pardon, Frankfurt a.M., Nr. 8, 1976)

Der türkische Traum
(Tages-Anzeiger magazin, Nr. 20, 22. Mai 1982)

Das verspeiste Buch
(Schöffling & Co., Frankfurt am Main, 1996)

Erstes Kapitel
(Von Büchern & Menschen, Frankfurter Verlagsanstalt, Frankfurt am Main, 1987)

Zweites Kapitel
(Von Büchern & Menschen, Frankfurter Verlagsanstalt, Frankfurt am Main, 1988)

Drittes Kapitel
(Von Büchern & Menschen, Frankfurter Verlagsanstalt, Frankfurt am Main, 1989)